李健吾研究资料集

下

上海戏剧学院戏剧文学系 ◎编

华东师范大学出版社
·上海·

第三编
戏剧/文学创作研究

李健吾与中国现代戏剧①

[英]波拉德著　张林杰编译

D. E. 波拉德教授在伦敦大学东方和非洲研究所工作。这篇文章是作者为参加1974年8月波士顿艾迪科特的中国现代文学会议而作。发表于该所公报1976年39卷第2期。他将李健吾放到整个中国现代戏剧发展的背景上,通过比较的方法,对他的主要作品加以讨论,尤其着力探讨了他的喜剧,从而阐述了他的文学价值和地位。现摘译如下,供参考。

李健吾是中国现代文学史上少数有才华的戏剧家之一,他既未及早崭露头角而获得先驱者的美誉,又未显赫到足以引起持久的政治影响。所以,在中国现代戏剧史上,他的名字不是常常被忽略,就是被一点即过。

波拉德指出,文学史家应在资料许可的条件下,以创作为自己的依据,摆脱成见,尽量充分展示特定时期文学的发展情况,对李健吾的戏剧也应持这一态度。从文学角度看,李健吾的剧作既开拓了现代中国戏剧的领域,又有着不寻常的隽永趣味,所以,他在现代文学史上不应被忽视。

接下去,波拉德引述了中国现代戏剧评论家对戏剧的看法,认为他们往往只从"社会作用"来评价戏剧,例如王瑶对李健吾的评价就是如此②,他一方面表现了对李健吾的某种理解,另一方面又认为李健吾的创作只限于愤世嫉俗,而未能指出前进的道路。就连号称无政治倾向的、"客观的"评论家田禽也宣称戏剧应解决"现实生活问题或矫正各种社会弊病"③。

---

① 原载《文学研究参考》1988年第3期。
② 王瑶:《中国新文学史稿》上册,上海:新文艺出版社,1954年,第277页。
③ 田禽:《中国戏剧运动》,重庆:商务印书馆,1944年,第44页。

这种要求随时间的推移而愈加严格。而在此以前，人们的视野还较为开阔，例如洪深1937年在《十年来的中国戏剧》一文中就是如此，洪把到抗战爆发为止的十年戏剧分为两段，第一阶段是反抗生活的不公正时期，他将一些爱情剧也算在内，第二阶段是从抨击社会的不公道转向暴露社会黑暗本质的时期。在这一时期，作家"更清楚地看到了生活中的邪恶，虚伪和欺骗，批判更为有的放矢了"，这些词藻有着强烈的火药味，但它却触及到了反讽人类现状的作品的表现力，李健吾的作品就被洪深归入了这一类。

波拉德认为上述看法无论对李健吾的剧作还是对整个中国现代戏剧来说，都是有偏颇的，它们表现了评论家对戏剧（及其他文学体裁）的社会作用的过分关注，中国的评论家往往只局限在这种框框中来看待戏剧，因此，中国现代戏剧理论就有了两重看法，即往往将严肃的动机与从属于主题的人物事件相联系，而认为戏剧之所以降低到单纯娱乐的水平是因为缺乏明确的构思，这两重看法一方面源于缺乏美学根据的先入之见，另一方面也可在中国早期话剧中找到根源。

接着，作者分析了早期话剧的发展情况，他指出，当时商业性的戏剧和"文学剧"走着全然不同的路子。商业性戏剧以"文明戏"为代表，这种剧作以各种各样的戏剧手段和场面来刺激和吸引观众，而"文学剧"则尝试一些新的手法来表现内容，但因同观众趣味相距太远而受挫折。20世纪20年代初，上演萧伯纳的《华伦夫人之职业》失败了，洪深的《赵阎王》一剧也未获成功。这种挫折就使一些剧作家退回到"文明戏"营地中。这一倒退在北京表现得最明显。例如，陈大悲为蒲伯英的"人艺戏剧专门学校"所写的作品就常常以曲折的情节和惊险的事件来吸引观众。陈大悲等人避开了各种高深的对话和议论；他们也反对输入"问题剧"来表现中国所没有或尚未意识到的问题。后来的北京艺专戏剧系继续实行这种方针，强调场面的清晰，故事的完整，动作的生动和台词的简洁。在该校代表人物熊佛西、余上沅的作品中，都可发现，不论是大功告成，还是因狡诈过头或时运不济所导致的失败，均依赖一种单一的观念：或是诡计，或是阴谋，或是策略。

在南方，洪深所领导的上海戏剧协社的纲领也有所收敛，洪深也提出，戏剧行动要清晰突出，表现的思想要生动明白，他还要求剧作目的应与爱憎悲欢等基本感情结合，以感染观众。

与此相反的国产的"主题剧"在二三十年代之交则大量出现,这类试图写重大主题的戏剧"戏眼"不多。它们与其说适于演出,还不如说适于阅读。洪深的《农村三部曲》就是一例,张庚批评该剧太抽象化、概念化,说它在入手编制事件进程和结局时,最后的效果就已被决定了,所以其人物只是主题的附庸①。洪深后来也接受了这一批评。这类剧作戏路很单调。例如,在欧阳予倩《同住的三家人》中,为了写社会极不公道,就接二连三地向受难者头上倾注灾难。

《雷雨》是第一部上座率甚高而又广受赞誉的剧作。其成功决非偶然,曹禺在此运用了屡试不爽的各种戏剧手段:错综复杂的情节、伏线、久别重逢的亲人、不正常的关系,还有常见的血淋淋的场面,构成了紧凑的情节,用以展示命运的作用:前辈人所结下的恩怨,又以更可怕的结局而为其儿女所重演,情节的后面充满了激情。这就使得那些单被用来刺激和娱乐人的手法,变得有意义。

但是,这出"佳构剧"所使用的技巧在当时并未受到重视。民族的危机和社会的苦难召唤着作家,使他们意识到应直截了当地表现实际生活,他们所关注的是现实问题而非戏剧逻辑,同时,他们也知道,不可能将生活照搬上舞台,戏剧应有戏剧性,以使气氛有张有弛。因此,滔滔不绝的雄辩、幽默的戏谑、装腔作势的暴露、与环境不协调的行为等可能导致肤浅的手法,都被戏剧家们当成把思想戏剧化的工具。而夏衍、陈白尘等人则力避雕凿,他们一心忠实于人物,致力于人物的个性刻划,则被指斥为不爱其人物的作家。

总之,整个中国现代戏剧展示了无穷的多样性,很难说此优彼劣。但最能代表现代戏剧素质的有个性的剧作家,除了曹禺之外,还有夏衍、陈白尘,再就是李健吾了。

在上述大的背景下,波拉德着重分析了李健吾的戏剧发展。首先,他分析了李健吾写于1927年的第一部剧作《母亲的梦》。李健吾自己对该剧评价不甚高,但波拉德认为这是部"小小的杰作"。该剧取材于作者童年的生活,所写的事件在那一阶层司空见惯、很平凡,但场面处理得很好,剧中的第一段台词是女儿英子与女邻居的对话。女邻居用语不惊人的家常话引出了事件,她用未经思索的不连贯的语言说话,没有说完又在新念头冒出时戛然而止。她用一些俚语词来指称

---

① 洪深:《洪深选集》,北京:开明书店,1951年,第15页。

事物，如将"喝酒"说成"灌黄汤"，而且不经意地称丈夫为"醉鬼"。她的语气神秘，因为她在丈夫那里听来一些闲言碎语，她想将这些闲言碎语告诉英子，却又怕英子的三哥听见，所以顾左右而言它。女邻居的这几句台词一方面揭示了她作为邻居的身份，另一方面也很自然，这是"街谈巷议"的对话样板。

剧中，母亲性格处理得很好，为当兵的二儿子做鞋的念头缠着她，鞋成为她用来证明儿子还活着的证据和与梦吻合的象征物；女儿英子支使她去买菜油并提醒她不要让人少打时，她对女儿提出了机智的反诘，使她的性格显出了潜在的深度。最后她目睹了老三被捕，意识到老二的死亡，同时也看到女儿将重蹈自己的覆辙，鞋样从她手中滑落。这一细节含有具体和象征的双重意味，它与大白的真相一起，使全剧结束得恰到好处。

李健吾说此剧受沁孤《海上骑士》影响，其实这种影响并不显著。除了情节和所写的环境有些共同之处外，它们就很少相似了。两剧差异更有启发性。沁孤的作品展示了人与自然斗争，李健吾则展示了邻里和家庭的温情和友爱；《海上骑士》用语言来渲染悲伤，《母亲的梦》却将语言和思考当成剧中人抵挡绝望的手段。这里，作者将自己早年的生活升华了。此剧与其说是与贫困和压迫进行斗争的颂歌，还不如说是对那些将贫困和压迫做为思考动力的人的颂歌，能够意识到自己的可悲意味着胜利、意味着人没有被变成麻木不仁的机械和可怜的牺牲品。剧中没有唱高调，也没有拔高人物的精神，但人们却会以他们为自己的同伴而感到自豪。

接着，波拉德又讨论了与《母亲的梦》同时的几部作品。包括《另外一群》《老王和他的同志们》《梁允达》《这不过是春天》《一个没有登记的同志》（又名《十三年》）等作品，这些作品代表了作者对适于自己才能和侧重点的戏剧风格的探索。它们各不相同而又各有所长，展示了李健吾的长处及其弱点，也展示了作者是如何扬长避短的。

从长处看，这些作品表现出李健吾对编剧技巧的娴熟。尤其是在写对话方面，李健吾可与其同时代的任何人相媲美。《梁允达》一剧提供了他善与语言打交道的确凿例证。该剧用了许多合乎时宜的方言和与说话人身份吻合的俚语。特别是那些使对话显得火辣辣的、语气生动的措辞。它们都以其各自的方式加强了该剧语言的辛辣、生动的特点。这种特点与其说源于作者刻意写"乡间土语"，还不如说源于作者对人物性格的认识：即，每人说话都有其风格特点，它犹如人的体貌一样不可与人分离，若弃之不顾，人则面目全非。

波拉德指出，李健吾不仅擅长写乡间土语，也擅长表现城市人的机敏练达，例如《这不过是春天》的开头，警察厅长夫人与其堂姐的对话，就是借"懒"字在读音和字形上的变化来展示人的个性和趣味的。

生动的对话不仅产生于人物间的交锋，也产生于人物固有的性格，李健吾能保持这两者的一致，他认为，人物一出场，作者就应退守中立，而只提供环境让人物自得其乐①。他意识到，人物的这种特性，有助于阻止剧作过分戏剧化，李曾论，他不"勉强人性""要使它平常又平常"②。因此，他的人物尽管在很大程度上并未靠行动来打动和激发人，却也没有成为情节的附庸，因为作者赋他们以主动性。

李健吾承认故事性在剧中不可或缺，但他认为故事在当今不是一种想象的游戏，而是对人生形式的模仿，真实在于生活本身而不在故事③，故事不及人物重要，也不及人物冲突有生命力，所以不应将它的模式强加给作品，而只能使它符合于生活外貌。

波拉德认为，对故事的这种看法有着内在的危险，它使作者将想象力依赖于素材，而损害了戏剧外形，李健吾上述剧作的缺陷均可归咎于此。在《母亲的梦》中，作者还能提供一个足以保证活动自由，又足以使一切井然有序的框架，而在其后的几部剧作中，要么解决的办法荒诞无味，要么至多只能使情节、人物和基本主题维持着一种不自然的平衡。

李健吾的难题在于寻找一个合适的框架，以适应和加强作为戏剧本质的冲突，而不是妨碍和限制冲突，这是世界作家的共同难题。

波拉德认为，这一难题在李健吾喜剧中得到较好的解决，李健吾 1935 至 1936 年转向喜剧创作时，显得游刃有余。在他最初的喜剧中，受法国影响很深。其第一部喜剧《以身作则》就是以莫里哀剧作为范本的。该剧人物特点和喜剧因

---

① 李健吾：《从性格上出戏兼及关汉卿创造的思想性格》，收入梁沛锦编：《关汉卿研究论文集成》，香港：潜文堂，1969 年，第 161 页。
② 李健吾：《黄花》，上海：文化生活出版社，1936 年，第 114 页。
③ 李健吾：《希伯先生》，上海：文化生活出版社，1939 年，第 54 页。

素都源于莫里哀喜剧，在此，无赖马弁与莫里哀"狡诈"的男仆一样，是各种噱头的制造者；举人徐守清身上也综合了莫里哀剧中人物类型的特点：迂腐、老朽、受愚弄；人物的行动方式，如情人假扮医生，插科打诨，躲躲藏藏，窥探偷听等，都与莫里哀剧中的行动相似（如莫里哀的《医生的爱》即有类似动作）。在语言上，李健吾还更为熟练地运用了莫里哀常用的重复语言的技巧，以此强调别人的话，如剧中仆人连说了五遍："他们说，留下好了，就给了我这么个条子"，以使举人明白他写给县长的信并未生效；这种重复还用来表现别人的话引起的烦恼。如举人在听佃户说军队可能要征用他的"草料、麦秸、麸子、干枣、公鸡、母鸡"后，老是不断嘟囔这些名目，表现出这些财产对他是多么重要。

从喜剧观说，该剧同莫里哀的喜剧一样，表现了"哲学"被卑劣的人性腐蚀所导致的"本性和面具"的矛盾、"性格和理智的冲突"。主人公徐守清身上表现了这种二重性，他是自己所担任的僵化角色的牺牲品、是自己接受的信条的奴隶，他之所以成为一个道学家只是因为他执迷不悟，意识不到自己的虚伪，同时，在这种道貌岸然的外表下，他又摆脱不了动物性：他像常人一样好色和贪财。于是他就以其荒唐的自命不凡和无可救药的迂腐使自己成为受嘲笑、讽刺的对象。徐的喜剧是一种理智的喜剧，这种喜剧是由于这位圣贤门徒的面具时时被人粗俗的本能所揭开引起的。同时，波拉德指出，由于举人坚持了自己的信念，所以他又获得人们的某种敬重。李健吾在该剧后记中也说，人类的某些弱点可笑亦复可悲，很难断定是该对它们加以嘲笑还是加以同情。实际上，李对举人一类人物的失败是给予同情的，因为他们以不可动摇的决心作为自己教养的凭证，不过，李健吾尽管甚为重视中国传统的道德特征，他却显然没有将举人作为这种特征的代表者，所以，他只要求观众对举人宽容，却没有要人们崇敬他。

波拉德认为，民族文化对李健吾影响甚大。但他却不像同时代其他作家那样去对这种文化进行抽象思考，提出些抽象问题并进行回答，这大概是受法国文化影响的结果。法国文化重视冷静客观的观察，不以有色眼镜去窥探人类，这使李健吾能喜剧性地表现其所处的社会的主要方面。

另一部喜剧《新学究》，似乎意在同与儒家教条主义相反的名士传统进行斗争，主人公康如水的荒谬性在于他滥用感情，将感情至上强调到不适宜的地步，除了感情他不理解也不愿理解任何事物和人物——甚至是他所爱的人物，他对感情的理解既含有西方式的爱情观，又含有中国传统名士派对感情的看法。于是，他像莫里哀笔下的人物一样"被打上了思想的烙印"（墨瑞狄斯语）。在他身上也显示了法国喜剧常揭示的主题：人与现实的脱节。孟夫人说他像过分崇拜群众的社会理论家一样，也把女人当成偶像来崇拜，于是就与现实脱节了，因为女人乃是人而非神秘之物，这评价甚为中肯。康也像莫里哀笔下的某些人物一样，好引经据典，冗长自得，弄得人昏昏然，但其变化无常的情绪和激烈的言辞减轻了他说教的枯燥，他最有喜剧性的时刻在剧末出现，当他所爱的人暂不在场，他就向孟夫人献殷勤，用花言巧语和矫揉造作的姿态向她求爱，最后孟先生上场，将他从跪着的地方搀起来。此人既荒谬愚顽，心怀不轨，自私自利，顾影自怜，同时又脆弱和孤独，他将自己说成一个海蚌，"张开蚌壳，将肉体暴露给任何可能经过它身边的人"。这一鲜明的描绘，表现了作者对他内心的了解，也表明作者对其剧中人物的爱。

波拉德指出，该剧的笑料不同于《以身作则》那种法国式噱头，它是从高深而有书卷气的妙语中，从社会习俗及中产阶级在行为上的框框套套中产生的，例如，孟夫人那些诙谐的俏皮话就是笑料之一，这是一种机智的、用以解缓紧张气氛的玩笑，是有教养的人常用来使谈话有生气的语调，往往在对话中体现并适于那一阶层的水准。另外，当冯亚利与康产生爱情上的冲突时，冯碍于绅士面子，对康一再迁就，也惹出了笑料。

还有，该剧不像《以身作则》那样只有举人有其"哲学"，而是所有主要人物对爱情都各有相互不同的看法，这些看法在与表达者的情绪和心境联系起来时，就有了戏剧性。

1945年，李健吾写出了他最后一出喜剧《青春》。在此，作者因受日伪政权的监视，无以展露其思想感情的变化，但该剧的风格更为成熟，法国古典喜剧的影响业已消失或被有意识地摒弃，如果说它还有什么外来影响，也只能使人隐约联想到莎士比亚的喜剧中的某些场景和人物。其实，该剧的背景，所反映的社会习俗、人物的性格，都打上了中国印记，它的基本的喜剧性也带着中国色彩；《快嘴李翠莲记》《红楼梦》、唐传奇中的一些喜剧因素都给它以影响，其人物也尽是普通人。对这一切，作者都作了精心安排。

《青春》实质上是乡下的罗密欧与朱丽叶的故事，写了田寡妇儿子喜儿与杨村长女儿香草之间不平坦的爱情。该剧的构成基础是喜儿所自找的一连串苦头及其母亲进行的救援。田寡妇的喜剧性格很丰富，但写得不多。此剧没有妙语隽言，亦无故作的滑稽，其笑料来自场景和人物，例如更夫红鼻子性格特点与其职业的不协调就很可笑，其他那些自我约束的正人君子一旦露出本相，也造成喜剧性，但作者没有凭己意出他们的丑，而是任其按自己的性格活动。

《青春》所写的世界是真实的，这里，喜剧遮掩却未破坏场景的严肃性。香草与小男孩的包办婚姻展示了可笑的东西，但当香草渴望应和喜儿的呼唤，却又想到自己现在的身份而退缩时，我们感到了一股悲怆的味儿，"殉节"场面十分真实，使超然的读者也觉得无路可走。其高招在于使观众在高度紧张后，笑得更开心。但该剧更内在的东西在于那种欢乐无恒、命运无常的意识：喜儿说，在香草成婚那天，他仿佛听见十殿阎王告诉他，这世界不是年轻人的，也不是老年人的，而是它们的。这些话激起的共鸣，使它们比孤独的喜儿本人还似乎要实在。

波拉德认为，该剧语言比《梁允达》更醇厚；它对生活的设想是无政府主义的，以此揭示了权威的虚弱本质：权力如果受到蔑视和否认，就是虚幻的。由此可以看到作者所表达的思想意义。该剧是中国现代最好的喜剧之一。它之所以在文学史上名不见经传，是因为它与流行的、用是否反映"重大问题"取舍作品的观点不相吻合，那些反映重大问题之作往往以生活作为思想的材料，而李健吾则是从对生活的感受中来形成思想。但他写于1941年的《黄花》是个例外。

《黄花》以真人为基础，并是为主人公的行为辩护之作，它提出了法律和旧道德不合于真正人生的问题，也暴露了大亨们的堕落，但作者没有贸然地判决那些恶棍，也未将女主人公写成豪言壮语的女英雄，他一如既往，不"勉强人性"，然而，该剧是凭激情匆匆写完的"控诉"，没有经过必要酝酿，它从反面证明，即使有激情，也应在激情冷却而且作者能够冷静超然地处理自己的主题时才去写作。

该剧读起来与现代许多唼饭之作一样，用人工拼凑的环境加上干巴巴的反面人物去表现触及作者精神的丑恶事物，其失败的关键在于作者被义愤弄得昏昏然，穿上了一件不合身的服装。他所鄙弃的激昂言词在表达愤怒上可能是必须的，但他又不屑于采用，这也使该剧力量被削弱。此剧的平庸还可归咎于作者对所写背景没有直接体验。他既不熟悉舞女生活，也不熟悉香港和上海的上层生活。

抗战时期，李健吾还改编了斯克利布的一部作品和萨尔都的三部作品，分别名为《云彩霞》《风流债》《花信风》和《喜相逢》，对这类匠气十足的佳构剧，李历来公开反对，这时却以职业需要为口实，为自己这些取悦观众之作辩解。他此时还将巴金的《秋》改编成一出令人叫绝的好戏。

李的最后一出戏是《山河怨》，除了《老王和他的同志们》外，这是他唯一写现实事件的剧作，该剧以席勒的《强盗》为蓝本，情节与《强盗》很相似，但无论如何，《强盗》对它只是一个粗略的框架。

《山河怨》有李健吾剧作常见的优点：对反复无常人性的洞悉、丰富的台词、有血有肉的人物，等等。然而，他终于未能克服将现实与高度戏剧性相结合的难题。显然，作者有感于政治的腐败，这种腐败引发了平民的盗匪活动，同时，他又不尽赞同这种抗议形式。尽管主人公被写成一个高明的战术家和好头目，却并不称职。因为他既未能为同伴作出道德上的表率，也未鼓励他们身上的美德，他是个不负责任的知识分子。此剧饶有趣味，却没有以充分的主动性在消极环境中发出耀眼的光芒，这使它的戏剧性和控诉力量遭到了削弱。

在最后的结论部分，波拉德将李健吾的喜剧与同时代的其他喜剧作了一个概略的比较，他认为中国现代大多数喜剧主要靠纠缠不清的情节来展示，往往由最初的欺骗误会引起，然后人物殚思竭虑，摆脱纠缠。陈白尘的《结婚进行曲》即为一例。丁西林长于在一本正经的论辩框架中斗嘴，徐讦则以一种萧伯纳式的机智，抓住一个聪明的念头表现，熊佛西惯写人被愚弄，还穿插若干喧闹的噱头。陈白尘喜剧才能甚广，能处理最明朗的滑稽剧，写丑角、写人物相互的指斥和揭底，带着讽刺性的幽默和对自欺欺人的嘲讽。他还写狄更斯式的古怪人物等，但在这些人物身上喜剧性格很少得到发展。而李健吾的最大贡献正在于他为中国剧坛提供了有深度的喜剧人物。

李健吾的作品常常被人同乡村生活相联系，在那一时代，农村的破产在茅盾、洪深等人的作品中得到了表现，很少有田园情调的作品。李健吾则写了这种情调。李迷上乡村是因为在那里人们能保持本性，舒展自身，虽卑微却安于本分，同时，也是因为他认为民族永恒的特征还存留于穷乡僻壤里。在他的剧中可听见鲁迅小说那种相同的声音，但他没有鲁迅那种切肤之痛，他体味人物时超越了道德领域，他不去强调人物身上的愚昧、迷信、阶级压迫等，而像一个传统的说书人一样不偏不倚，使人物各得其所。换言之，他是人间喜剧的旁观者。

李健吾没有写丰功伟绩和崇高精神，人性在他看来是"平凡"的，但平凡并不意味着没有特色，而是指它不超乎我们的预料范围之外。所以其人物不是公众的代言人，其情绪是与个人相关的，他们也很少像代言人那样夸夸其谈。

但专注个人，使李健吾未能像同时代的大多数作家那样扩大作品容量以容纳时代的历史，也未能发掘出伟大力量的源泉。

最后，波拉德指出，不应以作家是否致力于公共事物来判断作品价值。即使危机四伏，也不应取消个人生活情趣及与个人相关的东西。个人生活领域也能成为严肃思考的对象，李健吾就将这种思考贯注其中。

论李健吾的剧作[①]

柯 灵

一

"……我依旧写我的戏,在一种相当的寂寞里。"

这是健吾同志在《梁允达》一书序文里的话。其时是一九三四年,距今已将半个世纪。如果从他发表处女作独幕剧《工人》——一九二四年算起(那时他还是个中学生);或者更早一些,从他第一次粉墨登台,在《幽兰女士》里扮演小丫头那一年——一九二零年算起(那时他还是个小学生),那就已经超过了一轮甲子。人寿几何!健吾如今已经是幡然一老,深居简出,但绵延六十年的舞台和文字因缘,却始终没有随着流逝的年华和他疏阔,他至今还在笔走龙蛇,如飞地写作,以至朋友们和他开玩笑,把他狂草难认的字迹叫作"天书"。悬想当年,他在舞台上男扮女装,以嘤嘤啜泣的小女儿态博取满堂采声的光景,我不觉停笔忘情,忍俊不禁。但接着油然而起的,却是一片发自衷肠的钦佩。

中国话剧运动经历的是一条崎岖、险巇、曲折的道路,不是什么长亭短亭、绿荫如盖、花香满径的胜境,探索者感到寂寞,是很自然的事。而寂寞正是一切理想和事业的危险的敌人。由于寂寞的侵蚀,使许多人的灵魂在无形中受到伤损,不幸中途颠踬,连有些革命家也未能例外。但也有这样的人,以毕生的心力为代价,历尽悲欢,锲而不舍,终于战败顽敌而取得胜利。这是多么瑰丽的人生的戏剧!

[①] 原载《文艺报》1981 年第 22 期。

苏东坡说"因病得闲殊不恶",最近两个月里面,我就在医院的病房里,基本上搜集通读了健吾六十年来创作和改编的剧本,并做了个不完全的小统计,那就是:创作多幕剧十二种,独幕剧十一种,改编多幕剧十三种,独幕剧一种;加上大量的翻译剧本,其中包括莫里哀、雨果、托尔斯泰、契诃夫、屠格涅夫、高尔基、罗曼·罗兰的剧本,总计约在八九十种之间,这无疑是个不容忽视的数字。何况戏剧以外,健吾还有他广阔的活动天地:小说创作、文学和戏剧评论,以及他专攻的法国文学:福楼拜、司汤达、巴尔扎克——关于他们的评传与研究,小说和论文的翻译……这一片浩瀚的文字海,正是他才力与活力长年汇聚的结果。多产的罗曼·罗兰在《爱与死的搏斗》序文中自己问道:"在日落之前,我能够有时间刈获我的麦子吗?"在现代中国戏剧和文学的仓库里,迄今为止,健吾所耕耘收割的份额,已经足够我们向他虔心道谢了。

二

正是在三十年代前期,健吾一个接一个地送出他引人注目的剧作:《这不过是春天》《梁允达》《村长之家》《以身作则》。它们给人的印象是技巧圆熟,在同时代的剧作家中有他独特的风格。这些戏一律是布局谨严、骨肉停匀的三幕,时间集中(不超过一、二天),地点集中(不超过一、二个场景),戏剧冲突集中在高潮边缘——正如箭在弦上,所谓"包孕最丰富的片刻"。① 这些特点表明作者对欧洲戏剧艺术传统的造诣;语言凝练生动,富有弹性,又显示作者锻炼祖国文字的功力。接触过健吾剧本的读者,大概不会对那漂亮的对白不留下一点印象。浸透人情世味的机锋,明讽隐喻,浓厚的乡土气息,活生生的性格化声口(像《梁允达》里刘狗那样的轻嘴薄舌、伶牙俐齿,真亏他这枝生花妙笔!),还有带点书斋气和外国味的幽默俏皮(例如《这不过是春天》)。它们像涧底铺满鹅卵石的一股清溪,在读者心上涓涓地流过,滑溜痛快,没有半点涩滞。但这个极大的优点中却也包含着一些短处,因为静静地坐在戏院池座里的观众,固然欢迎轻轻地抚摩,有时却更需要冲击——猛烈的风暴和波涛,甚至打得他们心头作痛。

---

① 钱钟书:《论〈拉奥孔〉》,《旧文四篇》,上海:上海古籍出版社,1979年。

健吾剧本里展现的生活图景，向观众打开现实生活的另一角落。健吾曾经自白："我要的是公允：人生以及艺术的公允。""我唯一畏惧的是自己和人生隔膜。"① 破除隔膜的途径是从剖析人性入手，深入人物的内在活动，析光镜一般显示人物所处的时代和社会风貌。

《这不过是春天》是他第一出写革命题材的戏：在风雨欲来的北伐战争前夕，北京警察厅长的公馆里，表演了一场惊险的捉迷藏游戏。年轻美貌的厅长夫人，因为阔别多年的旧情人突然来访，死灰复燃，千方百计想把他留在身边，公私兼顾，给他个厅长秘书的美缺。不知道对方实际是从南方来的革命党人，他的庄严使命是来搞重要的秘密活动。而警察厅长和他手下的侦探长，正在到处搜捕的就是这个危险分子。在紧急关头，谜底被她无意中揭破，"解铃还须系铃人"，她终于帮他安全脱险，送走了。作者把这出戏称为"北伐的山歌"，革命者在这里不过是一只报春的燕子，观众也只能从他来去飘忽的身影中听出远方隐约的春雷。真正的主角却是厅长夫人，她爱娇，任性，富于幻想，身上充满着矛盾——理想和现实的矛盾，纯情挚爱和世俗利益的矛盾，物质享受和精神空虚的矛盾，青春不再和似水流年的矛盾，强烈的虚荣心和隐蔽的自卑感的矛盾，最后是在千钧一发的危机中，一线良知解开了她纠结如乱发的矛盾，挽救了她彻底的堕落。她清楚地预见到，她把旧情人送走了，有朝一日重新回来，她作为警察厅长的夫人，将遭遇什么样的命运。当她用苍凉的手势向他挥手告别，幕徐徐下落的时候，也就把回荡的喟叹和深沉的思索留给了观众。——后来听说，从国统区去延安的女学生中，有带着这个剧本的，在她们的心里，厅长夫人可能就是一面反照的镜子。

另一出革命题材戏是《十三年》，情节构思和前者有某些相似的地方：一个北洋军阀的暗探一直在暗中追踪侦察两个革命青年（一男一女）的地下活动，而女的恰好是暗探童年时青梅竹马的旧侣。他们终于落入了他的陷阱，最后他却放走了他们，结局是用手枪结束了自己。这戏上演在上海"孤岛"时期，演出后也有不同的议论，有的说：为什么不让这暗探一起逃去干革命；有的却认为把反面人物未免写得太崇高，变成了英雄。健吾引用亚里士多德的著名理论："诗人的

---

① 李健吾：《黄花·跋》，上海：文化生活出版社，1936年。

职责不在于描述已经发生的事，而在于描述可能发生的事，即按照可然律或必然律可能发生的事。"① 对上述的议论有许多辩解，其中最有说服力的是说：这个暗探看到了横在自己前面的是无情的毁灭："他随着他的时代，或者不如说，他的时代随着他，一同死去。"② 但最近收进选集的时候，他却把结尾作了修改：暗探让两位革命者用绳子把自己捆在椅子上，然后放他们从暗门中逃走，串演了一出相当幼稚的双簧。问题的关键在于，像这样一个满手血腥的反革命鹰犬，究竟有没有可能向好的方面转变？人性中有普遍的东西，也有因为地位处境不同而产生的特殊的东西，更重要的，还有因为主客观条件造成的各种影响、发展与变化。"江山好改，本性难移"这句俗语，是形而上学，而不是辩证唯物论，我们曾经有只看到"普遍的人性"的偏向，另一种偏向却只承认人的"阶级性"，"人性论"成为修正主义的同义语。当人们这样做的时候，似乎丝毫也不曾想到怎么理解党改造社会——改造思想的理论与实践，以及它所产生的明显的结果；而这种切豆腐式的"阶级论"的偏颇，与党的改造政策之间，存在着何等尖锐的矛盾！——这当然绝不排除人的改造的艰巨性。《十三年》结尾的修改，我猜想正是批判"人性论"遗留的影响。但我却不禁由此想起雨果《悲惨世界》中冉·阿让的死对头沙威来，那个恶魔般的侦察员，"他做暗探，如同别人做神甫一样，落在他手中的人必无幸免！"③ 沙威不止一次抓住冉·阿让，最后却终于放走了他，自己带上手铐，跳进塞纳河中去了。沙威的自沉起了多么震撼人心的力量！百余年来，《悲惨世界》走遍世界，未闻有什么人对沙威之死提出异议，包括和雨果同时代的马克思、恩格斯在内。解放前健吾最爱谈"人性"，在他剧本的序跋中几乎处处皆是，但大都泛泛而谈，不作发挥。根据他的创作实践来看，着眼点是集中在探索人物内心世界的秘密。而人性开掘的深广，正是帮助他思想上艺术上臻于成熟的手段。有的作品不那么打动人心，问题也正好在这上面。剧作家笔下生机活泼、有血有肉的人物形象，是舞台艺术的灵魂，否则表演艺术大可取消，用木偶代替演员好了。

---

① 亚里士多德：《诗学》，罗念生译，北京：人民文学出版社，1962年，第九章。李健吾的文章只概述大意。
② 李健吾：《十三年·跋》，上海：文化生活出版社，1939年。
③ 雨果：《悲惨世界》，李丹译，北京：人民文学出版社，1978年。

三

健吾剧本中出现最多的,是他家乡山西的农村景色,以及紧靠农村的古老小城市。时代有的是辛亥革命前后,有的在三十年代:中国近代史上最凋敝的年月。中国长期的封建统治,半封建半殖民地统治,承受压力最重的,正是处在金字塔底层的农民。——地主、乡绅、公所、军阀、兵痞、流氓、赌博、高利贷、鸦片贩卖、苛捐杂税、贫穷、愚昧、奸淫、邪恶……交织成这些戏里灰黯的背景。观众可以从这里清楚地看到政权、神权、族权、夫权这四条套着农民——特别是农民妇女脖子的绳索的阴影。

无论作者采用的是悲剧形式,还是喜剧形式,叙述的都是使观众心弦颤抖的故事。梁允达(看他的经济地位该像是富农或富裕中农)年轻时荒唐而意志薄弱,经不起人勾引,"好像心里藏好了坏事,就等人来掀盖",又像"生来是柴火,一见纸枚头就着"①。而他偏偏和村里的痞棍刘狗勾搭在一起。他等钱等得穷疯了,刘狗帮他出点子,黑夜里一闷棍收拾了他爹。他接受了他爹的产业,手头有了钱,罪恶却成了他难治的心病。他把刘狗远远打发走,决心改邪归正,发财也只想发"正路财"。二十年后,远走天涯,音讯杳然的刘狗却又忽然出现,一下子弄得家翻宅乱。梁允达的儿子四喜,成天"不是要钱,就是踩人家小媳妇脚跟子",② 活脱就是当年的父亲。二十年前惊心动魄的一幕,在刘狗的导演下差一点要在梁允达自己身上重演。刘狗是刁钻古怪的鬼精灵,人世一切邪恶的化身,无边无际的黑暗!《梁允达》的作者带着深沉的悲悯,把一个烂透了的旧世界端给观众:它到处埋伏着罪恶的深渊,只要不小心一脚踩下去,就再也拔不出来。《村长之家》搬演的是另一种悲剧:它揭发了封建势力对人心的戕害,它残酷无情,甚至使亲骨肉之间也冷得没有一丝温暖。一个年轻的寡妇,上头有个恶婆婆,丈夫生前就不曾善待过她,娘家又已经没有亲人,环境逼得她抛下年幼的儿子(婆婆不让她带走)再嫁。三十几年以后,她已经是一个苦老婆子,又无可奈

---

① 李健吾:《梁允达》,上海:生活书店,1934年,第一幕。
② 同上注。

何地带着后夫的儿子逃荒要饭,回到本村,寄宿在火神庙里。那时她前夫的儿子已经当了村长,这一天村里正要给他上"急公好义"的匾额,偏偏这件使他伤心丢脸的事同时发生。村长从小失去爹妈,常常受人欺侮,养成冷心冷面的性格。他把心锁得严严的,谁也进不去,包括他的妻子女儿。"我以为就这么这一辈子,做一辈子的正人君子!可是我家里冷清清的,和鬼庙一样,连鸡也不叫唤,连狗也听不见!"① 村里人已不认得那苦老婆子是谁,不料一件意外事又把这秘密泄露。他硬着心肠不认自己生身的母亲,而他的亲生女儿也被他的冷酷逼得跳了井。《村长之家》和《梁允达》不同,它不像后者那样寒砭肌骨,在满天阴霾中还时不时漏出一线阳光。村长女儿纯朴美丽的性格是烂泥堆里的一颗珍珠,是对善良的人性的讴歌,她证明在冰窖里也可以埋藏火种。《以身作则》是喜剧,是针对满口"子曰""诗云",一脑门子道学的遗老徐举人发出的一支投枪,但讽刺是温婉的。他把"男女有别"当作捍卫道德的大防,把女儿管束成病态的少女,那座门虽设而常关的宅第成了她埋葬青春的坟墓。可是竹林子到了春天,笋尖在最硬的地面上也会冒出来。笑话闹成了堆,遗老自己经不起年轻女佣几声温柔的呼唤,"以身作则",首先在这条防线上败下阵来。"道学将礼和人生分而为二,形成互相攘夺统治权的丑态。这美丽的丑态,又乃喜剧视同己出的天下。"② 道貌岸然的徐举人也就在观众的笑声中垮了台。我们从这里可以看出莫里哀式的机智和讽嘲,但巧合似乎有点超过了必要的界线。

这种对中国旧农村的猛烈鞭挞,在过去的舞台上似并不多见,对今天的读者和观众,应该也还有它的认识意义。

从四十年代开始,可以看出健吾戏剧创作上风格变化的明显痕迹。《青春》是一个信号。村长的女儿香草和贫农田寡妇的独生子喜儿互相爱悦,触犯了礼教和门第的禁忌。私奔没有成功,香草被父亲强迫嫁了邻村举人家里一个十一岁的小丈夫。但结局却是香草和喜儿的大团圆。这是一出含泪的喜剧,有牧歌风味。乐观主义的调子,喜儿的诙谐跳跶,田寡妇的复杂心理和反叛性格,给清末荒芜的田园增添了一抹绿色。在登场人物中出现了几个天真的孩子,更加了些令人愉

---

① 李健吾:《村长之家》,上海:生活书店,1934年,第三幕。
② 李健吾:《以身作则·后记》,上海:文化生活出版社,1936年。

悦的气氛。(后来在《贩马记》里,在剧情发展的紧张时刻,也在百忙中穿插了孩子嬉闹的场面。)《贩马记》是"辛亥传奇剧",正面写了辛亥革命,伴随着跌宕的情节,副线是男女主人公的恋爱悲剧。经过惊险曲折的战斗,起义胜利了,消息传来,宣统退位,袁世凯登台,男主人公满怀的希望开始幻灭,决定离开他参加起义的军队,因为"还有一个更深刻的思想"促使他离开。"我还得到什么地方寻找真理。咱们不能空闹一场革命,光自己升官发财。是什么思想,我叫不出它的名字。……我要走遍天涯海角去寻找这个'思想',为这死了也甘心。为中华民国找一个真正自由的身子。这回辛亥革命不是胜利,实质上是失败了。"[①] 这就是点明全剧主旨的结尾。

表现手法也变了,主要的特点是场景开阔,戏剧结构从紧凑转向奔放。《贩马记》是照着"南戏"的样式写的,是把舶来形式的话剧和中国戏曲形式相结合的一个尝试。这种尝试再见于健吾在"四人帮"覆灭以后的新作历史剧《吕雉》中。明确提出话剧艺术向民族戏曲传统学习,是解放以后的事,实际上两种不同表现形式的交叉感染,早就悄悄地发生了:话剧的幼年阶段,即称为新剧或文明戏的阶段,基本上是优孟衣冠、演绎故事的现成手段;而话剧的分幕布景的方法,也久已侵入戏曲舞台,代替了"守旧",就是明显的例证。但这种有意识的尝试,无疑地更有意义。

四

在抗日战争中,上海"孤岛"和沦陷时期,健吾改编了不少剧本,其中有根据巴金小说改编的《秋》,根据法国斯克利布(Scribe)剧本改编的《云彩霞》,萨尔都(Sardou)剧本改编的《金小玉》及其他,还有根据博马舍《费加罗的婚礼》改编的《艳阳天》,根据莎士比亚《麦克白》改编的《王德明》(演出时名《乱世英雄》)、根据《奥赛罗》改编的《阿史那》,等等。

改编和上演外国剧本是当时的流行现象,因为客观情势需要。现实的发展永远比人的想象丰富繁复,陷于陆沉的上海会有一段话剧的繁荣时期,就是人们非

[①] 李健吾:《贩马记》,银川:宁夏人民出版社,1981年,第八折。

所预料的事。不去考察现实变化的来龙去脉，追寻隐蔽在内的因果关系，随便加上个"畸形繁荣"这类词汇是很方便的，但这并不能帮助我们分析问题，认识真理。众多的剧团，排日不虚的演出，创作剧本供不应求，不得不求助于改编，这是改编外国剧本流行最直接最表面的原因，是容易理解的，现在我只是要问：这件事本身应该怎么估价，是否其中也不乏积极意义？

重创作，轻翻译，是文学界历来就有的风气，后来事实终于逐渐纠正了这种偏颇。——创作当然是最可贵的，因为文艺贵在创造，而且非此不能反映本民族的时代、社会和人民生活。但文化交流却好比建筑物中需要门窗，渡河需要桥梁，而且正是创作的他山之石，也已经没有什么人怀疑它的重要性了。至于改编和搬演外国舞台剧，当时上海的评论家就很加轻视，至今似乎也还没有获得应有的地位，这是一件很可遗憾的事。戏剧观众比文学读者的圈子大得多，欣赏和理解能力也更参差悬殊。一丝不苟的原装演出，固然可以更真切地介绍异民族的生活和艺术，是非常必要的，但由于一般观众的隔阂，往往不如巧妙的改编能获得更多的观众，实践中已有许多例证。宁缺毋滥，非有即无，严肃是严肃极了，但为广大的观众着想，为什么不能退后一步，让他们打开眼界，多一点艺术享受，多一点认识世界的机会？

就艺术价值来衡量，改编是否属于次等品，也不一定。创作也好，翻译也好，改编也好，一切决定于质量。世界公认的天才莎士比亚和莫里哀的剧本中，就有改编的作品，我国元、明、清三代的杂剧、传奇名著中，也不乏辗转改作的例子。如果说，这是改编本国作品，又当别论，那么改编外国作品，工作只会更困难，因为首先就会遇到不同民族、历史、时代、风俗、习惯、不同思想感情的表达方式等的障碍。要改编得既符合原作的主要精神，又浑成自然，天衣无缝，不但不能有丝毫的轻忽，还必须有精娴的艺术修养。只要看看有些改编作品的生吞活剥，不伦不类，就知道改编之不易了。

从健吾改编的一些精品中，读者不难看出他所下的功夫，证明他是移花接木的能手。以《王德明》为例，沉郁怪诞的色彩，波谲云诡的剧情，野心家的阴鸷狠毒，杀人后的怔忡狂痫，《麦克白》激荡人心的力量，依然很好地保存着，而全剧从内容到形式都中国化了。时代背景移到了中国五代，那正是个民族大分裂时期，封建割据，征伐暴乱，杀父弑君成了流行病。成德镇大将王德明（本名张文礼）杀死义父节度使王镕，篡位窃踞镇州，其人其事，都见于史乘的记载，这就使天马行空般的虚构有了坚固的真实基础。剧本第五场写李震为了保护王镕十岁的幼子王照海，竟把自己的亲生儿子假名代替，献给王德明。这个情节本来是《麦克白》所没有的，而它显然是元曲《赵氏孤儿》故事的嫁接，但并不使人发生补缀和穿凿的痕迹。撇开《麦克白》看《王德明》，仍不失其为一件独立的艺术品。《金小玉》的地点移到了北京，时间是北洋军阀的天下摇摇欲坠，革命之火行将燥裂的年代。革命者的坚贞，艺术家的刚毅不屈，女伶的痴情与嫉妒，军警头子的阴险与狠毒，纠扭盘结，迸出耀眼的火花，构成惊心动魄的场面。道地北京气氛的人事景物，你再也想不到它的原生地是法国。这两个剧本，都曾经苦干剧团演出，观众的激赏，历久不衰的卖座，无可置疑地肯定了它们的成就。两剧的导演都是佐临，主要演员是石挥、丹尼、张伐，健吾自己还串演了一个角色，证明编、导、演的完美合作，是使舞台艺术具有强大魅力的必要条件。

有趣的是，健吾改编了那么些外国剧本，他对自己这种再创作的劳动，似乎也并不十分肯定。他改编"讲究结构的斯克利布"[①] 的《云彩霞》，同样以布局取胜的萨尔都四剧：《金小玉》《风流债》《花信风》《喜相逢》，但他却说："人属于一种有遗憾的动物，喜欢的不一定能够做，时间不允许。通过允许的往往多是不最喜欢的工作，悲哀就在这里。"又说："我和萨尔都遇在一起，也只是时间、环境和机会的巧合。为了争取观众，为了情节容易吸引观众，为了企图掌握萨尔都在剧院造成的营业记录，萨尔都便由朋友介绍，由我接受下来这份礼物。"[②] 为什么这样说？我想大概因为斯克利布和萨尔都在法国剧坛虽曾红极一时，但评论家只肯定他们的技巧，评价不高。而我国新文艺界长期以来的一个特别"国情"，就是害怕技巧，唯恐"以词害意"。其实思想性和技巧绝不是对立物，倒是相依为命的连理枝。只有雕琢过分，只顾搔首弄姿，毫无风骨情致可言，才是十足的厌物。试读健吾所改编的几种剧本，无一不是构思奇巧，鬼斧神工，显出原作者的修养和才力，内容也有一定的社会意义，欠缺的只是人物刻画不是那么深切感人。中国的古典文学（小说，戏剧）证明，我们的祖先是擅长结撰故事的，而现

---

① 杨绛：《李渔论戏剧结构》，《春泥集》，上海：上海文艺出版社，1979年。
② 李健吾：《花信风·跋》，上海：世界书局，1944年。

下流行的，却不少是离奇的生编硬造。如果能从斯克利布和萨尔都那里好好学到一些东西，那我们的读者和观众就欢喜不尽了。——以萨尔都而言，我国很早就译过他的《祖国》，"孤岛"时期还曾搬上舞台，以此激扬民气。早在二十世纪初叶，日本剧作家田口菊町就曾将萨尔都的《杜司克》改编为日本新派剧本，名为《热血》。我国最早的戏剧团体春柳社，又改名《热泪》，于一九零九年初夏在日本演出①，这也就是后来的《金小玉》。"药补不如食补"，多供给些富营养而又有滋味的精神食粮，比起那些冠冕堂皇的金科玉律来，对读者和作者将更为有益，健吾在这方面所花的心血，是不会白费的！

五

在健吾大量的翻译剧本中，有一种情况特殊：译的是中国人执笔的英文剧本。

老一辈戏剧家王文显②，现在知道的人大概不多了。他曾在清华大学主持西洋文学系，洪深、曹禺、张骏祥等都出自他的门下，健吾是其中之一。王文显的剧作，都是用英文写的。一九三二年，健吾留法回国，第一个翻译的剧本就是他老师的《委曲求全》（*She stoops to compromise*）。这个戏在北平、上海都演过，上海的主要演员是凤子。我最初看她演戏，就是《委曲求全》和《雷雨》，那还是她的少女时代。在苦难深重的上海沦陷期间，王文显在圣约翰大学教英文，生活相当艰苦。健吾又译了他的《北京政变》（*Peking follies*）——一个写袁世凯的戏，后来出版时改名《梦里京华》。健吾每星期到戏院结算上演税，送给他的老师。回忆这些如尘的往事，已经很有些白头宫女闲话玄宗的意味了。但我们从这里也可以看出健吾为人的一个侧面。

健吾是"书生"，或者说"书呆子"，他本人和他的一些熟朋友都这样看。在解放后相当长的时期里，有一种流行的观念，以为喜欢埋头书案的知识分子必定"脱离政治"，走的是所谓"白专道路"，这是一种好心的误会。书呆子不关心政治是少数，多数人并不如此，古往今来，已有无数事实作证；例如健吾，不但不

---

① 欧阳予倩：《回忆春柳》，《中国话剧运动五十年史料集》编辑委员会：《中国话剧运动五十年史料集》第一辑，北京：中国戏剧出版社，1958年。
② 王文显已在香港去世。

缺少政治热情，有时只嫌过多，但实际对政治十分隔膜，却是事实，这是一般知识分子的通病；这从他的少数作品中也可以看出来。抗日战争胜利初期，他为了配合政治，根据席勒的《强盗》改编成《山河怨》，抒发人民对国民党反动统治的怨望。莽荡的气势，俨然犹是席勒式的浪漫主义热情。但现在回过头来一看，就知道当时的政治形势和剧中所描写的距离有多么远。席勒写《强盗》的时代，是十八世纪末叶的德国，根据恩格斯的说法："一切都烂透了，动摇了，眼看就要坍塌了，简直没有一线好转的希望，因为这个民族连清除已经死亡了的制度的腐烂尸骸的力量都没有。"只有在德国的文学中"能看出美好的未来"。① 《山河怨》写我国抗战"惨胜"后的社会疾苦是真实和深刻的，"胜利了又怎么样？原来是坐轿子的还坐轿子，原来是抬轿子的还抬轿子。你嚷嚷，装没有听见；你再嚷嚷，这回听见了，好小子！你是共产党，五花大绑进了县衙门。起码也要在乡公所吊上三天三夜。乡公所又怎么样？大厅换一张照片，多贴几张现成标语，乡长保长还不全是熟到不能再熟的老面孔！"② 国民党的反动统治，的确也"烂透了，动摇了，眼看就要坍塌了"；但这只是一个方面，另一方面，革命形势空前壮大，历史车轮的转折点已经迫在眉睫，像《强盗》——《山河怨》所描写的那样，占领一座森林，或者一座山头，实行水泊梁山式的聚义和反抗，不但已绝少可能，而且也没有什么现实意义了。

文艺创作如何配合政治，教训已很不少。凭一时政治热情的冲动，率尔操觚，往往为错综复杂瞬息变化的形势所捉弄，劳而无功。不久前健吾写《一九七六年》，就因为政治气候多变，一再修改，深感"此剧命运既苦且奇，宛如梦里行舟，波浪起伏，动荡不已"。③ 钱钟书的《读〈拉奥孔〉》，是一篇耐人咀嚼的文章，有许多牝牡骊黄以外的独到见解。文章里谈到演员演戏，以狄德罗的《关于戏剧演员的诡论》④ 为例，证以古代中国的一句不谋而合的谚语"先学无情后

---

① 恩格斯：《德国状况——给〈北极星报〉编辑的第一封信》，中共中央马克思恩格斯列宁斯大林著作编译局编：《马克思恩格斯全集》第二卷，北京：人民出版社，1957年，第633—634页。
② 李健吾：《山河怨·引子》。
③ 李健吾1981年6月11日致笔者信。
④ 录用钱钟书《读〈拉奥孔〉》的译法。

学戏",阐明这样一个道理:"演员必须自己内心冷静,才能惟妙惟肖地体现所扮角色的热烈情感,他先得学会不'动于中',才能把角色的喜怒哀乐生动地"形于外";譬如逼真表演剧中人的狂怒时,演员自己绝不认真冒火发疯。"① 我觉得作家如何在创作中表达政治热情,很有些与此相通的道理。作家又须善于冷静地观察政治动向,要热中有冷,冷中有热,提得起,放得下,进得去,出得来,才不至在热情的冲动中跟着形势的变动晕头转向,有如"梦里行舟"。健吾许多成功的剧作,目的只是想探索人生,却含蕴深厚地反映了现实,表明了作者鲜明的政治态度,像上述这两个急于要配合政治的戏,反而吃力不讨好,就是很明显的例子。

一九三四年暮春,《这不过是春天》在北平贝满女中演出,健吾被请去看了。演戏的全部是女孩子,她们扮演的角色,特别是男角,"好像来自梦之国,好像踏在落花三尺的仙境,她们是可爱地不真实,不真实地生动。吸引我的不是戏,而是她们鱼在水中游来游去的惝恍的感觉"。健吾的观感是,"我满意。她们的童心是我和我作品的童心的保证"②。

童心! 我觉得这是一把开启健吾作品和心灵的钥匙。他的特点是单纯,胸无城府,直到现在,他还给我一个老孩子的感觉。在复杂的现实世界里,这是作为一个艺术家的可贵的品质。

在抗日战争和解放战争时期,我和健吾共过一大堆风雨同舟的岁月,可以算是熟朋友了。但在文学和戏剧活动方面,我都是他的后学。在他面前谈戏,是最冒昧可笑的"班门弄斧"。上面这些意见,只算是我一份学习的作业吧。

"谁要是肯这样公正地对待我:为了我,为了了解我,而把这部书读下去,那末,我就可以如此地要求他:他不必把我作为一个诗人来赞赏,而是要把我作为一个正直的人来尊重。"③

这是席勒在《强盗》第一版序言里对他的读者所说的话,我移来献给健吾和他的读者,并祝愿他健康长寿!

1981 年 8 月 10 日,病中,于上海。

---

① 钱钟书:《论〈拉奥孔〉》,《旧文四篇》。
② 李健吾:《这不过是春天·跋》,上海:文化生活出版社,1940 年。
③ 席勒:《强盗》,杨文震、常文祥译,北京:人民文学出版社,1959 年,第一版序言。

李健吾《这不过是春天》[1]

司马长风

在《文学批评与论战》一章，已经说过，李健吾在文学上有多方面的成就。他的文学批评固然出类拔萃，在戏剧方面也毫不逊色。他的戏剧兴趣萌露甚早，在清华大学读书的时代，即已翻译过王文显教授的《委曲求全》，但是从事剧本的创作，到留法归国后才正式开始。主要的著作计有：《这不过是春天》《以身作则》《母亲的梦》《新学究》《黄花》《秋》（巴金小说改编）《撒谎世界》《村长之家》《梁允达》《不夜天》《阿史那》《袁世凯》等。战后据法国名剧作家 V. Sardou 的原作改编的剧本有《风流债》《花信风》及《喜相逢》三种。

新文学运动从开始就有一个严重的偏向，那就是盲目地模仿西方文学，弃绝中华风土。偏向最甚的是新诗，因此新诗的成绩也最差。偏向最少的是散文，所以散文的成绩最佳。

所谓模仿西方文学并不是借鉴和吸纳西方文学的形式和技巧，而是盲目地跟从，连内容也跟着东施效颦。结果是个性和美的死亡，剩下赤裸裸的丑陋。

关于散文、诗、小说，我们都有自己的传统，有文言的传统，也有白话的传统；我们都未可轻易地弃己从人；但是纯以对话和动作来上演的现代戏剧，则是百分之百的舶来品，在形式上我们非全部学习接受不可，无选择的余地。但是在内容上则仍必须是本地风光。在这一点上，李健吾早有自觉的了解：

作品应该建在一个深广的人性上面，富有地方色彩，然后传达人类普遍的情绪。我梦想抓住属于中国的一切，完美无间地放进一个舶来的造型的形体。

这可能是剧本创造不可移易的原则。我相信实是最允当的原则。如果拿酒为

---

[1] 选自司马长风：《中国新文学史》，香港：昭明出版社，1978年，第二十四章。

例，来品评曹禺和李健吾的剧本，则前者有如茅台，酒质纵然不够醇，但是芳浓香烈，一口下肚，便回肠荡气，因此演出的效果之佳，独一无二；而后者则像上品的花雕或桂花陈酒，乍饮平淡无奇，可是回味余香，直透肺腑，且久久不散。

李健吾有一点更绝对超越曹禺，那便是前无古人，后无来者的独创性；而曹禺的每一部作品，几乎都可找出袭取的蛛丝马迹。

这里仅述李健吾的名作《这不过是春天》。原作一九三四年七月刊于郑振铎主编的《文学季刊》，后由文化生活出版社出版单行本。

从书名看该以为是轻松喜剧，其实是描写北伐战争时期为背景的史剧。角色和情节都很简单，但是和谐紧凑，入情入理，而且从头到尾每一个字都是戏。

警察厅长——年四十余岁，是个精于人情世故的官僚，娶了一个如花似玉、比他年轻十几岁的女学生，北伐军从广东出发了，过了韶关快进入湖南了，风讯传到北方，他开始感到革命的威胁，就在这个时候，他奉命捉拿北下的革命党秘密工作人员冯允平；在这同时，他夫人的旧情人化名谭刚到了北方，并且住进他的府中。

厅长夫人——少女时期曾与大学生冯允平恋爱，当冯向她求婚，她嫌他穷，一句话就把冯允平气走了。现在她嫁给了警察厅长，安富尊荣，年近三十，风华不减当年，但是因为没有爱情，生活就透着空虚；恰巧冯允平突然来到她身边，于是她浮起幻想，想把他荐为厅长的秘书，兼做自己的情人，这样富贵和爱情就两全其美了。想不到冯是革命党，厅长正奉命逮捕他，她救了他，把他放走了。

冯允平——化名谭刚到北方来做一项秘密任务，他去找他的旧恋人，无意再续前缘，只因风声太紧，谋求安全。

小学校长——厅长夫人的堂姐姐，老处女热心教书，同情革命。

王彝丞——厅长秘书，是个战战兢兢、侍奉长官、谋求衣食的人。

白振山——是个密探头目，精明干练，一身北洋时代的官腔侩气。

几乎是冯允平在厅长公馆出现的同时，缉拿冯允平的公文就在厅长的办公桌上了。戏一开幕，听众就为冯允平焦切担忧了。

风沙过去，桃花开了，那将近三十的厅长夫人，在春光里正恼于无名的感伤，十年的梦里人飞到身边来了。他和她将怎样呢？观众又多了一个关切。

由于她的不小心，说出表哥的真名——允平，使密探白振山"踏破铁鞋无觅处，得来全不费工夫",剧情呈现了紧张。

她因为支票的事情申斥了王秘书,这王秘书看见谭刚好像要来顶他的职位,因此恼了她和谭刚。现在发现了谭刚原来是要缉拿的冯允平,马上动了报复和自保的念头,剧情又紧张了一步。

王秘书和白振山碰头了,把谭刚和冯允平两人原是一人搞清楚了,剧情紧张达到顶点。

那白振山认定和跟定了冯允平之后,便向警察厅长请求赏额,他开口要一千块,厅长以为他们既支薪还要赏,未免太贪,就没加理睬,这白振山转手向厅长夫人勒索放人钱,她立刻付给他,于是势成釜中鱼、笼中鸟的冯允平便绝处逢生被护送逃走了。王秘书坐厅长夫人的汽车送冯允平去天津时满心欢喜,因为他的秘书职位高枕无忧了。

上述的剧情在男女主角的爱情纠缠中同时发展,互相衬托,而舒徐有致。读毕全剧,如听完一曲交响乐,轻妙完美,感到每个音符都有恰如其分的美,而余音袅袅。

"每个音符都有恰如其分的美",是说整个剧本,从头到尾,没有冷场,没有漏洞,每一角色每一句对话都有不可少的作用,恰合角色的身份、情绪和临场的气氛;每一转折都自然舒展;回顾新文学运动以来,在技巧上没有人达到这样完美的境地,连曹禺也不行。

但是我们不能单以技巧来称誉这个剧本,不要忘了他信持的原则:"作品应该建在一个深广的人性上面,富有地方色彩,然后传达人类普遍的情绪。"这个剧本充分地显示了这个原则。它虽然以北伐时代为背景,并不流于革命的宣传;而是以那个时代的北方为场景,表达各类型角色的人生。有如警察厅长御妻术和宦术的精明;厅长夫人的空虚无聊;冯允平的革命热情;白振山的贪与狡,王秘书的战战兢兢守着饭碗的可怜相;小学校长——那老处女的孤耿与哀欢,都跃然纸上。作者不从流俗,着重刻划主角的形象,而是从所有的角色来剖解众生相,展示人类普遍的情绪。

我们也从这里找到作者的另一原则:"我梦想抓住属于中国的一切,完美无间地放进一个舶来的造型的形体。"一点也不含糊,剧中的每一角色,每一言一动,都是纯中国风的,不像曹禺的《雷雨》,最化心血描写的繁漪,竟为了性和爱发狂，弃母爱如粪土，那是中国罕见、西方才有的女性。

还有一点，剧本的对话，全是用纯净的北方官话写的。灵活，利落，富有生活味，这也是欧阳予倩、田汉、洪深以及曹禺等人无法比拟的。

前面说过，我们不能单以技巧称誉作者，但是为了使读者亲尝一下剧中的风光，仅摘述两段精彩的对话：

当冯允平和厅长夫人在一刻千金的春光里重逢，冯送给她一束桃花，两人不禁旧情荡漾，底下是对话：

冯：我亲自从树上掰下来送你的。

夫人：我真得好好谢谢你。一小枝一小枝光是花，没有叶子，你说这不像冬天的梅花？自然，长在树上一蒲蓝，另是一个花世界。可是，你爱看春天那种花儿呢？我自己，与其说是欢喜桃花，不如说喜欢海棠花。

…………………………

冯：你说你喜欢海棠花，为什么？

夫人：因为他有一树的绿叶衬着。虽说开了一树花，一点不嫌单调。而且那一团一团的小花球，走近了看，个个精儿神的站在把儿上，你呢？

冯：我跟你一样。

夫人：我赞成一棵树先长叶子后开花，不等叶子长出来就开花，花也未免冒失。

冯：这叫做情不自禁。

这段对话自然美妙，诗情洋溢，映衬了《这不过是春天》的情趣。

李健吾及其剧作[1]

陈雪岭

上节所讲的洪深其剧作的重要特征之一是戏剧思维的理性化；这里要讲的李健吾，与之恰成对照：他的剧作多从人性的直感出发。他是二十世纪三十年代卓有成就的剧作家。"他与曹禺一样，作风能自成一家"[2]。自一九二〇年参加进步戏剧运动起，他始终在创作批评翻译与戏剧运动等领域辛勤耕耘，为发展我国现代戏剧艺术事业做出了独特的贡献。

李健吾（一九〇六年——一九八二年），山西省安邑县（今运城县）人。他从小深受曾是辛亥革命晋南领导人的父亲的思想影响，关心社会时势和国家命运。一九一九年，李健吾的父亲被北洋军阀杀害，家庭生活也随之陷入贫困之中。这不仅使李健吾在心底植播下仇恨封建军阀等黑暗统治势力的种子，并且开始明确地"把穷人的痛苦看作自己的"[3]，逐步确立了民主主义、爱国主义和人道主义的思想基础。随着生活和思想的变化，他开始抱着追求真实反映社会人生的艺术目的，投身于进步戏剧运动。一九二〇年，他还是北师大附小的学生就登台演戏，成为当时北京学生剧运中一名积极活动者，以致陈大悲组织北京实验剧社时也邀请他做了发起人。

一九二三年，李健吾开始创作话剧，以"仲刚"署名，在《燃火旬刊》上发表了三篇话剧习作：《出门之前》《私生子》和《进京》。至一九二八年他共写出八个独幕剧和一个两幕剧。此期正值李健吾先后就读北师大附中和清华大学西洋

---

[1] 选自陈白尘、董健主编：《中国现代戏剧史稿》，北京：中国戏剧出版社，2008年，第四章第三节。
[2] 董史：《剧坛人物志·李健吾》，《万象十日刊》1942年第5期。
[3] 李健吾：《母亲的梦·跋》，上海：文化生活出版社，1936年。

文学系之际，他不仅积极参加当时反帝反封建的学生运动，也孕育了艺术是社会的反映、文学是人生的写照、艺术和人生虽二犹一的艺术观，并加入了文学研究会。他努力以妥帖的艺术表现来传达自己探索人生、体察时代的感受，从而使他初期的剧作在取材和描写方面颇有特色。

李健吾的初期剧作，《进京》呼喊出"五四"时期青年学生迫切要求个性解放和婚姻自主的心声，《济南》揭露了日本侵略者制造"济南惨案"的罪行，其他作品则都是李健吾青少年时期感同身受的劳苦人民生活命运的真实描写。它们由于植根于李健吾的生活积累和觉醒的民主意识，突破了新兴话剧在初创时期很少反映劳动者苦难人生，尤其是缺乏表现他们善美心性和反抗精神的局限。《工人》不仅呈现了京汉铁路工人遭受军阀和土匪残害的悲惨境况，也展示了他们舍己为人、热诚互助的闪光人性和奋起反抗压迫的斗争精神。在《翠子的将来》里，则出现了当时人力车夫题材作品中少见的勇于抗争自强自立的车夫形象。在这些剧作中，李健吾无论是刻画被侮与被损害的丫环和人（《另外一群》《私生子》），还是描写身受残酷压迫的铁路工人和城市贫民（《工人》《母亲的梦》《翠子的将来》），都与笔下人物心脉相系、感情交融。同时李健吾在描写劳动者时，表明了坚信他们经过奋争必将走向光明的信念。《翠子的将来》《另外一群》《私生子》等剧中的主人公，虽然灾难深重，内心世界充满人生多艰的苦痛，但又都有着顽强争取"人的权利"的拼搏并且赢得了他们人格独立的尊严。尽管这些人物形象所透示的亮色，未能烛照出光明前程的具体景象，但仍然给人一种温暖的激励，并使李健吾早期剧作的现实主义描写显现出"五四"文学蓬勃向上的情调和色彩。

李健吾在初创之作里，把笔触探入笔下人物的灵魂，着力揭示最能表露他们心灵隐秘和性格的内心冲突，并运用他大学时曾极感兴趣的象征主义的表现手法来使人物深隐的复杂心理具象化。他创造出了一些真实可信的劳动者形象。其中有深深陷入夫死子亡的悲苦心境的慈母（《母亲的梦》）；面临恋人与父亲的新旧思想冲突而苦闷忧伤的贫女（《翠子的将来》）；得知所伺候的主人就是遗弃自己的生身父母而愤然出走的私生子（《私生子》）；遭到少爷太太的欺辱而又在其他佣人热情关怀下抛弃了幻想和绝望的孤苦丫环（《另外一群》）；被权臣冤屈坐牢十五年而又在被赦之时坚决要求与惨遭迫害的女儿继续同狱的父亲（《囚犯》）。

这些人物形象的塑造，充实了李健吾早期剧作的文学价值。

但是，李健吾的初作囿于个人狭小的经验世界，还不习惯于自觉地从现代中国反帝反封建革命的角度去审视笔下劳动者的思想性格，对他们精神上的封建传统积淀往往过于宽宥。他当时也尚未具备驾驭大型多幕话剧的才力，难以组织时空容量大、矛盾错综复杂的戏剧冲突。这些都局限了他对所熟悉的劳苦人民的生活命运和精神世界的表现。

李健吾三十年代的剧作臻于成熟。无论是一九二二年留法时感愤于"九·一八"事变而作的《火线之内》和《火线之外》①，还是一九三三年回国后不满现实黑暗面写成的北伐革命题材作品《这不过是春天》和《十三年》②；无论是三十年代中期在北京从事文学研究两年间创作的暴露旧中国农村人性沦丧的心理悲剧《梁允达》《村长之家》，还是抗战前夕任教上海暨南大学时写出的讥刺知识界封建遗老和迂阔教授的《以身作则》《新学究》；这些剧作，出自他对三十年代社会生活的深切感受，表现了他富有个性的创作思想和艺术表现特色。二十年代初，李健吾虽然身处异域，但他的反帝爱国之心仍与祖国和人民系结在一起。他及时地把自己感时忧国的心绪，衍化成《火线之内》里抗日军民同仇敌忾的壮烈场面，和《火线之外》中一个官宦人家父子之间、兄弟姐妹之间民族正义战胜卖国逆流的戏剧冲突。在这两出大型多幕剧里，他敏捷地传送出人民大众强烈要求抗敌救亡、反对内战的心声，塑造了在当时民主主义作家的创作中较难觅见的抗日英雄人物形象，也把二十代抨击封建军阀的批判笔锋转向国民党新军阀。从三十年代中期起，李健吾随着回国后目睹空前黑暗的社会现实而愤怒否定国民党暴政的民主主义思想的发展，在创作中展开了对旧中国社会从上层污浊世界到乡村宗法家庭种种戕害人性的罪恶的批判。尤其是他在此期较有影响的剧本《这不过是春天》（一九三四年）和《十三年》（一九三七年）里通过描写北伐时革命者以正义和美好人性降服堕落生活的维护者和依存者的戏剧冲突，揭示出半封建半殖民地旧中国善与恶的斗争趋势，寄希望于站在新民主主义革命前列的进步力量。这表明他的民主主义创作思想与左翼文学的基本指向是一致的。

---

① 《火线之内》，本是五景剧，1936 在《文学》第 6 卷第 1 号上以《老王和他的同志们》为名发表修改稿。《火线之外》又名《信号》。
② 《十三年》，原名《一个没有登记的同志》。

在成熟期的剧作中，李健吾力求真实反映社会人生的艺术观有了新的发展。他提出"作品应该建在一个深广的人性上面，富有地方色彩，然后传达人类普遍情绪"①。他从二十年代就显露出的真实而深入剖示复杂人性的艺术视角，此时更加鲜明突出。他写出了众多性格复杂、感情丰富的革命者的形象和善恶并存者的形象。其中后者虽然深陷泥淖，但又不乏"人之常情"和"道德微善"。如《十三年》里的侦探黄天利和《这不过是春天》里的警察厅长夫人，他们的心灵已在堕落生活中被深深腐蚀，但还存留着些许往昔的纯真恋情，也不乏反省之后有所醒悟以致力助革命者脱险的良知。《梁允达》（一九三四）的梁允达、《村长之家》（一九三四年）里的杜村长都是亲手制造自己家庭悲剧的乡村权势者，可是他们的内心世界又始终被行恶后的恐惧和悔疚笼罩着，透露出企求从善的人性意愿。《新学究》（一九三七年）和《以身作则》（一九三六年）也在暴露其主人公教授康如水和举人徐守清把金钱和礼教当作"恋情"和"父爱"的愚拙可笑之时，披示出他们不无坦诚之心和正常人欲的情怀。这些人物复杂而丰盈的心理，真实映现了现实中人性存在的纷繁形态，也使得他们的形象具有了独特的戏剧美学价值。例如黄天利、厅长夫人、梁允达、杜村长等，由于他们所残存的人性、人情非但无法挽救他们的灵魂的毁灭，反而要为之殉葬，因此，显露出了不同于英雄人物或正面人物遭际与不幸的悲剧性。徐守清、康如水等则因被社会黑暗严重戕害心灵、扭曲人性，甚至以丑为美而毫不自知，以致使他们的否定性喜剧性格透示出他们是旧时代牺牲品的令人隐隐怜惜的悲剧性蕴含，造就了悲喜交融、温和幽默的审美韵致。李健吾塑造的这些具有独特认识价值和美学意蕴的"善恶并存者"，是他戏剧成就中较为突出的一部分，为三十年代在曲折发展中达到成熟的话剧显示了创作实绩。

李健吾此时的戏剧艺术描写日趋娴熟。他能够得心应手地驾驭大型多幕剧，也可以自如地运用正剧、悲剧、喜剧等各种戏剧美学样式来表现复杂的人生。他又一如既往，使戏剧性的发掘真实地反映社会人生，而且力求艺术表现形态本身也切近生活不露斧凿痕迹。出于这种追求戏剧创作真实而自然的审美意趣，李健吾创造了冲突繁复而主线明确、剧情紧凑而自然妥帖的戏剧结构，创造了性格化

---

① 李健吾：《以身作则·跋》，上海：文化生活出版社，1948年。

与动作性相结合的口语化戏剧语言,创造了直接表现人物内心冲突而又具有客观生活化形态的戏剧抒情方式。

李健吾三十年代剧作中的希望寄托者,全是他幼时起便有深切了解的辛亥革命志士和北伐时期的革命党人。由于生活经历和环境的局限,他的戏剧创作在批判黑暗现实时,表现出鲜明的现代民主意识时显得深刻有力;而在具体描绘"光明"和"理想"时往往显得困惑。

抗战时期,李健吾的戏剧创作和戏剧活动进入了新的阶段。他以职业戏剧家的身份参加了上海"孤岛"时期和沦陷时期的戏剧运动,主要从事外国剧本改编,创作较少,仅有多幕剧《黄花》(一九三九年)、《青春》(一九四四年)和尚未写完下部的传奇剧《贩马记》(一九四二年)等三篇。他当时身处日伪统治的险恶环境,亲受过侵略者的拘捕拷打,但始终在戏剧活动中坚持为人生的使命,使自己的创作和改编紧扣时代脉搏的跳动,没有脱离过中国进步戏剧运动的轨道。他是上海沦陷区发扬现代戏剧现实主义传统的具有代表性的优秀戏剧家之一。

李健吾于抗战初期创作的《黄花》——描写一位为抗日殉国的军人的遗孀,她不忘初衷却为黑暗社会所不容而沦落天涯,以此揭露当时社会上层统治者的腐朽堕落。这样尖锐触及时弊的剧作,在抗战初期并不多见。上海沦陷后李健吾又以满腔爱国热忱在戏剧创作中奋力褒扬民族抗敌精神,传达人民心声。李健吾借助于改编外国名剧,曲折地倾吐沦陷区人民反抗日伪统治的怒火。例如他从法国剧作家萨尔都的作品移植的《金小玉》,描写了北伐时北京警备司令王士琦诱骗女伶金小玉,然后捕杀她的恋人学者范永立和革命党人莫同的大悲剧。作者在剧中着力刻画王士琦凶狠毒辣、阴险狡诈的性格,意在影射日本侵略者的残暴,表述民众的愤怒抗议。这出戏在沦陷区舞台演出时,引起了观众痛恨日寇的联想,产生了强烈的戏剧效果。另一方面李健吾又在《贩马记》中塑造了历尽艰辛始终执着追寻真正救国救民道路的辛亥革命军司令,在《青春》里刻画了逆境奋争、企求通过社会变革赢得爱情自由、人格独立的农村青年。由于处在日寇和汉奸的统治下,这两部剧作的背景被推到辛亥革命前后的华北农村,依托彼时彼地主人公不屈不挠的斗争精神,来颂扬抗战现实中爱国民众坚贞不屈的民族气节。剧本的这些艺术表现尽管有些隐曲,但仍然充满民族的壮志豪情。

在这一时期，李健吾戏剧创作的艺术表现也有了变化。《青春》《贩马记》等剧的戏剧结构，由三十年代剧作结构的严谨紧凑转向开放舒展，时空跨度扩大，从而为充分表现主人公的生活和性格提供了广阔的生活场景。其中《贩马记》还借鉴了我国传统戏曲的结构艺术，分"折"不分"幕""场"，灵活自如地展现了主人公高振义遭受革命挫折和爱情磨难时的复杂内心活动。李健吾戏剧结构艺术的这一新发展，是与当时整个戏剧创作突破以往"客厅"式背景的局限，而在更广阔时空中反映生活的发展趋势相一致的。李健吾为了突出表现给人以希望和信心的亮色，又把《青春》里田喜儿与情侣香草倾心相爱而惨遭封建势力迫害的悲剧素材改编成他们经过顽强抗争，于绝境逢生、结为眷属的歌颂性抒情喜剧。较之李健吾三十年代以否定性喜剧人物为主角的喜剧作品，《青春》代表了李健吾喜剧创作的新发展。此剧由于思想和艺术较完美的结合，成了四十年代剧坛的喜剧佳作，五十年代初期曾被改编为风行一时的《小女婿》。

本时期，李健吾在改编外国名剧方面，做了大量出色的工作。他不是简单地译介引进，而是进行精当的吞吐取舍。他所改编的十多篇剧本既以貌传神，又扬长补短，锦上添花。他在一些根据法国"佳构剧"作品改编的剧本里除了努力发掘现实意义，注入时代精神外，还从剖析人性的角度出发，深入开掘人物的内心世界，弥补了原作偏重于情节奇巧而忽视性格刻画的不足。同时，他十分尊重中国观众的民族审美欣赏习惯，使许多外国名剧从内容到形式都"中国化"了，如根据莎士比亚悲剧《麦克白》改成的《王德明》，根据《奥赛罗》改编的《阿史那》，都是他着意选择中国历史记载中类似人事作为移花接木的基础，加以再创造而铸就的民族化艺术品。李健吾改编外国名剧的成就为中国现代戏剧在与外国戏剧的联系、沟通中开辟自己发展的新道路积累了经验。

抗战胜利，李健吾欣喜若狂，一度误以为国民党当权者会改邪归正。可是国民党反动派的倒行逆施，很快打破了他的善良意愿。他带着强烈的愤懑，把耳闻目睹的国统区的社会疾苦移植进改编剧本《山河怨》（原作是席勒的《强盗》）和《和平颂》（由古希腊喜剧家阿里斯多芬的《女人大会》改编）。其中《和平颂》是当时针砭时弊的讽刺喜剧名作。李健吾在剧中改变了他过去喜剧创作温和幽默的笔致，以辛辣尖锐的讽刺和人神相通、鬼怪出场的怪诞手法，揭露了国统区鬼蜮横行、魍魉遍地的黑暗现实，声讨国民党反动派发动内战的罪行，也显示了他的喜剧创作的新发展。夏衍曾说，李健吾"在艰苦的孤岛岁月中，他是抗日、团结、民主的坚强斗士……在四十年代他写的文章中对光明与黑暗的斗争，他是爱憎分明的、词严义正的"①。

李健吾具有深厚的中外文学修养。他在众多的戏剧演出实践中积累了舞台经验，熟悉戏剧艺术的剧场性特点。他又通过个人富有特色的小说、散文等领域的文学创作，炼就了精娴厚实的写作功力，为他剧本的文学性奠定了坚实的基础。他长期从事外国文学和戏剧的学习研究，不仅艺术素养日益丰厚，而且得到了精深的理论造诣。他以"刘西渭"笔名所写的许多独具只眼、空灵活泼的文学评论和戏剧批评文章，对推进现代文学的进程产生过很好的影响。但是李健吾作剧并不醉心雕琢、玩赏技巧。他的剧作既着眼于真实反映人生、深入剖示人性，又求艺术表现天然浑成不露斧痕的"生活化"，力求"一件艺术品，正要叫人看不出是艺术的。一切准乎自然，而我们明白，在这种自然的气势之下，藏着一个艺术家的心力"②。他的戏剧结构、戏剧语言和戏剧抒情方式均有其独到之处。

一、冲突繁复而主线明确、剧情紧凑而自然妥帖的戏剧结构。李健吾在提炼戏剧冲突、安排情节布局时，立足于自己的艺术追求，总是把主要人物的内心自我冲突作为结构轴心和基本动作线，借此内在戏剧性的着力表现，深入剖露人物的灵魂搏斗和复杂性格。同时，他又精心构织出增强主要人物内心冲突力度的戏剧情境，既展现了众多人与人之间尖锐复杂的矛盾冲突，丰富了剧作的戏剧性，又通过它们合乎各自运动规律而又有力振荡主要人物内心冲突的衍展，进一步突出了剧作以人的内心冲突为主体的心态结构主线，并有机地杂糅了以人与人之间外部冲突为中心的情节结构，从而促使全剧结构更加集中紧凑。

李健吾这一结构匠心，在《梁允达》里有突出的表现。在作者笔下，贪财杀父的梁允达不仅内心世界存在着善与恶的激烈搏斗，也与剧中几乎所有其他人物对立着，而那些剧中人物彼此之间也有着尖锐的冲突。但作者从"我注意的问题是善恶"的创作立意出发，浓墨绘写了梁允达精神上的苦痛。他没有把全剧冲突的高潮安排在梁允达同恶痞刘狗的正面交锋中，而是设立在梁允达内心冲突的激

---

① 夏衍：《忆健吾》，《文学研究》1984年第6期。
② 李健吾：《〈边城〉》，张大明编：《李健吾创作评论选集》，北京：人民文学出版社，1984年。

变里。虽然梁刘展开过几次面对面的"舌战",但均未掀起冲突高潮。真正的冲突高潮爆发于梁允达之子四喜受刘狗挑唆,以杀父之事敲诈梁允达,促使他终于决定杀死旧友刘狗的灵魂搏斗。作者也没有正面展示梁允达杀父的具体景况,没有重笔描写梁允达持剑刺杀刘狗的外在戏剧性场面,而是着力刻画他杀父后悔疚不安的心境和他怒刺刘狗前从恶不甘、行善不能的灵魂。作者在有限的戏剧时空里较突出地表现了梁允达的灵魂交战,并以此作为基本动作线确定了全剧结构主体的心态结构特质。当作者涉笔剧中其他人物之间的矛盾冲突时,他又着意将它们最终都牵连到梁允达身上,建构了触发梁允达内心冲突激变的戏剧情境。因此,梁允达觉察到因二十年前和他共同谋害亲父的刘狗的复归而出现的重重危机,特别是四喜受其指使重提梁允达杀父之事以后,他被激怒了,决意杀死刘狗来挣脱无法从善的心灵枷锁,从而促成了他的自我内心冲突和全剧冲突的高潮。全剧鲜明地表露出矛盾冲突复杂纷繁但又集聚于主要人物内心冲突的集中紧凑、多样归一的结构特点。《梁允达》这一特色在李健吾成熟期的剧作中普遍存在着。

李健吾是一个精通法国"佳构剧"的剧作家,曾改译过"佳构剧"大师斯克利布和萨尔都等的许多剧本,熟谙他们的结构技巧。但李健吾无论是创作,还是改编都着眼于"用人物来支配情节"①。即使他有时运用"佳构剧"技巧,也是出自塑造人物复杂灵魂的需要,入情入理,自然平实,没有刻意写"戏"的痕迹。《这不过是春天》里警察厅长夫人帮革命者冯允平转危为安的情节"陡转"就是个典型的例证。当冯允平陷入即将被捕的绝境时,他的旧日情人厅长夫人虽然非常恼怒其隐瞒革命者身份,但也不愿失去这个重修前好、不再别离的机会。她用重金买通了追捕的密探,使冯允平化险为夷,安然离去。厅长夫人的这一义举是她复杂性格发展的必然结果。厅长夫人尽管贪图享受,离不开"有钱有势的虚荣世界",却还没有堕落到为桀助虐的地步。她曾多情地以为冯允平是怀念旧情而来,当获知冯允平执行革命使命的真实来历后,虽有些怨恨,但也开始理解他的思想人品和爱情追求。同时,厅长夫人又由冯允平忠于信仰、崇尚善美的精神境界,反照见自己沉溺于富贵生活的灵魂堕落。她救助冯允平脱险,既缘于她复萌的纯情挚爱,也归因于她有所醒悟、企求自救的良知,而不是作者故作"惊人之

---

① 李健吾:《〈雷雨〉》,《李健吾戏剧评论选》,北京:中国戏剧出版社,1982年。

笔"的"佳构"。

二、熔性格化、动作性和抒情性于一炉的生活口语化的戏剧语言。李健吾执着追求戏剧艺术表现真实而又形态自然，在提炼戏剧语言时致力于生活口语化和本色化。他以日常口语（主要是华北民众"活的口语"）来写作。但他的"口语人文"不是照搬生活中粗糙、芜杂的口语，而是恪守戏剧艺术规律，精心锤炼出既充盈着口语的盎然生气，又具有鲜明性格化和强烈动作性的戏剧语言。例如在《梁允达》里，当四喜受刘狗教唆来讹诈梁允达时，梁允达始终恐惧和忏悔杀父罪恶的心病被深深触痛了。他愤怒至极痛骂四喜的一段话，全是干净利落、简短有力、明白易晓的口语，也是显示梁允达此时此境性格特点的个性化语言，而且以整段话急切短促的气势映现出他当时怒火中烧的心境。梁允达这番话语又是他置身在尖锐冲突之中时心脉猛烈搏动的写照，具有强烈的动作性。其中梁允达痛责四喜的咒语表明了他与四喜的直接冲突，而那些声称"咱们比个高低"的愤懑之言，实际上却是怒骂当时并不在场的刘狗的，并且昭示了梁允达决定杀死刘狗的内心冲突激变，因而包孕着触发全剧冲突高潮的内在动作性。

由于李健吾的口语化戏剧语言富有性格化和动作性，因此它们虽然形态自然，朴实无华，但并不贫乏干枯，单薄浅露，而是凝炼蕴藉，意涵深厚，"让人听起来，别是一种滋味在心头"①。《这不过是春天》里，厅长夫人与冯允平久别重逢后的初次叙谈，厅长夫人似乎是闲话家常，其实她借着述说日常生活状况，表露了她怨恨冯允平十年前不辞而别的不满，而她的怨艾实则又蕴藏着她对冯允平的眷恋深情。冯允平的应答也意味深长，甚至连他的停顿和沉默，也显示出他在此时此境中难以申说的复杂情感。这样，他们的言谈披露了他们的内心隐秘和灵魂冲撞，具有强烈的抒情性。

李健吾为了丰富戏剧语言的艺术表现力，还吸取了较之一般下层民众日常口语更为广泛的语言营养。他写《新学究》里曾留学欧美的教授和学者的言语时，着意借鉴了欧洲语言的某些词法和句式，为他们自然活泼的语言增添了一些欧化的独特韵味，与他们的学识教养相契合。他在《以身作则》里刻画清末举人徐守清，也把一些文言词语和语法融入徐守清的话语中，使这个封建文人的迂腐守旧

---

① 李健吾：《话剧与话》，《李健吾戏剧评论选》。

性格得到更为突出和贴切的表现。李健吾还善于运用中外文学作品中发挥语言机智的技巧来塑造人物。《这不过是春天》开场厅长夫人便与劝去应酬攀附者的表姐唇枪舌剑斗起嘴来，其中厅长夫人巧言如簧，妙语连珠，但这并非只是由于她口才好，也是与她的性格相关联的。例如她关于"懒"和"赖"的拆字的语言机智，就折照了她在浮华生活中"有时候一个人，我会无聊到了万分"的空虚心境。

三、直接表现人物内心冲突而又具有客观生活化形态的戏剧抒情方式。李健吾是个富有诗人气质的剧作家。他的剧作都是缘情而作的，其中奔涌着他有感于现实人生的丰沛情感。他描写笔下人物的主观情致和内心冲突也是为了透彻抒发他的激情。但他又十分清楚："抒情强调主观，戏剧艺术却要客观表现。"① 他创作戏剧大量采取直接表现人物内心冲突而又具有客观生活化形态的抒情方式。这种抒情方式是一种在"再现"中突出"表现"的"客观性的主观抒情"，使戏剧人物在对话中按照自己的性格逻辑和规定情境的要求，直接倾吐内心自我冲突的激越情愫。在《村长之家》里，当杜村长狠心拒认因贫苦而改嫁的生母，冤屈了异父同母的兄弟后，又获知亲生女儿因他坚决反对她的自由恋爱而跳了井，他的精神受到强烈刺激，向身边劝慰他的村副和邻妇倾诉了两大段肺腑之言。其中第一段话揭示了他对眼前悲剧现实的极度震惊和顿悟悔恨，透露了他的良心发现；第二段话则进一步挖掘他隐伏心底的情思，展现了他极为繁复的内心冲突，尤其是对自己冷酷无情和家庭悲剧的痛苦辨析，从而更显露出他的灵魂震颤。从抒情的"外观"表现形式上来看，杜村长所倾吐的这些心声，显然不是他的内心独白，而是他与村副、邻妇等人的对白。然而这两段对白尽管具有感动人心的戏剧性，是性格化和动作性相统一的真正戏剧对白，但又不同于那种表现人与人之间灵魂撞击的"双向"对话，它们仍然只是表现杜村长的内心冲突。李健吾展开戏剧人物抒情描写时不拘一格，也采取了独白潜台词对话以及象征寓意、"话剧加唱"等抒情形式和手法，但运用较多、最有特色的还是这种使人物心灵搏动直接客观外现的抒情方式。它在剖露人物内在的自我冲突时既可以酣畅抒情，又因为是具体情境中的人物对话，显得自然，具有独特的艺术魅力。

---

① 李健吾：《于伶的剧作并及〈七月流火〉》，《李健吾戏剧评论选》。

试论李健吾喜剧的深层意象[①]

张 健

内容摘要：李健吾的喜剧体现出作为"漂泊者"的创作主体对于"故乡"的向往。这里的"漂泊"，意指一种灵魂的漂泊；这里的"故乡"，意指一种精神的家园。这一点与作家的早期经历、成年后的心路历程有关。这种向往在具体作品当中，往往是以回溯性的方式表现的，从而说明回忆是李健吾喜剧创作的深层基础。这一点，既与柏格森和普鲁斯特对作家的影响有关；又与作家认识自我、间离和诗化现实的内在需求有关。这种回溯式的精神追求为李健吾的喜剧带来了独特魅力和人性深度，但同时也限定了他的喜剧视界，并且最终造成了作家后来在喜剧创作上的枯窘。

李健吾在他的美文世界中，曾经多次用"漂泊者""游子""浪子"称喻自己，并以那种只有"漂泊者"才会具有的特殊感触和深致情思写出自己对于家乡的眷恋与怀念。当然，这里的"漂泊"和"家乡"，在主要的意义上，都是一种精神性的概念。这里的"漂泊"，意指灵魂的漂泊；这里的"家乡"，意指一种能够托起灵魂的家园、一种精神的栖息之地。它既是生命的起点，又是生命的归宿。作家的内心深处，似乎一直涌动着一种漂泊在外的浪子渴望回到家乡的强烈愿望。

作为这种精神向往的艺术投影，李健吾的全部喜剧作品实际上都贯穿和沉潜着一种"浪子回乡"的整体意象。

[①] 原载《文学评论》2000 年第 3 期。

一

《这不过是春天》是李健吾的第一部喜剧①。我们在其中可以找到两类漂泊者的形象：女主人公厅长夫人和闯入者冯允平。

作为一位在浮华世界生活了 10 年的贵妇，人们对厅长夫人的第一印象是她的任性。她需要虚荣，但虚荣有时又令她厌烦；她可以怫然而去，然而旋即又会嘻笑而返。她任凭情绪的变换，在自己的世界里上下翻滚。她渴望把持住自己，但却一直难以如愿。原因很简单：因为她一直未能真正认识她自己，她是一个离开了"自己"的人。

昔日情人冯允平的闯入，把她带回了 10 年前的学生时代。尘封心底的记忆重新浮上了意识的表层。这个意味着初恋、青春和纯真的久已逝去的时代，对于她有如故乡的温馨，她发现了一个与她今天的生活迥然不同的久违了的世界。当厅长夫人最终抑制着内心的感伤成全了别人的事业之后，她感到了一种灵魂在净化中产生的宁静，一种浪子回家以后所感到的心灵的宁静。

作为一位浪迹天涯的革命家，冯允平显然具备了一个漂泊者的外部特征。不过，他和厅长夫人不同，职业的需要和生活的磨炼早已培养了他把握自身的能力，因此，我们似乎难以在他身上找到那种灵魂漂泊的明显迹象。然而，一位革命者的感情生活同样可能具有隐秘的一面。我们其实不难发现：在他的内心深处，10 年来，一直潜藏着对于旧日爱情的依恋。因此，在对 10 年前旧事的追忆中得到升华的，不只是厅长夫人，还有冯允平。

10 年前，他把那位名叫月华的女孩子视为天上的"仙人"，今天，他终于明白那无非是一种虚假的幻影。站在他面前的，只是一个普普通通的女人，有着普通女人的虚荣和脆弱。他看清了她美丽背后的阴影。但在另外一方面，他又看到了她在阴影中的美丽，因为其最终的决定清楚地表明，在她的内心仍然保持着以往美好善良的一面。正是在这种对于人类普遍而永在的美好根性的省察中，冯允

---

① 我将《这不过是春天》视为喜剧之作，详细说明可参见拙著《幽默行旅与讽刺之门——中国现代喜剧研究》，北京：中国人民大学出版社，1997 年，第 349—350 页。

平得到了关于人性的清醒而公允的认识,并由此清算了内心的迷乱,走向了新的征程。精神的家园,同样给了他更生的力量。

厅长夫人和冯允平同为漂泊者,但却具有不同的功能。在某种意义上,厅长夫人是"人"的抽象物,作家让她在自己灵魂的漂泊碰撞中去找寻和发现"返本归原"的道路。而冯允平在很大程度上则是作家本人的幻象化。创作主体借他的眼睛去观察和认识包含在厅长夫人找寻自己过程中的人性的普遍意义。这就构成了"浪子回乡"意象中的两个重要的主题表达方式:认识自我和认识人性。顺着第一条路径,遂有后来《新学究》的产生;沿着第二条路径,遂有后来《以身作则》的面世。

就任凭情绪播弄这一点而言,《新学究》中的大学教授康如水和《这不过是春天》中的厅长夫人算得上是同一家族的子嗣,不同的是,后者罩着机智的面纱而前者戴着滑稽的面具。康如水似乎永远要生活在自己的主观世界中,绝不肯越出雷池半步。作为一位主观派的诗人,他有的是燃烧的激情,对于自我情感的专注和忠诚使他始终控制不了自己内心的冲动。他一系列自相矛盾、荒唐可笑的言行正是在这种瞬息万变的情感流动中产生的。他说:"我是一个生活向内的漂泊者。"这种灵魂的漂泊令他感到孤独和痛苦,他"用心寻个着落",企盼能够找到自己可以赖以自持的稳定所在。于是他发现了女人。他把女人视为生命的源头、永生和不朽的化身、漂泊者精神的伊甸园。不幸的是,尽管他对爱情表现出了一种狂热而笃诚的宗教精神,但却始终未能得到爱情的慰藉。唯我主义的立场使他发现不了他以外的世界,结果也就最终让他认识不了自我。既然他征服不了自己,他当然也就征服不了女人,因此,他在最后只能怀着"我是孤独的"和"我要走开"的悲哀,继续扮演着无家可归的浪子角色。作家通过康如水的失恋和他的情敌冯显利的胜利向人们昭示出自己心目中的真理:只有能够认清自我并超越自我的人,才能结束内心的漂泊,进入和谐的人生港湾。

在不识"真我"的意义上,《以身作则》中的徐举人同康教授如出一辙。不过,妨害康如水的是他变化不居的情感世界,而禁锢徐守清的却是其鬼气森然的道学观念。前者病于唯我,后者疾在唯"礼"。作为一个多维体,李健吾所具有的古典主义质素使他不可能对"礼"做出根本性的否定,他承认人性需要相当的限制;但现代人文主义者的另一面又使他认为:礼或道德在终极的意义上产生于人性的追求，前者无疑是后者的产物，同时也是后者畅达的保证。因此，当礼异化为礼教或道学并反转过来企图泯灭人性本身的时候，他的立场是十分鲜明的：他反对那种脱离人性基础的帝王式的戒律。千百年来封建主义的毒化不仅让徐守清丧失了基本的现实感，而且也使他全然忘记了礼之为礼的根本的出发点和归结点——人性。而这正是礼与道的"家"。作为在家颐养天年的老学究，徐守清显然算不上一般意义上的漂泊者，但就一个以维护礼法为己任的道学家却又偏偏忘记了礼法所由产生的本根这一点而言，他仍然是一个人性家园的自我放逐者，一个远离故土的人。他认识不到"家"的存在，但"家"却依旧存在于他的潜在意识中，他的出乖露丑端赖于此。作家通过这位道学家的失败昭示出人性之家对于浪子的召唤。

在《新学究》中，李健吾以一种否定的方式肯定了人应当认识自我的命题，并且暗示出认识自我与认识世界的同一性。在《以身作则》中，作家对此做出了进一步的说明，指出了认识自我、认识世界和认识人性的同一性，告诉人们他在《新学究》中所谓个人以外的世界实际上也就是《以身作则》中的"深广的人性"。这是因为只有在承认众生存在的合理性的前提下，我们才可能发现深植于自我与他人之中共存互通的普遍性。从徐守清的人性破绽，到徐玉贞的少女怀春，到张妈的最后选择，再到方义生、宝善之流在追求异性上近乎厚颜无耻的坦诚，所有这一切都表明了作家人性概念所具有的生理学和生物学的基础，他显然认为：人性本能有所节制的满足不仅是合乎情理的，而且殊堪嘉许，因为它们是人生幸福的不可分割的一部分。他似乎是要以此告诫和提醒那些漂泊在人生歧路上而又急欲寻找转回故里之途的人们：顺乎你们的本心行事吧！

二

在李健吾喜剧中存在着一种回溯性的主题。这一主题，在《这不过是春天》中主要是以一种时间的形式展开的。作家连同他的主人公从多年前的初恋中汲取了更生的力量。在《新学究》和《以身作则》里，回溯性的主题则更多地采用了空间的形式。作家通过自我迷失者的困窘暗示出自我复归的通途。而在作家40年代创作的《青春》中，我们看到了以一种时空复合形式展示的同样主题。

在李健吾的创作喜剧中，除《新学究》的剧中时间与实际写作时间大体相合外，其他作品的剧中时间都早于写作时间。写于1934年的《这不过是春天》，剧中时间为北伐战争时代；写于1935年前后的《以身作则》，剧中时间似乎略早于《这不过是春天》的剧中时间；而写于1944年的《青春》中的故事则发生于清朝末年，具体说是在1909年到1910年期间。就创造主体的角度而言，它们暗示出作家由中年或青年向童年回复的意向。而这种时间意义上的回复，表现在喜剧故事的空间意义上，则变换为由都市（《这不过是春天》和《新学究》）经靠近农村的县城（《以身作则》）向农村（《青春》）的演化。由于作家的童年起初是在农村度过的，因此，这种空间的变换实际上也是一种向过去某一点回复的过程。我们不妨将上述时空两种意义的回复视为同一个回溯性主题的两个侧面。

《青春》是这两种回复的终点，因此，它们在这部喜剧中也必然会具有更为重要的意义。向童年或青少年、向农村或大自然的复归不仅构成了《青春》外在的框架，而且也涵化了它的内在时空，一种心理意义上的现实。作家在这里似乎以一种贴近生命源头的视角观察着世界，并将自身亲切的体验了无痕迹地揉进了他的作品，结果不仅创造出了一个生机盎然活力充盈的青春世界，而且成功地营造出了一种浪子回家之后的温馨。就此而言，在全剧的第一幕和最后一幕，作家借慈母之口以几乎同样的话语——"嘶！嘶！家里去！有话家里说！"和"有话家里说，咝咝！回家去！"——作结，显然是深有寓意的。

在历经三十多年的人生困扰之后，这位以漂泊者自况的作家终于在精神的漫游中扑向了"故乡"的怀抱。李健吾找到了自己的家园，从而为其喜剧世界的回溯性主题打上了休止符。在"故乡"这片神奇的土地上，不仅有着他儿时熟悉的一切——从那座关帝庙到孩提时代的玩伴，不仅有着他梦魂牵绕的田园风光，而且也有着他不停寻觅的至爱亲情。在这个充满童心的世界中，李健吾领受了青春和自然的洗礼。这种精神的洗礼无疑壮大了他的心力和笔力，使作家得以通过温婉的嘲弄和人性的再发现让故乡的异调——中国封建主义的残酷性——最终消解在亲情的和弦之中。李健吾将自己对于人生哲理的多年思考和对明天的重大期许归结为一种简单而朴素的思想："活着……活着……活着总有出头的一天……"作家用这一极为朴素的真理激励自己和同他一样处于黎明前的暗夜的同胞们，在争取中期待，在期待中争取重获新生的一天。

这种"回家"式的主旋律不仅以各种变换的形式存在于李健吾整个的创作喜剧中，而且还在很大程度上左右了作家改译喜剧的选择。《撒谎世家》中的罗采芹自幼受父亲的影响，养成了爱说谎话的习惯。尽管这在她，时常是出于善意，但后来却危及到家庭的和睦。同丈夫的失和，使她离家出走，由北平跑到了天津。在这段日子里，这位本性单纯善良的少妇反省了自身，爱情的力量帮她战胜了不良的习性。喜剧结束的时候，丈夫恢复了对妻子的信任，他准备把罗采芹接回家。作品由此昭示了人应以本真的面目面对世人的主题。《风流债》中的林素英是位私生子，她的母亲为着自己良心的宁静，执意要将她送进上海的修道院。在生父的帮助下，这位17岁的女孩子最终逃脱了苦修的厄运。当她重返家庭的时候，迎接她的是那位幡然醒悟了的母亲。这部喜剧除讽刺了宗教的虚伪外，总体上是一曲人性和亲情的颂歌。因此，在回家的意象中显然蕴含了重返人性和亲情世界的寓意。《好事近》是根据博马舍《费加罗的婚姻》改译的一部四幕喜剧。剧中，不仅唐明和芸香的结合冲破了权势者的阻挠，而且用情不专的朱学诗也同他的夫人重修旧好。唐明是另一个田喜儿。作为仆人，他却具有高于主人的智能，在他身上始终洋溢着永不衰竭的青春活力。在这出喜剧中，他不仅获得了爱情的胜利，而且找到了生身父母。唐明从一个孤儿一跃而成为有家有室的人，成为一个找到了幸福的人。

如果我们不是就机械的意义去理解"浪子回乡"的意象，而是将其视为一个包括"寻找"在内的动态过程，"家"或"故乡"只是这一动态过程的终点，我们会发现：它实际像是一根红线，贯穿于李健吾包括改译作品在内的整个喜剧世界。这一现象当然绝非偶然。

三

李健吾的漂泊感显然与其早期的人生经验有关。他从小离开故乡，有段时间甚至不得不离开家人独自客居异地。司命之神过早地将他投入人世沧桑之中。在那双充满童稚的眼中，他的父亲忽而由秀才而为军人，忽而由将军变成囚徒，忽而又由囚徒重为将军，忽而这位将军又永远地离他而去。父亲的浮沉决定了他的浮沉。这位后来成为作家的孩子忽而由乡下的野孩子一变而成都市的阔少，忽而又从阔少而成为贫民区中的苦孩子。几乎所有的变化都是在莫名其妙中完成的，少年时代的李健吾只有任凭命运的摆布，好像水中无根的浮萍。穷困、疾病和三次痛失亲人的经历无疑不断加强着他对自身无复依傍的体验。李健吾的特殊身世也使他对参加辛亥革命的那一代人有着更多的了解，父执辈20年间的进退荣辱进一步强化了他对人世无常的认识。这种非正常态的早期人生经验铸就了他内向发展的心性，比起同代人，他更习惯于把自己青春的骚动发散在对造化和变化的无限遐想之中。童年飘零的实感、失去亲情的体验、对于无常的体认，再加上心灵的流动，所有这一切构成了作家漂泊感的原始基因。

1931年，当李健吾怀着由于返回故里而被再度加强的人世无常之感来到巴黎的时候，他在欧洲的思想中心找到了知音——相对主义。李健吾很难算是严格意义上的相对主义者，因为他最终没有放弃对于形上意义的"一"的追求。但是，在他思想中——哲学的、伦理的、美学的、艺术的方面——却明显包含着相对主义的成分。使两者相互契合的是他们对于"变化"的看法。作为一种认识论和方法论的基本原则，相对主义强调事物的流变和非确定性以及人类认知能力的相对性。"绝对死了！"是相对主义最高的信条。在这些问题上，李健吾显然同他们产生了某种共鸣。在最极端的相对主义者那里，"相对性"被赋予了近乎随意性的诠释。曾经有人将这种解释归结如下：一切均需视具体的情况而定，一切取决于人们认识问题的时间、地点、感觉和观点，因此，"今日为是，明日为非"，"法国之乐，英国之悲"是完全合情合理的事情①。李健吾似乎也曾表达过类似的看法。他在20世纪30年代曾经说过得出何种结论，"一切全看站在怎样一个视角观察"；又说，"由于看法的不同，一件作品可以极其富有传统性，也可以极其富有现代性"②。

从变化无穷和认识相对的基点出发，作家得出了反独断主义的结论，并由此引发出他的宽容理论。既然不同的背景会产生不同的价值判断，不同的视角会导致不同的结论，人们就不应当偏执一端，就应当承认不同观点存在的相对合理性，为了保证这种建立在宽容基础上的公允，李健吾要求自己，同时也劝诫别

---

① 参见［美］L. J. 宾克莱：《理想的冲突——西方社会中变化着的价值观念》，马元德、陈白澄、王太庆等译，北京：商务印书馆，1983年，第9—10页。
② 李健吾：《李健吾文学评论选》，银川：宁夏人民出版社，1983年，第60、61—62页。

人——尤其是艺术家，应当培养一种超然的心灵，作为旁观者去"冷眼观察"时代与人生。为了做到这一点，他呼吁自我的克制，因为惟其如此，才能"降心以求"，去接近和接受不同的人、事及思想观点。应当承认，李健吾的心灵是一个开放、多元和富丽的世界。但正如相对主义中存在着一个悖论——它最终导致了一种将"相对"绝对化的新的独断论——一样，李健吾的多元而宽容的世界也存在着一种困窘：自我在多元繁复之中的选择与定位问题。既然生死如一，生好还是死好？既然善恶之中上帝同在，善恶对于人类是否具有同等的意义或同样没有意义？为了公允，我们或许最好成为静观万物的一双"眼睛"，但是去除肉身，我们会不会人将不人？为了宽容，我们固然需要克制自我，甚至虚心去我，但是在这种设身处地、多方体谅的过程中，会不会产生自我矮化乃至消解的后果？李健吾年代喜剧中对于自我迷失和复归的关注表明，作家实际上已经意识到这一思想困窘的存在。这种关注本身反映的正是作家对于自我的焦灼。相对主义思想为作家提出的自我选择和自我定位问题，给李健吾的漂泊感增添了新的内涵。

似乎从鸦片战争开始，中国就已经进入了一个政治性的时代，正如作家所说：政治成了一块吸力最大的磁石[①]。到了三四十年代，中国更是处于一种政治鼎沸的环境。阶级冲突和民族斗争的交相发展，促成了社会基本矛盾的空前激化。在此基础上，思想分野，派别纷立，分而后合，合而复分，分中有合，合中有分，中国的大舞台呈现出一派波诡云谲的景象。李健吾的身世培养了他对于政治的敏感。但是，对于早年因政治而备受命运播弄的记忆、对于北伐的幻灭、对于父执辈沉沦的体认，再加上对于中国官僚政治的憎厌，却最终让这种敏感促成了他对于政治的反感。在一个相当长的时间里，他立志要做一个无党无派的人。他的特立独行使他反对少数人对于多数人的压迫，同时也反对多数人对于少数人的压迫。他愿意与时代相连，但绝不"依附时代"；他要效忠群众，但绝不"巴结群众"[②]。他意识到政治对他的吸力，同时又极力拒斥之。总之，相对性、宽容、超脱、公允、非政治、自由派，所有这些因素合在一起，铸成了一个事实，作家对于中国现实主流的游离。他说："我站在旁边看，但是我难得进去参加。

---

① 参见李健吾：《李健吾文学评论选》，第240页。
② 同上书，第196、222页。

我没有社会生活。"①他在现实当中找不到实际的归属。看来,自我在现实当中的定位要比抽象意义的精神定位来的更为艰难。

现在,我们可以对李健吾漂泊感的成因及意义问题做出以下的归纳,在这种漂泊感当中实际包含了四种相互联系的成分,它们分别是:作家对于现实的拒绝;对于理想的追求;在现实与理想的冲突中,在社会新旧交替过程中,对于人生出路和自我价值的寻找;在游离现实社会主潮之后对于自身所处的两难地位的反省。或许真如福楼拜所说,地球无须任何扶持就能停在空中,然而对于一个生活在中国的社会人来说,这种自我的空悬或高悬却是绝难有所成就的。作家需要为自己的精神追求寻找一种相对稳定的支点或终点。在象征的意义上,它就是李健吾的精神家园。在一系列家与家乡的意象中,我们感到了李健吾对于生命与自然的和谐的渴求。作为漂泊者,他需要内在的和谐。作为一位具有明确宇宙意识的漂泊者,他深信在变幻不居的世界上存在着一种宇宙最高的和谐。他为寻找和谐而漂泊。于是,他把和谐放进家乡的意象中,同时又将家乡的意象揉进他的喜剧世界里。

《这不过是春天》里的冯允平回到了北平,而北平正是他从小长大的地方。他在这里不仅了却了十年来对于月华的"惦记",而且也意识到了人性最终的完美。厅长夫人固然未曾离开过北平,但她在初恋重温之中,却返回到其灵魂的"摇篮"期,她在自身善良的底里中得到了心灵的平静。《青春》的"故乡"具有地理和哲学的双重意义,并且被赋予了一种纯净的美学形式。主人公内在的活力和自然外在的背景取得了完美的契合,营造出家乡特有的温馨气息。不管年轻人的爱情经历了怎样的磨难,宇宙总能在冥冥之中"凑巧"出完满的结局。对灵肉和谐的追求、爱的发散与生命本身的充盈,这些构成了李健吾对于普遍人性的诠释。而"家园"或"故乡"正是普遍人性最适合生养将息的厚土,一种最接近原生形态的所在。

李健吾的这种"家园"或"故乡",在现实当中显然是不大可能存在的。它们是心灵的创造物,是一种被赋予家或故乡意义的人生理想,或者说是一种注入了明显理想因素的关于家与故乡的幻象。作家并未因为它们是幻象而小视之,它

---

① 李健吾:《黄花·跋》,上海:文化生活出版社,1947年。

们是幻象,然而并不虚假。它们不仅可以为现实人生提供精神的慰藉,而且也可以构成改造人生的精神范本。作家深信,他今天孕育在"家"和"故乡"中的人类理想,明天至少可以部分地在现实中得到实现。正因如此,他才会那样执着于精神家园的构筑。

四

值得特别注意的是,李健吾的这种构建理想之乡的精神活动主要采用的是一种回溯性的致思方式。他似乎首先肯定,有一种理想或切近理想的原点存在于过去之中,而所谓理想的实现——即使是在未来的实现,在很大程度上都不得不依赖于人们对于这一原点的认识和回复。作为这种回溯性特征的直接体现,我们注意到,构成李健吾喜剧深层基础的往往是对于过去的回忆。

任何作家的创作都必然和回忆有关。但绝非所有的作家都会以自我的回忆作为创作的基础,并且在回忆的运用上达到如此自觉的高度。李健吾之所以如此,同他所受到的法国文化新思潮的濡染密切相关。

在"回忆"问题上,给予他深刻影响的是两位法国人:柏格森和普鲁斯特。

柏格森(Henri Berqson,1859—1941),是一位在本世纪最初三十几年中对于法国文化思潮产生过重大影响的哲学家。他在1928年获得1927年度的诺贝尔文学奖这一事实,表明他的哲学思想与文学领域的紧密关联。作为二元论者,他将世界分成物质与生命两种实体,前者代表了下落的运动,后者代表着向上的运动,而整个宇宙就处在这样两种反向运动的矛盾冲突中。从根本意义而言,柏格森的学说是一种关于生命如何战胜物质的学说。生命作为上升运动的创造进化特性只有在时间的维度上才能得到显示。传统的物理学意义上的时间,在柏格森看来是虚假的,而真实的时间只有在心理学意义上才能成立。这种真实的时间就是"绵延",只有通过"绵延"才能发现过去、现在和未来三位一体的统一性。而时间(绵延)又只有通过记忆才能实现。这样,记忆在柏格森的整个体系中也就占据了一个尤为重要的地位。没有证据说明李健吾是否阅读过柏格森的原著或聆听过哲学家本人的演讲,但有一点是清楚的,作家欣赏柏格森的"记忆原理"。他不仅运用这种记忆理论去解释普鲁斯特的小说,而且用它去印证福楼拜关于记忆的论说①。

　　柏格森将记忆分成两种：大脑记忆和纯粹记忆，他的记忆原理是关于后者的理论，因为在他看来，只有纯粹记忆才是真正的记忆。柏格森的记忆理论有两个最鲜明的特点。一是他赋予记忆以本体论的意义，从他对于记忆的夸饰中，我们可以看到哲学家对于记忆的倚重。记忆，被界定为一种超越了物质拘囿的绝对意义上的精神活动。它是生命本身的重要特征，它不但等于心灵，而且等于意识，柏格森在《形而上学导论》中说"意识意指记忆"②。对于机械的命定观和独断论来说，一切都存在于现在之中，因为现在既是过去的结果，又是未来的胚胎。柏格森似乎有意反其道而行之，提出了一切在过去的命题，而过去又活在记忆中，于是一切在过去变成了一切在记忆。时间的绵延也即记忆的绵延。在这种滚雪球式的不断堆积化合的回想当中，过去既是现在，也是未来。二是柏格森的记忆原理是和其自我理论息息相通的。在柏氏观之，记忆也是自我的主要特征。由于记忆，自我才得以成为一种实体性的存在，因为正是它构成了自我连续存在的同一性基础，也即是说，自我的历史就是积淀在记忆中的历史。总的来说，柏格森的记忆理论同他的全部生命哲学一样，体现的是西方现代思潮转向内在自我的取向，相信人生的真理只能来自主体的心灵世界，人只有在认识自我历史的过程中才能真正把握住自身的现实存在。

　　如果说，柏格森为李健吾的"回忆"提供的是一种哲学上的基础，那么，普鲁斯特为他提供的则是一种将这种艰涩的哲思运用到文学创作上的成功的范例。普鲁斯特的叙事作品不着重故事情节，但工于心理描写的深致。他在心理分析方面的成功显然对李健吾产生了巨大的吸引力。留学归国以后的李健吾曾多次撰文批评中国叙事文学偏重故事情节的传统观念，极力提倡心理描写，同普鲁斯特的启示不无关联。李健吾曾向中国读者介绍过普鲁斯特创作马德兰小甜糕的经过："有一天，他在茶里泡了一小块点心。点心的味道勾起另一小块泡在茶里的点心。……渐渐他记起这是儿时在姑妈家里。于是所有的回忆，仿佛死灰复燃，在心头豁亮起来。而这一切走出过去，来到现时，仅仅因为他在茶里泡了一小块点

---

① 参见李健吾：《福楼拜评传》，长沙：湖南人民出版社，1980 年，第 370—371 页。
② 转引自［波］拉·科拉柯夫斯基：《柏格森》，牟斌译，北京：中国社会科学出版社，1991 年，第 37 页。

心。他重新寻见他的时间、一个内在的时间、经年不调的观念。"① 普鲁斯特是西方公认的柏格森思想的追随者，马德兰小甜糕的情节是对柏格森记忆理论的生动说明，它不仅被用来证明记忆的稳定性，而且被用来说明过去是怎样通过回忆走进现在的。看来，李健吾不仅明了普鲁斯特与柏格森之间的师承关系，而且完全懂得小甜糕这一情节的理论意义。

正是在柏格森和普鲁斯特的影响下，李健吾形成了自己对于记忆的认识。他说：

> 观念永生，这就是说，事物一次映进他的眼帘，停留在他的记忆。此后便整个和人一样存在，离开事物的存在而存在，永久而且独立，大有触一弦而齐鸣的情态。我们的经验，形成我们的情绪，渐渐凝成我们的观念，在一眨眼的工夫，离开外在，化成我们的生命，不知不觉，踱上内在时间的长途。②

从以上引文中，我们不难看出，作家已经领会了柏格森记忆理论的真髓。不仅如此，这段引述还向我们透露出作家已经或者将要把这种理论付诸实际创作活动的信息。

就此观之，作家在《这不过是春天》中植入自己对于初恋的记忆，在《新学究》中植入自己在清华生活的记忆，在《以身作则》《十三年》和《青春》中植入自己对于童年和少年时代的记忆，就绝非偶然了，它们体现的是一种自觉的精神追求和艺术追求。应当指出，无论柏格森、普鲁斯特，还是李健吾，他们要求的都不是那种单纯背诵式的记忆，而是一种牵一发而动全身的记忆。打个比方，他们要求的绝不是通过重复背诵下古诗的记忆，而是追求那种不仅包括了古诗的内容，而且也包括着背诵的时空背景和内心感受的记忆。这样，作家植入作品的尽管可能是某种记忆的片断，但它引发的却应当是一种整体的感觉，因此，它在实际上所产生的影响和意义就会远远大于片断本身。

李健吾的父亲李岐山是辛亥革命时期的风云人物，但同时又是位"一脑子封建思想的秀才"，素以"家教严正"著称，奉守的依旧是"先王的德行"。在父亲的安排下，李健吾从五岁开蒙，为了一本《孟子》吃了不少苦头。八岁那年，因

---

① 李健吾：《福楼拜评传》，第370页。
② 同上注。

为不能顺畅地背诵《孟子》，甚至被父亲当众打过。作家成年后曾多次回忆起这些儿时的往事，写下了对于父亲的敬畏。在这些回忆中，既包含了对于父亲"封建"和"严酷"一面的批评，同时又夹之以无限的追念①。李健吾后来将这些回忆写进了《以身作则》，我们可以在徐守清和徐玉节的身上看到李氏父子的影子。尽管剧中有关徐氏父子的描写并不是很多，但儿时的回忆却给作品带来了一种特殊的温和之感。作家当然反对徐守清道学家的一面，但同时又保留了人子对人父的温情，这就在总体上奠定了全剧幽默的基调，而判然有别于那种犀利火辣的讽刺风格。

五

李健吾之选择回溯的方式去追寻自己的精神家园，固然与他受到的外来影响有关，但这毕竟只是问题的一个方面。问题的另一方面，是他自身对于这种方式的内在需要，只有在具备后者的情况下，作家才可能在异域文化中发现那些同自己相互契合的东西，才会有意识、有选择地去摄取和吸纳。

这种内在的需要至少包括以下两种因素：

其一为自我认识的需要。

李健吾在根本意义上是位自我表现论的皈依者。他的克己乃至无我之说只是一种手段，目的还在认识自我。作为文艺家，他当然懂得材料的意义，但是所有这些外在的提示，最终的指归却是"把我自己解释给我自己"②。对于自觉的作家来说，目的本身即包含了选择。自我在现实中的迷失，推动作家去寻找自我的连续性和稳定性。既然未来的一切尚未发生，现时的一切令人困惑，作家于是只好让过去的回忆流入自己的视野。正如普鲁斯特所说，"我喜欢回忆过去"，是因为"这种回忆表明，我始终如一，初衷未改，而且，这种回忆中隐藏着我的本性的某种基本特征"③。李健吾之所以那样青睐"记忆的存在"，是因为"我进去了，

---

① 参见李健吾：《李健吾散文集》，银川：宁夏人民出版社，1986年，第202页。
② 李健吾：《李健吾文学评论选》，第142—143页。
③ 转引自［法］克洛德·莫里亚克：《普鲁斯特》，许崇山、钟燕萍译，北京：中国社会科学出版社，1989年，第259页。

原来这是镜子似的一个世界,我照见自己蒙了一身尘土:我破旧了"①。而那种能够让作家意识到自己破旧蒙尘的东西,也正是作家从过去一直保持到现在的自我的一致性、连续性和稳定性。在对于过去的回忆中,主体重新发现了现实里面的自我,并且达成了返回过去和返回本性的同一。基于此,李健吾才会昂然宣称"我宝贵我过去的生命"②。《十三年》正是对作家这一思想的形象说明。剧中,和小环的相遇,使黄天利回忆起13年前纯情而欢乐的往事,这面取自过去的镜子又照出了人与狗之间的现实距离,结果促成了黄天利向"吴家的哥哥"的人性复归。

其二是间离和诗化现实的需要。

李健吾不是一个唯美主义者,但他却无疑是位美的崇拜者。在美的比照下,李健吾眼中的现实即使不全是丑陋的,至少也是庸俗的。在乱石中发见美玉,化腐朽为神奇,诗化是艺术创造中至为关键的一环。而为了做到现实的诗化,首先需要间离现实。对于把"丑态"或"人类的弱点"视为对象的喜剧创作来说,这一点显得尤为重要。回忆,正好提供了一种间离的有效途径。李健吾历来认为,作家在情盛于理的情况下是难以创造出完美作品的,因为过于炽烈的激情只会导致心的酩酊,正如一位热恋着的女性反而不容易认清爱情。回忆,在这方面却可以帮助人们,利用时间的距离可以让感情的过剩走向感情的控制,甚而至于产生一种"犹如史家审查既往的陈迹,生物学者研究种种的造物"③般的效果。在切近现时的位置上,初恋的失败或受到严父的责罚无疑是痛苦的,但要是它们出现在十年、二十年以后的回忆中,情况就会大不一样,甚至可以被视为喜剧的材料。

回忆的终端是童年。像普鲁斯特一样,李健吾爱他的童年,比起他后来的书斋生涯,那是一段充满传奇的经历。不断温习童年的回忆,使作家长久保持了一颗跃动的童心,柯灵说:"童心!我觉得这是一把开启健吾作品和心灵的钥匙。"④李健吾在评论萧乾的《篱下集》时,曾赞许说:"不是童话,作者却用一

---

① 李健吾:《李健吾散文集》,第296页。
② 同上书,第274—275页。
③ 李健吾:《福楼拜评传》,第387页。
④ 李健吾:《李健吾剧作选》,北京:中国戏剧出版社,1982年,"序言",第16页。

双儿童的眼睛来看人事。"① 作家或许未曾意识到，在这句话里，他同时也说出了自己喜剧创作的真正基点，他的《青春》就是对此最具说服力的证明。儿童与童年相联，就成人所能记忆的人生体验而言，童年离现时最近。童年与童心相关，童心以直率和单纯去体会世事的繁难，于是将希望撒向人间。李健吾说过："我活着的勇气，一半从理想里提取，一半却也从人情里得到。"② 而童年不仅帮助他构建了一个不同于成人现实的世界，而且帮助他保存了对于至爱亲情的眷恋。可见，童年的回忆在李健吾的创作过程中，具有间离和诗化的双重功能，难怪他要说："我们得尊敬这神圣的童年！"③

综上所述，在"浪子回乡"的整体意象当中实际隐含着的正是作家本人的心路历程。所谓"浪子"，首先应被理解为一位对丑恶、污浊、错乱、偏狭和庸俗的现实的否定者。现代人文主义思想使他不愿接受现实的安排，但是作为一个"文弱书生"的自我体认又使他无力改变现实的状态，结果造成了灵肉的分离。浪子的漂泊感深刻反映出理想与现实的巨大冲突，这给他在精神上带来的震荡，使他在现实中失去了位置。所谓"回乡"反映的是作家在自我迷失之后对于自我重现和自我定位的渴求。在缺乏外部支持的情况下，作家试图借助精神的力量折回内心求得发展，他将回忆的暖室视为故乡，极力在其中构筑理想的家园。《青春》终结了他的回乡之路，但同时也终结了他包括喜剧在内的整个戏剧创作。

这种内向和回溯式的精神追求为李健吾的创作喜剧带来了独特的魅力和人性的深度，但同时也关闭了其跃向广阔现实的通路。这一点不仅明显限定了他的喜剧视界，而且也最终造成了作家在喜剧创作上的枯窘。据作家自言，他在1941年以后，停止了严格意义上的戏剧创作。即使他在这之后还写下了《青春》，也无法改变这一事实，其创作的黄金时代已经成为过去。他的才华和热情转向了改译和翻译领域。时局的恶化并不能充分解释这一现象，因为一些处境相同的剧作家并未放下创作之笔。这是否可以表明如果长久不与现实的大海沟通，自我回忆的清泉总会有干涸的一天。

---

① 李健吾：《李健吾文学评论选》，第68页。
② 李健吾：《李健吾散文集》，第202页。
③ 同①。

试论李健吾的性格喜剧[①]

庄浩然

在现代喜剧史上,李健吾是一位具有创新精神的喜剧作家。不是别人,正是融汇中外喜剧传统、技巧圆熟的李健吾,首先开辟了现代性格喜剧的源头,铺下性格刻划和心理分析的坚固基石,为建立、发展现代性格喜剧做出不可磨灭的贡献。李健吾的性格喜剧不多,但一个个宛如巧匠雕琢的浑朴天然的艺术品,自然,明净,丰盈,蕴藉,在同时代喜剧作家中呈现出独特的风格。

一、普通人的弱点和品德的一面镜子

李健吾对社会生活的审美反映,带有性格喜剧作家的特点。在他看来,喜剧的任务不单是表现新颖、生动的喜剧情趣,也不尽是暴露社会的黑暗和若干上流分子的腐恶,而是描写所谓"人类的弱点"和"固有的品德"[②],以达到娱乐,同时也是启迪和教育的目的。这种见解与欧洲性格喜剧作家的影响分不开。为李健吾所喜爱的莫里哀早就说过,"规劝大多数人,没有比描画他们的过失更见效的了,把恶习变成人人的笑柄,对恶习就是重大的打击"[③]。把莫里哀的性格喜剧奉为师法的哥尔多尼也指出,"喜剧是,或者应当是一个教人学好的学校,暴露人类弱点,只为改正这些弱点"[④]。但见解的相似并不重要,重要的在于创作实践。莫里哀的剧作从时代的阶级关系入手,鞭挞贵族人物和资产阶级的种种恶习;哥

[①] 原载《福建师范大学学报》(哲学社会科学版)1985 年第 3 期。
[②] 李健吾:《以身作则》,上海:文化生活出版社,1936 年,"后记",第 1 页。
[③] 莫里哀:《达尔杜弗·序言》,《文艺理论译丛》1958 年第 4 期,第 122 页。
[④] 哥尔多尼:《自传》中卷,第 21 章。

尔多尼在一幅幅世态画中，无情地嘲讽和捉弄封建贵族的丑行败迹；而李健吾既不要鞭挞，也不要惩戒，他所要表现的是普通人的弱点和品德。这位擅长对社会生活进行伦理和心理评价的剧作家，总是围绕友谊、爱情、婚姻和家庭等问题，从剖析人性入手，深入人物的内心世界，深刻揭露反动阶级的伦理道德和思想统治对真实、自然、健康的人性、人情的戕害，并颂扬青年一代和底层人民争取爱情、婚姻和家庭幸福的愿望和理想，表现出小资产阶级革命民主主义的思想特色。

"人类不幸有许多弱点做成自己的悲喜剧。"① 对人生的深刻体验和人性的细致观察，使李健吾发现周围人物身上的种种可爱又复可怜的弱点。然而作家并未抽象地观照这些弱点，而是把根扎入深厚的现实和历史的土壤之中，赋予它社会的内涵，阶级的血肉。一九三六—三七年相继发表的《以身作则》《新学究》表明，对人性的荼毒和人与人之间纯真感情的破坏，既来自儒教思想为核心的封建伦理道德和家族制度，也来自近代资产阶级的利己主义和金钱关系。辛亥革命已经多年了，但在乡绅地主徐守清那座门虽设而常关的陈旧宅第里，生命依然被幽禁着。这位"把虚伪的存在当作力量"的道学家，用"三从四德"教诲女儿，以孔孟之道训诫儿子，甚至对守寡的女佣也绳以贞节的戒律。但他毕竟是地上的凡人。表面上，"他那样牢不可拔，据有一个无以撼动的后天的生命"，其实不然。他"尚有一个真我"；经不起女佣一两声温柔的呼唤，徐守清首先在"以身作则"这道防堤前败下阵来，笑话闹成了堆！通过徐守清的形象，李健吾透示"最隐晦也是最显明的（儒教）传统的特征"，生动地表现"道学将礼和人生分而为二，形成互相攘夺统治权的丑态"，② 也揭露用儒教思想构筑起来的家族制度，乃是损害人性的最大的障力。但讽刺不是辛辣的，嘲笑中带有同情；这种态度蕴藏着作家深沉的忧郁，因为徐守清毕竟也是封建伦理制度和家族制度的受害者。与土生土长的道学家徐守清不同，新学究康如水则是中西合璧的名士派。这位三十年代的诗人、大学教授，追求所谓理想的感情生活。他外表温柔如水，敬重妇女，

---

① 李健吾：《吝啬鬼》，《李健吾戏剧评论选》，北京：中国戏剧出版社，1982年，第10页。
② 李健吾：《以身作则》，"后记"，第1—3页。

但在他对女性美的崇拜和歌颂之中,却掩盖着视妇女为"淫佚猎物和女仆"[①]的卑劣情性。他以两千元借款为诱饵,企图钓取女留学生谢淑义的爱情,被谢淑义婉言谢绝后,竟恼羞成怒,甚至要她把借款连利息一起还清。但这个"看财奴",又有一副封建卫道士的嘴脸,他炫耀自己的妻子为"三从四德的贤妻良母",要求每个女子必须"纯洁,贞节,从一而终"。显然,他的资产阶级婚姻道德交汇着封建婚姻道德的浊流,而利己主义则是这两道浊流的滥觞。作家嘲笑康如水,带有更多的辣味,而减却对徐守清那种温和的同情。这对从旧中国社会土壤里孕育而出的孪生兄弟,终因作家透过人性的弱点,而深入到历史和现实的内在联系中去的艺术概括力,成为了现代文学史上新老学究的喜剧典型。

　　李健吾的喜剧主要从反面映照人物的弱点,但也从正面映照人物的品德,尤其是底层人民和青年一代"固有的品德"。与徐守清构成对照的宝善,生气勃勃,机灵谐趣,富有胆识。这位书僮出身的马弁,不受儒教传统观念的束缚,有的只是从实际利害出发的考虑。为保住饭碗,他不得不"助纣为虐",帮营长方义生勾引徐家少女。但他敢于羞辱自己的主子,更不把假道学徐守清放在眼里。在他启迪下,底层劳动妇女张妈终于挣脱儒教的锁链,真正作为一个觉醒的人来思想,来行动,来建立自己的现实性。而经受西方民主思潮洗礼的谢淑义和冯显利,虽各有弱点,但也生动表现出青年知识分子对婚姻自主和爱情幸福的执着追求。作者把美好品性赋予这些可爱的男女仆人、青年,明显地受莫里哀、哥尔多尼笔下的同类形象的影响,但也表达了自己反封建的民主思想和伦理理想。不容否认,李健吾前期喜剧对社会生活的审美反映也有明显缺陷。马克思指出,人的本质"在其现实性上,它是一切社会关系的总和"[②]。由于未充分展示汇集在人物身上的一切社会关系的因素,作者就不可能在错综复杂的现实关系中,从反动阶级的伦理道德和思想统治,深掘到经济统治和政治统治,直至刨出旧中国的社会制度这一扭曲人的本质的总根子。这种缺陷,对一个尚未站在时代前列,且又离开实际斗争的剧作家来说是难免的,但也与往往"通过与社会环境并无联系的性

[①] 转引自〔苏〕伊·谢·康主编:《伦理学辞典》,王荫庭、周纪兰、赵可、邱濂译,兰州:甘肃人民出版社,1983年,第268页。
[②] 中共中央马克思恩格斯列宁斯大林著作编译局编:《马克思恩格斯选集》第1卷,北京:人民出版社,1972年,第18页。

格描写来再现生活"① 的法国性格喜剧的消极影响分不开。尤其《新学究》满足于伦理关系的狭隘反映，忽视同时反映阶级关系和政治关系，作品就未能析光镜一般显示人物所处的时代和社会背景，更谈不上深刻揭露败坏人性、人情的社会阶级根源。

"七七事变"后，李健吾走出书斋，投身于上海沦陷时期的话剧运动，直接接触了民族斗争和阶级斗争。他从不屈不挠的人民身上汲取政治营养，对旧中国黑暗社会和中外反动统治阶级有了深刻认识。作家追求"公允的人生"，但在生活中"作威作福者依然作威作福，……仗着社会地位高，罪恶的种子散得更多也更广，蠢永远是蠢"。② 在艰苦的孤岛岁月中，李健吾逐渐成为"抗日、团结、民主的坚强斗士"。③ 一九四四年的五幕喜剧《青春》，标示作者的性格喜剧创作进入一个崭新阶段。一方面，对日伪统治下的人民的力量和斗争前景的确信，使他的剧作的思想倾向发生明显的变化；构成作品主导方面的，已不是对人的弱点的针砭、讽刺，而是对人的品德的褒扬、颂赞。同时作者对人性的开掘也达到一个新的广度和深度，不仅从伦理、心理的角度，也从阶级和政治的角度，多侧面地映照绚丽多彩的人性美、人情美，其笔下的正面喜剧性格拥有比前期剧作的同类人物更鲜明的民族色彩。喜剧描写清末华北农村青年田喜儿和香草真挚纯洁、坚贞不屈的爱情。田喜儿这位贫农寡妇的独生子，乐观开朗，粗犷调皮，他与杨村长的女儿，善良纯朴、温柔娴慧的香草，从小耳鬓厮磨，互相爱悦，但封建社会的门第观念犹如一堵横在他们中间的高墙。私奔失败了，少男少女成了大逆不道的罪人，香草也被迫嫁给年仅十一岁的罗童生。但他们并不屈服，而企盼着辛亥革命的到来。趁罗举人探访亲家之机，他们不顾礼教的戒律，重叙旧情……这种酷爱自由幸福、反抗专制压迫的行为，是对封建宗法思想制度的有力抗议。

田寡妇是剧作的主要人物之一，也是剧中转悲为喜的枢纽。在这位具有反叛性格和复杂心理的寡妇身上，集中概括了中国农村贫苦劳动妇女善良倔强、不畏权势、热情智慧等优秀品德。她虽是寡母独子，受人轻视、践踏，但她善于从自

---

① A·斯坦因：《奥斯特洛夫斯基评传》，北京：人民文学出版社，1951年。
② 李健吾：《黄花·跋》，上海：文化生活出版社，1940年。
③ 夏衍：《忆健吾——〈李健吾文集·戏剧卷〉代序》，《文艺研究》1984年第6期。

身痛苦的经历中总结经验。在杨村长逼香草自尽的关键时刻，她挺身抗暴，巧妙周旋，终于成全了儿子和香草的好事。这位光彩照人而又浑朴自然的妇女形象，富有动人的艺术魅力，无疑是现代戏剧史上不可多得的正面喜剧典型。而杨村长的形象则表现出封建势力的专横顽固、残暴不仁。这出热情歌颂农村青年和底层妇女机智勇敢地同黑暗的封建宗法制抗争的喜剧，激起人们对现存的伦理关系和社会制度的不满与抗议。但毋庸讳言，由于作家毕竟"对实际政治十分隔膜"[1]，他一直没能意识到，离开变革旧制度的社会斗争，离开经济状况和社会地位的根本改变，青年一代和底层人民是不可能获得真正的解放、自由和幸福的。所以，他的喜剧和他的悲剧一样，给人的印象似乎还是"有声有色的惊叹符号"。[2]

二、逼真、细腻、深厚的喜剧性格

性格喜剧，顾名思义，以塑造喜剧性格为其主要特征。它要求作家深入人物的内心活动，描写复杂的而不是简单的舞台性格。作为现代戏剧史上杰出的性格喜剧作家，李健吾高度重视喜剧人物的性格刻划和心理描写。在艺术创造的过程中，作家始终把心力用在人物上，倾注于他视为"奇迹"的"人与人，尤其是和自己的冲突"[3]，为现代戏剧史创造出其他喜剧作家不曾提供的逼真、细腻，透示深沉的心理存在的喜剧性格。

从时代的社会生活和独特的审美反映出发，李健吾前期喜剧的性格塑造主要借鉴莫里哀喜剧，后期更多地取法莎士比亚喜剧，且始终借重批判现实主义作家福楼拜等人的客观描绘和心理分析，在艺术实践中把它们巧妙地融成一体，逐渐形成假定性和逼真性相结合的显著特点。作家一面运用喜剧夸张等假定性手法，同时采用客观、冷静的写实手法，但他的夸张并未走向陈白尘、吴祖光的尖刻的漫画，其写实也未像丁西林、杨绛往往失之于单纯。人物来到他笔下，无论喜爱赞美的，或厌憎嘲笑的，李健吾总把他们的好处坏处面面写到，绝不因自己的爱憎而把他们塑成恶行或美德萃于一身的人物，也不为惩戒的目的而把人物类型

---

[1] 李健吾：《李健吾剧作选》，北京：中国戏剧出版社，1982年，"序言"，第14页。
[2] 李健吾：《母亲的梦·跋》。
[3] 李健吾：《文明戏》，《李健吾戏剧评论选》，第18页。

化。徐守清的形象突出地体现道学家的迂腐、虚伪,但他也有乡绅地主的吝啬、蛮横,落拓举人的清高、孤傲,同时还流露出父性的感情和某种正直、同情心。反之,具有优良品德的喜剧人物,作家也不回避他们品行上的瑕疵。谢淑义虚荣、幼稚和耽于幻想,宝善沾染耍赖、撒泼的习气,就是田寡妇也时而表现出感情脆弱、心理偏狭等弱点。犹如画画,由于作家注意一幅人物肖像画通常的对称与比例,妥善地表现人物的主要激情,并让它同人物的其他激情发生不协调,呈给观众的喜剧性格就不是某一种激情的简单而古怪的描写,而是各种不同激情的化合;舞台形象也因之而辐射出明暗交映的光辉,赢得逼真、生动而深厚的性格魅力。这样的舞台性格,明显地脱离莫里哀的类型性格,而且愈到后来,愈接近于莎士比亚的喜剧性格。

深致的心理分析,为作家的喜剧性格塑造开辟了一条坦荡的大道。李健吾深知性格喜剧雕塑性格,最重要的不在于叙事,而在于揭示引起动作情节的内心活动,缺少深沉的心理的波澜,喜剧性格往往难以取得有力的内在的生命。所以他把描画性格的着眼点放在集中探索人物内心世界的秘密。在尖锐的冲突中,通过人物富于潜流的对话和动作,剖露他们复杂的内心生活和精神状态,是中国古典喜剧的传统写法,也是李健吾展示人物内心的主要方式。但当剧中人不处于尖锐对峙时,作家也善于表现人物因不同的心理而引起的内心抵触。宝善向张妈求爱就构成一场微妙复杂的心理冲突。宝善热烈的挑逗,同情的设想,句句刺入张妈的心坎,但她一时难于摆脱礼教的拘束,不能不佯装发怒,却又止不住屡屡刺探。这种看似反常的情态,恰是她无法压抑内心情涛的生描实写。在这里,戏是内在的,它没有剧烈的戏剧冲突那种撼人心魄的力量,但在诙谐风趣的对白中,却内蕴着丰富复杂的心理活动,令观众时时发出忍俊不禁的笑声,因而别有一种吸引人的艺术魅力。《青春》在这方面的探索和创造尤为引人瞩目。它往往凭借对话、停顿和形体动作的交错并用,把喜儿、香草之间错综复杂、波澜起伏的内心抵触精细入微地展现出来。

"人……和自己的冲突",无疑是李健吾更为倾心的一种展示人物内心生活的方式。如同悲剧一样,作家的喜剧也善于从现实的与理想的、自然的与精神的、内在的与外在的不协调入手,剖露人物自身复杂的内心冲突;但在这里,内心冲突引出的是丰盈多彩的笑声,而不是悲剧性的怜悯、恐惧。在自我本质分裂的徐守清身上，一个儒教思想造成的自我，像假面具一样企图掩盖一个真正的自我，使人只能傀儡似的机械活动，举手投足全在儒教思想的控制之下，但人的灵魂是不能戴假面具的，人性的不可遏制的潜伏的力量，总要寻找机会表现出来。这种虚假的自我与真正的自我的尖锐冲突，酿成一座笑的火山，从那里面不断奔涌而出的耀眼的火花，照亮了徐守清复杂而丰满的内心世界。李健吾把人物的内心冲突外化的方式是丰富多样的。他常用简短、富有动作性的独白、旁白，让人物在剧情进展中表白自己的内心矛盾。又擅长运用舞台指示，直接描绘人物的内在心理和外部形貌，细腻地展示他们隐秘的内心冲突和复杂心境。《青春》第四幕香草屏息倾听喜儿破空而来的呼喊声，初则"喜悦"，继而"恐惧"，终至感到"无能为力"，瞬息骤变的心绪、情感、意欲，旋即外化为多层次的富于潜流的形体动作。几行舞台指示，凝成一曲悲喜交织、令人心折的绝唱！少女灵魂深处对爱情幸福的热切渴望与传统观念的影响的激烈搏斗，终因作家的卓越才力，升华为心理的抒情诗的内在因素与叙事的史诗的外在因素完美融合的艺术境界。

  李健吾喜剧性格的成功塑造，也与他的凝炼生动、机智俏皮的语言分不开。作者的人物对话因人而异，对人而发，心曲隐微，随口唾出。无论乡绅、学者、青年、少女、寡妇、佣人、田伙、媒婆……都各有活生生的性格化的声口。同为学究，徐守清和康如水的对白虽都带有书斋气，迂腐悖谬，不通情不入理，但前者诘屈聱牙，味同嚼蜡，后者带有外国味，幽默俏皮，而又无不切合各自的身份、教养和性格特征。同是寡妇，饱尝欺压、深谙世情、富有反叛性格的田寡妇，轻嘴薄舌，伶牙俐齿，与杨村长争斗起来，嬉笑怒骂，皆成文章。而涉世未深、存有幻想的张妈，则言语审慎，仰承于人，但在仰承里透露出怨艾，审慎中内蕴着果敢。再看看宝善向张妈求爱的对白：

  宝善：……从前没有见过我，现在请你看个仔细。鼻子不算矮，能算矮么？眼睛不算小，能算小么？脖子不比你粗，能算粗么？胳膊搂你挺有气力，能算没有气力么？这腕子足够结实，满可以抡起你摔个半死。再不信，走两步给你看。怎么样龙行虎步，将来飞黄腾达，保官太太给你做。

  张妈：人家不清楚你的底细。

  宝善：你又不是嫁给我的底细！你知道你丈夫的底细，你挡不住他咽气；你知道许多男人的底细，没有一个男人愿意长久要你；你知道徐举人的底细，临了陪着个酸老头子，一天到晚男女有别，你就别想偷个小伙子。

戏谑挑逗、谈笑风生的这两段话，把宝善精通世故，机灵俏皮，粗野中透出可爱，撒泼里内含憨直的喜剧性格惟妙惟肖勾画出来。话语之间，浸透人情世味的机锋，在张妈听来，别有一种滋味在心头。

李健吾的性格语言，善从平淡之中着眼，取胜于意外之变。从人物的独特个性和规定情景出发，作家有时不惜让人物说话千篇一律，或把话说得曲曲折折，不成文章，但又不时异军突起，一击而中，达到刻画性格、透示心理的目的。康如水和谢淑义最后摊牌的一场戏，康如水恬不知耻，老调重弹，用一大堆爱的呓语死命纠缠……当谢淑义告诉他，冯显利认为有义务替她还清那两千元钱时，康先是一口拒绝，而后竟说出连自己事后也默然的心底话："他疯了！他要是替你还，他得连这几年的利息也还清！"这话突兀而起，出人意表，但又合情合理，势所必至。因为康如水到底是个"看财奴"，对谢淑义并无真正的爱情。而田寡妇同杨村长几次交锋的对白，则往往思路错落，不合逻辑，可是你觉得还非如此不可。她毕竟是个没有文化的村妇，身份、性格、教养管着她，不合逻辑也就合逻辑了。而她那快嘴李翠莲式的奇兵突袭，如"咱呀，人穷志不穷，你女儿就是八人大轿抬过来，我也给她两棒子打回去！""不单单就是他杨家的闺女是稀世宝！我也做过闺女！不稀罕！（向杨村长）不稀罕！一百个也不稀罕！""有本事，你公母俩（指没有儿子的杨村长夫妇）也养一个（儿）！"更是令能言善辩的杨村长无招架之功。仅此二例，足见李健吾驾驭性格语言和心理语言的卓越成就。

三、人物主宰情节的集中的喜剧效果

用性格主宰情节，造成喜剧性的集中效果，是李健吾组织冲突、安排结构的准则。与情势喜剧、佳构喜剧不同，性格喜剧必须以性格支配情节，使人物的性格成为戏剧效果的深厚的源泉；一旦用情节决定进行，把喜剧效果建筑在离奇曲折的故事上，性格喜剧就不复存在，往往流为思想极度贫乏、单纯追求技巧的情节剧。李健吾严格遵循这一美学特征，作品结构从紧凑严密转向奔放自由，同时呈现高度集中、发人深省的喜剧效果。

李健吾的情节结构艺术，是勇于批判继承、精通喜剧业务的收获，又是深入生活和尊重生活的艺术造诣。切近真实的人生的创作态度，汲取精华、弃除糟粕的批判精神，使作者无情地甩开一度迷恋过的文明戏，越过与他有过因缘的斯克利布、萨尔都的情势喜剧和佳构喜剧，终于牢牢擒住用人物主宰进行的欧洲古典戏剧的优秀传统。正是对这一传统，尤其是莫里哀、哥尔多尼喜剧传统的深厚造诣，做成作者前期剧作的集中紧凑、规则匀称。作品集中刻画一个主人公，但主人公与周围的人物几乎都有冲突，形成主干遒劲枝蔓很繁的布局。作者的艺术匠心在于，总是从主人公的性格、思想出发，以处在激变前缘的一桩事件开场，渐次展开主人公与其他人物的尖锐冲突及其内心冲突；在这个过程中，一面删削无用的枝叶，集中于主干的发展，同时凭借时间和空间的强制性，把剧情局限在一天之内，浓缩为一两个场景，组成布局谨严、骨肉停匀的三幕。无疑，李健吾是现代喜剧作家中唯一擅长封闭式结构的能手巧匠，他接受限制而又打开限制；不自由的封闭的模式，在他笔下成了性格支配情节的自由天地。在《以身作则》中，一主两副的冲突线，都受制于徐守清一人，且由他起着绞合作用；正是他的包孕双重人格的喜剧性格决定全剧的进行。但还有一个对立的力量，便是宝善、张妈和徐玉贞等人对个性解放和婚姻自主的追求。喜剧的结构，只是徐守清和其他人物性格的自然成就。这种用人物主宰进行的高度集中的戏剧效果，是构成作家独特的喜剧风格的一个重要标帜。但毋庸讳言，李健吾前期剧作的情节尚有受制于布局的痕迹。由于偶然性的巧合超过了必要的界线，《以身作则》的结局并非人物性格碰撞的必然结果。后起的《新学究》就无此瑕疵。它把不同方面的偶然性汇集成一条必然性的大流。这部作品大量运用巧合，但布置这些巧合的机缘，都以性格的必然性为基础，而且它们在戏中只是为了引起喜剧冲突，或制造喜剧情势，作者并未依靠它建立或解决喜剧冲突。冲突一经引起，情势一旦造成，它就按照人物性格之间及其自身的必然矛盾而发展开去，而不再依赖于巧合。也正是在冲突中康如水性格的充分暴露，做成喜剧的高潮，并导致谢淑义和冯显利的结合。

随着生活体验的深入和艺术视野的扩大，李健吾不再满足把"属于中国的一切，完美无间地放进一个舶来的造型的形体"。[①] 作家努力探寻和创造新的结构

---

① 李健吾：《以身作则》，"后记"，第 2 页。

形式。与《青春》有着血缘关系的辛亥传奇剧《贩马记》，就是把现代话剧和旧式戏曲形式结合的成功尝试；而《青春》则融汇欧洲戏剧传统尤其是莎士比亚喜剧和中国民族戏曲的特点，熔铸出一种自由奔放、形散而神不散的形式。作品集中刻画几个主要人物，但还设置不少次要的穿插性人物。它的时间长达两年，场景比较开阔，冲突也不在激变的前缘开幕，而是有一个酝酿和准备的过程。表面上看，布局自由松散，实际上，它仍带有前期喜剧高度集中的戏剧效果，只是表现形态不同而已。在前期剧作中，作家用人物来集中，主人公的性格仿佛一种磁力，凡是它不需要的东西纷纷落入戏外，而与它有关的原来分散的冲突线、场面和细节，经它一吸，立即在若不相谋的状态之中凝成一块密致的纯钢。而《青春》则用主题思想来集中，剧中纷繁复杂、脉络交错的社会生活为一个思想主题所贯穿，这个主题好比一盏聚光灯，不该照亮的地方就不照，该照亮的地方要它分外明亮。但在这里决定和推动全剧进行的依然是人物的喜剧性格。不过它也不像前期创作那样借助巧合、误会等常用的喜剧手法来结构和引起戏剧冲突，而是忠实地按照生活的逻辑，从主要人物的特定性格出发，构成跌宕起伏、引人入胜的悲喜剧情节。从相约私奔、私奔失败到香草被迫出嫁罗童生，再到关帝庙前重叙旧情，直至出现香草被休、被迫上吊的高潮，看起来是场次的自然发展，其实却是在情节的积累上，具有各种性格的主要人物活动的结果，也正是主要人物性格的碰撞，撞出田喜儿和香草的大团圆结局。所以，《青春》虽有中国戏曲常见的悲欢离合的故事，却没有情节主宰进行的弊病。为了使主要人物在行动上取得深厚的活力和广泛的照应，作家还在戏剧冲突的各个层次上，巧妙穿插大量的风俗性的生活场面和细节，如小虎儿、小黑儿夜闯杨家后园偷摘石榴；红鼻子酒醉打更，给村童念黑丫头歌谣；罗童生、香菊等村孩嬉闹……这些次要情节与中心情节相互交织、纠葛，有力地推进戏剧冲突的发展，而且被组织得通体透明、血肉丰满。它们宛如主干遒劲的参天大树上的繁枝茂叶，增添了情节的丰富性和复杂性，也给剧作带来浓郁的原野气息和抒情氛围。从中透露出莎士比亚喜剧结构的明显影响。

除总体结构的构思和处理外，李健吾喜剧在具体情节、场面和细节的选择和组织上，也善于从人物的性格、思想、意趣出发，精心摄取典型的场面、细节，以造成高度集中的喜剧效果。如康如水一上场，就用一个细节做足他的性情乖僻，迂腐悖谬。星期天早晨，为完成献给女学生朱润英的一首情诗，他让"远道"而来、"专诚"看他的老朋友，在客厅等了足足二十分钟；当不耐烦的客人嚷着要撞进书房时，他还大声阻拦道："不要进来，我还差一个字押韵！"不用很多笔墨铺陈、渲染，作者一下就把形象抓住扔上场，给观众留下极为鲜明的印象。徐守清、田喜儿等人上场，同样凭借从生活中认真发掘的细节，头一刀就砍得准确，干净利落。性格既经树立，情节也随之迅速展开。每一场戏，从性格出发，又出奇制胜地雕塑性格。在这里，情节的波澜起伏，效果的一击而中，全赖于"自然"和"奇袭"这两个法宝。作家的喜剧不装腔作势，不生搬硬套，情节充满喜剧情趣，但不像一些喜剧那样处处逗眼，闹剧满天飞。一切来自生活，扎根于性格。所谓"奇袭"，就是"在观众意想不到之处，忽然别开生面，来一场最入情入理的逗笑的戏"。① 例如《以身作则》第二幕，徐守清要替守寡的张妈写传，张妈出于感激，跪下给他磕头。妙的是双方推让之际，徐守清"把持不住"，不由连声赞叹张妈的手长得"好看"，甚至情不自禁地"想从地上把她搂起来"。这场戏出乎观众意外，却又入情入理。这位开口诗云，闭口子曰的假道学，毕竟摆不脱世俗的情欲，终于酿成真我出卖假我的丑剧！

  自然和奇袭，原是莫里哀性格喜剧常用的手法。它们既对立，又统一在"合情合理"之中。可谓社会生活本身的辩证法在喜剧艺术中的成功运用。李健吾加以借鉴，功力不让前人。凭借这两种手法，他巧妙地创造一连串饶有风趣、意蕴深厚的喜剧情节，它们好比南天门的石阶，一步步把戏导向泰山的最高峰。尤为值得称羡的是，随着艺术上的成熟，作者终于摒弃了莫里哀往往借助外来的力量和巧合的因素，以制造违背事件发展规律的喜剧结局的做法，而坚持以性格冲突为主轴，利用悲喜因素的转化，以绝妙的奇袭之笔，创造出人意表、别开生面的喜剧结局。《青春》的冲突进入高潮后，田寡妇同杨村长进行一场迂回曲折、惊奇多变的说理斗争，她站在被迫害者一边，抓准杨村长的行为弱点和性格特点，欲擒故纵，巧妙周旋，一步步瓦解杨村长的优势，置他于理屈词穷的困境，终使悲剧性冲突陡转为喜剧性结局。这一结尾，显露出为前人不可企及的精湛艺术。

---

① 李健吾：《莫里哀的喜剧艺术》，《李健吾戏剧评论选》，第 452 页。

论李健吾的喜剧创作[①]

胡德才

内容摘要：李健吾是一位具有独特风格的现代喜剧作家，他的喜剧成就建立在性格塑造和世态描摹这两块坚实的基石之上；结构精巧、语言俏皮、寓悲于喜、启人深思，是其喜剧的主要艺术特色。

关键词：李健吾　喜剧　悲剧　人性　世态

李健吾一生创作、改编剧本四十余种，另有翻译剧本四十余种，称得上一位多产的剧作家。他的主要剧作写于三十年代，无论悲剧，还是喜剧，都取得了很高的艺术成就。就个性、气质、审美情趣来说，李健吾更倾向于喜剧，就对中国现代戏剧发展的贡献和影响来看，他的喜剧也更值得重视。评论家常风当年曾说："李先生的天才生来即是喜剧的，在他的作品中到处显示着明快的机智与一副诙谐而讥讪的神气。"[②] 一位英国学者也认为，"李健吾最好的剧作都是喜剧"[③]。他的喜剧理论研究、喜剧文学翻译和他的喜剧创作也相得益彰。李健吾将作为一位具有深厚的戏剧文学素养并独具个性的世态喜剧大家而永载史册。

上篇　"作风能自成一家"

李健吾创作的喜剧共十种，其中五种写于三四十年代，它们是：《这不过是

[①] 原载《三峡大学学报》（人文社会科学版）2001年第6期。
[②] 李健吾：《以身作则》，常风：《逝水集》，沈阳：辽宁教育出版社，1995年，第134页。
[③] ［英］D. E. 波拉德：《李健吾与中国现代戏剧》，《文学研究动态》1982年第23期。

春天》《以身作则》《新学究》《一个没有登记的同志》《青春》。除《一个没有登记的同志》为独幕剧外，其他均为多幕剧。李健吾还曾改编外国喜剧多种，著名的有法国博马舍的《费加罗的婚姻》、古希腊阿里斯多芬的《女人大会》，此外，还改编了多种法国"佳构剧"，如斯克里布的《云彩霞》，萨尔都的《金小玉》《风流债》《花信风》《喜相逢》。这些改编之作，也都充分显示出李健吾杰出的戏剧才能和深厚的中外文学功底，柯灵评价说："试读健吾所改编的几种剧本，无一不是构思奇巧，鬼斧神工。"① 三十年代，有研究者曾将他和田汉、洪深、曹禺等人并称为 1929 年以后中国"重要的戏剧家"②。后来的评论认为，"他的剧作格调清新，形象生动，语言隽秀，有许多上乘之作"③，"他与曹禺一样，作风能自成一家"④。

  李健吾是在创作了大量的悲剧之后开始喜剧创作的，大致说来，1934 年以前，李健吾创作的剧本都是悲剧，这与他不幸的身世、苦难的童年和多病的学生时代等人生经历有关。1934 年以后，则以喜剧创作为主，促成这一转变的主要因素有三个方面：

  其一，是王文显的影响。李健吾进清华之后，接受朱自清的劝告，由中文系转入王文显主持的西洋文学系，成为王文显的学生，毕业后又留校做了王文显的助教，并先后将王文显用英文创作的喜剧《委曲求全》《梦里京华》译成中文，还曾主演过《委曲求全》中的张董事。王文显及其喜剧对李健吾文艺思想的变化和喜剧观念的形成起了重要作用，李健吾的喜剧创作在风格、技巧诸方面对王文显亦多有继承和发展，他的《一个没有登记的同志》就曾受到王文显的独幕剧《白狼计》的影响⑤。

---

① 柯灵：《李健吾剧作选》，北京：中国戏剧出版社，1982 年，"序"，第 12 页。
② ［美］妮姆·威尔斯：《现代中国文学运动》，［美］埃德加·斯诺编：《活的中国》，文洁若译，长沙：湖南人民出版社，1983 年，第 348 页。
③ 李健吾：《李健吾戏剧评论选》，北京：中国戏剧出版社，1982 年，"编后记"，第 465 页。
④ 董史：《剧坛人物志·李健吾》，《万象十日刊》1942 年第 5 期。
⑤ 李健吾在《一个没有登记的同志·附记》中写道：剧本"写完之后，我想到王先生的《白狼计》，觉得情节有些仿佛。……最可惜的是：那出《白狼计》永远不会问世了，否则，读者就可以证实我多应该佩服它的技巧"。中国社会科学院文学研究所现代文学研究室编：《中国现代独幕话剧选 1919—1949》第 3 卷，北京：人民文学出版社，1991 年，第 90 页。

其二，法国文学的熏陶。1931年，李健吾赴法留学，两年的留学生活使他成为了莫里哀的一个崇拜者，并在此后的戏剧生涯中，将大量的精力倾注于莫里哀喜剧的翻译和研究。流溢着欢乐，闪烁着智慧，具有明丽、峭拔、辛辣的讽刺风格的法国喜剧文学对李健吾产生了深远的影响。

其三，早年有过穷困、疾病、丧父、丧母、失姊、失恋等痛苦经历的李健吾，自留学法国开始步入了人生的春天。李健吾天性乐观、爽朗、风趣、童心永存。柯灵曾说："童心！我觉得这是一把开启健吾作品和心灵的钥匙。"① 李健吾嗜爱喜剧艺术，在生活中，也是一个爱笑的人，诗人臧克家曾形象地描绘过他那富有感染力的笑声："健吾的笑，是热情的爆炸，是心灵的强音，是他爽朗性格鲜明的特征。一想到健吾，就想到他的笑——开心的笑，使人愉快、受到感染的笑。他的笑，像重磅炸弹，威力无穷，严封的郁闷，无头的苦恼，一闻笑声，粉然而碎。"② 苦去甜来的人生旅途、爽朗乐观的性情、对喜剧文学的浓厚兴趣，加上中西喜剧艺术的深厚修养，多种因素的聚合，使李健吾的喜剧观念逐步形成，并从此开始了他的喜剧人生。由于熟谙大量的中西喜剧遗产，又有十年戏剧创作的经验作基础，李健吾的喜剧创作一开始就显示出迷人的魅力。

李健吾的喜剧结构精巧、剧情紧凑、语言机智俏皮，在一场场或惊险或滑稽或风趣或欢快的爱情游戏中透出浓郁的诗意。

《这不过是春天》（1934）是李健吾创作的第一部喜剧，也是他的名世之作和代表作之一。当时的评论认为，"李健吾先生的《这不过是春天》是以极精致的笔墨来写他构架的罗曼史的。这个剧本的技术的成功，差不多跨越了作者本人其他所有的剧作"③。剧本以大革命时期军阀统治下的北京为背景，以从南方来的革命党人冯允平和警察厅厅长夫人之间的爱情纠葛为主要线索，饶有情趣地展开了一个革命和爱情的故事。冯允平带着庄严的使命来到北京，化名谭刚住进了警

---

① 柯灵：《李健吾剧作选》，"序"，第16页。
② 臧克家：《一个勤奋乐观的人——悼李健吾同志》，臧克家在另一首《赠李健吾同志》的诗里对此也有描绘："脚步阶前落，笑声已入门。狂飙天外至，万里无纤云。"臧克家：《臧克家文集：第3卷诗三集》，济南：山东文艺出版社，1985年，第551页。
③ 于伶：《略论一九三四年所见于中国剧坛的新剧本（二）》，《于伶戏剧电影散论》，北京：中国戏剧出版社，1985年，第21页。

察厅长的公馆，年轻美貌的厅长夫人是冯允平昔日的恋人，她因阔别多年的旧情人的突然来访，死灰复燃，千方百计想把他留在身边，要给他一个厅长秘书的美缺，公私兼顾，却不知冯允平是肩负使命潜入北京的革命党人，陆军部已下发将其捉拿归案的公函，警察厅长和他手下的密探正在到处搜捕的就是这个危险分子。厅长夫人在一次讲话时无意中将冯允平的真名透漏，嗅觉灵敏的密探们很快弄清真相。在最后的紧急关头，厅长夫人花了一千元的价钱买通了密探，并用自己的汽车将他送往天津。剧作虽然也被称为是"一出写革命题材的戏"，是"北伐的山歌"，但"革命者在这里不过是一只报春的燕子，观众也只能从他来去飘忽的身影中听出远方隐约的春雷"①，剧作的真正主角是厅长夫人，剧作的主要艺术魅力则来自警察厅长的公馆里所表演的一场有惊无险、情趣盎然的捉迷藏式的游戏：惊险是因为革命，情趣则来自爱情。因此，这部剧作既不能算是写"革命题材"，也不是一个纯粹的爱情故事，而是交织着革命和爱情两种因素，风格明丽、轻松的现代"佳构剧"。

李健吾是一位精通法国"佳构剧"的剧作家，熟谙斯克里布、萨尔都等"佳构剧"大师的结构技巧。《这不过是春天》的人物设置、双线结构、情节陡转，都是精心设计、独具匠心的。剧作最后，当冯允平陷入即将被捕的绝境时，厅长夫人重金买通密探，使他绝处逢生，化险为夷。这固然是剧情发展中的"惊人之笔"，但也真实自然，入情入理，它既缘于厅长夫人对冯允平的纯情挚爱，也归因于她的良知未泯、人性复归。有文学史家曾对该剧的艺术技巧推崇备至，认为："读毕全剧，如听完一曲交响乐，轻妙完美，感到每个音符都有恰如其分的美，而余音袅袅。""整个剧本，从头到尾，没有冷场，没有漏洞，每一角色每一句对话都有不可少的作用，恰合角色的身份、情绪和临场的气氛；每一转折都自然舒展；回顾新文学运动以来，在技巧上没有人达到这样完美的境地。"② 这样的评价，大体属实。

独幕喜剧《一个没有登记的同志》在风格上与《这不过是春天》很接近，在剧情、结构和情调上则与王文显的《白狼计》、袁牧之的《一个女人和一条狗》

---

① 柯灵：《李健吾剧作选》，"序"，第3—4页。
② 司马长风：《中国新文学史》，香港：昭明出版社，1978年。

等喜剧是一脉相承的。从事秘密工作的女革命者向慧被在侦缉队服务的密探黄天利跟踪四个月，终于在另一革命者欧明的寓所将她捉住，欧明也同时被捕。可就在这时，黄天利认出向慧原来是他少年时青梅竹马的玩伴姚小环，黄天利就是当年的"吴家的哥哥"。十三年前，天真的小姑娘曾说长大了要嫁给这位"吴家的哥哥"。黄天利虽已沦为一只走狗，但他就是为了"那点儿影子"活到现在。这对儿时的伙伴现在以捉人者与被捉者的身份在伴随着手枪、捆绑、严刑、逼供的氛围中相逢，终于使黄天利的一线良知放出光明：他放走了两位革命者，在雄壮的军乐声中开枪自杀。一个反动当局的走狗，成了"我们党里一个忠实的同志"——一个没有登记的同志。美好的人性在这里再一次闪耀出夺目的光彩。

剧作后来改名为《十三年》，结局也将黄天利自杀改为了被缚：暗探让两位革命者用绳子把自己捆在椅子上，然后放他们从暗门中逃走。对原剧的结尾以及后来的修改，学界都曾有不同的看法。柯灵认为，修改后的结尾，串演的是"一出相当幼稚的双簧"，并推测，这"正是批判'人性论'遗留的影响"[①]；张健认为，作者"45年后面对世人的这种更动人更能体现剧本内在风格的一致。生命是美好的，我们的剧作家在经过了将近半个世纪的思索之后终于让被缚的黄天利带着被净化了的人性存在了下去"[②]。笔者认为，整个剧作情节紧凑而轻松，语言机智文雅，结尾即使不作修改，仍以黄天利的自杀做结，就其内在的精神和戏剧情调看，主宰着整个剧作的仍是一个喜剧的精灵。

李健吾喜剧的语言是融口语化、性格化、动作性和抒情性于一体的，同时又具有文雅风趣、机智幽默的特点。他认为，剧中的对话"要在平淡之中着眼，取胜于意外之变。话既要富丽，又要明净"[③]。在《这不过是春天》的第一幕和第三幕里，厅长夫人和冯允平在厅长公馆初次相逢和再次分手时的两场谈话就在家常闲话中蕴有丰富而深厚的内涵。语言朴实无华而不枯燥乏味，人物性格及其内心世界得到了充分的表现，尤其是厅长夫人"借着述说日常生活状况，表露了她怨

[①] 柯灵：《李健吾剧作选》，"序"，第5页。
[②] 张健：《幽默行旅与讽刺之门——中国现代喜剧研究》，北京：中国人民大学出版社，1997年，第351—352页。
[③] 李健吾：《话剧与话》，《李健吾戏剧评论选》，北京：中国戏剧出版社，1982年，第157页。

恨冯允平十年前不辞而别的不满,而她的怨艾实则又蕴藏着她对冯允平的眷恋深情"①。临别之时,虽然也有冯允平所说的"人人有一个春天,可是人人留不住他的春天"之类富于暗示性和抒情性的台词,但与初逢时相比,两人的思想交锋更多,言辞也更为尖锐和激烈,厅长夫人喜怒爱怨的感情得到了淋漓尽致的表现。冯允平在这场爱情游戏中始终处于被动的地位,他的相对较少的对答往往也是既含蓄又意味深长的。总之,一对久别的旧侣此时此境的重逢与再别,难以言说的内心隐秘、爱恨交织的复杂情感、两个心灵的交流与冲突,在这两场戏里都得到了充分的表现。就像维加所说的,喜剧语言是"把微妙的机智和精粹的修辞压缩在短短一段时间内而加以提炼",还使观众从中看到"严肃的思虑中掺和了嬉笑,有趣的笑谈里带着正经"②。既机智俏皮,符合人物性格,富于动作性,又具有暗示性,并使剧作具有浓郁的抒情诗意。正如一位学者指出的:"他的文章是很漂亮的国语,修辞的工夫用了不少,简单的一句话每每不肯直率平凡地说出来,因此造成他那卓异的风格。"③

李健吾喜剧的独特风格还表现在:寓悲于喜,悲喜交融,笑中含泪,启人深思。他的喜剧似乎都不那么"纯粹",不像丁西林喜剧那样轻松幽默,也不是陈白尘喜剧似的泼辣犀利。他的喜剧给人的审美感受不是单一的,而是多种因素的揉合。柏格森在论笑的产生时打过一个形象的比喻:大海波涛汹涌,底层却一片宁静。惊涛拍岸的海水退回大海时在沙滩上留下一层白沫,在海滨嬉游的孩子把这白沫掬起一把,过了一会儿,看到手心里留下的只是几滴水珠,比把它冲上海岸的波浪里的海水更苦更咸。"笑的产生也和这泡沫一样。它表示在社会生活的外部存在着表面的骚乱。笑立即把这些动乱的形态描绘下来。笑也是一种盐基的泡沫。跟泡沫一样,它也闪闪发光。它是欢乐。但是把它掬起来尝尝味道的哲学家,有时候却会从里面发现少量苦涩的物质。"④ 经历了苦难与坎坷的李健吾,一

---

① 陈白尘、董健主编:《中国现代戏剧史稿》,北京:中国戏剧出版社,1989年。
② [西]洛贝·台·维加:《编写喜剧的新艺术》,杨绛译,古典文艺理论译丛编辑委员会:《古典文艺理论译丛:第11册》,北京:人民文学出版社,1966,第164页。
③ 赵景深:《现代作家生年籍贯秘录》,《文坛忆旧》,上海:上海书店,1983年,第209页。
④ [法]柏格森:《笑——论滑稽的意义》,徐继曾译,北京:中国戏剧出版社,1980年,第121页。

方面深刻地感受到生活中丑恶事物的喜剧性,另一方面他又领略了人生中人性被压抑、扭曲的悲剧性,当他描绘出中国半封建半殖民地社会这幅变形的图画时,最初写出的就都是悲剧。但李健吾天性倾向喜剧,对人生乐观的信念和对喜剧特殊的嗜爱使他很快转向了喜剧创作,而他的喜剧中往往被注入了较多的悲剧因素,同样,他的悲剧中也含有大量的喜剧因素。从某种意义来说,李健吾是一位善于从悲剧中发现喜剧的作家,《这不过是春天》的确有一个感伤的结尾,厅长夫人与久别的昔日恋人才重逢又匆匆永别,似乎是一个悲剧,但就精神层面来看,厅长夫人有所失,更有所得,她失去的是一个虚幻的梦,得到的是人类良知的发现、是美好人性的复归。与全剧自然、流畅、舒展、轻松的风格和机智、风趣、幽默、俏皮的语言相一致,使《这不过是春天》成为了一出别具特色的喜剧。

  李健吾笔下的讽刺形象一般都不是那种十足的坏蛋或恶棍,往往是受封建礼教的毒害太深而又执迷不悟、精神上愚昧麻木、行为上酸腐可笑的人物。对这一类讽刺形象,作者不是像果戈理那样"用毒蛇编织的绳子,前后左右地抽打"[①] 他们,因为他们总是既可笑又可悲,作者给予他们的是温和的嘲笑,在挪揄他们的时候不无同情。《以身作则》里的徐守清、《新学究》里的康如水就是这类人物的代表。前者为了"举人"的名位,整整熬了二十年,表面上他好像是"读透了圣贤书,能够清心寡欲",深恶女人,而实际上,他却演出了种种笑剧,出尽了洋相。他迂腐、僵化、保守、顽固,是一个假道学的典型,但他并不是丧尽天良、道德败坏的无耻之徒。后者的可笑,则在于他那无休止的恋爱,他向每一个女人求爱,他能写动人的情书,能一气说出大段感动女人的词句。可最后一个个"情人"都弃他而去,在屡屡碰壁之后,他仍不觉醒,还在继续写他那顶痛苦的爱情诗。他的可悲,就在于他始终不知道爱情为何物,他要女人了解他,但他从不去了解一个女人。他虽也曾受到"五四"思潮的影响,但他并不曾去领会"个性解放""婚恋自由"的真正内涵。他实际上是一个集封建意识和资产阶级思想于一身的新时代的"旧学究"。但他不是那种作恶多端、道德堕落、专门玩弄

---

① [俄] 别林斯基:《论俄国中篇小说和果戈理君的中篇小说》,《别林斯基选集:第1卷》,满涛译,北京:人民文学出版社,1959年,第196页。

女性的唐璜式的恶棍。李健吾以清醒的现实主义精神，含着讽刺家的忧伤的嘲笑，一方面揶揄了他们的麻木酸腐、愚拙可笑，另一方面也写出了他们心地的坦诚和作为正常人的情欲。剧作通过他们的丑陋表演，既把他们身上那无价值的东西撕破给人看，又将人生有价值的东西毁灭给人看，在笑声中带有严肃而深长的思索。喜中有悲，笑里含泪。

在四十年代创作的五幕喜剧《青春》里，也有大量悲剧性因素的渗入，使剧作呈现出悲喜交错的特点，自然真实地反映了人生。如第二幕田喜儿与香草私奔，被杨村长发现追回；第三幕田喜儿受罚，香草嫁人；第五幕当罗举人看见田喜儿和香草在一起重叙旧情、互相拥抱时，当即宣布离婚。观众都为香草结束这场痛苦的婚姻而高兴，可是杨村长却认为女儿大逆不道、有伤风化、有辱门庭，是他的奇耻大辱，执意劝慰女儿上吊自杀，以死洗刷耻辱。老实的农民杨村长在这里扮演了《儒林外史》里王玉辉的角色，可笑复可悲，由此可见封建礼教对人民的戕害之深。剧中这些悲剧性情节的穿插，具有发人深省的喜剧效果，扩展了喜剧的深度。

下篇　"扎根在性格和世态的深处"

李健吾是一位莫里哀研究专家，他认为"莫里哀的'大喜剧'，几乎都扎根在性格和世态的深处"[①]。实际上，李健吾本人的喜剧成就也是建立在"性格"和"世态"这两块坚实的基石之上的。

在欧洲喜剧史上，世态喜剧有着悠久的传统，莫里哀也被认为是"法国风俗喜剧（即世态喜剧——引者）的代表作家"[②]。优秀的世态喜剧总是以表现一定时代的社会风俗和人情世态为基本内容，并以此形成自己独特的美学格调。而世态喜剧中对社会风尚、习俗世态的描写又总是与对人物性格的刻画相联系的。中国现代世态喜剧在李健吾之前，最优秀的作品当推王文显的《委屈求全》，剧作以高等学府为舞台，对二十世纪二十年代中国上流社会的人情世态作了成功的描

---

① 李健吾：《试谈导演莫里哀的喜剧》，《李健吾戏剧评论选》，第235页。
② 《中国大百科全书》总编辑委员会《外国文学》编辑委员会：《中国大百科全书·外国文学：第1卷》，北京：中国大百科全书出版社，1982年，第523页。

写,并显示出将世态描摹与性格刻画结合起来的意图,但尚未塑造出意蕴深厚的喜剧人物典型。另一位优秀的世态喜剧作家宋春舫创作视野比王文显更为开阔,他的《一幅喜神》《五里雾中》《原来是梦》等剧对半封建半殖民地的都市社会光怪陆离的风俗世态作了广泛的描写,但在人物性格刻画方面,他远没有王文显那样重视,因此,他的喜剧成就,也没有超过王文显。在世态喜剧创作中,既有对社会风俗世态的成功摹写,又注重人物性格的刻画,并"通过性格的刻画去努力表现和评价那个藏在风俗背后的广袤而又浑厚的精神世界"①的是年轻的戏剧家李健吾。

李健吾代表着中国现代世态喜剧发展的新阶段。他曾说:"我爱广大的自然和其中活动的各不相同的人性。在这些活动里面,因为是一个中国人,我最感兴趣也最动衷肠的,便是深植于我四周的固有的品德。隔着现代五光十色的变动,我心想捞拾一把那最隐晦也最显明的传统的特征。"② 正是这种对于精神世界"传统的特征"的自觉探索与把握,使李健吾的世态喜剧具有了较深厚的历史与文化的意蕴。柯灵曾指出:"解放前健吾最爱谈'人性',在他剧本的序跋中几乎触处皆是,但大都泛泛而谈,不作发挥。根据他的创作实践来看,着眼点是集中在探索人物内心世界的秘密。而人性开掘的深广,正是帮助他思想上艺术上臻于成熟的手段。"③ 李健吾认为,"作品应该建在一个深广的人性上面,富有地方色彩,然后传达人类普遍情绪"。他的喜剧以剖示复杂人性的艺术视角,塑造了众多性格复杂、内心丰富、善恶并存的人物形象。《这不过是春天》里的厅长夫人和《一个没有登记的同志》中的侦探黄天利是一个类型,他们深陷泥淖,但不乏"人之常情",心灵已被腐蚀,但良知未泯,尤其是都还存留着些许往日的纯真恋情,因而最后都有所醒悟,并终于帮助革命者脱离险境,成为了本阶级的叛逆。

李健吾在《以身作则》和《新学究》中塑造的喜剧人物徐守清和康如水则是另一类典型。徐守清是一个满腹"子曰诗云"、满口"之乎者也"、满脑袋道学思想的前清遗老。他迂腐、保守、僵化、自大。把维护腐朽的封建意识作为自己神

---

① 张健:《试论李健吾在中国现代风俗喜剧中的地位》,《中国现代文学研究丛刊》1992年第4期。
② 李健吾:《后记》,《以身作则》,北京:文化生活出版社,1936年。
③ 柯灵:《序》,李健吾:《李健吾剧作选》。

圣的天职，声称："我一日不死，我得维护风化一日。我不能够坐视先王之道陵替。我不能够坐视周公之礼亡自我手。"他把"男女有别"当作维系风化的大防，处处以"礼"律人，不仅自己死了老婆不续弦，标榜自欺欺人的"清心寡欲"，而且搞得儿子手足无措，女儿也被逼得近于病态。李健吾在《以身作则·后记》中说，"人性需要相当的限制，然而这相当的限制，却不应该扩展成为帝王式的规律。……《以身作则》说明人性不可遏抑的潜伏的力量。有一种人把虚伪的存在当作力量，忘记他尚有一个真我，不知不觉，渐渐出卖自己"。徐守清就是一位忘记了"真我"存在的假道学。对儿子玉节，他整天训诲圣人之道，而面对年轻、漂亮的女佣张妈，他终于把持不住，介绍人王婆告诉他，张妈是个寡妇，但他不忌讳，并说他女儿跟张妈过得来，而实际如张妈所说，"跟我过得来的，不是小姐，是老头子自己"。当他在屏风后面向张妈大献殷勤并摸张妈的乳房的行为败露在儿子面前以后，他也同样以圣人之道教育儿子，大谈"父为子隐，子为父隐，直在其中矣"。对女儿玉贞，他严加看管，搞指腹为婚，不准她出大门一步，以"三从四德"相要求，女儿有了意中人，他则大讲"一女不嫁二夫"。对女佣张妈，他视为私有，一方面跟她大谈"男女有别"，要为她做传，要让县里给她立贞洁牌坊，另一方面，他对这位年轻、好看的寡妇又不能无动于衷，以至做出非"礼"的事来，正如张妈所说："别瞧老头子外面装模作样，其实是一肚子的鬼。"后来，张妈要改嫁，他百般阻拦，说什么"我不能够叫张妈跟一个男人走。……我不忍心坐看一个寡妇失节！饿死事小，失节事大"。作者一方面写出了徐守清作为封建遗老保守、酸腐而又虚伪的典型特征，另一方面，也展示出礼教与人性的激烈冲突。最后，他落得一个众叛亲离、威风扫地的结局，而最关键的是他自己终于抵不住正常人性的欲求，誓死固守周公之礼、自我标榜清心寡欲的封建礼教卫道士终于从"礼"的防线上败退下来，随着屏风的倒塌，道貌岸然的道学先生的偶像也在人们的笑声中垮台。徐守清这样一位自恃德高望重、满腹经纶、本县唯一的大学问家，终于在新的时代处处碰壁，洋相出尽。

  《以身作则》唱的是一曲封建礼教的挽歌。在社会巨变、时代更新的历史背景下，显示出新旧观念、新旧文化、新旧道德的尖锐矛盾与冲撞。剧作嘲讽了封建礼教、传统道学内在的矛盾与虚假，它酸腐过时、摧残人性，而世态风俗中合乎人性的新因素正在增长、壮大，并终于战胜传统道学，闪耀着人性的光辉。

与中国传统文化培育出来的封建末代文人徐守清不同，《新学究》里的康如水则是一位大学教授、现代诗人，从表面看，他们一个"土"，土生土长，一个"洋"，曾漂洋过海；一个开口不离"子曰诗云""之乎者也"，一个满嘴现代名词并常夹杂着英文；一个可以倒背"四书五经"，一个谙熟莎士比亚；一个整天强调"男女有别"，一个时时不忘追逐女人；一个酸腐、守旧，是个"就书下饭的冬烘"，一个浪漫、狂热，是个一刻不能离开女人的"情种"。但在本质上，前者道貌岸然、装模作样，最终难以掩饰其虚假，剧名《以身作则》正是讽刺他的不能以身作则，后者内心空虚、自作多情、性格漂浮，终于枉费心机、一无所获，剧名《新学究》意在嘲讽他的言行矛盾、表里不一，外表是新的，骨子里仍是旧的，正如剧中人孟先生对他所说："你才是个老牌儿的学究。"

康如水作为生物学教授，却性格飘浮，他狂热地追求女性，向他所遇到的每一个女人求爱，包括过去的老朋友、同事的妻子、年轻的女学生。他充满狂热和幻想，热衷于谈风月、写情书，整天关在屋里推敲情诗的韵脚，甚至要求拒绝了他的女孩子答应让他每天给她写一封情书，他风流自赏、内心空虚、愚妄可笑。他的恋人谢淑义在孟夫人等人的帮助下，最后终于真正认识了他，并决定与冯显利订婚，剧作结尾是康如水绝望的独白：

噢！没有一个人了解我！我要走开，我要闭住眼睛，我要锁住我的热情！噢！寂寞！寂寞！我的寂寞！

康如水的精神状态和行为方式，明显带有西方资产阶级沙龙文人和贵族阶级的遗风。一方面，他把女性看得那么神圣、神秘，是高贵的"诗神"，是纯净透明的诗之"材料"。说什么"没有一个女子不是一首诗，……她的存在是一种梦，一种憧憬、一种 Plato（柏拉图）的理想、一种高贵而又神圣的境界"。另一方面，他又是一个不折不扣的男性中心主义者，他可以"自由"恋爱，但女人"必须纯洁、贞洁、从一而终"。在康如水的潜意识中，女人只是供男人玩赏的精神补品。康如水的思想和性格实际上是现代西方资产阶级思想和中国传统的封建士大夫文化意识的混合物。康如水的思想性格是充满矛盾的，他"给自己安排了一个理想，然而又无力否认或拒绝现实"，在理想和现实之间，"他自己造成个分离的人格"。"他的理想要理智的冷静，而他却较常人更需要情感的热晕。他坚持此二者，在事实上他却尽任他的情感冲动，泛滥；他要调和，他却永远在这二者之间受折磨。他所征服不了的，就是他自己。他逃不出热情的围困"[1]。康如水并非一个登徒子式的好色之徒，正如孟太太对他所说，女人只是他"理想的一个影子"。对爱情的追求，对他只是一种精神的寄托，以此维持心理的平衡。通过这一形象，剧作一方面描绘了中西文化交汇的背景下某些中国上层知识分子精神的惶惑与危机，另一方面，也写出中国传统文化的历史惰性。李健吾在讽刺他笔下人物的矛盾、虚伪、愚拙可笑的一面时，也展示出他们的"真我"，徐守清作为正常人的情欲终于突破道学的桎梏，显露于屏风之后，康如水忠实于内心的感情，富于幻想，不无坦诚之心。李健吾笔下的人物丰富而复杂的内心世界，真实地反映了现实中人性存在的纷繁复杂，也使得他们的形象具有了丰厚的文化内涵和独特的美学价值。

---

[1] 李健吾：《新学究》，常风：《逝水集》，第137—138页。

现代知识分子情感症候的喜剧形态：重读《新学究》
——兼与《吴宓日记》对读①

李星辰

内容摘要：作为李健吾戏剧创作成熟时期的重要作品之一，三幕喜剧《新学究》曾因以师长吴宓为原型而引发争议，但在争议之外，关于剧作本身的研究尚不充分。通过《新学究》与《吴宓日记》的对读，以及《新学究》与相关西方文学作品的比较，可以构成重新解读该剧的双重互文视野，从而考察李健吾如何通过对原型人物的艺术处理传达出他对中国现代知识分子情感症候及其背后精神危机的洞察与反思。在莫里哀《愤世嫉俗》的影响下，李健吾从吴宓身上提炼出"阿尔塞斯特"式喜剧性性格，塑造出康如水一角。此外，剧作还呈现了康如水"包法利夫人"式的情感症候及其生成机制，这种狂热的"摹仿性"情感并非真正指向其所追求的对象，而是承载着将自我建构成为"浪漫主体"的隐秘诉求。这种重建主体的热望折射出中国现代知识分子在新旧交替时代自我分裂的精神痛苦。为了弥合这种分裂，康如水及吴宓将"真诚"视为最高原则以整合其矛盾观念，化解道德焦虑与精神危机；然而"真诚"原则的内在悖论使他们走向了它的反面，这也成为其喜剧性——亦是其悲剧性——命运的根源。

关键词：李健吾　《新学究》　吴宓　莫里哀　福楼拜　情感症候

1937年4月，李健吾的三幕喜剧《新学究》作为巴金主编"文学丛刊"之一

---

① 原载《中国现代文学研究丛刊》2022年第4期。

由上海文化生活出版社出版。剧作甫一发表即备受关注，盖因主角康如水的原型正是时任清华大学教授的"学衡派"代表人物吴宓。以师长情事为素材创作剧本，自然颇受争议，甚至有一种说法认为，李健吾因该剧得罪吴宓教授而"失去了回母校任教的机会"①，才南下上海。或许正是此种微妙处境使得对写作序跋颇有热情的李健吾一反常态地对《新学究》保持缄默。1981年，李健吾自编剧作集时也绕开了此剧。然而他在编校期间，又对此剧进行了细致的校订。② 这部作品虽不是李健吾最负盛名的剧作，但仍是其1930年代剧作艺术走向成熟后的重要多幕剧作之一；而作为李健吾唯一一部现代知识分子题材的喜剧作品，该剧提供了观察和理解一类中国现代知识分子精神情感世界的独特视角，有着丰富的阐释空间。但截至目前，《新学究》仍是李健吾剧作中尚未被充分讨论的作品。既有相关研究主要有两类：其一见诸关于李健吾剧作的整体评述中，论者多将此剧与《以身作则》并举，讨论李健吾笔下新旧两类"学究"式知识分子的异同，认为康如水和徐守清是"旧中国土壤里孕育而出的孪生兄弟"③，皆"失掉了现实感，而意识不到自己内在的矛盾性"④，由此"讥刺知识界封建遗老与迂阔教授"⑤；其二是从比较文学视角将《新学究》视为典型的"莫式喜剧"，分析其在情节、人物性格、喜剧手法等方面与莫里哀喜剧的关联。⑥

  本文对《新学究》的重读是对以上两种路径的延伸和融汇：一方面，本文同样关注康如水的知识分子身份，但不再将他置于与徐守清的异同对比框架内，而是更关注其与原型吴宓之间的关系，将《新学究》与被称为"中国知识分子的精神史和心灵史"⑦的《吴宓日记》进行对读，由此进入中国现代知识分子精神情

---

① 王卫国、祁忠：《他在骄阳与巨浪之间——李健吾的戏剧生涯》，中国艺术研究院话剧研究所主编：《中国话剧艺术家传》第3辑，北京：文化艺术出版社，1986年，第166页。
② 《李健吾文集》第2卷即是据1981年校订稿收入，见《李健吾文集》第2卷，太原：北岳文艺出版社，2016年，第1页。
③ 庄浩然：《试论李健吾的性格喜剧》，《福建师范大学学报》1985年第3期。
④ 张健：《试论李健吾在中国现代风俗喜剧中的地位》，《中国现代文学研究丛刊》1992年第4期。
⑤ 陈白尘、董健主编：《中国现代戏剧史稿：1899—1949》，北京：中国戏剧出版社，2008年，第216页。
⑥ 徐欢颜：《莫里哀与李健吾的现代喜剧创作》，《海南师范大学学报》2012年第5期。
⑦ 王本朝：《"梁平日记"与吴宓的病理档案》，《现代中国文化与文学》2019年第1期。

感世界；另一方面，本文亦从比较文学视角切入，但考察的范围不仅限于莫里哀喜剧，而且关注到该剧与福楼拜《包法利夫人》等作品之间的互文关系。最终，本文试图在此两种路径构成的双重视域下，探讨李健吾如何在吸收借鉴西方文学的基础上对原型素材进行艺术处理，完成对康如水这一喜剧性形象的塑造，进而表达对于中国现代知识分子情感症候的观察和反思。

一、"新学究"康如水的喜剧性性格及其双重来源

1989年，吴宓的学生、历史学家唐振常在一篇怀念吴宓的文章中曾对李健吾作《新学究》一事表达不满：

此事（指毛彦文嫁熊希龄——笔者注）大伤先生之心，更感孤独。先生的学生、剧作家李健吾，以此事写成话剧《新学究》，从而嘲讽之。先生确乎有新学究之气，但我以为做此事有失忠厚之道，更非学生所应为。1946年，在上海我偶然对李健吾先生言及此意，李先生仍不无自得，说他很了解雨僧先生。嘲弄老师的痛苦，实在是并不了解老师。①

《李健吾传》的作者韩石山则表示出更多的理解，他引援李健吾在《〈以身作则〉后记》中的话：

我有一个癖性，我喜爱的对象，我往往促狭他们一个不防。这里没有一点恶意，然而我那样貌似冷静，或者不如说貌似热烈，我不得不有时把自己关在友谊之外，给我一个酷苛的分析。

认为李健吾创作《新学究》"未必不念及师生之情，更多的是从艺术上考虑"。②

更有意思的是"当事人"吴宓的回应：根据《吴宓日记》所载，1937年4月1日，吴宓从周煦良处听闻李健吾此剧即将出版，感到"大为郁愤，觉非自杀离世不可矣！"③；5月15日晚，吴宓阅毕此剧，却理解了作者"盖模仿Molière's

---

① 唐振常：《想起了吴雨僧先生》，《解放日报》1989年11月16日。
② 韩石山：《李健吾传》，北京：人民文学出版社，2017年，第193页。
③ 吴宓著，吴学昭整理注释：《吴宓日记·第6册（1936—1938）》，北京：生活·读书·新知三联书店，1998年，第99页。本文所引《吴宓日记》均系此版本，以下引用只标明日期、卷册、页码，版本信息从略。

'Misanthrope'（即莫里哀喜剧《愤世嫉俗》——引者注），目的在讽刺而滑稽，未必专为攻讦宓而作"①，然而又颇为其所伤，因为"取材既太沾实，而叙事则又失真……皆与宓所行全然相反"②，并指出剧中"（一）康如水即吴宓（二）谢淑义即毛彦文（三）朱润英即欧阳采薇"③。

本文无意从伦理道义层面再次置评，但首先想要探讨的是，李健吾究竟是否如其所说"很了解雨僧先生"，还是仅出于对《愤世嫉俗》的模仿，塑造了一位"皆与宓所行全然相反"的中国版阿尔塞斯特？进而探讨李健吾创作此剧究竟是为了"嘲讽之"，还是"在讽刺而滑稽"，抑或是对喜爱的对象进行了一种"酷苛的分析"？

在最显见的层面，《新学究》之所以让包括吴宓本人在内的读者如此轻易地"对号入座"，盖因其主要情节——康如水与发妻离婚而追求谢淑义，却等来了谢淑义与他的朋友冯显利一起归国并即将成婚的消息——与吴宓与发妻陈心一离婚，追求毛彦文而不得的情事极为类似；支线情节中康如水对学生朱润英的暧昧情愫，对孟太太的狂热表白，与吴宓离婚后曾追求多位女性的经历亦极为类似；此外，康如水还是一位开设"Romantic Poets"课的大学教授，对古体诗创作极为狂热，也让人们不难辨识其原型正是开设过"浪漫运动史""英国浪漫诗人"等课程、反对白话诗而坚持旧体诗创作的吴宓教授。

在对吴宓个人经历与身份的显见借用之外，李健吾的《新学究》着力更多的是对吴宓性格中喜剧性因素的提炼。李健吾欣赏莫里哀性格喜剧中"结构扣牢性格，不单纯为情节服务"④的特点，也在自己的创作中追求"从性格上出戏"⑤。《新学究》主线情节即建立在康如水的偏执性格上：康如水坚信，谢淑义深爱着他且此番回国正是为与他结婚，由此构成该剧最核心的误会和冲突，也使剧中出现了多处引人发噱的喜剧性场景。如第三幕中，谢淑义屡次向康如水暗示自己无意于他，他却仍不肯相信，于是谢淑义不得不明言以告：

---

① 1937年5月15日，《吴宓日记》第6册，第128页。
② 同上注。
③ 同上注。
④ 李健吾：《莫里哀〈喜剧六种〉译本序》，《李健吾文集》第9卷，第306页。
⑤ 李健吾：《关汉卿创造的理想性格》，《李健吾文集》第8卷，第222页。

康如水	我不明白你的意思。
谢淑义	马上我就解说明白。我爱一个男子……
康如水	那是我!
谢淑义	听我说。我爱一个男子,他也爱我……
康如水	那只有我!
谢淑义	他也爱我,他追我一直追回祖国……
康如水	你是说冯显利!

康如水偏执的自作多情使这段对话产生了颇具莫里哀风格的喜剧效果。在康如水身上,也隐约可见《愤世嫉俗》中那位执迷地追求交际花赛丽麦娜的阿尔塞斯特的影子。

尽管剧作对康如水偏执性格的表现已颇为夸张,但其原型吴宓对于感情的偏执程度或许并不亚于康如水。根据《吴宓日记》所载,1929年4月29日,毛彦文听闻吴宓将离婚后,曾托人代她向吴宓声明数事,包括停止通信、拒绝吴宓资助等,表示"倘她因雨生先生之单面瞎想,信以为真,陷入误会,此不特彦之不幸,亦吾浙人女界之辱也……彦对雨生先生,仅视为一平常较熟之朋友而已"①。这封回信令吴宓顿感"宓之醒悟(Disillusion)实为至悲奇痛"②;然而,他很快又为此找到了另外两种解读:"彦实爱宓,又宓将与心一离婚,姑为此函,与宓绝交,以自洗刷,置身局外,以免世人之责难。俟宓与心一既完全脱离之后,乃复与宓接近而结合。……或者彦本爱宓,但以事实上离婚困难,而嫁宓亦有所不甘。故决意忍情割爱,矫为严冷以绝宓之心。"③ 随后,吴宓又去咨询了他认为"有过人之见识"的陈仰贤的看法,她断定毛彦文所言"必系真情,断非虚假。不必再探"④。但即使如此,吴宓竟还是发函"询彦能爱宓否,抑爱宓而谓事实上不能结合,均请直接明示"⑤。吴宓离婚之后,又收到毛彦文劝合之信,他则解读

---

① 1929年4月29日,《吴宓日记》第4册,第248页。
② 1929年4月29日,《吴宓日记》第4册,第249页。
③ 同上注。
④ 1929年5月4日,《吴宓日记》第4册,第252页。
⑤ 1929年5月7日,《吴宓日记》第4册,第253页。

为:"虽系美意,亦近试探。可见其对于嫁我:并非绝对无意,但怀疑耳。"① 尽管我们无法推知作为学生的李健吾对老师吴宓的私事究竟有多少了解②,但李健吾对康如水的塑造显然准确地把握住了原型人物的偏执性格,并依循性格喜剧的创作思路充分发掘出其中的喜剧性因素,使之成为推进剧情发展、营造喜剧效果的支点。

在主线情节之外,康如水向其他女性的表白、求爱与不断碰壁构成了剧作中的支线情节。这些情节显现出康如水又一异乎寻常的性格特质,即"情动于中则必行于言"的诚实或曰真诚。他的老友冯显利评价他有着"事无不可语人"的"直爽、坦白"③,学生朱润英表示众人皆知"康先生有事从不瞒人"④。在康如水看来,感情一旦萌生,则当坦白表达,才是对自我与情感的忠实。剧中,康如水可以毫不扭捏地告诉朋友他在给人写情诗,也会在孟太太家直接向女主人表白,并坦言他惊世骇俗的情爱观念——"一个女子,只要不在所爱的男子面前,男子就可以另有所爱。这是一种精神的寄托,眼前必须有实在的东西摆着。我向一个女子求婚,我给所有的女子写信"⑤。这种"坦诚"也正是其原型人物吴宓性格中一个引人注目的特征。吴宓在日记中详细地记载了他的种种私事和自我剖白,却声明"凡与吾相亲爱者,无人不可读此册"⑥;从他日记所载日常交往中可见,他也从不避讳将家事情事向亲友全盘托出。在吴宓的自我认知中,坦白、诚实是他十分看重且着意追求的品质,他甚至曾自诩"中国男女人无若宓之诚实者"⑦ 而

---

① 1930年3月22日,《吴宓日记》第5册,第42页。
② 关于李健吾与吴宓的交往情况,在《吴宓日记》中仅见零星记录:1929年3月19日,"……晚复彦函。心一事,决相机应付,不宜有一定之主张。……夕李健吾来"。1929年9月5日,下午三至五时,"李健吾来补考";次日,吴宓即与陈心一商议离婚条件。可见,李健吾随吴宓读书的这段时间,正是吴宓饱受情感困苦、挣扎于离婚抉择的时段,但师生之间并无关于个人私事的直接交流。见《吴宓日记》第4册,第230、279页。
③《李健吾文集》第9卷,第7页。
④ 同上书,第24页。
⑤ 同上书,第45页。
⑥ 1917年日记扉页,《吴宓日记》第2册,第5页。
⑦ 吴宓著,吴学昭整理注释:《吴宓日记续编·第1册(1949—1953)》,北京:生活·读书·新知三联书店,2006年,第302页。

"坦白无伪"①"襟怀坦白"②"心口如一"③ 等字眼亦常见诸其同时代人及后学对他的评价之中。

康如水与吴宓的这一共同特点不难使人联想到《愤世嫉俗》中的阿尔塞斯特乃至被认为是其原型的卢梭：《愤世嫉俗》中，阿尔塞斯特带着他对社交场中虚伪习气的愤怒登场，呼吁人们"在任何场合，直言无隐"④，宣称"我最大的才分就是坦白，真诚"⑤，这也成为他难容于世的根源；卢梭则试图以《忏悔录》的自传写作实践"把一个人真实面目赤裸裸地揭露在世人面前"⑥，以最大限度的真诚披露自己的行迹与内心——尽管他后来也意识到自己未能真正做到这一点⑦。对于"真诚"的极力追求与推崇，成为康如水与其原型吴宓、阿尔塞斯特及其原型卢梭之间显著的共同特征。

然而，李健吾在将真诚坦白作为康如水的性格特征加以凸显的同时，也对此有所反讽和质疑。第二幕中康如水秘密邀约 Bessie 张跳舞这件小事，隐隐戳破了"康先生有事从不瞒人"的形象；第三幕中，谢淑义则直接驳斥他的"忠实"说乃是偷换概念——"你对你的情感也许忠实，你对我们女人却顶不忠实了。我们要你对我们忠实，不是要你对自己忠实，这是两回事"⑧；康如水"真诚"地四处告白求爱的滑稽情形，更是暴露了所谓"真诚"举止的可笑与可疑。而细查《吴宓日记》亦可发现，吴宓本人所标榜的"真诚"亦有可疑之处：譬如他在离婚前曾计划瞒着妻子陈心一与毛彦文相晤，自称是为了"防心一猜疑，不能不以磊落

---

① 温源宁：《吴宓》，林语堂译，李继凯、刘瑞春选编：《追忆吴宓》，北京：社会科学文献出版社，2001 年，第 472 页。
② 周锡光：《追忆吴宓教授》，李继凯、刘瑞春选编：《追忆吴宓》，第 131 页。
③ 唐振常：《君子可欺以其方　难罔以非其道——论张紫葛〈心香泪酒祭吴宓〉之诬》，李继凯、刘瑞春选编：《追忆吴宓》，第 400 页。
④ 莫里哀：《愤世嫉俗》，李健吾译，《李健吾译文集》第 7 卷，上海：上海译文出版社，2019 年，第 7 页。
⑤ 同上书，第 43 页。
⑥ [法] 卢梭：《忏悔录》第一部，黎星译，北京：商务印书馆，2009 年，第 1 页。
⑦ [法] 卢梭：《一个孤独的漫步者的遐想》，袁筱一译，上海：上海人民出版社，2007 年，第 66—71 页。
⑧ 李健吾：《新学究》，《李健吾文集》第 2 卷，第 57 页。

光明之心，而为秘密之行动也"①；而他在日记中言辞恳切的自白，向众多亲友的反复倾诉，也多少意在借此解释、美化自己的选择以争取更多同情。因此，这种所谓的真诚坦白实质上包含着自我辩护乃至自欺与自利。李健吾对康如水这一性格特征的反讽式表现，也显现出他对于人物性格之内在复杂性的老辣分析能力。

置身于舆论风波中心的吴宓指出《新学究》与莫里哀《愤世嫉俗》的关联，是基于其西学修养所做出的敏锐判断，后来的研究者们也多循此思路讨论康如水与阿尔塞斯特之间显著的相似性；然而，吴宓将李健吾对康如水的塑造仅仅归结为对阿尔塞斯特的模仿，其实也意在淡化自己作为原型与康如水之间的关系。基于前述对比，对于"吴宓—康如水—阿尔塞斯特"三者关系更确切的表述或许应当是：李健吾在阿尔塞斯特这一经典形象的引导和启发下，从原型人物吴宓身上捕捉和提炼出了与前者具有较高相似性的性格特征，并经由艺术处理强化其喜剧性意味，完成了对康如水喜剧性性格的塑造。

二、现代知识分子的"包法利夫人"式情感症候

虽然《新学究》对莫里哀喜剧有所借鉴，但康如水与阿尔塞斯特的"真诚"与"偏执"之具体内涵实则同中有异：阿尔塞斯特的"真诚"更多是指在社交生活中不隐藏自己的意见，表现为对于别人的缺点直言不讳，其"偏执"即表现在对这一社交原则的坚持；康如水的"真诚"则更多地指不隐藏自己的情感，表现为对爱情的直接表白，而他的"偏执"所"执"之物正是被他奉于至高地位的情感——即使这情感大半源自他的想象。由此可见，与《愤世嫉俗》不同，《新学究》主要在康如水的情感生活之内展开，情感生活被作者处理成为观察现代知识分子精神世界的重要场域。而康如水在情感生活中的"偏执"与"真诚"程度之夸张已几近病态。故本文借用临床医学领域用于指称疾病外在表象的"症候"一词指称康如水以及其原型吴宓情感生活中的异常表征，意在通过探寻其病理机制理解一类中国现代知识分子的情感结构与精神危机。

---

① 1929 年 4 月 16 日，《吴宓日记》第 4 册，第 242 页。

与前述性格差异相应,《愤世嫉俗》凸显了阿尔塞斯特作为批评家的冷峻刚直,《新学究》则更强调康如水诗人的热情感性,让他自叹"要是没有感觉也就罢了,偏偏我是个诗人"①。而在情感生活中,阿尔塞斯特虽无法遏制对于赛丽麦娜的迷恋,但他"并不因为爱她,就闭住眼睛不看她的缺点"②;康如水则总将所爱之人美化成"理想的一个影子"③,以想象替代现实。康如水富有情感而又耽于想象的特质,使他与阿尔塞斯特区别开来,却同福楼拜笔下的包法利夫人血脉相通,俨然是一位中国男性知识分子版"包法利夫人"。

对福楼拜的研读是李健吾艺术生涯的重要支点。早在1928年大学三年级时,李健吾就已阅读了法文版《包法利夫人》,1932年赴法留学后继续选择以福楼拜为主要研究对象,又在1933年回国后的数年间整理撰写《福楼拜评传》,并翻译了多部福楼拜小说。其中,对《包法利夫人》的评述于1934年1月在《文学季刊》创刊号发表,文章颇得郑振铎赏识,甚至成为他获得暨南大学教职的直接原因。此后,他对福楼拜的研究一直持续至晚年。论者指出,福楼拜研究"奠定了李健吾对美、对艺术、对文学的一些基本看法,……构成了李健吾文艺思想的重要部分"④。但是受到小说与戏剧文体区别的"蒙蔽",既有研究即使关注到福楼拜对李健吾戏剧创作的影响,也多以李健吾文学观念的发展为"中介",较少探讨作品之间的直接关联。如果说,发现康如水与阿尔塞斯特形象之相似性有助于更准确地把握康如水的性格特征,那么,理解康如水与包法利夫人形象的相通性则有助于进一步发现其情感症候的病理机制,进而理解作者寄寓其中的深刻反思。

生活于20世纪中国的大学教授康如水与19世纪法国乡间农场主之女爱玛·包法利在性别、身份、地位上毫无相似之处,但是作为一位热爱浪漫主义文学的诗人和学者,康如水与热爱阅读浪漫主义小说的包法利夫人显现出了极为相似的情感症候:

---

① 李健吾:《新学究》,《李健吾文集》第2卷,第8页。
② 莫里哀:《愤世嫉俗》,李健吾译,《李健吾译文集》第7卷,第11页。
③ 同①,第50页。
④ 张新赞:《在艺术化与现实化之间——李健吾的文学批评》,北京:知识产权出版社,2014年,第49页。

他们出于类似的原因对伴侣感到不满——爱玛·包法利嫌恶丈夫平庸而缺乏诗意,认为他"谈吐就像人行道一样平板,见解庸俗,如同来往行人一般,衣着寻常,激不起情绪,也激不起笑或者梦想"①;而康如水对前妻感到无法忍受的原因亦在于"她是一个女人,然而她不是一首诗"②。与不断陷入一场又一场婚外恋情的包法利夫人一样,康如水也不断地追求着一个又一个女人,然而,他们都是在将自己的浪漫想象不断投射到他们并不了解的对象身上,其真正痴迷的皆是自己对"完美爱人"的想象。包法利夫人在给赖昂写信时,

见到的恍惚是另一个男子,一个她最热烈的回忆、最美好的读物和最殷切的愿望所形成的幻影。③

而被康如水热烈追求的谢淑义也感受到:

你那些信写得实在动人!可是,不瞒你说,我觉得那些都不像是给我写的。它们是写给那些比我高贵的女人的。例如,那位十三世纪的小姐,Beatrice。④

有意思的是,毛彦文在晚年回忆吴宓时也曾指出:

吴脑中似乎有一幻想的女子……不幸他离婚后将这种理想错放在海伦(即毛彦文自称——引者注)身上……⑤

那么,包法利夫人、康如水乃至吴宓何以呈现出此种相似的情感症候?

福楼拜在《包法利夫人》第一部第六章追溯了爱玛·包法利少女时代的修道院生活,详述她如何接受拉马丁、司各特等浪漫主义作家作品的浸润,激起了怎样激烈的情绪体验与浪漫幻想。李健吾领会了福楼拜的用意,在《福楼拜评传》中深刻剖析了包法利夫人的症结所在,指出"所有她诗化的情感……是从书本、从教育孕养起来,代替了她遗传的天性"⑥,在此基础上,"她给自己臆造了一个自我,一切全集中在这想象的自我,扩延起来,隔绝她和人世的接近。这想象的自我,完全建筑在她的情感上面"⑦,而福楼拜是将包法利夫人的悲剧"写给拉马

---

① 福楼拜:《包法利夫人》,李健吾译,《李健吾译文集》第 1 卷,第 78 页。
② 李健吾:《新学究》,《李健吾文集》第 2 卷,第 9 页。
③ 同①,第 328 页。
④ 同②,第 56 页。
⑤ 毛彦文:《有关吴宓先生的一件往事》,李继凯、刘瑞春选编:《追忆吴宓》,第 37—38 页。
⑥ 李健吾:《福楼拜评传》,《李健吾文集》第 10 卷,第 66 页。
⑦ 同上书,第 69 页。

丁之群浪漫主义者领略、回味和反省的"①，其中包含着他对浪漫主义文学的反思与批判。

对爱玛·包法利悲剧命运的深刻理解启示李健吾从这一视角发现了吴宓等中国现代知识分子的情感症候及其生成机制：作为一种被认为是诞生于现代中国的新的情感②，所谓"爱情"或"浪漫爱"在很大程度上是由文学（主要是西方浪漫主义文学）所询唤和形塑的。浪漫主义诗歌、小说向它的读者们传递着所谓"感情是一切"③的浪漫观念，而浪漫主义作家的言行举止以及浪漫主义小说中的曲折情节更是为读者们提供了可供摹仿的范例——20世纪20年代《少年维特之烦恼》汉译本出版后在中国青年中掀起的"维特热"就是一个典型的集体摹仿现象。④

李健吾在《新学究》的台词中提供了形塑康如水情感想象的部分作家作品名录：康如水动辄以 Shelly（雪莱）与 Goethe（歌德）自比，将他对谢淑义的爱情与但丁对于 Beatrice 的爱情相类比，又在向孟太太表白时将她唤作"我的 Beatrice！我的 Laura！我 Charlotte！"⑤——其中，Beatrice（贝阿特丽采）与但丁仅有两面之缘，却成为但丁的终身所爱及其著作《神曲》中的女主角；Laura（劳拉）是"桂冠诗人"彼特拉克情诗的抒情对象；Charlotte 是指歌德的"缪斯女神"、贵妇人夏洛特·冯·施泰因，即《少年维特之烦恼》中绿蒂的原型。尽管康如水的阅读视野与爱玛·包法利不同，但两人皆混淆了文学与现实的界限，其狂热爱情中充满了由"摹仿"而生的浪漫想象，遂表现出相似的情感症候。

如果说包法利夫人和康如水对浪漫文学的阅读为他们的情感症候埋下了最初的病因，那么对浪漫爱情的书写与表达则让他们"病情"进一步加剧。《包法利

---

① 李健吾：《福楼拜评传》，《李健吾文集》第 10 卷，第 70 页。
② 在中国传统的婚恋生活中，"浪漫爱"虽不至无迹可寻，但从未占据重要地位。五四知识分子认为，只有在男女平等的基础上、在自由建立的关系之中才可能存在真正的爱情，中国传统社会不具备现代意义上的"爱情"发生的条件。参见 Pan, Lynn. *When True Love Came to China.* Hong Kong University Press, 2015.
③ 李健吾：《新学究》，《李健吾文集》第 2 卷，第 9 页。
④ 关于当时情形的记述，可参见《二十世纪中国实录》第 1 卷中《少年维特之烦恼》的汉译与民国'维特热'"条目，见《二十世纪中国实录》编委会编：《二十世纪中国实录》第 1 卷，北京：光明日报出版社，1997 年，第 1062 页。
⑤ 同③，第 49 页。

夫人》和《新学究》两部作品都特别强调了两位主人公对于"写信"的异常执着——李健吾关注到爱玛·包法利在厌恶赖昂时不仅没有中断给他写情书,反而在写信时看到理想爱人的幻影,以此作为她逃离庸常现实的最后精神寄托①;《新学究》中的相关情节则更具喜剧性,在剧作结尾,当谢淑义明确拒绝康如水且即将嫁给冯显利之时,康如水对她"唯一的要求"竟是允许他继续每天给她写一封情书,并表示谢淑义不看也没关系。

与其说包法利夫人和康如水是在通过写信表达爱情,毋宁说他们的爱情是在书写中不断生成并得到强化的。这种现象不难在情感研究领域中找到解释。

依据英国文化人类学家、情感史研究先驱威廉·雷迪(Williams M. Reddy)的"衔情话语"理论②,人们在用语言表达情感时,并不是将已经形成的"情感"转化为语言符号,而是在进行将已被激活但尚未被纳入注意的"思想材料"有选择地纳入注意的动态过程,而其表达意图本身不可避免地影响到注意力的选择工作,因此,情感表达会改变甚至创造情感本身。在这一机制的作用下,"情感强化是情感表达的常见结果……爱的告白不但是情感的确认,也是一种强化"③。在包法利夫人和康如水持续的情感表达之中,他们的情感不断生长、增殖,发展到极端,遂导致他们深陷于由自我表达所激活和建构的想象性情感之中,隔绝了现实,反而离所爱对象的真实存在越来越远。

对于包法利夫人和康如水而言,所谓"爱人"主要是他们想象爱情、投射理想的载体,而"爱人"的真实存在反而是最不需要真正了解的——或者说,恰是在不了解的情况下,才有足够的空间让他们将对方想象成为理想的爱人。因此,谢淑义会感到康如水的信是写给 Beatrice 而不是她本人的;也正因如此,康如水在遭到谢淑义拒绝之后,竟能顺畅而迅疾地将他的爱情转向孟太太,而他以 Beatrice、Laura、Charlotte 之名呼唤孟太太的热情表白,正暴露了他在孟太太身

---

① 李健吾:《福楼拜评传》,《李健吾文集》第 10 卷,第 42 页。
② 威廉·雷迪的"衔情话语"(emotive)理论借鉴 J. L. 奥斯汀的"言语行为理论",将能够"直接改变、建构、隐藏或强化情绪"的情感表达话语称为"衔情话语"。参见威廉·雷迪:《感情研究指南:情感史的框架》,周娜译,上海:华东师范大学出版社,2020 年。
③ [英]威廉·雷迪:《感情研究指南:情感史的框架》,周娜译,上海:华东师范大学出版社,2020 年,第 136 页。

上所投射的幻想与对谢淑义别无二致。

这种所谓"爱的表白"无法真正指向或抵达其表白对象（客体），反而更多地关涉他们的自我（主体），换言之，他们的潜在意图在于通过表白实现对于自我的想象性建构。《包法利夫人》提供了一种关于"主体""客体"以及连接主客体的"介体"之间构成的"摹仿性欲望"的典型形态。法国哲学家勒内·基拉尔曾以之为例对"摹仿性欲望"的生成及运作模式进行了深刻解析，指出"主体"对"客体"的欲望不是来自主体自身，而是出于对于"介体"的模仿；真正激发起主体欲望的不是作为对象的"客体"，而是主体想要成为的"介体"；而"追求客体，归根结蒂就是追求介体"①。我们可以进一步说，追求成为介体，实质上是在重构主体。包法利夫人在为情人神魂颠倒的感受中"实现了少女时期的长梦，从前神往的多情女典型，如今她也成为其中的一个"②；类似地，康如水的真正热情在于通过作诗、写信等富有创造性的求爱行为不断建构和确认作为浪漫主体的自我，即成为类似于拜伦、济慈、歌德等的浪漫诗人。为了接近他的理想，他不断地将他与不同女性的关系比附为浪漫主义诗人作家与其缪斯女神之间的关系。而他以缪斯女神之名对孟太太的呼唤，实则应当被听作他以但丁、彼特拉克、歌德之名对自我的呼唤。

虽然原型吴宓本人的情形较之剧中的喜剧性形象康如水更为复杂，但在他身上也显现出康如水诸种情感症候的"原型"。吴宓同样是热衷于将生活文学化，在对毛彦文的狂热爱情之中同样投射了他对理想女性的"单面瞎想"（毛彦文语）。在毛彦文嫁于他人后，吴宓这样回望感慨：

……宓不但为爱彦牺牲一切，终身不能摆脱，且视此为我一生道德最高、情感最真、奋斗最力、兴趣最浓的表现。他人视为可耻可笑之错误行为，我则自视为可歌可泣之光荣历史，回思恒有馀味，而诗文之出产亦丰。我生若无此一段，则我生更平淡……③

可见，吴宓最看重的是通过"爱彦"来激发自己的诗文创作，为自己的人生增添

---

① ［法］勒内·基拉尔：《浪漫的谎言与小说的真实》，罗芃译，北京：生活·读书·新知三联书店，1998年，第10页。
② 福楼拜：《包法利夫人》，李健吾译，《李健吾译文集》第1卷，第201页。
③ 1936年8月1日，《吴宓日记》第6册，第28页。

传奇波澜，归根到底，仍是意在通过爱情实践使自我成为"浪漫主体"，实现对于自我的想象性建构与认同。

李健吾以吴宓为原型塑造的康如水这一形象，传达出他对一类中国现代知识分子身上"包法利夫人"式情感症候的敏锐观察与"酷苛的分析"，而他对《包法利夫人》的深入研读无疑对其观察与分析视角的形成发挥着重要的启示作用。《新学究》以喜剧的形式表现了"浪漫爱情"想象如何在阅读、写作和摹仿中形成和强化，揭示出它在遭遇现实、遭遇他者时所显露出的虚幻与悖谬，并通过诸多荒诞可笑的情节和台词，暗示了康如水们在对"浪漫爱情"的狂热追求中对于"浪漫主体"建构的隐秘诉求，体现出作者对这一情感症候复杂形态与内在病理的深刻把握。

三、从情感症候到精神世界：现代知识分子的精神危机及其"化解方案"

值得追问的是，李健吾在其唯一一部以现代知识分子为题材的剧作中，为何选择聚焦于知识分子的情感生活，且塑造了一位如此热切地在情感关系中投注精力的主人公形象？更进一步说，如果李健吾是将知识分子的情感生活处理成为观察现代知识分子精神世界的重要场域，那么透过康如水的性格特点与情感症候，透过其建构"浪漫主体"的种种努力，李健吾的剧作又表达了他对于现代知识分子精神世界的何种观察与发现？

自五四以来，中国现代知识分子关于情感尤其是"爱情"的种种讨论和实践从来就不只是私人情感领域之内的话题，他们对"爱情"问题的讨论实质上是在讨论"关于从'封建的'媒妁婚配这种黑暗暴中的解放，关于自由意志、个人主义和自决……（由此）呼唤一种新的、基于爱的高尚道德"[1]；还有学者通过对20世纪上半叶中国"爱情谱系"的研究，论证"爱情在现代主体建构中的根本性地位"[2]。对于现代中国的知识分子而言，他们对情感生活的选择、表达与自我分析，不仅关乎其对情感的想象与实现，而且关乎其文化选择、身份认同乃至精

---

[1] Pan, Lynn. *When True Love Came to China*, p.6.
[2] ［美］李海燕：《心灵革命：现代中国爱情的谱系》，修佳明译，北京：北京大学出版社，2018年，第294页。

神突围。吴宓就曾表示，如若爱情本身的存在意义被否定、摒弃，那么"宓一向所怀抱而强谋实行之种种理想事业感情道德，尽属空幻而错误……是则运思用情立言行事，皆毫无根据，在世直如浮空"①——爱情俨然成为他的自我认同与主体建构之根基。

然而，爱情在被赋予崇高地位与沉重意义的同时，它本身又始终处于新旧文化的冲突之下，道德与欲望的交战之中，使现代知识分子在面对情感命题时不断感受到多重冲突与精神痛苦。处境更为尴尬的是吴宓等新文化运动的反对者。他们在五四时期都曾激烈地反对"婚恋自由"，但在后来的个人生活中未能一以贯之，吴宓与"学衡派"另一重要人物梅光迪皆属此类。在哈佛留学期间，吴宓与梅光迪意见投契，皆将"自由恋爱"斥为"邪说"，认为由此"必至人伦破灭，礼义廉耻均湮丧"②；1928年，吴宓则以"佻荡无行，另娶另居"③之语评价梅光迪的婚变，对昔日同道所为颇不认同；但1929年，他同样做出了与原配妻子离婚而追求自由恋爱的抉择。由于吴宓的友人、同学、同事多亦属于文化保守主义阵营，面对吴宓此举，他们轻则规劝警示，重则严厉指责乃至断交，使吴宓在遭受外界质疑攻讦之时，亦无法从旧交挚友那里获得支持，陷入彻底的孤立无援之境。④ 夹在新旧文化之间，吴宓经受着较之新文化人更为严厉的批评非议与更为激烈的内心冲突。这固然是吴宓一代的悲剧。然而，正如马克思所说，"一切伟大的世界历史事变和人物，可以说都出现两次……第一次是作为悲剧出现，第二次是作为笑剧出现"⑤。——上述历史时差的存在，使五四时期酿成无数悲剧事件的新旧伦理冲突，在20世纪30年代反而可能获得一种喜剧的形态，而这种喜剧形态有可能同时反讽地揭示出旧道德的脆弱与新伦理的可疑。

---

① 1929年4月24日，《吴宓日记》第4册，第245页。
② 1920年4月19日，《吴宓日记》第2册，第154页。
③ 1928年6月14日，《吴宓日记》第4册，第77页。
④ 关于吴宓的友人汤用彤、陈寅恪、刘永济、黄华、吴芳吉，前辈黄节、张季鸾，同门学弟郭斌龢，同事冯友兰、萧公权等人对吴宓离婚一事的反应，参见黎汉基：《社会失范与道德实践——吴宓与吴芳吉》，成都：巴蜀书社，2006年，第235—240页。
⑤ ［德］卡·马克思：《路易·波拿巴的雾月十八日》，中共中央马克思恩格斯列宁斯大林著作编译局编译：《马克思恩格斯文集·第2卷（1848—1859年）》，北京：人民出版社，2009年，第470页。

李健吾的《新学究》虽围绕康如水的爱情故事展开，剧中人物的交谈却时常由爱情问题延展开去，最终进入关涉根本价值观念层面的讨论。以下孟太太的台词就点明了康如水精神世界的根本冲突所在，而耐人寻味的是，康如水却对此加以否认：

康如水　……拿行为来判断一个人，就等于拿传统来制裁一个人的行为：对于这种违背自然的荒谬的举动，我提出抗议。

孟太太　现在是你的浪漫主义在抗议，不过你的古典主义，不见得就肯低头下气。

康如水　正相反，它们不唯不冲突，反而完成我内在的谐和，得到一种稀有的自由的呼吸。我没有做过一件错事，因为我一举一动都有人性的要求，理性的依据。①

就艺术效果而言，上述对话概念过多，观点过密，不宜于观众理解和接受；但是这段论辩性的台词却简洁地勾勒出了康如水面对内在的冲突进行自我认知整合的基本策略，并为理解康如水乃至其原型吴宓的诸多言行提供了关键词——即"冲突"与"谐和"。

诚如作者借孟太太之口所指出的那样，康如水以反抗传统、高扬情感的浪漫主义为其抛妻弃子、痴狂求爱的行动进行辩白，难免与他同时秉持的古典主义发生冲突。这也正是其原型吴宓的矛盾痛苦之根由。陈寅恪评价吴宓"本性浪漫"，"惟为旧礼教、旧道德之学说所拘系，感情不得发舒，积久而濒于破裂"。② 留美期间，吴宓师从白璧德学习文学批评，白璧德作为新人文主义的代表人物，认同古典主义传统对于道德与理性约束力量的强调，始终将卢梭、雪莱等浪漫主义代表人物视为批判的对象；而与此同时，吴宓又出于兴趣选修了 J. L. Lowes 教授开设的"英国浪漫诗人"课，由此"沉酣于雪莱诗集中……便造成我后来情感生活中许多波折"③。可见，吴宓在其观念形成的关键时期就同时接受了两种互相矛盾甚至截然对立的文学和文化观念。他"试图将新人文主义（古典主义）、道

---

① 李健吾：《新学究》，《李健吾文集》第 2 卷，第 47—48 页。
② 1930 年 4 月 22 日，《吴宓日记》第 5 册，第 60 页。
③ 吴宓：《徐志摩与雪莱》，韩石山、伍渔编：《徐志摩评说八十年》，北京：文化艺术出版社，2008 年，第 162 页。

德理想主义与浪漫主义文学兼得"①，故而不能不感到强烈的冲突。这种冲突时时显现在其情感生活之中，例如1928年10月3日，吴宓见到新婚的陈寅恪"形态丰采，焕然改观"，反观自己的婚姻家庭则更感不满，在日记中以英文罗列出"宗教的爱情观""古典主义爱情观""浪漫主义爱情"与"现实主义爱情观"的不同主张，并自问"若宓诚当其局中，不知于四者之间何择也？"② 在新思潮涌动的现代时期，统一的价值标准和行为准则不复存在，而面对多元的选择，每个人独立作出选择的压力与困难也变得更大，也会更觉矛盾痛苦、彷徨无依。

多元选择的共时并存以及个人观念的历时变迁，使现代知识分子很容易在多重"冲突"之中产生自我分裂感；而面对分裂的痛苦，人往往强烈地向往整合自身矛盾，重新确认"自我的同一性"，为自己的言行重构合理性根基。剧中，康如水对于冲突的否认以及对"内在谐和"的自我声明，正合乎这种心理动因。相似地，吴宓本人也曾多次强调自己不唯"今昔性情并未改变"③，而且"虽有人文主义道德与浪漫诗情之矛盾……却能贯彻崇高而不矛盾"④，认为自己已化解矛盾而至于谐和。

那么，李健吾为康如水设计了怎样的言语策略与观念体系，使他得以化解矛盾、弥合分裂，为自己的言行重建统一性与合理性？而这种化解方案是否真正具有可行性与有效性？

剧中，康如水在向孟太太告白前，声明自己不得不表达的理由在于"我内外得一致"⑤。既然其"内"有合乎"人性的要求"的情感萌生，"内外一致"的原则就成为有必要将这种情感向"外"表达的"理性的依据"。要求"内外一致"的"真诚"，成为康如水的行事原则和自我辩护依据，甚至成为他引以为傲的品质。《吴宓日记》中亦不乏类似的情形：1930年1月23日，经历过离婚风波、种种毁誉后的吴宓回望自己的变化，认为自己已至明达平和之境，不再苦恼于他人议论，因为他已为自己订立了自洽的处世原则：

---

① 沈卫威：《情僧苦行：吴宓传》，北京：东方出版社，2000年，第5页。
② 1928年10月3日，《吴宓日记》第4册，第139—140页。
③ 1928年11月27日，《吴宓日记》第2册，第168页。
④ 1933年8月18日，《吴宓日记》第5册，第441页。
⑤ 李健吾：《新学究》，《李健吾文集》第2卷，第48页。

> 行事但求合于我之良心，只求我自己之感情真，道理正。审决之后，便坦然为之。世俗礼法，社会毁誉，家庭亲友之批评，以及任何人之赞成反对，能否谅解，一概不问不想。①

由此可见，"真诚"或曰"感情真"成为了他整合自身矛盾的更高一级概念，以化解其道德焦虑与精神危机，甚至也能够据此获得道德上的优越感——例如当他得知妻子陈心一与毛彦文竟瞒着他通信时，既感到被愚弄，又不无自得，评曰："彦固技巧，心一亦用术；其情真意诚、一切磊落光明者，独宓一人耳。"②

在这里，李健吾在对康如水的塑造中敏锐地把握住了吴宓等一类知识分子的精神危机及其化解危机的逻辑，即将"真诚"本身视为最高道德，统摄其一切言行。然而，本文在第一节末尾已指出，康如水和吴宓"真诚"而热切的自我表达，却喜剧性地、近乎滑稽地走向了它的反面，走向以自利为目的的自我辩护与自欺欺人。出现这一现象的原因并不能简单地归结为康如水或吴宓有意作伪，而是在于：即使"真诚"常常被视为一种可贵的道德品质，"真诚"与"道德"之间的内在紧张关系却始终存在。康如水及吴宓以"真诚"原则为自己不加约束的情感表达进行辩护，即认为只要情感是真的，则"情感永久是对的"③；然而人的自然情感却并不必然地符合道德与价值判断中"对的"要求。因此，通过将"真诚"奉为最高道德来化解道德焦虑的方案必然会失效。正如伯纳德·威廉斯在讨论卢梭的"真诚"观时所指出的那样，后者要求"真诚"与"美德"的绝对吻合，实际显现出"他并没有给他自己或者任何其他人的缺点和特定留下恰当的位置……不可避免地导致失望和自欺，……也表达出道德利己主义的一种危机"④。伯纳德·威廉斯还指出在"真诚"问题上"自我认知"的重要性与复杂性——卢梭所理解的"真诚"建立在这样一种预设之上："他认为他是什么样子对他自己来说已经是完全明显的，他的目的就是要向社会昭示这一点。"⑤ 然而这一预设

---

① 1930 年 1 月 23 日，《吴宓日记》第 5 册，第 13 页。
② 1929 年 1 月 30 日，《吴宓日记》第 4 册，第 204 页。
③ 李健吾：《新学究》，《李健吾文集》第 2 卷，第 33 页。
④ [英] 伯纳德·威廉斯：《真理与真诚：谱系论》，徐向东译，上海：上海译文出版社，2013 年，第 254 页。
⑤ 同上书，第 224 页。

低估了自我认知的复杂性，且否认了人的自我在形成和发展过程中的不稳定性，本身就难以成立。另一位对"真诚"观念进行历史研究的批评家莱昂内尔·特里林则指出，在历史发展的特定阶段，"真实"而非"真诚"的、分裂的自我在个体精神发展过程具有积极意义。[①] 身处现代但无法真正认识并接纳有缺点的、分裂的然而又是真实的现代自我，而仍徒劳地诉诸卢梭式的自我袒露以弥合个体欲望与道德要求的裂隙，在追寻建构想象性"浪漫主体"的过程中否认真实存在的矛盾与冲突，失去必要的现实感而仅在言语和观念层面对自我的"谐和"进行辩护，正是康如水或吴宓种种令人发笑的言行举止的深层原因，也是剧作之喜剧性——同样也是其悲剧性——的深刻根源。

而康如水或吴宓为自我的"谐和"进行的不断申说，恰恰说明了他们仍不断面临着来自内心和外界的双重压力，并未真正实现"内在的谐和"，这种化解精神危机的方案显然是失效的。这或许也可以从另一角度解释康如水或吴宓性格上的"偏执"——因为只有达到"偏执"的程度，他们才能有足够的力量对抗舆论纷扰，确认自我的选择，掩饰与压制其内心深处的惶惑与不确定。

李健吾笔下康如水反抗流俗的"偏执"与自我暴露式的"真诚"，皆显现出一类知识分子迫切追求自我确认、自我整合并建立现代主体以从精神危机中突围的热望，而这也恰是浪漫主义所鼓励或欣赏的。由此可见，李健吾所致力于表现的康如水之奇异性情，有其深厚的时代与文化根源，并与这类知识分子建构"浪漫主体"的追求有着内在的逻辑统一。而正是这种被浪漫主义所召唤或曰"发明"的自我，使知识分子在身处难以化解的矛盾冲突之中时，显现出了喜剧性的性格特征与情感症候。

尽管前文中对康如水与吴宓的相似之处做了诸多比较，但本文并非要进一步坐实康如水与吴宓的关系，而是意在探讨李健吾对于康如水的塑造在何种意义上把握住了以吴宓为代表的现代知识分子的性格特征与情感症候，进而对现代知识分子的精神世界做了怎样的透视与解剖。康如水作为一个艺术形象，必然对原型人物的某些方面进行了艺术化的表现，以服务于作者的艺术表达而非全面地表现

---

① 参见〔美〕莱昂内尔·特里林：《诚与真：诺顿演讲集，1969—1970年》刘佳林译，南京：江苏教育出版社，2006年，第二、三章。

原型人物——譬如，比之吴宓，剧作更凸显的是康如水浪漫主义的一面，而对其古典主义的一面表现较少；此外，康如水也较之吴宓显现出较少的道德焦虑与精神挣扎，这也与喜剧作品的创作要求有关。

由于喜剧效果的产生有赖于诉诸理性而"不动感情的心理状态"①，而李健吾在创作中也致力于追求福楼拜所谓艺术上的"无情"②，他在《新学究》的笑声中隐匿了自己的情感与态度。但李健吾之创造康如水这一形象，并不是从旁观者视角出发而"嘲讽之"，也不是简单地追求"滑稽"之效果——与福楼拜塑造包法利夫人的意图相似，李健吾对于康如水"酷苛的分析"之中也包含着自省与自剖。李健吾之所以对福楼拜有着高度的认同与持久的兴趣，不仅由于他为福楼拜臻于"无我格"的现实主义艺术所折服，而且由于他本人和福楼拜一样，是"幼年深受浪漫主义的熏染"且"生性极端浪漫的青年"，却在后来的文学之路上，选择"送终它幼年身经的浪漫主义"。③ 作为一名"十九世纪的浪漫余孽"④，李健吾同样走过了从沉迷于浪漫主义到超脱于浪漫主义的道路，因而更能准确地理解福楼拜对于浪漫主义的复杂态度：

我们晓得福氏怎样嘲弄他的浪漫主义；他所心爱的，他取笑。惊人的却是他取笑的，他惜恋。⑤

福楼拜曾宣称，"包法利夫人，就是我！"类似地，李健吾在康如水身上也投注了部分自我。有论者发现，康如水的台词中有"不少李健吾本人对文学与人生的看法"⑥，只是它们又被推衍到极端的程度而产生了喜剧性效果。可见，李健吾在以吴宓为直接原型的同时，也从自我身上寻找塑造康如水等角色的材料；同时，他又拉开一定的距离，以一种冷静的"无我"态度审视康如水，也审视自己（或过去的自己）身上的浪漫主义因子，终以反嘲的喜剧形式出之。在李健吾

---

① ［法］柏格森：《笑——论滑稽的意义》，徐继曾译，北京：中国戏剧出版社，1980年，第3页。
② 李健吾：《福楼拜评传》，《李健吾文集》第10卷，第69页。
③ 同上书，第5页。
④ 李健吾：《意大利游简》，《李健吾文集》第6卷，第75页。
⑤ 同②，第215页。
⑥ 张健：《试论李健吾喜剧的人学基础及其在创作中的体现》，《北京师范大学学报》2000年第2期。

看来：

> 最高的喜剧不是环境的凑合，往往是人物的分析，这就是说，作者从他自己的人性寻求他所需要的可笑的性质。真正的喜剧不是玩味人家的跌倒，而是赏纳或者宽恕自己的倾踬。①

《新学究》的创作，亦是李健吾对其喜剧理想的一次实践，但是由于对原型人物的瞩目，剧作中"玩味人家跌倒"的一面被关注乃至被讨伐，而"赏纳或者宽恕自己的倾踬"的一面却往往被忽略。结合李健吾一以贯之的创作立场，或可推知，李健吾面对康如水的态度应与他在《〈以身作则〉后记》中所言相似，即从中"发见若干人类的弱点，可爱又复可怜，而我的反应竟难指实属于嘲笑或者同情"②。

正如剧中冯显利所说，"顶高的喜剧也就是悲剧"③。虽然剧中康如水的言行举止被喜剧化地推向极端，但作者寄寓其中的不仅有对于阿尔塞斯特与包法利夫人内在悲剧性的深刻理解，而且有着对于现代知识分子情感症候与精神困境的体认，以及对于曾经深刻影响他本人的浪漫主义文化的自我反思，这部喜剧也由此有着一个悲剧性的内核。李健吾的创作重心不在于呈现"新"学究身上新与旧的冲突或浪漫主义与古典主义的矛盾，而在于通过丰富的台词与细节揭示出其症候式言行的内在逻辑。当我们将视线从这部剧作引发的外部争议转入对作品本身的细读以及对相关文献的对照考察时，即可以不断打开这部剧作的阐释空间，获得理解现代中国知识分子情感症候的形成机制及其悲剧性根源的别样视角。

---

① 李健吾：《福楼拜评传》，《李健吾文集》第 10 卷，第 215 页。
② 李健吾：《〈以身作则〉后记》，《李健吾文集》第 1 卷，第 490 页。
③ 同上注。

"心不在焉"的"性格"说
——重评李健吾的喜剧风格及其生命关怀①

周文波

"解放前健吾最爱谈'人性'……根据他的创作实践来看,着眼点是集中在探索人物内心世界的秘密。而人性开掘的深广,正是帮助他思想上艺术上臻于成熟的手段。"②如柯灵早已揭示,人们也早已习惯用"人性"及其逻辑深处的"心理"之充沛来形容、阐释李健吾的剧作,乃至形容其喜剧特征。此一视角往往被诸多评论者流畅操作,乃至渐成李健吾的"性格"刻画造就其喜剧成功的论述逻辑。但"性格"一说造就其喜剧的可识别性也势必造成了其喜剧风格全貌的被遮蔽。同样的,这些喜剧风格内所蕴藏的人性内容、生命态度,也等待着新的阐释。

一、翻越"性格"栅栏:语言的闹剧风格与激情

1935年,在一篇论中西剧本中吝啬鬼形象的文章中,李健吾陈列贾仁与他儿子书僮的对白(《看钱奴买冤家债主》)、欧克里翁发疯独语(《瓦罐》)、赛物南哀呼(《群妖》),但他最愿推崇莫里哀《吝啬鬼》第四幕第七场阿尔巴贡之独白,说出何谓"心理的收获""深厚的人性的波澜"③。为1949年出版译著《吝啬鬼》作序时,李健吾亦说"跳过技巧,运用他最高的才分把他的观察写成喜剧,

---

① 原载《上海文化》2023年第7期。
② 柯灵:《序言》,李健吾:《李健吾作品选》,北京:中国戏剧出版社,1982年,第5—6页。
③ 李健吾:《吝啬鬼》(《L Avare 的第4幕第7场》),《大公报·艺术周刊》1935年12月7日。

而且写成性格喜剧""在心理上，特别是在性格上，永远忠实"①。从中能够读出，李健吾是在"性格"的尺度上明确莫里哀式"吝啬鬼"的优异价值。在往后写出的莫里哀论述中，"性格"频频出现，统摄一切，几乎成了李健吾对莫里哀喜剧最基本的描述方式。② 然而人们也应记得莫氏喜剧中的"吝啬鬼"恰恰就是在"多种多样的性格"话题上被普希金指摘，不如莎士比亚的夏洛克，"莫里哀的悭吝人只是悭吝而已"③。怎么去回应普希金的评骘呢？

"这个人的性格也是有发展的……这个人的恶性和太太的死极有关系"④。用寻找人物内心理由的方式，李健吾执拗地讲述他的建立"性格"的观点。人们也将看到他这样评价《太太学堂》"卓尔不群"，"深入人物的内心活动，让它成为性格喜剧"。同斯嘎纳赖勒比较，李健吾分析了阿尔诺耳弗如何是内心活动更丰盈的人物，以至于其性格变成戏剧效果的根源。⑤ 也许这就是李健吾规避"只是悭吝而已"的最大努力。就如他讲述自己两部携莫氏风格出世的喜剧⑥——《以身作则》与《新学究》。他说"竟难指实属于嘲笑或者同情"，他同情徐守清的失败甚至代人物求得"一个可能的原谅"⑦。"同情"一说，也就常为人们引述以确认他喜剧创作中的"心理"机枢、"性格"枢纽。喜剧中被嘲笑的内容，大概他也认为随时能够内化称之为"心病"（如他的长篇小说《心病》之名）——嘲笑

---

① 李健吾：《序》，[法]莫里哀：《吝啬鬼》，李健吾译，上海：开明书店，1949年，第7、8页。
② 比如他说"叙述在这里不是为了叙述而叙述。……而更重要的是，像莫里哀说的，它的结果加强性格的反映""他的艺术匠心首先就是建立人物性格的明朗""伟大的作家交代性格，……还要通过性格往高潮发展，把性格描写得淋漓尽致，要走极端，使之出现想象不到的神来之笔"。李健吾：《莫里哀的喜剧》，《文学研究集刊》第3册，北京：人民文学出版社，1956年，第262、263页。李健吾：《关于莫里哀的三个喜剧作品》，《戏剧学习》1979年第2期。
③ [俄]普希金：《普希金论莎士比亚》，方元译，文艺理论译丛编辑委员会编：《文艺理论译丛·3》，北京：人民文学出版社，1958年，第102页。
④ 李健吾：《关于莫里哀的三个喜剧作品》。
⑤ 李健吾：《译本序》，[法]莫里哀：《莫里哀喜剧六种》，李健吾译，上海：上海文艺出版社，1963年，第7页。
⑥ 素来《以身作则》与《新学究》被人们辨认出莫氏喜剧的特征，而李健吾自己也曾直爽坦诚："《新学究》的蓝本是《恨世者》。《以身作则》借取《伪君子》《夫人学堂》和《悭吝人》的形式。"李健吾：《关于〈以身作则〉事》，《海报》1945年2月11日，第4版。
⑦ 李健吾：《〈以身作则〉后记》，《大公报·文艺》1936年1月20日，第81期。

"病"的时候也就是在同情"心"。尼柯尔说道,"正是某种主要的特征——强调与纯物质特性相对立的精神特性——使悲剧不同于情节剧,喜剧不同于闹剧"[①]。于李健吾,"同情"以及被不断叨念的"性格",还有它们被说出的因由——创作者浓郁的心理意识——也就被视作这种"精神特性"了。李健吾执拗讲说"性格",金属般硬实的"悭吝"经由变化也可能触发内在的时间。

人们或引用柏格森"内在时间"的观念以确认李健吾喜剧中的性格自觉、心理意识。[②] 因在其专著《福楼拜评传》内,李健吾确曾引普鲁斯特、柏格森例做解释,以期说明福氏艺术表达中的"观念永恒"一说。[③] 但事实上从"内在时间"出发,在柏格森生命哲学的背景下,"性格"将得到一个迥异于李健吾样式的表达——"在某种意义上,我们可以说,一切性格都是滑稽的",性格可以被理解为"人身上预先制成的东西",理解为"如果人的身子一旦上了发条,就能自动地运转起来的机械的东西"[④]。事实上在柏格森的理论中"内在时间"恰恰是非喜剧的,事实上唯其吝啬鬼"只是悭吝而已"才保证了这出喜剧之"滑稽"本质。在柏格森看来,"滑稽可笑"就是"僵",是"自动机械的动作""根本性质的心不在焉""物质游戏"。在他的生命哲学背景下,"生动活泼的生活原不应该重复",而发现"重复机械装置"的时候也就发现了滑稽。也就是说,"滑稽"作为"心不在焉"的效应,本质上处在"生命""生动活泼的生活"乃至"艺术"的对面。[⑤] 同样朝着人性表达的方向,"性格"却可能是一个负面的词。自动机械的"性格"警示人们,执拗地向喜剧人物内面索求丰富的人性内容或许并不是唯一的喜剧读法,甚至并非精确的读法。

就像他的《以身作则》,"噢夫噢夫"如影随形,文言句段儒学摘引喋喋不休,李健吾会说这是建立了"性格"使人不自觉趔摸人物的内面"心病"。而柏格森则将指出这是人物保持着程度很深的心不在焉,恰恰是心灵能力的失却和生

[①] [英] 阿·尼柯尔:《西欧戏剧理论》,徐士瑚译,北京:中国戏剧出版社,1985年,第104、105页。
[②] 张健:《幽默行旅与讽刺之门——中国现代喜剧研究》,北京:中国人民大学出版社,1997年,第380—383页。
[③] 李健吾:《福楼拜评传》,上海:商务印书馆,1935年,第349页。
[④] [法] 柏格森:《笑》,徐继曾译,北京:北京十月文艺出版社,2005年,第99页。
[⑤] 同上书,第101—106页。

活气息的溃散，是预制的木偶游戏使人警醒要重拾活泼泼的生命与生活。这显然是风格化的儒经戒训而非戏剧的自然摹仿，是柏格森所谓"移置"① 的机械性语言而非流动的人性内容。徐守清毫无滞碍地说着"圣人之徒"的话，解释力超群覆盖他所有的观点与行为，更重要的是这些话有强烈的出场欲望，无比自信又络绎不绝地要走到舞台光影中，这与它们解释力所含的乖讹本相合作露出变形的张力。这甚至不是简单的"移置"而是夸张的"移置"。夸张的机械性语言，它们游移而泛用，它们一有机会便忍不住狂乱繁殖，它们抛却了不合时宜的敏感（毫不在乎前后矛盾，甚至漫不经心地就把矛盾抚平），是醉醺醺的样子。出乖露丑却更像是风格表演，比如还有：

俗还不要紧！先就不协韵！我要你亲口告县知事，你不告诉，难道叫我的四六骈文告诉？啊！混账东西！混账东西！②

人物一本正经的语言美学表达——"俗还不要紧！先就不协韵！"——喜剧意味至浓。观念固然可笑，竟还用工整的散文，出人意料地朗朗上口。如果考虑前面"草料"等"俗"词排布，甚至能体会到这两句话奇妙的散文节奏感（对位于徐守清的骈文美学）。于是，表述这可笑观念的词句竟然在蹦跳。在李健吾这里，让道学语词变形繁殖的时候，他也创造了一面奇异的语言景观。

"性格"语言甚至不是机械的而是高度风格化的。风格语言内使人察觉盎然的闹剧激情，同样情形可见于莫里哀。放血、洗肠与洗澡，"小腹性悒郁症"，"为了你言论的美丽和你理论的正确，他也必须是疯症，小腹性悒郁症"③，《德·浦尔叟雅克先生》把医生的荒诞说辞连绵演出。莫里哀常嘲弄那种经院医学，若说《屈打成医》中假扮的医学语言乃戏仿至讽刺，那么《德·浦尔叟雅克先生》中创造的语言景观近乎就是闹剧般的丑角演出：莫里哀让经院医学语言志得意满地自我表演，荒诞说辞连绵演出，隐隐看到他在此荒诞语言景观内泄露的闹剧激情，精彩极了。越过了布瓦洛的古典主义评骘（"专以理性娱人，永远不稍涉荒

---

① ［法］柏格森：《笑》，第82—83页。
② 李健吾：《以身作则》，《李健吾文集·1》，太原：北岳文艺出版社，2016年，第453页。
③ ［法］莫里哀：《德·浦尔叟雅克先生》，《莫里哀喜剧全集·4》，李健吾译，长沙：湖南文艺出版社，1984年，第25—27页。

诞"①），圣伯夫在评论文章里特意经营了一些词："喜剧性的诗意""极癫狂、极丰富、极源源不绝的喜剧兴会"②。用它们描述"言论的美丽"和"理论的正确"，即上文举例的那种语言景观，何尝不也是一种恰切？李健吾不也是如此？把人物语言做了幅度颇大的一次拉抻，他几乎浸入了对此类儒经戒训的调弄与游戏的状态，他让人物言语的"美丽"与"正确"自顾自扭动。

至《新学究》内，康如水担当了所有滑稽职责（其他人物又有什么可爱的地方呢）。自动繁殖的特点如出一辙，人物表达的常态就是自溢着，康如水旋绕"爱情""女人"的语言以此为务奋力履职。并且康如水的表达泛滥着另一种特质——一面前后冲突，一面漫不经心维护言说的连贯性。"作为一个现代学者，却在灵魂深处有一个陈腐思想观念主宰，这既是康如水行为方式的喜剧性根源，也是现代'新学究'们基本的文化心理结构特征。"③ 大凡人们这样讲说，是看到了人物互有矛盾的说辞，如许表达彼此拆穿却依旧首尾相衔浑不自察。但，如引述之批评严肃指出人物思想的陈腐，这样解释出的康如水及其语言只是令人生厌的丑恶存在，而非喜剧性。观察语言形式，它的自溢与矛盾，使自己处在自造的危机中，而它总能满不在乎地保持自旋，它保持蹩脚而专注的华尔兹（摆荡与旋转）。使人发笑的是这种东西，这种作为语言形式的闹剧模样。而至第三幕第三场他向孟太太求爱的情形，康如水的情爱表达荒诞得使人拍案。阐释"情书"至阐释"同情"至称孟太太搔到他的痒处，往后一句句即时演绎康如何在对话进程中生出对孟太太热烈爱欲的表达。有涉伟大爱情的产生，剧作者用人物语言造成这个严肃主题的滑稽变形，它做出无中生有的示范，它的速率演示于康依次对孟太太各个词句的伟大征服。

李健吾惯于说，生活以外没有语言，性格以内全是语言④，但两部三幕喜剧无不在说明——当人物说话跌入最盛喜情，喜剧性的诗意便漫过性格栅栏。徐守

---

① ［法］布瓦洛：《诗的艺术》，任典译，北京：人民文学出版社，2009 年，第 75 页。
② ［法］夏尔·奥古斯丁·圣勃夫：《莫里哀》，《圣勃夫文学批评文选》，范希衡译，南京：南京大学出版社，2016 年，第 240—243 页。
③ 田本相主编：《中国话剧艺术史·第三卷》，南京：江苏凤凰教育出版社，2016 年，第 316 页。
④ 李健吾：《戏剧语言》，《前线日报·艺闻》1946 年 3 月 18 日。

清、康如水的语言固然为他们创造两例人性特征，但其实也就是同一款式——新老学究，且活在一身色彩夸张的语言盔甲中。按"机械说"，两出喜剧的人性内容便是由剧中语言盔甲的抖动告诫于人，使读者观众警醒于生活中的心不在焉。然而风格造成的人性表达还有：从莫里哀对经院医学的嘲弄至李健吾对新老学究表达的抻拉，是借由艺术造型——语言的丑角形象——传达了创作主体的否定性态度；并且令语言小丑闹剧般活动于舞台，像斯卡班的口袋，像口袋里挨打的皆隆特，是创作主体激越的喜剧兴会在传递给人，是他有意无意传递的喜剧兴会在挑衅一本正经的生活暴君，在解构妄想着不可动摇永恒而存的木讷机械的陈词滥调。会不会人性主题也这样呈现——语言处在讽刺与狂欢的模糊边界，它隐隐用荒诞乃至狂欢的气氛重造了可笑性结构，风格隐隐重构了讽刺对象而具现了生命的更生、自由。

二、重释"性"的冒犯：生活世界的降格式诘问

便捷的"性格喜剧说"简化了风格面貌及其提供的可读性。另一出喜剧同样风格醒目，它经改编而成，是更明确的"舶来的造型的艺术"①。但也因风格鲜明别样易造成识别与接受的困局（相比于《以身作则》等，此作的风格困局首先是指他者的拒斥），甚至为风格所耽误，造成了改编者李健吾被一众剧评家攻讦，"色情""市侩"②，骂声嚷嚷。

1947年上演的《女人与和平》（1946年12月连载于《文汇报·浮世绘》，名《和平颂》）。这出剧改编自古希腊戏剧家阿里斯托芬的作品，由《吕西斯特拉特》与《公民大会妇女》作蓝本。③ 它讲述的是：人间战乱导致男性消失无存，最后一个男人皮鞋匠被妇女协会请求入阴间找回众男性。皮鞋匠探访阴间却发现

---

① 李健吾：《〈以身作则〉后记》。
② 杜古仇：《堕落的戏，堕落的人——看〈升官图〉演出以后》，《泥土》1947年9月17日。
③ 李健吾这部《和平颂》所依蓝本，可视为阿里斯托芬之《公民大会妇女》，更有《吕西斯特拉特》的神貌，因两者都演绎妇女以性罢工，取代男人控制城邦，谋取和平。另外，皮鞋匠入阴间找回男人，也许使人联想特律盖奥斯跨骑巨型埃特那虫（屎壳郎）寻找神明，找出被战神藏于深洞内的和平女神（阿里斯托芬之《和平》）。不过皮鞋匠只能在失败后噫叹，他不是找到和平的功臣。

那里弥漫着声色金钱，阎王也因房租问题无处办公。阳间战事令男人根本不愿回去，皮鞋匠悻悻而回。耗尽阳间男性，战神也无兵源，用金钱向阎王换取一批男人。回到阳间的男人们在妇女协会组织的性诱惑与性罢工的手段下离开战神队伍，妇女们因此打败战神。话剧的主题是反战，叶圣陶题诗评价，"谁识健吾酸楚意，和平颂里悼苍生"①。"酸楚"也可见于剧作者自述，他无法向孩子解释——"他所又怕又恨的日本投降了，他的祖国仍在战乱之中煎熬！我拿什么话向他解说呢？"②

《和平颂》是郁愤之作，但话剧中的"色情"——以性的方式谋取和平的情节——却为改编者李健吾引来了他不曾料想的另一种"酸楚"。人们评价："笑里充满了淫荡和色情"；"歪曲了现实而让观众产生了一种模糊的错觉"；"这种和平，全是为了'自私'"，"作者用这种方式来表现人民反内战要求和平的情绪，是绝对错误的，而且是低级的"，"和平被他扭转了方向"③。诸如此类，评论者用"色情"责难，以"现实"度量，"现实"的严肃性怎么能与前者低级之物共处，这使人无可接受。至为剧烈的还有这种说法，"杀死了艺术，阻塞了话剧的前途"，"李先生不愧为封建独裁政体下的文人"④，作品与改编者无一丝价值可言。

李健吾很快就对批评声音做出了回应。他表白他的"营业"立场，把演出的戏名定为这个"滑稽名称"是为了挽救剧场挽救演出公司，让话剧得"活"。"骗人而已，不骗人怎么活下去"，他甚至说这出剧并无批评价值。然而藏于这些既属实又意气的话内，他继续重申自己的创作意图。用性的不合作来解决战争问题，这既是对阿里斯托芬喜剧情节的袭用，也是改编者厌恶战争的抒情表达。所以他才回复那样的话，"然而当你们这些男性没有不'自私'的和平的表现的时候，叫我怎么不选用阿芮司陶芬尼司的嬉笑怒骂呢？"⑤ 同年在《和平颂》发表之先，他就有一篇文章名《喜剧的大无畏精神》。那精神抖擞并言辞浏亮的情状使

---

① 叶圣陶：《题诗》，《文汇报·笔会》1947年1月17日。
② 李健吾：《我写〈和平颂〉》，《文汇报·浮世绘》1946年12月14日。
③ 青真：《评"女人与和平"》，《评论报》1947年第11—12期；王戎：《"女人与和平"观后》，《评论报》1947年第11—12期；日木：《〈女人与和平〉观后》，《大公报·戏剧与电影周刊》1947年2月20日。
④ 适夷：《从答辩听声音》，《文汇报·笔会》1947年3月3日。
⑤ 李健吾：《从剧评听声音》，《文汇报·笔会》1947年2月23日。

人印象深刻——"仿佛保姆哄着一群顽皮的孩子喜笑,在喜笑之中解除他们的自负和愚昧,在最明显也最有意味的比照之下看出制度的腐朽和人性的狭隘所在。"① 仿佛正在表示他将会从事一项工作,用喜剧的本质和方法哄笑并解除现实中(战争独裁者)的自负、愚昧、腐朽、狭隘,用无畏的精神介入时代与社会。

　　应当信任哪一种判断呢?是艺术家面对现实苦难的真诚努力,或说就是他写出风格之罪,以"西洋金瓶梅"② 逃避甚至消费了人间的战火之痛?重要的是如何识别风格,如何理解他动用的喜剧方法。彼时阿里斯托芬喜剧乏于人知③,改编者此举即有引入文学风景的意义,但反过来讲,却也唐突了一众批评。批评者几乎无人谈阿里斯托芬,唯见于洪深。他内行地指出改编所依原作《吕西斯特拉特》本就"牵强无力""贫乏",称其无"真实性","单凭想象创制"。他演说的是"真实性",谓戏剧情节的"因"与"果",适于指责阿里斯托芬喜剧结构性不足的弱点(他奇异的想象胜任一切)。然而"近似人生"的说法合乎"现实"却几乎也拒绝了剧作的荒诞特征。洪深的无"真实性",实则仍是不能理解、接受"性"与"和平"造成的因果关系。洪深提议应借用《阿卡奈人》,优于《吕西斯特拉特》,将证明"严肃与轻松"的真正合作。狄凯奥波利斯耐心劝服阿卡奈的老兵,揭穿虚伪而好战的将军拉马科斯,他的市场拒绝这位头戴羽盔的战争鼓动者。这出剧写出了人们"受够了战祸","无可奈何的沉痛"。洪深说这里既使用古希腊的形制而故事仍可能有真实性。④ 但他未提及狄凯奥波利斯回乡办酒神节庆祝和约告别战争,致敬了德勒斯——象征生殖的神。未提及"色情"无"真实性"的部分,如狄凯奥波利斯应新娘要求,"和平露"抹到新郎阴茎使之免于征兵。洪深终究是在拒绝性和荒诞,而他人的拒绝更甚——所谓"和平"表达应自律庄重。

　　剧中也有荒诞情节饱含明朗的现实关怀。反讽的调子更在于皮鞋匠说服群鬼

---

① 李健吾:《喜剧的大无畏精神》,《昌言》1946 年 6 月号。
② 青真:《评"女人与和平"》。
③ 罗念生在 1980 年代的文章中说,"对古希腊文学的研究在旧时代是个空白点"。罗念生:《罗念生全集·9》,上海:上海人民出版社,2016 年,第 4 页。
④ 洪深:《〈女人与和平〉与古希腊的喜剧》,《新闻报·艺月》1947 年 1 月 27 日。

还阳的演讲，明媚欢悦的词无法回答如是提问——"还打仗吗？"讽刺又见，哪怕战神也找不到阳间的人手，往阴界求借壮丁兵员。悖于常理的人、物、时空的想象，也不无传达着讥刺与忧心。这是显著的讥刺，大概就是这些内容令洪深判断这出剧主题仍是现实的，还不曾脱离人们的心事和要求。① 李健吾的自白与回应，他讲说的"喜剧的大无畏精神"，他正视人生的艺术家姿态，可见于这些明朗的现实关怀中。但成为攻讦对象的"性"与"和平"的逻辑表达，却对上述明朗的现实表达造成了遮蔽，在人们风格识别的固有逻辑中，"性"元素天然而顽固地捆绑于卑下的人性内容，并张扬成为整出剧的"污点"。

谈论改编所得风格，李健吾曾言阿里斯托芬独来独往，莫里哀亦未能袭承，唯在小说中找到继承者拉伯雷。他做出风格判断，察觉了荒诞特征，他说"阿里斯托芬的照妖镜是凹凸的，属于所谓哈哈镜"，"砸碎一切角度"②。从阿里斯托芬至拉伯雷，李健吾指出的正是一条狂欢精神的线索，遗憾的仍是他谈得太少。巴赫金描述了"降格"至"物质—肉体"层面的狂欢世界，他指出贬低化即世俗化，即"靠拢人体下身的生活"，而下部"永远是生命的起点"。③ 并且，已有研究者从巴赫金身上获得启发，谈到阿里斯托芬喜剧内建立"生活世界""日常世界"的内涵。性的不合作谋取战争的消泯，阿里斯托芬也不会相信。然而对于这位古希腊喜剧家，大概性的享乐正如丰收宴饮的享乐一样，是"生活世界"对战争独裁者的否定。那些不可实现的情节，"是因为阿里斯托芬世界观上的未完成性、开放性以及更替性所致，因为正是通过这种虚幻的方式，阿里斯托芬动摇了那些看似完成的、封闭的、稳定的东西"④。在这位古希腊喜剧家笔下，性罢工以谋取和平，乃以幻想的因果逻辑（内藏着"生活世界"的含义）质疑着专横的、既有的且封闭的战争独裁者的逻辑。那么相应的，不可实现的情节，由阿里斯托芬至《女人与和平》，所谓"色情"不就是"生活世界"以降格的样貌诘问毁约好战的独裁者？所以，皮鞋匠凡庸笨拙不缺私欲，他摇摇晃晃昏昏然出入阴阳两

---

① 洪深：《〈女人与和平〉与古希腊的喜剧》。
② 李健吾：《我写〈和平颂〉》。
③ ［苏］巴赫金：《巴赫金全集·第6卷》，钱中文译，石家庄：河北教育出版社，2009年，第23—25页。
④ 陈国强：《反讽及其理性——阿里斯托芬诗学研究》，成都：巴蜀书社，2009年，第126页。

界,他不是思想、意志令人叹服的英雄,不是跨骑甲虫寻觅和平的出众人物,他恐怕也未必就是有待讽刺的"小市民型的知识分子"①之典型,他和他的高跟鞋摊,是以一点生活欲望的粗鄙征象,使战神感到不适。在这一意义上,皮鞋匠尽管任务失败了,但他和他的高跟鞋摊的象征性,其象征性内蕴的"物质—肉体"的必然价值,仿佛并未曾失败,仿佛皮鞋匠也可能是一位超然的喜剧主体。

三、突围悲剧性逻辑:超然主体及其重构能力

黑格尔指出,阿里斯托芬创造了超然于有限生存的喜剧主体,其负有"真正的喜剧性"(而非可笑性),"主体一般非常愉快和自信,超然于自己的矛盾之上,不觉得其中有什么辛辣和不幸;他自己有把握,凭他的幸福和愉快的心情,就可以使他的目的得到解决和实现"②。皮鞋匠可能仍只是个影影绰绰的超然主体,他是凭借着他的象征内涵避却失败,但他在可见的角色行止中尚未洋溢出他的自信与徜徉自得。李健吾所创造的,更契合这类饱含真正喜剧性的主体,应是《青春》中的田喜儿。

喜剧《青春》产于李健吾的六折"辛亥传奇剧"《草莽》,按作者自己话说,"它是根据《贩马记》中一个舍弃的材料写成"③,"《草莽》打算重写,便把第一幕剔出,另外发展成为《青春》"④。"舍弃"其实乃共有,至少共有爱情主题下青年人逾墙私奔失败的情节。《草莽》的第一、二、六折讲出高振义、金姑的感情悲剧,变形成《青春》里田喜儿、香草崎岖的爱情困局。甚至《青春》内香草嫁作罗家童养媳,以旧时女性命运无从自主受制于畸形社会伦理的一面看,悲剧性深沉超越了《草莽》中金姑嫁与他人。好像愈强烈的悲剧可能将令喜剧任务格外困难,但实际上《青春》不以为意,比"剔出"更合适的讲法是扭转。

---

① 许杰:《皮鞋匠论——女人与和平人物的研究》,《读书与出版》1947 年第 6 期。
② [德]黑格尔:《美学·第三卷·下册》,朱光潜译,北京:商务印书馆,2017 年,第 291 页。
③ 李健吾:《后记》,《贩马记》,银川:宁夏人民出版社,1981 年,第 109 页。
④ 据李回忆,《草莽》约写于 1938 年前后,发表于 1942 年《文艺杂志》第 1 卷第 2—4 期。《青春》则写于 1944 年,于 1946 年发表在《文艺复兴》第 1 卷第 1—2 期。前后写作相隔六年。李健吾:《跋》,《青春》,上海:文化生活出版社,1948 年,第 161 页。

面对年青人无能为力的情感悲剧,《草莽》(第六折)处理为命运交错的情人哽咽不相见,而《青春》(第四幕)写重逢(逾墙的爱情失败,次年香草已嫁作罗家童养媳),首先便着力摆脱惨淡气氛,它摆出情人重逢时的彼此吸引。①写香草既恐惧复着迷的心绪,剧作者让爱情感觉先自流露,它的奇妙气味天然驱赶了否定性之蝇虫。更重要的是田喜儿所怀有的喜剧性。逾墙的爱情尽管失败,田喜儿不会溃败,他仍将明亮地出现在香草的命运中,抱起她的自由心灵。田喜儿用他恣意的喜剧性,用他自由自在的心灵状态,在一个悲剧式的情节框架内活泼来去,乃至笑闹一般闩住了可能的悲剧气质。田喜儿语调悦然——"没有人拦得住我,我,我跑来了。"②恶作剧的样子,田喜儿把打搅情人对话的母亲田寡妇假装推入池子,又抱起小心放进庙门内,锁住门环。"抱起"是一个多么亲昵而快乐的动作,之后他也一把抱起香草去没有人的庙后说话。"抱起"充满生机,它合作于"锁门",锁住一切打搅他们的人事,其实也就是锁住文明虚伪而僵直的部分。浓郁的喜剧性在这一幕正是如此,以亲昵烂漫充盈对话、动作,洋溢于主体。③

并且,田喜儿身上充盈的喜剧性有其来源,这个人物身上明朗地寄托了剧作者的童年情绪。"爬在树梢头,任凭六十岁的老舅前后蹒跚、呼唤、顿拐杖,我只是装聋作哑不下来"④,李回忆自己的少小模样,不也就是田喜儿行止生气勃勃?已经有研究者发现李健吾的喜剧作品沉潜着一种"游子回乡"⑤的整体性意象。与这种表达一致,1930年李健吾在《清华纪念册》的自志内说,"我的性情从小是活动的,慢慢变到现在,变成忧郁了。希望将来有恢复到我童年时的光明

---

① 李健吾起初想在第四幕把故事写为悲剧,后来放弃改为如今情状。他解释剧作"需要和谐""协调",他说团圆仅仅是一种止痛剂,却也包含艺术的若干目的。剧作者的自白到底仍是低估了《青春》所蕴藏的喜剧性,和喜剧性所蕴藏的生命气质。李健吾:《给徐光燊》,《万象》1944年11月号。
② 李健吾:《青春》,《李健吾文集·3》,太原:北岳文艺出版社,2016年,第407页。
③ 不过,田喜儿不是在追求实体的假象,而是愉快地、充满自信地无视了它(剧作中指虚伪的旧式伦理和文明)。
④ 李健吾:《经国美谈》,《中华公论》1937年创刊号。
⑤ 张健:《中国喜剧观念的现代生成》,北京:北京大学出版社,2005年,第126页。

的那天"①。《青春》呈现了恢复童年光明的一幕,不止是田喜儿这一个形象,《青春》塑造一整个儿童世界,使它自己真正捩转至喜剧性,逃逸忧郁叙事。比如罗童生与田喜儿的相见:

  罗童生(天真烂漫)田喜儿,你跟我媳妇儿好好儿聊聊罢!我们俩玩儿去啦!他拉着香菊跑开了。②

  罗童生烂漫。这一幕他出场,以香草小丈夫的身份论,应是令人唏嘘不止心有恨恨。但仍是孩子,悲情在孩子的世界内不重要。童真童趣充盈,在这里是喜情萌发的秘密。还有,绝不能丢下小虎儿、小黑儿,还有红鼻子出没。第二幕逾墙始于两个孩童偷摘石榴,于是,两个情人出走失败的情节若直跌入悲伤气氛便显得不协调。第四幕从红鼻子与众孩子唱歌谣起始(《草莽》第六折也有更夫和小孩扮唱张翼德,《青春》调换作《黑丫头》,贴近青年之恋且谐谑多耍闹趣味),红鼻子那段"黑不溜秋"的说辞作语言上的滑稽俏皮,又纯然是乡间打闹的怪话,红鼻子就是孩子世界的大王(有时他回到杨村长家更夫的角色,但这是暂时的叙事功能,那个孩子王式的喜剧角色才是他神采最佳的样子),他们趣意盎然,对成人的悲剧世界浑然不察③。小黑儿说"她男人比我大不了两岁,我打得过",便是隐隐说了,罗童生出场会一下儿跳将进已经塑造好的孩童语境。小虎儿唱出歌谣("寻个丈夫才十岁/她比丈夫大十一。""看见大衫一尺一,/开裆裤子七寸七"④),与其说是嘲笑不如说是喜剧性,不事讽刺的快乐。在孩子的世界,不过将回击以"你妈才穿开裆裤子"。

  烂漫的氛围升起,田喜儿与香草的爱情属性同样宜于叫做烂漫而非浪漫。第四幕终究没有转入悲剧反而做到了喜剧性的征服,看那气瘫在关帝庙墙头的罗举

---

① 李健吾:《自志》,1930年《清华纪念册》,转引自《李健吾文集·6》,太原:北岳文艺出版社,2016年,第33页。
② 李健吾:《青春》,《李健吾文集·3》,第405页。
③ 有论者称之为"次要情节",所见是"巧妙地穿插大量的风俗性的生活场面、细节","这些次要情节与中心情节相互交织、纠葛,有力地推进戏剧冲突的发展,而且被组织得通体透明、血肉丰满"。然而这样论述减轻了所谓"次要情节"在剧作整体"喜剧性"发生中所具备的重大意义,弱化了这出喜剧的风格特征与真正主题间的深刻关联。庄浩然:《试论李健吾的性格喜剧》,《福建师范大学学报》(哲学社会科学版)1985年第3期。
④ 同②,第402—403页。

人(香草的公公)便明了：

  罗举人怒火中烧，筋酥腿软，依旧在梯子上面颤摆，夕阳一抹，正好照着他的瓜皮小帽。他气昏了，伏在墙头，遥对长凳上面的袍褂，只是哼唧。

  庙门始终倒扣着。孩子们聚在前面，喊着，笑着，甚至于跳高了拍拍门环，但是小脑筋转动又转动，没有能够抽出那根粗实的树枝子。①

  罗举人的"气昏"比照着孩子们笑闹漫不经心的情形，罗举人和他的虚伪的伦理文明，被儿童世界的喜剧性欢快地调弄着。《青春》的俏皮与欢闹，带着"仲夏夜之梦"的气息，儿童世界中的形象也像是另一些小精灵"帕克"，或说《青春》创造了李健吾自己的"阿登森林"，创造了他的环抱自然与亲密感的喜剧形式。这是"绿色世界"，悲剧主题（爱情的不自由及童养媳的文明创痛）在这里经历了变形是另一主题——"生命和爱情战胜荒漠"②，即明朗而自由的生命样态对话着行为、情感逻辑封闭而僵直的成人世界。

  但遗憾的是，田喜儿并未始终自信地活动于这片儿童世界，并未始终保持他超然主体的姿态。③ 他在第五幕失去了喜剧性：杨村长要逼死被休妻的女儿，悲剧性危机（童养媳的命运悲剧）已然在情节内部酝酿成熟将无可奈何地绽裂，田喜儿身上迅速流失了喜剧性光芒（他仅剩半说理半求告的虚弱的拯救行动，遗憾失却了以往的自信和愉悦），甚至萦绕他周围的儿童世界也在消退（红鼻子也服从自然而悲剧的气氛，情绪低落地带走了孩子们）。彼时有剧评家甚至为《青春》的结局设想了更"深刻"的悲剧性方案——"譬如香草让她父亲逼得投井或上吊，再逼得田喜儿这个忠厚善良的农民在走投无路中，暴发了中国农民特有的原始性的野蛮——放火杀人……"④ 然而倘使如此，《青春》岂不挥霍了它此前积蓄营造的喜剧诗意？此处面对悲剧性危机，是田喜儿的母亲（田寡妇）以插科打诨近似无理取闹的方式阻止了情节趋势。她取代了田喜儿解决冲突，她这样定下

---

① 李健吾：《青春》，《李健吾文集·3》，第411页。
② [加]诺斯洛普·弗莱：《批评的剖析》，陈慧、袁宪军、吴伟仁译，天津：百花文艺出版社，1998年，第219页。
③ 其实在剧本中，哪怕未曾至第五折，田喜儿也未必时时刻刻洋溢着他的喜剧性。只是此前他更为鲜明地呈现着这一特征，并以此特征濡染着读者观众。
④ 席明：《〈青春〉观后感》，《女声》1944年第4期。

主意：

田寡妇（走在他们父女中间）：我把话说在前头，杨大叔，你女儿寻死，可不是我的儿子逼的。

杨村长：（反驳）难不成是我？

田寡妇：（顿树枝子）好哇！原来你存的是这个心啊！（向香草）好香草！偏不死给你爹看！（过去护住她）有我这穷老婆子在，看他能够把你怎么样！（向杨村长，恶狠狠地）试试看！试试看！①

事实上她在第五幕挽救危局的行动中并不持以一贯的优美品质，她对儿子半说理半求告的虚弱却严肃的拯救行动并不一向支持。她的遽然出手有字面可见的护犊私心，但更重要的是，在整出喜剧内田寡妇的护犊私心都是与她蛮不讲理的言行姿态以及这姿态中的闹剧形式不可分割的。她是携带着此类形式感的人物，她与人争辩不落下风，她自苦以作求胜伎俩，以及第三幕她拆开包袱（香草预备与田喜儿出走时所携），一件件拿出来数与辨，又一件件倒序放回，令杨家出丑两遍，形式上全然闹剧样。

田寡妇应是李健吾写出的最好的母亲形象。他曾写独幕剧《母亲的梦》，"贫苦的生活堆"② 里，他借辛格形制（《骑马下海的人》）让受苦的母亲说"我没有做过一个好梦，我这一辈子"③。这出于剧作者生命的真实经验，他回忆母亲是"一个流落在一家会馆的乡愿寡妇，守着两个中小学读书的儿女"④，"菩萨一般仁慈，囚犯一样勤劳"⑤。但《青春》不一样，田寡妇虽一样设为孤儿寡母的命运，却不再沉重地负有悲情表达。她对田喜儿训骂乃至抽打，却无不是母子间闹腾腾的样子。剧作尾声田寡妇这句"哑哑！回家去！"⑥，是多么充溢着喜剧性胜利的气氛，心灵在恢复。

是的，是心灵在恢复。超然的喜剧主体重构了已成惯性的悲剧性逻辑，他们

---

① 李健吾：《青春》，《李健吾文集·3》，第421页。
② 李健吾：《跋》，《母亲的梦》，上海：文化生活出版社，1936年，第1页。
③ 李健吾：《母亲的梦》，《李健吾文集·1》，第104页。
④ 同②。
⑤ 李健吾：《切梦刀（代跋）》，《切梦刀》，上海：文化生活出版社，1948年，第139页。
⑥ 同①，第422页。

超然于虚伪的有限事物，就好比降格的物质—肉体世界超然于专横封闭的战争独裁者逻辑，就好比洋溢的语言闹剧的激情超然于学究们机械的陈词滥调。李健吾说要在喜笑之中解除世间的自负和愚昧，应替他补充这"解除"一说，他的喜剧并未停留在对可笑性、机械性的指出，而是召唤出了那种笑本身所包含的解脱之感[1]，这种笑对话着封闭而自大的世界，并重构着这样有限的世界。这种笑甚至与李健吾自己坚持的内心说根本上是一致的——满溢的心理气氛使生活质地充满孔隙充满移情的可能，它所联结的想象方式将使惯受机械预判的人生活变得丰富，使人有机会逃脱柏格森的"诅咒"，那种"人身上预先制成的东西"[2]。而前述种种都在说明，李健吾的喜剧无需依赖"性格"说，其风格一样足以呈现丰盈动人的生命关怀——它们无不在越出虚伪而专横的藩篱，在发现、重建生命的可能性。罔顾这一重喜剧的烂漫景致而仅仅迅捷地归纳其为"性格"一说，反倒是一种"心不在焉"的阅读了。

---

[1] ［英］阿·尼柯尔：《西欧喜剧理论》，第251页。
[2] ［法］柏格森：《笑》，第99页。

试论李健吾三十年代的悲剧创作①

王卫国　祁　忠

李健吾通常以当代著名的翻译家和文学评论家为人们所熟知，但他在文学事业上，其实有多方面的成就。早年，他曾在诗歌、散文、小说等领域广为耕耘，鲁迅先生所编《中国新文学大系·小说二集》中，就收有他的小说。不过，他的文艺生涯还是以话剧活动见长。二十年代，十几岁的李健吾就以演剧闻名于古都北平的中、小学乃至大学。当时的报刊上常有对他表演艺术的评论。抗日战争胜利后，曾在李健吾的母校——北平师大附小任教的邓颖超同志在上海还记忆犹新地谈起李健吾当时的名气。三四十年代，作为剧作家，他又以出众的才华自辟蹊径，以其成功的剧作在群星荟萃的现代作家群中独树风格。李健吾正是先以精湛的演技而后又以卓有成就的剧作蜚声剧坛的。此外，他还涉猎话剧的评论、翻译和改编工作。美国著名作家埃德加·斯诺在《活的中国》一书里，把李健吾和曹禺并提为1929年以后中国重要的剧作家，可见李健吾在当时话剧界的地位。他的剧作至今在海外仍广有影响，并成为外国学者的研究对象。据统计，李健吾创作并改编的剧本有三十部左右。李健吾对我国话剧的发展做出了贡献，他的成绩是不应忽视的。

李健吾的话剧创作，有悲剧，有喜剧，有配合抗战的正剧以及探求话剧与中国南戏结合的传奇剧。本文谈的是三十年代创作的悲剧——三幕剧《梁允达》《村长之家》《这不过是春天》《黄花》和独幕剧《十三年》。这五部悲剧在一定程度上反映了李健吾话剧创作的思想、艺术水平。

---

① 原载《中国现代文学研究丛刊》1984年第1辑。

一

"悲剧是将人生有价值的东西毁灭给人看"①,李健吾的悲剧正是从有价值东西的毁灭中引起观众的悲悯、畏惧和思索,宣泄对腐朽势力的愤怒。《黄花》的原型是作者几年前在香港九龙码头听到的这样一个半截故事:一个空军军官在抗战中牺牲了,他的情人怀着身孕却领不到抚恤金,只好悄然避到香港。为了开掘出深刻的思想意义,作者在这个故事的基础上做了如下的虚构:在纸醉金迷的香港花花世界,一群官僚政客、军阀和大资本家争相玩弄一个红极一时的舞女,引起了一位贵妇人的醋意。而她终于发现,这位红舞女竟是她的同胞妹妹。多年前,妹妹为了爱情离家出走,如今她的爱人已英勇地牺牲在抗日前线,她领不到应得的抚恤金,只好像雨果的《悲惨世界》中那位可怜的妓女一样,把落生不久的孩子寄托别处,自己为养活孩子而忍辱负重。那些达官贵人知道她是个有孩子的妇女,便纷纷弃她而去,这时又传来了孩子不幸夭亡的消息,绝境中,她没有堕落为灯红酒绿中的商女,也没有跟姐姐回家重返上流社会,她毅然决定要到抗日前线当一名看护,和她丈夫一样为祖国而献身。恩格斯说:"倾向应当是不要特别地说出,而要让它从场面和情节中自然而然地流露出来。"②《黄花》的倾向性正在于对落难女子寄托的同情,透过这个同情,熔铸了作者强烈的爱憎。剧本凭借她沦落天涯的悲剧,表达了这样的主题:"是法律和人道不合于真正的人生。"③ 从而对貌似公允的社会现实作出了有力的鞭笞。如果说艺术只是以其特有的方式流露出自己的倾向性,那么在剧本的《跋》中,作者干脆以犀利的言辞直斥黑暗的现实:"作威作福者依然作威作福,抗战以前如此,抗战之中又何尝不是如此。仗着社会地位高,罪恶的种子撒得更多也更广。蠢永远是蠢,鞭长莫及。"④ 作者的激愤之情溢于言表,锋芒直指身居高位、制定法律的统治者,直指抗战中醉生梦死、鱼肉百姓的蛀虫。

---

① 鲁迅:《再论雷峰塔的倒掉》,《鲁迅全集》第一卷,第297页。
② 恩格斯:《致敏·考茨基》,《马克思恩格斯选集》第四卷,第254页。
③ 李健吾:《黄花·跋》。
④ 同上注。

在另外几部悲剧中，作者也从不同角度发出了对社会的抨击。《梁允达》通过揭露金钱对人的腐蚀，把一个烂透了的社会端给观众。和莎翁《雅典的泰门》、巴尔扎克《高老头》的主题一样，展现了在金钱拜物教的社会里人性的泯灭。《村长之家》则从冷冰冰的社会对人性的扭曲这个侧面，曲折地暴露了社会的黑暗。李健吾早期（二十年代）的独幕剧《工人》《翠子的将来》《这样一群》等，也无情地展现了一幅幅惨淡的社会人生画卷。

李健吾的悲剧，不仅诅咒了旧制度的不合理，而且在《这不过是春天》和《十三年》中包含了更深的思想内容。其中《十三年》更具代表性。剧中表现了军阀的侦探黄天利追捕一位经常出入李守常教授（李大钊）家的女革命者，在逮捕她的时候证实了她是十三年前自己儿时的伙伴。经过几个回合的思想交锋，黄天利终于为革命者的气节所折服。他反省自己十三年来的生活，认清自己不过是一条狗，他放走了女革命者和她的恋人——另一位革命者，开枪自杀了。剧中黄天利的死因很复杂，但主要的是他看到自己的灵魂早已被这个丑恶的社会所毁灭。作者说："他在沉沦中抓住了一些勇气，他毁掉了自己。他随着他的时代，或者不如说，他的时代随着他，一同死去了。"① 预示旧阶级和旧制度的灭亡，表现这种灭亡的必然性，正是《十三年》所包含的更深刻的思想涵义的一个方面，也反映了作者思想认识的深度。在作者的另一出剧《梁允达》的结尾，作者用恶人被杀死"实现了文人式的精神胜利"。② 同样是死，《梁允达》所表现的是个人恩怨，《十三年》却融进了阶级的意识，表现了历史的必然。

生活中诚然有破坏有毁灭，然而在破坏与毁灭中也孕育着新的希望。正像郭沫若说的："悲剧的戏剧价值不是在单纯地使人悲，而是具体地激发起人们把悲愤情绪化为力量，以拥护方生的成分而抗斗将死的成分。"③《十三年》明确地将希望寄托于代表历史发展趋向的共产党，这是《十三年》蕴含的另一方面的思想涵义。剧中放走革命者和出现李大钊的名字，是这种希望在作品中的具体表现。李大钊的名字在作品中虽只是一闪，却在某种意义上反映了两代人的奋斗，这是

---

① 李健吾：《十三年·跋》，上海：文化生活出版社，1942年。
② 柯灵：《论李健吾戏剧》，《文艺报》1981年22期。
③ 郭沫若：《由〈虎符〉说到悲剧精神》，《沫若文集》第十七卷，北京：人民文学出版社，1963年，第165页。

作者多年来写李大钊夙愿的完成，是作者思想的闪光处。顺着这条踪迹，可以寻觅到作者思想变化的脉络，这样可以进一步认清作品的思想意义。1927年大革命失败，李大钊等革命志士的惨死，使病中的李健吾嫩弱的心灵受到强烈震动。从那时起他就决定写一部作品纪念革命者可歌可泣的反抗精神。在白色恐怖笼罩下，不少"革命者"动摇了，退缩了，可是被埃德加·斯诺称为"自由主义浪漫派"的作家李健吾，却试图痛悼先烈，呼唤未来，这不能不算是一种可贵的进步行动。也不由得使我们想起高尔基，他在1905年革命失败后，没有颓败，而用他著名的《海燕》呼唤着革命的风暴。可惜的是李健吾虽有一定的政治热情却没有相应的思想和生活基础，他只是把自己的想法偶尔和朋友谈到而迟迟未动笔。这样一放就是九年。其间，艺术的原因自然不能忽略，作者自己曾讲过写李大钊的难处："这要包含两代人物的活动，自己年纪未免太轻，我也许竟写不出来。"① 的确，没有生活的积累和深切的体验是难以完成一部作品的。然而，也绝不能忽略这样一个事实：作者具有充沛的精力、敏捷的文思和惊人的创作速度。一部多幕剧，如《梁允达》《这不过是春天》，只用了五六天就能问世，《十三年》只是一出短短的独幕剧，即使包括构思时间在内，酝酿这么久在他的创作史上也是少见的。所以，我们的着眼点不能不放在他当时的思想矛盾上。深知李健吾的柯灵有一段话恰当地概括了他这时的思想状况："李健吾不但不少政治热情，有时只嫌过多，但对实际政治的隔膜却是事实。"中学时李健吾是政治活动的积极参加者，上大学后他就结束了政治活动，一个原因是他身卧病榻一年，更主要的则是社会政治原因。李健吾的父亲是因参加辛亥革命而被阎锡山收买的军阀杀害的。父亲去世后家庭经济生活失去了保障。在中学他也因参加政治活动而被北洋军阀政府拘留过。家庭的遭遇和社会的动乱使他产生了"政治坏事""政治乱国"② 的思想，并产生企图逃避政治的念头。但由于革命家庭自小对他的影响，父亲那种以天下为己任的精神给予他心灵上的烙印，他对政治又有某种特殊的敏感。实际上他逃避政治也是对现存政治的一种消极反抗。因此他一方面在大学里感兴趣于象征主义诗歌，并写些小说以求在艺术领域里得到精神解脱；另一方

---

① 李健吾：《十三年·跋》。
② 李健吾与笔者的谈话（1982年）。

面,却违背自己的主观意志,以敏锐的目光观测政治风云。李大钊在他内心荡起强烈的回波,使他欲罢不忍;可由于当时超脱政治的思想占上风,又欲写不能。这正是当时要写而终未写有关李大钊作品的原因,也是作者对政治若即若离的思想矛盾的反映。

一个有正义感的中国知识分子是不可能完全超脱于政治的。个人的经历和国家的命运使他逐渐改变了对政治的看法。封建式的中国社会,使李健吾和政治有了某种"血缘关系"。他的个人经历不以自己意志为转移地罩上了政治色彩。1931年阎锡山战败一度下野,李健吾才能够将双亲归葬故里,并从省教育厅筹到一笔款,得以留学法国,现实打破了他逃避政治的幻想。而他思想的彻底转变,是"九·一八"事变的爆发。"回国吗?继续求学吗?坐看国家灭亡吗?如若匹夫有责,回去有什么可做,又能做些什么?"[1]李健吾向自己发出了一连串的疑问。他写了剧本寄回国。剧本虽然有些粗糙,我们却看到了一个青年的满腔激愤之情。李健吾回国后的几年,在全国人民高涨的抗日声浪中,他不能看不到国民党政府推行的不抵抗主义。如果说1934年作者"觉得国民党没有希望"还只是"模糊的感情作用"[2],那么两年后,作者写《十三年》时已痛切感到"国民党太没希望了"。[3] 作者正是在这种思想状态下开始写李大钊的。这说明作者经过长期苦闷、彷徨与思考,得出了明白的结论:共产党是中国希望之所在。这也表现了作者可贵的探索精神和政治勇气。这样,李健吾就成了中国话剧史上第一个在作品中写进李大钊名字的作家。《十三年》由于对未来的认识比《这不过是春天》明确得多,所以在预示反动阶级灭亡这一点上,也比《这不过是春天》要更彻底,它无情地判处了没落阶级的死刑。

在当时,像李健吾这样对代表历史发展趋向的力量认识得如此明确,已经可称是许多民主主义作家中的佼佼者。那时的作家往往表现了对旧制度的仇视,可是对共产党却大多缺少认识。他们的作品反映了旧时代必然灭亡的趋势,却很少明确指出出路。曹禺曾就自己的作品说:"这些剧本,只让人感到腐朽的恶势力

---

[1] 李健吾:《母亲的梦·跋》,上海:文化生活出版社,1936年。
[2] 李健吾与笔者的谈话(1982年)。
[3] 同上注。

将死去，而且非埋葬不可，但却没有也不可能明确指出生活的人生路。"① 老舍也曾说过："'祥子'（即《骆驼祥子》）刚发表后，就有工人质问我：'祥子若是那样的死去，我们还有什么希望呢？'我无言对答。"② 这也是当时多数作家的思想状况在作品中的反映。这样看来，李健吾的思想高度就不可低估了。我们清楚地看到李健吾虽不是左翼作家，他的创作实践在一些方面却是接近左翼作家阵营的。

自然，《十三年》终未展开两代人的革命活动，对革命者的刻画也有不够真实的地方，这说明作家虽寄希望于共产党，但仍处在不断认识的阶段，我们不应拔高作品的思想意义和过分估计作家的思想水准，只应实事求是地给以足够重视和恰当评价。

二

李健吾悲剧中出现了各种各样身份纷杂的人物：乡绅、官吏、警察、帮工、舞女、革命者、贵妇人等等。这些人物，大多能给人留下较深刻的印象。著名的莎士比亚评论家布拉德雷说："在莎士比亚看来，悲剧主人公不必一定是'善良的'，……但是他必须拥有许许多多的伟大地方，我们才可以在他的错误和毁灭中清楚地认识到人类天性的各种可能的东西。"③ 李健吾笔下的主人公在某种意义上说正是这种美学原则的体现。他的悲剧主人公大多不是什么善良的正面形象，而都有不同程度的恶行，甚至有的恶行是令人发指的。但在他们的丑恶之外，的确存在着善良乃至崇高伟大的一面。主人公是在善与恶、美与丑的极端对立下体现出统一性的。在这种统一性格中，表现出双重性甚至多重性。《村长之家》中村长的公开的热心公务和隐秘的冷漠自私；《梁允达》中梁允达杀父的恶行和重做善人的梦想；《十三年》里黄天利为虎作伥和良知觉醒的矛盾，等等，都构成了悲剧主人公性格的两面性。乔治·桑说："艺术应当是善与恶的描写，

---

① 曹禺：《曹禺选集·后记》，北京：人民文学出版社，1978年。
② 老舍：《老舍选集·自序》，北京：开明书店，1951年。
③ ［英］布拉德雷：《莎士比亚悲剧的实质》，杨周翰编选：《莎士比亚评论汇编》下册，北京：中国社会科学出版社，1981年。

仅仅看见一方面的画像和仅仅看见另一方面的画像，同样虚伪。"① 李健吾如实地描写了人物的矛盾性格，在他们特有的性格冲突中表演着自己的悲剧。

如果说李健吾悲剧的主人公一般表现为双重性格，那么《这不过是春天》中的厅长夫人则在统一性中更富于多面性了。她在李健吾的悲剧人物中是更臻于成熟的艺术形象。

厅长夫人是一位教会学校培养出来的贵妇人。有人说过，在她的身上集聚着"理想与现实的矛盾，纯情挚爱与世俗利益的矛盾，物质享受与精神空虚的矛盾，青春不再和似水流年的矛盾，强烈的虚荣心和隐蔽的自卑感的矛盾"。② 这样复杂的矛盾集中在一个人物性格中，没有对生活深切的观察体验和深厚的艺术功力，是不可能办到的。法国的泰纳说过，对于作家来说，"再没有比创造彻头彻尾的坏蛋更容易的事了"。③ 反之亦然。回想几年前那种单色调——或高、大、全，或小、恶、丑的人物充斥我们的舞台的情况，李健吾在三十年代用如此丰富而和谐的色彩创造出的厅长夫人形象，便更显得可贵了。这里，作者表现了人物对生活的复杂的矛盾的态度。她醉心于享乐的生活，满足于依仗警察厅长的地位，随心所欲地挥霍；但同时，她又表现出对这种生活真实的厌恶："幸福吗？也许，反正我没有进去看过。"（第一幕）她鄙恶周围人假意的恭敬迎合，并极力避开厅长手下人的逢场作戏；但又颇为得意自己的特殊地位，尽力施展她的威严，她要请医生，打电话不行，非要让王秘书亲自去天津一趟不可。她明白自己在生活中是个弱者，是个依附于大树的藤萝，但她又以自己的地位威胁王秘书的职位，对厅长的下属任意发号施令，显示尊严。

厅长夫人所以真实可信，不仅在于作者写出了她性格的复杂和矛盾，更重要的在于展示了这一矛盾性格有机的内在统一性，以及这一性格的发展。这一点更集中地表现在她和先前的恋人冯允平的关系上。她爱冯允平，可并不理解他的思想，她厌恶自己的生活，又不能抛弃它而生存。教会学校可以教给她新的知识，使她似乎不同于旧式女子，然而却不能给她以新的思想，不能给她以探求真理的

---

① 乔治·桑：《致福楼拜》，《文艺理论译丛》。
② 柯灵：《论李健吾戏剧》。
③ 《莎士比亚研究》，张可译，上海：上海译文出版社，1982年，第128页。

勇气和力量。她逃不出旧式女子的命运，只能做丈夫的附庸，客厅里的花瓶，一个新式的少奶奶。这正是她个人悲剧之所在。十年前，她幻想着虚荣、享受和爱情，会一齐呈献给她，她对冯允平把情线拉得特别长：只要他能成为大名人，她给他当老妈子也甘心。但她的五彩梦破灭了，冯允平为了崇高的理想，与她不辞而别。十年间她做了警察厅长的夫人，地位、享受、虚荣应有尽有，但浮华的生活并没有为她叩开幸福的大门。没有爱情的婚姻，和周围虚伪的面孔，都使她更加怀念冯允平那真挚的感情。所以，十年后，小学校长让她猜连做梦也想不到的消息时，她竟一下子脱口而出喊出了冯允平的名字。于是她下意识地照镜子，换衣裳，梳妆打扮，纯真爱情的力量在她身上复苏了。厅长夫人对冯允平的爱是真心的，纯净的，但是当有人提出他们一起走掉时，她斩钉截铁地拒绝了。是的，她需要真挚的爱情，却又更需要虚荣和享受。十年后的贵妇人，毕竟不同于十年前的女学生了。她寻找到两全其美之策："也许我以前错过了机遇，这回可不能一点力气不用，看着放过去。你不能走，你得给我留下，你老在我身边，由我差遣，由我使唤，答应我吧。"这是这位青春将逝的女人对过去唱的挽歌，又是真心的乞求；是贵妇人任性的骄傲，也是爱情幻灭的悲哀；是对悲哀的掩饰，更是在悲哀中的挣扎。教会学校也许没有教给她"三从四德""从一而终"的封建伦理，而资产阶级腐朽的家庭关系却已渗入她的灵魂。正是这种复杂的心理，决定了厅长夫人看似矛盾的生活态度。

厅长夫人复杂的性格，不仅是不断展示的，而且是"活动"的，发展的。这种发展使性格更为丰富。它特别表现在厅长夫人对冯允平的理解上。冯允平是被厅长追捕的革命党人，他来找厅长夫人，是借厅长家这最危险也恰是最安全的地方来完成秘密任务。厅长夫人却认为他是为怀念旧情而来，极力要他留下，重圆十年前的旧梦。当冯允平拒绝的时候，她痛苦，她哭泣，她以为是冯惧怕警察厅长的势力，骂他是"老鼠一样胆子的人！"，这时的她正像小学校长说的："你看自己看的太高，忘掉别人还有理想。他离开你，不是怕你挖苦，是怕你毁了他的理想。"当她从白密探那里知道了冯的真实身份和意图之后，她的尊严受到极大的伤害。只有在这个时候，她才看清了冯允平，也看清了自己。她买通密探放走了冯允平。她的这个举动绝不能与爱情至上相提并论，这是她心地中还没有被玷污的地方，她还没有堕落到和刽子手一道杀人或借刀杀人的地步，这也是她性格发展的必然结果。我们看到，在和冯允平临走的谈话中，厅长夫人变了，她没有那种居高临下，任性骄横的贵妇人气势。她承认自己糊涂，是"一滩死水"，是"一盆花生在窖子里头"。实际上，她正像冯允平折给她插在花瓶里的那束腊梅，虽则还带着一丝春天的气息，终究没有根基，要枯萎了。她看到了自己的命运："现在我放虎归山，做成我自己的毁灭。"她变得清醒了。清醒的失败主义者，这就是厅长夫人。

厅长夫人性格的丰富，引起人们复杂的怜悯和恐惧，收到了很好的悲剧效果。她警诫着当年的人们。大约正是这个原因，第一个上演这出戏的恰是一所教会学校的女生，作者衷心地祝愿："愿上天保佑她们，不复是我厅长夫人的形象。"① 作者的愿望并没有落空。当年从上海到延安去的女学生中，就有人随身带着这个剧本。此人从西安给李健吾写了长信，谈到这个剧虽几经国民党当局禁演，她们要将它带到新生的延安去。巴人曾这样评价："这不是戏，而是人生；不多一分也不少一分。人生，还不是艺术的最高标的？"②

李健吾塑造悲剧人物的成功经验，在今天也是值得我们学习和借鉴的。

三

没有冲突就没有戏剧，是尽人皆知的；而对戏剧冲突的设置安排，却又是千变万化的。李健吾剧作中戏剧冲突的安排，也有着较为鲜明的艺术个性。

首先，李健吾是个善于创造戏剧情境的剧作家。他能够以复杂的事件，错综的人物关系构成尖锐的戏剧情境，造成戏剧冲突推进的强有力的动力。以《梁允达》为例：剧中主人公是一个农村的财主，二十年前在流氓刘狗的挑唆下，他为了夺取家产，和刘狗一起杀害了自己的父亲。二十年来这件事一直是一块沉重的心病。戏开始，梁允达从集市上回来像白日见了鬼，让长工关大门，拴上狗……后来知道，他见到的正是他二十年前打发走的刘狗。但戏并没有沿着这条线索发展下去，而又表现梁的儿子四喜怎样不务正业，又赌又嫖，急需钱还赌账。接下

---

① 李健吾：《这不过是春天·跋》。
② 同上注。

来又引出了村里另一个财主蔡仁山，要借四喜的名字，自己承包军队上的鸦片买卖。这几个看来不相关联的事件，随着刘狗的上场而发生了变化。梁允达对刘狗既不愿收留，又因二十年前的事而不敢不收留。刘狗又劝梁允达自己承包了军队的鸦片，结果是得罪了蔡仁山，也败坏了自己的名声。刘狗挑唆得不到钱还赌账的四喜，去偷他爹，去约队伍上的人抢，或者干脆一棍把他爹打死。这样，矛盾开始集中到了梁允达的身上，戏剧情境愈见严峻。作者并不以此为满足，又在戏剧情境中增加了新的因素：刘狗发现了老张与四喜媳妇的不正当关系，以此要挟老张。老张决定打死梁允达然后嫁祸于刘狗，不想黑暗中错打了蔡仁山，而蔡仁山认为这是梁家父子所为，放出风来……这就使原先看来和梁允达没有直接联系的事件，都纠葛在一起，造成了黑云压城的戏剧情境，对冲突的爆发产生了不可逆转的冲击力量。狄德罗曾经说：

> 情境要强有力。要使情境和人物性格发生冲突，让人物的利益互相冲突。不要让任何人物企图达到他的意图而不与其他人物的意图发生冲突；让剧中所有人物都同时关心一件事，但每个人各有他的利害打算。
>
> 真正的对比是人物性格和情境的对比，这就是不同的利害打算之间的对比。①

我们不知道，当时刚从法国留学归来的李健吾是否受了狄德罗的影响，但他剧作的这一点是符合这位法国启蒙主义大师的戏剧主张的。

其次，在李健吾剧作中，戏剧冲突的爆发往往不采用主要人物的正面冲突。《梁允达》中，作为主要矛盾双方的梁允达和刘狗之间虽然几次交锋，但却没有爆发。矛盾最后的爆发，不是刘狗出面，是刘狗教唆四喜，用鬼魂托梦的血淋淋的描述，触动梁允达最痛的病根——二十年前杀父的事件。冲突爆发了。梁允达终于仗剑追杀了刘狗，也完成了自己的精神毁灭。杀刘狗是结局，而爆发冲突达到高潮则是在梁允达与四喜的谈话之间。更为突出的是《村长之家》，剧写的是村长与改嫁他乡又流落回来的亲生母亲的矛盾。作为主要矛盾方面的母亲，在剧中始终没有出场。

这是由于剧作者设置戏剧冲突时着眼于人的内心冲突。他认为"人和人，尤

---

① 狄德罗：《论戏剧体诗》，第十三节。转引自朱光潜：《西方美学史》上卷，北京：人民文学出版社，第247页。

其是人和自己的冲突也是一种奇迹"。① 也正是在人物自我冲突中较为充分地展现了人物的内心世界。《黄花》中的舞女,《十三年》中的黄天利,《这不过是春天》中的厅长夫人,都是在自我冲突中显现了他们的性格。梁允达更是在从善不能、从恶不甘的痛苦中无望地挣扎。特别是《村长之家》里那个仇恨自己改嫁了的母亲,进而仇恨一切女人,仇恨一切感情的村长。作者用了大段马克白斯②式内心独白剖析他的灵魂。他想到母亲会抱住自己的头痛哭时,是那样惊恐:"这不是人受的。"对外人他又用礼貌周全、通晓事理掩盖内心的冷酷。"我把心锁得严严的,我谁也不让爬进来,我以为这样过一辈子,做一辈子正人君子,可是我家里冷冷清清,和鬼庙一样,连鸡也不叫唤,连狗也听不见,我知道,可是我扭不转我的脾气。"在剧烈的内心冲突中,村长到了近乎癫狂的地步,取得了撼人的悲剧效果。

我们可以说,李健吾悲剧冲突的特色是:以复杂的事件构成强烈的戏剧情境,冲击人物的心灵,在自我冲突中,开掘人物的内心世界。

从这一特色,我们不难看出剧作者对西方象征主义艺术中,强调通过暗示、对比、联想、烘托的方法,努力探求内心的"最高真实","并要求赋予抽象观念以具体可感的形式"等艺术手法的借鉴。③ 早在二十年代末,李健吾在清华大学读书时,就阅读了大量象征主义作品,并且创作了多篇带有象征主义色彩的小说。其中的一篇受到鲁迅先生的称赞,收入《中国新文学大系·小说二集》。他二十年代的剧作《母亲的梦》也是受了象征主义戏剧家约翰·沁作品的影响完成的。李健吾这一时期的创作实践,对三十年代剧作风格不无影响。当然,借鉴了象征主义的手法,并不等于就是象征主义的作品。鲁迅先生曾这样称赞安特列夫:"使象征主义与写实主义相调和,俄国作家中,没有一个人能够如他的创作一般,消融了内面世界与外面表现之差,而现出灵肉一致的境地。他的著作虽然很有象征印象气息,而仍然不失其现实性的。"④ 在李健吾的剧作中,我们也看到

---

① 李健吾:《希伯先生》,上海:文化生活出版社,1939年。
② 莎士比亚《马克白斯》一剧中的主人公。
③ 袁可嘉:《后期印象主义》,《外国现代派作品选》第一册(上),上海:上海文艺出版社,1980年。
④ 鲁迅:《〈黯澹的烟霭里〉译后记》,《鲁迅全集》第十一卷,第259页。

了同样的尝试，这种将象征主义和现实主义相调和的尝试是应该肯定的。对今天我们的戏剧作品如何表现人物的内心世界，也不无可供借鉴之处。

另外，我们还应探索一下李健吾悲剧冲突的思想基点。

戏剧冲突是社会矛盾在舞台上的体现，那么就涉及一个问题：剧作家用什么样的思想方法去观察社会、提炼戏剧冲突；也就是说戏剧冲突建立在怎样的思想基点上。李健吾认为："作品应该建在一个深广的人性上面，富有地方色彩，然后传达人类普遍的情绪。"① 应当说明，他所理解的人性，不仅仅是指人的自然属性，同时也包括环境使然的社会属性。作者正是用这一思想观点提炼戏剧冲突，试图从表现人性出发，展示社会人生的图卷的。这给李健吾的剧作带来两方面的影响。

一方面，由于戏剧冲突的基点是在人性上，剧作者就力图使戏剧矛盾的发展符合生活的自然逻辑，人的内心冲突符合感情的逻辑。剧中绝少那种空洞的、概念化的说教，剧作者把他的全部感情都寄寓于对人性的描绘上。作者说："不要鞭挞，这落在我对人性的孕育之外。"② 实际上，他对社会的鞭挞，正孕育于对人性的描绘之中。同时，在戏剧矛盾的安排上，也没有那种违反自然逻辑的、人为因果报应式的情节。他认为："自然之中诚然有报应，有巧合。在我的剧本中《梁允达》就是一出报应戏。然而我注意的问题是善恶，报应只是二者心理的反映。报应本身也许是快意，也许是戏，但是，我愿意嚷出来，那不是人生，那不是现实，我们平时很少遇到。"③ 从人性出发，也就使李健吾的剧作从现实生活中提炼矛盾，安排冲突，这一点也奠定了李健吾剧作的现实主义基调。

另一方面，把戏剧冲突建立在人性上，也给李健吾剧作带来了思想意义上的局限。我们知道，人性的观点，是十八世纪启蒙主义思想家对封建阶级进行战斗的思想武器，而到了二十世纪三十年代，人类最先进的思想——马克思列宁主义已经在全世界广泛传播。启蒙主义的人性论早已显出了它的陈旧和粗糙。李健吾由于种种原因没有掌握更先进的思想武器，当他还用人性的思想去观察生活，提炼戏剧冲突的时候，也就不可避免地带来了剧作的局限性。那就是对现实生活的

---

① 李健吾：《以身作则·后记》。
② 李健吾：《黄花·跋》。
③ 李健吾：《黄花·跋》。

反映还不够深刻，对生活冲突的提炼也趋于表面，并且剧作中有意无意地表现出了小资产阶级理想主义和一定的悲观主义的色彩。所以，从这个意义上说，埃德加·斯诺称李健吾为"自由主义浪漫派"[①]是不无道理的。这一点，我们今天的剧作家也应当引以为戒。

[①] 埃德加·斯诺编：《活的中国》，长沙：湖南人民出版社，1983 年。

李健吾的悲剧创作初论

宁殿弼

编者按：李健吾是中国现代戏剧史上一位重要的剧作家。作为剧作家和评论家的李健吾，秉有不可多得的优长：既善作风格独具的悲剧，又工于新颖别致的喜剧；既能驾驭大型多幕剧，又不轻忽小型独幕剧；既重视创作，又热衷改编；既有丰富的艺术实践，又有卓荦的理论建树；一面为民族戏剧大厦添砖献瓦，一面输入外国戏剧以滋养民族戏剧的肌体。李健吾是我国现代戏剧史上少见的高产剧作家，据不完全统计，他一生中作多幕剧 12 个、独幕剧 11 个，根据外国名著改编的剧本 14 种，翻译剧本更其可观。他的剧作受到国内学者（叶圣陶、洪深、朱自清、陈白尘、巴人等）的赞赏和好评，国际上英、法、美、瑞士、日本均有研究他的学者。他的代表作《这不过是春天》，为国内一些专业、业余剧团争相上演，根据他的剧本《青春》改编的评剧《小女婿》曾一度风靡全国。美国作家埃德加·斯诺在《活的中国》一书中，称他和曹禺同为三十年代中国最重要的戏剧家。

悲剧在李健吾的整个戏剧创作中占有重要地位，在他所创作的 23 个剧本中，悲剧就有 13 个。本文就其悲剧的思想内容特征，作了初步的探讨。

话剧是精神教育的食量，是集中火和力的一个场所。

——李健吾：《十三年·跋》

综观李健吾的悲剧创作，大体可分为早、中、晚三个时期。这三个时期，恰恰是国家和民族深陷灾难的三个悲剧时期。

早期，指二十年代中叶，正是中国社会处于极端窳败的黑暗时期。而此时正

---

① 原载《社会科学辑刊》1985 年第 5 期。

当少年的李健吾个人家庭又遭逢大祸：父亲因矢志辛亥革命而遭到阎锡山等军阀的迫害，直至被暗杀。悲惨的遭遇在他幼小的心灵深处埋下了悲剧的种子。此间，他写的《工人》《翠子的将来》《母亲的梦》（以上 1926 年）、《另外一群》（1928 年）四个独幕剧，就是这悲剧种子初萌的嫩芽和花朵。他在《母亲的梦·跋》里说："把《母亲的梦》与《老王和他的同志们》放在一起，几乎是合拢两条鲜红的伤痕，当时有多少眼泪要涌出，多少热血要沸滚上来，但是我捺了下去，让它摇身一变，成为现今艺术的样式。"可见作者写悲剧的目的是展露残酷现实在自己心灵划下的伤痕。

他创作的中期是指三十年代，三十年代的中国更是多灾多难。1933 年，系念国运民瘼的李健吾从法国回到陆沉的祖国，而后开始了在上海八年颠连困顿的孤岛生活，他回顾当时的情景说："但是我依旧写我的戏，在一种相当的寂寞里。"①"因为一种忿怒激逗着我，一腔郁闷噎窒着我。"② 时代的积郁和作家充满忧患的"一颗寂寞的心"，赋予他悲剧人生观和悲剧眼光，为他创作悲剧提供了丰富的素材和激情，铸就了他的悲剧的灵魂。此间他完成了《这不过是春天》《梁允达》《村长之家》（以上均作于 1934 年）、《十三年》（1936 年）、《贩马记》（1938 年）等剧作。

"文革"时期林彪、"四人帮"所制造的无尽的人间悲剧，使辍笔三十多年的作家步入了他悲剧创作的晚期。"心头压了多年的闷气，像山洪冲出闸门一样，恨不得一泄千里。"③ 他写下了历史悲剧《吕雉》，以鞭挞"四人帮"；写下了以悲剧为背景的正剧《一九七六年》，以慰藉那些被"四人帮"迫害和在"天安门事件"中喋血的志士和勇者。由此可知，促使李健吾从事悲剧创作的主要基因是时代的悲剧性，同时也不可忽视他个人生活经历和思想情绪中可悲的一面。是的，他的悲剧既是二三十年代和十年浩劫的时代悲剧的折光，又是他早年、中年、晚年三个生命途程中染有悲剧色彩的心境之写照。

---

① 李健吾：《梁允达·序》。
② 李健吾：《黄花·跋》。
③ 李健吾：《李健吾独幕剧集（1924—1980）》，银川：宁夏人民出版社，1981 年，第 177 页。

一

写穷人戏是李健吾悲剧的显著特征。

美国著名评论家波拉德（D. E. Pollard）在其《李健吾与现代中国戏剧》一文中说："李健吾是中国最早写劳苦大众的作家之一。"这一评价是准确的，合乎实际的，道出了李健吾悲剧的要旨。李健吾本人也说过："我写独幕剧，有一个共同特点：写的都是穷苦人民。"① 岂止独幕剧，多幕剧亦然。处女作《工人》是较早反映我国工人生活的剧本，展示了铁路工人在军阀兵匪欺压下悲惨生活的若干侧面。《翠子的将来》《另外一群》通过卖茶少女翠子、女仆梅姑娘的不幸提出了妇女解放问题，替在"四权"羁缚下辗转求生的妇女喊出了争取人身、婚姻自由和平等地位的心声。《母亲的梦》的深刻性不仅在于暴露了军阀内战加于穷苦大众的灾难，而且还揭示了统治阶级意识对民众思想上、精神上的荼毒和奴役。这是李健吾早期独幕悲剧中最富有社会意义的一部力作，颇得陈白尘的赞赏。三幕剧《黄花》不止于为下层妇女的不幸遭遇鸣不平，更深邃的蕴含是通过下层人民无以维生、苦不堪命，上层贵人大发国难财、花天酒地、醉生梦死的尖锐对比，批判了国民党统治的反动性和腐朽性。从这些穷人戏里，看得出剧作家创作起步就正视现实，直面人生，积极思考和探索劳苦大众历史命运，是循着现实主义道路稳步前进的。

李健吾悲剧的另一惹人注目的部分，是以华北故里山乡生活为背景的家庭悲剧。其特点是悲剧主人公并非具有正面人物素质的贫农，而是犯有过失和罪行的农民中的渣滓。《梁允达》写的是父子、翁媳、邻里之间相残相煎的惨剧。主人公梁允达曾犯夺财杀父罪，经 20 年的风雨冲刷，他想改恶从善，做个发正路财的好人，然而纠缠在他身边的坏人复又引他入邪，干贩毒生意，并再次杀人犯罪。这昭示残酷的社会是一切罪孽的温床和渊薮，罪恶制度本身是容不得人清白向善的。《村长之家》揭开的是另一幕世态炎凉、骨肉乖离的家庭悲剧。主人公杜村长为了维护面子和不增加负担，不肯认失散多年、当了乞丐的生身母。又为

---

① 李健吾：《李健吾独幕剧集（1924—1980）》，第 176 页。

了"门当户对"横加干涉女儿婚姻,逼女至死。就悲剧类型而言,亚里士多德认为悲剧旨在表现悲剧人物的"过失",黑格尔又进一步提出悲剧"罪过"理论。莎士比亚笔下的麦克白受野心驱使而弑君篡位,被车尔尼雪夫斯基称为"罪行的悲剧"。如果说梁允达钱迷心窍而杀人贩毒,也可称之为"罪行的悲剧",那么《村长之家》就是类乎《奥赛罗》的"过失的悲剧"。杜村长的过错是冷漠自私、专断独行。此剧是人性泯灭的悲剧,是私心践踏良知、金钱锈损灵魂的悲剧。从中可以看到金钱的腐蚀作用,即令亲骨肉之间的关系也会被"浸在冷冰冰的利己主义冰水中"(马克思语)。《村长之家》的旨趣里还包含着对盘踞在农村的宗法制度、封建意识如封建家长制、夫权主义、门第观念等的批判。《梁允达》《村长之家》两出山乡戏的共同点,是剥开了封建势力顽固统治下的社会中人与人之间的畸形乖戾的关系,所不同的是前者强调物欲引起的仇杀,后者强调人性扭曲造成的变态。

李健吾的悲剧不受流风时尚的影响,不被他人牵着鼻子走,他坚持自己的个性,按艺术规律办事,潜心写自己熟悉的题材,或源自生活原型,或依据亲身经历。底层劳动群众他接触多,就写穷人戏;山西农村是他生长的故土,就写家乡戏,因而他的戏有较强的真实感和浓厚的生活气息。《黄花》主人公姚舞女的生活原型是作者"从河内来的一位朋友亲眼看见"的,那位"朋友从旅客那边晓得了她的故事,带着感慨讲给"作者听,于是《黄花》问世。《母亲的梦》则是作者自己生活经历的映象,"我想着父亲为辛亥革命苦了一辈子,最后被暗杀在陕西十里铺!我们一群孤儿寡妇每月靠二十元的利息过活……我怎么能不同情工人和穷苦人呢?我怎么能不写《母亲的梦》呢?我写的是我的守寡的好妈妈"[1]。剧中的母亲潜在着作者家母的影子。作者写《工人》是因为幼年时曾在津浦铁路良王庄车站附近的农家住过一年,"工人群众的苦难生活感染着我。武汉和长辛店罢工给了我相当影响。"[2]《翠子的将来》是根据他住北京解梁会馆期间经常到贫民区南下洼子徘徊、观察和听闻所得而作。写《十三年》的缘起是革命先烈李大钊遇难在作者心中激起的震颤。从烈士殉难之日起,作者就立志"要写一部东西

---

[1] 李健吾:《李健吾独幕剧集(1924—1980)》,第176页。
[2] 同上注。

纪念这精神反抗的记程碑"(《十三年·跋》),只因缺乏生活积累和体验拖了九年才写成《十三年》,用作者的话说"抓回来的一个小小枝节"。尽管此剧没有正面表现李大钊的革命活动,但它是中国话剧史上第一个出现李守常(李大钊)名字的剧作,这是作者对左翼戏剧运动的一个突出的贡献。《梁允达》《村长之家》《贩马记》均以华北农村为背景,"有些戏是山西南部,甚至用的是家乡本土"①。作者把人物对白写得那么自然流畅,清新朴素,漫溢着浓浓的泥土味儿,和他对家乡生活的熟谙是分不开的。

李健吾的悲剧虽然如实摄录了劳苦大众悲惨的人生,但浸润着乐观主义精神,这是他的悲剧的另一特点。别林斯基认为,悲剧的结局"永远是人心中最珍贵希望的破灭、毕生幸福的丧失"。悲剧多以人的希望的破灭和社会人生灾难为结局,往往离不开悲剧主角的失败和死亡。李健吾的悲剧主人公多为受难的大众,除《十三年》而外,没有以死亡为结局的。悲剧主人公没有英雄人物,其结局也自然没有英雄人物的死亡给予人那种悲壮、崇高之感,但却给人以希望、鼓舞和振拔。尽管由于作者"身世是忧患",心境一度跌入悲凉落寞的低点,不免用悲观眼光观察人生世相,"我觉得人事可悲……在我这小小的脑壳,起伏着多少社会问题。我倒愿撕掉我的灰布制服,在悲观的宿命论里打滚,和四外的坟冢结做一片荒凉。"②但作者在悲哀中并没有消沉绝望,而是始终怀着乐观精神去呼唤光明,憧憬未来,催促新生。美国剧作家亚瑟·密勒说得好:"在事实上,悲剧作家在悲剧中蕴藏着比喜剧更丰富的乐观主义,而悲剧的最后效果应该就是加强观众对于人类的最光明美好的信念。"③李剧诚如斯言,在《翠子的将来》里,作者让翠子果敢地离家出走,摆脱了被卖入娼门的厄运,并暗示了她将加入工人阶级队伍;在《另外一群》里被阔少爷诱骗上当的梅姑娘,表示要"跟孩子一起走得远远的",花匠许诺收纳她们母子,她们将在劳动人民的友爱、同情的怀抱里开始新的生活;《黄花》结尾,姚某弃绝了卖笑生涯,奔赴内地抗日前线,追踪丈夫足迹报效国家去了。这些悲剧主人公或走向新生,或投奔光明,这不能视为硬拖上一条光明的尾巴,而是完全合于戏情戏理的自然的归宿,显示了人类

---

① 李健吾:《李健吾剧作选》,北京:中国戏剧出版社,1982年,第566页。
② 李健吾:《母亲的梦·跋》。
③ 转引自陈瘦竹:《论悲剧与喜剧》,上海:上海文艺出版社,1983年,第25页。

将走向进步、社会将走向光明的历史发展总趋势。当然，悲剧而安排喜的结局，和作者旷达的人生观是密不可分的，它是作家乐观主义精神的折光。剧作家柯灵说："童心！我觉得这是一把开启健吾作品和心灵的钥匙。"童心和乐观主义不是一回事，但有内在联系，童心中那天真无邪，"少年不识愁滋味""不知老之将至"不正含蕴着乐观的因子吗？朱自清先生在为李健吾的战争戏《火线之内》所作的《序》中写道："无论如何他的戏是一件艺术品，给我们活气，给我们希望是无疑的。"这话可谓的评，道着了李健吾剧作引人奋发向上的社会作用和乐观主义特质。

二

有的论者说李健吾剧本"戏剧冲突的基点是在人性上"，[①] 其根据是李健吾在《以身作则·后记》中的一段话："作品应该建在一个深广的人性上面，富有地方色彩，然后传达人类普遍的情绪。"对此我有不同看法，我以为诚然李健吾在早、中期剧作的序跋里喜好谈人性，但他所谓人性只是捎带提及，片言只语而已。他对人性概念和他的作品中的人性描写的内涵并未作过明确、全面、充畅的阐释，从李健吾的著述中看不出他业已形成完整系统的人性观。我们当然不能排除李健吾的人生观、社会观中包含有人性论的因素，但李健吾的人生观、社会观是一个复杂的多元因素集成的矛盾综合体（这个论题不是本文所能承担的任务）。说指导他观察社会、提炼戏剧冲突的唯一和首要的思想观点就是人性，显然是以偏概全，夸大了人性观在他的世界观中的地位，这既不符合李健吾的思想情况，也不符合李健吾的创作实际。我不否认李健吾世界观中的人性观和人性观对他创作的影响，而且认为探讨这个问题对于研究李健吾及其剧作是必要而有益的。问题在于对此要有恰如其分的估量，愚意以为，比较妥当的提法应该是，李健吾注重剧作中的人性描写，特别是在伦理道德观上表现人性，而这些人性描写的主导倾向是正确的，好的，是现实主义的，同时也带来了一定程度的局限性和某些

---

① 参见王卫国、祁忠：《试论李健吾三十年代的悲剧创作》，《中国现代文学研究丛刊》1984年第一期，第61—62页。

失误。

人性是客观存在。"文学是人学"。

人性属于文学表现对象的范围，文学可以而且应该写人性。问题的症结在于用什么思想、观点为指导去描写人性，描写的是怎样的人性。就总体而言，李健吾剧本关于人性的描写是从生活出发的，没有离开社会实践和具体的现实关系去表现超阶级、超时代的人性，也没有把人性当作人的自然属性来描写，而是着眼于人的社会属性来表现人性；也没有滤掉人性的阶级内容，而是把人性和阶级性作为人身上同时秉具的两重性交织在一起来描写的。如《工人》中的铁路工人钱工长虽然自己饥寒交迫，养不起老婆孩子，还拿出身上仅有的几个铜板周济失业者，这里有作者所说的"人类普遍的情绪"——求生、爱人等共同人性，又未始不包含阶级性，因为他们同属于受压迫的阶级兄弟。《另外一群》中的男仆在玩弄了梅姑娘的少爷躲起来装作事不关己、梅姑娘濒于绝境的情况下，不怕世人的嘲骂，故意谎称自己就是梅姑娘那私孩子的爹，目的是"想做一桩好事"，救人于危。这其中有他对梅姑娘平素的情欲、性爱的共同人性在起作用，而此时此地促使他斗胆做出这个声明的更主要的动因是阶级同情和友爱。《这不过是春天》中的革命党人冯允平承蒙伪警察厅长夫人的掩护、搭救之恩，十年前他们曾互相爱悦。如今厅长夫人一再示意愿与他鸳梦重温。然而冯却坚定地表示："你我不会走在一起的。"爱美之心（厅长夫人风韵犹存）和男女之爱这些人类普遍的情绪并没有填平革命者与贵夫人之间的阶级鸿沟，在冯允平身上爱革命事业的阶级性彻底压倒了爱美人的人性。凡此种种说明作者对人性的表现是没有离开现实斗争的，没有和阶级性相对立或割裂开来，这符合马克思关于人本身是"一切社会关系的总和"的科学论断。

李健吾戏剧中的人性描写体现了作者追求自由和人的解放、人类进步、反对兽性和非人性、求真、向善、爱美的人性观，它虽然够不上纯粹的无产阶级的人性观，但毕竟是进步的人性观。马克思在《1844年经济学哲学手稿》中说："自由自觉的活动恰恰就是人的类的特性"，在《德意志意识形态》中说："他们的需要即他们的本性。"这些论断说明自觉和自由是人性的两个基本特征。摆脱自然和社会阶级压迫的束缚，争得思想和行动的自由，以便满足人的欲望情感等物质和精神上的需求，乃是人的根本特性。李健吾悲剧或浓或淡、程度不同地具现了这种人性的根本特征。如铁路工人的妻子卖掉房子、锅碗，带着瘸儿子投奔丈夫；梅姑娘抱着没有父亲的私孩子哀啼不止；这是求生存。翠子逃出家门进工厂，得免沦落风尘；叶儿投井自杀，以反抗父亲暴力干涉婚姻自主；这是求自由。几近孑身一老的母亲，每日每时茫茫然生活在灰色的恶梦里；舞女姚在孩子染病夭亡后，抛开电影公司的明星聘书，拒绝随姐姐去上海重返红灯绿酒的上流社会，毅然奔向抗日前线当看护；这是求解放。很明显，李健吾笔下的女性形象系列：铁路工人之妻、贫女翠子、女仆梅姑娘、贫妇母亲、舞女姚、村长之女叶儿这群挣扎于苦海中的妇女，其基本要求就是自由、生存、解放。作者突现了她们这一根本特性，就是正确地反映了她们的人性。反之，作者揭露了周围恶势力对她们的要求的压抑、摧残和毁灭，正是对那个违反、乃至灭绝人性的不合理现实的指控和挞伐。

李健吾的悲剧歌颂了劳动人民的人性美。这种人性美集中表现在阶级同情和温爱的真挚感情上。当翠子眼看要被人贩子卖入娼门时，邻居大姐挺身而出，及时给她指点出路，帮助她走向新生。当梅姑娘与刚刚坠地的胎儿在小木屋里无衣无食、面临死亡威胁时，同处于奴隶地位的仆人们纷纷表示同情，想方设法予以救助。最后，好心肠的花匠决定把她母子俩带到乡下去过活，给了她生的希望和依托。这些都在显现了劳动人民之间同情互助、团结友爱的人性美和人情美，也是作者正确的人性观在作品中的反映。

与人性相对立的是兽性和非人性，唯其作者崇尚、讴歌真、善、美的人性，所以对兽性和非人性的憎恨、鞭挞就格外强烈、峻刻。作者笔尖饱蘸着愤怒，写下了剥削阶级种种非人性、非人道的行为。《另外一群》中的太太竟将因自己儿子作孽养私生子的丫头梅姑娘打入寒窑，并加以残酷辱骂和狠毒的驱赶；《翠子的将来》中人贩子陈大爷拐卖妇女的行径；《黄花》中的银行经理陈三爷用金钱买取舞女的色相寻开心，而一旦发现舞女系有夫之妇立即弃之如敝履；《村长之家》中的村长钱迷心窍，虚伪的名誉观念泯灭了亲子之爱，逼死女儿，不认亲娘，等等。作者也写出了劳动人民中非人性的（或曰人性的异化）的现象。如《母亲的梦》中母亲的三儿子洋车夫被坏人引诱酗酒、赌博。黄三本是品行端正、勤劳上进的良家子弟，然而黑社会的毒手伸向他，他被坏人灌醉诱入赌窟，以至被赌徒送进班房。他的误入歧途完全是剥削阶级腐朽生活方式和思想意识对他精神侵袭、腐蚀的结果;《翠子的将来》中翠子爹是个开茶馆讨生活的小市民,然而为赚钱他竟私设赌场,甚至为了贪图五块钱而出卖女儿;《黄花》中姚舞女为了攒钱抚养遗孤,不得不强颜向阔老少爷卖笑;《梁允达》中的伙计老张为了霸占人妻而密谋杀人。凡此种种,恰恰表明在阶级对立的社会,无产者身上也会有"贫困、劳动折磨、受奴役、无知、粗野和道德堕落(指酗酒、卖淫、盗窃等)的积累"等非人性的方面,这是资本主义生产强加给无产阶级的,是人性的曲扭和反动。作者对兽性的抨击更为凌厉。《工人》中军阀匪兵杀子抢妻的暴行;《母亲的梦》中赌棍们骗人、打人、抓人的行径;《另外一群》中少爷玩弄梅姑娘而不负任何责任的丑行;《梁允达》中的土财主梁允达在地痞流氓刘狗的唆使下,为攫夺家产与其合谋杀父的罪行;刘狗怂恿梁允达勾结军队包销大烟发邪路财,并利用发现梁赵氏与老张私通而胁迫诱奸梁赵氏的败迹,都是恣意践踏人性的兽性表现。在《黄花》一剧里,作者"无情地披露若干上流分子腐恶的举措","作威作福者依然作威作福,抗战以前如此,抗战之中又何尝不如此"。"主题摆在眼边:为什么法律和人道和真正的人生相离那样远?"姚某本是有功于国的抗战烈属,却得不到生活保障和人身自由,不得不含垢忍辱,过着"只得在夜晚见人"的日子;而那班搜刮民脂民膏的上层阔老们却有国难财可发,有女人可玩,有明星可捧,有桃色新闻可写,胡作非为,大行其道。法律何在?人道哪里?这非人的世界,没有保护穷人的法律,有的是包庇富人的法律;没有人道,只有兽道。李健吾在《黄花·跋》中说:"我注意的问题是善恶,我不要勉强人性。"在《以身作则·后记》中说人性"具有不可遏抑的潜伏的力量,但人往往需要相当的限制",意思就是反对伪善的虚假的人性,抑制人性的异化——兽性和非人性。作者狠狠地揭露鞭笞兽性和非人性,正是为了恢复和捍卫人性,呼唤真、善、美的精良品质,因为人性恰是对兽性和非人性的挣脱和排除。

毋庸讳言,李健吾的人性观还不完全是马克思主义的,他较多地看到共同的人性,即他所谓"人类普遍的情绪",还未能清醒地把握阶级社会中人性本身既有阶级性的一面,又有非阶级性的一面,而阶级性为主要的决定的方面,人性主要表现为阶级性这一本质特征。因此,这在一定程度上就妨碍了他用阶级斗争的眼光观察社会人生,限制了他对人物阶级性挖掘的深度和力度,以致他的剧作在正面表现阶级斗争方面显得薄弱,这是人性观带给他的局限性。另外,个别作品里他在敌对营垒的成员身上注入过多的人性因子，写其在共同人性——人类爱和男女之爱的感化下战胜了自己的反动阶级性，放下屠刀，改恶从善，甚而为解救革命者献身，这就有点近于超脱残酷的现实斗争而带上幻想色彩了，失去了典型意义。《十三年》中的敌方密探黄天利奉命执行侦辑我方革命者向慧、欧明的任务，当他发现向慧原来是十三年前自己青梅竹马的友伴时，这个"狗也不如的东西"，竟"本能地情感地惭愧、绝望……放走一对革命男女……为别人的幸福牺牲掉自己"①。举枪自杀了。黄天利何以"选择了死"呢？作者解释说："黄天利要是依照那样说法做去（逃亡不自杀），他的人性便不厚、不合了。"② 可见作者认为黄之死更合于人性，那么人性中的哪个部分支配他的选择呢？作者说："他不止于殉职，他殉的更其是情。"足见"情"——性爱亦即共同人性是支配他行动的决定性力量，阶级性处于从属地位。作者还说："他选择了死不过要从自己（堕落的化身）救出自己罢了。"③ 显然他救人自尽也是为了实现精神的自我解脱和道德的自我完善，这样把非阶级性的人性凌驾于阶级性的人性之上，用共同人性铺写取代阶级性为主的人性表现，不能不说是在人性描写上的失误。可能作者后来意识到这一缺点或则听取了批评意见，所以近年《十三年》再版时，李健吾将黄天利自杀结局改为伪装为向、欧所缚，蒙混图存，这样看来还比较合乎这个同情、倾向革命的反动分子的人性，不失分寸地表现了他实际所能达到的转变程度，不失为一种补救失误的成功的修改。

  李健吾为什么强调在悲剧里表现人性呢？我认为，这和悲剧本身的艺术规律不无关系。按亚里士多德的观点，悲剧所摹仿的严肃行动"借引起怜悯和恐惧来"使人的感情得到陶冶、净化，黑格尔在《美学》一书中指出，戏剧人物主要表现他的情欲，并且表现的时候比小说更带有强烈的情绪。这些见解都表明，悲剧这一艺术形式本身对表现人的感情的要求较之其他艺术形式更集中、更强烈。唯其如此，悲剧就长于表达悲愤、悲痛、悲哀等人所共有的情绪，即李健吾所说的"传达人类普遍的情绪"，而这种情绪又正是人性的一个组成内容。从这个意义上说悲剧作家易于表现人性，这是和作家适应文体要求紧密相关的。再者，悲

---

① 李健吾：《十三年·跋》。
② 同上注。
③ 同上注。

剧作家都藏有一颗悲心，而悲心又往往和"人类普遍的情绪"丝缕相通，所以悲剧作家主体感情世界就容易倾向人性这一面，这也许便是李健吾悲剧注重表现人性的缘由之一吧。

李健吾在《黄花·跋》中说："平而又平，不夸张，也不热闹，一个速写而已。我要的是公允：人生以及艺术的公允，我没有编造的本领；要我少来些……我唯一的畏惧是自己和人生隔膜。"这话不独是作家对《黄花》一剧的自评，也可以视为他的现实主义艺术的宣言。文学是"人生的镜子"曾作为响亮的口号震动"五四"新文坛，李健吾的悲剧正是继承和发扬了"五四"新文学运动"为人生"的现实主义传统精神结出的果实。有的文学史说："和沈从文相似，李健吾的作品同样更着重于艺术表现上的追求，他的成就主要也在这个方面。"① 这个论断不是建立在深入剖析研究基础上的，未免失之偏颇、简单、武断。如前所述，李健吾悲剧的厚实的现实主义内容和深刻社会意义是力透纸背，毋庸置辩的。他的确是凭着正义的冲动，凭着同情、关注劳动人民的艺术良知，凭着作家的社会责任感把悲剧作为武器向黑暗势力进击的："心力用在暗示那个时代没落的必然性"上，为民族解放和进步而呼叫战斗。正如他的夫人尤淑芬所说："'大半生在坎坷、寂寞中度过的'健吾"，"心始终追随着民族抗战的节拍。"(《咀华集·重印后记》) 尽管他不是左翼作家，被称为"自由主义浪漫派"(埃德加·斯诺语)，但他的创作实践表明他是倾向、接近左翼作家的。一点没有超脱于人民大众和现实阶级斗争之外，而是带着相当高的政治热情，自觉地将自己的创作顺应时代和阶级的需要，融入反帝反封建的革命文学洪流，发挥着打击敌人、感奋人民的作用，张扬了中国话剧鲜明的现实战斗性传统。李健吾的许多剧本诞生于中国话剧形成的早期，他的实践与探索曾为话剧艺术发展披荆斩棘，导乎先路，其拓荒之功当永远载入中国现代戏剧史册。

---

① 唐弢主编：《中国现代文学史（二）》，北京：人民文学出版社，1979 年，第 281 页。

话剧《青春》如何变成了评剧《小女婿》
——兼谈1950年代初期戏曲现代戏中的婚恋题材①

赵建新

内容摘要：1950年代曹克英创作的评剧经典剧目《小女婿》，是根据现代剧作家李健吾的五幕话剧《青春》改编移植的，前者虽然沿用了后者的人物雏形和故事脉络，但由于剧作家的身份、经历和创作观念的不同，以及社会政治环境的变化，使得《小女婿》在很多方面呈现出与《青春》不一样的艺术风格和美学风貌，具体表现在：从故事题材的表层功效上说，讽喻变为了宣传；从人物情节的潜在模式上说，个性化转变为脸谱化；从文化精神的传递上说，是启蒙到斗争的嬗变。话剧《青春》改编移植为《小女婿》的过程，也从侧面反映出1950年代初期，戏曲现代戏中的婚恋题材的创作过程和一般规律。

关键词：婚恋题材　情节模式　文化精神　意识形态

提起评剧《小女婿》，自然会让人想起剧中那个打破封建婚姻枷锁和情郎田喜儿喜结良缘的杨香草。从1950年代至1980年代的三十多年中，杨香草已经和刘巧儿、李二嫂和小飞蛾一起，成为争取婚姻自由的新时代妇女典型，而《小女婿》这出戏也和塑造出这几位女主人公的评剧《刘巧儿》、吕剧《李二嫂改嫁》和沪剧《罗汉钱》并列为1949年之后妇女婚恋题材的戏曲代表作。但和后三出戏稍有不同的是，在1952年第一届全国戏曲观摩演出大会上一起获奖后，评剧

---

① 原载《戏剧艺术》2017年第6期。

《小女婿》却没有在几年后获得和其他三出戏一起被拍为电影的机会。即便如此，《小女婿》仍然以紧密配合社会宣传的时代主题、鲜活的人物和曲折的故事吸引着当时的观众，仅凭舞台演出就已盛况空前，成为评剧韩派创始人韩少云的代表剧目。此后，这出戏又经过白派传人筱白玉霜的复排演出，更是轰动，演遍全国。

关于这出戏的编创，在1953年出版的几个《小女婿》剧本的单行本中，有的注明是东北戏曲研究院集体创作（或讨论）、曹克英执笔，有的直接冠以"曹克英编剧"的字样。但不为人知的是，这出戏并非原创，而是曹克英在一定程度上借鉴现代著名剧作家李健吾的五幕喜剧《青春》的结果。不过，两出戏主人公虽然都同名同姓，故事走向和脉络也大体一致，题材都涉及农村青年男女的婚恋故事，都有对童养媳陋习的批判和对自由恋爱的歌颂，但由于时代背景和政治语境的转变，评剧《小女婿》对话剧《青春》已进行了很大程度的改造，使之完全变成了一出新戏，而仅非从话剧到戏曲的改头换面。

话剧《青春》是如何变成评剧《小女婿》的？对此过程的考察，不仅可以看出两个剧目在体裁移植、人物塑造、情节结构、主题意旨等戏剧表层的改造，更能透过这种改造，梳理出1949年之后，在主流政治意识形态的大背景下，戏剧创作者为迎合政治生态而做出的主动调适，以及在这种主动调适背后隐含的深层政治和文化心理的嬗变。

一、从讽喻到宣传：故事题材的表层功效

五幕喜剧《青春》所描述的故事发生在清末宣统年间的华北乡野：十八岁的青年田喜儿不服长辈们的管教，好高骛远、不学无术，像野草在地里疯长，整天带着一帮十来岁的孩子爬墙迈寨、上房揭瓦，过着自由自在的生活。田喜儿和村长的女儿杨香草相恋，遭到杨村长的反对。杨村长为拆散两人，急着给香草提亲，田喜儿一气之下去县城搞维新。维新学堂被封后，田喜儿又回到村庄，仍不思悔改，暗约香草私奔，被杨村长阻止。杨村长匆匆把香草嫁给了当地罗举人的儿子罗童生。田喜儿为此大病一场，又回到了县城。一年后，香草回门，邂逅田喜儿，后者这才明白原来香草嫁的丈夫竟是个十一岁的娃娃，于是和香草旧情复

燃。香草和田喜儿的私情被香草的公公罗举人发现，罗举人休掉了香草。杨村长羞愧难当，逼香草自杀挽回名节，却被田喜儿和母亲田寡妇救回家中。杨村长扬言要去县衙告状，田寡妇却宽慰香草，杨村长是不会自取其辱的。

《青春》创作于1944年，风格清新明朗，是李健吾风俗喜剧成熟的标志。那么，根据《青春》改编的评剧《小女婿》又发生了什么样的变化呢？十一场评剧《小女婿》是这样改编的：1950年前后，在东北推行农业互助组的背景下，勤劳能干的田喜儿和积极进步的杨香草相恋，这被试图勾引田喜儿的女二流子陈快腿所嫉恨。适逢邻村罗寡妇请托陈快腿给十一岁的儿子罗长芳说媒，陈快腿便一箭双雕，在杨、田两家挑拨离间，把杨香草说给了罗长芳。香草和田喜儿逃婚不成，被迫嫁给了罗长芳，田喜儿误以为香草变心。三天后，香草和罗长芳回门，邂逅田喜儿，后者方才明白香草嫁的是一个娃娃，两人尽释前嫌，决定到区政府告状。在妇委会主任和区长的帮助下，贪图彩礼的杨发、落后保守的罗寡妇和保媒拉纤的陈快腿受到众人批判。区长根据新颁布的婚姻法，判决杨香草与罗长芳离婚，批准杨香草与田喜儿结婚。

从以上介绍可以看出，评剧《小女婿》沿用了话剧《青春》中的男女主人公田喜儿和杨香草的人物雏形，故事走向也都遵循了同一个模式：自由恋爱——父亲反对——黑夜私奔——逼嫁罗家——误会消除——终成眷属。从两出戏的创作年代上来看，从1944年到1949年，虽然时隔才四五年的时间，但毕竟世易时移，中国大地发生了翻天覆地的变化，一个新的国家正在建立，这也决定了两出剧目虽然有相似"基因"，但早已风格迥异，面貌皆非。

最明显的当然是曹克英在《小女婿》中对《青春》时代背景的置换。《青春》创作于抗战末期的1944年。此时，在历经七八年的战争炮火后，面对早已凋敝破败的华北农村，李健吾似乎更加怀念清末民初具有牧歌风味的田园故土。在其笔下，话剧《青春》延续了他1930年代至1940年代喜剧创作的基本风格，但已经脱去了《以身作则》（1936）、《新学究》（1937）等明显模仿莫里哀的痕迹，嘲讽色彩不再强烈，而是变得温和幽默。《青春》中的男主人公也不再是李健吾以往笔下那些或新或旧的城乡知识分子，而是转变为处于新旧时代交替之际的农民田喜儿。剧中的女主人公杨香草既不像喜剧《这不过是春天》中的浪漫恋旧的阔太太，也不像悲剧《十三年》中坚定执着的女革命者，而是变成了一个在争取爱情自由的险途中既犹豫怯懦又单纯可爱的村姑少女。

作为从"旧社会"走入"新中国"的底层艺人,曹克英敏锐地注意到《青春》一剧折射出的主题——对男女自由恋爱的赞颂和对家长包办婚姻的讽刺,而这与1949年之后政府所主张的政治进步、自由恋爱的婚恋观有契合之处。于是,曹克英便把《小女婿》的背景由《青春》中清末的华北改成了其更为熟悉的1950年代前后的东北乡村,把当时演出范围相对狭窄的话剧改成了更为广大民众接受的戏曲艺术——评剧。

为了适应这一变化,曹克英首先对人物和故事进行了符合时代要求的再造。于是,田喜儿由清末不事劳作、天真烂漫的"顽劣之徒",变成了新中国劳动积极、思想进步的模范青年;而杨香草也由《青春》中大门不出二门不迈、犹豫怯懦、始终笼罩在家长权威下的小家碧玉,变成了《小女婿》中整日忙于妇女会议、互助纺线、努力冲破封建牢笼的劳动妇女。

作为一个具有深厚法国文学背景的剧作家,在1930年代至1940年代的中国戏剧黄金期,李健吾的戏剧创作和当时曹禺、徐訏的创作类似,呈现出一种既不偏"左"也不偏"右"的自由知识分子立场,对喜剧人物的塑造大多着力于文化意义上的温婉讽喻,而少疾风骤雨式的辛辣嘲讽和激烈批判,而这也成为李健吾迥异于丁西林等喜剧作家的地方。香港著名文学史司马长风认为,在中国现代戏剧史上,能和曹禺相提并论的剧作家唯有李健吾。他曾做过这样的比较:"如果拿酒为例,来品评曹禺和李健吾的剧本,则前者犹如茅台,酒质纵然不够醇,但是芳香浓烈,一口下肚,便回肠荡气,因此演出的效果极佳,独一无二;而后者则像上品的花雕或桂花陈酒,乍饮平淡无奇,可是回味余香,直透肺腑,且久久不散。"① 如果把司马长风的这段话当作《青春》的评语,那是再恰当不过了。

而评剧《小女婿》在1950年代的蹿红不是个例。吕剧《李二嫂改嫁》、沪剧《罗汉钱》、评剧《刘巧儿》等同时期戏曲作品之所以能与《小女婿》一起成为表现农村男女婚恋题材的代表作,是和当时新婚姻法的制定、颁布及宣传紧密相关的。1950年5月1日,新中国第一部《婚姻法》正式颁布,但很快朝鲜战争爆发,国内社会聚焦于此,政府没有组织起大规模的宣传。直到1953年3月,新

---

① 司马长风:《中国新文学史》,香港:昭明出版社,1976年,第293页。

《婚姻法》的宣传才得以全面展开，而机缘巧合的是，《小女婿》《李二嫂改嫁》等表现新社会妇女婚恋生活的戏曲作品又分别在第一届全国戏曲观摩演出大会、华东戏曲观摩演出等活动中获奖，这些历来为民众喜闻乐见的民间戏曲艺术便成为宣传新婚姻法的天然载体。

评剧《小女婿》和话剧《青春》的共通之处在于，它们都是追求自由恋爱、反对父母包办的爱情题材，而香草被逼嫁小女婿造成的冲突和误会又天然具有喜剧效果，这些都是曹克英从李健吾那里发现并借用的已有"富矿"。但同时也不得不承认，两个剧目共有的故事雏形却在各自笔下发挥了不同的功效，曹克英找到的切入点与李健吾的艺术追求已相去甚远，《青春》中的文化讽喻早已改头换面，在评剧《小女婿》中变成了社会宣传的有效工具。一个显而易见的事实是，在 1950 年代出版的各类《小女婿》剧本中，封面都冠以"婚姻法宣传手册"或"彻底废除封建婚姻制度，坚决贯彻执行婚姻法"等字样。所以，从社会学的角度来看，《小女婿》的意义和功效更在于宣传，而非审美。

二、从个性到脸谱：人物情节的潜在模式

颇有意味的是，《青春》采用的虽是话剧这种舶来艺术形式，但在艺术风格上却更接近中国古典美学；而评剧《小女婿》的移植改编则既有话剧的成分，也有戏曲的元素，显示出较为复杂的艺术旨趣和风貌。但在这种复杂背后，我们又不难梳理出这类作品一些潜在的模式规范，无论是人物形象，还是情节结构。

先看两个剧目的人物塑造。李健吾在《青春》中对人物的处理没有简单化和脸谱化，基本秉持了人性的立场。例如，想获得爱情自由的田喜儿虽天真烂漫、憨态可掬，但也确实经常吹牛说谎、顽劣不堪，而杨香草虽情真意切、不羡富贵，但也绝非出走的"娜拉"一般果敢决绝，也有很多的犹豫和怯懦。阻止男女双方自由恋爱的反方人物也并非穷凶极恶的奸邪之徒，例如，杨村长教训田喜儿时不免有假公济私之嫌，但也不能否认，作为村长他对后生担负教导之责时的真诚；在阻止女儿和田喜儿接触时他心存门第之见，但这何尝不是一个父亲对女儿的舐犊深情？书塾中的郑老师虽是迂腐不堪的冬烘先生，但他对乡学建设却是心心念念、执着坚定，不免让人感动；即便是那个在本地颇有势力的举人老爷，在

亲见田喜儿"勾引"自己的儿媳后，也顶多是愤然休书一封，而不见打击报复之举。如此塑造人物，一方面是由于彼时的李健吾并未受政治意识形态为主导的文艺观影响，没有对人物进行非此即彼的阶级阵营划分；另一方面也表明，与《以身作则》《新学究》《这不过是春天》等前期喜剧相比，李健吾在此剧的创作中逐渐回归民族传统，深谙本土美学之旨趣，在人物塑造上求中和、趋中庸，少了张牙舞爪、金刚怒目之态。

中国现代话剧史上以创作喜剧见长的剧作家，无论是王文显还是丁西林，作品大都是城市背景，塑造的人物要么是上流人士，要么是底层平民，只有到了李健吾，才开始把笔触转向乡村。但前面曾提及，李健吾的喜剧无论是以传统知识分子为题材的《以身作则》，还是以新派大学教授为题材的《新学究》，虽初具中国现代世态喜剧的风范，但在人物塑造和喜剧手法上还能看出莫里哀的痕迹，未必算得上真正意义上的本土喜剧。而五幕剧《青春》的出现，把中国的现代喜剧从城市拉到了乡村，从上流社会的客厅转到了田间路边，拓宽了中国现代喜剧的题材范围和风格样式，以浓郁的乡土特色、独特的农民形象和洋溢着的欢乐轻松的调子，独步中国现代剧坛。《青春》标志着李健吾喜剧创作的成熟，无怪乎英国著名评论家波拉德曾称之为中国现代喜剧最佳作品之一。

曹克英在改编《小女婿》时，东北已成为解放区，以阶级斗争为主导的政治意识形态已占主流，在人们的思想意识中，社会生活领域内的很多矛盾都源自于阶级矛盾，恋爱婚姻这个本应极具私人化的领域自然也不能排除在外。所以在此类题材的创作上，创作者首先要对人物按社会成分和政治阵营进一步分类，对其戏剧性格细致"淘洗"，即去除人性杂质，净化政治属性。于是，我们在《小女婿》中看到了两组泾渭分明的主要人物形象，一组是田喜儿、杨香草、陈二、妇女主任、孙区长，一组是陈快腿、罗寡妇、杨发。从政治属性上说，前一组是"进步"的，后一组是"落后"的；从道德标准上说，前一组是"善的"，后一组是"恶的"；从社会关系上说，前一组是"改造者"，后一组是"被改造者"。在第一组中，除了田喜儿和杨香草，也不乏直接以政治身份显示其正面形象的人物，如妇女主任和区长；而在后一组中，虽都属于被改造者之列，但因为身份不同，其被批判和被改造的程度也能分出轻重缓急：陈快腿是好吃懒做、拉纤说媒的二流子，要对其打击法办；罗寡妇是地主富农，其在城里还有买卖，为富不仁，要对其说服改造；杨发贪财忘义，包办婚姻，要对其批评教育。

《小女婿》的这种人物塑造方式，在同时期的《刘巧儿》《罗汉钱》《李二嫂改嫁》等婚恋题材的戏曲现代戏中得到类似的呼应，形成了一种特定的人物塑造模式。例如在这些作品中，受害女方的男性家长（如《刘巧儿》中的刘彦贵、《罗汉钱》中的张木匠）和《小女婿》中的老杨发类似，都是贪财逐利、目光短浅的底层贫农；而强娶的男方（或男方家长）也和《小女婿》中的罗寡妇雷同，或是不仁不义的富农（如《罗汉钱》中的王家），或直接就是阴险狡诈的阶级敌人（如《刘巧儿》中的王寿昌）。更有意思的是，连女主人公的劳动技能也都高度一致，从杨香草到刘巧儿，一出场就已定位为纺线能手。先看香草：

　　香草：（唱）春风温暖三月天，
　　　　　　杨香草去交线领来了手工钱，
　　　　　　回家去我一定努力加油干。

再看刘巧儿：

　　刘巧儿：（唱）火红的太阳出东方，
　　　　　　　微风出来百花笑，
　　　　　　　树上的鸟儿伴着行人来作唱，
　　　　　　　巧儿我领了棉花回村转。

两人一个刚交完了线，一个刚领了棉花，出场动作如出一辙。

《小女婿》等这批婚恋题材的戏曲现代戏，在人物塑造上的这种脸谱化倾向，并非是向传统戏曲中脚色行当的回归或学习，两者看上去类似，实际上其内在的美学基质完全不同。传统戏曲中脚色行当的类型化处理是基于道德范畴的，而以《小女婿》为代表的这批戏曲现代戏，则完全基于政治范畴。

众所周知，用戏曲表现现代生活虽然从清末的上海京剧界就已开始，如汪笑侬的《党人碑》《哭祖庙》等，此后梅兰芳为迎合时事也曾编演过《一缕麻》等时装戏，但由于在表现内容上多为针砭时弊的社会应景话题，在形式技巧上也尚未探索出相对完美的和传统形式相结合的道路，所以很快就被戏曲界所抛弃。此后，戏曲现代戏的探索虽然一度中断，但剧人们用戏曲配合政治要求进行意识形态宣传的传统却继承了下来。而这种传统，既来自戏曲自身，也明显受到了1930年代的左翼戏剧（话剧）的影响。

再看情节结构。前面说过,《青春》这出戏不乏温婉讽喻,极少辛辣讽刺。人物的正反方虽也有很多冲突,却极少你死我活、剑拔弩张之势,没有上升到敌我矛盾、阶级对立的程度,甚至也没有明显的进步与落后之分,这就明显淡化了表层的戏剧冲突。

《青春》中戏剧冲突的双方自然主要是田喜儿和杨村长,剧中两人先后有四次正面冲突:第一次在第一幕,田喜儿"勾引"香草被杨村长逮个正着,就在杨村长要让人绑田喜儿时,田寡妇反咬一口,这反倒让杨村长有些胆怯。第二次在第二幕,田喜儿和香草私奔被杨村长发现,田喜儿趁乱用包袱打倒了杨村长,之后逃走。第三次在第三幕,田喜儿被捉来后,杨村长本要掩盖田喜儿和香草私奔内情,以偷盗之名把田喜儿押送官府,却被田寡妇当众揭穿,杨村长既恼又羞。第四次是罗举人休了香草后,杨村长逼香草自杀,却被田喜儿母子救下。他眼睁睁看着女儿走进了田家门却无可奈何。这四次冲突貌似都很激烈,但却无一持续下去,都是一触即发时作为强势一方的杨村长(乡村权力象征和宗族家长的代表)马上就偃旗息鼓,败下阵来,反倒是弱势的田喜儿母子屡屡反败为胜。李健吾这种戏剧矛盾的处理方式,既迥异于同时期其他剧作家,也有别于自己以前的剧作,显得极为独特。

评剧《小女婿》在沿用《青春》的基本故事脉络的同时,对情节结构又加以改造加工,呈现出不同的面貌。首先,改变了主要戏剧冲突,把《青春》中田喜儿和杨村长的冲突转变为田喜儿、杨香草和陈快腿之间的冲突,这就有了政治上的进步与落后之分;其次,情节结构进一步复杂化。《青春》的情节线索单一,紧紧围绕田喜儿和杨村长的冲突展开,而《小女婿》则呈现多线索结构:既有田喜儿、杨香草和陈快腿的斗争,也有田喜儿和香草父亲杨发的冲突,还有田喜儿和杨香草两人间的误会。除此之外,作者还加了陈快腿和丈夫陈二之间的矛盾,喜儿、香草和带有官僚主义作风的赵村长之间的矛盾等。所有这些改变都基于一点:既然《小女婿》相对弱化了《青春》中男女主人公之间的误会,势必要进一步强化田喜儿、杨香草与共同的对手之间的冲突(包括与陈快腿、老杨发、赵村长等的冲突)来提高戏剧性,而正是这些冲突,才最能体现该剧的政治主题。

《小女婿》的这种结构方式,也进一步印证了1950年代初期戏曲现代戏中的婚恋题材的情节模式,即:勤劳妇女爱上劳动模范——女方家长贪财反对——基层干部官僚阻挠——上级领导英明裁决——男女双方喜结良缘。诸如《刘巧儿》《罗汉钱》《李二嫂改嫁》等无不如此，即便稍有差别也是大同小异。

从以上分析可以看出，1944年的五幕话剧《青春》无论是人物塑造还是风格呈现，都独步风骚，个性迥异，在整个中国现代话剧史上也应是独一无二的。评剧《小女婿》则在特定的历史时期内，对《青春》进行了符合政治意识形态宣传的改造，与同时期同类作品一起，在人物塑造上共同导向脸谱化和标签化，在情节结构上则趋向同质化和模式化。

三、从启蒙到斗争：文化精神的内在嬗变

从话剧《青春》到戏曲《小女婿》，在两种艺术形式的转变中，我们既能看到表层故事形态的改造，也能看到这种改造背后的时代驱动和政治诉求，但如果再深入考察两位剧作家的经历背景、创作倾向和精神内涵，或许还能看出这种改编移植本身所体现出的时代性的文化精神的内在嬗变。

李健吾1906年出生于山西晋南一个书香门第，父亲李岐山是同盟会革命军少将军官。李健吾自幼便受其父严格的蒙学规训，在北京读书求学时适逢"五四"前后，与石评梅、王文显等人交往甚多，深受新文化运动之影响。到法国留学后，李健吾又沉浸于福楼拜研究，浸淫于欧洲文学艺术之间流连忘返。回国后，李健吾先后担任暨南大学、上海戏剧专科学校教授，抗战爆发后在上海专门从事戏剧创作，是上海剧艺社和苦干剧团的中坚，为上海孤岛戏剧界创作改编了大量作品，曾被司马长风誉为"沦陷区剧坛的巨人"。

李健吾和曹禺类似，是中国现代戏剧史上继欧阳予倩、田汉之后的第二代剧作家，从精神谱系上说是"五四"之子，直接受到了新文化运动启蒙精神的哺育。在1920年代末田汉等一大批戏剧人集体"向左转"的时候，李健吾也并未受其影响，一直保持远离政治的自由知识分子的姿态，无论是创作还是批评，他都秉持着人性和艺术标准。而这，正是他在创作《青春》时一以贯之的美学追求。

田喜儿与李健吾之前剧作中的真娃（《村长之家》）和高振义（《贩马记》）一脉相承。他是一个"新人"，因为徐守清（《以身作则》）、郑老师等腐儒们身

上的旧文化和旧道德，已无法在他身上生根发芽，旧文化、旧道德给杨村长、杜村长（《村长之家》）和梁允达（《梁允达》）等人带来的沉重、畸形的人生，他也已经彻底抛弃，但他的"新"，又不像康如水（《新学究》）那样显得虚弱和空洞。田喜儿就像一株生长在华北乡野上的野草，年轻、茁壮，沐着阳光，吮着雨露，自由地伸长着枝干，没有拘谨和限制，任性而逍遥。在以杨村长、郑老师等人为主流的那个环境中，做人必须中规中矩，小心谨慎，爱不敢爱，恨不敢恨，而田喜儿无疑就是那个环境中的"异类"，所到之处充满了"破坏力"，无处不是鸡飞狗跳、满村风雨。但是，作者又不把双方写成剑拔弩张的敌对势力，发生在他们之间的冲突，都是善意而又充满喜剧色彩的，恰如作者在幕落时所描绘的："农人田事已毕，远远传来他们种种的声音，唱歌、吆喝，同时牛鸣驴嘶，啼鸦啼鸟，交织成田野的音乐。"① 全剧确如一曲田园牧歌；虽不甚和谐，但却充满了温情。作者虽为田喜儿安排了一个隐约的社会背景（在县城帮景相公搞维新），但并没有把外在于人物的特殊身份强加给他，而是专注于对其自由、自然天性的刻画和描摹。与真娃相比，田喜儿在活力四射中多了锐气；与高振义相比，田喜儿在率性乐观中少了迷茫。如果说高振义想在政治革命中寻求精神慰藉，最后反而迷失于政治革命；而田喜儿却是因自由的天性获得了爱情，而爱情反过来又滋养了他自由的天性。摆在田喜儿面前的选择有两种：一是戴着枷锁的畸形人生，一是自然而然的健康爱情。田喜儿选择的是后者。作者在《青春》中所着力赞颂的，正是"童心"和真性情，爱情只是童心和真性情的一个最恰切的表现而已。为了这个"童心"，作者不惜让田喜儿这个年已十八岁的青年，还继续保持着孩童般的心理，做出一些孩童般的举止。

李健吾这种源自文化启蒙意义上的创作方式，与其自由知识分子的立场是密切相关的。李健吾作为非"左"非"右"的自由知识分子，没有把话剧作为政治意识形态宣传的工具，而是力图在超越具体历史时代的人性追寻中，去把握终极性的人的存在问题。他的话剧创作，是个人主义的和自由主义的，写作原则是个性化的，没有依附于主流地位的"主义话语"，也不仅仅局限于政治性和革命性的批判，而是力图挣脱历史主义的决定论。他们认识到了对现实进行革命改造的

---

① 李健吾：《李健吾剧作选》，北京：中国戏剧出版社，1982年，第414页。

有限性，认为现实的社会改造，并不能完全解决人的价值问题和灵魂归属，与其视艺术为改造外在世界的工具，不如视艺术为探索内在灵魂的通道。"一出好戏是和人生打成一片的。它挥动人生的精华，凭借若干冲突的场面，给人类的幸福杀出一条血路。"① 而《青春》也正是因为颂歌人性的自由、健康和向上，鄙弃人性的束缚、畸形和异化，才具有了启蒙的意义。

评剧《小女婿》的编剧曹克英出生于河北乐亭，从小就耳濡目染此地盛行的民间曲艺"莲花落"（评剧的前身）。抗战爆发前夕，年幼的曹克英随家人到东北学做生意，和评剧有了更多的接触机会。后来，他不顾家人反对，执意弃商学戏，拜评剧老艺人张恒贵为师，学习评剧的生行，从此开始了流浪艺人生涯。1940 年，十八岁的曹克英出徒独立演出，游走于东北各地，舞台功力日臻成熟。曹克英聪慧多才，不但能上台演出，还能充任挂纲说戏的"戏母子"，在日积月累的舞台生涯中，其在戏班的身份开始由演员向编剧转化，这除了个人天资外，大概还应归功于对民间说唱艺术的常年浸淫。在经过了《血沥碑》《呼延庆打擂》等连台戏和《空谷兰》《黑手盗》等时装戏的磨炼后，曹克英已经对写戏的基本技巧烂熟在胸，接下来就是等待一个合适的机会让自己崭露头角。

1949 年，曹克英根据赵树理的同名小说改编的评剧《小二黑结婚》，演出后反响很大，这更增强了曹克英编写现代戏的兴趣和信心。同年，在沈阳市郊的蒲河村体验生活期间，他开始琢磨把李健吾的《青春》移花接木，改造成以东北农村发展互助合作为背景、反对父母包办买卖婚姻的故事，这便是评剧《小女婿》的创作起因。《小女婿》演出后很快在东北引起轰动，在 1952 年举办的全国第一届戏曲观摩大会上获得了剧本奖、演出一等奖等。接着，东北演出代表团到全国省市巡回示范演出，从此《小女婿》红遍全国，那脍炙人口的唱段"鸟入林……""小河流水哗啦啦的响……"家喻户晓、深入人心。

以《小女婿》为代表的戏曲现代戏，是 1950 年代初期配合社会主义改造运动创作出的表现妇女婚恋题材的新剧目，其创作动因始于政治运动，同时又反过来促进了当时的意识形态宣传。《小女婿》《刘巧儿》《罗汉钱》《李二嫂改嫁》《小二黑结婚》等一批反映新婚姻观的戏曲和电影在 1950 年代应运而生，从此，

---

① 李健吾：《李健吾戏剧评论选》，北京：中国戏剧出版社，1982 年，第 18 页。

"自由恋爱"成了时髦词汇，农村男女谈恋爱找对象的标准变成了"政治进步，劳动好，对心眼儿"。而要使这一理想的婚姻目标实现，就必须和偷奸耍滑的"陈快腿"、为富不仁的"罗寡妇"、贪财卖女的"老杨发"等反动落后的势力做彻底斗争。《小女婿》对《青春》的这种迎合时代的改造移植并非孤例，当时的很多剧目都经过了这种加工。例如，评剧《花为媒》是评剧创始人成兆才的作品，其原作中主人公王俊卿同时娶了李月娥和张五可两个女人，而并不存在贾俊英其人，后来因为这种人物关系不符合婚姻法中的"一夫一妻制"，便增加了贾俊英这个人物。

从文化讽喻到政治宣传，从风情画到宣传册，话剧《青春》到评剧《小女婿》的改编过程，实际映射出 1950 年代前后主流文艺创作观的衍变：从启蒙主义的人性论到社会主义的斗争论。自由主义作家们从此开始了调整、改造文艺观念以紧跟时代的进程。让人感慨的是，就在《小女婿》火遍全国、初步确立了评剧之经典剧目地位的时候，李健吾正在思想整风中自我检查，原因是自己曾在抗战胜利后受朋友之邀，做过短短一个月的国民党上海市宣传部编审科长，而这也成为几十年后屡次政治运动中他都被批斗的导火索。此后的李健吾基本告别了创作，偶有戏评也多中规中矩、四平八稳，充斥着当时流行的套话和政治标语，早已不复当年在上海滩与巴金、卞之琳等人交锋时纵横捭阖、飘逸灵动的神采。从此，那个开创了中国喜剧崭新风貌的戏剧家李健吾渐渐消失了，如同当年其笔下那个生长在华北乡野田间的田喜儿，很快湮没在历史的尘埃中，而《小女婿》中的劳动模范田喜儿，却仍被津津乐道，遗响犹闻。

《王德明》：莎士比亚悲剧的互文性中国化书写[①]

李伟民

内容摘要：民国时期的戏剧《王德明》是李健吾根据莎士比亚的悲剧《麦克白》改编的本土化莎士比亚戏剧。无论是《王德明》文本还是黄佐临导演的《乱世英雄》演出都体现与《麦克白》的互文性。《王德明》与《乱世英雄》在解构了莎氏悲剧《麦克白》中蕴涵的文艺复兴的人文主义精神的基础上，建构了一种本土化形式的莎剧，其中既有对当时社会现象的平面移入，又形成了权力、阴谋、野心、鲜血等社会批判的变体。二者在故事安排上多具有相同或相似的模式，冲突的发展都指向了矛盾的最后解决；人物形象在中国化基础上显现出诸多互文性因素。

关键词：《王德明》　《乱世英雄》　李健吾　黄佐临　《麦克白》　莎士比亚互文性

1945年，由李健吾编剧、黄佐临导演、苦干戏剧修养学馆演出的《王德明》（演出时改为《乱世英雄》）诞生于抗战时期的上海，是那一时期莎士比亚戏剧在中国演出的一次颇为成功的本土化改编演出。《王德明》是一部仅从剧名来看就非常中国化的戏剧。剧中人物王德明是中国历史上的真实人物[②]，也是在改编外国戏剧的潮流中诞生的一部本土意识浓厚，以中国历史、文化、现实为背景具有明显互文性特征的中国莎剧。《王德明》对莎剧在中国的改编以及如何改编进

[①] 原载《华南师范大学学报》（社会科学版）2012年第4期。
[②] 李健吾：《李健吾剧作选》，北京：中国戏剧出版社，1982年，"后记"，第566页。

行了可贵的探索，为莎剧在中国的传播作出了重要贡献，增加了中国人了解莎剧的机会。为此，本文将从互文性角度，从《王德明》及其演出中改名为《乱世英雄》中的内容出发，对该剧的中国化书写给予深入解析。

一、《王德明》互文性之意义

民国时期的莎剧演出主要有三种形式：第一种是幕表式的莎剧演出，第二种是中国化的改编演出，第三种是外国化的演出。民国时期根据莎剧改编中国化莎剧相对集中，个中原因值得研究。将莎剧改编为中国化的莎剧《王德明》则是在这类形式的改编中一部颇具影响力的莎剧。由于李健吾在改编中既是按照《麦克白》中的人物、故事、情节等元文本进行改编，同时也创造出具有浓郁中国特色的莎剧，而彰显于其中的互文性，也就成为莎剧在中国改编的一种可资利用的形式。这样一种中国化的改编，既是一部"针对即将覆灭的'大东亚共荣圈'和南京伪政府的"①，具有社会现实反抗、批判精神的"准政治隐喻剧"，也是20世纪中国话剧摆脱商业话剧模式，寻求发展，走"爱美的"（Amateur）戏剧道路的实践；还是戏剧界对不同文化背景中戏剧改编困难认识的不断深化；更是"'孤岛''沦陷'时期以苦干剧团为代表的一些戏剧团体将外国剧本改头换面，变成中国剧情上演的重要原因"②；同时也与20世纪中叶以来世界范围内的莎剧改编形式潮流同步。这种中国化的莎剧改编，正是"孤岛""沦陷"时期戏剧家对莎士比亚的特殊贡献。正如李健吾自己在《以身作则·后记》中所表露出来的，"我梦想去抓住属于中国的一切，完美无间地放进一个舶来的造型的形体"③中去。改编莎剧是利用外来形式，为中国人服务，为中国现代戏剧的发展提供借鉴，为如何改编世界经典戏剧积累经验。显然，这可以视为《王德明》具有互文性特征的实践与理论的积极意义。

---

① 白文：《佐临氏在"苦干"时期的艺术活动》，上海艺术研究所话剧室编：《佐临研究》，北京：中国戏剧出版社，1990年，第386页。
② 姜涛：《论"佐临的风格"与梦想》，北京：中国戏剧出版社，2004年，第48—49页。
③ 宁殿弼：《李健吾悲剧创作的艺术特色》，《河南大学学报》（哲学社会科学版）1987年第1期第52页。

二、契合中的置换

《王德明》的互文性显示出,"互文性的引用支持一种元文本的译制"①。而这仅仅是改编的一个方面,即除了译制和回到现实中的元语言与语境之外,李健吾通过对《王德明》的改编使《王德明》与《麦克白》之间具有了互文性,使它们之间的叙事得以呈现为一个彼此结盟或彼此对立的社会与伦理道德评判的复制形式,反映了两个文本在"权力—野心—阴谋"下呈现出的情节与内容、人物与性格之间的渊源关系。例如,《王德明》的互文性首先体现在人物心理的表现上,王德明在是否要杀王熔以及何时杀王熔上表现出的心理特征,可以说与《麦克白》如出一辙:

人言可谓,他是我的义父,他是我的主帅。再说,乘人于危,义不当为;何况如今又有宾主之谊?②

其实也只要这么轻轻,轻轻一下子,结果了他的性命,王位让给我做,成千上万的人想,想不到手,心血费了,骨肉烂了,现在眼睛不过一瞬,我就弄到了手。③

再看《麦克白》:

首先,我是他的王亲、他的臣子,/这就绝对不容许干出这种事;/其次,作为他的东道主,我理当/严防着刺客闯进来。怎么倒反/自己拿起了尖刀!④

王德明与麦克白都不是天生的野心家,也不是魔鬼的化身,他们的心理与行动都有一个演变的过程。他们都顾及原来的恩情和臣子应有的职责以及由于野心膨胀怕错过到手机会的心理。《王德明》中所显示的人性弱点,可以说是中西皆然,古今相通。人物的心理特点、顾虑的缘由、篡位的急切,在互文性作用下,

---

① [法]弗兰克·埃尔拉夫:《杂闻与文学》,谈佳译,天津:天津人民出版社,2003年,第54页。
② 李健吾:《王德明》,《文章》(创刊号),1946年第1期,第135页。
③ 李健吾:《王德明》,《文章》(三月号),1946年第2期,第117页。
④ [英]莎士比亚:《新莎士比亚全集·第5卷悲剧》,方平译,石家庄:河北教育出版社,2000年,第275页。

毫无疑问地在潜移默化中显现出另一文本的影子。理由在于，这种属于社会文化、道德伦理层面的互文，把接受者带入了某种既熟悉又陌生的语境中。在互文性的作用下，他们既不会感到难以理解和突兀，也容易对改编的《王德明》产生认同感和相同的道德价值评判标准。所以"从陌生化效果"[①] 和表演观照《王德明》，我们就会发现，其在社会语境、文化语境和历史语境中通过互文性的自然转换，在表现人和人性上，既在某种程度上不约而同地达到了某种共识，也经过这种共识把《麦克白》中国化了。二者都以表现人性中的"权力、野心、阴谋"作为推动故事发展、人格裂变的动力。而通过互文性，《王德明》（改编甚至加上了《赵氏孤儿》救孤的情节）则在"惨杀"的故事上衍变出具有中国历史、文化特色的"批判"与"揭露"邪恶的伦理道德指向。《王德明》由其互文性衍生出来的人性也就超越了莎氏时代的时空，《麦克白》成为与中国文化、语境对接的一个文本。

作为一部本土化相对彻底的莎剧，《王德明》以汉语语境中大量的成语、俗语、历史典故塑造了一个中国式的野心家麦克白，并在中国化的伦理道德框架内给予其批判。如："名不正言不顺的常山王"[②]、"日久知人心"[③]、"匹夫之勇，妇人之仁，到头是四面楚歌乌江自刎"[④]、"颜回'不敢死'，曾子'吾知免夫'""大逆不道，干下这伤天害理的事来"[⑤]、"尽其道而死者，正命也"[⑥]、"曾子有疾，孟敬子问之。曾子言曰，鸟之将死，其鸣也哀；人之将死，其言也善。君子所贵乎道者三：动容貌，斯远暴慢矣；正颜色，斯近信矣；出辞气，斯远鄙倍矣……"[⑦]"士不可以不弘毅，任重而道远；仁以为己任，不亦重乎？死而后已，不亦远乎"[⑧] 等，因此中国特色突出。《王德明》以莎剧《麦克白》中的剧情发展、人物性格、心理变化、矛盾冲突为原点，以"移花接木"[⑨] 的手法表现了

---

① ［德］贝·布莱希特：《布莱希特论戏剧》，丁扬忠、张黎、景岱灵等译，北京：中国戏剧出版社，1990年，第197页。
② 李健吾：《王德明》，《文章》（创刊号），第129页。
③ 同上刊，第130页。
④ 同上刊，第135页。
⑤ 李健吾：《王德明》，《文章》（三月号），第121页。
⑥ 李健吾：《王德明》，《文章》（七月号），1946年第4期，第83页。
⑦ 同上刊，第84页。
⑧ 同⑦。
⑨ 柯灵：《序言》，李健吾：《李健吾剧作选》，北京：中国戏剧出版社，1982年，第11页。

"沉郁怪诞的色彩,波谲云诡的剧情,野心家阴鸷狠毒,杀人后的怔仲狂病,但《麦克白》激荡人心的力量依然很好地保存着,而全剧从内容到形式都中国化了"①。这说明《王德明》的中国化改编是与李健吾对莎剧改编的主张分不开的。他认为改编莎剧应该"百分之百是中国的","改编的灵魂要与莎翁原作共鸣","在历史里体现他的高贵,语言里提炼他的诗意"②。所以,《王德明》表现出的是"只借重原著的骨骼,完全以中国的风土,创造出崭新的人物、气氛和意境,那是化异国神情为中国本色的神奇"③。正如李健吾所说的:"学莎士比亚还是为了自己。"④ 更由于《王德明》突出的是"权力、阴谋、野心之间的纠缠",故而从一个侧面折射出李健吾对当时社会现象的感悟与认知,使人不难联想到莎士比亚时代、五代与其时中国社会各种乱象之间的某种联系。策划阴谋,觊觎权力,野心膨胀等都是不同时代、不同社会、不同文化语境中人性翻版的再现。《王德明》在20世纪40年代着意塑造这样一些阴险、卑鄙、充满野心的军人和篡位者形象,使我们既可以从中看到社会、权力斗争中的腥风血雨,又反映了时代已经为野心膨胀者王德明、独孤秀之流的产生提供了适宜的温床。"这种改编也便于改编者和演出人员运用曲笔抨击当时黑暗的现实和社会邪恶势力。"⑤ 文艺复兴时期的野心家演变为五代的篡位者,并进而隐喻战乱中产生出的各类野心家,为权力角逐增添一个鲜活而生动的注脚。正如王德明所说:

  我杀了李宏规。可是他那句话,好像一个嫩芽,在我心里活了下来。我错过到手的机会。用不着我承当恶名,用不着我劳心费力,我自然承受了人家的江山。⑥

  (钟声紧促)钟声越来越紧。九娘子在祠堂催我。再耽误下去,我没有辰光了。(向门)王熔,你命犯无常,上天下地,看你自己的缘分。⑦

---

① 柯灵:《序言》,李健吾:《李健吾剧作选》,第11页。
② 李健吾:《阿史那·前言》,《文学杂志》1947年第1期,第63页。
③ 孟宪强:《中国莎学简史》,长春:东北师范大学出版社,1994年,第148页。
④ 李健吾:《咀华与杂忆:李健吾散文随笔选集》,北京:中央编译出版社,2005年,第242页。
⑤ 曹树钧、孙福良:《莎士比亚在中国舞台上》,哈尔滨:哈尔滨出版社,1989年,第107页。
⑥ 李健吾:《王德明》,《文章》(创刊号),第133页。
⑦ 李健吾:《王德明》,《文章》(三月号),第118页。

《王德明》和《麦克白》中的主人公的人格均经受了很大的考验和反复，良心最终被野心吞噬了，善良的人性也最终泯灭了。在这一点上，两个文本中人物的人格特征极其相似。无论是麦克白还是王德明都成为作家笔下的带有贬义的"欲望再生产"①式的野心膨胀的军人和阴险、残暴的野心家、篡位者。李健吾认为："莎士比亚可以说是善于处理空白的剧作家。"②无论是麦克白还是王德明都以强烈的内心独白使人清晰地看到了"野心家"的心理挣扎过程以及自我谴责，但他终究难以抵挡权力的诱惑。

黄佐临将《王德明》以《乱世英雄》为名搬上舞台，营造出的戏剧性就很能说明这一点。王德明杀人以后，黄佐临利用舞台氛围，使观众情感与剧中人物的内心反映融合在一起，制造出强烈的悲剧效果："当杀人后，王德明穿红袍（唐朝的服装），口咬甩发，手持红烛，另一只手持染血的剑，从高楼梯上走下来，这时，佐临组织不在场的男女演员，在后台全体用气声喊：'出—了—事—啦，杀—了—人—啦，'然后急促地说：'出了事啦，杀了人啦……'刀光烛影，阴气森森，真有烛光斧影成千古疑案之概。"③声音由小到大，由缓到急，一声紧似一声。《王德明》的文本为黄佐临导演《乱世英雄》提供了营造强烈舞台效果的基础，而黄佐临的天才发挥则增添了《王德明》剧本中原来没有的舞台提示。这样处理将王德明杀人后的内心恐惧成倍外化、放大出来，对于准确揭示人物内心起到了"四两拨千斤"的作用。导演和演员注意到，《王德明》这样一个剧本，诗化剧词，独白冗长，如果导演较弱，就会有一败涂地的结果。气氛浓厚是《王德明》（《乱世英雄》）导演的一个特色。沉郁的背景色调，变幻的灯光，令人堕入远古的风雨声和鼓声钟声……这是个古装戏，然而跟过去所有古装戏的风格不同。④演出体现了强烈的节奏感，尤其是心理节奏特别强。在突然的停顿中，深入开掘出人物的内心世界，并综合运用服装、化妆、效果、灯光、表演等多种艺

---

① 刘建辉：《挂在墙上的摩登——展现欲望都市的又一表象》，孙康宜、孟华主编：《比较视野中的传统与现代》，北京：北京大学出版社，2007年，第502页。
② 李健吾：《戏剧新天》，上海：上海文艺出版社，1980年，第11页。
③ 白文：《执著追求独树一格——黄佐临其人其事》，中国艺术研究院话剧研究所：《中国话剧艺术家传》（第2辑），北京：文化艺术出版社，1986年，第256页。
④ 黄佐临著，江流编：《我与写意戏剧观：佐临从艺六十年文选》，北京：中国戏剧出版社，1990年，第57页。

术手段，制造出强烈的舞台效果，是"以外国优良剧本的风格写中国戏，也可以说是把外国戏使成中国化"①，实现了"话剧民族化"② 的艰难探索的较为成功的实践。从互文性的角度来看，此时《王德明》和《麦克白》中人物不只是作为作者的创造物出现的，他（她）都成功地成为表现自己思想、心理和行动的主体。由此，一个全新的叙述者视角代替了独白式双向的叙述视角，进而力图实现"本文结构在更高层次上的多重复合统一"③。即相对于《麦克白》来说，《王德明》（《乱世英雄》）在人格的刻画、人性的表现上，已经从文艺复兴时代进入了全新中国化的叙述模式，并且通过伦理倾向鲜明的隐喻，预示了对野心的批判，成为文本表现社会共同遵守的道德底线一再被破坏和暗含其中的、对这种破坏的强烈批判色彩。二者之间虽然不必在相同层次上实现复合统一，但在人与人格的表现上，尤其是价值判断上则一举实现了互文性。

《王德明》所显示出来的互文性还表现为将《麦克白》在文化和时空上置换，但是这种"置换"却是认批判权力欲、野心、邪恶作为旨归和特征的。同时《王德明》在互文性中生长出一种中国化的"伦理视点"，即按照社会和传统所应该遵循的道德观和价值观处理人物之间的关系，对现实中扭曲的人性与社会丑恶给予中国化的互文性再建构，使欲望和想象、张扬正义的伦理愿望、正义感、悲剧的震撼力，得以在艺术幻觉中得到替代和满足。因为剧作家所要达到的深刻艺术效果，应该震撼观众心灵，使之受到深刻教育。对罪恶的社会和人物的行为、性格，产生极端憎恶的心情，是李健吾、黄佐临要考虑的悲剧艺术效果。而这个"效果却要出于性格的自然与必然的推测"④。"在改编中，主题意识不仅仅可以被转移，还可以被增加。符通护子出逃以舍命报家国之仇，李震为保护世子牺牲亲生儿子……都绽放着中国古代传统道义之忠孝节义的动人光彩。"⑤ 这种"伦理视点"通过两者之间的互文性明确告诉观众，如"天下没有侥幸事：其进锐者其

---

① 黄佐临著，江流编：《我与写意戏剧观：佐临从艺六十年文选》，第61页。
② 白文：《佐临氏在"苦干"时期的艺术活动》，上海艺术研究所话剧室：《佐临研究》，第388页。
③ 朱立元主编：《现代西方美学史》，上海：上海文艺出版社，2000年，第1117页。
④ 张大明编：《李健吾创作评论选集》，北京：人民文学出版社，1984年，第461页。
⑤ 陈楠：《谈〈王德明〉对〈麦克白〉本土化的成功改编》，《衡水学院学报》2008年第5期，第46页。

退速"①，以此来发出警示，显示改编者的伦理倾向。这样自然就形成了一个（或多个）信号系统被移至另一系统中。② 在《王德明》中，无论是社会环境还是文认化语境，都与《麦克白》有根本性的区别，但人性、人物之间的矛盾的冲突与解决等基本要素，仍然保留在其中。仅从这一点来看，《王德明》与《麦克白》之间的互文性也是不言自明的。因为，无论是社会还是历史，并不是外在于文本的孤立背景或不相联系的各种因素的简单集合，而且，也决不会超然于社会历史事件之外。无论是《王德明》还是《麦克白》，除了两个文本之间的联系之外，都分别与他们产生的社会与历史有着难以分割的联系，不可避免地存在于文本的系统之中。

三、互文性：对换与对话

今天看来，尽管这部中国莎剧演出史上的《王德明》（《乱世英雄》）在结尾部分多少显得有些仓促，但并不妨碍李健吾改编《麦克白》时对主题意蕴的考虑和开掘，同时也通过强化的意象——不断敲门的响声和双手上洗不掉的鲜血，从内外两个层次表现出野心家内心的极度恐惧。如为了体现"血流成河"的意象，戏剧中一再出现洗不干净的鲜血的情节，红色的灯光，鲜血"黏得牢实"，"闻闻看，还有血腥气。十车的檀香木熏不香这只小手"③ 等，体现了文本作者与导演对《麦克白》的深刻理解。由此可见，李健吾、黄佐临与莎士比亚一样，目的都是要营造一种以恐惧传情的非正义氛围，使该文本在早期与莎剧的互动中显出了以"敲门声""鲜血"作为隐喻非正义"篡位"的互文性思考。按照巴赫金的理论，这种互文性表现为一种对话和交流，"任何一个表述就其本质而言都是对话（交际和斗争）中的一个对话。言语本质上具有对话性"④，即人心与人心、野心

---

① 李健吾：《王德明》，《文章》（四五月号合刊），1946年第3期，第91页。
② ［法］蒂费纳·萨莫瓦约：《互文性研究》，邵炜译，天津：天津人民出版社，2003年，第5页。
③ 李健吾：《王德明》，《文章》（七月号），第92页。
④ ［苏］巴赫金：《巴赫金全集·第四卷》，白春仁、晓河等译，石家庄：河北教育出版社，1998年，第194页。

与野心、权欲与权欲之间的中西方对话。《王德明》(《乱世英雄》)在这种对话和交流中,通过互文性书写,以矛盾的最终解决作为契机,并在矛盾解决过程中建立了对话机制。

正如我们所强调的,这种互文性在很多情况下被用来显示两个或两个以上文本间发生的错综复杂的吸收与被吸收的关系。克里斯蒂娃认为:"任何文本都是引语镶嵌品构成的,任何文本都是对另一文本的吸收和改编。"① 《王德明》由于互文性的特点,得以避免在戏剧创作中轻视故事、缺乏强有力的对手戏的不足之处,② 使故事中的矛盾冲突紧张而激烈。王德明刚刚把王熔杀死,就向符通和符习举起了屠刀:

> 杀死老家伙,还有小家伙,两个全给我弄死,一个也不要让他逃掉……弄死常山王父子只是一半江山到手,弄死符通父子,我这江山才算方方正正有了着落。斩草要除根,杀人要杀绝。③

即使是面临失败的境地,王德明仍然没有忘记要扫清自己登基的障碍:

> 我要杀符习给你们看!我这一支枪跟着我,出生入死,送掉数不清的英雄的性命……枪挑符习还不和枪挑李宏规一样容易。④

《王德明》对《麦克白》的改编,使得不同文化语境中的文本之间发生了多方位的吸收与被吸收的关系。在发生互动关系的两个文本交错重叠的情况下,即使是显示其文本性质的代码、系统和话语也往往具有不同性质的特点,即经过互文,经过变异的戏剧不再是以单一自然语言为载体的文本。

《王德明》对《麦克白》的吸收和改编既是在文本之间、也是在历史与文化之间通过互文性的表现手法确立了它们的关系。由文艺复兴时代的《麦克白》改编为以五代为背景的《王德明》,我们可以视它们之间的互文性是蕴涵在《麦克白》主旨中的主题、内容之间的互文性,也可以把它视为体裁互文性,在不同体裁、语境或风格特征中形成了一个混合交融的共同体。

二者之间的互文性标志显现出,《王德明》这一文本毫无疑问是处在与《麦

---

① Julia Kristeva, *Word, Dialogue and Novel*, Oxford: Blackwell Publisher Ltd, 1986, p.36.
② 张殷:《对李健吾中期创作剧目界定及文本的探究》,《戏剧》2003年第4期,第116页。
③ 李健吾:《王德明》,《文章》(四五月号合刊),第92—93页。
④ 李健吾:《王德明》,《文章》(七月号),第92—93页。

克白》文本的交汇之中，而且是对《麦克白》的重读，是在偏离与更新、删节与浓缩、挪移与中国化之中建立起了两者之间的关系，其价值恰恰是建立在与《麦克白》的互文性之中的。即剧中所设置的"一相一将，一文一武，为中国传统戏曲中的人物结构，符合中国人的欣赏习惯"①。同时也充分显现了对"以前的文本的遗迹或记忆形成"②的追寻与沿用、偏离与重构、重读与误读的再阐释。我们从互文性的角度对其予以观照，就会发现正是《王德明》与《麦克白》之间的互文性使其产生了特有的美学意义与社会价值，正是通过这种"文学的书写伴随着对它自己现今和以往的回忆，追寻自己情感的依附物"③。《王德明》表达了这些记忆，通过一系列的复述、追忆和重写将它们记载在文本中。这就是说，我们如果脱离了当时的社会环境、文化环境和语境，就会难以看清《王德明》在互文性中体现出的艺术价值。因为"艺术是真理的工具……一件作品的效果，……在最高的艺术制作之中，要求和效果是一致的"④。首先从《王德明》中我们可以看到，这种改编借用了莎剧的故事情节以及在这个故事情节演绎下所体现出来的作品主要倾向；其次在社会背景和故事情节的改编中采用了中国观众熟悉的社会生活背景；再次是主题表述的置换，以便使观众在接受过程中减少文化、民族和时代的隔膜，为更好理解莎剧、理解人与人性、也再次为"文本地位提升"⑤ 其经典性与认知提供了可能。

---

① 赵建新：《李健吾戏剧创作中的跨文化改编——以〈王德明〉〈金小玉〉为例》，《剧作家》2007年第4期，第65页。
② 王瑾：《互文性》，桂林：广西师范大学出版社，2005年，第40页。
③ ［法］蒂费纳·萨莫瓦约：《互文性研究》，第35页。
④ 李健吾：《咀华集·咀华二集》，上海：复旦大学出版社，2005年，第156页。
⑤ ［美］维克多·泰勒、［美］查尔斯·温奎斯特编著：《后现代主义百科全书》，章燕、李自修等译，刘象愚校，长春：吉林人民出版社，2007年，第55—56页。

《阿史那》：莎士比亚悲剧的互文性中国化书写[1]

李伟民

内容摘要：民国时期的戏剧《阿史那》是李健吾根据莎士比亚的悲剧《奥赛罗》"翻译加改编"的本土化莎士比亚戏剧。这是民国以来一种特殊的中国化莎剧。《阿史那》文本的改编体现出互文性特点。《阿史那》在重写了《奥赛罗》内容，重置了情节的基础上，将中国故事置于该剧的悲剧精神之中，其中既有对中国历史、文化、人性的叩问，又有对权力、阴谋、野心的影射、担忧与批判。《阿史那》对《奥赛罗》中的人物形象在中国化基础上的改写，是具有鲜明特点的互文性中国化式的莎氏悲剧。

关键词：《阿史那》 《奥赛罗》 李健吾 莎士比亚 互文性

1947年，李健吾根据莎士比亚的悲剧《奥赛罗》，翻译、改编成民国时期的中国化莎剧《阿史那》，该剧剧本发表在《文学杂志》1947年第2卷第1至3期上。这是中国莎学史上值得注意的一次早期本土化的翻译、改编。据李健吾说，《阿史那》的"材料的库藏是唐书和新唐书。阿史那真有一位定襄县主下嫁阿史那……他觉得远非形骸上的接触所能比拟……东拼西凑出来的形骸，不会就止于形骸吗？莎士比亚会因他的冒昧在中国活过来吗？"[2] 李健吾的《阿史那》为了获得历史感和语境的认同感，寻求的是，阿史那以中国历史上的真实人物[3]为基础，故此该剧形成了以初唐历史、文化、现实、人物为背景，以《奥赛罗》的情

---

[1] 原载《海南大学学报》（人文社会科学版）2014年第32期。
[2] 李健吾：《阿史那》，《文学杂志》1947年第1期，第63—102页。
[3] 李健吾：《李健吾剧作选》，北京：中国戏剧出版社，1982年，"后记"，第566页。

节、主题为线索和主旨,具有互文性特色的中国化莎剧。为此,本文将从《阿史那》与《奥赛罗》两个文本之间的交融,以"翻译加改编"形成的互文性对话为理论平台,通过《阿史那》的互文性,关照这样一类莎剧在中国莎学史上的意义。

一、翻译改编中的互文性之彰显

诞生于民国时期的中国化莎剧翻译、改编乃至演出,不同于20世纪80年代以来,采用中国戏曲改编莎剧的中国化改编、演出;民国时期的中国化莎剧改编多以中国历史为背景,以话剧的形式搬演莎剧。这一改编方式,到21世纪更以电影的方式在《夜宴》和《喜玛拉雅王子》中得到了延续。李健吾将莎剧翻译、改编为中国化的莎剧《阿史那》,既有很强烈的对现实政治、社会、人性的思考,又有对艺术、审美的追求,但由于改编得较为匆忙,而且以"翻译加改编"形式呈现,故此,在中国现代戏剧史与中国莎剧改编史上并非是一部有影响力的莎剧,也正由于这个原因,多年来对《阿史那》的研究稀疏,造成在李健吾研究中忽略莎剧改编研究,因此加强这方面的研究,不但在李健吾研究中有重要意义,在中国莎学研究史、现代文学史和外国文学传播史研究上,更能达到补苴不详、深入探讨之目的。

当时的戏剧界已经意识到,由于中西文化背景的巨大差异,观众与外国戏剧之间存在着鸿沟,而李健吾把外国戏剧改头换面以中国剧情加以译著,是文学的、"爱美的"① 戏剧的一条出路。那么李健吾是如何落实自己的改编意图呢?即如何体现出《阿史那》的互文性呢?莎士比亚戏剧是文学的戏剧,作为文人的李健吾在"翻译加改编"中,当然会按照文学性的要求重造《奥赛罗》中的人物,但故事还是那个故事,情节还是那个情节,主题还是那个主题,只不过将文艺复兴时期莎士比亚对英国社会的思考,移植到初唐,以具有浓郁中国特色的莎剧形成对邪恶人性的批判,来警示现代社会罢了。这种翻译加改编中形成的不可避免的互文性,也就自然构成了其莎剧改编的特色,即使是不成功的特色。

---

① 姜涛:《论"佐临的风格"与梦想》,北京:中国戏剧出版社,2004年,第48页。

与话剧登上中国舞台的初衷相一致,政治宣传和对"社会问题"的探讨是改编者考虑的首选,面对民族危机,李健吾改编动机与当时中国的内忧外患关系密切,即"针对即将覆灭的'大东亚共荣圈'和南京伪政府"①,借莎氏酒杯浇中国的块垒,以文艺复兴指涉中国社会现实,创作出具有"准政治隐喻剧"特点的中国式莎剧。李健吾的《阿史那》与中国话剧强烈的政治参与意识同步,原创剧本不够,求助于翻译改编也是为了"'孤岛''沦陷'时期'苦干剧团'将外国剧本改头换面,变成中国剧情上演②的重要原因"。以李健吾、顾仲彝为代表移植经典莎剧的改编,成为抗战时期"孤岛""沦陷"地区戏剧家对侵略者及其附逆,隐晦而又有所指向的曲折反抗和批判,是对民族压迫、社会黑暗的强烈反应。对于此种翻译、改编的莎剧,在中国莎剧传播的早期,借鉴外来话剧莎剧形式,隐喻中国现实,对莎剧在中国的传播是一种贡献,正如李健吾自己在《以身作则·后记》中所坦承的,"我梦想去抓住属于中国的一切,完美无间地放进一个舶来的造型的形体"中去,在"中国的一切"中,政治的批判意识要用艺术的形式来表现,莎剧也就自然成为了其选择改编的剧目之一,是他借用外来形式的话剧阐释批判、暴露人性弱点的生动注脚③。李健吾翻译、改编《阿史那》就是利用莎剧这种外来形式,在获得艺术享受的同时,有意使观众通过对社会与邪恶人性的批判,从而与现实政治发生联系,使翻译、改编中的互文性更加彰显。

二、契合中的建构与置换中的解构

从艺术角度来看,《阿史那》的指涉在互文性中已经改变了原作,改编也不再仅仅是"元文本的译制"④,更不能"将读者带回到书面现实中的元语言"⑤ 中

---

① 白文:《佐临氏在"苦干"时期的艺术活动》,上海艺术研究所话剧室:《佐临研究》,北京:中国戏剧出版社,1990年,第386页。
② 姜涛:《论"佐临的风格"与梦想》,第48—49页。
③ 宁殿弼:《李健吾悲剧创作的艺术特色》,《河南大学学报》(哲学社会科学版) 1987第1期,第52页。
④ [法] 弗兰克·埃尔拉夫:《杂闻与文学》,谈佳译,天津:天津人民出版社,2003年,第54页。
⑤ [法] 弗兰克·埃尔拉夫:《杂闻与文学》,第56页。

去。这就表明,《阿史那》这种"带回"(改编)已经在背景、人物、情节以及改编者所要影射的对象、表达的主题等方面发生了彻底改变,即除了部分重返《奥赛罗》的元语言与语境之外,其互文性已经使《阿史那》成为中国版的《奥赛罗》了,并得以呈现为一个翻译与改编相结合,改编与指涉呈现位移,具有社会与伦理道德批判,结合中国社会现实的《奥赛罗》。反映在两个文本之间的互文性,建构了"嫉妒—野心—阴谋"呈现出的心理发展曲线,人性的善良、丑恶,性格之间的复杂关系以及渗透于其中的中西文化的交融。如果抛开李健吾的主观政治意图,以互文性在文本内的体现顺藤摸瓜,就会发现,在人物心理的表现上,阿史那在令狐建的挑唆、污蔑下,在是否要杀李燕真的激烈思想斗争中,以及什么时机杀害李燕真,有矛盾的思想斗争和心理发展过程,这一点可以说与原作《奥赛罗》如出一辙:

> 难道你以为我是那种无聊东西,一天到晚往醋缸里头泡……我女人出身高贵,天生貌美……她一定善守妇道,不辜负我一片净爱她的心情。我虽然自惭形秽,不过,县主那方面,我不觉得她有一点点厌弃我的意思。所以,令狐,光只怀疑没有用,我要亲眼看见……①

但是"闻三人成虎,十夫揉椎,众口所移,无翼而飞",致使阿史那的心理发生了急遽的变化:

> 就是全营的人马,伙夫马夫算在里面,尝过她的甜头儿,只要我不知道,我也快活,现在,永远完了!永别了,心平气和!永别了,知足常乐!永别了,冲锋陷阵,千军万马!永别了,血染征袍,功名万代!永别了,胡笳羌笛!永别了,战鼓,快马!全永别了,耀武,扬威,贺兰山,朔方大军!完了!我阿史那这一辈子算是完了!②

再看《奥赛罗》:

> 你以为我会在嫉妒里消磨我的一生,随着每一次月亮的变化,发生一次新的猜疑吗?不,我有一天感到怀疑,就要它立刻解决……谁说我的妻子貌美多姿,爱好交际,口才敏慧,能歌善舞,弹得一手好琴……我也绝不因为我自己的缺点

---

① 李健吾:《阿史那》,《文学杂志》1947年第2期,第87—131页。
② 同上注。

而担心她会背叛我……当我感到怀疑的时候,我就要把它证实;果然有了确实的证据,我就一了百了,让爱情和嫉妒同时毁灭。①

要是全营的将士,从最低微的工兵起,都曾领略过她的肉体的美趣,只要我一无所知,我还是快乐的。啊!从今以后,永别了,宁静的心绪!永别了,平和的幸福!永别了,威武的大军、激发壮志的战争!啊,永别了!永别了长嘶的骏马、锐厉的号角、惊魂的鼙鼓、刺耳的横笛、庄严的大旗和一切战阵上的威仪!还有你,杀人的巨炮啊,你的残暴的喉管里模仿着天神乔武的怒吼,永别了!奥瑟罗的事业已经完了……②

这里"嫉妒"变成了"醋缸","肉体"变成了"甜头","妇道""胡笳羌笛""贺兰山"等也成为中国事物的明显标志,尽管如此,仍然不难看清其中的翻译痕迹及其相似性。阿史那挚爱自己的妻子,令狐建却是危险的野心家和十足小人,当天真(甚至是头脑简单)③的君子与奸佞的小人相遇后,往往是小人得逞于一时。小人的一时胜利会使悲剧的凝重覆盖读者和观众的心灵,为阿史那由英雄演变为杀人犯和代表纯真、柔弱、美的李燕真的死而扼腕叹息。与奥赛罗一样,阿史那实在不忍美和爱在自己手中就此消失,可当他一旦陷入猜疑后,自卑感以及怕人格受到侮辱的心理就得到了空前的强化,他再也不能控制自己的感情了。阿史那所显示出的这些人性中的弱点,可以说是中西皆然,古今相通。在这里,李健吾仍然是沿着莎士比亚构筑的人物的心理特点:顾虑的缘由,强化疑心,酿成罪过的情节发展过程,使人们看到两个文本中人物心理变化之间的某种契合,毫无疑问,这种契合造成了《阿史那》在潜移默化中映现出《奥赛罗》的影子,毫无疑问,这种映现是互文性的绝佳证明。如果再深入一步看,这种属于人物性格层面的互文,把接受者带入了普遍人性范畴的语境中,中西两个文本中的人物性格形成了某种文化交流。如此一来,在互文性的作用下,就会使改编的《阿史那》借助《奥赛罗》产生基本一致的认同感和相同的道德批判指向。所以

---

① [英]莎士比亚:《莎士比亚全集》(九),朱生豪译,北京:人民文学出版社,1978年,第337页。
② 同上书,第343页。
③ 李健吾:《阿史那》,《文学杂志》1947年第3期,第68—102页。

"从其产生的年代以及分析的年代"① 观照《阿史那》,笔者发现,其在揭露社会丑恶、批判罪恶行经、揭示阴暗心理方面,通过互文性的自然转换,《阿史那》与《奥赛罗》之间就在表现人和人性上,自然形成了某种共识,并在共识的作用下把《奥赛罗》中国化了。从心理曲线的变化,到人性展示的契合,就不难得出这样的结论,《阿史那》与《奥赛罗》之间的互文性主要表现在对人与人性的剖析、主题沿用、内心矛盾、心理发展变化、故事发展主要线索、揭露与批判精神的再造以及伦理道德的评判上,二者都以指涉人性中的"嫉妒、野心、爱欲、阴谋"作为推动人格裂变的原因。不同的是,《阿史那》由此衍生出具有中国历史、文化特色的"批判"与"揭露"的伦理道德指向。而在此基础上,再造的中国版《奥赛罗》也就跨越了莎氏时代的时间和空间,成为与中国文化、语境对接的莎剧。

《阿史那》的翻译加改编更多地融入了创作的理念,按照李健吾的话来说:"是字句,是结构,是技巧,也是血肉"②,所以在《阿史那》中包含有大量来自汉语语境,富含中国文化信息的成语、俗语、历史典故,通过中国化的建构塑造出一个悲剧英雄——阿史那,以及制造悲剧的小人、野心家——令狐建,李健吾在解构英国文艺复兴时代精神的同时,以数量颇丰的蕴含汉文化信息的言语,拉近了读者和莎氏的距离,也容易使观众和舞台演出产生共鸣,如:"宁使我负天下人,勿使天下人负我","舍生入死,聊报万一","边荒兴华异,人俗少义理,处所多霜雪,胡风春夏起……人生几何时","匹夫之勇","深谋远虑","花容月貌,国色天香,温柔敦厚,活泼轻盈","天苍苍,野茫茫,风吹草低见牛羊","智者所不取,仁者所不为……名与身孰亲,名节、名节……君子疾没世而名不称焉"③,"知足者常乐,人一知足,虽贫犹富"④,"我独伊何,来往变常……高山峨峨,河水泱泱,父兮母兮,道里悠长"⑤ 等,其中既有化用《诗经》中的诗

---

① [美]罗伯特·考克尔:《电影的形式与文化》,郭青春译,北京:北京大学出版社,2004年,第91页。
② 李健吾:《阿史那》,《文学杂志》1947年第1期,第63—102页。
③ 同上注。
④ 李健吾:《阿史那》,《文学杂志》1947年第2期,第87—131页。
⑤ 李健吾:《阿史那》,《文学杂志》1947年第3期,第68—102页。

句，也有南北朝诗歌的直接运用，成语、俗语比比皆是。所以，笔者可以据此认为，此时的作者是无意于翻译，而是执着于创作的，故此在这一层面上的解构，更多地表现为是一种创作。

在此意义上的互文性说明，《阿史那》以报本反始"移花接木"①的互文性，演绎出原作英雄美人气质，波谲云诡的剧情，鲁莽英雄的偏听偏信，小人的阴鸷狠毒，杀人后的痛悔，使《奥赛罗》激荡人心向善，痛惜毁灭美的情感张力依然留在了《阿史那》中②。尽管李健吾赋予了《阿史那》丰富的中国文化色彩，人们仍然可以从中找出原作的影子，这显然是莎剧中国化后的一种特殊创作方式。李健吾改编的指导思想是，莎剧改编应该"百分之百是中国的"③，中国人改编莎剧"只借重原著的骨骼，完全以中国的风土，创造出崭新的人物、气氛和意境，那是化异国神情为中国本色的神奇"。④李健吾站在中国文化的立场上认为："学莎士比亚还是为了自己"⑤，为了自己的文化，甚至是为了政治隐喻的需要。其实，《阿史那》的改编仍然遵循了"改编的灵魂要与莎翁原作共鸣"的指导思想，李健吾强调，也只有这样，才能"在历史里体现他的高贵，语言里提炼他的诗意"⑥，否则，他也不会说《阿史那》来自于《奥赛罗》了。

与《奥赛罗》相契合，《阿史那》的互文性呈现出的是"嫉妒、爱欲、权力、阴谋、野心之间的纠葛"，但从"令狐建"形象的塑造上，折射出的是李健吾对人性认知的深度，使读者和观众从互文性中悟到不同时代、不同民族，相同或不同人物之间的某种若隐若现的关系，以此警惕策划阴谋，觊觎权力，野心膨胀之辈等，这都是不同文化语境中人性的翻版与再现。《阿史那》在20世纪40年代有意识借用伊阿古之流阴险、卑鄙具有时代环境特点的反面人物，如：充满野心的军人、阴险的小人，使人们既可以通过原典看到人性中的阴暗面，权力斗争的血雨腥风，又曲折地反映了腐朽世界已经为野心膨胀者和奸佞小人令狐建、鱼小

---

① 柯灵：《序言》，李健吾：《李健吾剧作选》，北京：中国戏剧出版社，1982年，第11页。
② 同上注。
③ 李健吾：《阿史那·前言》，《文学杂志》1947年第1期，第63页。
④ 孟宪强：《中国莎学简史》，长春：东北师范大学出版社，1994年，第148页。
⑤ 李健吾：《咀华与杂忆：李健吾散文随笔选集》，北京：中央编译出版社，2005年，第242页。
⑥ 同③。

恩之流的生存提供了适宜的温床，也便于人们通过"改编者和演出人员运用曲笔抨击当时黑暗的现实和社会邪恶势力"①，从中认清改编的意图，从而在舞台演出中显示出深刻的批判意识，并在演出中获得观众的理解与共鸣。令狐建的形象隐喻了战乱中产生出的各类野心家、阴谋家，为此类人物在权力角逐场上的表演，增添一个形象而生动的注脚。正如令狐建所说：

> 世上的人不见得个个儿全有做主子的命，做主子的也不见得个个儿全叫人忠心到底……我表面伺候阿史那，其实我伺候的是令狐建……你可以说我是过河拆桥……②

> 我不喜欢搬弄是非，不过，你一定要我说，我只好说了。也就是前两天吧，我在行营和白元光一个炕上睡，我因为牙疼，一直睡不着觉。我就听见白元光糊里糊涂在喊："好燕真，我们得当心，别叫人看穿了！"他捏住我的手，直嚷："我的小心肝儿！我的好人儿！"过些时候，把脚搁到我的大腿上，直咂嘴，还直叹气，后来就捶着炕嚷嚷："老天不长眼，会把你嫁给阿史那那黑小子！"③

《阿史那》和《奥赛罗》中主人公的人格均经受了很大的煎熬与考验、拷问和鞭笞，私欲膨胀到了极点，野心发展到了极致，手段极其卑劣，善良的人性被吞噬了，正常的人性也最终泯灭。在这一点上，令狐建与伊阿古毫无二致，性格特征极为相似。这两个形象都成为文本中被谴责、批判的"欲望再生产"④式的对象。例如，令狐建觉得：

> ……我像苍蝇一样叮他，我像孙子一样孝顺他，我里里外外两个人，一个做给别人看，一个留给自己用，你可以说我心口不应，你可以说我过河拆桥，只有我本人，清楚我是什么样一个坏蛋。⑤

李健吾强调："莎士比亚可以说是善于处理空白的剧作家。"⑥所以令狐建的内心独白使人物性格具有油画般逼真的效果，增加了观众和读者的想象空间。因

---

① 曹树钧、孙福良：《莎士比亚在中国舞台上》，哈尔滨：哈尔滨出版社，1989年，第107页。
② 李健吾：《阿史那》，《文学杂志》1947年第1期，第63—102页。
③ 李健吾：《阿史那》，《文学杂志》1947年第2期，第87—131页。
④ 刘建辉：《挂在墙上的摩登——展现欲望都市的又一表象》，孙康宜、孟华主编：《比较视野中的传统与现代》，北京：北京大学出版社，2007年，第502页。
⑤ 同②。
⑥ 李健吾：《戏剧新天》，上海：上海文艺出版社，1980年，第11页。

此，作为互文性明显的《阿史那》也以舞台上的大段独白，反映主人公的内心，以此来表现人物的性格特征，对两个文本进行观照，就会清晰看到"堕落者""阴谋家""野心家"的心理基础以及权力诱惑、野心膨胀、灵魂堕落的性格特征。

《阿史那》与《奥赛罗》的互文性，还表现在营造戏剧性上。奥赛罗杀人以后，环境氛围使剧中人物的情感与内心反映融合在一起，制造出强烈的悲剧效果，阿史那也反复掂量，"我不敢往那上头想……我不弄死她，我就算不了好汉，我一世的英名就坏在这小贱人身上……我弄灭了你，只要我后悔，我就可以重新点亮你熊熊的火光……天下会有人狠得下心来不要你活！让我再香香你，再弄死你，我再爱你。"①《奥赛罗》的文本为李健吾提供了营造强烈心理效果，以达到戏剧性的基础，所以李健吾也沿着莎士比亚所构筑的戏剧性，将阿史那杀人中的矛盾心理、内心恐惧、爱恨交加成倍外化、放大，这对于准确描绘人物内心起到了"举一纲而张万目"的作用。《阿史那》与《奥赛罗》的互文性，在外在形式的表现上也都是以诗化剧词、冗长的独白的手段来达到塑造人物性格之目的。

以外国优良剧本的风格写中国戏，也可以说是把外国戏剧中国化，是李健吾等一批留学西方的学者为实现"话剧民族化"②进行的艰难探索。从互文性的角度来看，此时《阿史那》中的人物已经不只是作为莎士比亚的创造物出现的，他（她）已经在"他"民族的文化环境中演变为经过互文性改造的再创造，由此，重新建构的中国莎剧叙事取代了原作的叙述内容，并在戏仿中取得了与本文结构的"多重复合统一"③。相对于原作来说，《阿史那》在人物塑造、人性挖掘上，建构了从英国文艺复兴时代进入初唐的中国化的叙述模式，再通过初唐时期的隐喻，过渡到对中国现代社会的批判。《阿史那》以普遍的道德评判原则以及对善恶、美丑、真诚与虚伪的隐喻，宣示了对野心、阴谋和小人的鄙视与批判，表明对社会普遍遵守的道德底线一再被破坏的谴责，并通过其悲剧的震撼感，让人们的心灵为之震颤。所以，大家看到二者之间虽然没有，甚至不必在相同的叙述层面上实现复合统一，但在对假恶丑的批判层面，尤其是在戏剧所体现出来的道德

---

① 李健吾：《阿史那》，《文学杂志》1947年第3期，第68—102页。
② 李健吾：《李健吾剧作选》，第388页。
③ 朱立元主编：《现代西方美学史》，上海：上海文艺出版社，2000年，第1117页。

标准判断上，则在殊途同归中实现了互文性。《阿史那》的改编证明，互文性是"从本文之网中抽出的语义成分总是超越此本文而指向其他先前文本，这些文本把现在话语置入与它自身不可分割地联系着的更大的社会文本中"。① 这就是说，《阿史那》在互文性中繁育出中国化的"伦理视点"，是按照人类社会、文化和习俗所应该遵循的基本道德准则来处理人与人之间的关系，同时对现实中扭曲的人性给予中国化、民族化的再建构，使欲望、想象、正义的伦理愿望和悲剧的震撼力，在"悲剧艺术效果"②的交织中，以"出于性格的自然与必然的推测"③ 得到被转换和替代的审美呈现。在《阿史那》中，程芸看清了自己的丈夫令狐建"原来是一个险恶的小人，一个恩将仇报的无耻东西"！④ 在关键时刻她敢于大义灭亲，而李燕真始终秉持着"夫者，天也，天固不可逃，夫固不可离也……我嫁了阿史那，我爱我的阿史那。他就是骂，他就是打，他就是固执到底，我心里头也就是他这么一个人"⑤。此种"伦理视点"通过《阿史那》对《奥赛罗》的解构和映射明确告诉观众，如"好人不得好报，这世上就是这么一个世上"。⑥ 这样的改编形成了《奥赛罗》中的"一个（或多个）信号系统"⑦ 被挪移至《阿史那》的叙事系统中。尽管，《阿史那》所依傍的文化语境与《奥赛罗》的区别明显，但在人性、人物矛盾冲突与解决等基本关系和故事情节的铺展上，与原作可谓异曲同工，改变的仅仅是外在的东西。因为，无论是《奥赛罗》还是《阿史那》中所展现的社会、历史，并不是外在于文本的孤立社会现象、社会关系、人物性格的简单叠加，决不会超然于人性之外。因为，无论是《阿史那》还是《奥赛罗》都分别与它们所产生的社会形成了难以分割的必然联系。这是一种更为复杂、更多方向的互文性关系，笔者称之为深层互文性或第二互文性也未尝不可。

---

① 王瑾：《互文性》，桂林：广西师范大学出版社，2005年，第40页。
② 李健吾：《戏剧新天》，第226页。
③ 李健吾：《李健吾创作评论选集》，北京：人民文学出版社，1984年，第461页。
④ 李健吾：《阿史那》，《文学杂志》1947年第3期，第68—102页。
⑤ 同上注。
⑥ 李健吾：《阿史那》，《文学杂志》1947年第1期，第63—102页。
⑦ ［法］蒂费纳·萨莫瓦约：《互文性研究》，邵炜译，天津：天津人民出版社，2003年，第5页。

三、对换与对话：美学意义与认知价值

如今看来，这部翻译、改编的《阿史那》在促使李健吾对主题意蕴深入开掘的同时，也通过强化的意象——手绢的丢失、去不掉的黝黑肤色——"黑不溜秋的骚鞑子"① 和内心深处的"他者"心理，从内外两个层次表现出英雄作为"人"的内心的极度恐惧与矛盾。奥赛罗始终是作为一个"他者"而存在的，为了彰显"他者"的心理，戏剧中一再出现手绢的情节，"金枝玉叶又怎么样？你是我的女人，你不拿我当丈夫看，我就有资格处置你。你的堂房天子哥哥也成全不了你这小淫妇妹妹……你拴得住她娇滴滴的人，你可拴得住她热烘烘的心？……我宁可做一个癞蛤蟆，在烂泥坑里面吸臭气，也不要把我心爱的东西摊开了，奉送给别人受用"②，丢掉的"绣着一大朵牡丹花的花手绢"③ 等与原作若即若离的对白，体现出李健吾对原作创造性的改写。李健吾与莎氏一样，目的都是要营造一种以猜忌、嫉妒心理变化为特征的氛围，使《阿史那》在与《奥赛罗》的互动中始终围绕着"肤色""手绢"作为隐喻的"嫉妒""堕落"的互文性展开。这是李健吾与莎士比亚之间的对话，这种对话超越时间和空间，是中西文化、民族之间的对话，是人类弱点之间的对话，更是人性的对话，按照巴赫金的理论，互文性的特征之一是对话和交流，"任何一个表述就其本质而言都是对话（交际和斗争）中的一个对话。言语本质上具有对话性。"④ 即良心与野心、美善与丑恶、真诚与虚伪、执着与堕落、挚爱与嫉妒、猜忌与坚信之间的中西文化对话。《阿史那》在这种对话和交流中，构建起互文性书写方式，以爱和美的最终毁灭作为代价，并在悲剧性的结局中建立了互文性的对话机制。

这正好说明，《阿史那》在"'李健吾式'翻译"⑤ 中呈现的是文本之间的错

---

① 李健吾：《阿史那》，《文学杂志》1947年第2期，第87—131页。
② 同上注。
③ 同上注。
④ ［苏］巴赫金：《巴赫金全集·第四卷》，白春仁、晓河译，石家庄：河北教育出版社，1998年，第194页。
⑤ 姜洪伟：《试论改编剧〈阿史那〉与原作〈奥瑟罗〉的关系》，《洛阳师范学院学报》2004年第1期，第86页。

综复杂的改编关系。因为"任何文本都是引语镶嵌品构成的,任何文本都是对另一文本的吸收和改编"。① 翻译、改编的《阿史那》由于其先天具有的互文性特点,使其获得了经典文学作品的某些品质,《阿史那》沿用《奥赛罗》中矛盾冲突紧张、激烈的情节,人物性格发展充满矛盾,个性鲜明,情感充沛,大起大落,弥补了李健吾戏剧创作中轻视故事,缺乏强有力对手戏的不足之处②。由此看到,在经过一再犹豫之后,阿史那终于向李燕真举起了屠刀:

我要是弄灭了你,我的好女人,我到什么地方去找那一把天火,再把你点亮了?③

阿史那用情不明,却也用情太痴;不大容易妒忌,可是妒忌起来,就糊涂到了无可救药的地步,信手抛掉他的价值连城的夜明珠。④

据此可以得出,《阿史那》与《奥赛罗》的互文性,在没有脱离莎氏原文本的基础上,通过多方位的吸纳与被吸纳,在发生互动关系的文本之间呈现出盘根错节之关系,显示出《阿史那》在文本语境、悲剧精神和文化代码在互文性的作用下已经发生了改变,使莎氏的《奥赛罗》已经变异为中国的《阿史那》,而且经过变异的文本也不再是以单一自然语言为载体的原作,但其批判精神仍然没有失落。在不同文化背景得到了经过变形的再一次延伸和转换,并由此产生出中国化、民族化新的美学认知价值。

放在中国现代文学与外国文学关系的大背景下观察,《阿史那》对《奥赛罗》的"建构"与"解构",既是在原作与译作,也是在历史与文化、民族与时代、

---

① Julia Kristeva, *Word, Dialogue and Novel*, Oxford:Blackwell Publisher Ltd, 1986, p.36.
② 1949年以后,随着时过境迁李健吾翻译改编的戏剧就没有再演出过。田本相认为孤岛时期,李健吾这类"改编非常成功,因为人们感受到作者对现实的悲愤情感和抗战必胜的信念",参见田本相:《中国现代比较戏剧史》,北京:文化艺术出版社,1993年,第660—662页。张殷认为,李健吾在创作过程中,过分轻视"故事的力量",也缺少"多侧面的个性"展示,这是李健吾的戏剧不为后来的舞台演出者青睐的原因之一,参见张殷:《对李健吾中期剧目界定及文本探究》,《戏剧》2003年第4期,第113页。邹元江认为,李健吾的戏剧够不上艺术,李健吾的剧作从来不能上演。参见邹元江:《戏剧"怎是"讲演录》,长沙:湖南教育出版社,2007年,第273、287页。这也从一个侧面说明李健吾的戏剧主要目的不是"艺术化的呈现"。
③ 李健吾:《阿史那》,《文学杂志》1947年第3期,第68—102页。
④ 同上注。

戏剧观念与舞台建构之间确立他们之间互文性关系的。它们之间的互文性已经蕴涵在《奥赛罗》主旨语篇的主题、内容之中，并由此在不同体裁、语境或风格特征中形成了一个混合交融的共同体，也由于《阿史那》对《奥赛罗》的互文性书写，使其在中国语境中形成了新的意义潜势，使来自于他体裁的文本获得了另外一种生命意义。在这种"翻译"以及主观化的改编中的解构已经变换了主体的位置，演变为中国化、民族化的另一位置，使原有文本的潜势在所形成的新的潜势里，其互文性得到了确认和光大。所以，文本比较，可以使处于另一语境里的互文性阅读与互文性观赏得以实现。

毫无疑问《阿史那》是在对《奥赛罗》的建构与解构之中完成的。这种对《奥赛罗》中国式、民族化的重读，是在原作与创作、偏离与更新、删节与浓缩、挪移与翻译、建构与解构中建立起了两者之间的互文性关系的，《阿史那》的价值很大一部分也恰恰是建立在与《奥赛罗》的互文性之上和延伸出来的中国化、民族性，李健吾"要《阿史那》百分之百是中国的，他希冀莎士比亚也在这里拥有同等的分量"[①]，同时也使互文性的《阿史那》符合中国人的欣赏习惯，并在对中国社会发生作用的过程中，通过对经典的"以前的文本的遗迹或记忆形成"[②]的追寻与沿用，是重读基础上的有意误读的中国化再阐释。

四、结语

《阿史那》与《奥赛罗》之间的互文性使其在中国莎学史上形成了特有的美学意义和认识价值，成为通过这种"文学的书写伴随着对它自己现今和以往的回忆，追寻自己情感的依附物。"[③]《阿史那》以一系列的翻译与复述、追忆和重写超越了时空。李健吾认为："艺术是真理的工具"[④]，从《阿史那》的改编中可以看到，李健吾的策略是，采用莎剧的故事内容、情节、人物、伦理道德评判标准及其悲剧精神；而社会背景、故事情节、人物已经置换为中国人所熟悉的。这种

---

① 李健吾：《阿史那·前言》，《文学杂志》1947年第1期，第63页。
② 王瑾：《互文性》，第40页。
③ [法]蒂费纳·萨莫瓦约：《互文性研究》，第35页。
④ 李健吾：《咀华集·咀华二集》，上海：复旦大学出版社，2005年，第156页。

互文性的置换使人们在接受经典的过程中减少因文化、民族和时代所带来的生疏与隔膜，为更好理解莎氏悲剧精神，为作家建构中重置的主观意蕴，也为接受者跨越文化之间的差异，同时也再次为"文本地位提升"① 与对经典的深入认知提供了更为广阔的空间。

---

① ［美］维克多·泰勒、［美］查尔斯·温奎斯特编著：《后现代主义百科全书》，章燕、李自修译，刘象愚校，长春：吉林人民出版社，2007 年，第 55—56 页。

商业化面孔下的政治呼唤
——从《托斯卡》到《金小玉》①

马晓冬

内容摘要：本文通过具体分析李健吾在上海沦陷时期的改编剧《金小玉》，探讨作者在沦陷区特殊环境下对原作进行的某些去政治化处理、该剧的商业化追求以及剧作内在的政治寓意，并由此考察沦陷区话剧政治和商业之间复杂的铰接关系：看似是去政治化的营业追求，可能是进行更有效政治呼唤的某种支点，而商业化话剧本身又把政治当作一种可资利用的资源，以具有政治意义的宣泄召唤着更多的观众。

关键词：李健吾　沦陷区戏剧　《托斯卡》　《金小玉》

近年来，上海沦陷区的话剧运动在现代戏剧史上的意义渐渐受到了研究者的关注，而在当时的话剧舞台上，改编剧占有相当的比重。作为"沦陷区剧坛的巨人"②，李健吾这一时期的话剧写作在数量上就以改编剧占绝对优势。据笔者的统计，抗战时期李健吾共改编剧作 16 部，其中改编自外国戏剧的作品有 12 部，而当时他最受欢迎、演出最成功的改编剧则是由法国剧作家萨尔都（Sardou，1831—1908）的《托斯卡》（*La Tosca*，1887）改编而来的《金小玉》。上海沦陷区话剧常因其商业运作和特殊的创作环境遭遇政治偏见，受到主流话语的忽视，以为纪念抗日战争胜利 60 周年而出版的"石头说话丛书"为例，其中的《抗战

---

① 原载《中国比较文学》2016 年第 3 期。
② 司马长风：《中国新文学史》（下卷），香港：昭明出版社，1979 年，第 266 页。

戏剧》（田本相、石曼、张志强编著，河南大学出版社，2005年）一书，介绍了50余部抗战时期的戏剧创作，其中没有一部沦陷区的作品。因此，本文尝试在沦陷区时代语境以及李健吾个人创作历程的双重视角下对改编剧《金小玉》进行个案考察，探讨沦陷区话剧商业与政治间复杂的铰接关系，特别关注以李健吾为代表的沦陷区剧人是如何借助域外作品，在生存、救亡的夹缝中进行艺术表达与政治呼唤的。

一、从《托斯卡》到《金小玉》

《托斯卡》的中国改编并不自《金小玉》始，而是有着极为曲折的传播路线。据日本学者饭塚容的研究，1909年留日学生（实质上是中国早期话剧的春柳社）在东京座上演的《热泪》即源自《托斯卡》，不过当时上演的脚本却并非萨尔都的原作，而是欧阳予倩、陆镜若等人看了当年东京新富座公演的日本新派剧《热血》后，由日本作家田口掬汀的改编本改造而来。事实上，连掬汀本人也没有阅读过原作，他是根据一位不知名的日本作者由原作改写的小说《杜司克》"逆路而行创作了脚本"[①]。不过从当事人的回忆以及文明戏时期该剧的故事梗概看来原作的基本情节与人物仍然得到了保留。由于故事情节的曲折与情感的动人，该剧（后改名《热血》）成为"文明戏"剧团所青睐的剧目之一。

新文化运动后，时间并不久远的"文明戏"似乎已成历史产物。但20多年后，在抗战时期沦陷区的上海，李健吾由《托斯卡》改编而来的《金小玉》却获得了巨大的成功。该剧自1944年9月24日至12月17日，由著名的苦干剧团演出，黄佐临导演，在巴黎大戏院演出近3个月，100余场，当时一片好评，成为沦陷区改编剧最为成功的作品之一[②]。电影公司还抓住商机，马上根据此剧改编成电影《爱与恨》。

[①] 饭塚容：《从〈杜司克〉到〈热血〉与〈热泪〉——日中两国在话剧界对一部法国戏剧的改编》，《中国现代文学研究丛刊》2007年第2期，第13页。
[②] 据邵迎建的研究，以票房计算，《金小玉》在沦陷区话剧中位列第5名。见邵迎建：《家破国碎思家国——1940年代的上海话剧与"五四"精神》，《解放军艺术学院学报》2009年第3期，第17页。

作为佳构剧作家，萨尔都并不为新文学界所推崇，但在沦陷区的上海，却得到了话剧运动的重视：不仅李健吾此期翻译了他的 4 部戏剧作品，另一位译者江文新也重译了他的《祖国》（Patrie!），该剧的译作曾多次再版（上海国民书店，1939，1941，1945），并由上海剧艺社演出。而《祖国》一剧也早在 1910 年经陈冷血由日文转译过来（《小说时报》第 5—6 期），并曾由进化团搬演。文明戏与沦陷区在对萨尔都戏剧选择上的重合不是偶然的，尽管沦陷区现代话剧和文明戏在艺术取向上有很大差别，但二者在境遇上却有重要的相似之处：那就是商业化的压力。

正如李健吾所言，他在沦陷时期抓起"假货色多于真货色"的萨尔都，正是"为了争取观众，为了情节容易吸纳观众，为了企图尝试萨尔都在剧院造成的营业记录"。① 事实上，从营业记录的角度考虑，在改编萨尔都的 4 部戏剧之前，李健吾还改编了萨尔都的先行者、著名的法国佳构剧作家斯克里布（Eugène Scribe, 1791—1861）的作品《云彩霞》（Andrienne Lecouvreur），不仅在上海 2 次上演获得好评，1945 年还被北京的沦陷区剧团搬上了舞台，同样相当成功。② 或许正是这一经验促使李健吾进一步着手改编佳构剧大师萨尔都的剧本。

沦陷区的话剧直接关乎剧人的生存问题。"孤岛"时期，李健吾虽然也从事戏剧运动，但他仍在暨南大学任教，后来又受聘担任中法孔德研究所研究员，有稳定的生活来源。太平洋战争爆发后，"孤岛"沦陷，暨大内迁，孔德研究所解散，李健吾和当时的许多知识分子都失去了职业，正好这时，上海闻人黄金荣的孙子黄伟拉拢上海话剧界人士组建剧团，李健吾和朱端钧、黄佐临、洪谟诸位朋友一起加入荣伟剧团，"戏剧""舞台"就成了他们生存所系。

如果说地下党身份的剧作家于伶、阿英内心有更强烈的宣传冲动和使命感，因此对话剧的商业化始终心有负担，那么李健吾的心态则平易得多。在《云彩霞》公演时为特刊所写的自白中，他就自称是个"卖艺的""吃百家饭"③，毫不掩饰话剧作家的职业境况。在 1945 年 12 月中华文艺协会上海分会的成立大会

---

① 李健吾：《〈风流债〉跋》，萨尔都：《风流债》，李健吾译，上海：世界书局，1947 年，第 4 页。
② 朱伟华选编：《中国沦陷区文学大系·戏剧卷》，桂林：广西教育出版社，1999 年，"导言"，第 11 页。
③ 转引自李涛：《大众文化语境下的上海职业话剧 1937—1945》，上海：上海书店，2011 年，第 216 页。

上，李健吾报告上海文艺界的情形时又强调，"我们以老板作中介，避免直接发生政治上的接触。……只要投资人的资本干净，立刻就争取合作演出，提高水准，争取大的观众，……"①，应该说李健吾并不以上海话剧的职业化和商业化为耻。1946年抗战胜利后，李健吾在一篇公开发表的《与友人书》中描绘了当时的情况："你们在大后方的有政府做靠山，我们最后也找到了靠山，那些值得感谢的闭口不谈政治的商人。我们有一技之长，他们利用我们这一技之长来做生意，商业自然而然形成我们的掩护，我们可以苟全性命于乱世了。"②

对曾给予资助的商人，李健吾的感激之情是真挚的：正是这些商人使他们能在险恶的政治环境下"弄两个干净的钱"，保持不与敌伪合作的清白。商业提供了乱世的生存之道，在某种意义上也就提供了能够不与敌伪合作的道德庇护。

二、《金小玉》的改编

法国剧作家萨尔都一生创作戏剧超过70部，在现今读者眼中，最有名的或许就是借助歌剧名扬四海的《托斯卡》。该剧把爱情故事置于罗马城保皇党和倾向法国的共和派斗争的背景下，将爱情纠葛与政治斗争交织在一起，形成了一波三折的故事情节。然而，1941年上海彻底沦陷后的高压环境很难容纳原作的政治表达。在孤岛时期，聚集于租界的知识分子尚可利用这一特殊空间进行抗战宣传，但在太平洋战争爆发、日军全面占领上海后，李健吾对外国戏剧则一律采取改编（而非翻译）的策略，这其中固然有力图吸引观众的商业化考虑，同时也是对高压政治环境的一种应对。

（一）故事背景

李健吾将改编剧置于1920年代军阀混战时期的北平。在1946年出版的单行本《金小玉》人物表后，注明时代为"中华民国十四年暮春"③。但从台词中所提及的人物和事件来看，背景则是北伐战争时期奉军与国民革命军在河南的战事，发生于1927年。这样一来，原作背景中发生于罗马保皇党与法国军队之间的异

---

① 转引自赵景深：《文坛忆旧》，上海：上海书店，1983年，第160页。
② 李健吾：《与友人书》，《上海文化》1946年第6期，第28页。
③ 李健吾：《金小玉》，上海：万叶书店，1946年，第2页。

国战事，在改编剧中则成为内战。

在沦陷区剧坛，辛亥后的历史一向是剧人偏爱演绎的政治时段，如1944年12月30日上海就同时上演《党人魂》《袁世凯》《云南起义》《蔡松坡》等多部辛亥民国题材剧作。这一时段的吸引力在于它是中国历史上最近的"过去"，往往能寄寓一定的政治含义，同时对当年"革命"力量的肯定又不会与当局相冲突，因为"革命"亦是伪政权所鼓吹的价值之一。①

尽管同样设置了北伐的战争背景，但改编剧《金小玉》与李健吾抗战爆发之前创作的《这不过是春天》以及孤岛时期的《十三年》在主题处理上颇为不同。孤岛时期的创作环境相对自由，因此后两剧虽然也以人物性格的表现和情节的呈现为核心，但都包含着对个体人生道路与政治选择的反思，特别是其结尾处，都发出鲜明的政治呼唤。《这不过是春天》的男主角冯允平说："一个人活着不只为了活着，国家风雨飘摇，自己却闪在一旁，图他一个人安逸，不说没有良心，先没有人气。"②《十三年》中侦探则在剧终处自言自语，为自己给军阀卖命欺压百姓而痛悔："整整十三个年头儿，我干了些什么！一堆灰！还不如一条狗！……不如一条狗……"③ 与这两出戏清晰的政治寓意相比，在《金小玉》中，政治背景却被模糊化了。不要说剧中的反面人物没有明确的政治立场表达，就是其中的正面人物革命党人莫同和学者范永立的政治表达与原作相比也简化了。改编剧第二幕众人在客厅谈论河南战事时，所提到的大帅、吴佩孚、靳云鄂、米振标这些历史人物，更体现出军阀之间的争夺，仅从台词中完全感觉不到对立双方的政治色彩，以至于剧中的黄总参议甚至说："我们如今和春秋战国差不了许多……"④ 所以，观众在大帅的警备司令王士琦对范永立的拷打与对金小玉的无情逼迫中，看到的不是政治立场的对立，而是清晰的正邪对立。

事实上，通过本土化的改编，通过删减原作中某些与情节主线不甚相关的背景交代和政治议论，在作品情节和语言层面，李健吾对原作进行了某种"去政治

---

① 汪伪头子丁默邨的《记头山满先生》一文（《申报》1944年11月26日）就称这位大东亚战争的鼓吹者为"东亚革命之友"。
② 李健吾：《李健吾剧作选》，北京：中国戏剧出版社，1982年，第61页。
③ 同上书，第231页。
④ 李健吾：《金小玉》，第36页。

化"的处理。这样，也就将剧情重心更进一步地放在了不具政治立场的女主角金小玉及其爱情悲剧之上。

（二）金小玉形象

萨尔都原作中的托斯卡是一位歌唱家，改编后的金小玉则成了京剧女伶。或许正是因为这样一种非常容易转换的身份对应，中国译者似乎特别偏爱法国戏剧中的女歌唱家形象。晚清民初戏剧译介不甚发达，但是仅就法国戏剧而言，竟然有3部法国翻译戏剧的主角都是女歌唱家，分别是曾朴翻译雨果的《银瓶怨》（*Angelo*），徐卓呆和包天笑合译斯克里布的《怨》（*Andrienne*）以及萨尔都的《热泪》（即《托斯卡》）。无独有偶，在抗战时期，这3部剧都改头换面，在上海的舞台上出演过。

此类形象如此受青睐，当然和清末以来京剧的日益繁盛、女性京剧演员的出现并走红不无关系。就商业而言，话剧艺术在当时的最大竞争者就是京剧。因此，京剧本身作为大众娱乐艺术的号召力促成了商业化话剧在选材和人物上对它的吸取。沦陷区历史上卖座最高的话剧《秋海棠》讲述的就是一个京剧演员的故事，剧团当时还请梅兰芳来指导演员唱腔。在《金小玉》之前，李健吾改编的《云彩霞》也是一个京剧女伶的故事。1942年该剧公演后，为了增加号召力，上海的剧人和北京的四一剧社还邀请了当时著名的京剧演员白玉薇登上话剧舞台，在京沪两地演出《云彩霞》（《申报》1944年9月27日广告）。

在职业和身份上，这些外国戏剧中的女歌唱家在本土现实中有直接的对应者——京剧女伶，这就使改编剧在面对本土现实时，其跌宕起伏的剧情具有了一定可信性。上述3个形象的共同点就是为爱牺牲，想方设法拯救自己的爱人。而作为无权无势的下层女性，她们之所以拥有拯救自己心爱之人的资源，正是因为作为女伶，她们拥有一般女性不具备的恋爱和行动自由，且由于色艺双绝受到有权势者的追捧，能利用自己的地位左右形势。《金小玉》中的警备司令王士琦爱慕小玉，利用后者想救情人性命的心理要挟她，使小玉在剧烈的内心斗争后屈辱地答应做他的姨太太。为了增强故事的现实感，李健吾还在改编剧中增加了王士琦对金小玉的母亲和戏班班主威逼利诱，逼他们在卖身契上签字的情节。

如上文所述，李健吾对原作的政治议论以及与主线关系较松散的细枝末节进行了删削，因而使金小玉的爱人、男主角范永立的分量削弱了。在李健吾的改编本中，原作开场男主人公马里奥的仆人与教堂执事之间关于马里奥身份、性格的议论，第4幕第1场警察总监手下对马里奥面对酷刑坚强不屈的描述，都被删除了。而剧本中关于女主角性格展示的部分，从出场的热情、嫉妒到终场义无反顾地与爱人共生死，特别是托斯卡与警察总监3场非常重要的对峙，李健吾都特别精心地予以保留并加以突出。

当然，本土化之后，金小玉的形象与托斯卡相比也有明显的变化。原作者将托斯卡塑造为一个笃信上帝的虔诚者，她在杀死警察总监后，还拿起屋里的十字架放在仇人尸体之上，因此其形象更偏重于虔诚、善良、痴情；而在改编剧的中国语境中，金小玉则不具备宗教情怀（在沦陷区异族压迫的政治语境下，作家在情感上也很难保留原作中女主人公对敌人的慈悲之心。因为在此剧正邪对立的框架中，被杀死的警备司令正是日本侵略者的化身），却在痴情忠贞之外，多了一份泼辣。小玉在李健吾改编剧中的出场是到石观音寺找范永立，叫门不开，急得在敲门时敲碎了两块砖头，观众因此一方面体会到她急于见到爱人的心情，一方面也对她的率真、泼辣有所感受。在第二幕中，王士琦想从小玉身上突破，探出范永立与革命者莫同的下落，但面对人人畏惧的警备司令，小玉大气从容，不为所动。李健吾的改编中有这样一句在原作中并无对应语义的台词："我就是这样儿贱，吃软不吃硬"①，不仅突出了作为女伶的小玉泼辣勇敢的性格，同时也想表明小玉最终说出莫同藏身地点并非由于本人的怯懦，而是因为对范永立的爱。经过这种改编，小玉最终以一弱女子而杀死恶魔警长的情节就有了铺垫，同时也更增强了她性格中刚烈的一面。《金小玉》上演的广告词中概述情节曰"烈女殉情"，清晰地表明了改编本将托斯卡这个异国形象整合到民族资源中进行本土表达的努力。同时，在沦陷区民众受蹂躏的政治环境中，作家在受压迫的观众心中所呼唤的也正是这样一种刚烈不屈的精神。当这种精神寓于一个本来作为弱势群体的女性之身时，它尤其成为了对受蹂躏的中国人民抗战精神的隐喻。

（三）喜剧内容

对于原作，李健吾说他"删削了不少，当然也添加了不少"②。除了我们前面

---

① 李健吾：《金小玉》，第53页。
② 李健吾：《戏坛往来》，《万象》1944年第5期，第71页。

所举之例外，最明显的就是第二幕中黄总参议这个人物的创造和七太太戏份的添加，这两个人物使该剧在汉语世界中大大加强了喜剧因素。

大帅手下的黄总参议在原作中很难找到对应人物，是李健吾在第二幕的客厅群像中加以突出以创造讽刺效果的手笔，麦耶将其评为本剧他最喜欢的两个人物之一①。他夸夸其谈，自以为是，但其不可一世的骄傲言谈却以收到失败的战报而破产，创造了十足的喜剧效果。若我们将他的自信与猖狂不可一世的日军联系起来，这个人物的创造就有了更深的寓意。

改编剧中的"七太太"对应于原作中的皇后，她是第二幕大帅获胜后庆功会的主宾，她给王士琦施压催他尽快抓捕革命党人莫同，又通过对金小玉的赞美从侧面让观众了解到后者才艺的高超。这些功能都和原作中皇后这个人物相同。但是原作中的皇后完全是一个情节中的功能性人物，无任何性格色彩，在《金小玉》中，李健吾却通过大帅七姨太——这个妓女出身的人物给自己的悲剧增加了喜剧色彩。

她虽然一出场就因权势受众人吹捧，被一般官僚和阔太太围绕，但是她的一言一语、一举一动却脱不了妓女习气。七太太言语中那些妓女切口的自然流露，她的无知无觉、不以为耻，男女宾客的尴尬和谄媚，都给这场权贵云集的高层宴会增加了讽刺意味。李健吾一向有讽刺天赋，从他创作戏剧开始，讽刺性的性格喜剧就是他的擅长。另一方面，在沦陷区的特殊语境下，"笑"也是吸引观众的法宝之一。"四十年代，喜剧在上海空前流行"，其直接的原因是市场的要求，即"大众对话剧娱乐性的需求"。② 夏衍在分析于伶的创作时也指出，由于"为营业，为观众着想"，"而助长了他在作品中放任那种种'涉笔成趣，涉笔成刺'（孤岛市民同时需要着趣和刺的）的'繁花茂叶'的滋长"③，这种评价亦特别适合李健吾对《金小玉》的改编。

曲折紧张的情节、感人的爱情故事、不失现实感的笑料、和传统资源的对接——在萨尔都著名的佳构剧底本之上，改编后的《金小玉》特别适合商业话剧的氛围，最终带来票房上的成功。

---

① 麦耶：《观剧随谈》，《杂志》1944年第1期，第158页。
② 李涛：《大众与小众——迈向趣味戏剧》，《戏剧艺术》2007年第6期，第31页。
③ 夏衍：《于伶小论》，《夏衍论创作》，上海：上海文艺出版社，1982年，第501页。

三、《金小玉》的成功：商业化面孔下的政治呼唤

以上对改编剧的分析令我们不难感受《金小玉》整体上的商业化努力。如果参考《申报》上《金小玉》的演出广告，就更可见出当时商业化运作的气氛与力度。演出前一个星期，广告的攻势就已在《申报》上开始；临近演出，剧团甚至在一个版面同时打出大小两幅《金小玉》广告，以该剧的"热情磅礴，大气奔腾，悲壮缠绵，紧张刺激"吸引观众；1944 年 10 月 30 日，广告则标明此剧已演满 50 场，以票房实绩号召更多观众，且此后每天的广告都同时写明截止当天的演出场次；如 11 月 28 日的广告中标明 78 场，并以"口碑载道，空前力作，新戏涌来，未便久延，未观诸君，务请从速"呼唤观众看戏；12 月 2 日，剧团日夜献演第 82、83 场，预告"演期无多"，向观众"千祈速观"。

实际上，改编佳构剧作品本身就内含商业取向，容易引起严肃的剧评人的批评。李健吾改编的《云彩霞》上演后，剧评中就有这样的声音："作者同样花了许多宝贵的精力和时间，为什么不选择些更现实性的题材，偏偏从'与众无关'的幻想中去求自己的园地，《云彩霞》的艺术成就固相当高，究竟'情节复杂'和'故事曲折'，并不是艺术创造的主要目的，一切熟练的技巧，不过是一种手段，通过手段，给观众的倒是'给了他们些什么'！"①

然而，同样是改编自佳构剧作家、获得了绝对商业成功的《金小玉》在当时得到的却是一片赞扬之声，著名的剧评人麦耶甚至认为"如果要评一九四四年的剧坛佳作"，李健吾创作的《青春》和改编剧《金小玉》"都该占魁首"。麦耶的评论令人深思，他说"《金小玉》决不是一部描写伶人的戏剧，而是一出革命的悲剧"②。探究《托斯卡》一剧的改编和接受，我们可以看到，即使是佳构剧，改编者也并非不能利用其进行更本土化的政治表达。清末日本的中国留学生第一次上演《托斯卡》的改编本《热泪》时，就曾在观众中激起强烈的政治反响，因为《托斯卡》原作中本来就有鲜明的共和、保皇之间的政治斗争背景，迎合了晚清

---

① 欧阳婉华：《云彩霞和芳华虚度》，《杂志》1942 年第 3 期，第 165 页。
② 麦耶：《观剧随谈》，第 157 页。

反对专制的时代思潮。欧阳予倩回忆道："我们都不是革命党人，可是反对专制倾向自由的思想，不可能不影响到我们，尽管在我们四个人当中每个人的感受有所不同，我们在排练的时候，不知不觉把一个浪漫派的悲剧排成宣传意味比较重的戏。"① 所以，改编的《热泪》甚至没有按照原作的安排让革命者在被捕前自杀，而是坚持到最后和想要拯救他的画家一起受刑。两人临刑前的交谈中，还有"专制必定会倒，自由平等的世界一定会到来"② 的表达。

和留日学生的改编本相比，李健吾的改编不但没有加强原作的政治倾向，反而将之模糊化了，因为他把更多的分量放到了一个不谈政治、只重爱情的女人身上；他还创作趣剧内容，在一出悲情剧中加入喜剧的成分。不过，凡此种种处理，绝不意味着李健吾没有政治表达的抱负。要理解《金小玉》在沦陷区的表达，除了沦陷区话剧商业化生存环境，我们必须考虑当时的严酷政治环境给改编者的强大压力。

1940年，李宗绍在《一年来孤岛剧运的回顾》中有这样意味深长的总结："'此时此地'的戏剧运动又不同于'彼时彼地'，它不像自由园地里的花草能自由茁长，它是在砖石压抑下的嫩芽，要懂得向空隙处伸展，否则将不待含苞即枯萎而死。"③ 沦陷时期的政治环境远比孤岛时期更为紧张，《金小玉》的改编正向我们提供了一个"向空隙处伸展"的绝佳范例。

尽管李健吾在情节和台词方面都对原作进行了去政治化的处理，但吊诡的是，当年金小玉演出的广告词却以"壮士殉国，烈女殉情"为号召（见上演期间《申报》广告）。如果我们分析剧情，严格说来剧中并没有壮士殉国的情节，因为莫同和范永立面对的都不是外敌，范永立的被害也并非个人参与革命斗争的结果，而是他对朋友讲道义、有担当的人格使然。但在沦陷区特殊的政治环境下，"壮士殉国"无疑有着激动人心的票房号召力。可以说，"壮士殉国，烈女殉情"一方面通过传统话语将该剧"历史化"，尽可能使其在政治上具有安全性（而剧中台词中实际没有直接的政治表达更保证了这种安全性）；另一方面其中的政治影射却又是召唤观众来到剧场的吸引力。

---

① 欧阳予倩：《回忆春柳》，《自我演戏以来》，北京：中国戏剧出版社，1959年，第166页。
② 同上书，第173页。
③ 李宗绍：《一年来孤岛剧运的回顾》，《戏剧与文学》1940年第1期，第12页。

其实，越是在一个政治高压、言论钳制的环境中，观众的神经就会越敏感，虽然侵略者可以用军事和文化的暴力束缚创作者的表达，但观众却和同样身处异族占领区的艺术家心有灵犀，能恰如其分地理解舞台上的微言大义。在此环境之下，《金小玉》一剧中的正邪对立本身对当时的观众来说就有着极大的感染力，因为在沦陷区，侵略者、附逆者就是头号的邪恶势力。原作《托斯卡》中的斯卡皮亚男爵被认为是"萨尔都塑造的最残暴的角色"①，选择这样一个人物呈现于舞台就更容易唤起对邪恶的仇恨与反抗。当《金小玉》中的对应人物警备司令王士琦命令手下对青年学者范永立严刑拷打时，当他残酷地在心理上蹂躏和折磨无助的金小玉时，观众很容易从中认出那些蹂躏中国百姓的侵略者及其走狗的面目。文学的创造以情境取胜，而情境所包含的意义远比直接宣传的文字本身更为丰富、动人，也内含了绝大的可再生性。当原作中正邪对立的各种情境移植到沦陷区的上海时，这部看似以情节取胜而缺乏真实性的法国佳构剧却具有了对中国观众所身处现实的指涉。

和剧本相比，舞台表演更有极大的形象感和表现力。当年饰演警备司令的话剧皇帝石挥特意为塑造这个舞台形象剃了光头，强化其现实影射。正如抗战后一位批评家所言，"石挥所饰的王士琦简直是一绝，他的残忍、淫荡，活画了有'上海屠夫'之称的敌宪"②。黄佐临导演在舞台设计时，"在桌下装了一个小聚光灯，正好将石挥的影子投映在后墙上，人物动一动，那光头，那带穗的肩章，便跟着一起颤动，在闪闪火光中，犹如一个魔影，既阴森恐怖又令人痛恨。所以，当金小玉一刀向总监刺下去时，早已憋了一肚子气的观众不禁掌声如雷……"③。

可以想象，在观众内心，警备司令已成为侵略者及其走狗的代表，而范永立对革命的同情和对朋友的道义、金小玉对爱情的忠贞虽然诉诸道德选择，但对有心的观众来说，这也是对身处乱世中的他们维持个体道德操守的召唤。

抗战以后，李健吾发表的相当一部分文字，都经由对大时代中个体道德选择

---

① Cooper, Barbara T. ed, *French Dramatists 1789 - 1914*, London: Gale Research, 1998, p.352.
② 郭天闻：《李健吾论》，《上海文化》1946年第6期，第31页。
③ 白文：《佐临氏在"苦干"时期的艺术活动》，上海艺术研究所话剧室编：《佐临研究》，北京：中国戏剧出版社，1990年，第386页。

的思索展开灵魂之拷问,这更使我们意识到,他对《金小玉》的改编也有着一以贯之的道德关怀。1937年日军占领华北后,李健吾在《文学》上发表了一篇散文《时间》,后在出版散文集《希伯先生》时作为该书的代序。散文中讲述了一个他所知的辛亥志士是如何变质、在战争中出卖灵魂的。作者感慨道:"怕死是时间的臣妾,贪生是时间的宠幸。而对付这最大的敌人,消极的有曾子的'吾日三省吾身',积极的却也只有舍命相拼一个办法。这至少表示:即以其人之道,还治其人之身。它一天一天逼我,我一天一天和它算账。我要是不能够制服时间,总可以和它拼个两败俱伤。何况有的是英雄,不上两三回合,就把时间一脚踩在底下。在现今所有的民族中间,日本人最懂得,也最怕我们懂得这个道理。"(在最直接的意义上,我们甚至可以把此段引文中的"时间"换成"日本侵略者")① 所谓"制服时间",其实也就是熬过困难,熬过折磨人身体与心灵的各种极端情境,使自己的灵魂能够经受住考验。这篇散文写于日军占领上海前夕,李健吾尚可以直抒胸臆;而在1944年沦陷区的上海,李健吾则在《金小玉》中让革命党人莫同、范永立和金小玉坚持操守、忠于爱情,不在"时间"所带来的困境前屈服,曲折地表达他以死相拼的理想。

剧中,莫同在越狱后和范永立有这样一段对话:

莫:[一声长叹]……总理用了四十年,革命尚未完成,后人不知道又要用多少年。

范:艺术也是这样子。天不是一下子就会亮的。要经过很长很长的夜晚。②

李健吾让范永立此时谈及艺术,在故事的语境中并不太贴切,但是在沦陷区的特殊环境里,即使是拐弯抹角的内涵,观众也可以心领神会,因为夜晚无疑暗指着中国民众受压迫的苦难。剧本最后,金小玉发现王士琦欺骗了自己,范永立没有如约被拯救,反被枪杀时,是这样的舞台提示:"金就胸一刀刺下,合身倒向范的尸身。电灯光浅褪,晨曦高高照起。"被王士琦一步步摧折、逼迫的弱女子金小玉最终让敌人死在自己刀下,并选择与范永立共同赴死。面对不屈的灵魂和忠贞的爱情,强权暴力绝没有恒久的力量,天总归要亮的……剧中虽然没有任

---

① 李健吾:《时间》,《希伯先生》,上海:文化与生活出版社,1939年,第3页。
② 李健吾:《金小玉》,第19页。

何直接的言语表述，而只是在舞台上用了一抹晨曦，但却试图让身处黑暗之中的观众感受到希望。特别是《金小玉》并没有用更多笔墨去描摹革命者和直接突出政治立场，而是让艺术家范永立和金小玉作为普通人以对道义的坚守完成了具有革命意义的行动，这就更向沦陷区的普通观众发出了特殊时代的政治召唤。

李健吾改编的《托斯卡》，也曾在大后方的重庆出版和上演，名《不夜天》，题目就有较强的政治寓意。① 但在上海演出时，则以不带任何政治色彩的题名《金小玉》问世。

在渝版改编本中，李健吾把剧中的背景设定为抗日战争，并让剧中的主人公范永立成为重庆方面派来的抗日工作者，具有了鲜明的政治身份。剧终时不仅让范永立逃出魔窟，获得自由，而且还让小玉喊出"天——亮——了"，更明确地表达胜利的信念。此剧在重庆的出版使作家的表达从沦陷区的政治高压下解脱出来，因而也强化了作品宣传和表现抗战的政治功能。通过将《金小玉》与《不夜天》参照阅读，沦陷区这部改编剧中所包含的政治情怀也就更凸显出来。

柯灵在概括沦陷区戏剧的生存境遇时说，"这是一场争生存和自由的严酷斗争，实际上是一种危险的走钢丝游戏——绝端狭窄的生存空间，游丝般细弱的呼吸"②。为了话剧的生存和保证安全系数，李健吾在改编时选择萨尔都的佳构剧，对其进行了若干去政治化的处理，以保证话剧的上演、追求商业的成功。在这里，争取观众是第一位的；另一方面，对舞台下的观众而言，原作的核心情境在沦陷区语境下所包含的政治寓意却一触即发，引发他们极大的共鸣和热情，象征性地宣泄对侵略者的仇恨，并升华正义的道德情感。这也就是麦耶所言"革命悲剧"的含义。

话剧要在沦陷区真正实现政治呼唤，首先要生存，其次要尽可能感染更多大众，而这两者都有赖于商业的成功。从某种意义上说，商业越成功，其政治呼唤也就范围越广、越有效。另一方面，《金小玉》的商业成功自有其所包含的政治表达之功劳，观众以脚投票，也表明了他们对剧中隐含的政治寓意的领会。谈到

---

① 1945年4月28日起，中电剧团在重庆银社上演《不夜天》，陈鲤庭导演，路曦、齐衡、郑敏、严皇、张雁等演出。参见孙晓芬编著：《抗日战争时期的四川戏剧运动》，成都：四川大学出版社，1989年，第304页。
② 柯灵：《上海沦陷期间戏剧文学管窥》，《上海师范大学学报》1982年第2期，第2页。

改编戏，李健吾曾说："改编小说或者剧本，我们很少把自己的灵魂放了进去。所以，有时候我们可以看到成功的创作，很少机缘遇见一个比较成功的改编。最坏的是换个名姓而已。最好的利用原作的某一点，或者是结构，或者是性格，或者是境界，或者是哲理，然后把自己的血肉填了进去，成为一个有性格而有土性的东西。"① 身处沦陷区的李健吾以一种极为隐晦的方式，在这部佳构剧的改编过程中置入了自身的道德与政治关怀，而观众则从爱情悲剧的感人肺腑之中体验到针锋相对的正邪较量以及正面人物的不屈与忠贞，响应着剧作家的灵魂呼唤。

通过对沦陷区的改编剧《金小玉》的透视，我们可以非常具象地感受沦陷区话剧政治和商业之间复杂的铰接关系，看似是去政治化的商业追求，其实是政治呼唤的某种支点；我们甚至可以说，在沦陷的上海，《金小玉》的谋求商业成功本身就是一种政治姿态。而商业化话剧本身也把政治当作一种可资利用的资源，以具有政治意义的宣泄召唤着更多的观众。正是通过这样一种商业与政治的铰接，进步的话剧人在沦陷区特殊的政治与文化生态下，寻找到了他们独特的表达家国情怀的方式。

---

① 李健吾：《〈大马戏团〉与改编》，刘增杰编：《师陀研究资料》，北京：北京出版社，1984年，第277页。

李健吾对《托斯卡》的差别化改译
——兼谈抗战文学的流动性问题①

朱佳宁

内容摘要：抗战时期，李健吾两度改译法国戏剧《托斯卡》，并分别以《金小玉》和《不夜天》为题在沦陷区和大后方上演、出版。本文以两部剧作的差别化改译为切入点，分析沦陷区改译剧《金小玉》中作为隐性因素处理的救亡话语，如何在大后方剧本《不夜天》中得到强化和彰显。并进一步指出，抗战时期不同文化区域在言说空间与言说方式上固然存在巨大差异，但其背后对于"家国情怀"的呼唤、对于"民族化"的坚持却是一致的，抗战文学最终在"流动"中获得了开放性和统一性。

关键词：改译剧 《金小玉》 《不夜天》 抗战文学 流动性

戏剧的跨文化改译是抗战时期的重要文化现象，作为现代文学史上颇为勤奋的翻译家、剧作家，李健吾在这一领域内的工作不容忽视。据统计，李健吾在抗战期间共改译外国剧作12部，②其中他最得意的作品是依据莎士比亚戏剧改译而

---

① 原载《浙江学刊》2020年第2期。
② 依《李健吾文集（11卷本）》显示，李健吾发表于抗战时期的改译剧包括《说谎集》《撒谎世家》《蝶恋花》《云彩霞》《花信风》《喜相逢》《风流债》和《不夜天》8部，经笔者查阅民国报刊，可确认发表于抗日战争结束后的《金小玉》《好事近》《阿史那》《王德明》4部改译剧同样完成于抗战时期，并有上演记录。此处数据以李健吾的改译时间为标准，故为12部。另，《金小玉》和《不夜天》两部剧作虽译自同一部作品，在面貌上却存在较大差异，因此按两部不同的改译作品计算。特此说明。改译剧资料可参考李健吾：《李健吾文集》，太原：北岳文艺出版社，2016年。

成的《王德明》和《阿史那》。① 但如若回到历史现场，以读者和观众的反馈作为衡量标准的话，李健吾最成功的戏剧实践当属对《托斯卡》的改译。《托斯卡》（La Tosca，1887）原是法国剧作家萨尔杜（Victorien Sardou，1831—1908）的佳构剧代表作，同名歌剧由意大利作曲家普契尼（Giacomo Puccini，1858—1924）谱曲后更是声名远播、享誉全球。在我国，《托斯卡》的早期译介与春柳社的戏剧活动密不可分：早在1909年，春柳社就根据日译本将剧本转译为《热血》，并在日本东京搬上话剧舞台；1915年，春柳社再次在上海公演此剧，并在《申报》的广告中突出"革命"和"爱情"两大主题。② 与春柳社"不得已而为之"的转译策略不同，作为一名资深的法国文学研究者和翻译者，李健吾有能力依照法文原著进行翻译。这原本可以最大程度上缩短译作与原作之间的距离，但李健吾却仍旧坚持对剧本进行"中国化"改写，并在抗战期间改译了两个版本，不能不说用心良苦。

一、一作两译：《金小玉》与《不夜天》

1944年，李健吾首次将《托斯卡》改译为《金小玉》，剧本一开始并未公开发表，而是交由苦干剧团排练并搬上舞台。《金小玉》与《托斯卡》的情节相近，最主要的差异首先在于场景和人物设定的中国化，这也是李健吾抗战时期改译剧的重要特点之一。③ 《金小玉》主要讲述了北平名伶金小玉和留学归国的知识分子范永立之间的爱情悲剧。以下简述剧情。

金小玉的恋人范永立，是一名研究所的研究员，平时在北平的石观音寺挖掘、整理石像。出于正义感，帮助同学莫英营救逃狱（因"闹革命"被捕）的弟弟莫同，并将他带到金小玉为自己购置的一处私宅藏匿，警备司令部的官员王士

---

① 李健吾回顾敌伪时期的生活时，说："你如若问我这'戏剧家'的头衔有没有比较可观的东西可以比配，我愿意厚起脸皮来说，除非是莎翁那两出伟大的悲剧的改编。我在《王德明》和《阿史那》两出戏里面下过工夫，他们将是我在改编之中最唐突也最高攀的冒险。"具体内容参见《与友人书》一文，收入李健吾：《李健吾文集》第六卷，第217页。
② 马晓冬：《革命与爱情：萨尔都戏剧在中国（1907—1946）》，《新文学史料》2018年第2期。
③ 关于李健吾改译剧的中国化这一论题，可参考胡斌：《李健吾跨文化戏剧改编的民族特色》，《南通大学学报》2015年第6期。

琦在追查莫同行踪的过程中,怀疑范永立参与了营救,却没有找到直接证据,也不知范永立藏身何处。于是王士琦以在石观音寺捡到的包袱皮(绣有"莫英"字样)为凭,故意骗金小玉称,范永立和莫英是情人关系,两人正在私会。金小玉情急之下闯入私宅,却不料自己的行踪全在王士琦掌握之中,这一冲动行为导致范永立被捕。随后王士琦对范永立用刑,以逼迫金小玉说出莫同的藏身地点,金小玉因爱妥协,最终莫同因行踪暴露而服毒自杀,范永立受牵连被判枪决。听到噩耗,金小玉苦苦哀求王士琦放范永立一条生路。王士琦以"让金小玉做自己的四姨太太"为条件,安排部下用空枪假枪决。金小玉假意应承,见范永立获救后趁机杀死王士琦,想与爱人一同逃走,却不料王士琦安排的假枪决也是假的,范永立已被枪杀,金小玉遂殉情。剧终。

1944年9月23日,《金小玉》在上海沦陷区的巴黎剧院首演,由黄佐临导演、丹尼饰女主角金小玉、李健吾客串"黄总参议"一角,立即引起剧坛轰动,被誉为"近顷剧坛罕见的珍璧"。① 据《申报》广告页显示,自话剧首演截至当年12月17日停演,近三个月时间内除去9天演员休息日外,此剧天天上演,且"场场客满""连演连满",以至于不得不时常加演。需要指出的是,《金小玉》的演出范围并不局限于上海地区。1945年,《金小玉》在天津演出,亦大获成功。据相关报道称,"《金小玉》演出后,观众们都疯狂了,不但这出戏的结构好,穿插好,故事好,台词好,而且布景服装也好,……台上演技精湛,台下人缘更是美好"。② 此外,《金小玉》在扬州南京大剧院演出时,也曾连演五晚,因热度较高又加演一个日场,且场场客满,买不到票的观众甚至聚集在剧场门口,久久不肯散去。③ 1945年,导演王引将《金小玉》更名为《爱与恨》搬上银幕,由袁美云饰演金小玉、黄河饰演范永立、王乃东饰演王士琦。④ 直到1946年,《金小玉》仍广受欢迎,当年5月10日至26日,话剧原班人马在上海再度演出此剧,《申报》广告称"苦干名作,卷土重来",并称"本剧初演,连续四月,卖座不衰"。报纸的广告语固然有夸大之嫌(如将实际不足三月的初演时长扩展至所谓"四

---

① 史华:《〈云南起义〉观感》,《申报》1944年12月24日。
② 佚名:《〈金小玉〉获到成功》,《立言画刊》1945年5月26日。
③ 陈清泉:《一次鲜为人知的话剧巡演》,《上海戏剧》2007年第12期。
④ 励:《又是一部迁剧于影的作品〈金小玉〉搬上银幕》,《中华周报》1945年3月11日。

月"），但话剧《金小玉》的火爆程度仍可见一斑。1946年2月，剧本《金小玉》由上海万叶书店出版，署名"李健吾"。

对于身处沦陷区的李健吾而言，《金小玉》的名声大噪可谓是一把双刃剑。演出成功一方面给他带来了较为丰厚的经济收益，一定程度上缓解了失业所带来的经济危机。① 另一方面，日渐高涨的人气也使他成为日本宪兵队的重点关注对象。1945年4月19日，李健吾在家中被捕，罪名之一即是"《金小玉》影射日本宪兵队"。据李健吾回忆，日本宪兵拿着舞台照对他进行审讯，认为他扮演的黄总参议"活脱脱一个新四军的参谋长"；另外，审问他的日本军曹荻原大旭是一个光头，而《金小玉》中反派人物王士琦的扮演者石挥在演出时也特意剃了光头，影射之意十分明显。在审问时，荻原大旭直言："你写这个戏揭露我们的秘密，侮辱我们的工作。……你骂日本宪兵！……你宣传我们的不是，你叫中国人恨我们。"② 尽管如此，日本宪兵并没有掌握切实的"反动"证据，李健吾在被监禁约20天后得到释放。巧合的是，李健吾被捕之际，由《托斯卡》改译的《不夜天》在大后方正式上演了："1945年4月28日起，中电剧团在银社上演《不夜天》，……陈鲤庭导演，路曦、齐衡、郑敏、严皇、张雁等演出。"③ 当年6月，《不夜天》由重庆美学出版社出版，署名"西渭"。从时间上推算，李健吾将《金小玉》改写为《不夜天》大概是在1944年末至1945年4月间，并不是在他接受日本宪兵队的审问、拷打之后，但将同一部作品改写为《金小玉》和《不夜天》两个版本，并分别在抗战时期的沦陷区和大后方出版，这一文学行为本身便具有丰富的历史文化信息。学界此前的研究集中关注《金小玉》对《托斯卡》的跨文化改译，即相对于原著而言，李健吾的《金小玉》做出了怎样的改写、及为何作此改动，却忽视了《不夜天》这一版本在《金小玉》的基础上，亦有较大范围的调整。④ 本文试图对这一问题进行较为详细的梳理，以具象展示抗战时期沦陷区

---

① 据《李健吾传》，孤岛时期，李健吾在中法孔德研究所担任研究员，负责撰写《法兰西文学史》。太平洋战争爆发后，孔德研究所解散，李健吾完全失业。写剧本、"做李龟年"是他的生活所需。参见韩石山：《李健吾传》，北京：人民文学出版社，2017年，第233—241页。
② 李健吾：《〈金小玉〉在日本宪兵队》，《李健吾文集》第六卷，第207页。
③ 孙晓芬：《抗日战争时期的四川话剧运动》，成都：四川大学出版社，1989年，第304页。
④ 马晓冬的《商业化面孔下的政治呼唤——从〈托斯卡〉到〈金小玉〉》一文即主要处理《托斯卡》的跨文化改编问题，该文也曾提及《不夜天》对《金小玉》的改写细节，（转下页）

与大后方在言说空间与言说方式上的巨大差异。

二、《金小玉》：救亡话语的隐性流露

改译剧本《金小玉》中有明确的政治表达，这一点早在话剧演出时便已引起注意，例如当时的著名剧评人麦耶曾指出，"《金小玉》决不是一部描写伶人的戏剧，而是一出革命的悲剧"。① 但因为此剧的改译和演出都在沦陷区进行，不论是作为编剧的李健吾，还是参与舞台演出的演员，都只能"影射"现实，不能直接表达与"救亡"相关的言论。因此，《金小玉》中的救亡话语主要以隐性、曲折的方式展开。

《金小玉》的隐蔽式表达，首先表现在范永立这一人物身份的去政治化上。在剧本中，莫同是一个政治身份模糊的"闹革命"的年轻人，营救他的范永立也只是一位留学归来的知识分子。他沉迷于考古工作，整日在古庙中挖掘、清理佛像。在营救过程中，他心心念念的是自己的工作："我希望我明天能够回来继续我的工作。这样好的一尊石像，埋没了，未免太可惜了。（端详）可是，它多冷呀！（停了停）多静呀！它就这么静静地，……把我的灵魂吸了过去，变成了它的。"② ——这一段文字很符合范永立"研究员"的身份设定（后在《不夜天》中悉数删去），直接树立起一个沉迷学术、看似与政治无涉的知识分子形象。

与此相关联，尽管范永立参与了营救莫同的行动，甚至为此赔上了性命，但细读《金小玉》文本却可以发现，范永立的营救行为在一开始其实是被动的。他只是在石观音寺工作时"无意之中"遇到了营救莫同的莫英，出于旧日之谊（范永立和莫英是老同学，两人的父亲也是老朋友）和知识分子的良心才伸出援手。为了增强范永立营救行为的可信度和有效性，李健吾还特意在人物对话中加入了大段关于范永立父亲的往事：范父曾是革命派，在光绪年间与维新人士来往密切，戊戌变法失败后，他为躲避官兵追捕逃到了一个姓丁的农民家中，被主人好

（接上页）却未对之进行系统比对。参见马晓冬：《商业化面孔下的政治呼唤——从〈托斯卡〉到〈金小玉〉》，《中国比较文学》2016年第3期。
① 麦耶：《观剧随谈》，《杂志》1944年第1期。
② 李健吾：《金小玉》，上海：万叶书店，1946年，第10页。

心收留而得以保全性命。这一情节在剧本中颇具隐喻意义："革命之子"范永立继承了父亲的血脉，正在积极营救"闹革命的"莫同——但这种救亡意识却是以极其隐晦的方式传达的。也正因为如此，在无须讳言的大后方演出和出版时，李健吾在改译的《不夜天》中删去了有关范父的全部文字。

此外，为避嫌疑，李健吾还特意将《金小玉》的故事背景设定在1925年（中华民国十四年）暮春、军阀混战时期的北平城。相较于《托斯卡》原作将故事设定在罗马保皇党与法国军队之间，剧本《金小玉》的这一改动意味着，原本凸显异国战事和民族矛盾的作品被改写为内部争斗和善恶对立。基于此，金小玉在第三幕中为解救爱人而被迫说出莫同的藏身之地，便无须背负"卖国"这一重大罪名，而只是性格软弱造成的道德瑕疵，可以被理解、被原谅，甚至可以唤起读者的同情之心。例如，时人庭蕙在剧评中写道："金小玉亲眼看着她的意中人的惨遇，内心像针刺一般的疼痛。'爱''恨''悔'，她几次想代他招认。终于在永立昏厥的时候，小玉招出了莫同藏处。"①

归根究底，金小玉被利用、被逼迫皆是受到范永立的牵连，她为救范永立而被迫说出莫同的藏身地乃是逼不得已的选择，最终她愿意为了范永立而放弃自由、甚至牺牲生命，的确感人至深。如此想来，悲剧的主要责任不应该由金小玉来背负，读者和观众痛恨的对象便很自然地集中在逼迫、欺骗金小玉的反派人物王士琦身上，由此强化了剧本《金小玉》中"善良"与"邪恶"二元对立的戏剧模式。也正因为剧本极力突出金小玉对恋人真挚的"爱"，而消弭了"出卖莫同"这一行为本身所具备的政治色彩，第四幕中范永立临刑前与金小玉的和解才顺理成章。

尽管《金小玉》初演前刊登在《申报》上的广告中称，话剧讲述的是"壮士殉国，烈女殉情"②的故事，但根据以上分析可以得知，剧本实际强化了"烈女殉情"这条故事线，对"壮士殉国"的相关情节却进行了隐蔽式处理，这显示出抗战时期沦陷区爱国知识分子"不得已而为之"的文化策略。

需要特别指出的是，身处沦陷区的李健吾还通过剧中人物范永立之口隐晦地

---

① 庭蕙：《介绍〈金小玉〉》，《四明周报》1947年5月29日。
② 《申报》1944年9月21日。

表达了自己内心的纠结与祈盼。剧本第一幕,范永立在石观音寺哼唱的戏词是"杨延辉,坐宫院,自思自叹"——这句唱词来自《四郎探母·坐宫》,讲的是杨四郎延辉在宋辽金沙滩一战中被掳,改名木易与铁镜公主结婚,十五年后,听说杨六郎挂帅、母亲佘太君押粮草随营同来时的心理活动。这一选段的全文如下:

  杨延辉坐宫院自思自叹,想起了当年事好不惨然。我好比笼中鸟有翅难展,我好比虎离山受了孤单;我好比南来燕失群飞散,我好比浅水龙困在沙滩。想当年沙滩会,一场血战,只杀得血成河尸骨堆山;只杀得杨家将东逃西散,只杀得众儿郎滚下马鞍。我被擒改名姓身脱此难,将杨字改木易匹配良缘。萧天佐摆天门在两下会战,我的娘押粮草来到北番。我有心出关去见母一面,怎奈我身在番远隔天边。思老母不由得儿把肝肠痛断,想老娘想得儿泪洒在胸前。①

  之所以不厌其烦地将戏词全部抄录在此,是因为这段唱词完全可以作为沦陷区作家李健吾个人心境的真实写照:抗战时期经历了本国战事的节节败退,他怎能不心中"惨然"?不得已留在敌占区苟且偷生,不正是"笼中鸟""离山虎""失群雁"和"浅水龙"吗?正因如此,内心始终抱有强烈的祈盼:盼望自己早日"脱此难",盼望国家早日结束四分五裂的混乱局面,沦陷区("我")与大后方("母")早日重逢。李健吾以杨四郎自况,充分表达了沦陷区人民的内心呼声,虽然他只在剧本中保留了一句唱词,但熟悉中国戏曲的沦陷区观众对此情必定了然于心,抗战时期话剧人与读者、观众之间的隐性互动也由此得到彰显。

三、《不夜天》:抗战意识的显性表达

  与《金小玉》的隐蔽式发声不同,在大后方上演和出版的《不夜天》显然不需要避讳对日本侵略者的反抗和敌对态度,因此这部改译剧中的救亡话语得到了最直接、最集中的体现。

  首先,《不夜天》明确将故事发生的地点设定为沦陷后的北平,时间是"现在"——可以说,这直接宣告了改译剧《不夜天》作为"抗战剧"的身份。与此

---

① 《四郎探母》,录自刘艳卉:《戏曲名剧名段编剧技巧评析》,上海:上海人民出版社,2016年,第44—45页。

相关联，剧中关于时局的讨论全部由军阀混战的战况改写为对抗日战争局势的评论性文字，如《金小玉》中的电报内容"米振镖毅军叛变。……开封失陷。全军溃败，退守归德，待救。……"① 在《不夜天》中却被改为"美 B-29 百架自塞班起飞，东京被炸……"② 直指抗日战局。此外，《金小玉》中部分直接批判俄国人的文字，也因顾及抗战时期苏联的"盟友"身份而被悉数删去。如剧中原本提到八国联军入侵北京时俄国人肆意毁坏文物的事实："这个寺（即石观音寺——引者）呀，一定是庚子那年北京闹乱，遭到了俄国人的暗算。你不知道，旁边过不了几条胡同，就是俄国东正教会，准是的。……"③ 这段话在《不夜天》中只保留了"庚子那年北京闹乱"一句，其余则全部删去。

同时，《不夜天》中的人物身份也得到了进一步明确：莫同是一名抗日的游击队员，而范永立也不再是远离政治的中间人物，相反，是重庆方面安插在北平沦陷区的地下工作者，"研究员"只是他用来掩藏自己的一个身份而已。于是，与《金小玉》中的被动裹挟不同，《不夜天》中的营救行动反而是范永立主动发起的：为了营救自己的同志，他找到莫同的姐姐莫英，要求她配合自己。在石观音寺，莫英甚至因害怕受牵连而悄然离开，范永立却坚持独自解救莫同，直至行踪暴露被捕。通过这一情节的改写，范永立、莫同的"同志情"在与莫英、莫同"姐弟情"的对比中得到充分凸显。

更重要的是，将剧本故事的时空限定在抗战时期、将范永立和莫同的身份设定为抗日志士，直接决定了金小玉说出莫同下落这一事件的性质转变为"出卖同胞"，甚至是"卖国"。在抗日战争的大环境下，为个人爱情而出卖同胞是令人所不齿的。因此，按照情节发展来看，范永立绝不可能原谅金小玉。事实上，李健吾确实对这部分进行了较大幅度的改写。在《金小玉》第四幕中，范永立临刑前与金小玉达成和解，他情意绵绵地对金小玉说："是我不好，我头半夜就跟疯狗一样乱咬你。我们这就要分手了，我心里头只觉得你好。"④ 但在《不夜天》中，这种深情的爱情告白却被义正词严的指责所替代：

---

① 李健吾：《金小玉》，第 697、131 页。
② 西渭（李健吾）：《不夜天》，重庆：美学出版社，1945 年，第 72 页。
③ 李健吾：《金小玉》，第 7 页。
④ 李健吾：《金小玉》，第 131 页。

范：走开，你这个下贱女人！

金：永立，你还不饶恕我吗？

范：我这辈子也不饶恕你。

金：永立，我实在是看不下去了才说出来的。看着他们那样作践你，拿你受罪，我的心像刀子割一样。我实在受不了啦，我才忍不住说了出来。

范：可你知道，你这一说出来，我成了什么人？你叫我死都死得冤屈！①

这段对白塑造了范永立作为抗日志士的坚定和悲愤，也弱化了金小玉形象原本所具备的情感力量。为弥补"出卖同胞"这一道德污点，金小玉必须、也只能以死谢罪。因此在《不夜天》的结尾，金小玉以牺牲自由和生命为代价，换取了范永立的"生"，也完成了生命的自我救赎。如果说，沦陷区改译本《金小玉》重在发展"烈女殉情"这条支线，那么，大后方改译本《不夜天》则将"壮士殉国"作为了表达主题：尽管男主人公范永立最后逃出生天，并没有殉国，但他的"同志"莫同宁肯服毒自杀也不愿为敌人所俘虏的壮烈事迹也在情节支线上生动诠释了"殉国"之主题；而金小玉之死，也被赞誉为"爱与死的争斗"下的杀身"成仁"。② 值得一提的是，有学者认为，李健吾将结局改写为范永立获救"使剧作失去了萨尔都原作的悲剧力量"，③ 站在"原作—译作"二元维度下作此论断固然可行，但若将改译剧《不夜天》视为一个独立的戏剧文本，可以说，李健吾最大程度上维持了剧本的逻辑完整性，这段改动也恰恰显示了作为戏剧家的李健吾不受原著所囿的艺术才华。同时，金小玉的悲剧也可对战时国人起到一定的警示作用：出卖同胞并不能换得个人的自由与爱人的解放，只是白白增加一个牺牲品而已。

与金小玉形象的改写相类似，剧中反面人物"七太太"和"王士琦"也因时空背景的置换转变为不折不扣的"卖国贼"。"七太太"在《托斯卡》原著中本无对应人物，是李健吾在《金小玉》中"创造"的一个新形象。她原是一名妓女，被大帅看中后收作姨太太，因此，诸位太太们虽然表面上对她客客气气，内心里

---

① 西渭：《不夜天》，第127—128页。
② 《不夜天》在重庆首演时，《新华日报》广告词称"故都沦陷，志士锄奸，宵小施威，女伶成仁"，"血和泪的交流，爱与死的争斗"。参见《新华日报》1945年4月28日。
③ 马晓冬：《革命与爱情：萨尔都戏剧在中国（1907—1946）》。

是很看不起她的，正如任太太所言，"姨太太陪她，还算抬举她。做小也分几等。堂子里出身的，假支假张，有什么好神气的?"①——这种鄙视原本只是出身高贵者对出身低贱者的鄙视，是"良家妇女"对妓女的鄙视。但在《不夜天》中，七太太却被视为比妓女"更下流"的人，因为她"是冈田顾问（日本侵略者——引者）喜欢的人"、是"跟日本鬼子睡觉的"女人。②而王士琦，也因是"认贼作父的汉奸走狗"，更能唤起大后方民众同仇敌忾的情感。

为鼓舞抗战情绪，李健吾还给《不夜天》增加了一个颇具点题功能的"光明的尾巴"，剧本中，金小玉得知范永立已顺利逃走后挥刀自刎，她最后喊道："你快——走——吧，天——亮——了!"③ 这句台词自然没有、也不可能在《金小玉》的结尾明确出现，但李健吾同样给予了它隐性的表达方式，《金小玉》第一幕，范永立和莫同在石观音寺初见面时有这样一段对话：

莫：（一声长叹）波折可也真多。总理用了四十年，革命尚未完成，后人不知道又要用多少年。

范：艺术也是这样子。天不是一下子就会亮的。要经过很长很长的夜晚。④

《金小玉》中的对话紧紧围绕范永立作为中间派"知识分子"的人物设定展开，虽然也表达了对光明的向往，更多的却是不知沦陷生活何日结束的哀叹和压抑，"革命尚未完成，后人不知道又要用多少年""要经过很长很长的夜晚"诸语云云即是明证。与之相比，《不夜天》中的直白表达，更贴合抗战实际，借金小玉之口明确发出了对胜利和光明的召唤，并借助话剧演出的直观形式在观众心中播撒下希望的种子。而这种召唤，也正表达了沦陷区进步知识分子的泣血之声。

四、分割中的流动：抗战文学再审视

尽管戏剧的跨文化改译是抗战时期常见的文化现象，但像李健吾这样对同一部作品两度改译，且作品面貌差异明显的案例并不多见。正是在这个维度上，李

---

① 李健吾：《金小玉》，第41页。
② 西渭：《不夜天》，第43页。
③ 同上书，第137页。
④ 同①，第26—27页。

健吾对《托斯卡》的差别化改译，可以作为理解和考察抗战时期不同政治区域文化形态的有效支撑。

饶有意味的是，公然标举"抗战"旗帜的《不夜天》并没有如沦陷区的《金小玉》般受到观众的热烈追捧，反而在大后方剧坛遭到冷遇。《不夜天》在重庆上演后不久，《新华日报》即刊出《技巧有时而穷——〈不夜天〉观后小感》和《评〈不夜天〉》两篇评论文章，明确对剧本提出批评。两文同期刊出，内容上亦互相补充：前者亮明批评的态度，指出这部剧作缺乏"一种与人民生活息息相关的内容"，亦缺乏对于这种生活的"真实的同情和憎恶"，因此在抗战时期上演"是一件值得惋惜又近乎浪费的事"；① 后者则对剧中人物进行逐个解析，认为剧中塑造的莫同和范永立两位抗日志士形象都"贫弱无力，不合现实"——以范永立为例，作为一名地下工作者，他除了营救莫同外并没有参加其他进步活动；临刑前的"感伤备至"也没有半点"人民的战士"英勇赴死的气概；更重要的是，他与金小玉"相爱那么深"，在"爱国热忱"方面"竟没有给她一点影响"，这一切都与现实中的"革命者"形象相去甚远。因此，评论者将《不夜天》中的范永立定位为"个人英雄"，认为他"尽管也做了英勇的事"，但却没有"同人民的斗争联结在一起"，因此不符合抗战时期大后方的实际需求。而女主人公金小玉为维护"个人爱情"而选择牺牲抗日志士的行为，更是"无论如何不能原谅"，作品中居然对她表现出同情，"令人不解"。② 可见，李健吾虽然有意在剧本中强化了"与抗战有关"的主题，但这种在沦陷区文学话语基础上所作的"强化"，在大后方文化人眼中却是隔靴搔痒、远远不够的——抗战时期大后方与沦陷区在言说空间与言说方式上的巨大差异，由此可见一斑。

在彰显抗战时期不同区域文化之间差异性的同时，李健吾对《托斯卡》的差别化改译也向我们昭示了这样一个基本事实：抗战时期各区域文学之间并不是相互隔绝的，而是呈现出分割中并存、甚至分割中"流动"的互动形态——李健吾虽身处上海沦陷区，但他笔下的戏剧作品却早已越出了沦陷区边界，在大后方上演、出版，与大后方的抗战文化产生了别样的化学反应。这里便触及到了抗战文

---

① 江竹：《技巧有时而穷——〈不夜天〉观后小感》，《新华日报》1945 年 5 月 23 日。
② 田先：《评〈不夜天〉》，《新华日报》1945 年 5 月 23 日。

学的"流动性"问题,即作为历史陈迹的抗战文学,其基本形态不是封闭的、静态的,而是开放的、动态的。

抗战文学的"流动"以作家/作品为媒介,首先显示的是各区域间在政治情感、文化诉求等方面的相互融通。回看两部改译剧,尽管《金小玉》和《不夜天》在抗日话语的表达方式上有着"隐"与"显"的巨大差异,尽管两部作品的际遇如此不同:《金小玉》成为上海沦陷区高票房话剧中的佼佼者,《不夜天》却成为大后方不够"真实"、不够"爱国"的"反面"典型。但两部作品背后的政治诉求却是高度一致的:《金小玉》因家国情怀的隐性表达在沦陷区特殊的文化生态下获得了更多的观众;《不夜天》却因家国情怀的表达不够坚定、立场不够明确在大后方的文化语境中失去了观众的认可与支持——由是观之,对"家国情怀"和"抗日救亡"的呼唤是沦陷区与大后方民众的共同希求。不同政治区域的抗战文学最终在"爱国"与"救亡"的维度上获得了统一,产生了精神上的共振。

与此同时,尽管李健吾对范永立形象进行了较大改动,但两部作品在外国戏剧的中国化处理方面却保持了同步。前文已经提及,李健吾对《托斯卡》的改译是全方位的,不仅将时间、地点、人物、语言等元素进行了中国化处理,还积极借用传统戏曲暗示剧本情节、塑造人物性格。以话剧写伶人事、借戏曲抒现世情,是这两部改译剧的共同特点,却并非李健吾首创。在现代戏剧发展史上,田汉的《名优之死》、夏衍的《赛金花》、吴祖光的《风雪夜归人》等都曾在剧中穿插戏曲元素,以伶人角色寄寓作者的理想——对艺术的坚持、对情感的执着、对家国的奉献等。李健吾在两部改译剧中的移花接木则更进一步,将中国传统戏曲元素与西方"佳构剧"模式相融合,显示出更宽广的文化视野。虽然大后方观众并不满意《不夜天》中的抗战表达,但对于李健吾既保留了原剧"特有的离奇变幻的情节",又进行"语言和人物上的加工"[①]的改译行为还是基本认同的。可见,李健吾的尝试确实"进一步丰富且开创了话剧叙事的可能",[②]体现了抗战时期中国剧作家对话剧民族化问题的思考与实践。

---

① 田先:《评〈不夜天〉》。
② 罗仕龙:《"佳构剧"概念在现代中国的接受及其跨文化实践——以李健吾〈云彩霞〉为例》,《台大中文学报》2018年第62期。

此外，李健吾的改译行为还提示我们，抗战文学的"流动"并不局限于内部各区域之间，还同样体现在中外文学的交流与互动中。李健吾对《托斯卡》的中国化改译，就是外国文学"流动"到现代中国的产物。作为资深的法国文学译者，李健吾并没有严格遵照原著进行翻译，反而秉持明确的"拿来主义"姿态，有意识地将法国文学作品作为可供改造的原始资源，根据不同区域的文化需求对之进行本土化改译。这一文学行为本身即显示了抗战文学资源的丰富性与开放性。需要特别指出的是，与沦陷区的《金小玉》相比，大后方的剧本《不夜天》虽然更为"忠实"地反映了原著中的"异国战事"之背景，却不得不因此在结尾处做出更为"叛逆"的改写，这也显示了文学文本在跨文化"流动"进程中的多种可能性。

通过对李健吾差别化改译行为的透视，我们对抗战时期不同区域间的文学形态及文学关系有更精确的把握和考察：由于分割，各区域聚合起不同的政治、文化、经济话语，影响着文学的存在；由于流动，各区域文学间、中外文学间又具备了紧密联系和对话关系。抗战文学不仅在"流动"中获取开放性资源，更在"流动"中获得了统一性。

［本文系教育部社科基金青年项目（19XJC751079）课题成果，并获陕西省智慧社会发展战略研究中心资助。］

李健吾对辛格戏剧的借鉴与中国现代悲剧的转型

秦 宏

内容摘要：李健吾是中外戏剧交流史上一位伟大的先驱和实践家。李健吾自叙在爱尔兰作家辛格《骑马下海的人》的影响下创作了《母亲的梦》。两部作品都使用同样的题材：母亲痛失儿子的悲剧，表现同样的主题：人的生存困境，但在创作动因、悲剧根源、结局处理、悲剧形象、美学意识及艺术风格方面却各具特色。李健吾的创作既未依循中国传统文学的审美观，又未照搬西方的经典悲剧，而是在现代中国语境中自然衍生的民族佳作。他在深谙西方悲剧精神的基础上，强调为人生的创作，注重思想的现实性，跳出了中国传统戏曲的悲剧观。他的戏剧呈现转型时期中国现代悲剧的独特风貌和美学品格，具有悲愤苍凉的美学意蕴、明朗的现实色彩。中国现代悲剧正是在李健吾这样一批先驱的开拓引领下，向戏剧民族化现代化的方向迈进。

关键词：李健吾 辛格 中国现代悲剧

中国现代悲剧创作是在接受与借鉴西方悲剧艺术的基础上产生与发展起来的。田汉、郭沫若、李健吾等中国现代戏剧家可谓得风气之先，他们向西方戏剧艺术学习，从中汲取有益的艺术养分，在各自的戏剧创作中成功地实现了艺术转换，推出一批具有现代特色的悲剧作品，为中国戏剧艺术的现代转型做出重要的贡献。其中，李健吾对爱尔兰作家约翰·弥林顿·辛格（John Millington Synge，1871—1909）悲剧的借鉴与创新，就是一个突出的范例。

李健吾对辛格的学习，不是在血肉表面的相似相亲，而是在灵魂里的同气连枝。同时他也没有对爱尔兰戏剧亦步亦趋，不动声色间融合了西方和中国古代的戏剧美学观，展现了独特的现代中国悲剧精神。李健吾创作的既不是西方经典悲剧，也不是中国传统苦戏或哀曲，而是现代中国悲剧。以李健吾的《母亲的梦》为例，它虽然缘起爱尔兰名剧《骑马下海的人》，但是一部从古典形态向现代形态转型的中国悲剧代表之作。探索两部戏的关联和区别，可以管中窥豹，有助于理解中国传统戏曲中的苦戏、哀曲在现代发生了怎样的转变，以及中国现代悲剧风格的建立与发展。

一、创作动因

爱尔兰虽然文学人才济济，但被英国殖民了数百年，经济贫困落后。李健吾起初抵触翻译借鉴弱小民族的文学。《认识周报》1929年第1卷第5期刊登了他的《中国近十年文艺界的翻译》一文。李健吾在文中指出中国翻译界的第一大问题就是国内翻译集中在弱小民族和后兴国家的文学，批评说"在我们今日贫乏的境况中把他们介绍进来，多少要算一个歧途的进展"①。与这一批评矛盾的是，他在现实创作中却向爱尔兰作家辛格学习。如果不是作者本人自述，我们很难看出他的剧作《母亲的梦》改写自辛格《骑马下海的人》。他本人揭开了谜团背后的原因。"我想着父亲为辛亥革命苦了一辈子，最后被暗杀在陕西十里铺！我们一群孤儿寡妇，每月靠二十元利息过活，一直到我进清华大学。我怎么能不同情工人和穷苦人呢？我怎么能不写《母亲的梦》呢？我写的是我守寡的好妈妈。当然也受到辛格（Synge）的影响。"② 李健吾几次坦言在辛格的影响下，创作了《母亲的梦》。1936年李健吾在《大公报·天津版》上发表文章，感慨"一出九年前无意的习作，模仿海上骑士 the rider to the sea 情调的短剧，如今只有自己感到这里的沉重，唯其埋在字里行间里的，是一个青年绮丽的忧患，仿佛夜空忽然响起一阵急碎的爆竹，刹那间照亮的，惊醒了行客一身尘土的慵倦"③。四十多年后，他在《"五四"期间北京学生话剧运动一斑》的文中再次指出："只有《母亲的

---

① 李健吾：《中国近十年文艺界的翻译》，《认识周报》1929年第5期，第97页。
② 李健吾：《李健吾独幕剧集：1924—1980》，银川：宁夏人民出版社，1981年，第176页。
③ 李健吾：《母亲的梦》，《大公报·天津版》1936年4月27日，第12版。

梦》，我收进了集子，其实它受的是辛格（Synge）的《骑马下海的人》的影响。"①

辛格是民族色彩鲜明的爱尔兰剧作家。他的代表作《骑马下海的人》（1903），讲述母亲痛失儿子的故事，被称作英语戏剧史上的杰作。叶芝听辛格读《骑马下海的人》时，隔着桌子喊道："索福克勒斯，"他担心给人的印象不够深刻，马上补充说："不，埃斯库罗斯。"② 这部和古希腊悲剧齐名的悲剧也打动了中国作家李健吾。李健吾年少失怙，寡母含辛茹苦把他养大。父亲的被害、母亲的不易、生活的穷苦在李健吾的生活和创作中留下深刻的印记。他多次在文章中抒发对母亲的深情。1923年7月李健吾在北师大附中的刊物《爝火》发表了小说《母亲的心》，叙述一个守寡的年轻母亲，在忍受闲言碎语的同时，还要承受丧子之痛。1929年，岐山书店出版了李健吾父亲李岐山生前遗作《铁窗吟草》。在该书后记中，李健吾回顾了父亲被害后的家境："方先父噩耗之传来也，同居故都者仅母姊及我三人，相依为命，刻苦守贫，每以先父奋斗之精神为精神。中间姊弟俱辍学者数十百次，而老母操劳灶下，愁一日之两餐，……呜呼，吾书至此，泪下乃不克自止，如云雾蒙两眸，笔震颤亦不复为字。"③ 1930年6月，24岁的李健吾从清华大学毕业，留校担任系主任王文显教授的助理。就在这一年底，他深爱的母亲熬到孩子自食其力后，油尽灯枯，撒手人寰。后来他在《怀王统照》一文中写道："唉，过去了十年。我们久已失却音信，忽然又在上海重逢。他还记得那年在会馆吃妈做的馒头……原谅我，眼泪又流下来了。我这个人好似铁石心肠，一提到死了的妈眼泪就止不住流下来。我不写了。那是很可怜的。一个没有了妈的四十岁的中年人。"④

由于李健吾对母亲的深情眷恋，同样描写母子情的辛格剧作触发了他的创作热情，是水到渠成的事。独幕剧《母亲的梦》最早于1926年刊登在清华大学的《清华文艺》上。1929年该剧由岐山书店出版发行。1936年，文化生活出版社出版了《母亲的梦》戏剧集，其中收录了《母亲的梦》和《老王和他的同志们》两

---

① 李健吾：《李健吾戏剧评论选》，北京：中国戏剧出版社出版，1982年，第414页。
② See Carol Hoeg Oliver, *The Art of J. M. Synge: A Developmental Study*, Ph. D. diss., University of llinois, 1971, p.106.
③ 李维音：《李健吾年谱》，太原：北岳文艺出版社，2017年，第43页。
④ 张大明编：《李健吾创作评论选集》，北京：人民文学出版社，1984年，第265页。

部剧作。同年，巴金和靳以合编的《文季月刊》1936 年第一卷 1—3 号又刊登了这个剧本。次年，天津的中西女中上演该剧。翻译家杨苡当时在该校就读，扮演剧中的女儿角色。这部戏不仅是李健吾的感怀之作，还是中外戏剧交流的产物，融汇了东西方悲剧特色，体现了中国现代悲剧在转型期的特征。

二、悲剧题材和根源

辛格生活在 20 世纪之交爱尔兰民族意识觉醒、奋起反抗殖民统治的时期。与辛格同时代的剧作家，王尔德、萧伯纳等很少在剧作中写爱尔兰。他们虽然是爱尔兰人，但是却为英国舞台而创作。为了鼓舞爱尔兰人的爱国热情，抵制英国的殖民文化，叶芝领导了爱尔兰的戏剧运动。1896 年叶芝在巴黎遇到辛格，劝他离开法国，前往阿兰群岛，理由是一个人无法通过阅读拉辛等名家名作，开辟独具特色的创作道路，而阿兰群岛这块鲜有人涉足的地域，能激起想象力和文学才华，帮助辛格表达一种从未表达过的生活。辛格接受叶芝的劝告，离开繁华的都市，回到朴实的民间。1898 年起，辛格先后五次登上阿兰群岛，被当地简单原始的生活吸引。《骑马下海的人》的创作就是源于他在岛上听到的故事。辛格在作品中努力展示以阿兰群岛居民为代表的爱尔兰人特有的生活方式和价值观念，有意识地与英国文化做出划分，团结被英国压迫剥削的爱尔兰人，凝聚他们的归属感和爱国心。由于成功描绘了远离现代殖民的爱尔兰乡土画卷，弘扬了爱尔兰本土的文学艺术，辛格被尊为爱尔兰民族文化的守护者和代言人。

不同于爱尔兰作家，李健吾创作《母亲的梦》的初衷不是树立中国人的民族信心，也不是呼吁民众抵御殖民侵略，而是对母亲的不幸深有感触，哀叹民之生活多艰。自从父亲遇害后，他的家境每况愈下。寡母凭着亲朋好友的接济、借债或典当，艰难度日。在《母亲的梦》里，我们看到了北平贫民的日常生活。劳苦大众费尽心力，只能勉强糊口，朝不保夕。《母亲的梦》原名《赌与战争》，意在说明两个儿子离家的原因：一个赌博欠债，一个参军入伍。最初的标题体现不出与母亲的关联。李健吾后来选择儿子托梦给母亲，作为点睛之笔。母亲反复说梦见参军的儿子跟自己要一双鞋，但是不知道孩子的尺码，到处找鞋样子，最后得知儿子很可能是牺牲了，悲恸不已，即使做好了鞋子，还能往哪里送？她梦见离家参军的儿子，预感到儿子的死亡，哀悼失去儿子的不幸。李健吾对剧名的变更不仅体现了他对母亲的爱，还提升了戏剧的格调，弱化了私人的品性问题——被骗去赌博，把人物的悲剧归咎于时代的灾难，揭露乱世给老百姓带来的不幸。

中国传统戏曲里多是老套的家庭家族、婚恋故事；在结构上不追求情节的整一性，类似串珠那样把多场次的内容连起来。李健吾没有延续这种模式，而是像西方戏剧家辛格那样创作独幕戏。他们都集中描述一件事，刻画扁平的人物，内容短小精湛，文风质朴有力。辛格在《骑马下海的人》中奏响一曲岛民生活的悲歌：母亲莫瑞亚的公公、丈夫和六个儿子相继葬身大海，一大家人只剩下她和两个女儿相依为命。《母亲的梦》的背景是北平的南下洼（即今天北京的陶然亭，当年是贫民窟）。寡母的丈夫死在牢里，长子死于痨病，二子上了战场生死不明，三子误入赌局，欠债被巡警抓走，身边只余一个女儿。两部剧作中可怜的贫困的母亲，虽然因不同的缘故，失去了家里所有的男性，但都被抛弃在孤苦无依的人世间，让我们产生了深深的同情。

李健吾说过写戏最好要从中间写起。两部戏都以母亲身边只剩下最后一个儿子开始，沿着一条主线展开：猜疑儿子是否遇难——猜疑得到确认——母亲的反应，情节集中，结构严谨，一环紧扣一环，形成后浪推前浪的紧迫气势，吸引观众一口气看完。

伟大的作家在关注社会、心系人民的本质上是一样的。表面上看，两部戏分别发生在相隔万水千山的东西方，海边荒凉小岛、都市的贫民区相去甚远，人物和情节风马牛不相及，但这些特殊具体的故事里蕴含着永恒的共性，即生存的困境。不论是海边捕鱼，还是在京城出卖苦力，悲剧人物的生活充满着悲情的宿命感，辛苦忙碌，最后还是走向失败或死亡。李健吾和辛格都在创作中表现了人民的生活苦难，引发观众追问思考苦难的根源。《骑马下海的人》中造成人生活艰难的原因是恶劣的海岛。偏远小岛上的居民在强大神秘的大自然面前，心生畏惧，把它神话为命运，就像古希腊悲剧那样，认为命运是造成人不幸的根本原因。人们无力战胜凶猛的大海，明知大海是他们的死亡推手，但是仍然在险中求生，因为大海同时又是他们生活物质的来源，所以在《骑马下海的人》中，母亲的最后一个儿子，在极端恶劣的天气下，还是不顾家人和牧师的劝阻，执意外出谋生，终于走上不归路，被马踢下大海。

中外戏剧中的人物因生存困境的差异，采取不同的行动，呈现了不一样的悲剧世界。不同于辛格笔下神秘莫测的海岛，李健吾描绘了一个现实主义特征鲜明的世界。20世纪早期，贫穷落后的中国处于半封建半殖民时期，国家四分五裂，战火绵延，民不聊生。李健吾抓住典型的家庭生活画面，儿子被征兵或是被抓走，寡母弱女难以维持生计，从中揭示军阀混战期间，生存成了人民最大的现实问题。

伴随着中华民族的苦难历史，现代悲剧在中国发生了转型，传统戏曲里的忠义节孝等伦理故事、家庭婚恋等通俗题材显得不合时宜。李健吾的戏剧创作紧跟时代，关注社会现实。他从社会问题中寻找素材，以现代的眼光看人生，与西方悲剧接轨，抓住了人的生存困境主题，深切关注底层百姓的生活，叙述了战乱年代普通人生存的艰难，为中国现代悲剧开拓了一条新路。李健吾的悲剧展现了底层人民在战乱年代，苦苦追求温饱而不得的画卷。他还把个人命运与国家社会结合，提升了悲剧的高度，引起人们对生存艰难的反思，具有深刻的启蒙价值。在此意义上，他与辛格创作的古希腊式的命运悲剧有着本质的区别。

三、悲剧形象

西方悲剧意识的核心是人如何在社会中展示生而为人的尊严和伟大。西方悲剧人物尽管以失败或是牺牲告终，但表现了崇高的英雄气概。中国传统戏曲中没有这种传统。李健吾的悲剧里没有英雄，只有普通的老百姓挣扎求生，最终在强大的社会黑暗面前败下阵来，走投无路，坠入绝望的深渊。这种明显的差异在《骑马下海的人》和《母亲的梦》两部作品中一览无余，其中悲剧人物形成鲜明的对比：一边是英雄，一边是忍气吞声的小人物。

《骑马下海的人》多处暗示，当地人早已习惯了死亡的必然性和突发性，例如家里常备着棺材板和涂尸身的圣水。海岛的原始贫寒，衬托出爱尔兰人的淳朴和勇敢。剧中一家有八位男性，他们明知自己终将命丧大海，依旧不顾狂风巨浪，前赴后继下海。他们在与命运的搏斗中显示出人的高贵悲壮、不屈不挠。在大海夺走家中所有男性的生命后，女性坦然面对生活的苦难。这部戏既是一曲挽歌，又是一首赞歌。尽管岛上的生活穷困，但是以母亲为代表的爱尔兰人不畏艰险，不惧牺牲，悲哀过后，以平和的心态，直面现实生活中的一切磨难。这种坚强面对苦难的精神令人肃然起敬。

在《骑马下海的人》中，母亲莫瑞亚最能体现人的崇高伟大精神。她在几分钟内先后收到两个儿子的死讯，其中有她最疼爱的小儿子巴特利，这是她在家里送走的第八个、也是最后一个男人。她以低沉而清晰的嗓音请人打棺材；缓缓接过儿子的遗物；指挥女儿去拿圣水，向尸身上洒圣水，祷告，表现出不寻常的镇定，但是从老母亲的喃喃自语、空洞的眼神、买了棺木却忘记买钉子等细节中，我们能感受到她的悲痛。家人接二连三的死亡早已令她身心俱疲、淡定麻木。过去爱尔兰人也不认为哭泣代表巨大的悲伤。在爱尔兰传说中，葬礼上嚎啕大哭意味着危险即将来临。受这种民间文化的影响，母亲没有掉下眼泪。岛上的艰苦环境还培育了女性坚强能干的品性。男人出海后，家里全靠女性张罗，母亲尤其是海岛家庭的后方支柱、精神力量。剧作家选择人物最悲痛的时刻，母亲在儿子葬礼上的表现来刻画人物形象。母亲强忍悲伤主持安葬，她的坚强获得人们尊敬。母亲自言自语道："他们都去了，大海不能再从我这夺走什么……除了需要吃些烂面粉臭鱼干以外，我将可以好好地休憩，在万圣节之后的夜晚睡个酣畅淋漓。"英雄是不屑于乞求的，她没有为活下去乞求，大海再也不能奈何她半分，体现了人的伟大。坚强镇定、勇敢振作的母亲，在卑微的生活中闪耀着光辉。剧末以母亲的话收尾："这世上没有人能够永生，我们就知足吧。"温克尔曼将古希腊文艺作品的特征概括为"高贵的单纯和静穆的伟大"①，它不仅是西方古典悲剧的美学特色，也适用于辛格的戏剧美学。《骑马下海的人》再现了古希腊悲剧式的英雄，他们在逆境厄运面前，体现了崇高壮烈的英雄主义。

《母亲的梦》也刻画了竭力养家糊口的儿子、痛失儿子的寡母形象。然而不同语境下的人物对生活苦难有着不同的反应，映射着各自的民族文化特征。中国男性的拼搏是责任感使然，不像岛民那样向死而生，在死亡中寻求光荣，体现人的高贵尊严。儿子遇难后，母亲的表现也截然不同。中国的老母亲不像爱尔兰岛上的女性那样独立能干，没有爱尔兰岛上母亲的英雄气概，因为中国传统思想颂扬女性的温顺柔弱之美，用三从四德束缚女性。旧中国守寡的母亲只能依附儿子

---

① ［德］温克尔曼：《希腊人的艺术》，邵大箴译，桂林：广西师范大学出版社，2001年，第19页。

生活，当儿子被征兵离家，被警察带走后，她的天塌了。母亲禁不住悲从中来，恸哭家中只剩下自己和幼女，今后的生计成了困难。无可奈何的母亲除了哭泣，别无他法。李健吾塑造了旧中国里母亲柔弱无助的真实形象。可怜的母亲被遗弃在这个吃人的社会里，她的悲惨人生不是因为过错，而是乱世的恶果。

中国现代悲剧与传统哀曲一脉相承，描绘了品格美好的人物：善良柔弱的母亲、勤劳孝顺的孩子。母亲一家是普通中国人的缩影，可是他们这么辛苦地劳作，却只能勉强维持生计，最终还是家破人亡。悲剧意味着弱的被欺凌，善的被糟蹋。弱势善良无辜的人被扼杀，更令人心碎悲痛。观众对此义愤填膺却又无可奈何。由于中国悲剧人物的反英雄、反崇高，观众看完后无法产生看西方经典悲剧那种快感。满腔悲愤无法释怀的审美感受是具有中国特色的、符合当时国情的真实产物。中国悲剧里的冲突不如西方悲剧那样激烈尖锐，弱势的人民难以抗衡社会中恶的力量，与它博弈无疑于以卵击石，人的被毁灭是必然的。斯马特说："如果苦难落在一个生性懦弱的人头上，他逆来顺受地接受了苦难，那就不是真正的悲剧。"[①] 他所说的是针对西方悲剧，并不适用于中国语境下的悲剧。中国人民是吃苦耐劳的民族，只要能有活路，甘愿承受许多压力，可是在 20 世纪早期的中国，连活下去这样卑微的愿望都难以实现。老百姓在战争的铁蹄下，命如蝼蚁。李健吾在当时的社会情境下创作不出激昂向上的作品，剧作笼罩着悲观乃至绝望的气息。

人们对待不幸的处理方式反映了一个民族深层次的文化心理和时代特征。西方传统观念中，没有救赎、没有超越的悲剧缺乏真正的悲剧精神，所以在人与命运的抗争中加入崇高悲怆的元素，但中国现代悲剧没有这种意识。中国当时的社会环境也难以产生彰显英雄主义和突出崇高风格的西式悲剧。李健吾看到当时社会的黑暗，但是找不到出路，只能把愤怒悲痛述诸笔端。他采用中国审美模式塑造现代中国的悲剧人物形象。按照西方的悲剧理论看，李健吾的剧作成功描绘了苦难人生，但人物没有坚定的抗争意识，缺乏惊心动魄、宏伟雄浑的气势，弱化了悲剧的崇高风格。实际上，李健吾对人物作这样的刻画，正是中国传统思想和时代风貌的真实反映，他以真正悲剧的眼光审视现实生活，是深深扎根在中国文化大地上的民族作家。

---

① 朱光潜：《悲剧心理学》，北京：中华书局，2012 年，第 206 页。

四、美学意蕴

　　虽然《母亲的爱》衍生自辛格的剧作《骑马下海的人》，都使用母亲痛失爱子的题材，表达了类似的主题——人的生存困境，但在美学风格上有很大差异。辛格的剧作只是触动了李健吾的心灵，令他产生共鸣。《母亲的梦》是在融合东方传统文化、中国现代语境的基础上诞生的民族戏剧，体现了中国现代悲剧美学特质。《骑马下海的人》和《母亲的梦》分别显露了悲壮崇高、悲痛哀伤的美学风格，背后的原因值得探究。

　　人类早期的宗教献祭是悲剧的起源。一个社群的生存危机是当时亟待解决的问题。人类出于对未知命运和大自然的恐惧，以痛苦和牺牲的祭祀仪式来处理危机，把个体献祭给诸神，希望获得神灵的保佑和宽恕。个体的受难成为整个社会群体获得拯救的方式。这一救赎途径后来从宗教仪式转化为悲剧。西方传统悲剧延续了这一观念：英雄最终是要牺牲的，但他的牺牲成全了大多数人，他的英雄主义永放光芒。在西方悲剧英雄的壮烈牺牲中，我们感受到了人类的尊严、生命的崇高和精神的升华。《骑马下海的人》把悲剧写到极致，母亲的公公、丈夫和六个儿子，家里所有的男性都葬身大海。他们的亲人在失去男性的支持后，平静面对余生，流露出顽强的生命力。尼采曾经说过："在毫无希望之处，在败象昭然若揭之处，我仍然寄予希望！"[①] 他所说的希望是悲剧里的英雄牺牲自己，作为他人得救的代价，反映了古希腊神话意识和命运论。西方悲剧传统里包含着肯定的否定，在绝望处升起希望。朱光潜也概括说："悲剧的主角只是生命的狂澜中一点滴，他牺牲了性命也不过一点一滴的水归原到无涯的大海。在个体生命的无常中显出永恒生命的不朽，这是悲剧的最大的使命，也就是悲剧使人快意的原因之一。"[②] 英雄人物走向死亡，是为了更多更大群体的福祉，他们的牺牲给活人播种生的希望，代表着人的生命生生不息。

　　悲剧不仅呈现苦难，更重要的是描述人物如何面对苦难。西方传统悲剧注重

[①]　［德］尼采：《悲剧的诞生：尼采美学文选》，周国平译，上海：上海人民出版社，2009年，第369页。
[②]　朱光潜：《文艺心理学》，合肥：安徽教育出版社，2006年，第234页。

表现人在苦难面前的崇高精神。《骑马下海的人》(Riders to the Sea)的标题里的复数名词,强调一个岛上家庭的所有男性为了生活,面对汹涌澎湃的大海没有一丝退缩。辛格意在突出人类与大海对抗的无畏精神,向死而去的崇高风格。因此,他的标题没有点明母亲两个字,而是塑造了葬身大海的男性群像。岛民从生到死都处于自然界的强大力量支配之下。人在和大海的搏斗中,注定要输掉这场实力不对等的比赛。但是悲剧人物坚毅的抗争、壮烈的结局,都凸显了人的尊严。这种大无畏的精神令人震撼和鼓舞人心,引起精神上的升华和心灵的净化。

《母亲的梦》不像西方悲剧那样决绝,长子得病早亡,二子杳无音信,三子被警察抓走。这种生死未卜的局面仿佛留下一丝生机、一点希冀,其实这种隐晦的表达是中国人传达真实意思的方式。中国观众心里清楚:儿子们凶多吉少,剧末的希望是虚无缥缈的、自欺欺人的,不是西方悲剧里的绝望中的希望之光,而是一种心理安慰。

李健吾对结尾进行这样处理是受中华传统文化观念的影响。用直接极端的方式表现巨大痛苦的悲剧不符合中国人的审美习惯。中国传统美学推崇温和,排斥过激的行动,讲究凡事留有余地。在西方的悲剧理论中,这种缓解矛盾的方式削弱悲剧性,淡化悲剧意识,破坏了悲剧的本质特征。西方剧作中那种强烈的激情、抗争的意识、崇高的精神在中国封建社会里、在现代剧作家李健吾的作品里是不多见的。悲壮决绝的抗争精神曾经出现在中国远古神话里。陶渊明在《读山海经·其十》诗中称颂道:"精卫衔微木,将以填沧海。刑天舞干戚,猛志固常在。"[1] 然而随着时间的推移,中国人转向欣赏中庸之美,强调适度节制、哀而不伤。这种悲剧意识是多重因素共同作用的结果。

在漫长的封建社会里,在儒家思想的影响下,中国人以和为贵、顺其自然,推崇温良恭俭让、倡导仁义礼智信。为了维护整个社会的和谐稳定,个体的思想行为要遵守这些传统伦理道德规范。人民的革命精神被剥夺,在平静无为中度过一生。李健吾的悲剧表现了悲惨的人生,但没有着墨人物毅然决然地反抗,缺乏西方悲剧的力量感,部分原因是源于中国人乐天知命的思想,相信天无绝人之路,山重水复疑无路,柳暗花明又一村。

---

[1] 刘枫主编:《陶渊明诗集》,银川:阳光出版社,2016年,第243页。

中国人还受到佛教思想的熏陶,相信忍辱负重可以换得来生的幸福。中国老百姓在封建专制社会的长期压迫下,形成了民不与官斗、胆小怕事的弱点。超强的忍耐力是国民的底色。中国老百姓只要不是被逼上绝路,往往忍气吞声,不挑事不争斗,只求一个生活安稳。这种思想文化主导影响了中国人的为人处世,当遇到困难的时候,不是奋起一搏,而是隐忍不发。善于忍耐使中国人性格中有强大的韧性,体现在文学作品里,就是丧失激烈的抗争意志。

中国的地理条件也与爱尔兰迥然不同,中国不是爱尔兰那样的岛国,自古以来以陆地为中心,农耕为主,海洋对大多数人的生存的影响可以忽略不提。除了沿海地区的居民,许多中国人没有见过海,在平原大地、山川湖泊间生活,与大自然和谐相处。生活习惯使中华民族的主体心理趋向平和淡定,缺乏冒险激动的闯劲,罕见海洋文明世界里强烈的斗争精神。

20世纪早期的中国,军阀混战,世事艰难,现代戏剧的美学意蕴与中国传统戏曲的风格有了区别,反映在文艺创作上,是强烈的危机感、浓厚的悲伤意识取代了中庸之道、宁静之美。《母亲的梦》里,寡母的两个儿子,一个被迫参军,生死不明;另一个欠下赌债,被警察抓走。全剧在老母亲的无助哭泣中结束,没有激情高昂的反抗,没有对命运的英勇无惧,不能激励观众对未来充满希望,努力追求更美好的生活。李健吾写出人世间的苦难,写出悲剧人物对苦难的忍受,消解了西方悲剧的激昂崇高之美,只留下悲哀感伤的审美感受,这是中国传统审美思想与当时社会现状结合后的必然结果。

李健吾既未按照西方悲剧理论设计结尾,也未补上传统戏曲里那条"闪光"的尾巴。中国传统戏曲中的苦戏往往以大团圆的方式减轻悲剧性。李健吾看到了大团圆结局的欺骗性,没有延续这种模式,让儿子奇迹般地从战场上安全归来,或由于某个外力因素介入,儿子被警察局释放回家。王佐良、鲁迅、胡适等大师也批评过传统戏曲里给苦戏强行安上美好的结局,是用不切实际的幻想粉饰苦难人生。例如,胡适批评道:"中国文学最缺乏的是悲剧观念。无论是小说,是戏剧,总是一个美满的团圆。"[①] 中国传统戏曲往往是一折一折悲喜交织、插科打

---

① 胡适:《文学进化观念与戏剧改良》,《胡适古典文学研究论集》(上),上海:上海古籍出版社,1988年,第179页。

诨、曲折前进，讲述善良、美好、弱小、正义的人遭受恶的打击压迫后，最终沉冤得雪，阖家团圆，实现邪不压正、好人有好报的道德教化目的。但是在《母亲的梦》里，我们感受到的是西方经典悲剧的单纯严肃，一悲到底。李健吾知道如果写母亲的儿子安全归家，不符合时代现实，强加一个美满的结尾无异于狗尾续貂，削弱作品的真实性和思想深度。他没有给大悲的结尾补上一个小喜，冲淡全剧的悲苦气息。他笔下的悲剧意识是彻底的悲观绝望，恪守艺术的真实，是对中国传统苦戏观的革新。

李健吾作品中悲哀绝望的美学意识，既不同于旧戏曲的悲喜交加、大悲加小喜的风格，也不同于西方经典悲剧的崇高壮烈，体现了中国悲剧在民国时期的转型。李健吾对当时社会的黑暗有深刻的认识，以符合社会实情的思路，设计结尾，让人物在悲哀的哭泣中落幕，哀怨产生的悲剧效果，同样触人心弦，回味悠长。

五、创作风格

《骑马下海的人》和《母亲的梦》因风格的差异，分别属于不同的艺术流派，一个是带有仪式神秘感的、古希腊模式的象征主义悲剧；另一个是反映中国国情的、感伤色彩突出的现实主义悲剧。

Ireland（爱尔兰）这个单词从词源上看，是后部的岛屿的意思。它位于欧洲的最西边，与欧洲大陆之间隔离着大海。阿兰群岛又位于爱尔兰的最西边。因环境恶劣、土地贫瘠，英国殖民者不愿上岛，阿兰群岛成为远离现代社会、保留爱尔兰民族特色的最后一块净土。海岛上的人对死亡司空见惯，家里常备丧葬用品。舞台上摆着做棺材的白板、放棺材进墓穴的绳子、死人的衣物等重要道具，象征着死亡的阴影。母亲莫瑞亚在半路上看到死去的迈克尔突然出现在最后一个儿子巴特利的马后，吓得失神落魄，因为在爱尔兰传说中，一个去世的人跟随一个活着的人，预示着要把活人带离人间。果不其然，巴特利不久就被马踢下大海。剧中随即上演原始的丧葬仪式，径直把尸体搬上舞台。诸如此类的仪式化的古老生活方式造就了一部象征主义戏剧。岛民们以听天由命的态度直面不幸，就像埃斯库罗斯笔下的人物，对命运深信不疑和全盘接受。他们把不幸归咎于大海里的一种神秘不可知的力量，这在原始边远社区是很自然的事。因此，辛格剧作虽然是创作于20世纪初，依旧带有古希腊悲剧的风格。

李健吾消解了辛格剧作中建立在神话系统上的仪式感，去除命运的神秘性——自古希腊以来西方传统悲剧的精髓。在中国文学，尤其是现代文学中，命运意识并不常见。《母亲的梦》的故事发生在20世纪初的北平，一个现代的世俗世界。当时军阀割据，派系斗争尖锐，社会矛盾激化。决定人民命运的不是超自然的力量，而是严峻的社会现实。李健吾于20世纪20年代完成《母亲的梦》一剧时，中国戏剧界正处于推崇反映现实的问题剧时期。当时，象征主义戏剧在中国不是广受欢迎的剧种，它的抽象、朦胧、神秘不契合当时的国情，演出市场狭小。观众的接受是剧作家必然要考虑的因素。李健吾的悲剧创作与时代同呼吸共命运，写出了老百姓民不聊生的惨状，写出了中国人在艰难困境中的挣扎。他没有进行历史的宏大叙事，而是依据写实的创作精神，以底层百姓艰难谋生，白发人送黑发人的悲剧为载体，揭露了20世纪早期中国社会现状。

除了深刻的社会批判精神之外，李健吾的剧作中还渲染着独特的感伤色彩。他与当时众多忧国忧民的知识分子一样，自觉地在新时期的创作中表达了对中华民族的危难和落后的忧思。1926年李健吾完成《母亲的梦》一剧时正值北伐战争初期，各路军阀混战，国家四分五裂，百姓颠沛流离，朝不保夕，看不到革命胜利的曙光。他的创作是真挚的情感流露，叙述了人民在当时社会背景下无路可走的困境。他的悲悯感伤情怀与中国苦难的现实，交织在一起，呈现出独特的美学风格——感伤现实主义。

这部戏的风格是感伤的、暗淡的、压抑的，还与作者的生活经历有着密切的关系。李健吾的父亲因与阎锡山政见分歧，1918—1919年被关押在北平铁狮子胡同（现改名为张自忠路）陆军部的拘留所。十二岁的李健吾经常步行两小时，到关押处探监，听父亲的教诲，从而对战争时事有了较深的领悟。父亲被无罪释放后不久，就遭陕西军阀陈树藩的伏兵暗杀，从此十三岁的李健吾成了无父的孤儿。家道中落、世态炎凉对李健吾的人生观和世界观产生重大影响，令他对战争深恶痛绝。1926年，《母亲的梦》问世的那一年，他因筹措学费，跑到天津向父亲生前旧部借钱，冻了一夜，回来后得了肺结核，休学一年，囿于疾病穷困之苦，意志消沉。这些个人因素也使得他在创作中流露出悲观失望的情绪。

李健吾卸下西方剧作中神话的光环，抹去辛格戏剧中的象征主义和仪式性，对同样的主题——生存的艰难，进行现代中国语境下的阐释。他对西方戏剧经典的化用不是全盘接受，而是立足中国现实，讲述贫穷落后的旧中国底层人民的不幸遭遇。因生活经历与社会现状的影响，人生的无意义、无希望表露在他的创作中。辛格带有神秘色彩的象征主义戏剧被转变成感伤色彩浓厚的现实主义戏剧。李健吾不作外国文学的传声筒，发出了20世纪初期中国穷苦人民的心声。

结语

民国时期西方文化思潮与文学创作蜂拥而至，对中国作家产生激烈的冲击，体现在作品中为古今中外思想文化的兼收并蓄。辛格的剧作因描绘了母亲的不幸人生，给予李健吾创作的激情和灵感。《母亲的梦》像《骑马下海的人》一样，也表现了人民在苦难中挣扎求温饱，及其求而不得、寡母丧子的悲惨境遇，但李健吾未照搬西方的传统悲剧，而是结合中国传统文化和时代语境进行再创作。李健吾是中外戏剧交流史上一位伟大的先驱和实践家。他在深谙西方悲剧精神内涵的基础上，强调为人生的创作，注重思想的现实性，跳出了中国传统戏曲里的悲剧观念。他的戏剧呈现转型时期现代中国悲剧在特定历史语境下的独特风貌和美学品格，具有悲愤苍凉的美学意蕴、明朗的现实色彩，展示了知识分子的社会担当。西方的悲剧思想、中国的传统文化、民族的审美心理、特殊的时代情形、作者的生活经历等多种因素综合决定中国现代悲剧的最终面貌。中国现代悲剧就是在李健吾这样一批先驱的开拓引领下，向戏剧民族化现代化的方向迈进。

民族化的深化与写意戏剧的初探
——论李健吾、黄佐临《王德明》对莎剧《麦克白》的改编与演绎[①]

陈 莹

内容摘要：上海"沦陷"时期，李健吾、黄佐临的《王德明》（演出时改为《乱世英雄》）通过对莎剧《麦克白》的改编与演绎，将自己对中国社会、文化、政治的态度融入作品，体现了创作者在复杂的现代社会语境中对传统文化的吁求，对民族精神的弘扬。而创作者尝试用戏曲的写意手段来进行舞台呈现也可以被视作一次戏剧民族化的有益探索。

关键词：戏剧民族化　李健吾　黄佐临　王德明　麦克白

由上海沦陷时期最负盛名的编剧、导演、演员李健吾、黄佐临、石挥、丹尼主创的《王德明》（演出时改名为《乱世英雄》）是当时话剧迷最期待的全明星阵容，该剧于1945年4月起上演于辣斐大剧院，连满六个星期，获得了很好的口碑。观众称，李健吾把《麦克白》中国化了，却保留了莎氏的灵魂；而黄佐临的导演则完全是至高的艺术创作[②]，也被他自己认为是写意戏剧的初探。那么，李健吾是如何将《麦克白》中国化又保持莎士比亚灵魂的？黄佐临为实践写意戏剧作了何种尝试？反映了创作者们怎样一种意图呢？

---

① 原载《戏剧艺术》2023年第1期。
② 黄佐临著，江流编：《〈马克白〉中国化——从"苦干"演出剪报摘录中引起的点滴回忆》，《我与写意戏剧观：佐临从艺六十年文选》，北京：中国戏剧出版社，1990年，第57页。

一、李健吾《王德明》对莎剧《麦克白》的剧作改编：转化与置换

让·柯特（Jan Kt）说，《麦克白》讲的不是欲望，也不是恐惧，它的唯一主题是"谋杀"，以及随之而来的噩梦，它驱使着麦克白陷入"谋杀—噩梦"的恶性循环，直至生命的终结①，噩梦可能源于他尚未完全泯灭的良心，或是对潜意识中的懦弱的痛恨，或是对他人子嗣继承他的王位的不甘，或是对有人可能图谋害他的恐惧。根据《麦克白》改编的《王德明》是李健吾最满意的改编作品之一，他在这出戏里面下的功夫，是"在改编之中最唐突也最高攀的冒险"②。该剧基本采用了《麦克白》的结构与情节，仅在第五场中植入了《赵氏孤儿》中"救孤"的情节。其特别之处在于李健吾采用历史上真实的事件——五代十国时期常山王王熔被其义子王德明杀害的史实，凭着自己深厚的传统文化功底，将中国历史典故、戏文传说、风土人情化入麦克白血腥杀戮的故事，使之变成中国人熟悉的人物与情感。那么，《王德明》与《麦克白》有何不同？《麦克白》是如何与《赵氏孤儿》和谐相处的？又体现了怎样的中国本色呢？

（一）从女巫的超自然力到叛将的人性探试

麦克白在去觐见邓肯的途中遇到三个女巫，预言般地称呼他为"葛莱密斯爵士""考特爵士""未来的君王"。接下来，报信的人告诉他已经成为"考特爵士"，女巫的一个预言已经成真，这让女巫的话有一定可信度，也让"未来的君王"这个预言慢慢在他心中生了根，经过麦克白夫人的煽动，麦克白才铤而走险杀害邓肯。而当刺杀班柯之子弗里恩斯失败，麦克白心中恐惧，又向女巫去要预言，女巫们的预言看上去对麦克白很有利，最终却成了打破他最后一道心理防线的致命一击——勃南的树枝被士兵砍下来作为遮蔽物，真的向邓西嫩高山移动了，麦克德夫未足月便从母亲的腹中被剖出，最终结果了麦克白的性命。因而女巫的存在有着揭示麦克白心理走向并起到戏剧性转折的作用，读者可以顺着她们，看到罪恶是如何一步一步在麦克白心中滋长，恐惧又是如何慢慢将他吞噬

---

① Jan Kott, *Shakespeare, Our Contemporary*, New York: Doubleday & Company, Inc., 1964, p.236-237.
② 韩山石：《李健吾传》，北京：人民文学出版社，2017年，第245页。

的，直到发现预言不过是女巫的圈套，走向最后的毁灭。因为女巫的存在，麦克白始终在戏剧的核心，被辅以足够的高光揭示其心理的纠葛折磨与崩溃。

而在《王德明》中，三个向麦克白宣布预言的女巫被删除，李健吾试图拿叛将李宏规对王德明的诱降代替女巫的一部分功能，从超自然力转化为人性探试，"我奉你做常山王，推你做成德军节度使，只要你帮我除掉王熔父子"①，王德明不为所动，三四回合将李宏规打得人仰马翻。然而他在去见王熔的路上却发现了自己心思微妙的变化，一路上起了好些怪念头。这里，王德明虽然没有明说这些念头是什么，但是从他后面与独孤秀的对话当中，我们可以知道，杀王熔而代之的念头已经在那时萌芽了。

李宏规让王德明看到自己离王位近在咫尺，也在他的内心造成了微妙的波动，李健吾的这一"转化"可谓神来之笔。然而《麦克白》中的女巫给麦克白的是立即兑现一半的诱饵，李宏规给王德明的则是某种可能性，因而从效果上来看，李宏规的诱降并不如女巫"神谕般"的预言那样造成强烈的震撼。而因为三个女巫被删的缘故，原著中班柯之子将继承王位的预言也被删除，王德明对符通、符习（原著中班柯、弗里恩斯）的忌惮并不出自对预言的恐惧，程度也减轻了很多；且王德明在剧情中段以后的心理世界很少得到揭示，符通死去、符习逃走以后，王德明再次出场便是最后与符习的决战，刚刚继位不久的王德明已然疯癫，并迅速被符习杀死。尽管李健吾删除三女巫，减去超自然力的部分，使得该剧更像是一个历史上真实发生的故事，但也使得王德明缺少心理变化过程，其悲剧结局稍显仓促。

（二）从麦克白夫妇到王德明与独孤秀

改编本中女巫开场时的预言还由王德明的夫人——独孤秀请来的巫婆甚至独孤秀本人说出，巫婆也与女巫一样，只说一半别人要听的话，留一半给别人自己去猜测。

巫婆：（读乱文）"贵不可言"。

独孤秀：什么叫做"贵不可言"？封王？称帝？

巫婆：（读乱文）"人事有代谢，往来成古今。"

---

① 李健吾：《王德明》，《李健吾文集·戏剧卷4》，太原：北岳文艺出版社，2016年，第77页。

独孤秀：（急切）贵什么？贵为天子？

……

独孤秀："贵不可言"，那不是说，将军命中有九五之分？

巫婆：天机不可泄露，过后自然明白①。

巫婆的预言还不如原著中女巫的清晰——并没有直接点出王德明可能成为天子，但野心十足的独孤秀自己弥补了这一想象。即使没有这个女巫，这个念头也早已在独孤秀心中燃起，某种意义上，她自己取代了女巫的角色。而此时的王德明还沉浸在杀敌救王、加官晋爵，准备好好招待常山王的喜悦之中，是独孤秀直接向王德明点明了杀害王熔的念头。独孤秀给王德明的理由是王熔的曾祖也并不清白，杀害王熔在这政权更迭的乱世之中不足为奇，所谓乱世英雄不过如此。而王熔在该剧中的形象也与邓肯完全不同，在麦克白的心目中，邓肯秉性仁慈，处理国政也从来没有过失，是一个好君王。而王熔却是一个沉湎于修仙练道的昏聩君主，在被叛将李宏规打得如丧家之犬时惊惧无能，缓过神来后又对部下随意责骂，性格却又非常简单，只需满足个人的喜恶即可，这样的王熔似乎又给了独孤秀一个取而代之的理由。无论从客观或是主观来看，王德明杀王熔的理由都比麦克白杀邓肯充分，然而王德明个人情感的冲突也被这"充分"的杀人理由冲淡了，比起王德明，麦克白杀害仁慈邓肯所遭受的心理磨折显然是更大的。

面对王德明的犹疑，独孤秀指出丈夫性格中的弱点，却并不如麦克白夫人指出麦克白的"我却为你的天性忧虑：它充满了太多的人情的乳臭，使你不敢采取最近的捷径；你希望做一个伟大的人物，你不是没有野心，可是你却缺少和那种野心相联属的奸恶；你的欲望很大，但又希望只用正当的手段；一方面不愿玩弄机诈，一方面却又要作非分的攫夺，"② 在麦克白夫人眼里，麦克白并不是一个惯于玩弄机诈手段的奸恶之人，他有人情味、行事正当，而这些都阻碍他实现天性中的野心欲望。而在独孤秀的眼中，王德明的弱点却主要是胆小怕事，愿意走近便的路、不劳而获。

王德明的性格也被王熔手下大将符通一眼看破，认为他是一个心虚胆小的恶

---

① 李健吾：《王德明》，《李健吾文集·戏剧卷4》，第82页。
② ［英］威廉·莎士比亚：《麦克白》，《莎士比亚全集》第八卷，朱生豪译，北京：人民文学出版社，2014年，第317页。

汉子，这样的性格已与麦克白不胜相同，人物的丰富性也同时被削弱了。因而，王德明最终决定铤而走险，似乎是被夫人激将的结果，为了向夫人证明自己是个男子汉。如果说，麦克白从觐见邓肯到返家，一路上受到女巫超自然力的冥冥召唤，又被麦克白夫人激发了恶胆，其最终行凶杀人是客观因素加诸主体之上，主体内部善恶交战利弊权衡之后做出的决定；那么王德明的决定更像是独孤秀做出的，而他本人则附庸于独孤秀，谋略、胆识甚至奸恶都远远不如他的夫人。比起麦克白来，王德明显得更为懦弱被动，于是相对的，比起麦克白夫人来，独孤秀也显得更为冷酷坚强且野心十足。我们可以看到剧作者微妙的安排，从无名无姓的麦克白夫人到有名有姓的独孤秀，李健吾将原本在王德明身上的高光让渡了一部分给独孤秀，这是否也出于他为独孤秀扮演者丹尼加戏的缘故？表面上看，李健吾似乎用了原作的结构、人物甚至对话，然而却早已暗渡陈仓，人物性格尤其是王德明的性格已与原著大不相同，这样的一个王德明虽有野心却似乎更胆小懦弱，他杀王熔主要是战胜自己懦弱的性格，向夫人证明自己的英雄本色。于是当他杀死王熔之后，他更担心有人会像他弑君那般杀死他。他杀符通、符习便是因为符通论年龄、论资历都比王德明高，不除他们，他长山王的位置恐不长久；他杀王熔小儿子是因为自己名不正言不顺，随时可能被王熔嫡子取而代之；他杀全城百姓更是"因为他怕，什么也怕，是活着的东西他就不放松，觉得全要替死去的人报仇"①。这使得《王德明》更偏向于《理查三世》意义上甚至中国历史中朝政更迭杀戮难免的普遍世相。李健吾并不指望给王德明更多人性的揭示，好让读者或观众有更多同情性的理解，突出独孤秀是一部分原因，另一部分原因恐怕是他要树一个与王德明相对比的英雄人物——李震。

（三）《赵氏孤儿》的植入

《王德明》最大的特点恐怕是《麦克白》能够与《赵氏孤儿》融合在一起，而看不出太多造作的痕迹。为能够使两者相融，李健吾首先增加了"李震"这一贯穿全剧的人物。李震是《赵氏孤儿》中的程婴；符习是《麦克白》中的弗里恩斯，在本剧中身上亦有《赵氏孤儿》中赵姬、韩厥、公孙杵臼的影子；常山王的小儿子王照海（虽然在戏中从没有出场过）成了赵氏孤儿。其次，《麦克白》中

---

① 李健吾：《王德明》，《李健吾文集·戏剧卷4》，第115页。

邓肯被杀害后，两个儿子马尔康及道纳本逃亡。而当王德明杀死王熔后，世子王照祚将自己远在镇江的弟弟托付给了李震与符习，由此留下一个"救孤"的伏笔，有了在原剧情基础上融入《赵氏孤儿》的可能性。三是本剧的主旨已从呈现麦克白弑君后遭受良心折磨走向灭亡变成弘扬民族正义，主旨的变化使得《赵氏孤儿》的融入变得恰如其分。

李震是王熔身边的侍读，第一场王熔被李宏规打得仓皇逃窜时，是李震第一个赶到，告诉他前方的战事，可见他的忠心。当王德明宣布继任成德军兵马留后时，李震主动表衷心，称王德明的继任是"天与之"，以圣贤的教训欺哄他，得到了王德明的重用。而李震此举无非也像程婴一般，为了保存实力以便暗中寻找王照海的下落。于是李震救孤这场戏便成了整剧最高光、最惊心动魄的部分。戏在李震教儿子李荃孔孟之道中开场，李震说，曾子、孟子、颜回都提到要对死小心在意，然而这种小心是为了"生"，但不是为了苟生，而是为了"尽其道而死"，不能胡乱死去，似乎在为自己暂安于王德明朝中的行为做解释；李震以君子"可以托六尺之孤，可以寄百里之命，临大节而不可夺也"来教育儿子，完全是在为后面献子救孤做铺垫了。尽管献子的桥段略显生硬，在没有太多有效铺垫的情况下，硬把自己的儿子李荃指认为王照海，有些不太合乎情理。然而到末了，李荃被将军带走，李震话里有话地说，"你这叫天天不应的可怜的孩子！你这个爸爸是聋子，有耳朵听不见；你这个爸爸是铁打的心，听见了也当作听不见。不要哭，不要哭。这是高将军，这是陈将军，他们带你去见兵马留后，有好处给你，有顶大顶大的好处给你"，① 还是让人为之揪心；而大功告成，李震一人喃喃默念"士不可以不弘毅，任重而道远；仁以为己任，不亦重乎？死而后已，不亦远乎？……"，亦让人为之动容，中国传统文化中的忠义在李震身上淋漓尽致地展现了。而恰因为前期对王德明性格与行为的铺垫，使得救孤这场戏与之前形成鲜明的对比，显得格外正气凛然。

由此，我们也可以看到李健吾创作《王德明》的初衷，《麦克白》只是他借用的外壳，他使用其结构、情节对话，但是却赋予人物不一样的内涵。如果说，原著的主旨是通过麦克白去检验一个人自身善恶正邪的交战过程及被犯罪折磨的

---

① 李健吾：《王德明》，《李健吾文集·戏剧卷4》，第120页。

心路历程。那么，李健吾并不打算刻画出一个如麦克白那么内心丰富而有层次的王德明，而是将其人物相对扁平化放置在李震的对面，使整剧更凸显忠义的可贵。与其说李健吾是写王德明的悲剧，不如说他更是为了隐蔽地弘扬民族正义。

（四）时代语境对改编的影响

李健吾这一改编与当时的时代语境不无关系。上海沦陷时期，美国电影被日本人禁映了，上海的演剧进入繁荣阶段。然而进步话剧不可能逃脱日本人的审查，于是剧作家多采用改编外国剧本的方式，隐喻性地表达进步思想。司马长风曾经评价李健吾："田汉是战时后方剧坛的旗手，李健吾则是沦陷区剧坛的巨人。他不但勤于写作，艰苦支撑着上海剧运的发展；并且致力于选择有抗战意识的题材，在不损艺术素质的情形下，对民族抗战略尽微薄，这一点在他的创作上虽不必过于重视，但可见出他的人格。"[①] 由李健吾改编的《金小玉》在演出后获得极大的成功，里面革命者的形象让日本宪兵感到了威胁，立即下令停演，并注意上了李健吾这个人。他于1945年4月19日被日本宪兵逮捕，在监狱里饱受酷刑，二十天释放后，还必须每周向日本军官荻原汇报行踪，《王德明》正是在这样的情况下写就的，很难说李震身上没有李健吾挥之不去的悲愤。被王德明杀害的王熔，是否象征了正被日本侵略的中国，"张文礼（即王德明）把杀人当作儿戏，杀人是他治国平天下的经纶。白天闹市好像一片坟地，夜晚你听见四处传来哭号的声音。城门封锁，乡间的吃食进不了城，城里的居民下不了乡，有钱的没有了粮，没有粮的一天一天等着饿死。张文礼不把这个放在心上，他只觉得人人和他作对，饿不死的他正好绑去杀死。他拿死来封人民的口"[②]。《王德明》中的曲折控诉，及其融入《赵氏孤儿》以弘扬民族正义正来自李健吾对当下时局的真实观察，及对沦陷区中国人民的隐蔽的宣传鼓舞。

二、黄佐临《乱世英雄》（《王德明》）的导演手段：写意戏剧的雏形

黄佐临担任导演，将《王德明》改名为《乱世英雄》搬上舞台并大获成功。

---

① 转引自韩石山：《李健吾传》，第212页。
② 李健吾：《王德明》，《李健吾文集，戏剧卷4》，第115页。

学养的深厚与戏剧实践的丰富经验让黄佐临能游刃有余地徜徉在中西戏剧文化之中，他尤其擅长借中国戏曲的方法来探索中国现代戏剧的范式。黄佐临后来将中国戏曲传统归纳为四个特征：流畅性、伸缩性、雕塑性、规范性，而黄佐临也看到了莎剧与中国戏曲的相似之处，于是他也将这些特点结合现代剧场技术放到《乱世英雄》的导演之中，这是中国现代舞台上第一次用这样灵动的手法演出莎剧，也可谓是写意戏剧的初探。

（一）空灵简洁的"一景到底"

《乱世英雄》的舞台是一景到底，黄佐临认为"设计莎剧布景的立足点应该是'简单'，而不是'复杂'。确实，要正确地演出莎士比亚剧作，保持演出的连贯性和流畅性是绝对必要的，因为莎剧剧本的结构就是一场接一场，中间容不得片刻中断。问题在于，这种连贯性和流畅性，应从更为空灵、简洁的舞台手段中觅得，而不应求助于繁杂的机械装置"[①]。孙浩然担任该剧的舞台设计，他曾描述黄佐临对舞台设计的要求，"尽量扩大舞台上的活动空间，尽量利用平台、车台、转台和台阶等单元的组合，创造出多层次，多角度，多方位的'立体'感"[②]，这或许也是受了莎士比亚时代"多功能"剧场的影响。在《乱世英雄》中，孙浩然只用了一组基本单元组合：台中央一个方形大平台，在平台的左右两侧，是以巨大"石块"堆成的两座V字形的陡峭台阶，从舞台平面向上直通舞台顶部。台阶的终端各有一扇门通向另室。整个阶梯后面为高大宽阔的"石墙"所挡住（在需要时，这面墙可立即移去，露出外景中的广袤、开阔的古战场的远景部分）。在粗糙的墙面正中部位上，高悬着用猩红色麻布制成的一面大旗，上面用古体字书写着"大唐军兵马留后王"的称号。平台上面放着古代人使用的简朴椅案，而在椅案后面是几张座席[③]。舞台中有平台、有台阶、有可移动的"石墙"，有椅案座席，演员可以活动的空间很多。而V字形通向舞台顶部的陡峭台阶更是给人强烈的视觉震撼，演员在上面的活动也势必给人更加惊心动魄的感觉。这个设计既抽

---

① 黄佐临：《莎士比亚剧作在中国舞台演出的展望——1986年4月在首届中国莎士比亚戏剧节学术报告会上的发言》，《我与写意戏剧观：佐临从艺六十年文选》，第69页。
② 孙浩然：《尽在不言中——谈佐临的舞台艺术》，上海艺术研究所话剧室编：《佐临研究》，北京：中国戏剧出版社，1990年，第343页。
③ 同上书，第346页。

象又概括，不拘泥于一时一景，烘托了整出戏严肃、庄重而阴郁的气氛，于是每场戏只需简单置换道具即可，保证了场与场之间的流畅性。

（二）紧凑抓人与"明、顺、不紊"

如果说一景到底的舞台设计解决了换景可能带来的拖沓，使场与场之间的衔接更为流畅。那么，导演对于演出节奏的控制则保证了整个演出的流畅性。大部分观众都高度赞扬了该剧的节奏，"对于导演，自始至终所给予我们的感觉是：紧凑。如：第一场中暴风雨，很能把住观众紧张的情绪；对于末场高潮的处理，也非常的有力而生动，使全剧生色不少"①，"导演对于该剧的处理非常恰当，人物地位布置得妥当，而整个节奏也安排得非常明朗。对于钟声及幕后人声的处理都非常妥善，使整个戏剧的演出一气呵成，气氛浓烈，且充分保持莎士比亚的韵味"②。而这节奏的紧凑源自黄佐临对《乱世英雄》剧情与人物的烂熟于心、对气氛的总体把握，并给予整剧恰当的舞台调度，使演员的走位在舞台上顿成流畅的生动画面。有论者指出，"每于导演之前，他在剧作上，花费的研究，分析和计划，种种工夫，常常超过他排导的时间。譬如为了演员地位，他会一个人老早藏在屋子里，先利用模型，或图形，屡次摆弄试验。然后才肯运用到舞台上。于是，地位明、顺、不紊，便成为他导演的特色之一"③。

除了把握演员走位的节奏，黄佐临也仔细研究心理节奏，节奏不仅包括速度，也包括轻重缓急、高低强弱等，以此反映人物的心理变化。苦干剧团白文提到该剧"搜孤救孤"那场戏，李震将自己的大儿子献出，内心充满矛盾与痛苦，"这场戏，确是靠导演制造的那个节奏。这决不是一味快或一味慢解决得了的。那种从人物心理变化出发的节奏处理，简直压得人喘不过气来，看得人目瞪口呆。一直到这场戏结束，观众的情绪方才松弛下来"④。节奏不是只有行云流水一种，紧凑抓人的节奏从某种程度上来说既保证演出流畅性，又更能吸引观众的注意力。

---

① 沙岭：《评〈乱世英雄〉》，《新世纪》1945 年第 3 期。
② 江湮：《评〈乱世英雄〉》，《新世纪》1945 年第 3 期。
③ 曾澍：《佐临的风格》，《杂志》1944 年第 3 期。
④ 白文：《佐临氏在"苦干"时期的艺术活动》，上海艺术研究所话剧室编：《佐临研究》，第 387 页。

(三) 虚实融汇的重叠组合

黄佐临在舞台创作中还要求"虚"与"实"两者融汇在一起，最好是以虚为主，以此在有限的空间中进行无限空间的创作①。那如何在有限中创作无限、实现舞台的伸缩性呢？丁罗男指出，"在话剧舞台上创造多重复合的时空结构，即把不符合现实生活的时间顺序、空间距离的场景，按照艺术表现尤其是人物内心活动的需要，加以重叠组合"②，《麦克白》恰因为丰富的心理活动成为黄佐临实验舞台伸缩性、锻炼演员想象力的最佳文本③。

黄佐临对莎剧有过精心的研究，他认为麦克白悲剧的核心是他的野心狂与他的诗人般的想象力之间的搏斗④，因而幻觉部分的营造应该是他导演中最需要关注的。尽管李健吾的《王德明》因为主旨的需要，已对原著有一定删减，但仍保留了"夫妻密谋""设宴遇鬼"等重要片段，且经由黄佐临的研究，又加上原已被删去的"梦游"一段，并以灯光、音效等多种舞台技术营造出幻觉的效果，烘托了主人公心虚、恐惧等复杂的心理，体现了舞台虚实融汇的伸缩性。例如，设宴遇鬼那一段，如何体现出"鬼"呢？"第四场鬼出现时只是当中有灯光，四周黑暗，以表示这鬼影众人不见，只是王德明心中的鬼影而已"⑤，用灯光的明暗有效地区分了王德明与众大臣的视野，让观众明了这是王德明心中的"鬼影"，而不是"活人"。而第二场，独孤秀邀巫占箕，燎火运用甚好，黯淡的红晕似的，富有神秘性，可望而不可即⑥，黄佐临用灯光来参与叙事、烘托气氛的能力可谓出神入化。尽管苦干剧团条件艰苦，聚光灯只有四只，有时连电都没有，但是照

---

① 孙浩然：《尽在不言中——谈佐临的舞台艺术》，上海艺术研究所话剧室编：《佐临研究》，第343页。
② 丁罗男：《构建中国式话剧的新格局——论佐临写意戏剧观的形成及其民族特色》，上海艺术研究所话剧室编：《佐临研究》，第125页。
③ 苦干剧团解散后，黄佐临成立苦干修养学馆，主要目的在于训练演员，开设的课程有"身体锻炼""声音锻炼""节奏感锻炼""摹拟力锻炼""想象力锻炼"等，而选择《麦克白》这个剧目也恰是为了"想象力锻炼"这个训练。黄佐临：《〈马克白〉中国化——从"苦干"演出剪报摘录中引起的点滴回忆》，《我与写意戏剧观：佐临从艺六十年文选》，第56页。
④ 黄佐临：《〈马克白〉中国化——从"苦干"演出剪报摘录中引起的点滴回忆》，《我与写意戏剧观：佐临从艺六十年文选》，第56页。
⑤ 江潭：《评〈乱世英雄〉》。
⑥ 思明：《〈乱世英雄〉观后》，《中国周报》1945年5月13日。

样哪里需要有光就有光，哪里不需要就没有，运用十分自如。

而王德明杀王熔那一段，黄佐临又用"真人音效"烘托出其瞀乱的情绪、恐惧万分的心理。王德明是在舞台后面"杀人"的，黄佐临"组织了该剧所有不上场的演员，男男女女站在后台两侧，先用气压出：'出——了——事——啦——杀——了——人——啦'，声音压抑，速度缓慢。然后，再用快速度一声强似一声地齐声喊出：'出了事啦，杀了人啦，出了事啦，杀了人啦！'这时，舞台上真已造足了'烛影斧声，成千古疑案'的阴森、恐怖气氛"①。同时，黄佐临还使用风雨声、鼓声、钟声、敲门声来营造气氛的紧张，烘托人物的心情，创造多复合的时空，给观众留下了深刻的印象。

（四）醒目而呈立体感的表演

黄佐临说，话剧把人摆在镜框里呈平面感，传统戏曲却突出人，呈立体感，尽管佐临的苦干剧团并不做传统戏曲，却也突出了不少优秀的演员，石挥、丹尼、张伐、韩非等都是他一手培养出来的好演员。黄佐临曾说："'细腻'固重要，但'醒目'更加重要，因为观众的印象是刹那间的事，而戏剧乃是动的艺术，在它演出期间，观众来不及往回细细嚼。"②这种"醒目"的雕塑性也是《乱世英雄》中演员给观众留下最大的印象，而它的获得除了导演给演员创造出充分施展的平台外，演员自身也需努力抓住观众的注意力。石挥曾说，动作、情感、声调、节奏等都是演员吸引观众的手段③，而他扮演的"王德明可说是最成功的了，尤其是在他去杀王熔的前后，把犯罪时的那种野心、踌躇、坚决等内心思想，用了高低不同的声音和不同的语调在独白里，深刻地表现出来。见鬼时的那种恐惧、猜疑、疯狂等心情充分表露"④，第二场王德明杀人后上场，"身穿大红袍，一手执大红烛，一手执带血的剑，满面油汗，长发咬在嘴里。这种演法，取

---

① 白文：《佐临氏在"苦干"时期的艺术活动》，上海艺术研究所话剧室编：《佐临研究》，第388页。
② 黄佐临：《话剧导演的职能——在苦干剧团全体集会上的讲话》，《导演的话》，上海：上海文艺出版社，1979年，第17页。
③ 石挥：《演员如何才能抓住观众》，石挥著，李镇主编：《石挥谈艺录：演员如何抓住观众》，北京：北京联合出版公司，2017年，第8页。
④ 江湮：《评〈乱世英雄〉》。

之于京戏，不过已经充分地话剧化了"①，给人非常深刻的印象。而最后一幕他"中枪从扶梯上支持不住，滚倒地上而死一节，逼真异常"②。这个"中枪从梯上滚到地上而死"的动作其实是一个"倒抢背"，从四级台阶上翻下来，仰卧在台板上。这个技术性很强的动作，是石挥苦学苦练，受了不少伤特地为这个戏的收梢排练出来的③，其目的也是为了给予观众一个深刻的雕塑般的印象。丹尼的"几番心理表情，简直无懈可击"，"激夫一节，台词密凑，一步紧一步，显示狠毒妇女的心肠，泼辣阴刻"④，而"在末场心病而将垂死的表情，演来淋漓尽致，使演出上生色不少"⑤。

三、中国莎剧演出史视野下的《王德明》：民族精神的颂歌

《乱世英雄》演出后，获得很高的评价，"好在各方面的同时发展。编剧、导演、主要演员、灯光、配音、效果、舞台装置，各都有独特的成就，合在一起又这样惊人地和谐"⑥，可谓是 20 世纪初以来，中国莎剧演出史上最为浓墨重彩的一笔。

一是李健吾的莎剧改编剧本《王德明》体现了"民族化"的深化，其本身便是深具文学性的优秀作品。自莎剧在中国舞台上出现以来，大多是按照原剧本进行搬演，很多导演欲以演出莎剧学习西洋戏剧之精华，并发展中国现代戏剧。如 1931 年上海戏剧协社《威尼斯商人》，1937 年上海业余实验剧团《罗密欧与朱丽叶》，1937 年、1938 年国立剧专《威尼斯商人》《罗密欧与朱丽叶》等。1943 年，顾仲彝曾在上海艺术剧团将《李尔王》改编成《三千金》，是一次莎剧民族化的

---

① 白文：《佐临氏在"苦干"时期的艺术活动》，上海艺术研究所话剧室编：《佐临研究》，第 388 页。
② 思明：《〈乱世英雄〉观后》。
③ 白文：《佐临氏在"苦干"时期的艺术活动》，上海艺术研究所话剧室编：《佐临研究》，第 397 页。
④ 同②。
⑤ 江潭：《评〈乱世英雄〉》。
⑥ 转引自黄佐临：《〈马克白〉中国化——从"苦干"演出剪报摘录中引起的点滴回忆》，《我与写意戏剧观：佐临从艺六十年文选》，第 60 页。

尝试。顾仲彝仅用了《李尔王》的一部分结构，大量增加有本土气息的剧情，而使该剧完全脱离《李尔王》，讲述了一个传统道德之于现代语境的故事。在中国价值体系无比紊乱的时代里呼求真正优秀的传统文化，体现了其进步价值。然而该剧中，《李尔王》取自古代传说的"分家"楔子以及由此引起的父女之间的孝道伦理被当作整剧的核心，再加上一些生硬的剧情，使得其在剧本创作上存在一些争议。如有观众认为，"如此自由地处置财产只有外国风俗才有的。……在民国初年左右的中国决没有如此单纯的人物"。① 而李健吾在改编过程中习惯把自己的灵魂放进去，"利用原作的某一点，或者是结构，或者是性格，或者是境界，或者是哲理，然后把自己的血肉填了进去，成为一个有性格而有土性的东西"②。在他的改编下，《麦克白》剧中人物情节与中国优秀传统文化典故充分交融，将以"麦克白"一人为主的戏剧变成三人（王德明、独孤秀、李震）平分秋色的剧，使麦克白的悲剧也变成一出民族精神的颂歌，使民族化的探索得以深化，体现了很高的文学价值。

一些观众称该剧的主题是"'有花堪折直须折，莫待无花空折枝'，是投机家们心理彻底的暴露，他们不顾良心、体面与道德，只知道对于自己有利，但是终究能不能保持永远的成功？能不能避免自己良心的谴责"③，将王德明与独孤秀置于道德审判的天平之上。也有一些观众一眼看出这个戏"显然是针对即将覆灭的'大东亚共荣圈'和南京伪政府的"④。当然也有观众敏锐地感觉到改编剧本与原著的不同，"使我最感到怀疑的，就是整个故事的不够明朗化，当然，我不是说改编者须像说故事者一样，但至少，我们须要把故事发生的背景，予观众一个较深的印象。可是，《乱世英雄》里的王德明的叛变，其动机和故事的演变，都显得非常的模糊"⑤。当打在王德明身上的高光让渡了一部分给独孤秀与李震，王德明个人心理的揭示、其个人意愿的清晰程度显然是不如原著的，因而其叛变

---

① 公孙子：《三千金》，《太平洋周报》1943年第67期。
② 李健吾：《〈大马戏团〉与改编》，《李健吾文集·文论卷2》，太原：北岳文艺出版社，2016年，第52页。
③ 思明：《〈乱世英雄〉观后》。
④ 白文：《佐临氏在"苦干"时期的艺术活动》，《佐临研究：佐临从艺六十年文选》，第386页。
⑤ 沙岭：《评〈乱世英雄〉》。

的动机与故事的演变对一些观众来说有些模糊也是不足为奇的。

二是黄佐临在现代剧场艺术的基础上探索"写意戏剧",纯熟运用戏剧舞台的表达语汇。20世纪以来,中国话剧奠基者们一直向西方学习现代剧场艺术,走了一条在写实与写意之间螺旋式上升的道路,而莎剧演出正见证了这一过程。阿庇亚、戈登·格雷、莱茵哈特等西方现代剧场的开创者在当时的中国剧界可谓风靡一时,而由他们大力倡导并实践的立体景、灯光等现代技术也为中国戏剧家们学习与借鉴。中国第一台以现代话剧方式演出的莎剧,1931年上海戏剧协社版《威尼斯商人》便采用了立体式的布景。然而莎剧中每一场的地点都不同,它是为类似于中国戏曲舞台的空的空间写作的,用立体景而频繁换景是不现实的,容易把戏的节奏拉松,于是只能以分幕的方式对剧本进行删改与重组,颇有点削足适履的意味。到了1937年章泯版《罗密欧与朱丽叶》,舞台设计徐渠已经开始打破纯写实的意味,建构虚实相间的舞台空间,然而仍没有完全突破分幕换景的限制。1938年版《奥赛罗》导演余上沅,在更为宽广的中西文化比较视野中重新审视了中国戏剧与西方戏剧各自的现状、优势与局限,从中国戏曲中汲取更多营养与灵感,他所倡导的国剧运动可谓是对中国话剧模仿西方写实主义潮流的一次反拨。在他的《奥赛罗》中大胆抛弃了实景,全部使用布幔作为背景,换景极为迅速,也使得莎剧演出的节奏更为紧凑。可以看出,中国戏剧家在向西方学习"写实主义"的同时,也逐步找回了蕴藉在中国传统文化中写意的现代性,并将之运用到莎剧演出中。然而只有到了黄佐临的《乱世英雄》,才真正打破了分幕换景的局限,采用"一景到底"的方式,使得莎剧回归原初,在一个适合它的舞台上,更彰显出内含于其结构中的自由灵动与紧凑抓人。而这个"景"显然又浸润现代艺术思潮,以丰富而抽象的元素烘托了整剧的氛围,既回归了传统,更面向了现代。随着中华人民共和国的成立,中国戏剧界向苏联学习斯坦尼斯拉夫斯基体系,重新走上写实的探索。在苏联专家导演的莎剧《无事生非》中,也依然遇到了立体景换景的问题,苏联专家采用了帷幕法的工作方式,即遇到分幕时,便拉上帷幕,演员在帷幕前表演,迁景人员在帷幕后换景。尽管保证了节奏的流畅,却依然受到"景"的牵制。1961年,黄佐临正式提出了"写意戏剧观",却直到20世纪80年代才真正在中国的舞台上落地开花,然而在当时看来新鲜的尝试,其实黄佐临们在40年代就已经开始探索实验了,可见这一代戏剧家们超越时代的远见卓识。

除了大胆破除莎剧演出中"景"的桎梏，黄佐临与同辈导演相比，也更熟悉戏剧舞台的表达语汇。费穆导演的《三千金》呈现淡雅含蓄的诗意美学风格，然而却出现了场景与表演方面的失真，比如如何在舞台上呈现电闪雷鸣、倾盆大雨的景象，在舞美很难营造逼真的效果时，往往需要借助演员的表演来传达出其真实性。在这方面，黄佐临就更擅于运用一切剧场元素，如灯光与各种音效来参与叙事，达到很强的戏剧性效果。以流畅的节奏、自由转换的时空、浓厚的氛围将人物的心理外化，使该剧的主人公们都给观众留下"雕塑"般的印象。

有观众认为《麦克白》与《王德明》"两者的意义都是描写罪犯的心理，由野心，而踌躇，而坚决，而恐惧，而猜疑，而疯狂，对这一连串的心理变化，描写得极深刻透彻。而乱世英雄里更利用幕后的声音以表示内心之欲念与良心之斗争"[①]。而第五场李震献子也是最能激发观众情绪的。"李震献子殉主的一场，更像《搜孤救孤》的情节了。以艺术的感染力来说，话剧到底比京剧强，看完这一场，观众竟鼓掌雷动起来。从这里还可以看出观众心理的一斑：衷心爱国的激烈场面，还是最容易受到欢迎"[②]。

在当时这样一个黑暗的时代，该剧无论从主旨到表现手法都彰显了民族的精神与气质，这恰是最能打动观众的部分，无疑是对大众一次最大的激励。其编剧、导演、演员、舞美设计等的通力合作，更彰显了中国现代戏剧向"民族化"与"写意戏剧"方向的迈进。

〔本文为教育部人文社会科学研究青年基金项目"莎剧演出与中国现当代戏剧研究"（21YJC760006）的阶段性成果。〕

---

① 江湮：《评〈乱世英雄〉》。
② 金人：《评〈乱世英雄〉》，《光化日报》1945年5月6日。

李健吾建国前剧作版本丛考
——兼对《李健吾文集》的一点补正[①]

刘子凌

内容摘要：本文结合原始文献、《李健吾文集》与相关工具书，对李健吾新中国成立前所有剧作的版本做了系统的梳理。一方面介绍其原貌，一方面勘定其源流，力图为李健吾研究的深化提供一个初步的史料基础。

关键词：李健吾　剧作　版本

经过"三十余年的跌宕起伏"[②]，皇皇11卷的《李健吾文集》（以下简称《文集》）终于问世。这套书为人们阅读和研究李健吾带来了很大便利。尤其值得称道的是，编者通过各卷卷首的"编者说明"、正文中的页下注和篇末括注等方式，对所辑文献的出处做了明确交代。如标注精确，研究者自能按图索骥。

但仍有不太尽如人意的地方。比如说，《文集》直接把1939年开明书店版的散文集《希伯先生》整体收录其中，应是视此版本为"定本"。考虑到《文集》中的散篇作品都落实了刊发信息，这或许容易给读者造成误解：《希伯先生》中的篇章在成集时方首度公开发表。那么，把各篇文字初刊情况交代清楚，似不为无益。

再如，李健吾创作的唯一一部长篇小说《心病》，应是以文化生活出版社1945年的版本进入《文集》的。"编者说明"说，此书先有1933年开明出版社单

[①] 原载《中国现代文学研究丛刊》2017年第1期。
[②] 《出版说明》，《李健吾文集》第1卷，太原：北岳文艺出版社，2016年，卷首，无页码。

行本,后有文生社 1940 年版这一"修改本",正文篇末又括注"初载 1931 年 1—11 月《妇女杂志》第 17 卷第 1—6 期"。事实上,这三项信息均不确:1933 年的出版社,应为"开明书店";文生社版出版于 1945 年(《文集》正文题目下的括注倒是对的);这部长篇分上中下三卷,一开始是连载于《妇女杂志》第 17 卷第 1—6 号、8—11 号(1931 年 1 月 1 日—6 月 1 日、8 月 1 日—11 月 1 日)。其实文生社的"修改本"也很有意思。小的润饰增删且不论,《妇女杂志》/开明书店版的上、中卷,到了文生社版,直接做了对调。这样组合小说,应该说是比较罕见的。虽然《文集》把文生社版作为"定本"收录,似无不妥;而若要考察李健吾的创作习惯,仅看《文集》的说明,显然就不够了。更何况,《文集》对文献出处的说明,还有这样那样的疏漏或讹误。

当然,散文家、小说家李健吾的声名或许为戏剧家李健吾所掩。笔者在阅读李健吾剧作时就发现,频繁的修改,更是李健吾戏剧写作生涯中一个非常引人瞩目,以至于值得专门探讨的现象。《文集》的处理尚不足以反映这一现象之复杂性。本文以创作、发表情况为重点,对目前能找到的李健吾新中国成立前所有剧作的版本做一系统梳理,以期对《文集》的疏失,略做订正。

李健吾新中国成立前的剧本,可分两种:"原创"和"改编"。前者从题材到情节均为自己构思,后者乃从某一母本改编而来。① 《文集》编排时混在一处,本

---

① 改编剧本是李健吾的一类比较特殊的作品。关于自己的改编工作,他曾有过贬低:"真从改译之中寻求原作的面目,却是一条错误的道路。改译是一种方便,这种方便往往做成一把利刃,轻而损伤原作的皮肤,重而挖毁它的心脏。说重些,这是一种剽窃。文学的价值不能够擅自授受。道路只有两条,或者创作,或者翻译。改译是抄近,是贪便宜,自然也就算不得货色。"(李健吾:《跋》,《撒谎世家》,上海:文化生活出版社,1939 年,第 ix 页。)但在某些场合,他又不是总这么妄自菲薄:"他并不把这种工作当作改编,完全相反,对于改编者,这正是一种怀胎十月的创作。他用尽自己来成就它的产生。这里是字句,是结构,是技巧,也是血肉,也是生命。即使失败,他将不因之而有所疚心。"(李健吾:《阿史那·前言》,《文学杂志》复刊号第 2 卷第 1 期,1947 年 6 月 1 日。)对于这位"孤岛"剧坛骨干而言,政治高压之下,艰辛的岁月里,改编还有一番形格势禁的苦衷:"人属于一种有遗憾的动物,喜欢做的不一定能够做,时间不允许,环境不允许。尤其是,说也可怜,机会不允许。通过允许的往往多是不最喜欢的工作,悲哀就在这里。"(李健吾:《跋》,《花信风》,上海:世界书局,1944 年,第 1 页。)揆诸文本,还是"生命说"更近真相。李健吾采取了遗形取神的方法,改编本的人物、情境、格调,几乎不复原作模样,而令人有耳目一新之感。那么,把这些改编剧本视为别一形式的"创作",也未为不可。

文沿用，并以发表或出版时间先后为序；同一剧本的不同版本，则列在一起，以明源流，而据该剧作最早的版本定其序号。

1.《出门之前》，独幕剧，署名仲刚。载《爝火》第 1 期，1923 年 2 月 1 日。

2.《私生子》，独幕剧，目录署名仲刚，正文署名李仲刚，载《爝火》第 2 期，1923 年 7 月 1 日。篇末署：十二年三月二十七晚。①

3.《工人》，独幕剧，载《晨报·文学旬刊》第 38 号，1924 年 6 月 11 日。篇末署：十三年，三月，一日，晚十时。

又有"附说几句"。② 其中说："原名《工人与学生》，但，年来学生太不争气了，实在懒于牵扰；并且为戏剧的精神缘故，只好删去'工人'下三字。"《中国现代戏剧总目提要》（修订版，董健主编，中国戏剧出版社 2012 年版）据此括注了《工人与学生》这一题名。

4.《现在的朝鲜西邻》，独幕剧，载《国风日报·学汇》第 418 期，1924 年 11 月 13 日。篇末署：一九二四，十一月，九日。③

5.《翠子的将来》，独幕剧，载《清华文艺》（无卷期），1926 年 6 月 4 日。篇末署：十五年，二月，十三日病中初改。

6.《进京》，独幕剧，署名吾，载《清华周刊》第 27 卷第 2 号（第 399 期），1927 年 2 月 25 日。篇末有一简短说明。

7.《囚犯之家》，独幕剧，载《弘毅》第 2 卷第 3 期，1927 年 3 月。篇末署：十一，十一，于清华。

又有一段说明："我读狄更司的双城记，读到那坐了十八年监牢底老医生，尤其在他绝望的时候，和他女儿相见，不禁潸潸地掉下泪来。这更触动了我的心怀，我的情感：假如他的女儿也入了狱，在他出狱的当儿？尤其在他尝够了多年

---

① 各作品所署年份若为民国纪年，《文集》都是直接换算为公元纪年，而未加说明。以下均据原作重新著录。
② 李健吾剧作卷首或篇末此类说明性文字甚多。如《文集》已收录，本文仅做一记载。凡失收者，则过录原文。
③ 此剧《文集》与《中国现代戏剧总目提要》（修订版）均失收。张新赞在其《在艺术化与现实化之间——李健吾的文学批评》（知识产权出版社 2014 年版）之附录四"李健吾作品原刊目录索引"中有著录。《国风日报》是李健吾的父执景梅九做总编辑的报纸，《爝火》第 2 期上的"书报介绍"也提到了《国风日报·学汇》。故此剧为李健吾所作无疑。

的铁窗风味后,不知所之底当儿?于是我又想到自己的亡父,当他三番两次被人暗算,于苦风苦雨下,在陆军部看守所被押底情况——这些不都是世上最恼人底凄凉事情么?"①

8—1.《赌与战争》,独幕剧,连载于《晨报副刊》第 1551—1553 号,1927 年 4 月 13、14、16 日。

续刊终篇时署:十六年,二月,醉于川针。② 又有"附告"一则。

8—2.《母亲的梦》,初刊于《文季月刊》第 1 卷第 1 期,1936 年 6 月 1 日。

系由《赌与战争》修改而来,题目重拟。

篇末署:民国十六年二月写二十五年四月重改。

又与《老王和他的同志们》一起,收入《母亲的梦》,文化生活出版社 1936 年 8 月初版,为巴金主编的"文学丛刊"第二集之一种。书后有"跋"。③ 后拟列入"李健吾戏剧集",为第三种,未见实际印行。

9—1.《生机》,独幕剧,原载《北京文学》第 1 期,1928 年 6 月。

篇末署:一九二八,二,十。

9—2.《另外一群》,初刊于《文学》(上海)第 4 卷第 3 号,1935 年 3 月 1 日。

系由《生机》修改而来,题目重拟。

篇末署:民国十七年二月旧作,二十四年一月重改。(排演权保留)

又与《说谎集》《这不过是春天》一起,收入《这不过是春天》,商务印书馆 1937 年 6 月版。

10.《济南》,两幕剧,原载《文学》第 1 期(国立清华大学校刊增刊之一),1928 年 12 月 12 日。④ 署李健吾作。⑤

---

① 此剧《文集》与《中国现代戏剧总目提要》(修订版)著录的篇名均为《囚犯》,无发表信息。《文集》中文字与《囚犯之家》同。
② "醉于川针"是李健吾此时常用的署名方式。"川针"系李健吾对此时恋人的"代称",参看韩石山:《李健吾传》,太原:山西人民出版社,2006 年,第 38—40 页。
③ 此"跋"曾以《母亲的梦》为题,刊于天津《大公报·文艺》第 135 期,1936 年 4 月 27 日。拙编《话剧与社会:20 世纪 30 年代中国话剧文献史料辑》(人民出版社 2014 年版)称此文未单独发表过。误。
④ 此剧收入《文集》第 1 卷,《中国现代戏剧总目提要》(修订版)未见著录。张新赞书以为"此剧不能确定是否是李健吾所作",未详何据。
⑤《文集》"编者说明"谓署名吾。误。

卷首有说明性文字一则。①

篇末署：完十七年，五月，十五日。②

11—1.《火线之外》，三幕剧，连载于《申报月刊》第 2 卷第 1—2 号，1933 年 1 月 15 日、2 月 15 日。

题目下注明系"为纪念日寇犯境而作"。连载终篇时有一"自跋"。

有青年书店单行本，1933 年 1 月初版。

此剧中的《出征歌》，曾单独刊载于《清华周刊》第 37 卷第 12 期（第 539 号），1932 年 5 月 21 日。篇末编者注云：此歌为李君寄来嘱代登周刊征求修改并乐谱者。同学中如有愿代制谱或修改者，请与李君通信，或交生物学系汪燕杰代转亦可。李君通信处如下：

M. C. W. Lee

7, Rue des Petites Hotels

nry, Sur-Seine

Seire, France

Via Sibérie

11—2.《信号》，目前可见文化生活出版社 1942 年 5 月的再版本，为"呐喊小丛书"第三种。

系由《火线之外》修改而来，题目重拟。疑以青年书店本为初版本，故称文生社本为再版本。③

12—1.《火线之内》，五景剧，青年书店 1933 年 1 月初版。

卷首冠以朱自清的"序"。

12—2.《老王和他的同志们》，四景剧，初刊于《文学》（上海）第 6 卷第 1 号，1936 年 1 月 1 日。

系由《火线之内》修改而来，删去了原作的第四景，题目重拟。

---

① 《文集》过录时遗漏了最后一句话："排演者最好通知我一声。"又，这段文字末署：作者（八，十八。），《文集》径改为"八月十八日"。
② 或在"完"后脱一"于"字。
③ 《文集》"编者说明"称这个剧本还曾改题《中秋节》，连载于《时事新报》1936 年 9 月 26 日—30 日。经查，连载的作品为赵剑虹的短篇小说《中秋节》。

又收入《母亲的梦》，文化生活出版社 1936 年 8 月版。①

12—3.《回忆一二八》，一景剧，连载于香港《大公报·文艺》第 777、778、779 期，1940 年 1 月 29 日、1 月 31 日、2 月 2 日，署名刘西渭。（原刊期数分别标为 777、777、770，显误）②

实为五景剧《火线之内》的第四景。

连载终篇时有一"附记"：读者应当明白我写的是理想的性格。语言是意拟的，戏剧的，非仅活人没有这种语言，便是实际也不会这样出口。这里只是一个短短的速写，我所用心的是提精炼华，呈现真实，却不是真人真事，虽说用的不仅是真人真事，而且是活人活事。这篇应当归入《老王和他的同志们》（收在文化生活出版社《母亲的梦》内），然而也正因为这里的主要人物是活人真人，唯恐为人误会，当时特别删出，只在那篇留下英勇的群众的色相。现在或许是发表的机会。

13.《村长之家》，三幕剧，连载于《现代》第 3 卷第 1—4 期，1933 年 5 月 1 日、6 月 1 日、7 月 1 日、8 月 1 日。

又与《梁允达》一起，收入《梁允达》，生活书店 1934 年 10 月版。

14.《梁允达》，三幕剧，初刊于《文学》第 2 卷第 4 期，1934 年 4 月 1 日。

篇末有一"附注"：上演本剧，须得作者同意。

又与《村长之家》一起，收入《梁允达》，生活书店 1934 年 10 月初版，为"创作文库"之十五。卷首有作者自撰的"序"。③

后拟列入文化生活出版社"李健吾戏剧集"，为第七种，未见出版。

又与《这不过是春天》《一个没有登记的同志》一起，收入《健吾戏剧集》第二集，文化生活出版社 1942 年 7 月初版。

15.《这不过是春天》，三幕剧，初刊于《文学季刊》第 1 卷第 3 期，1934 年 7 月 1 日。

---

① 《火线之内》印行过程中的坎坷，作者在《母亲的梦·跋》的注释里有详细的讲述，可参看。
② 此剧并"附记"《文集》失收。《中国现代戏剧总目提要》（修订版）据撰者所藏《火线之内》单行本清样对此第四景做了介绍，但未说明其曾单独发表之事。
③ 此"序"曾以"《梁允达》序"为题，刊于《华北日报·文艺周刊》第 5 期，1934 年 4 月 30 日。拙编《话剧与社会：20 世纪 30 年代中国话剧文献史料辑》称此文未单独发表过。误。

题目下注明系"芬的生日礼"。① 篇末有"注":"未经作者允可,不得上演。"

与《说谎集》《另外一群》一起,收入《这不过是春天》,商务印书馆1937年6月初版,为"文学研究会创作丛书"第二集之一种。卷首有作者自撰的"序"。

刊《说谎集》《另外一群》及"序"后,又由文化生活出版社1940年7月出版同名单行本,先为"文季丛书"之十一,1944年1月再版。卷首注明:"本剧排演或改编须得作者同意。"并录刘禹锡《忆江南》一首,有题记性质。书后附"本事""演员表""跋"。有较大修改——"跋"中说:"我几乎等于重写了一遍《这不过是春天》。"②

1946年11月,仍用"文季丛书"本纸型,印行第三版,但改隶"李健吾戏剧集",为第一种。1948年10月出至五版。

又与《一个没有登记的同志》《梁允达》一起,收入《健吾戏剧集》第二集,文化生活出版社1942年7月版。

16.《说谎集》,独幕剧,初刊于《文学》(上海)第4卷第5号,1935年5月1日。卷首有改译者的说明。

与《另外一群》和《这不过是春天》一起,收入《这不过是春天》,商务印书馆1937年6月版。

原作是英国剧作家萧伯纳(Bernard Shaw)的 *How She Lied to Her Husband*,李健吾译为《她怎样向她的丈夫撒谎》。

17—1.《以身作则》,三幕剧,第一幕初刊于《中学生》第62号,1936年2月。篇末有说明:本剧为同名三幕喜剧的第一幕,因为可以单独成立,所以特为发表在这里。

经修改后,由文化生活出版社出版单行本,1936年1月初版,为"文学丛刊"第一集之一种。1936年5月三版,1936年8月四版,1940年3月五版。

卷首注明:"本剧排演或改编须得作者同意。"

---

① "芬"是作者夫人尤淑芬。
② 此"跋"曾以"跋《这不过是春天》"为题,刊于《戏剧与文学》第1卷第3期,1940年4月10日。

另有题记性质的文字两则。一则引自《论语·子罕篇第九》，已收入《文集》；一则引自 L'Ecole des Maris 的 Act I, Scene IV,《文集》失收。其文曰：

Apprenez, pour avoir votre esprit affermi,

Qu'une femme qu'on garde est gaganée à demi,

Et que les noirs chagrins des maris ou des pères

Ont toujours du galant avancé les affaires.①

书后有"后记"。②

1946 年 11 月，仍用"文学丛刊"本纸型，印行第七版。至迟从此版起，改隶"李健吾戏剧集"，为第二种。1948 年 6 月出至八版。

17—2.《徐守清》，系《以身作则》之改题（徐为主人公之一），剧本题目下标为"改订本"。与《新学究》一起，收入《健吾戏剧集》第一集，文化生活出版社 1943 年 5 月初版。

18.《新学究》，文化生活出版社 1937 年 4 月初版，为"文学丛刊"第四集之一种。1948 年 10 月出至四版。后拟列入"李健吾戏剧集"，为第四种，未见实际印行。

卷首录张惠言《祝英台近》词一首：意惺忪，情颠倒，醒醉几时了？侬替花愁，花也应知道；怪来好梦连宵，都无凭准，又还是惹将花恼！沉炉袅，看他一气双烟、丝丝向萦抱，待结同心，毕竟同心少；怎能两下柔肠，如香百和，便拼得相思到老！

又与《徐守清》一起，收入《健吾戏剧集》第一集，文化生活出版社 1943 年 5 月版。

19—1.《一个未登记的同志》，独幕剧，初刊于《文学杂志》（上海）第 1 卷第 1 期，1937 年 5 月 1 日。

---

① L'Ecole des Maris，即莫里哀剧作《丈夫学堂》。第一行末词 affermi，原文讹为 raffermi。这段话，李健吾译作："你要知道，——我说这话，要你精神振作，——一个女人受到监视，就起了一半外心，丈夫或者父亲爱发脾气，永远成全情人的好事。"（[法] 莫里哀：《莫里哀喜剧》第一集，李健吾译，长沙：湖南人民出版社，1982 年，第 354—355 页。）

② 此"后记"曾以"《以身作则》后记"为题，刊于天津《大公报·文艺》第 81 期，1936 年 1 月 20 日。

目录中篇名作《一个未登记的同志》，正文中作《一个没有登记的同志》，题目下且注明体裁：A Melodrama。篇末有"附记"一则。

据《中国现代文学总书目》（福建教育出版社 1993 年版），由现代戏剧出版社出版单行本，1939 年 11 月初版，题名为《一个未登记的同志》。

又与《这不过是春天》《梁允达》一起，收入《健吾戏剧集》第二集，文化生活出版社 1942 年 7 月版，篇名作《一个没有登记的同志》。

19—2.《十三年》，文化生活出版社 1939 年 4 月初版，为"文学小丛刊"第一集之一种。书后有"跋"。

系由《一个未登记的同志》修改而来。之所以改题《十三年》，作者说，是因为考虑到"孤岛"的环境，"'同志'二字未免刺眼"。①

又载于《艺风》第 6 期，1940 年 10 月 10 日。文字与文生社本同。

20.《撒谎世家》，四幕剧，第一幕刊载于《文汇周刊》第 1 卷第 1 期，1938 年 6 月 17 日。据《中国现代戏剧总目提要》（修订版），全文初刊于《大英夜报·七月》1938 年 7 月 15 日—8 月 23 日。

文化生活出版社 1939 年 8 月单行出版，为"文季丛书"之六。书后有"跋"。

原作是美国剧作家 Fitch 的 *The Truth*。

21.《黄花》，三幕剧，连载于香港《大公报·文艺》第 1219—1221、1223—1226、1228—1231、1233—1235 期，1236 期，1238—1241、1243 期，1941 年 11 月 5 日、6 日、8 日、10 日、12 日、13 日、15 日、17 日、19 日、20 日、22 日、24 日、26 日、27 日，12 月 1 日、3 日、4 日、6 日、8 日；香港《大公报·学生界》第 334—341 期，1941 年 11 月 7 日、14 日、18 日、21 日、25 日、28 日，12 月 2 日、5 日。连载至第三幕约一半处。

第一幕又刊于《自由中国》（汉口）第 2 卷第 1、2 期合刊，1942 年 5 月 1 日。

经删改后，由文化生活出版社 1944 年 4 月出版单行本，为"文季丛书"之

---

① 《跋》，《十三年》，第 2 页（页码另排）。李健吾此言非虚。旁证是，此剧收入欧阳予倩编的《近代戏剧选》（一流书店 1942 年版）时，干脆题名为《一个没有登记的》。

十五。卷首引《约翰福音》第三章、第七章、第八章文字三则。书后有"跋"[1]和巴金撰"后记"。1945年11月再版。

刊落"后记"后，又有文化生活出版社1945年12月初版本，列入"李健吾戏剧集"，为第五种。[2] 1947年3月再版。

22.《草莽》，八幕剧，连载于《文艺杂志》（桂林）第1卷第2—4期，1942年2月15日—4月15日。连载终篇时特意说明是"初稿"。

拟列入文化生活出版社"李健吾戏剧集"，为第九种。实际未出版。[3]

23.《云彩霞》，五幕剧，连载于《万象》第2年第6—10期，1942年12月1日—1943年4月1日。题目下注明：本剧未经作者同意，不得上演或摄制电影。

寰星图书杂志社1947年8月出版单行本，为"寰星文学丛书"第一集之一种。卷首有"改编者附志"。

原作是法国剧作家Scribe的 *Adrienne Lecouvreur*。

24.《喜相逢》，四幕剧，初刊于《戏剧时代》第1卷第2期，1944年1月1日。

篇末注明：本剧上演权由作者保留。各地剧团如拟演出，请先函洽，通信处由本刊转。

世界书局1944年2月初版，为"剧本丛刊"第二集之一种。书后有"跋"。原作是法国剧作家Victorien Sardou的 *Fedora*。

25.《花信风》，四幕剧，世界书局1944年1月初版，为"剧本丛刊"第一集之一种。书后有"跋"，与《喜相逢》之"跋"同。

原作是法国剧作家Victorien Sardou的 *Fernande*。

26.《风流债》，五幕剧，世界书局1944年3月初版，为"剧本丛刊"第三集之一种。书后有"跋"，与《喜相逢》之"跋"同。

---

[1] 此"跋"曾以"跋《黄花》"为题，刊于香港《大公报·文艺》第1218期，1941年11月3日。

[2] 张泽贤称还有一个重庆科学出版社1947年3月初版本，但未见实物。（见张泽贤编著：《巴金与现代文学丛书1935—1949》，上海：上海远东出版社，2014年，第341—342页。）录此备考。

[3] 单行本经修改后迟至1981年方由宁夏人民出版社出版，更名为《贩马记》。

原作是法国剧作家 Victorien Sardou 的 *Séraphine*。

27.《蝶恋花》，两幕剧，连载于《万象》第 3 年第 9—10 期，1944 年 3 月 1 日、1944 年 4 月 1 日。①

原作是英国剧作家 Gilbert 和 Sullivan 合作的 *Iolanthe*，乃一部歌剧。②

28—1.《不夜天》，四幕剧，美学出版社 1945 年 6 月初版，为"美学戏剧丛书"之一种。著者署西渭。

28—2.《金小玉》，万叶书店 1946 年 2 月初版，为"万叶戏剧新辑"之一种，又为"萨都四剧"之一。与《不夜天》同一母本，有修改。

原作是法国剧作家 Victorien Sardou 的 *La Tosca*。

29.《青春》，五幕剧，连载于《文艺复兴》第 1 卷第 1—2 期，1946 年 1 月 10 日、2 月 15 日。

文化生活出版社 1948 年 11 月出版单行本，为"文学丛刊"第九集之一种，又列入"李健吾戏剧集"，为第八种。两个版本出版时间相同，纸型相同，封面及版权页不同。卷首有一则题记性质的文字，书后有"跋"。

30.《王德明》，六场剧③，连载于《文章》第 1 卷第 1—4 期，1946 年 1 月 15 日、3 月 1 日、5 月 15 日、7 月 15 日。公演时曾改名《乱世英雄》。

原作是莎士比亚（Shakespeare）的《麦克白》（*Macbeth*）。

31.《秋》，三幕剧，文化生活出版社 1946 年 3 月初版，为"李健吾戏剧集"第六种。

原作是巴金小说《家》。

32.《好事近》，四幕剧，连载于《文艺春秋》第 3 卷第 2—5 期，1946 年 8 月 15 日—11 月 15 日。篇名下注明：根据包马晒的《费嘉洛的婚姻》。卷首有"改编者附志"一则。

怀正文化社 1947 年 5 月出版单行本，为"怀正文艺丛书"之二。"改编者附

---

① 另有一篇《〈蝶恋花〉后记》，刊于《万象》第 3 年第 9 期，1944 年 3 月 1 日。
② 《〈蝶恋花〉后记》没有提及 Sullivan 之名。值得注意的是，这个剧本早在 1924 年 12 月 10 日、11 日就曾登上北京协和礼堂的舞台，参看西滢：《民众的戏剧》，《现代评论》第 1 卷第 2 期，1924 年 12 月 20 日。
③ 篇名后注为"六幕悲剧"，正文则以"场"而非"幕"计。

志"亦收录其中,置于卷首。

原作是法国剧作家 Beaumarchais(博马舍)的 *Le Mariage de Figaro*(《费加罗的婚礼》)。

33.《山河怨》,连载于《文艺复兴》第 2 卷第 4—5 期,1946 年 11 月 1 日—12 月 1 日。原文不分幕,有一个"引子",下面是正文第一至第四。

两次刊载,篇名下分别注明:保留一切权益;未经作者允许,不得擅自上演或改用。

原作是 Friedrich Schiller(席勒)的 *Die Räuber*(《强盗》)。

34.《和平颂》,三幕剧。据《中国现代戏剧总目提要》(修订版),连载于《文汇报·浮世绘》1946 年 12 月 15 日—1947 年 1 月 12 日。公演时又改名《女人与和平》。

原作是 Aristophanes(阿里斯托芬)的 *Ecclesiazusae*(《公民大会妇女》)。

35.《阿史那》,六场剧,连载于《文学杂志》第 2 卷第 1—3 期,1947 年 6 月 1 日—8 月 1 日。篇名下注明:根据 *Othello* 改编。保留一切权益。连载终篇时重申:保留一切权益。

第 2 卷第 1 期卷首有"前言"。

第 2 卷第 2 期卷首(即第三场之前)有一段本事简介文字:唐高宗时行军总管左屯卫将军阿史那·思摩出征吐蕃,凯旋回到灵州与他的夫人宗室定襄县主聚会。他的掾属副郎将令狐建因为没有升官,怀恨阿史那,嫉妒行军长史郎将白元光,于是在班师回到灵州的夜里,使了点诡计灌醉了白元光,让白元光逞酒行凶,结果白元光被阿史那革去官职永不叙用。他一面在白元光面前做好人,劝白元光向县主求情,说得白元光感激涕零走了之后,他说,"白元光,你就当我那么好,一心只帮忙你!我让我女人把你和县主约在一起,就在你求她说情的时候,我把将军带到一旁看——看你对他的女人做媚眼!我这叫撒网捞鱼,一捞就捞她一个干净。"

第 2 卷第 3 期卷首(即第五场之前)也有一段本事简介文字:唐高宗时行军总管左屯卫将军阿史那·思摩出征吐蕃,凯旋回到灵州与他的夫人宗室定襄县主聚会。他的掾属副郎将令狐建因为没有升官,怀恨阿史那,嫉妒行军长史郎将白元光,于是在班师回到灵州的夜里,使了点诡计灌醉了白元光,让白元光逞酒行凶，结果白元光被阿史那革去官职永不叙用。他一面在白元光面前做好人，劝白元光请县主替他代向阿史那求情；他却在阿史那面前进谗，说县主与白元光二人有不清白事情。头脑简单的阿史那果然信以为真，自己折磨自己，痛苦得不得了。他决定要掐死县主，令狐建自告奋勇去结果白元光。他们正在计议的时候，突然皇帝派了钦差来宣阿史那回转，并且命令行军长史郎将白元光暂行摄理他的职务。这个变化完全出乎阿史那的意料。

原作是莎士比亚（Shakespeare）的《奥赛罗》（*Othello*）。

"他有的是生命力"

——《李健吾文集》补遗略说①

宫 立

正是李健吾的子女意识到"父亲的一生,从剧作、小说、散文,甚至诗歌、翻译、中国文学评论、法国文学研究、文学编辑工作,各方面,确实是一位成就杰出的学者",所以才会"带着对父亲的真挚的爱和深沉的怀念收集和整理他的遗作",在众人的支持下,使多达550万字的《李健吾文集》得以问世。但遗珠之憾在所难免,编者坦言"《李健吾文集》并不是《全集》",部分文章未能收录,其中一个主要原因是"在时代的动乱过程中,许多工作部门变迁,或者资料被毁,根本无法收集"②。笔者在翻阅现代文学期刊时,就找到了《李健吾文集》失收的数篇集外文,于是结合相关资料,略作钩沉。

一

11卷的文集就有四卷是戏剧创作,所占的分量不可谓不多。单是文集就收录了李健吾创作、改编的剧本多达42部,正如《李健吾文集·戏剧卷》的编者所言,"在戏剧这个天地里,健吾先生的影响和成就,当以剧本创作为大。他主

---

① 原载《现代中文学刊》2017年第3期。
② 维音、维惠、维楠、维明、维永:《父亲的才分和勤奋——〈李健吾文集〉后七卷编后记》,《李健吾文集》第11卷,太原:北岳文艺出版社,2016年,第356页。

要是一位剧作家"①。编者在编辑戏剧卷时，在剧本的后面都附录了李健吾自己为剧本所写的各类文字，比如附告、序、跋、后记等。这些附录文字为我们研究李健吾的戏剧创作提供了第一手的资料。新找到《小戏一出》《〈青春〉以外》同属于这类附录文字，为我们研究李健吾的戏剧创作（《这不过是春天》和《青春》）提供了新的研究资料。

三幕话剧《这不过是春天》发表于《文学季刊》第1卷第3期，1940年修改后由上海文化生活出版社初版。文集在收录《这不过是春天》的同时，附录了李健吾不同时期写下的相关文章：《失败者言》《这不过是春天·序》《放下〈这不过是春天〉》《〈这不过是春天〉后记》。《小戏一出》又为我们梳理《这不过是春天》的演出史、接受史提供了新的文献资料。在《这不过是春天·序》中，李健吾列出了1935年10月12至13日中国留日同学公演《这不过是春天》的角色分配，笔者也开列一下上海"金城业余剧人"排演的阵容：

编剧……李健吾　　　导演……胡馨庵　　　顾问……孙浩然

演员表

男仆……曹才驹　　　警察厅长太太……韦伟　　　女子小学校长……白郁文

冯允平……黄钟龄　　警察厅长……蒋德保　　　白振山……华景德

王彝丞……朱昌平

职员表

舞台监督……王馨迪　　舞台管理……袁和　　　舞台设计……孙浩然

舞台装置……郭珍白　　音乐……王仲夫　　　服装……王松均

化妆……黄锡荣　　　道具……汪家骅、袁重庆　　效果……祝巳

灯光……秦言则　　　提示……刘中民、胡文锐　　剧务……施荣康、王松均

李健吾在《小戏一出》的开头说，《这不过是春天》"这出小戏太朴素了，没有力量来吸现在的观众"。他在《放下〈这不过是春天〉》也说过类似的话，"这是一出小戏。小到不能再小。没有人生的涛波，也没有政治的动荡、社会的紊乱。有的也就是一些些比照。好像蜻蜓点水，作者的笔致只是一点点的触磕，轻

---

① 许国荣、张洁：《寂寞中的坚守——〈李健吾文集·戏剧卷〉编后》，《李健吾文集》第4卷，太原：北岳文艺出版社，2016年，第523页。

轻一滑，连一个停棲的痕迹也不留给观众欣赏。它不撼动。它是一股香，做到的顶多也不过是袅袅"①。当然这只是作者的自谦而已，当不得真。

接着，李健吾在文中说，"《这不过是春天》是一出倒霉的禁戏，公安局禁，学校也禁，十多年前我在北平经过那么一出喜剧，后来我到了上海，在民国廿五年夏天，我在真如收到远迢迢从长安寄来的一封信，署名是'你的一个无名的读者'"。《〈这不过是春天〉后记》就提到作者应贝满女中学生的邀请观看了她们演出的《这不过是春天》，第一女中在举行游艺大会时也曾把它作为其中一个很重要的活动推出，但最终被公安局下令禁演。"你的一个无名的读者"也曾在信中提到，《这不过是春天》"怎样在学校遭受当局禁止"。李健吾一直念念不忘这出抒情诗似的小戏，因为这是他"第一次对于戏剧认真的尝试"②。

五幕喜剧《青春》，最初刊于 1946 年 1 月、2 月的《文艺复兴》第 1 卷第 11 期、第 12 期，文化生活出版社 1948 年 11 月出版单行本时，李健吾只写了一百多字的跋。由跋可知，由费穆导演的《青春》曾在上海的卡尔登戏院上演，"受到观众广泛的欢迎，连演三个月不衰"③。李健吾之所以写《〈青春〉以外》是由于周起要导演《青春》。《影剧》还刊出了这部剧的职员表、演员表，饰演香草的演员张星娟的感言《"代价"》以及导演周起的《我爱〈青春〉》。周起在文章开头说："听到《青春》这两个字的剧名，我就很喜欢。及至看完剧本，除掉喜爱之外，又增加了一种亲切感。我敢下肯定的断语：当构思本剧的轮廓时一定有真实的人物。"④ 周起的判断是对的，李健吾 1982 年编选《李健吾剧作选》时，将《青春》收录其中，并在后记中说："《青春》里的人物香草和香菊则是我姐姐和一位长辈女儿的'小名'"⑤。李健吾虽然如他自己所说，并未写长文章谈《青春》，但我们通读《〈青春〉以外》，还是可以感受到他对《青春》里的人物"记

---

① 李健吾：《放下〈这不过是春天〉》，《李健吾文集》第 1 卷，太原：北岳文艺出版社，2016 年，第 399 页。
② 李健吾：《〈这不过是春天〉后记》，《戏剧与文学》1940 年第 3 期。
③ 王卫国、祈忠：《他在骄阳与巨浪之间——李健吾的戏剧生涯》，中国艺术研究院话剧研究所主编：《中国话剧艺术家传》第 3 辑，北京：文化艺术出版社，1986 年，第 176 页。
④ 周起：《我爱〈青春〉》，《影剧》1949 年第 6 期。
⑤ 李健吾：《〈李健吾剧作选〉后记》，《李健吾文集》第 4 卷，太原：北岳文艺出版社，2016 年，第 503 页。

忆栩栩如生，就像我活在他们中间一样"。

二

李健吾不单是戏剧家，还是剧评家。《李健吾文集》第 7 卷收录了他对熊佛西、王文显、于伶、吴祖光、袁俊、丁西林剧作的评论，第 8 卷收录了他"有关话剧演出技巧方面的文论和对新戏的推荐，与话剧同仁们的对话和探讨以及大量观看各类戏种演出后的随感"[①]。新找到的《〈职业妇女〉笔谈会》《〈艳阳天〉以外》当属李健吾与话剧同仁的对话与探讨。

《世界文化》刊出的《〈职业妇女〉笔谈会》由四部分组成。第一部分讲述"笔谈"的由来，"一个初夏的早晨，几位平时很熟的朋友不约而同地都到辣斐剧场看《职业妇女》去了，及至中午散戏以后，大家走出剧场的时候，又不期而会地都逢着了。大家看戏看得太兴奋了，于是旋走旋谈，所说的话差不多都是关于刚才看过的《职业妇女》里的一些事情。到要分手的时候，大家的话还是说不完，其中一位朋友便说'我们索兴过两天举行一个座谈会来谈吧'。又有一个朋友说：'现在上海人稠地狭，既找不到舒适座位，物价飞涨，又买不起精美茶点，举行座谈难如登天，大家身边都有一支秃笔，亭子间虽小犹不至无立笔之地，我们如果谈兴很浓，何妨来一次笔谈，既可免去'争座'之事，又不致发生'偶语'之嫌，诸位意见如何？'听此奇论，大家点头赞同，于是乎笔谈之事起矣。一星期后果然几位朋友的笔谈雪片似地来矣。惜乎此次《职业妇女》笔谈会中没有一位如'月亮'一样妩媚的职业妇女，而都是日夜不遑疲于奔命的职业男子，职业妇女如不以我们为盗窃名位则幸甚！"[②] 第二部分是"出笔诸公"，即石灵、西渭（李健吾）、周煦良、郭明。第三部分是介绍石华父创作的《职业妇女》"剧情概略"。第四部分是"纵笔而谈"，依次展示四位的"笔谈"。李健吾从技巧、内容两个方面对《职业妇女》作了"要言不烦，取其足以达意为止"的精彩点评。

---

① 李维永：《编者说明》，《李健吾文集》第 8 卷，太原：北岳文艺出版社，2016 年，第 1 页。
② 石灵、西渭等：《职业妇女笔谈会》，《世界文化》1940 年第 3 期。

《李健吾文集》第 6 卷，收有一篇《中国电影在苦斗中——拍摄〈艳阳天〉偶感》，李健吾在文中提到，"由于朋友的厚爱，最近饰过一次电影角色，我对于电影——我是在说中国电影——的指摘，不得不稍稍减轻分量"。这个朋友不是别人，正是他的好友曹禺。1947 年夏，经黄佐临介绍，曹禺担任上海文化影业公司编导。同年秋，曹禺写成电影剧本《艳阳天》，并自任导演，由文化影业公司拍摄。石挥演阴兆时，韩非演马弼卿，李健吾演金焕吾，程之演胡驼子并负责化妆，崔超明演杨大。金焕吾"是一个富商，曾经在敌伪时期任过要职，胜利后就隐姓埋名做着大规模的囤货生意，手下还有一些当年的亲信爪牙"，杨大是金焕吾的亲信，所以李健吾才会在《〈艳阳天〉以外》中称崔超明为"下手"。

关于曹禺邀请李健吾参演《艳阳天》，1947 年 12 月 15 日《星岛日报·文艺》第 3 期"文艺广播"曾有报道，"最近曹禺编了一个电影脚本《艳阳天》，已在开拍。曹禺坚邀李健吾在《艳阳天》中演出，李已应允，因此近来倍增忙碌，正在研究自己用怎样的脸谱上镜头。据李健吾说，曹禺的第一个电影脚本《艳阳天》，别开生面。因为人家写电影脚本重在故事，而这一个电影脚本却重在人物的描写"。沈从文早在 1934 年谈"文学作家中的胖子"时曾说，李健吾"自从出国又回国后……对于法国作家的身体也似乎存心摹仿，一面准备译福楼拜的《情感教育》，一面不知不觉就胖起来了"。赵景深因为"一向听说李健吾在北平演话剧是扮丫头的，又看他通信时笔力的软弱，以为他一定是温柔如好女子的"，结果见面看到的是与他想象的不同，"方方的脸，脸盘很大，似乎胡子不曾剃，是一个黑胖子"。《艳阳天》中的金焕吾"是一个非常利害的人物，中等身材，有点胖，厚厚的眼皮下垂着，形成一对三角眼"，由此可见，李健吾说曹禺之所以邀请他饰演金焕吾，是因为看中了他的"体型"，这话也不无道理。当然，曹禺之所以请李健吾参演《艳阳天》，看重的肯定不单是他的体型，更主要的是还是他的演出经验和演技。

李健吾在《〈艳阳天〉以外》还提到，"至于导演在摄影棚（天晓得那叫什么"棚"！）的辛苦，每和朋友们谈起来，我极其为曹禺瘦弱的身体担忧"。关于摄影棚，他在《中国电影在苦斗中——拍摄〈艳阳天〉偶感》作了细致的描述，"我亲身经历的摄影棚，真还让我为里面埋头工作的人们寒心。那是一个破烂的空壳子，墙外任何声音都可以收进声带，假如心粗意浮，就有可能成为一种额外收获"。在条件如此艰苦的摄影棚里,"这里会有成绩和作品出现,没有人敢于想象",但是,"奇迹就在,居然会有作品出来,有时候并不过分令人失望,颇有可取的地方",曹禺靠着"苦斗"精神和石挥、李健吾等主演一起,如巴金所说,"单靠那强烈的正义感和朴素干净的手法,抓住了我们的心,使我们跟'阴魂不散'一道生活,一道愁、愤、欢、笑"。

三

李健吾不但是现代文学史上著名的戏剧家,而且也是现代文学出版史上著名的编辑家。陈子善曾言,"自晚清以降,作家编辑家一身而二任的大有人在","除了个别例外,如曹禺和张爱玲,几乎所有重要的新文学作家都有主编文学杂志的经历,有的甚至一而再再而三,以主编文学杂志为义不容辞的责任"。①

李健吾正是一而再再而三,以编辑文学杂志为义不容辞责任的现代作家典范。虽然他曾自言,"将来若挑选工作,首先避免做'编辑'","条件任凭优越,我从前主张不当'编辑'"②,但自中学时代就开始参与文学刊物的创办与编辑工作,直接或参与创办了《爝火》《国风日报·爝火旬报》《北京文学》《清华周刊》《文学季刊》《水星》《文艺复兴》等。《文艺复兴》是"日本投降后,上海方面出的唯一大型文艺刊物,也是中国当时唯一的大型刊物"③,也是上世纪40年代重要的现代文学杂志。《文艺复兴》虽然是一份大型的文艺刊物,但是它的所有编辑事务几乎都是由郑振铎与李健吾两个人完成的。据李健吾回忆,郑振铎负责的"大多是中国文学理论和文学史一类的文章",而他自己主要负责创作方面的稿子。李健吾与郑振铎轮流编辑《文艺复兴》,郑振铎编完后一般会写一个"编后",而李健吾编完一期后一般写一个"编余"。李健吾自言"我们从来没有说到一句关于我们的编选的方针的话,因为最好的说明就在我们的编选本身",他为编《文艺复兴》所写的这些"编余"正是研究李健吾编选思路与编辑思想最原始

---

① 陈子善:《作家编杂志:一种文学传统》,《梅川书舍札记》,长沙:岳麓书社,2011年,第79页。
② 李健吾:《关于〈文艺复兴〉》,《上海文化》1946年第10期。
③ 李健吾:《关于〈文艺复兴〉》,《新文学史料》1982年第3期。

的文献资料。

《李健吾文集》散文卷部分收录了五则"编余",不过笔者注意到,《李健吾文集》编者在录入《文艺复兴》第 4 卷第 1 期"编余"时出现了偏差,错把第 3 卷第 1 期"编余"的开头当作了第 4 卷第 1 期的开头。笔者又新发现了其余的四则。李健吾在编选《文艺复兴》时,最注重的是作品,他希望"把勇气带给年轻作家"①,他在编选第 2 卷第 6 期时所写的"编余"即是最好的证明。当然,李健吾在注重推出新人新作的同时,也不忘刊发钱锺书、李广田、吴祖光、曹禺、朱自清、巴金、王统照等早已成名的作家的新作。此外,他还设计刊物的封面,将自己所写的剧本、书评、散文等贡献出来,并组织了抗战八年死难作家纪念、普希金逝世一百十周年祭专号、诗歌特辑、闻一多逝世周年特辑等专号或特辑。正是由于李健吾和郑振铎的苦心经营,《文艺复兴》得以绽放出璀璨的生命之花。

另外,《李健吾文集》第 1 卷至第 4 卷为戏剧卷,第 5 卷为小说卷,第 6 卷为散文卷,第 7 卷至第 11 卷为文论卷,为我们呈现了多维的李健吾——作为现代著名戏剧家的李健吾除了戏剧创作外,还涉猎小说、散文、评论等各类文学创作。遗憾的是,李健吾诗歌方面的创作被完全地屏蔽在文集之外。张新赞编的《李健吾作品原刊目录索引》②对李健吾作品目录整理的最为详细,单查阅这个索引,就可以见到李健吾写有不少诗歌,笔者也找到了《李健吾作品原刊目录索引》失收的一首《故乡》。李健吾最擅长的并非诗歌创作,但是他格外重视诗,因为在他看来,"要不是我强迫自己和诗交纳,我一定会是一块可怕的顽石,比顽石还要可怕,一具沉重的行尸","人性是铁,诗是钢。它是力量的力量。好像一把菜刀,我全身是铁,就欠一星星钢,一点点诗,做为我生存的锋颖"③,他是要用诗来修补自己的生命,诗歌的意义就在于"时代的生命以它的语言的力量活在这里"。李健吾不但创作诗歌,还写有《朱大枬的诗》《新诗的演变》《序华铃诗》《从生命到字,从字到诗》等,对徐志摩、李金发、戴望舒、朱大枬、华铃、

---

① 健吾:《编余》,《文艺复兴》1947 年第 6 期。
② 张新赞:《在艺术化与现实化之间——李健吾的文学批评》,北京:知识产权出版社,2014 年,第 360 页—397 页。
③ 李健吾:《序华铃诗》,《李健吾文集》第 7 卷,太原:北岳文艺出版社,2016 年,第 151 页。

田间的诗作了富有特色的点评。李健吾的诗歌创作与诗歌评论不容忽视，理应成为李健吾研究的重要组成部分。因此，我们只有将李健吾的诗歌汇集在一起，才能更好地促进李健吾研究。

最后，笔者期待《李健吾译文全集》《李健吾书信集》和《李健吾研究资料》早日出版，因为"对一位作家的研究，必须建立在其文献保障体系不断完善的基础之上"[①]。

附录

故 乡

我爱这北方来的云
飘在天的梢头：
我想到我父母的坟
埋在草里灰里。

"为什么你不声不响
你这瘦小的人？"
我举不起沉重的枪
我是一个瘤子。

"你的脸和铁一样青
身子像一块铅，
你的心好比一只鹰
囚在笼子里面。"

我忘不掉那道小溪，
那干净的乐土，
如今成了一片沙砾——
因为有了敌人！

---

① 陈子善：《为"张学"添砖加瓦》，《光明日报》2016年1月12日。

> 我要那南方来的风
>
> 带走我这颗心,
>
> 盘旋在他们的上空
>
> 像云像铁像鹰。

(原载《冲锋》1938年第29期,署名李健吾)

《职业妇女》笔谈会发言

自从抗战以来,中国社会组织遭受重大变动,无时无刻不在朝着一个畸形的方向加速进行。一个目光锐利的作者会立即感到这里的纷乱和纷乱之下可笑的矛盾言行。石华父先生的《职业妇女》喜剧是这样一个最好的例证。

抗战将近三年,在这期间,我们看到无数激动士气的悲壮作品,内地则大多直接从现实摄取,上海则大多间接将历史推陈,材料虽有古今之分,精神上所要求的作用初无二致。以门类来分,或属悲剧,或属法国所谓的 drame。然而,因为气质或者风气所在,我们很少看到一出纯粹的喜剧。《职业妇女》恰好填起这个遗憾。我们要求严肃,然而我们用不着老绷着一付哭丧脸。鲁迅说得好,一个大热天作战的兵士需要休息,需要西瓜。开怀大笑的味道好比水渍渍的甜西瓜。在大笑之中,不其然而发见社会机构的错误,我们应当感谢作者的颖慧。

看过《职业妇女》的人,无论是上海剧艺社的演出,或者是作者的剧本,我们有十足理由强迫作者接受我们的恭维。技巧的运用是无比的活泼。第一幕是可爱的,作者轻轻易易就把人物和关系推呈在我们面前。一切是轻描淡写,一切是闲情逸致,然而归根落蒂,无不集中在剧情可能的演变。卖花女郎好像无足轻重,却被作者用的那样玲珑剔透。从第二幕起,我们渐渐打进社会的表皮,领略那些错综的纠纷。编者把一个不快活的家庭写来十分有趣,我们明白他有巧妙留在更后两幕。直到第三幕,他这才放出他的笼中物,意中人,那成为问题中心的女秘书。作者并不忘记卖花女郎,他拾起第一幕花的线索。第四幕的解决是意外而又痛快,一切得之于紧凑的效果。

我们听见有人要求表现上海。把技巧放下不说,我们在这里看到十足的上海:囤积,营利,失业,势力,和那举足轻重的妇女职业问题。从正面看,这未尝不是悲剧,社会问题剧,现实剧,对象是一种极其严重的病症,然而编者有智慧冲出愁苦的深厚的云团，藉着舒展的笑声，把教训更隽永地给我们留了下来。

（篇名系发现者所加，原载 1940 年 8 月《世界文化》1940 年第 3 期，署名西渭）

《文艺复兴》编余四则

（一）

第二卷第六期恰好遇到民国三十六年一月。怎么样迎取这新的一年，为刊物留一点纪念，为读者献一份年礼，表示我们的热忱呢？

打开本期的目录，有心人将发出会心的微笑，奖掖我们的妄为，因为除去连载长篇之外，几乎很少几位作家曾经邀得读者的青睐。他们是一串生疏的姓名，但是，相信读完他们的作品，正由于他们的年轻和陌生，格外引起读者的敬重。有谁对于中国的文艺运动表示怀疑吗？他们的苦壮，甚至于他们的柔嫩，正有力量改变视听。这些无名的年轻作家来自四面八方，和我们并不相识，远道带来他们的心血的初次结晶，不仅增加我们的信心，同时刊出之后，相信会有同情去鼓舞他们继续创作的雄心。

这就是我们对于新年的一份贺礼，一捆中华民族前途光明的文证。同样，拿这来做我们长征一年的一个结束，我们的喜慰，特别是在漫漫长夜的渺无信息的岁月，不期然而增高了我们跋涉的勇气。

和第六期同时告终的有巴金先生的《寒夜》，还有钱钟书的《围城》。第三卷将有艾芜先生的《乡愁》和冯夷先生的《中条山的梦》。另外，丁玲女士的剧本《窑工》也将同时发表。

摸索了一年的苦路，我们相信爱护本刊的长期读者应当对于我们的态度有所了解。至少不会发生误解。我们注重作品。我们希望把勇气带给年轻作家。给我们好东西，我们一定为你服役。价值在本身，不是浅薄如我们可以随便给的。

为《文艺复兴》的周岁和未来共干一杯。为苦难的中国的文艺共干一杯。

（原载 1947 年 1 月《文艺复兴》第 2 卷第 6 期，署名健吾）

（二）

第三卷第一期如今和读者见面了。在这一年的苦难挣扎之中，读者的缄默的鼓励，朋友的有见解的鞭策，尤其是投稿的踊跃，真是给我们增加了无限的勇气。我们唯一可能的报答是勤恳工作，不愿外来的任何艰难与挫折。物价这样高，出版这样不易，我们不能也不敢太辱命，——特别是良心上的指摘。

因为篇幅有限，我们原来计划的一份年礼，就有六篇新作家的作品压到这一期才刊登出来。那是没有办法的。积压下来的作品相当厚，既然决定采用，我们吹鼓手迟早总要送他们成嫁的。

但是，相信我们的坦白和热情，尤其是希望永远接受我们的呼吁，那就是：先让作品壮健，那我们这个刊物也就自然而然地壮健了。我们为作品服役，也就是为我们苦难的民族服役。

（原载1947年3月《文艺复兴》第3卷第1期，署名健）

（三）

六月二十三日即阴历五月五日，诗人的季节到了，为了纪念更有意义起见，我们决定开放篇幅，尽可能选登一些新诗。我们没有征求，仅仅把年来积压下来的诗稿集中在一次刊出，自然遗漏了许多，——原因大都是诗太长，我们感到困难。

对于过去收到的诗稿，我们愿意在这里提供一点意见，做为本期作者和读者一个参考。我们刊登出来的诗稿如果和没有刊登的诗稿做一个比较，真是数量少到不像话。我们不太想拿水准来做挡箭牌，不过，我们通常的印象是：作诗似乎也有公式，感情的，词汇的，形象的。朝理想走，为现实忿恨，我们相信是应该一样的。可是，我们觉得有一点至少不应该一样的，那就是，你的诗就你的存在来看应当只是你的。不要把别人的感受借做你的感受。不要把说话当作写诗。公开说话的艺术叫演说，即使几个朋友在一起谈话也只是谈话，和诗当然不是一个东西。你或许不会演说，但不会演说挡不住你是诗人。让我们沉下心去寻找诗之所以为诗：不在它的形式里面，而是，在你的生活和经验里面。看着容易，其实没有比这更难的。

但是我们爱护新诗。所以尽管我们指摘，我们仍然大量选登了一部分，我们不敢说满意，因为，我们相信，一定有的是人表示不满哩。同时本期多登几篇散文，比较上说，散文的境界往往最近于诗，虽然犹如演说，仍不是诗。

文学是时代的声音：先让声音是你自己的。

（原载 1947 年 6 月《文艺复兴》第 3 卷第 4 期，署名健）

（四）

民国三十五年七月十五日，闻一多先生在昆明让暴徒狙杀了。如今恰好一年，我们谨以有限的篇幅编成一个特辑纪念。我们不曾征稿，只就已有的材料略为安排，因为我们相信，在他的《全集》没有问世以前，一年已过，仅仅重复感情上的伤恸，稍嫌空洞。我们的篇幅虽少，但是有光荣刊出朱湘先生的佚作，把他们的挚友顾一樵所藏了十多年的重要文献公之于世，分量就不轻。臧克家先生在文章里面指出"新月派"一词葬送了闻一多先生诗的勇气，我们颇为遗憾。成见和笼统的祸害这里得到一个证据。做为一位有成就的诗人来看，我们相信闻一多先生在生时是相当寂寞的。朱湘先生也许更要寂寞，投江自杀便是最好的说明。清华早期有一个"文学社"，在北平当时很受大家注意，新诗一方面闻朱的成就最高，死也最早，最奇。闻一多先生深于杜诗，李拓之先生的《投暮》写的正是杜甫的《石壕吏》，因即一同刊附。

（原载 1947 年 7 月《文艺复兴》第 3 卷第 5 期，署名健）

小戏一出①

有一天，馨庵兄弟告诉我，"金城"业余剧人排演《这不过是春天》，我当即诚心诚意对他讲：另换一个罢。这出小戏太朴素了，没有力量来吸现在的观众。他说，因为人少，所以"金城"朋友们已经这样决定了，还特约韦伟小姐串演厅长夫人。过了几天，辛笛兄要我写点儿东西，随便谈谈这出十多年前的旧戏。他给我出了一个难题目。

《这不过是春天》是一出倒霉的禁戏，公安局禁，学校也禁，十多年前我在北平经过那么一出喜剧，后来我到了上海，在民国廿五年夏天，我在真如收到远迢迢从长安寄来的一封信，署名是"你的一个无名的读者"，里面讨论我的译书的发音问题，提到我的文字风格，同时对于我也大加鞭挞，因而供给我不少有益

---

① 原载 1947 年 11 月 22 日《金声》，署名李健吾。

的提示。我现在利用这个难得的机会把其中一部分公开了出来，因为他可以说是代表真正的读众，而又并非权威：

"你的文笔有时似乎又太腻了点，幸而你还不会如梁宗岱先生那样自己说得肉麻，不过偶然也露出些绅士式的泛滥，令少年人和乡下人读了总觉隔着一层，不能起亲近之感，沈从文先生在最坏的时候，也不免如此……这些话说得真叫我不敢看第二遍，不过我确有此感，说出来让你臭骂一顿也是心愿。至于你的人生观和艺术观，那我是完全不敢赞一辞，因为我太糊涂了。正因为糊涂，我对于那些痛恨你（当你是刘西渭先生的时候）的先生们也就一样的莫测高深，——难道你的批评的火焰（比他们的够多丰富，多有斤两，多美！）不是对着人间的无耻与无知，不是为着青年中国的进步吗？如其说你是代表着旧的传统，那你不还是向新倾向伸手的第一人吗？不过这种麻烦账，摆在海底下去也好，比算它们更重要的多多着。"

我没有在这里隐饰一点点东西，原盘托出，自己也不想表示丝毫意见，让我继续抄录他最后的文字：

"事实上，你的大公无私的艺术活动在中国也已然产生某种喜剧的效果。上海的光夏中学学生要演你的《这不过是春天》，居然被学校当局认为有碍，说它显然是针对着目前的政治状况而言。得了有什么可说的！我这一大篇胡说白道也不要再说了，我将出去，跑遍西安城，只要我找到一本这篇杰作，我一定拼命使它在陕西有个上演的机会。祝你大热天好，——不，这不过是春天！"

单就《这不过是春天》来看我必须首先指出，不是一出营业戏，也不是一出类别分明的重头戏，假如要为它寻找一个先例，我相信附骥于法国十九世纪的诗人谬塞（Musset）的喜剧精神，虽说造诣上大有差别，然而气味上颇为近似。这是一首挽歌，算不了戏，虽有透明和可爱的地方，然而并不沉重。这出抒情诗似的小戏离我今天已经十多年了，是我第一次对于戏剧认真地尝试，相信自己还对自己公平，不自负，却也明白为什么会让一些年青人们辱爱。

让我们不要完全丧失"赤子之心"。青春是可爱的，然而留得住留不住，放得开放不开，权衡轻重，又在使用者的明白认识。人生的意义是积极的。辛笛兄要我说两句话，我来了一篇牢骚，戏已经坏，文章更坏，真是罪上加罪了。请为我谢谢导演、演员和演出者。

《艳阳天》以外①

有一天夜晚，曹禺来看我，说他的新作电影剧本《艳阳天》就要开拍了，是他自己导，有一个学贯中西的"金八"那样大名人要我演。最后的考虑是我应了下来。他和那些内行朋友们想到我，一定是看中了我的"体型"，我愿意藉我的"体型"帮他完成他的第一部电影作品。在开拍以前，我一再对他讲，他要多多包涵，第一我久不演戏了，年纪也到了相当岁数，缺欠灵活的反应是一定的；第二，我一点拍电影的经验也没有，又是大近视，对他的恳挚实在很抱委屈……拍到现在为止，我相信我这些话都应验了。假如曹禺希冀从我身上得到他所理想的"戏"，他是失望了；他不肯说出口来，可是看他那样紧张和疲倦，我明白在什么样心情下失去他的快乐的预感……不过，我的"戏"不成功，我在经验上却很有所获，电影艺术原来是这么回子事，谢谢曹禺把机会给我，让我知道了许多。

在今天这个社会，是非不可以不明，我相信人人将承认主题的正确。至于导演在摄影棚（天晓得那叫什么"棚"！）的辛苦，每和朋友们谈起来，我极其为曹禺瘦弱的身体担忧。说到演员，石挥韩非的"戏"看了让人打心窝里舒坦，石羽签字的"工作"把我感动得下泪了，我的"下手"崔超明活活儿把我衬托出来了，还有程之，在化装方面补救我在"戏"上的滞板……别人不同场，我没有遇到，不敢信口雌黄，我不能够预言《艳阳天》的成败，那要靠真正的观众来决定，就我看到的，我可以说：从事工作的一群人们，不愿构成艺术的条件何等粗疏，认真和虚心是他们的基本精神。

谁能够看见曹禺挠头不同情呢？人那样小，眼睛瞪得那样圆，神那样贯注，一口烟一口烟往外喷，全得照料到，还得做"戏"给我学……艺术这个名词我不大懂，可是这碗饭不好吃，怕是真的。

---

① 原载 1948 年 3 月《电影杂志》第 12 期，署名李健吾。

《青春》以外[1]

我应当写一篇长文章来谈我这出小戏《青春》，但是它那样脆，那样嫩，犹如它的名称和它的内容，只是一个苞芽，稍不经心，就可以枯萎，所以我断了写什么关于它的文章的念头。烘云托月是一句好话，然而月太小了，倒不如去掉大片的云，让它以清白的面目，孤零零也罢，有以自立。

喜剧大都属于现时的现实，《青春》的时代却退到三十年以前的清朝末季。它不像莎翁的历史喜剧，或者司克芮布的《一杯水》，年月完全属于过去，人物完全属于过去，虽说性格的真实一直让他们凭借文字的形式活了下来。对于《青春》，三四十年的距离实在算不得怎么遥远，特别是在华北，在边都，在边野，特别是那些古拙的乡下人。风俗改了不少，却也不见其就完全变过。所以，马齿加长，远在上海这样繁华的商埠，我的记忆栩栩如生，就像我活在他们中间一样。有谁能够忘记？你们全那样可爱，你们的过失并非由于本性……有谁能够忘记自己的青春和陪你走出这短暂的绮丽的年月的伴侣？

我的伴侣不就是我这出小戏里面的人物。但是，建立在混沌的记忆上面的想象的活动，我相信，有时候反而比真人真事来得另外亲切。创作究竟不是黑幕。唯其属于理想，或许更其真实。假如我这出小戏能够有点儿吗的贡献出来，我在感谢导演和演职员之外，必须感谢那些时时萦回在我的脑海的识与不识的另一群人。

你们现在都在什么地方？大了，病了，老了，死了，折磨光了，还是富贵荣华了？可爱的青春你那样残忍，只一眨眼工夫，你就闪出了生命，留下的只是回忆，皮囊，烟，烬，和思虑！

祸在闯，冲动永远冲动；力量是本能的，近于盲目的，然而多活泼，多美丽，多是无心！人人有一个青春，不见得谁的青春会特别长，就如我这出小戏，仿佛一个苞芽，说枯萎立即枯萎。因为说到临了，人人只有一个青春。

《青春》中的人物，都十分可爱，迂腐是基于几千年来根深蒂固的遗毒，没有办法，但是等到新生的体力，茁壮起来的时候，这些不合理的现象，一切代表封建势力的人物，终将归于淘汰。

---

[1] 原载1949年1月《影剧》第1卷第6期，署名李健吾。

试谈李健吾的现代派诗论[①]

吴　戈

李健吾的文学批评在现代文坛上独树一帜，他对现代派诗歌的评论也别具一格，本文试对此进行分析。李健吾的文学批评，成绩主要集中在早年的《咀华集》《咀华二集》上，因此本文的分析也主要以这两集中有关现代派诗论的文章为主（引文未注明出处者，均见此二集）。

一、印象主义的以鉴赏为主的解诗学

现代派诗歌一出现，怎样阅读、欣赏和理解便成为一个迫切的问题。李金发的象征派诗歌被人称为"不好懂"[②]，朱自清先生也说他的诗，"一部分一部分可以懂，合起来却没有意思"。[③] 真正从艺术上认识现代派诗歌的人，并不是很多，李健吾却在此方面做出了他独有贡献。他的解诗学为人们理解现代派诗歌，提供了一个很好的借鉴。

要谈李健吾的解诗学，先应回顾一下他的批评方法。1936 年，上海文化生活出版社推出了李健吾（署名刘西渭）的批评论集《咀华集》，反响并不是很大。但还是有人指出"印象主义是死鬼到了中国，危险孰甚"，并说："印象主义是垂毙了的腐败的理论，刘西渭先生则是旧社会的支持者；是腐败理论的宣教师！"[④] 应该说，批评者是有眼光的，李健吾在《咀华集》中所运用的，确实是印象主义的批评方法。

[①] 原载《中国文学研究》1995 年第 2 期。
[②] 钟敬文：《李金发底诗》，《一般》1926 年 12 月号。
[③] 《中国新文学大系·诗集·导言》。
[④] 欧阳文辅：《略评刘西渭先生的咀华集》，《光明（上海 1936）》1937 年第 6 期。

印象主义是本世纪30年代在西方盛行的一种批评方法，他们承继唯美主义的余波，强调为批评而批评，把创作和批评一视同仁，甚至认为"最高之批评，比创作之艺术品更富有创造性"。[1] 他们强调个人的感觉与印象，希望以批评的方式去表达个人对作品或外在世界的印象。李健吾曾经留学法国，对法国文学有专门研究，法国印象主义批评家法朗士与雷梅托的说法："不判断，不铺叙，而在了解，在感觉。他必须抓住灵魂的若干境界，把这些境界变作自己的。"对法朗士的说法，"好批评家是这样一个人：叙述他的灵魂在杰作之间的奇遇"。[2] 他尤其赞赏。他吸取了这些方法，同时又融进了中国传统的注重领悟的文学批评方法，从而形成了自己独特的批评体系，即注重对作品的整体审美感受，完全以自己的全副心灵去感受作品。"我们首先理应自行缴械，把辞句、文法、艺术、文学等武装解除，然后赤手空拳，照准他们的态度迎了上去。"他突出批评主体，把批评当作一种自我表现的工具，"批评的成就是自我的发现和价值的决定"。他强调用自己的经验去体验作品，当一本书打开在面前时他重新体验作者的经验，和作者的经验相合无间，他便快乐；和作者的经验有所参差，他便痛苦。具体操作起来，便是"用全副力量，把他独有的印象形成条例"。首先是形成独有印象，然后加以理解性分析形成条例叙述出来，这便是他印象主义批评具体产生的过程。由于李健吾注重感受与印象，决定了他的批评文体是随意性的美文式的。这带有明显的学习蒙田的痕迹，同时又有中国传统批评文风的影响。他的这种批评文体一出现，便有许多追随者，钱钟书就赞唐湜"能继刘西渭的《咀华》而起，有青出于蓝之概"。[3] 可见李健吾在这方面的影响。

当李健吾把他的印象主义方法运用到文学批评上时，在他所关注的作家作品中，很重要的一项，便是对于活跃于当时的现代派诗的评论。他以精到的眼光，挖掘出了现代派诗歌的独特面。他所关注、提及过的现代派诗人有李金发、李广田、废名、何其芳、卞之琳等，他称他们为"前线诗人"。在对这些诗人及其作品进行评论时，他运用自己的印象去体验作者作品的心灵，实现与杰作在灵魂间

---

[1] 梁实秋：《王尔德的唯美》，《梁实秋论文学》，台北：台湾时报文化出版公司，1981年。
[2] 李健吾：《李健吾文学评论选》，银川：宁夏人民出版社，1983年，第214页。
[3] 引自《我的诗艺探索》，唐湜：《新意度集》，北京：生活·读书·新知三联书店，1990年，第196页。

的奇遇。分析他对现代派诗歌的评论,有两方面是值得注意的:一是注重艺术风格与艺术技巧的审美评论,一是强调批评主体的独立自主性。这二者结合,可说构成了他解诗学的主要特性。

先看第一方面中对现代派诗歌艺术风格的审美评论。由于现代派诗歌的特点,他注重对现代派诗歌整体情绪的把握,从而分别指出其不同的风格特点。他认为废名"单自成为一个境界",如"隐士",又"仿佛一个修士,一切是内向的","永久是孤独的,简直是孤洁的"。他认为废名是一个文如其人的诗人,"凡他写出来的多是他自己的,他真正在创造"。他能强有力地吸收和再生古今中外的有益成分,形成自己的特色,对此李健吾倍加赞赏。他评价李金发"太不能把握中国的语言文字,有时甚至于意象隔着一层,令人感到过分浓厚的法国象征派诗人的气息,渐渐为人厌弃"。他认为李广田的诗文是大自然的一个角落,具有"质朴的气质",是"那类引起思维和忧郁的可喜的亲切之感"的作品。他认为何其芳"要的是颜色、凸凹、深致俊美"。他推崇戴望舒应为"我们第一个提到的诗人",但他虽"不免具有法国象征和现代诗派有为的暗示,具有影响,然而缺乏丰富的收获"。

李健吾的印象的以鉴赏为主的文学批评,发挥得最充分的,是有关卞之琳作品的分析。对其风格,他认为卞之琳具有"现代性",他的《鱼目集》是诗歌创作由外在转向内在世界这样一个转变的肇始。称其诗集《三秋草》"那样浅、那样淡、那样厚、那样淳,你几乎不得不相信诗人已经钻进言语,把握它那永久的部分"。认为其作品具有"含蓄、蕴藉",感觉样式回环复杂的特点,同时又感伤、忧郁,"力自排遣貌似的平静"。

李健吾对这些现代派诗人艺术风格的审美评论,可以说,至今无出其右者。

其次,他也注重对现代派诗进行艺术技巧的审美评论。如对废名,他就提醒读者注意他的句与句之间的空白,"唯其他用心思索每一句子的完美,而每一完美的句子便各自成为一个世界,所以他有句与句间最长的空白,他的空白最长,也最耐人寻味"。他还指出废名先生"爱用典"的特点。对李广田的《行云集》,他"惜乎大半沾有过重的散文气息",并指出其修辞上的缺点,"如《窗》的第一节,拖了好些不必要的'的'字",这无疑是弱点。但他又指出"如若一种弱点形成一种特点,这要是不能增高诗的评价,至少可以增高读诗的兴趣"。对于李金发,他认为是一阵新颖过去,失味了,"但是他有一点可贵,就是意象的创造"。他认为和李金发具有相同气质的现代派诗人用心抓住了中国的语言文字,"把语言文字揉成一片","属于传统却又那样新奇"。他非常关注现代派诗的语言,热情赞赏他们的语言创造,"言语在这里的功效。初看是陈述,再看是暗示,暗示而且象征"。他称赞象征主义"那样着眼暗示,而形式又那样谨严,企图点定一片朦胧的梦境,以有限追求无限,以经济追求富裕"。对现代派诗艺术技巧的关注,确实是他现代派诗歌解诗学的一个重要因素。

在当时社会学批评盛行的年代里,文学批评具有庸俗化倾向,如果纯从内容方面去要求现代派诗,可看见的唯有病态美、朦胧美、脱离现实等责难,难以真正全面地认识其艺术价值。而李健吾独辟蹊径从纯艺术方面,从风格与技巧方面来对现代派诗进行评赏,对于认识现代派诗歌是有独特价值的。我们说李健吾是现代派诗歌的一个体己者,该不会引起较多的非议吧。

李健吾现代派诗歌解诗学,另一个突出方面,是他强调诗歌批评主体的独立自主性。"文章千古事,得失寸心知",是不是外人便无从可道呢?李健吾并不如此认为,他说"(批评)是一种独立的艺术,有它的宇宙,有它自己深厚的人性做根据"。他的这些观点显然也是从印象主义那儿来的。他自己就曾感叹剖析一首诗才叫"难于上青天",读者和作者的经验能否契合,是只有天晓得的难事。细微的差异,都会造成不同,然而这并不是说读者的心灵永远不可能与作者的心灵契合无间,"人和人有息息相通的共同之点大致总该有个共同的趋势"。诗是可解的,晦涩是相对的。他赞同梵乐希的话,"一行美丽的诗,由他的灰烬无限制地重生出来"。李健吾详细地论述了对诗歌进行解读的过程,"一行美丽的诗永久在读者心头重生。它所唤起的经验是多方面的,虽然它是短短的一句,有本领兜起全幅错综的意象;一座灵魂的海市蜃楼,于是字形、字义、字音,合起来给读者一种新颖的感觉;少一部分,经验便有支离破碎之虞"。由于这样,他坚定地依照自己的印象与感受,去对现代派诗歌进行评论,哪怕这些评论与作者原意相违。如对卞之琳的《断章》,他认为作品寓有无限的悲哀,重在"装饰"二字。而作者却认为重在相对的关系。可他却说:"我的解释并不妨碍我首肯作者的自白。作者的自白也绝不妨害我的解释。与其看做冲突,不如说做有相成之美。"对于卞之琳的《圆宝盒》的评论也是如此。李健吾认为圆宝盒象征现时,象征生命,存在,或者我与现实的结合。而作者却认为"圆"表示最完整的形象,"宝盒"表示心得、道、知、悟等。李健吾对此进行了辩解："这首诗就没其他的'小径通幽'吗？我的解释如若不和诗人的解释吻合，我的经验就算白了吗？诗人的解释可以撵掉我的或者任何其他的解释吗？不！一千个不！幸福的人是我，因为我有双重的经验，而经验的交错，做成我生活的深厚。诗人挡不住读者。这正是这首诗美丽的地方，也正是象征主义高妙的地方。"在这里，李健吾高扬了诗歌批评者的主体性。也正由于他突出批评者的主体性，使他在对现代派诗歌进行评论时，能够充分发挥、敏锐精到地抓住本质，较好地发掘了现代派诗歌的艺术价值。他的这种批评主体意识，至今犹有启迪意义。

二、对纯粹诗歌的追寻与倡导

李健吾对于现代派诗歌的关注，一个主要原因，是他对于纯粹诗歌即纯诗的苦心追寻与倡导。李健吾所运用的印象主义批评方法受过唯美主义为艺术而艺术的影响，他本人的文学趣味也是倾向于纯艺术的，对于纯诗的追寻实是必然。

要考察李健吾对于纯诗的追寻，先应考察一下新诗中纯诗主张的发展过程。呼唤纯诗，在中国现代诗坛可谓由来已久。自白话文运动以来，胡适提倡"作诗须得如作文"，这种诗"不拘格律，不拘平仄，不拘长短，有什么题目，做什么诗；诗该怎样做，就怎样做"。[①] 一时涌现许多的白话诗，但其中有些虽是白话，却缺少诗味，连"红的花／黄的花／多么好看呀"这样的句子也成了诗。针对这种局面，闻一多起而提倡新格律诗，要求诗歌的音乐、绘画和建筑美。另一方面，出现了象征主义着重对诗歌意象进行探索。20年代，李金发的象征主义诗作在中国出现，被周作人誉为"国内所无，别开生面的作品"[②]。一时仿效者众多，如胡也频、王独清、穆木天、冯乃超等。穆木天不满白话诗淡而无味，指责胡适是新诗运动的最大罪人，并于1926年发表了象征派诗歌理论的奠基之作《谭诗》，提倡纯粹的纯诗。"我们要求的是纯粹的诗歌（the pare poetry），我们要住的是诗的世界，我们要求诗与散文清楚的分界，我们要求纯粹的诗的感兴

---

① 胡适：《论新诗》，见《中国新文学大系·理论建设集》。
② 李金发：《从周作人谈到"文人无行"》，见《异国情调》第35页。

(inspiration)。"① 这可称为中国新诗走向纯诗自觉的第一步。这儿的纯诗,来自法国象征诗派的瓦雷里于1920年首先提出,"纯诗的思想,是一种不可思议的典范的思想,是诗人的趋向、努力和希望的绝对的境界的思想"②。提倡纯诗的还有爱伦·坡、波德莱尔等,一时声势巨大,也波及到了中国。穆木天的《谭诗》可谓纯诗理论在中国的一个回应。

穆木天之后,现代派诗人中提倡纯诗最为努力的当推梁宗岱。他用古典诗歌比照新诗,吸取外国经验在中国提倡纯诗,其纯诗观念也明显受了瓦雷里等人影响。其诗论集《诗与真》《诗与真二集》一直被视为象征主义诗论的代表作,在《保罗·梵乐希先生》《论诗》《象征主义》等篇章中都阐发过纯诗理论,表达得最集中的当推《谈诗》。他说:"所谓纯诗,便是排除一切客观的写景、叙事、说理以至感伤的情调,而纯粹凭借那构成它的形体的原素——音乐和色彩——产生一种符号似的暗示力,以唤起我们感官与想象的感应,而超度我们的灵魂到一种神游物表的光明极乐的境域。"③ 在这里,纯诗成了一个纯粹理想的世界。但是纯诗只是一种理想或虚构状态的概念,"是一个达不到的类型,是诗人的愿望、努力和力量的一个理想的边界"④。梁宗岱从纯理论上来提倡纯诗,在当时无疑缺少必要的社会和文学现实基础,缺少积极的反应。真正从实践上丰富和发展纯诗理论的,还推继之而起的李健吾。

那么李健吾所追寻与理解的纯诗理论,到底是怎样的呢?他在《咀华集》《咀华二集》的有关篇章中,结合具体的现代派诗歌批评实践,阐发了他独特的纯诗理论。下面试从五方面进行分析。

第一,他认为纯诗是诗歌内在逻辑发展的结果。这些见解主要体现在《鱼目集——卞之琳先生》一文中。在第一部分他回顾了中国新诗的发展。概而言之便是"从音律的破坏到形式的试验,到形式的打散"。这一过程发展很快,胡适、郭沫若、徐志摩都为此做出了贡献。李金发的象征主义别开生面,但由于"太不

---

① 见《谭诗:寄沫若的一封信》,《创造月刊》1926年第1期。
② 瓦雷里:《纯诗》,杨匡汉、刘福春编:《西方现代诗论》,广州:花城出版社,1988年,第222页。
③ 梁宗岱:《谈诗》,《诗与真·诗与真二集》,北京:外国文学出版社,1984年,第95页。
④ 同②。

能把握中国的语言文字,有时甚至于意象隔着一层,令人感到过分浓厚的法国现代派诗人的气息,渐渐为人厌弃"。与李金发具有相同气质的一些年轻人起而革新,他们不止模仿,或者改译而且企图创造,这其中第一当推戴望舒。但"最有绚烂的前途的,却是几个纯粹的自食其力的青年",即他所推崇的李广田、卞之琳等现代派诗人。他们努力写作,绝不发表主张,他们为新诗的发展作出了真正的成绩。而之所以这样,是他们寻找纯诗(pare poetry),歌唱灵魂,他们使诗成为诗。至此,李健吾为我们爬梳出了新诗走向纯粹诗歌的脉络轨迹,说明了纯诗是诗歌内在逻辑发展的必然结果。

第二,他认为纯诗是时代发展的客观反映。时代的发展要求有更新的形式来加以表现,而纯诗是适应这一潮流的,它的形式,它的繁复的意象都是与此合拍的。李健吾认识到了这一点,进行了详细的分析:"我们的生命已然跃进一个繁复的现代;我们需要一个繁复的情思同表现。真正的诗已然离开传统的酬唱,用它新的形式,去感觉体味糅合它所需要的和人生一致的真淳;或者悲壮,成为时代的讴歌;或者深邃,成为灵魂的震颤。"李健吾在这儿的分析具有唯物辩证的成分,他以现实的需要为基础来呼唤纯诗,合情合理毫不突兀地推出了纯诗出现与发展的必然性,点明了纯诗是时代发展的客观反映。

第三,他强调纯诗创作主体的精神独立性。他称赞那些进行现代派纯诗创作的青年为前线诗人。他们潜心创造,用火热的情绪和清醒的理智,挖掘内在世界,具有强烈的精神自主性。他们为新诗的发展开出了一条新道,走进一个旧诗瞠目而视的世界。他曾经用诗一样的笔调热情为他们讴歌:"这群年轻人站住了,立稳了,承受以往过去的事业(光荣的创始者,却不就是光荣的创造者),潜心于感觉酝酿和制作。最初有人反对'作诗',用'写'来代替,如今这种较量不复存在,作也好,写也好,只要他们是在创造一首新诗——一首真正的诗。音韵吗?节奏吗?规律吗?纷呶吗?好的,好的……不过他们没有时光等待;他们的生命具有火热的情绪,他们的灵魂具有清醒的理智而想象做成诗的纯粹。"李健吾竭力鼓吹他们对内心世界的挖掘,推崇他们不顾外在世界的纷扰,埋头于纯诗创作的献身精神。他在这儿对创作主体精神独立性的强调,在当时是很突出的。

第四,他认为纯诗是一个纯粹自足的世界。他认为在纯诗的所有要求中,现在需要的是"诗的本身,诗的灵魂的充实,或者诗的内在真实"。诗就是诗,而不是别的,他所提倡的纯诗是纯而又纯意义上的诗。在《画廊集——李广田先生作》中,他写道:"诗的严肃大半来自它更高的期诣,用一个名词点定一个世界,用一个动词推动三位一体的时间,因而象征人类更高的可能,得到人类更高的推崇。"他的这些观念,具有异曲同工之妙,把诗推到了一个自足而理想的形而上学的世界。

第五,纯诗的特征,他认为是形式上表现的自由,内容上则以繁复的意象表现感觉与生命。"第一个需要的,是自由的表现,表现却不就是形式。内在的繁复要求繁复的表现,而这内在,类似梦的进行,无声,有色无形,朦胧,不可触摸,可以意会,是深致,是涵蓄,不是流放,不是一泄无余。"他们追求谐和的语言境界,追求文字本身的瑰丽,他们不反对旧诗,却轻轻松松甩掉了旧诗,他们把诗歌从听觉艺术变成了视觉艺术。而"他们所要表现的,是人生微妙的刹那。在这刹那(犹如欧西一派小说的趋势)里面,中外古今荟萃,空时集为一体。他们运用许多意象,给你一片复杂的感觉。一个,然而复杂"。在形式方面,李健吾尤其赞赏现代派纯诗的语言,称赞他们以各自的力量调整"狠杂生硬"的语言,进行新诗的创造与建设。他们的语言是现代的,同时又具有民族传统的品德,具有传统美。由于这样,才使纯诗为人所称赞。

根据以上的理由,根据他所理解的纯诗概念,他对卞之琳的现代派纯诗给予了高度的评价:"从正面来看,诗人好像雕绘一个故事的片段;然而从各面来看,光影那样匀称,却唤起你一个完美的想象的世界在字句以外,在比喻以内,需要细心的体会经过迷藏一样的捉摸,然后尽你联想的可能,启发你一种永久的诗的情绪。"

从穆木天、梁宗岱,再到李健吾,纯诗的发展走过了一条虽短却又是曲折的道路。李健吾以他丰富的学识,以他印象主义批评的敏锐,以他独有的追求,呼唤纯诗,努力为纯诗进行鼓吹与辩护,并以自己具体的诗歌批评实践,丰富发展了中国的纯诗理论,从而使纯诗理论在中国本土扎下根来,找到了文学现实的落脚点,他在这方面的努力是很可贵的。在李健吾之后继承其衣钵的,有唐湜,但他的纯诗理论,已是另一个层面的东西了。

李健吾文学批评的成绩是多方面的,他的现代派诗论只是其中的一个方面。他以印象主义的批评方法评鉴现代派诗歌,呼唤纯诗,为中国诗艺的发展做出了贡献。虽然一度李健吾为人所忽视,但时至今日他在现代派诗论所做的努力,已愈来愈受到人们的重视,总结其经验,当不无裨益。

李健吾当代散文的风格特征[①]

寇 显

在李健吾终其一生所构建的多群落的艺术天地中,散文殿堂只居偏狭的一隅,并不占有主要地位。作为戏剧家的李健吾,有其少年时期即荣膺舞台"名角儿"而名噪京城的事迹和从 1923 年到 1980 年间所创作的近五十个剧本支持着;作为文艺批评家的李健吾,有以其"心灵探险"式的批评而独树一帜的公论支持着;作为文学翻译家和国内著名的莫里哀专家、福楼拜专家、巴尔扎克专家的李健吾,有其由大量译作和论著所赢得的学界声望支持着;作为小说家的李健吾,也有鲁迅在《中国新文学大系·小说二集·序》中为其做的"是绚烂了,虽在十年后的今日,还可以看见那藏在用口碑织就的华服里面的身体和灵魂"这一伟人的点定支持着;而作为散文家的李健吾,其面目却未免有些模糊,虽然已有《意大利游简》(1936)、《希伯先生》(1942)、《切梦刀》(1946)、《李健吾散文集》(1986)等文集和散见于新中国成立后报刊的大量文章行世,但除了《雨中登泰山》一篇因选入中学语文课本而广为人知,学界亦多有评析之外,其他许多优秀篇章则少有人问津了。这与他早期的几个散文集极少再版,新中国成立后散见于报刊的文章又未能及时结集,以及评论界的目光多关注他的戏剧创作和文艺批评而对其散文创作有所忽视,也许不无一定关系。其实,由于李健吾既是一个学贯中西的学者型的散文家,又是一个多才多艺的艺术家型的散文家,在散文艺术领域,他不但有卓有见地的理论建树,而且也有一定数量的在现当代散文史上闪烁着奇光异彩的佳作,所以,李健吾散文艺术的成就和经验,也理应作为一笔重要的精神文化财富加以开发研究。李健吾一生所写的散文作品约三十余万言,其中

[①] 原载《锦州师范学院学报》(哲学社会科学版) 1993 年第 2 期。

大半为新中国成立后的创作。下面,仅就李健吾当代散文的风格特征略陈管见。

李健吾不是那种只凭个人兴趣和文坛时尚来写作的人,在创作实践中,他有自己自觉遵循的艺术规范,也有自己不懈地追求着的艺术目标。诚然,他没有建立自己的散文理论的完整体系,他对散文艺术的认识和理解,只体现于诸如《竹简精神》《陆蠡的散文》《〈画梦录〉——何其芳先生作》《〈画廊集〉——李广田先生作》《西川集》《城下集——蹇先艾先生作》《李健吾散文集序》等一些书简、书评和序跋类的单篇文章之中,但是,他的见解之中肯和深刻,却是不唯能使蒙昧者为之开塞眼亮,即使是有识之士也是不能不为之叹服的。他把散文这种艺术形式视为主体心灵的真实写照,把说"由衷之言",向读者交心,赤裸地表现真纯的生命,视为散文创作的圭臬。在评论陆蠡散文时,他说:"什么是散文的结构?有时候我想,节奏两字可以代替。节奏又从什么地方来?我想大概是从生命里来的罢。生命真纯,节奏美好。陆蠡的成就得力于他的璞石一般的心灵。"① 在《〈画廊集〉——李广田先生作》一文中,他比较诗歌与散文的异同时指出:"亲切是一切文学的基本条件,然而自从十六世纪蒙田以来,几乎成为一篇散文首先需要满足的一种内外契合的存在",散文"要求内外一致,而这里的一致,不是人生精湛的提炼,乃是人生全部的赤裸"。他认为叶圣陶散文的艺术价值在于作者"从来没有向他的性格和他的读者撒谎,另给自己换一个什么亮晶晶的东西惹人注目,好像一切废料仰仗镀金来抬高身份"。② 基于这样一种高度自觉的散文文体意识,他特别强调散文创作表现独特的艺术风格的重要性,但是他认为"风格问题并不神秘","风格就是一个人的一种偏爱,你喜欢什么,不喜欢什么,就是个性,个性表现在文章里,就成了风格"。③ 李健吾对于散文艺术风格的这种见解,既是他对于散文艺术精髓的一种理性把握,也是他自身创作经验的自然结晶。因此,即使我们把考察的范围只局限于他的当代散文创作,也不难从中辨清他作为学者型和艺术家型的散文家的面貌。

李健吾当代散文从题材上可大致分为两类:一是他的那些品评风物和作家作品的篇章,一是他的那些记写个人行止、见闻和感兴的文章。前者注重描述从艺

---

① 李健吾:《李健吾创作评论选集》,北京:人民文学出版社,1984年,第549页。
② 同上书,第552页。
③ 李健吾:《李健吾散文集》,银川:宁夏人民出版社,1986年,"序",第3页。

术感悟人生的轨迹，可谓主智的一类；后者注重抒写现实生活中的真情实感，可谓主情的一类。当然，严格地来说，纯智不能构成文学作品，所有的文学创作都是主情的。这里所谓"主智""主情"，乃仅就作品表意的主要倾向而言，并非"有我无你"的绝对划分。李健吾当代散文主智类具有清明通脱的风格特征，主情类具有凝重超逸的风格特征。

先谈主智类的清明通脱。作为艺术家型的散文家，李健吾除了具有高度自觉的散文文体意识之外，他还高度重视作品的审美功能。因此，他品评作家作品的文章，常常使我们惊异于作者审美知觉的敏锐和深刻。评析《陈州粜米》的喜剧性时，他对无名氏作家塑造包拯形象既刻画"有人无己"、为民做主的正面性格，也刻画参透官场、告老消极的一面，既揭示"他的性格有平易近人的一面"，又把这一面"和谐地和他的严肃结合在一起"甚为赞赏，而对"我们今天的包拯形象，却几乎只有严肃的一面"则深感遗憾。从这一肯一否间，已可见其审美眼力的不凡了。古希腊悲剧《美狄亚》的同名主人公设计害死想招自己丈夫做驸马的国王和公主，又亲手杀死自己亲生的两个孩子，把最凄凉的岁月留给负心丈夫。对此，李健吾深情地评论道："这是一出惨不忍睹的大悲剧。剧作家在公元前431年，给他的希腊观众提出了这样一个问题：美狄亚该不该这样狠毒？男子既然负心，不拿她当人看，而且不许她带孩子走，不拿她当母亲看，而且自私自利，要拿她生下的孩子给他传宗接代，单单不要她，她为什么不该亲手把孩子弄死（她在弄死以前，哭得多伤心，多舍不得啊）。这个女人真可怕！可也真有种！"他对美狄亚的同情和赞叹表明：他已从人物的恶行中拨云见日般地发现了人性美的闪光。同样，他也从本土《雷峰塔传奇》的悲剧故事中，不无怜惜地挖掘着"最可怕"的形体中的"最可爱"的人性美，情不可遏地为白娘娘唱出了幽婉的赞歌："白娘娘，你是伟大的，你的执着的爱是伟大的。你感动人。然而你是蛇。自古以来，人类害怕的蛇，这就是你的悲剧。你不怨许仙。你知道自己是蛇，偏又爱上了怕蛇的人。你怨天，你怨天给了你那么一颗火热的心，却在一个可怕的蛇的身子里面怨到怨不得的时候，你怨胆小的许仙，你怨胆小的人类，你怨一切，你怨自己。白娘娘，你哭的多可怜啊！你的抗议是多原始而又深沉啊！"这深情的歌，不也是为自然本真状态的美而唱的吗？

作为学者型的散文家，李健吾品评作家作品的文章有视野开阔、气度恢宏之妙，而绝无局促狭隘、捉襟见肘之嫌。他学贯中西，知识渊博，特别对中外的戏剧艺术更有精深的修养，因而无论评人论事，说戏谈艺，都能在广征博引中做出鲜明的比较和清晰的分析。如评介哥尔多尼改革意大利职业喜剧的功绩，顺手拈来莎士比亚和莫里哀在其本国所进行的戏剧改革加以对照，以见哥尔多尼改革的方向和难度；评论关汉卿喜剧随即联想到莎士比亚喜剧，自然地做出"关汉卿（十三世纪）走到莎士比亚（十六、十七世纪之交）前头了"的断语。此种有省目启智之功而无学究掉书袋之弊的例证，在李健吾品评作家作品的文章中俯拾即是。

李健吾为人谦和，善解人意，从不局促于偏狭的一隅评人论事。作为批评家，他把批评对象视为"更深更大的存在"，主张批评家"不应仅用他自己来解释，因为自己不是最可靠的尺度；最可靠的尺度，在比照人类以往所有的杰作，用作者来解释他的出产"。① 因此他要求自己"努力接近对方——一个陌生人——的灵魂和他的结晶我用我全分力量看一个潜在的活动，和聚在这深处的蚌珠"。这种宽厚真诚的态度常使其文章闪烁着虚怀若谷的人格光辉。

胸襟宽阔的人格个性、博大精深的学术造诣和敏锐深刻的审美知觉，使李健吾在其散文创作中能够从容裕如地构建幽远辽阔的审美境界，把抒写对象置入有智慧灵光朗照的博大时空中进行散点透视，从而更加完整、更加清晰、更加透彻地观照对象存在，并由此形成了他的散文作品的清明通脱的风格特征。如五十年代中期，我国艺坛上有相声《买猴儿》问世，并赢得了广大观众开心大笑的欣赏；但是，有些人却摆出正襟危坐的姿态，抱着投鼠忌器的心情，认为《买猴儿》是"对我们国家、我们国家的工作人员、我们的人民的恶意诽谤"。由此，引起了文坛上一场不大不小的争论。李健吾作为对喜剧艺术造诣尤深的戏剧艺术家和评论家，从这场争论中敏感地意识到"和它（指相声《买猴儿》——笔者注）一同过关的，将有许许多多优秀讽刺作品，甚至整个剧种从讽刺短剧到世态喜剧"，捍卫社会主义喜剧艺术的责任感使他不能不站出来"为'猴儿'撑腰"。但与众不同的是，他并不拘泥于相声《买猴儿》本身立论，也不粘着于这场争论的焦点展开辨析。他只非常超脱地提出了一个"如今我们是不是全会看戏了呢？"

---

① 李健吾：《李健吾创作评论选集》，第443页。

的问题请人们思考，并为解决这个问题提供了足以使问题迎刃而解的历史范例。这就是他作于1957年的《三个好观众》一文的缘起。这篇千字文称道的"好观众"一个是楚庄王——他之值得借鉴是因为他看到有人演戏讽刺他忘恩负义，"不但不生气，反而接受批评"，"痛改前非"；另一个是苏格拉底，他之值得借鉴是因为他从喜剧舞台上看到自己的被讽刺的形象，不但从中自得其乐，还凑趣地从观众席上"站了起来，去掉帽子，露出他有名的四方秃顶，转向全体观众，喜笑颜开，说：'看呀，我就是苏格拉底！'"第三个是莫里哀，他之值得借鉴是因为别人恶意地演戏揶揄他，他还"花最高票价，坐在台旁，不声不响，'和旁人一道笑他们刻画出的他的形象'"。读着这篇文章，人们不禁要问攻击相声《买猴儿》者有楚庄王的雅量吗？有苏格拉底的超然吗？有莫里哀的勇气吗？一个令人们鼓腮喋喋不休的问题就这样在似不经意的聊天气氛中冰释了。我们不能不说这是一篇大手笔写的小文章。它妙就妙在超脱了就事论事的层次，为问题的解决提供了一个"思接千载，视通万里"的大视野大境界；在这样的大视野大境界中，在多角度的智慧灵光的朗照之下，应该怎样看待相声《买猴儿》的问题，岂不是清澈见底了吗？这是就李健吾对轰动一时的文坛现象的批评来举例，另就其对某一具体艺术创造成果来看，文章风格的一致性也是非常明显的。譬如剧评《看"谭记儿"》一文，从台上的表演和台下的反应，关汉卿所创造的舞台形象的社会意义和艺术价值乃至与数百年后异域莎士比亚喜剧的异同，前台表演的高超技艺和后台职员及辅导教师的贡献，关汉卿原作和今人改编的得失等多种观照角度，把成都川剧院演出《谭记儿》取得成功一事纳入囊括古今中外的庞大思维系统中加以评述，加之表述文字鲜明生动且又极其清爽洁净，全篇只千余言，即把演出的效果、表演的难度、演出成功的原因和意义、进一步提高演出质量有待解决的问题等都评述得一清二楚，任何方面都不留一点阴影，给人以十分透明和超拔的感觉。李健吾撰文，擅长大处着眼，细处落墨，如《看戏十年》《祝贺法兰西喜剧院三百周年纪念》《"五四"时期北京学生话剧运动一斑》《社会主义是一首最美丽的诗》《三部关于妇女问题的杰作》等，我们仅从标题上即可想见文章内涵时空之博大，而细玩之后，又无不使我们获得某种超乎寻常的具体启发和感染，并从中感受到李健吾游弋艺海的精神风貌。

　　次谈主情类的凝重超逸。李健吾当代散文凝重超逸的风格特征，主要体现于他抒写世态人情和自然风物的作品以及七十年代末八十年代初所写的一些序文和悼念文中。总起来看，他的这类作品，在新中国成立后数量不多，主题也比较集中。新中国成立后，他集中精力于学术，从事创作的时间不多，除非遇有难忘之事、难遏之情，是不轻易动笔的。所以，他这期间的此类散文，每篇都像在枝头上熟透不经采摘而自然落地的果子一样，给我们以十分自然和丰满的感觉。那么，什么是他的难忘之事和难遏之情呢？

首先是祖国的新生和发展、人民的英雄本色和业绩，使他激动不已，不抒不快，于是在共和国刚刚诞生之际，他写了《我有了祖国》一文，抒发他对取得新生的祖国的一腔强烈而深刻的热爱之情；当中国历史刚刚进入人民真正当家做主的新时代，获得彻底解放的广大劳动群众正以英雄姿态为保卫新中国、建设新中国而奋斗的时候，他写出了《我爱这个时代》《向劳动人民学习》《致在朝鲜作战的中国人民志愿军》等篇章，热情讴歌新时代的到来，高声称颂人民和人民军队的业绩。在共和国的发展历史进入新时期后，他又发表了《鼓勇而前》一文，鼓励自己也号召中青年文艺工作者要在"立足于民族的生活、民族的心理和适应时代需要的基础上"借鉴外国的东西，和全国人民一道为祖国的四化建设做出新的贡献。

其次，他有感于故乡新貌和故人遭逢，久已沉潜心底的深浓沉挚的乡情、亲情和朋友之谊泛为难以言表的深悲大喜，于感慨遥深、回肠九转中流注笔端而有《忆秦川》《忆西安》《桃花源里出新境》《梦里家乡》《忆西谛》《悼念蒲剧老艺人阎逢春》《〈李广田选集〉序》《〈石评梅选集〉序》《〈莫泊桑短篇小说选集〉序》等一系列涵容沉实的文章。乡情根须深扎于心灵沃土，时时会发芽、结实。青年时代的李健吾，曾在《乡土——听合唱乡歌怎么办》一文中写道："我把幸福像房子一样筑在文明和都市中间，但是，我的心，我的灵魂，那太容易让我忘掉的部分，仿佛野草，只要在土里面滋蔓。我从那些诉苦的浊重的声音听出了一个更大的真理，属于土的不是躯壳，而是灵魂。我明白为什么种花要讲究土性，为什么娇贵的兰花那样难养，它们原来只要活在它们自己的土埃之中。多重多厚的土呀，你从四面八方来，你从我的心里来，你用声音把我和回忆连成一个，一个从七岁就流亡在外的大小孩子。你多像一个没有知识的慈母，总想把孩子们一个一个喊回去，可是喊了回去，你拿什么喂他们，养活他们，你这荒芜了的大空地？"

那时，已经化入灵魂的乡情是与忧伤土地的荒芜、人民的苦难连结在一起的。当故乡随着祖国的新生而新生后，李健吾的乡情有了不同的内涵，他在写于1962年的《枣花香》一文中说："往往有人问我什么地方人，我的回答总是'山西安邑人，《史记》上说的"安邑千树枣"的安邑'。有一千棵枣树，还必须是安邑的枣树，司马迁认为'与千户等'，想见安邑枣子的名气大，来历久了。我怎么能不引以为荣呢？"他的乡情似乎与日俱增，老年后有时竟像洪水汹涌了。1978—1982年间，他不但以年老多病之躯不惧旅途劳顿重访了故乡，而且连续写了多篇感人至深的抒发乡情的文章。这时的乡情，已是多种情愫的复杂交织和凝聚：亲见家乡面貌的巨变，他"激动到了心跳、神颤，只能含一粒硝酸甘油在嘴里"。"解放前，解放后，好像两个世界，变化之大，非三言两语所能道尽，而处处留存着乡土气息，令人不胜感慨系之。这种气息，闻来闻去，多甜，多浓，多亲密，好比小婴儿吃奶，舍不得把娘的奶头丢开。"——惊喜之余，他更加热爱自己难以忘怀的故乡了；感念亲朋故旧的遭逢际遇，他或"默默无言"，或"不禁怅然久之"，或"迷离恍惚"，"可信而不可信"，或语重心长地对已故者投以"'四人帮'没有送你一顶大帽子戴？"的慰问，忆及孩子时候，母亲曾带他回娘家找土大夫医病，愈后留了伤疤，于是不胜感慨："到现在这个疤还在，可人全不在了，我妈、土大夫、妈的本家人全不在了，只有我和我这个疤还在。我已经七十五岁了，也快跟他们一道不在了。"——感怀因物是人非而未免酸楚和凄凉，然而，他在这组抒发乡情的作品中又反复写道："悲痛嘛，我不悲痛。""生命是绵绵不断的，永恒的。运城就从这绵绵不断的人民这里取得无穷无尽的力量，桃花源里永远出新境，能不歌颂？""过往的历史如烟如云……但往者俱已矣，过往是用不着沉湎留连的。后浪推前浪，新生者总比前人更有朝气，更充满蓬勃的创造力，我相信，随着社会主义祖国的不断前进，一个蒸蒸日上的西安必将以更加崔嵬妖娆的面目站在人们的心上！"——他并没有沉湎于悲痛和感伤，他对社会主义事业的坚定信念，他对故乡和故乡人民的前途和命运的乐观信心，使他能从悲痛中大彻大悟，以更加昂扬的姿态，和全国人民一道前进。

李健吾不是那种处变不惊的人。作为艺术家，他有十分丰富的爱和恨、悲和喜，但是，尤其不可忽视的是，这一切，都情系历史兴衰、国家命运、人民安危。他义无反顾地关切社会人生，却不把审美观照的目光投向身边琐事，亦极少寄情山水，虽无意趣之闲适，却有艺术境界的凝重和超逸。比之同期内，当代散文园地"小花小草"久盛不衰和有后学者趋之若鹜的在"诗化模式"规范下产生的大量甜味散文，李健吾散文艺术风格的独特性不是显得更其鲜明了吗？

应该说，自然质朴，亲切委婉，也是李健吾当代散文风格的突出特征。只是由于这一特征是显在的，只要我们接触作品，即可如春风拂面一样，让我们感觉到它的存在，所以不再具体论述。

李健吾当代散文的风格特征，既是他作为一个散文家成熟程度的标志，也可使我们由此辨清他在当代散文家队伍中与众不同的个性面貌。至此，我们可以说，李健吾对当代散文的贡献是独特的，不仅他的作品堪称奇花异卉，他的散文艺术实践，他对散文艺术的理论阐释，也均有独到之处。因此，在我们繁荣发展当代散文的努力中，不应忽视对他的学习和借鉴。

第四编
翻译及学术研究之研究

读《委曲求全》[①]

朱光潜

在这个年头，写戏和演戏都是同样的费力不讨好。写了戏不一定有人去排演，排演了不一定有人去看，就是有人去看，也不一定有人能欣赏。这都不能不叫从事新剧运动的人们扫兴。

原因本来很简单，任何一种文艺上的新趣味，如果要在民众中间长得根深蒂固，都得有长时期的培养。话剧的爱好在目前中国不能不算是一种新趣味。作戏者和演戏者不但要创造他们的作品，还要创造能欣赏作品的群众。就现势看，这种群众的产生还似乎遥遥无期。一般人看不起新剧固不用说，就是从研究易卜生、萧伯纳而养成戏剧趣味的人们也往往还在留恋皮黄和昆曲，宁愿花两三块钱去听程砚秋或是韩世昌，不肯花六毛钱去看小剧社或是旅行剧团的表演。他们总觉得旧戏的趣味比较浓厚。有一般人看到这种情形，便替新剧的前途抱悲观，甚至以为旧戏不打倒，新剧就永不能抬头。其实这都是过虑。拿西方的歌剧与话剧比较看，我们相信话剧比歌剧得到较大的听众，不但是可能，而且是于理应然。我们并不必菲薄旧戏，它和话剧的着重点本来不同，正有如西方的歌剧和话剧的着重点不同一样。现在一般人欢喜听旧戏而不欢喜看新戏，是因为旧戏有较悠久的历史做后台，而新戏却还在开荒。在开荒工作未完成以前，话剧的作者和演者还得站在一种相当的寂寞里，像李健吾先生所抱怨的。

这种寂寞终究是会打破的。单说表演，我相信在经过同样的训练之后，中国人的能力绝不在西方人之下。十年前我在上海看过洪深先生所导演的《少奶奶的扇子》，比后来我在伦敦所看到的原文表演，还来得淋漓尽致。当时上海的听

[①] 原载天津《大公报·文艺副刊》1935年2月10日第138期。

众也非常踊跃，买不着座位的人往往求人说情，让他们进去站着看。即此一端，可以证明话剧在中国不一定没有前途。我方才说，话剧的嗜好还没有成为一种普遍的趣味，所以它不能流行，其实稍加思索，这还是不成其为理由。老实说，新剧经过十几年的提倡而没有可满意的成绩，错处并不在听众而在作者与演者。目前根本没有几个人在写话剧，写话剧者之中懂得剧艺的技巧而又肯埋头死干，不苟合社会而求速成者更是寥寥。几部较受欢迎的话剧大半是从外国文改译过来的。比如我近来接连两夜去看旅行剧团的表演，四部戏之中——《梅萝香》《买卖》《妒》《千方百计》——就有三部是从外国改译过来的。戏剧——尤其是喜剧——是不容易从某一国度搬到另一国度的，一则因为社会背景不同，二则因为各民族各社会的幽默意识不同。以外国观众为对象的戏剧，无论改译得如何成功，到底不免是隔着一层。它不是本地风光，总难得叫你亲热。

王文显先生的《委曲求全》在今日中国话剧之中总算是一种可惊赞的成就。它也是从外国文移译过来的，但是作者是一个道地的中国人，所描写的也是道地的中国社会。乍看起来，它似乎带着很浓厚的外国风味，也许有人觉得作者对于中国社会，像是用外国人的眼光去观察，用外国人的幽默去嘲笑，甚至于主要的角色如王太太也带有几分西方女性的狡黠。但是如果你细心体会，就会佩服他的观察老练而真切，他的嘲笑冷俏而酷毒。把它看浅一点，它没有深文奥义，没有书卷气，凡是走街过路的人都可以陪作者笑一个痛快；把它看深一点，它没有过于村俗的玩笑，没有浅薄的道德教训，只是很客观地而且很文雅地把社会内幕揭开给你看。写喜剧做到这种雅俗共赏的地步已经就很不容易了。

《委曲求全》最耐人寻味的是它的技巧。先说它的结构。它共分三幕，每幕都在一种极紧张的局面闭幕，每一个紧张的局面都叫人提心吊胆地预料到某种事件会发生，而结果都恰与预料相反。剧情本很简单。主角王太太因为要保全她丈夫——成达大学的会计的饭碗，始而向要撤换她丈夫的顾校长卖弄风骚，继而她和顾校长所做的一种可嫌疑的姿势成为仇家攻击顾校长的资料，她又向查办顾校长的张董事卖弄风骚，结果那两位老奸巨猾——顾校长和张董事——都先后被她软化，而她丈夫仍然铁稳江山地做他的大学会计。这是《委曲求全》的命名所由来。在这种极寻常的情境中，作者加以穿插，于是情节转变，就离奇百出了。原来和王会计同在将被撤差之列的还有一位注册员宋先生。王会计为人太忠厚，不能帮助顾校长报虚账；宋注册员则浑身是一个大混蛋，卖试题、勾结教员、勾结学生、勾结听差，什么坏事都肯做，而且都做得挺到家。"老实人都是傻子，聪明人全是光棍"，但是无论是傻子，是光棍，既然不能做顾校长的走狗，他们都只得卷被包滚蛋，至少在顾校长是这样想。但是事情不是这样简单。宋先生有觊觎校长位置的关教授可利用，又有因为不买猪肝牛奶喂狗的校长听差陆海可利用，只要有隙可乘，将卷被包滚蛋的或许不是他老宋而是顾校长自己。恰巧在宋先生和陆海商议找把柄来拿顾校长的讹头时，王太太来访问顾校长，请求把她丈夫的续聘书提早发下，使她好安心添盖一间房屋。顾校长吞吞吐吐地把撒差的风声露出，王太太始而肆口大哭大骂，继而因为顾校长极力向她表同情，用右手环抱她的肩臂，她便捧起他的左手向他甜蜜地微笑说："你待我这样好！"在这个当儿，陆海猛然地推开门把宋先生引了进来。第一幕就闭在这四个人面面相觑不知所措的神情中。这个风声一传出，顾校长的仇人关教授自然就立刻活动起来。顾和关的胜负于是成为兴趣的中心。第二幕就描写他们俩互斗鬼蜮伎俩。顾王纠葛的当场证人是宋先生和陆海，谁能买通他们，就是谁操胜券。这个道理顾校长和关教授都很明白，顾校长的报酬是位置，是金钱，是实惠，关教授所能拿得出来的只是一种渺茫的希望和虚声恫吓，于是宋先生和陆海都倒在顾校长那一边去了。他们答应一口咬住在顾王相会的早晨，从八点到十二点，他们都在学校池边钓鱼，还有新被加薪的园丁可作证。这一手总算很狡捷，但是关教授的应付来得更加狡捷。他说他自己在那天早晨也在池边钓鱼，并没有看见宋先生和陆海的影儿，如果要见证，他可以立刻拉出两个学生来。钓鱼的串套既行不通，顾校长只得召紧急秘密会议，另筹掩饰嫌疑的办法。大家正在钩心斗角之际，会议厅里书架后面猛然钻出一个人来，很从容地说："我听见许多奇怪的新闻，是不是我在梦里头？"窗外一位年轻人便随声答道："我靠着窗子的乱草后面念书哪。我也听到了许多奇怪的新闻，你没有做梦。"原来这位装做梦听新闻的便是关教授，年轻人是他买通的学生。这么一来，关教授不但能证明顾校长和王太太确有嫌疑，而且能证明顾校长心虚胆怯，做尽串套来掩饰这种嫌疑。在第三幕中校董会收到控告顾校长的呈文，关教授的后台老板张董事经过几番运动，被派为查办员，调查顾校长和王太太是否有暧昧嫌疑。被审问的人——宋注册员、陆海和花匠——都出乎意料，招认受顾校长的利诱威迫，帮助他撒谎做假见证。最后被查询的就是王太太。她的脸上扑满了粉，唇上染满了胭脂，身上洒满了香水，满面春风地飘进屋子来。出乎她的意料，张董事那样大官员在漂亮女人面前也还不过是一个人。她把女人所有的勾魂术都搬了出来，张董事也把男子所有的丑态都尽量现出。他把审问的公事轻巧折开，让她的朱唇在他的左右两颊上印上两个很鲜明的红斑。后来他在大会中报告他查询的结果，很庄严地宣告道："对于王太太和顾先生的控告，说他们的行为有失检点，我敢高高兴兴地告诉大家，是毫无根据，绝对不能成为理由的。"大家自然都很高兴，只有关教授白欢喜了一场，白忙碌了一场。他唯一的报复就是当着大众向张董事提议说："张先生，现在你既然把人人都洗刷干净，请准我提醒你一声，去把你自己的脸也洗个干净。"大家于是把视线都集中到张董事两颊上的红斑，又很庄严地装作没有瞧见什么，这一部喜剧就这样收了场。

　　写戏剧难在布局，布局难在于每幕之中造成一种紧张空气，把听众的注意和兴趣引起而又抓住。就这一点说，《委曲求全》几乎是无瑕可指。也许有人嫌第一幕稍沉闷一点，但是这是不易避免的。戏剧第一幕的任命向来是在埋伏线索和介绍角色，免不着一些比较沉闷的解释。第一幕的成功和失败不在剧情的转变是否生动，而在所埋伏的线索能否酝酿出生动的剧情来。一部戏好比一个问题和它的答案，第一幕的职务就在把问题引出来。如观众看到第一幕闭幕时，一方面很具体地瞧见一个有趣味的局面，一方面还提心吊胆地等待下文，第一幕就算尽了它的责任。《委曲求全》的第一幕成功，就因为到它闭幕时我们站在一种极紧张的空气中，想知道顾校长和王太太所做的那副可嫌疑的姿势在下文究竟如何分解。第一幕不仅要引出问题，最要紧的是要埋伏一些线索，让观众自己替问题找一个答案。换句话说，它应该引起一种预料。戏剧能否引起趣味，就看它能否不断地引起预料；它能否引起快感，就看它能否不断地跳出观众的预料。《委曲求全》的第二幕和第三幕就是这样地不断地戏弄我们的预料。宋先生和陆海抓住把柄，我们预料他们一定会串通关教授去倒顾校长，可是他们却帮顾校长去做掩饰嫌疑的串套。宋陆既然钓鱼，我们预料关教授无隙可乘，顾校长也可以安然无事了，可是钓鱼的串套终被拆穿，而顾校长的秘密会议反成为陷害他自己的铁证。关教授既有人证，又有张董事做靠山，当然会赶去顾校长取而代之了，可是结果使他扫兴的偏偏是这位张董事。从第一幕以后，《委曲求全》的剧情转变是那样离奇而却又那样自然，从头到尾，一气贯串下来，没有一丝儿裂缝，没有一刻儿松懈，这样紧张完密的结构是最能引起一般观众叫好的。

就性格说，《委曲求全》的主要角色都是一个模子托出来的。他们无论是男是女，是主是奴，全是一群坏蛋。严格地说，他们只能算是一个性格在不同的身份中现出不同的花样，根本很少个性。他们都会阿谀逢迎，都好欺骗吓诈，都惯拿别人做自己的工具，目的都在争饭碗或是保全饭碗。"委曲求全"者并不只是王太太，从顾校长、关教授、张董事以至于陆海、马三，都是如此。王先生是唯一的例外。他是成达大学的唯一正经人，可是也是唯一的大傻瓜。我们只见过他两次面，他每次都是很寒酸地争风吃醋，一点也不知趣，但是每次都被他的太太提醒他的位置要紧，很勉强地忍气吞声，到底他也还是一个"委曲求全"者。"天下乌鸦一般黑"，《委曲求全》的世界仿佛令人起这样的感想，但是正因为这一层，它的颜色似乎单调一点。

《委曲求全》的人物不但缺乏个性，而且也没有生展的痕迹。他们都是福斯特（E. M. Forster）所说的"平滑性格"（flat character），出娘胎时是什么样，到老时也还是那样。你想不到站在张董事面前的王太太和站在顾校长面前的王太太是两样的人，你也想不到陆海或马三在另一情境中会现出另一样的面目。他们的性格生下来就固定了，剧情的转变好比一面转动的镜子，把这种固定的性格的各方面逐渐显现出来。有一两个人的性格似乎只很轻微地在这镜子前面拂过，显得很模糊。丁秘书就是如此。假如不是要他在第一幕中做一个傀儡，他的存在简直是可有可无。就剧情说，马三和丁秘书是同样的不必要，但是谁舍得丢开马三？丢开马三就是丢开第三幕的大部分精彩！假如丁秘书和马三一样的生动灵活，我们相信第一幕必定更加圆满。

不过这番话似近于吹毛求疵。缺乏个性和生展都不能说是《委曲求全》的角色的缺点，因为喜剧中的角色往往如此，而且《委曲求全》之所以为喜剧不在它的角色而在它的情境，单说角色，王太太，马三和张董事都是很有趣的人物，叫你见过一面之后，一辈子也忘不了的。

喜剧的最大功用在引起观众对于社会上种种丑拙加以嗤笑。但是笑的方法不同，笑的用意也不一致。《委曲求全》出现于美国舞台时，波斯顿的报纸的评语中有这样的一段话："这里笑着一种柔和恶嘲的微笑，自然是王文显先生在那里微笑，这是法国人最得意的舞台笔墨，然而这里来得更漂亮。"我觉得这话有些欠斟酌。纤巧化的轻妙而酷毒的法兰西式的微笑似乎并不是《委曲求全》的特色。《委曲求全》的作者的幽默似乎与英美人的幽默比较接近。他的对话俏皮直爽，有时令人想到谢里丹和王尔德。最难得的是他那一副冷静的客观的态度。他只躲在后台笑，不向任何人表示同情或嫌恶，不宣传任何道德的或政治的主张。你看完他的戏之后，也只是笑一个饱，不会惦念到什么问题上去。在听腻了萧伯纳式的教训之后，我们觉得《委曲求全》是一种康健的调剂。写戏时免不着有时要想到观众。《委曲求全》原用英文写成的，作者心目中的观众大概是英美人——至少是受过英美式教育的人。因此它的幽默或许容易被一般中国观众忽略过去。比如王太太和顾校长讨论狗好还是孩子好的一段对话，在中国观众看来，或许嫌其对于动作加以不必要的停滞，但是这恰是西方的观众所惯于欣赏的。

  译书往往比著书难，译戏剧尤其难。我们庆贺王文显先生的成功，不能不附带地庆贺他的译者李健吾先生。近来译戏最成功的要算洪深先生，但是他实在不是翻译而是改造。李健吾先生很忠实地在翻译，而同时他的行文语气全依中国习惯，叫你忘记他是翻译。尤其可贵的他是在译戏而不只在译书。他的译文句句能表现剧情，句句可拿上舞台去演。这种译法是值得翻译家们揣摩的。

李健吾的翻译观及其伦理内涵①

马晓冬

内容摘要：作为中国现代著名的翻译家，李健吾在翻译生涯的不同时期写下了诸多谈论翻译问题的文字。这些文字蕴含了他的翻译观念及其伦理内涵，但迄今尚未经过学界的系统考察和讨论。李健吾的翻译论说集中于译者对原作的责任——"存真"与"传神"。而他对理想的译者的要求——"译者要有艺术家的心志，学者的思想和方法"，可以说基本对应于上述责任。同时，其翻译言说中对译文应该"传神"的强调，将翻译与创作类比的思路，都凸显了他视翻译为艺术创造的立场。李健吾在讨论翻译时反复提及"良心"一词，其中所包含的伦理召唤既反映了其翻译活动的时代语境，也包含着提高翻译质量的时代呼唤。

关键词：李健吾　译者的良心　存真　传神　翻译伦理

作为中国现代著名的翻译家，李健吾的翻译实践非常丰富。他虽以法国文学翻译知名，但也翻译（或从英文、法文转译）了英国、美国、爱尔兰、古希腊、奥地利、匈牙利、德国等不同地域及不同时代的文学作品。他对福楼拜、莫里哀作品的汉译更是成为中国翻译史上的经典之作。在如此丰富的翻译实践中，他必然时时面对文学翻译的诸多困难与选择。除了一些专篇论述翻译的文字，他在本人译作的前言、后记，以及对其他翻译家的评论和探讨中，都留下了自己对翻译

---

① 原载《中国社会科学院研究生院学报》2020年第1期，第111—120页。
　　本文系2018年教育部人文社会科学规划项目"批评意识与对话伦理：李健吾对域外文学的引介与转换研究"（18YJA752010）的阶段性成果。

问题的思考。不过，除了研究者提及较多的《翻译笔谈》和《我走过的翻译道路》①两篇，学界并未对李健吾这些涉及翻译的论说进行系统整理和讨论。②如陈福康在其《中国译学理论史稿》中虽然也提到了李健吾，但仅粗略讨论了其《翻译笔谈》一篇文章，并未涉及李健吾更为丰富的翻译论说。③ 2016年北岳文艺出版社出版的11卷本《李健吾文集》，对李健吾除译文之外的各类作品进行了尽可能全面的汇集，但仅以论翻译的文字而言，收录时仍有缺漏和错误。④对这些论说的考察，有助于我们理解支撑译者翻译实践的翻译观念及自我要求。李健吾在中国现代文学翻译史上有重要贡献。他的翻译思考也有助于我们理解其翻译成绩的由来，并对今天的文学翻译有所启发。

1929年，李健吾在《认识周报》上发表文章《中国近十年文艺界的翻译》，这是我们目前看到的他个人的首篇专论翻译的文章。文章虽然主要就"新文化运动"后文艺界的翻译问题进行反思，但在文末，李健吾对他心目中的理想译者的任务进行了总结：

  一位良好的译者是在表现原作者所经过的种种经验，不做作，不苟且，以持久的恒心恒力将原作用另一种语言忠实而完美地传达出来。这和创作时的情境几乎是相伴的；他得抓住全个的意境以及组织它的所有的成分，他得一刀见血，获有作者在原作内所隐含的灵魂，使其完整无伤地重现出来；然后读者虽不能亲见原作文字上的美丽，至少尚可领会出原作的精神。一位译者要有艺术家的心志，

---

① 该文后收入王寿兰编《当代文学翻译百家谈》（北京大学出版社1989年版）。2016年北岳文艺出版社出版的《李健吾文集》在收录此文时根据残存手稿加以重新整理，并仍用作者手稿原题《漫谈我的翻译》。
② 例如，于辉的专著《翻译文学经典的经典化与经典性——李健吾译〈包法利夫人〉研究》以及田菊的论文《论李健吾翻译思想的美学特征——以对〈包法利夫人〉翻译为例》，虽然研究主题均涉及李健吾的翻译思想，但都未对上述文献进行系统梳理与讨论。参见于辉：《翻译文学经典的经典化与经典性——李健吾译〈包法利夫人〉研究》，沈阳：辽宁大学出版社，2017年；田菊：《论李健吾翻译思想的美学特征——以对〈包法利夫人〉翻译为例》，《名作欣赏》2016年第35期，第159—160页。
③ 陈福康：《中国译学理论史稿》，上海：上海外语教学出版社，2000年，第406—407页。
④ 如《李健吾文集》并未收入李健吾发表于《人世间》创刊号（1939年）上的《话翻译》一文以及李健吾发表于《翻译通报》（1950年）的一封讨论翻译的信件。另外，文集编辑过程在转录原稿文本时也存在错误。

学者的思想和方法。①

无论是表现原作者的经验，将其用另一种语言忠实而完美地传达，还是获有原作内作者隐含的灵魂、通过翻译的重现让读者领会的原作的精神，实际都从不同角度涉及了译者与原作者及其作品的关系。这其实是李健吾翻译思考的核心问题。1949年，在已经拥有二十余年翻译经验，完成了多部福楼拜小说和莫里哀剧作的翻译后，在为所译莫里哀剧作《绿头巾》写作的序言中，李健吾又精练地总结了译者对原作的责任："译者对原作的责任第一是存真，第二，更进一步是传神。"② 而在某种意义上，"传神"与"存真"这两种责任也正呼应了上引文字提出的对译者的要求——"一位译者要有艺术家的心志，学者的思想和方法"。

一、存真：学者的思想和方法

译者把原作者的种种经验用另一种语言忠实地传达出来，就是"存真"。但李健吾眼中的"存真"显然不仅仅面向字句的理解转换。因为在他看来，"生字难句大都有办法解决，字典、辞书、师友、生活经验，全可以帮忙"③，更重要的是"获有作者在原作内所含的完理"，这就需要在原作品的文学世界里理解文句的独特内涵，把握他的世界观和艺术观。在总结翻译经验时，他提到本人作为译者的反思："我能够像一位小学教员把原作的字句处理得头头是道吗？这是一。我能够像一位学者那样通过字句把应有的问题全部解决了吗？这是二。通过这些条件，我能够打开原作（一位伟大心灵的伟大反映）的门窗，把心送到原作每一深奥的角落。"④ 在这样的"存真"目标下，他要求译者具有"学者的思想和方法"："所谓译者，是他对于原作有完全而真正地了解，不特能做汉学家注释的功夫，而且能做宋学家理论的事业，要把原文一字一词称出分量来；在这种课本的

---

① 李健吾：《中国近十年文艺界的翻译》，《李健吾文集》第6卷，太原：北岳文艺出版社，2016年，第478页。
② 李健吾：《诗剧的翻译——〈绿头巾〉华译本序》，《李健吾文集》第6卷，第485页。
③ 李健吾：《拉杂说翻译》，《李健吾文集》第6卷，第479页。
④ 李健吾：《翻译笔谈》，《李健吾文集》第6卷，第487页。此段引文收入《李健吾文集》时文字有明显错误。故根据《翻译通报》1951年第2卷第5期第18页原稿修改。

探讨以外，还得有产生它的环境与它在文学史上地位的知识。"① 这就是在反思国内文艺翻译界的弊病时，李健吾对"译者大都缺乏学者的精神"给出的药方。当时的李健吾虽也刚刚开始翻译活动，但他对译者应作为"学者"的要求，却是其在一生的翻译生涯中亲身实践的。11卷本的《李健吾文集》包含"文论卷"5册，其中专门探讨欧洲文学和法国文学的就占3册，除此尚有散见于散文卷和其他文论卷中对法国文学的相关论述。无论从研究成果的数量还是质量来看，李健吾都是20世纪我国法国文学研究界的重量级人物。作为译者，李健吾尤以翻译福楼拜和莫里哀的作品知名。对于两位作家及其重要作品在中国的翻译定名，李健吾的翻译都起到了决定性作用。同时，他还是两位作家在汉语世界的知名研究专家：他27岁完成的《福楼拜评传》，被视为"三四十年代西学领域中唯一一部国人有独创性的学术力作"②；他撰写的一系列有关莫里哀喜剧的论文，也是现今国内研究莫里哀的学者的必备参考文献。

对原作者和原作的孜孜研求，成为译者把握作者思想观念、表达意蕴以及作品文字风格的基础。有了这样的基础，才可能介绍"原作家的完整的面目"③，做到"存真"。甚至李健吾集中力量译介某位作家的翻译习惯，也是其"学者"态度和"存真"意愿的体现。他曾批评文艺界译者不能集中精力的现象："往往在一家书店内，我发现同为某一译者所译出的几种书籍，每一种只是原作者大量产品中的一小部分……我们只可以在河边淘金沙子，没有勇气去开掘深黝的山矿。本来的面目是得不到的；我们的读者只能枝枝叶叶、零零碎碎，得到一点突如其来的偶然的知识。"④ 在谈及自己对福楼拜的翻译时，他曾说："我恨中国人做事太惬意，太三心二意，所以我捺下我的腻烦，老老实实把他的重要作品译了过来。"⑤

福楼拜的小说，他先后译成了《情感教育》《包法利夫人》《圣安东的诱惑》

---

① 李健吾：《中国近十年文艺界的翻译》，《李健吾文集》第6卷，第471—472页。
② 柳鸣九：《一部有生命的书——李健吾著〈福楼拜评传〉序》，李健吾：《福楼拜评传》，桂林：广西师范大学出版社，2007年，第2—3页。
③ 同①，第473页。
④ 同①，第472页。
⑤ 李健吾：《拉杂说福楼拜——答一位不识者》，《李健吾文集》第10卷，太原：北岳文艺出版社，2016年，第365页。

《三故事》，对《萨朗波》也翻译了一部分。除福楼拜主要的小说作品外，他还陆续翻译发表了一些福楼拜书简，甚至计划翻译"福氏全集（十册）"[①]；莫里哀的戏剧，他译了27部，基本上涵盖了莫里哀除歌舞剧外的所有戏剧作品。直到今日，若要通过汉语认识这两位法国大作家更为完整的面目，我们仍不可能绕过李健吾的翻译！

对李健吾而言，"译者应该钻进作者的生命，重新创造，才不至于有失他的精神。"[②] 对原作者及其作品总体进行学者般的研究即努力钻进作者的生命，否则其了解难免"枝枝叶叶、零零碎碎"，难得"本来的面目"。而反过来看，对某一作家的集中译介过程又何尝不是一种学者般的研究？还有什么比译者的工作更需要对原作观念的领会、字句的咀嚼？可以说，"学者的思想和方法"，同时塑造了作为法国文学译者和研究者的李健吾。

二、传神：艺术家的心志

李健吾强调译者对原作的责任在于"存真"与"传神"，严格来讲，"传神"亦是"存真"的一部分。但他将二者作为不同层次分列，并强调"更进一步是传神"，这与他对文学翻译独特性的认识分不开。在《拉杂说翻译》一文中他这样理解"传神"：

这里是一部文学制作，并非一部科学论文，内容的传达要忠实，而风格的传达似乎更为重要。了解风格，对于一个外国人，有时候形成最大的精神障碍……有些优秀的翻译，优秀不是由于没有字句上的错误，而是因为最能够比较地切近原作的精神世界。这和画画一样，高手传神，仅止于传形的并不就是可靠的光荣。[③]

在这篇文章和前述《中国近十年文艺界的翻译》一文中，李健吾都把科学翻译与文学翻译对举，说明科学翻译更重于内容和实用，而文学翻译则须达到风格

---

① 李健吾：《〈福楼拜幼年书简选译〉译者前言》，《李健吾文集》第10卷，第329页。
② 李健吾：《伍译的名家小说选》，《李健吾文集》第7卷，太原：北岳文艺出版社，2016年，第32页。
③ 李健吾：《拉杂说翻译》，《李健吾文集》第6卷，第479页。

和精神上的近似。为了论述的方便，李健吾把内容与风格、字句与精神、传形和传神并立起来，说明相对于前者，后者对翻译提出更大的挑战。他将"优秀的翻译"定义为"最能够比较地切近原作的精神世界"，超越字句和内容的准确，将"传神"作为优秀译品的根本。越是随着翻译生涯的深入，李健吾对传神的强调就越突出。1950年，在给一位对其所译高尔基剧作《底层》提出批评的读者复信时，他写道："我们中国人民太需要好译本了。首先是精神和风格的近似，其次是字句的正确，而字句的正确，有时候也帮助精神和风格。"把"精神和风格的近似"摆在字句的正确之前。① 在《翻译笔谈》中，他又提出：

  仅仅把原作的形体移植在我的语言里面，而遗落了更重要的部分，原作的精神，甚至于歪扭了原作的精神，我所再现的面貌永远是残缺的，因而在忠实程度上就大大打了折扣。②

  而在其生前最后一篇论翻译的文章《漫谈我的翻译》中，李健吾更是把"传神"列为翻译经验的第一条，置于"忠实""润色"和"知识"之前。甚至在提出"忠实于字面，还是忠实于精神"的问题后，明确主张"在不可能兼而有之的时候，宁可牺牲前者，但是在可能兼而有之的时候，就要想尽一切办法兼而有之"。③

  这一看似矫枉过正的主张，源于他对现实中大多数文学翻译的评估。在《话剧与话》一文中，他评论道："翻译的文字，一般说来，相当平稳。但是我必须说，语汇总是那么几个，好像那些著名的外国作家都不怎么讲究声调、节奏、情致、色彩、变化和意味似的。外国作家都像从一个模子下来的。他们之间的风格，我不大能区别出来。"④ 作为现代文学史上著名的批评家，李健吾特别强调"藏在形色（拙陋也罢）之后或者之内的艺术家的存在"。⑤ 因而对他来说，在原文中面目各异的外国作家，虽经过译者的劳动被平稳地移至译文中，却都丧失了各自的个性与面目。这样的翻译，本质上并未完成对原作者和原作的责任，因为

---

① 李健吾：《李健吾同志来信》，《翻译通报》1950年第2期，第42页。
② 李健吾：《翻译笔谈》，《李健吾文集》第6卷，第487页。
③ 李健吾：《漫谈我的翻译》，《李健吾文集》第6卷，第496页。
④ 李健吾：《话剧与话》，《李健吾文集》第8卷，太原：北岳文艺出版社，2016年，第310页。
⑤ 李健吾：《现实和理想》，《李健吾文集》第6卷，第53页。

原作中的"艺术家"其精神风貌和艺术品格都在译文中消失了。"司汤达和福楼拜在风格上是死对头：看中译，请问，有什么区别？而我们的文艺工作者却拿这些风格一般化的翻译当作营养之一来吸收。怎么会从这方面培养风格感觉？"① 李健吾上述议论的核心都指向翻译文本的艺术风格。从1929年第一篇论翻译的文章起，他就意识到文学翻译的艺术属性，强调译者应具有"艺术家的心志"。在1951年发表的《翻译笔谈》中，他再次重申"创作如若是艺术，翻译在某一意义上最后同样也是艺术"。②

在中国现代翻译史上，林语堂发表于1933年的《论翻译》一向被认为是中国译论中强调"翻译是艺术"的代表。③ 而李健吾从翻译活动之初直到临终，也都在不遗余力地阐明文学翻译的艺术创造特质，并以之自我要求。

由于坚持翻译活动的艺术创造本质，李健吾特别强调翻译和创作相类似的一面。在最早那篇论翻译的文字中，他就提出翻译活动与"创作时的情境几乎是相侔的"。④ 因此李健吾要求"译者应该钻进作者的生命，重新创造，才不至于有失他的精神"。在《翻译笔谈》中他则这样理解翻译的创造："原作是表现，翻译是再现。作家直接进到形象里头。译者通过原作进到形象里头。译者不先圆满地解决原作的表现问题，就不可能圆满地完成再现的任务。这里多了一番透过字面的奠基工作。然而进到形象里头，把形象扣在译者的内心经验上，抓牢了，用自己的语言再摔了出来，和创作并不两样。"⑤ 李健吾所谈的文学翻译的这两个步骤，前者涉及对原作表现的理解和把握，后者涉及将原作的表现在译文中再现出来的创造。它们要求的仍是学者的思想和方法与艺术家的心志的结合。

---

① 李健吾：《话剧与话》，《李健吾戏剧评论选》，北京：中国戏剧出版社，1982年，第155页。该文与收入《李健吾文集》的同名文章在内容上有较多出入，如上引文字就未出现于《李健吾文集》所收版本中。两个版本文末都标明"写于一九五六年"。《李健吾戏剧评论选》未标明原稿出处。《李健吾文集》所收则为发表于1961年《戏剧报》上的版本，疑此稿对1956年手稿有所修改。
② 李健吾：《翻译笔谈》，《李健吾文集》第6卷，第486页。
③ 林语堂：《论翻译》，罗新璋、陈应年编：《翻译论集（修订本）》，北京：商务印书馆，2009年，第491页。在此文开首，他就提出，"谈翻译的人首先要觉悟的事件，就是翻译是一种艺术"。
④ 李健吾：《中国近十年文艺界的翻译》，《李健吾文集》第6卷，第478页。
⑤ 同②，第487页。

上文所说"重新创造""用自己的语言再摔了出来，和创作并不两样"，都强调文学翻译活动的创造特质，亦令人联想到傅雷"务使译文看来似中文创作"的要求。① 两位翻译家特别强调翻译和创作的相似。二者的"相似"正是在肯定文学翻译是艺术创造的意义上达成的。

将翻译与创作类比，既是提高翻译地位的尝试，也是在无形中赋予翻译更郑重的责任。在《话翻译》一文中，李健吾甚至提出翻译比创作还要难：

翻译是一件难事，比创作还要难。

创作从我的生命提取经验。这是直接的。翻译是间接的，隔着一层，

……

一个好翻译者要心性如水，在字句之外流，在字句以内流；他没有风格，他没有需要，他不在创作，而服役于别人的创作。起初，一切是他的，字句的领会，意境的追求；最后，一切是人家的，他不复存在。这时候，我们称他是艺术家，就如我们恭维创作者。②

在上述思考中，李健吾进一步阐明了译者的艺术创造既需"在字句之外"，又需"在字句以内"这一极具悖论性的特质。前者要求他对作者的知人论世，对作品时代际遇的把握，即一种学者式的思考与探求，但最终的工作却仍要落实于字句以内，即对文本的理解和传达。字句的领会、意境的追求，都要求译者作为读者的主体性投入，绝不会是机械的、万人一面的。但这种创造却在终极的意义上指向原作，其目标是让原作者在译者自己的语言中显灵。译者要维持有我与无我、执着于字句与超越于字句之间微妙的平衡，难怪李健吾说翻译"比创作还要难"。因为绝不似"总以为创作比翻译困难"的一般人的理解，译者从事的，"不是机械地介绍作品的内容。而是企图把原作应有的生命用另一种语言再现出来"。③ 这就是"重新创造"的意义。这个创造成就最重要的指标，就是对原作艺术风格的传递。

李健吾正是以这样的标准来衡量他人和自己的译作的。他曾严厉地批评伍光建先生后期的译文的文笔繁冗滞重："伍先生是硬译或者死译。全不知道译文也

---

① 傅雷：《傅雷文集·傅雷致友人书信》，南京：江苏文艺出版社，2010年，第247页。
② 李健吾：《话翻译》，《人世间》1939年第1期，第20页。
③ 李健吾：《翻译笔谈》，《李健吾文集》第6卷，第486页。文集整理时有误，引用时依原本改正。

有生命，应该在字斟句酌以外，追寻一种语言的自然节奏。最好的翻译也是一种创造，这就是为什么，我们那样爱好佛经，因为它自身完美。"① 谈及自己翻译的高尔基剧作《布雷乔夫和他们》，他也因自己忽视了原作的语言风格而懊悔："在第三幕，结尾，那位滑稽的'半仙'人物，浦罗波铁，说了一篇卖弄玄虚的'疯'话，我照字面译了过去。半年过后，我拿出外文出版局的英译本研读，发见这篇'疯'话虽作散文排列，全是韵文！韵文。这就对了，中国那些半仙也是一来就拿韵文唬人。中外一例。这跟外国乡下人听见有人念拉丁文就以为念咒一样。我必须改译一过才能传神。"②

这里谈的是"传神"，但"神"并不虚无缥缈，它体现在作品的语言形式中。因此，要实现"传神"的艺术追求，离不开译者对原作艺术形式的把握以及通过语言经营在译文中传递原作风格。"一个译本好由于传神。不是另外有神，神就在一字一句的巧妙运用上，独特的组织方式中，因为文学作品到了表现上，主题就像春雪一样融在一枝一叶里头。"③

最终，原作和译作的艺术风格都只能通过语言的运用呈现出来。因此即使译作追求的是"传神"，译者的道路也只有一条，那就是借助语言文字"一枝一叶"地经营。所以李健吾强调："翻译者不仅仅要透彻了解原作，还要一百二十分地把握得住自己的语言和文字……一个翻译者的本国语言和文字必须先有湛深的透明的修养。"④ 译者的终极目标是"把翻译带到艺术的国度，成为艺术"。⑤

在为自己翻译的《福楼拜小说集》写作的"译序"中，李健吾大篇幅地阐述了福楼拜的写作风格。因为作为译者，他意识到这种艺术风格的传递对翻译的挑战：

"单字"的正确涵义已经需要耐心寻找，而那些近乎神韵的"节奏"，神，因为还要传达一种精神上的哲理的要求，就不可能用另一种语言表达。用流行的滥调来翻译，根本违误原作的语言风格，然而一律用"和"字去翻译 et，忠实于形

---

① 李健吾：《伍译的名家小说选》，《李健吾文集》第 7 卷，第 32 页。
② 李健吾：《翻译笔谈》，《李健吾文集》第 6 卷，第 488 页。
③ 同上书，第 487 页。
④ 李健吾：《拉杂说翻译》，《李健吾文集》第 6 卷，第 480 页。
⑤ 同②，第 487 页。

式，去精神固不止一万八千里。而原文字句的位置，到了另一种语言，尽量接近，自然而然还是要有一种改易的必要。这就是翻译福氏的困难，他不仅是一位写小说的人，而且是一位有良心的文章圣手。介绍他的小说，假如抛开他的风格，等于扬弃精华，汲取糟粕。①

上述对翻译福楼拜作品的难处的自白同样涉及"存真"（"单字"的正确涵义）与"传神"，且重点在"传神"。其论述可以说是对自身翻译选择与策略的表达。首先，他反对那种不顾原作语言风格的平稳翻译，而是希望展示福楼拜风格的独特性。因为他很清楚，对于他所面对的艺术大师，翻译时如果不关注和不经营风格，则舍本逐末，译犹未译。恰是在把翻译作为艺术创造这个前提下，对原作艺术风格的再现才是题中之义。其次，那种在语句顺序意义上简单对应原作的"形似"，也不为译者所取。因为原作既然进入了一种新的语言，就不能妄求外形的决然对应，否则必削足适履。正如李健吾在《诗剧的翻译》一文中所提示的，即使尝试以诗剧的形式向国人介绍莫里哀的诗剧风格，也并非要"拿两行一韵的形式作为创作的拘束"。② 而在谈及翻译莫里哀喜剧时，他更是坚持："翻译喜剧，最忌讳照字面死译，求其'形似'。我翻译莫里哀的喜剧时，无论是标题，无论是对话，就尽量求其神似，而不在字面做工作。"③

虽然李健吾认为自己的福楼拜小说中译不能达至艺术上的"完美境界"，但他作为译者努力再现和接近这种风格的艺术追求却是有目共睹的。1946年抗战胜利后，他与友人谈及自己对福楼拜的翻译时说："我有理由相信我的《包法利夫人》译本将是一种良心的酬劳，福楼拜会欣赏我还他一个可取的风格。"④ 著名翻译家罗新璋先生认为，"李先生所译《包法利夫人》，尽传原著之精神、气势，若能适当修订，当能作为经典译本长期流传。"⑤ 而李健吾的莫里哀喜剧翻译也

---

① 李健吾：《福楼拜小说集译序》，《李健吾文集》第10卷，第338页。引用时根据初版本（［法］福楼拜：《三故事》，李健吾译，上海：文化生活出版社，1949年）做个别修正。
② 李健吾：《诗剧的翻译》，《李健吾文集》第6卷，第485页。"两行一韵"，是莫里哀诗剧采用的亚历山大体的诗体形式。
③ 李健吾：《漫谈我的翻译》，《李健吾文集》第6卷，第495页。
④ 李健吾：《与友人书》，《李健吾文集》第6卷，第217页。
⑤ 艾珉：《〈包法利夫人〉前言》，［法］福楼拜：《包法利夫人》，李健吾译，北京：人民文学出版社，1989年，第12页。

享有盛誉，被认为"在忠实和传神两个方面都超过了此前已有的译本"。① 可以说，这些翻译成就与李健吾对原作艺术风格的把握和传递，与他将翻译作为艺术创造来看待的追求是分不开的。

20 世纪上半叶，是中国文化史上文学翻译快速发展的时期，但数量猛增的文学翻译却并未提供令人满意的翻译质量。特别是大量只能称为"平稳"的翻译文字未能将原作者独特的艺术风格转化到汉语中来，因而很难达到"艺术创造"的高度。1954 年 8 月，茅盾在全国文学翻译工作会议上作了题为《为发展文学翻译事业和提高翻译质量而奋斗》的报告，其中第三部分的标题即为"必须把文学翻译工作提高到艺术创造的水平"。在这一部分茅盾分析道："由于一般译者对翻译工作的认识，态度或修养上存在着缺点，例如有些人把翻译工作单纯看作技术性的工作，有些人用很轻率的态度对待翻译，有些人对中外语文和文学方面缺乏必要的修养，因此也产生了许多质量不高，甚至质量很低劣的翻译。"他进而提出："我们对于提高翻译质量的要求，是以艺术的创造性的翻译为目标。"② 可以看到，在中国现代文学翻译经过几十年的实践后，对文学翻译质量和艺术创造性的强调在当时成为颇具紧迫感和共识性的立场。而李健吾对翻译艺术性的始终如一的倡导与坚持，正反映出他自觉面向时代问题，从个体责任出发而选择的理论与实践立场。

朱志瑜曾将中国译论中强调"神韵""神似""化境"等概念的言说归为"神化说"（虽然他并未涉及李健吾的翻译思考，但根据他的定义，李健吾亦可归入其中），并认为神化论者特别强调翻译是艺术，而"过分强调艺术的神秘，强调译者个人与原作者心灵的共鸣和创作灵感，使'神化'变成'神话'"，甚至可能通往"不问子丑寅卯，全凭手上功夫"的荒谬。③ 不过，至少就李健吾的翻译言说来看，以其对译者要具有"学者的思想和方法"的要求以及对"形"与"神"、"存真"与"传神"辩证关系的认识，其翻译主张绝非通往无边界的自由，而是意味着更为严格的责任和自我要求。

---

① 徐欢颜：《莫里哀喜剧与 20 世纪中国话剧》，北京：北京大学出版社，2014 年，第 79 页。
② 茅盾：《为发展文学翻译事业和提高翻译质量而奋斗》，《翻译论集（修订本）》，第 574—575、578 页。
③ 朱志瑜：《中国传统翻译思想："神化说"（前期）》，《中国翻译》2001 年第 2 期，第 8 页。

三、译者的良心：李健吾翻译思考的伦理内涵

在《拉杂说翻译》一文中谈到翻译理论时，李健吾曾说："理论和实际工作往往并不恰好就是一个人可以担当得起来的。有些著名的翻译者，没有一句理论留了下来，但是他们留下更好的纪念，翻译作品本身。"① 上文的考察让我们看到，作为译者，李健吾虽然没有提出系统的翻译理论，其在论述中使用的概念也并不统一，但是他对文学翻译者面临的任务和困难始终有充分反思，且根据翻译界的现状和自己的经验明确了译者的责任，并以此来对自我进行要求。这或许是他作为翻译家能留给我们的"更好的纪念"——优秀的翻译作品的原因。对译者责任的自主意识和自我要求，反映在李健吾的翻译思考中，浓缩为他常常使用的"良心"一词。

在前文引述过的首篇专论翻译的《中国近十年文艺界的翻译》一文结尾，李健吾谈道：

一位译者要有艺术家的心志，学者的思想和方法。诗歌在普通是看作绝对不可译的（但丁在十三世纪便如此主张）。然而当一位译者能够重新经验原诗人的诗的经验的时候，于是兴会一至，把原诗译成另一种语言也未尝不可，韵语不成，便用散文，反正不要失去原诗的精髓，否则大可罢休。这里就又变成译者的良心问题了。②

文章最后落脚于"译者的良心"，在一定程度上预示了李健吾翻译思考的伦理维度，杨镇源在其专著《翻译伦理研究》一书中讨论"翻译伦理研究的兴起与发展"时，认为一个标志性的事件是加拿大学者凯利于 1979 年提出一个重要的伦理概念——翻译的"职业良心"（professional conscience）。③ 而"良心"一词也多次出现在李健吾的翻译论说中，以表达译者对自身的责任与义务的认知。在上述引文中，隐含的逻辑即是"译者的良心"要求译诗应"不失去原诗的神髓"，也即我们考察过的李健吾对文学翻译"传神"的要求。

---

① 李健吾：《拉杂说翻译》，《李健吾文集》第 6 卷，第 479 页。
② 李健吾：《中国近十年文艺界的翻译》，《李健吾文集》第 6 卷，第 478 页。
③ 杨镇源：《翻译伦理研究》，上海：上海译文出版社，2013 年，第 17 页。

在《话翻译》一文结尾感慨好翻译难得时,李健吾又提到翻译者的"良心":"对于饥饿的民族,介绍一个朦胧的观念,也是可口的糇粮。但是,这话不便借做没有良心的翻译者的藉口。"① 这里的逻辑是,虽然介绍原作一个朦胧的观念对于渴望域外营养的本土读者来说也有一定的补益,但有良心的翻译者却绝不应满足于此。那么,翻译者的真正任务是什么?怎样才能满足译者良心的要求?还是在首篇论翻译的文章中,他提出"我们要把一本翻译雕琢得在不失真之中成功一件艺术品"。② 其核心是两点,一是不失真,一是创造艺术品,这也与他后来所说的"存真"及"传神"相契合。

在 1950 年代初写作的《翻译笔谈》中,李健吾总结道:"最好的翻译总是通过了译者全人的存在而凝成果实的。在凝的时候,首先却要结合着爱。缺乏高度的爱,把本来是杰作的原作,译成劣质商品,丢在中国读者面前。读者大公无私,拂袖而去,译者的精力就全浪费了。"③ 李健吾甚至使用了伦理色彩极强的词语"爱"来提出对译者的要求。这一语境中的"爱",主要指向对艺术杰作的珍爱和敬畏之感,也由此延伸到对原作者及其作品甚至是读者的伦理责任。李健吾所设想的缺乏"爱"的失败翻译,究其原因就是未能把本来的"杰作""成功一件艺术品"。这样的翻译既背叛原作,也有负于读者,无法满足人们对文艺翻译的期待和需要。他进而提出:"客观的需要是一种大的鼓舞。但有良心的译者,把这种需要变成一种内在力量,用心培养,促使自己以一种更高的负责精神来完成任务。"④

而作为译者,"良心"也是李健吾的自我鞭策和价值标尺。谈到翻译福楼拜作品这条冒险和艰难的道路时,他这样描述自己的心情:"寂寞然而不时遇到鼓励,疲倦然而良心有所不安,终于不顾感情和理智的双重压抑,我陆续把福氏的作品介绍翻译过来。"⑤ 朋友的鼓励和良心的鞭策是李健吾以艺术标准辛勤耕耘

---

① 李健吾:《话翻译》,《人世间》1939 年第 1 期,第 20 页。
② 李健吾:《中国近十年文艺界的翻译》,《李健吾文集》第 6 卷,第 472 页。
③ 李健吾:《翻译笔谈》,《李健吾文集》第 6 卷,第 486 页。
④ 同上注。
⑤ 李健吾:《福楼拜小说集译序》,《李健吾文集》第 10 卷,第 331 页。引用时根据初版本(《三故事》)做个别修正。

的动力。在这个意义上，我们就更容易理解他为何将自己的《包法利夫人》译文视为"一种良心的酬劳"，为何这种酬劳的特别意义在于"福楼拜会欣赏我还他一个可取的风格"。① 显然，对李健吾而言，译者的良心必然包含着对原作者和原作的责任，包含着在中译文中回报其以"可取的风格"。

不同的社会个体，其良心标准有极大的差异。李健吾则对包括自己在内的文学翻译者提出了很高的标准。在他的价值观里，译者的良心既意味着"不失真"地向读者传达原作的内容和观念，也意味着比之更高的追求。这个更高的追求就是译文所创造的和原文相应的艺术价值。因此，他要求"一位译者要有艺术家的心志，学者的思想和方法"，而他自己的翻译实践真正体现了这一追求。这可能是他所言的"译者的良心"最重要的底色。当李健吾反复使用"良心"一词来表达他对译者责任的理解时，他也就赋予了自己的翻译思考以浓厚的伦理色彩与召唤。

而这一从他从事和思考翻译之初就显示的伦理维度，又是他面对现实语境的选择。虽然李健吾自己把翻译和创作看得同等郑重并负有艺术使命，但是他作为译者对翻译的态度却与社会对翻译的普遍认知并不一致。在现实中，文学翻译往往被认为是低于创作的第二等级，李健吾曾说："记得年轻时候，我听到一种论调，大概由于我在外文系念书，喜欢搞搞创作，便有人善意地建议，将来创作搞不通，还可以翻翻书。"② 表面看来，翻译似乎比创作的门槛低，可以更方便地获取物质回报；但事实上，文学翻译活动对译者提出的实际要求与其所遭遇的社会轻视之间存在严重反差。这导致译者即使投入良多，也很难获得社会评价意义上的价值感。而社会对译者劳作的轻视反过来又影响了译者，使不少译者也难以对其翻译活动郑重其事。面对现实，李健吾感慨："可是有谁把翻译神而圣之地当一件工作加以敬重呢?"③ 这样的现实环境实际上对译者提出了更严格的伦理要求。那就是即使不被认可，不被关注，不被监督，译者个人的"良心"依然在场，即对翻译活动进行勉励、提醒和检验。因此，在李健吾看来，无论社会认可与否，有良心的译者都会神圣而郑重地看待自己的职业。

与李健吾同时代的另一位法国文学翻译大家傅雷亦曾说过，"由于我热爱文

---

① 李健吾：《与友人书》，《李健吾文集》第 6 卷，第 217 页。
② 李健吾：《翻译笔谈》，《李健吾文集》第 6 卷，第 488 页。
③ 李健吾：《拉杂说翻译》，《李健吾文集》第 6 卷，第 480 页。

艺，视文艺工作为崇高神圣的事业，不但把损害艺术品看作像歪曲真理一样严重，并且介绍一件艺术品不能还它一件艺术品，就觉得不能容忍"。① 傅雷的表述让人想到李健吾所言，文学翻译的"终极的目的却是让一部文学作品在另一种语言中仍是文学作品"。② 这就让我们意识到，正是两位译者对艺术的热爱，将艺术视为神圣的态度以及与之并行的"一件艺术品还它一件艺术品"的伦理责任，构成了他们作为文学翻译家不断研求、磨砺、坚持的动力。

况且，李健吾深知当时在一个动荡的时代，"全副心神绝难以集中于一件艺术性较大的工作上面，否则我们便得饿死"。他呼吁译者"得抱定为艺术而艺术去牺牲的精神"。③ 并且推崇古代译经者信仰的力量，认为译者"应该学学隋唐时代的僧侣，不仅仅将这当作一日三餐的生计，而且更加神圣其事，舍了心，发了愿，牺牲一辈子，看作理想跟上去"。④ 而他自己，正是在当时上海艰苦的生活环境中，埋头翻译了福楼拜的三部长篇小说和小说集《三故事》。"良心是人的内心信念，因而是使人遵守道德的内在力量。"⑤ 因为难以在社会意义上获得与其劳动相应的奖赏和认可，译者所依凭并以此保证翻译水准的动力就更来自于内在的道德力量。如此，其回馈至少是自我价值的满足。李健吾在翻译言说中反复使用"良心""责任""爱"甚至"牺牲"这些具有伦理意义的词语，既是自我鞭策，也是对同行的伦理呼吁。

四、结语

在李健吾近六十年的翻译生涯中，他不仅留下了大量的翻译作品，也留下了诸多谈论翻译的文字。这些文字记录了他对翻译的思考，更蕴含着他作为译者的自我要求。与他所理解的译者对原作的责任"存真"与"传神"相应，他要求文

---

① 傅雷：《傅雷文集·傅雷谈文学》，南京：江苏文艺出版社，2010年，第213页。
② 李健吾：《拉杂说翻译》，《李健吾文集》第6卷，第480页。
③ 李健吾：《中国近十年文艺界的翻译》，《李健吾文集》第6卷，第477、472页。
④ 李健吾：《伍译的名家小说选》，《李健吾文集》第7卷，第32页。
⑤ 王海明：《良心与名誉的哲学范畴》，《南通大学学报》（社会科学版）2009年第2期，第33页。

学翻译者应具备"学者的思想和方法"及"艺术家的心志"。而他自己的文学翻译之所以成为经典，正离不开他融合学者和艺术家为一体的翻译境界。他反复强调文学翻译的艺术创造特性，并用"良心"这一极富伦理色彩的词语表达译者的艺术责任。这首先是对自身作为译者的鞭策，同时也是在时代语境中所坚持的理论立场。它不仅意在反驳现实中人们对翻译的普遍轻视，也是在面向时代需要而发出提高翻译质量的呼唤。

翻译文学经典建构中的译者意向性研究
——以李健吾译《包法利夫人》为例①

于 辉

内容摘要：翻译文学经典建构研究是翻译文学经典研究的焦点之一。本文对译者意向性展开分析研究，认为翻译文学经典的建构是译者意向性与作者意向性高度重合的结果。李健吾所译《包法利夫人》之所以成为翻译文学的经典之作，关键因素就在于李健吾与原作者对艺术有着极为相似的理解与追求。即李健吾的译者意向性与福楼拜的作者意向性在文学艺术领域高度重合。

关键词：翻译文学经典 意向性 李健吾 《包法利夫人》

1. 引言

翻译文学经典研究在关于文学经典的讨论中得到借鉴并逐步展开，成为翻译研究界关注的焦点之一。关于翻译文学经典的概念，宋学智②在已有研究的基础上将之归纳为"翻译文学史经典""从经典到经典（即从源语文学经典到翻译文学经典）"以及"从非经典到经典（即从非源语文学经典到翻译文学经典）"，并进一步指出翻译文学经典应具备以下两种特征："一、译作在译入语新的文化

---

① 原载《外语与外语教学》2020 年第 2 期。
② 宋学智：《何谓翻译文学经典？》，《中国翻译》2015 年第 1 期，第 24—28 页。

语境中,既具有长久的文学审美价值又具有普遍的社会现实价值;二、译作的语言达到了文学语言的审美标准,又为文学翻译活动树立了典范"[1]。这一划分方式与"标准"基本概括出翻译文学经典的类别上特征。本文欲讨论的翻译文学经典属于"从经典到经典"的一类,即:译作是杰出的翻译文学作品,是翻译文学中的经典之作,在译入语环境中拥有长久的审美价值,为文学翻译活动树立了典范;原作也是原语环境乃至世界文学中的经典文学作品。翻译家、法国文学研究专家与文学批评家李健吾所译福楼拜之《包法利夫人》正属于这一类翻译文学经典。该译本从1948年第一次出版至今,已有七十余年,却仍被不断再版。李健吾译《包法利夫人》以其与原作极为相近的风格、笔法以及在译入语环境中的文学审美价值等,被各类读者广泛接受,甚至一度被称为"定本"[2]。虽然翻译中的"定本"并不存在,但这一译本确已成为得到普遍好评并历经时间考验的翻译文学经典之作。那么,李译《包法利夫人》何以成为"经典"?关于翻译文学经典建构的讨论应运而生。

小说《包法利夫人》于上个世纪20年代初涉中国,彼时国内的政治、文化环境推动了《包法利夫人》等经典外国文学作品在中国的传播。在此后的近百年间,除却"文革"期间外国文学作品在国内的译介遭遇停滞之外,《包法利夫人》不断被研究、翻译、出版。李健吾译本更是在改革开放的大背景下,重新焕发出生命之光,并延续至今。需要指出的是,早在李健吾译本出版之前,李劼人和李青崖的译本(译名为《马丹波娃利》与《波华荔夫人传》)分别于1925年和1927年问世,但均被后来居上的李健吾译本盖过锋芒,在二三十年间慢慢淡出读者视野。改革开放以后,有更多译者重译《包法利夫人》,其中包括许渊冲、周克希、罗国林等知名翻译家,但李健吾的译本却以其"长久的审美价值"不断被重印发行,其翻译文学经典的地位也在这一过程中得以确立。不难看出,政治、文化等翻译文本外因素与译作文本自身的价值均为翻译文学经典建构的影响因素。进一步说,"翻译文学经典同文学经典一样是纯诗学和政治诗学协调下的产物","是在文本内部译者不遗余力的再创作实践和文本外部风调雨顺的译入语

---

[1] 宋学智:《何谓翻译文学经典?》。
[2] 引自〔法〕福楼拜:《包法利夫人》,李健吾译,北京:人民文学出版社,1984年,第155页。

文化政治气候中确立的①。可见，在文本外因素"支持"的情况下，译作的诗学价值是翻译文学经典得以建构的主要考量因子，而译者是译作诗学价值的"创造者"，是具体的"理解—转换—表达"过程中最为活跃、也最重要的因素，是其中的主体，译者因素因此应被视作文本内因素中最关键的部分。进而，译者具备何种必要的条件方可"缔造经典"，即为本文的研究重点。对李健吾所译《包法利夫人》经典建构过程中译者因素的研究，一方面可以帮助我们了解这部翻译文学经典作品生成的原因，另一方面则可以进一步彰显译者在翻译活动中的主体地位，强化译者的责任意识与能力提升意识，给当前的翻译研究与翻译实践带来一些启示。

2. 文学翻译中的译者意向性与作者意向性

"意向性"概念起源于经院哲学，后被引入哲学和心理学研究，成为心智哲学中的一个重要概念。意向性是人类"心理现象的一种特征"②，它将"人"同"物理现象"相区分。奥地利哲学家胡塞尔指出，意向性由三种因素组成"一个因素是自我，它是意向性活动的主体；另一个因素是客体，它是意向性活动的对象；最后一个因素是意向性活动本身"③。美国哲学家塞尔则从语言研究的视角对意向性展开讨论，认为意向性是"心灵的一种特征，通过这种特征，心理状态指向，或者关于、论及、涉及、针对世界上的情况"④。此外，海格德尔、萨特、伽达默尔、哈贝马斯等均对意向性有过研究。国内学者中，季士强通过论证，认为"意向性应该就是实在的"⑤，它"可以引起心灵自身以及其他事物的运动变化"，因而"具有因果力"；薛旭辉从认知语言学出发⑥，认为"意向性是人类极

---

① 宋学智：《何谓翻译文学经典？》。
② 徐盛桓：《意向性的认识论意义——从语言运用的视角看》，《外语教学与研究》2013 年第 2 期，第 174—184 页。
③ 涂纪亮：《英美语言哲学概论》，北京：人民出版社，1998 年，第 383 页。
④ [美] 约翰·塞尔：《心灵、语言和社会》，李步楼译，上海：上海译文出版社，2006 年。
⑤ 季士强：《意向性是否实在》，《科学技术哲学研究》2017 年第 4 期，第 31—35 页。
⑥ 薛旭辉：《意向性解释的价值向度：心智哲学与认知语言学视角》，《西安外国语大学学报》2017 年第 3 期，第 57—62 页。

为重要的心智活动与心智现象,是人的意识的本质属性和核心内容""意向性是认知的重要特征之一";徐盛桓则从语言运用等视角讨论意向性,认为"语言运用是一种意识活动"①"意向性作为意识活动的一项核心内容更是语言活动的开端和归宿"。可见,意向性普遍存在于人的认知、语言活动中,这些活动会在意向性的支配下发生、发展、变化。换言之,意向性对我们的认知与语言活动具有导向或指导作用,因而它既具有普遍性,又具有指导性;同时,每一人类个体对事物的认识不可能同出一辙,意向性特征又同人类的其他特征一样,会因人而异,有其特殊性。

"翻译是以符号转换为手段,意义再生为任务的一项跨文化的交际活动。"② 翻译是运用语言的过程,通过语言符号间的转换(这种转换从译者对原作的认知开始),实现译作读者对他者文学、文化的认知(我们暂且将这种认知称作"再认知"),因而在本质上"包含'认知'过程"③,属于人类意向性活动的一种。在翻译活动认知—转换—再认知的三个过程中,"认知—转换"均由译者完成,其语言转换的结果(即译文)会对"再认知"产生直接的影响,译者因而是整个翻译过程中最活跃、最关键的因素,是翻译这种意向性活动的主体。首先,翻译活动始于译者对原作的认知,是其意向性指导下的活动,这种认知包括译者对原作的选择与了解,体验与研究,这些都会受到译者学识背景、喜好、经验、努力程度乃至利益等的支配,而这些是译者意向性形成的重要背景。周晓梅对此做出如下分析:"译者在进入文本之前,即已拥有了自身独特的意向性背景,即主体所具备的'能力、才能、倾向、习惯、性情、不言而喻的预设前提以及方法'……首先,译者的意向性背景是其理解原作的先决条件,译者通过它领会作者创作时的意向性。"④ 而后,在具体的翻译过程中,译者需要充分调动自己的语言、理解、审美等多种能力,在继续"认知"原作的同时,调动自己的译入语写作能力,选词择句,力求以与作者不相上下的"创作"能力将原作呈现给译作读

---

① 徐盛桓:《意向性的认识论意义——从语言运用的视角看》。
② 许钧:《翻译论(修订本)》,南京:译林出版社,2014年,第50页。
③ 屠国元、李文竞:《翻译发生的意向性解释》,《外语教学》2012年第1期,第97—100页。
④ 周晓梅:《翻译研究中的意向性问题》,《解放军外国语学院学报》2007年第1期,第74—79页。

者。但如前文所述，译者主体不可避免地拥有自身独特的意向性，译者意向性是译者在较长时间内形成的较为稳定的态度或状态，包含了他对文学、艺术的理解、追求以及翻译观念等。译者意向性会在翻译的过程中不断涌现，并支配者译者在认知原作与书写译作时的选择。因而不同的译者在面对同一翻译对象时，做出的选择会不尽相同，译文也就会存有差异。所以，译者主体的意向性指向、涉及翻译的对象（原作），决定着翻译这种语言活动的"归宿"（译作），具有"因果力"。

屠国元和李文竞指出"翻译的发生由意向性支配，其发生过程伴随着意向性的涌现。这是译者意向性在其背景下外探内摄的过程"[①]。我们认为，翻译中涌现的不仅仅是译者的意向性，也包括作者的意向性。因为原作中体现的是文学创作主体对文学、艺术的理解与文学书写能力等。译者意向性与作者意向性在翻译中相遇。译者与作者这两类认知主体生活在不同的文化背景之下，接受不同的教育，接触不同的人和事物，拥有不同的经历，产生不同的生活经验，他们的意向性之间必定存在差异。译者意向性与作者意向性在针锋相对与完全重合间游移：前者越是偏离后者，即二者的重合度越小，译者对作者意向性的认同或领悟程度就越低，也就会影响他对原作的认知，进而在语言转换的过程中对原文做出不自觉的"改写"，使译文越偏离原文；相反，译者意向性越是靠近作者意向性，它们的重合度越高，译者就很可能在深度体会作者意向性的基础上，以可与原作比肩的译文"重写"原作。所以，译者意向性与作者意向性之间的关系，或曰二者重合的程度，会对翻译结果产生不同的影响。当然，翻译活动的属性决定了译者必须以原作为依据，使译作无限地接近原作。所以，文学翻译中，在译作生成或曰建构的过程中，译者在文学艺术领域的意向性与作者意向性愈是相近，"重合"度越高。二者之间的"冲突"也就越少，译作也就会更加接近原作，更加深入、全面地展现出作者的"欲言"，也就愈有机会"创作"出优秀的翻译文学作品，进而在文本外因素的"配合"下，在较长时期之后完成翻译文学经典的建构。所以，在翻译文学经典建构的过程中，译者意向性会发挥出关键的作用，李健吾所译《包法利夫人》即是证明。

---

① 屠国元、李文竞：《翻译发生的意向性解释》。

3. 李健吾的译者意向性

上个世纪 30 年代初期,李健吾赴法留学,学习与研究的对象便是《包法利夫人》的作者福楼拜。福楼拜是 19 世纪法国"承上启下"的伟大作家,既承袭法国的现实主义文学传统,又"给现代小说打下深厚的基础"①。他认为作品的真实性源自它的"客观性",即作家在作品中"不写自己"②,不掺入自己的情感,而实现这种艺术的途径就在于"借助严格的方法,赋之以自然科学的精确"③。李健吾对他的创作理念总结道:"小说家的态度,应该和科学家一样,是客观的。"④ 另一方面,福楼拜又追求语言艺术的完美,相信"艺术至上"⑤,因此他对小说的写作手法做出革新,对作品的词句精雕细琢,对此他描述道:"艺术永在,挂在热情当中,头上戴着上帝的华冠,比人民伟大,比皇冕和帝王全伟大。"⑥ 福楼拜的意向性表明:他倡导"客观"的写作方法,以科学的态度对待艺术作品;他又崇尚小说的艺术表现形式,并且对作品的语言表达锱铢必较。"科学性"与"艺术性"、"真"与"美"是他文学创作坚持的原则与追求的目标。小说《包法利夫人》正是上述理念的集中体现。福楼拜为革新小说形式做出重要贡献,被誉为"现代小说的创始人"⑦ 与"爱真与美的冷血诗人"⑧。至于李健吾选择福楼拜作为研究与翻译对象的原因,就始于他对自身意向性与译介对象意向性的良好认知,因为福楼拜的艺术理念"契合李健吾的心性"⑨。这种意向性的一致在李健吾的"艺术"创作中、在他认知原作及其作者的方式与成果里,以及在他对文学翻译的理解与践行中均得到体现。

---

① 李健吾:《福楼拜评传》,桂林:广西师范大学出版社,2007 年,第 315 页。
② [法] 福楼拜:《福楼拜文学书简》,丁世中译,北京:北京燕山出版社,2012 年,第 33 页。
③ 同上书,第 34 页。
④ 同①,第 85 页。
⑤ 同②,第 112 页。
⑥ 引自李健吾:《福楼拜评传》,第 227 页。
⑦ Sartre. J., *L Idiot de la famille* (Tome2), Paris: Gallimard, 1971, p. 8.
⑧ 钱林森:《爱真与美的"冷血诗人"——福楼拜在中国》,《克山师专学报》1994 年第 2 期,第 31—35 页。
⑨ 韩石山:《李健吾传》,太原:山西人民出版社,2006 年,第 80 页。

3.1 以"客观"的方式成就"艺术"

具体的文学翻译活动从译者对作品、作者的品读、理解甚至研究开始。翻译家有如评论家或研究者，均为相关作品的读者，他们品评、研究作品的理念与方式会影响自身对作品的接受与理解，既受到译者本身意向性的支配，又是其意向性的体现。除却法国文学研究专家与翻译家的身份，李健吾也是一位卓越的文学评论家，被视作20世纪30年代国内"五大文艺批评家"之一，且"成就最高"①。李健吾的文学批评有其独到的风格，他既不诋毁，也不赞誉，力争做到客观、公正，而且他所做的评论性文章，全都可被当作精致的散文来读。所以有分析认为："李健吾把批评理解为一种艺术"②"一种艺术化的气质弥漫于李健吾一生的文学批评和学术研究中，包括翻译方面的艺术化追求"③。由此，我们对他译者意向性的剖析，离不开对他文学评论方式与特点的审视。

福楼拜一再强调"作品的客观性"④，认为"艺术应超越个人的好恶和神经的敏感"。李健吾则认为评论家在评论作品之际，"首先理应自行缴械，把辞句，文法，艺术，文学等等武装解除"⑤。这表明，评论家要摆脱个人的态度、风格甚至偏见，对作家作品做出客观的评价。而要在艺术作品中实现这种客观，就要给予它"自然科学的精确"⑥；李健吾则认为文学评论家应当"是一个科学的分析者"。⑦也就是说，要做到批评的客观，就应该像科学家一样，大量引用实证，而后对之做出分析论证，进而实现评论的合理性，而不应从评论家自身的好恶出发，主观臆断。有学者认为李健吾的文学批评有其"独特的鲜明的自然主义倾向"⑧。巧合的是，左拉也曾将福楼拜视作自然主义文学的创始人。李健吾呈现于文学评论中的这种意向性也同样存在于他对原作及作者的认知与研究中，钱林森

---

① 司马长风：《中国新文学史（中卷）》，香港：昭明出版社，1983年，第248页。
② 季桂起：《论李健吾的文学批评》，《文学评论》1992年第3期，第30—42页。
③ 张新赞：《在艺术化与现实化之间——李健吾的文学批评》，北京：知识产权出版社，2014年，第431页。
④ ［法］福楼拜：《福楼拜文学书简》，第33—34页。
⑤ 李健吾：《咀华集 咀华二集》，北京：人民文学出版社，2007年，第6页。
⑥ 同④，第34页。
⑦ 同⑤，第41页。
⑧ 范水平：《李健吾文学批评的自然主义倾向》，《求索》2011年第6期，第201—204页。

就认为"着力于福楼拜独异个性的发掘而作灵魂的拷问,剖示作者的内在用心而做客观的展呈,便构成了李健吾阐释福楼拜的一种内在模式"①。

3.2 "科学"地认知原作与"艺术"地书写认知成果

对译者来说,没有对原作及其作者深入的认知,就无法实现对原作良好的传译。而深入的理解、领悟甚至研究与评价不仅是译者辛苦付出的成果,更是译者与作者意向性重合程度的体现,因而更可以反映出译者的意向性。李健吾在福楼拜作品的译介方面做出重要贡献,是《包法利夫人》较早的研究者与译者之一。《福楼拜评传》则是李健吾法国文学研究的杰出成果,其中既体现出译者李健吾对作者福楼拜及《包法利夫人》等作品的至深了解,更蕴含着他本人与福楼拜并无二致的艺术理念与追求。

1934年1月,李健吾的论文《包法利夫人》发表于《文学季刊》创刊号,这篇文章后来成为《福楼拜评传》的第二章。Flaubert 及其 *Madame Bovary* 的汉语译名自此厘定,"福楼拜"与"包法利夫人"逐渐被中国读者所熟知。文章从小说的创作源头谈起,对作品的情节、人物、全新的创作特点与写作手法以及在文学史中的地位等进行了全面而深刻的分析,认为《包法利夫人》中的客观写作等艺术展现手法"使小说进于艺术的高尚的境界",它"结束住以往的小说,成就于它的艺术形式:它的出现是近代小说的一个转机"②。李健吾的研究品评深刻透彻、有理有据,语言优美灵动,在当时的文化界引起轰动,得到郑振铎、林徽因等文化名人的青睐。此外,李健吾也撰写过《〈包法利夫人〉的时代意义》(1947)、《科学对法兰西十九世纪现实主义小说艺术的影响——纪念〈包法利夫人〉成书百年》(1957)、《〈包法利夫人〉译本序》(1979)以及《〈包法利夫人〉作者的疏忽》(1983)等与小说《包法利夫人》直接相关的文章。上述文章秉承李健吾批评与研究的客观性理念,对作品的分析不尚空谈,不依据个人的好恶与情感,而是以作品、资料与史实立论。可以说,李健吾对《包法利夫人》的熟稔与研究是旁人无法企及的。1948年,李健吾所译《包法利夫人》由文化生活出版社初版。此后,该译本于上个世纪50年代、70年代后期直至今日,被人民文

---

① 钱林森:《李健吾与法国文学》,《文艺研究》1997年第4期,第101页。
② 李健吾:《福楼拜评传》,第85页。

学出版社、浙江文艺出版社、三联书店等知名出版机构不断再版发行，成为我国年代跨度最长、重印次数最多的翻译文学作品之一。

作品是作家意向性的集中体现。对于译者来说，了解作者同了解作品同样重要。对于《包法利夫人》的作者福楼拜，李健吾最主要的研究成果当属《福楼拜评传》。该部研究性著作初版于1935年，不仅对福楼拜的生平及主要作品均做出研究论述，更对他的艺术理念进行了重点阐释，其中对《包法利夫人》等作品的理解和把握准确精辟，评论语言优美，被誉为"外国文学研究方面的扛鼎之作"[1]和"一部有分量、有深度的学术著作"[2]。《福楼拜评传》第一次再版后不久，法国文学研究者、翻译家郭宏安便发文对之做出中肯的品评并给予高度评价。文中认为，《福楼拜评传》具有四个突出的特征，即"吸引力""科学性""判断力"与"艺术性"[3]。我们认为，上述特征中的两种"力量"与两类"性质"彼此依存、密不可分，却又以"科学性"与"艺术性"为中心。《福楼拜评传》不唯是一部拥有"科学性"的学术精品，也是充满"艺术性"的文学批评。首先，"科学性"是"判断力"的前提，而"判断力"又是其研究方式具备"科学性"的结果：在撰写《福楼拜评传》之前，李健吾大量搜集相关资料，并对之进行分门别类的研究与对比，以实证立论，以比较做鉴别，用"科学的方法"评析问题[4]，这样才有助于深化论者与读者的认识，也才会做出"既不酷评，也不溢美，好便说好坏便说坏"的客观判断[5]。李健吾从事文学研究的科学方法和态度与福楼拜的艺术创作理念不谋而合。从文学翻译的角度来看，也体现出译者在研究原作过程中的求"真"精神。第二，"艺术性"又是"吸引力"的前提与基础。《福楼拜评传》的"艺术性"指的是其行文凝练且别具一格，分析角度多变又文采清新"一点没有通常学术专著惯有的艰涩"[6]，但其中又体现出研究者深刻的见解，渗透着研究者的理智。对福楼拜及其作品的认知是李健吾科学研究、谨慎

---

[1] 韩石山：《李健吾传》，第136页。
[2] 柳鸣九语，转自李健吾：《福楼拜评传》，"序"，第2页。
[3] 郭宏安：《读〈福楼拜评传〉——为怀念我敬爱的老师李健吾先生而作》，《读书》1983年第2期，第65—71页。
[4] 同上刊，第67页。
[5] 同上刊，第68页。
[6] 魏东：《李健吾——福楼拜的知音》，《中华读书报》2007年7月4日。

考虑后得出的成果。这种"艺术性"正是福楼拜看重并极力表现的。

李健吾在"科学"研究原作与其作者的基础上，以极具"艺术性"的语言撰写出相关研究成果。这表明，李健吾不仅对所译作家有着至深的体察与了解，也有着深刻的"同情"。

3.3 译者意向性指导下求"真"、求"美"翻译观念

译者是翻译结果的"决定者"，他对翻译活动的理解、态度等会对译文产生直接而重大的影响。译者的翻译观念不会孤立存在，而是与他一贯秉持的艺术理念等紧密相关，并在译者意向性的"指导"下形成。李健吾的翻译观念与其艺术思想十分一致，他将翻译视作求"真"与求"美"的艺术。

李健吾认为文学翻译首先须求"真"。这种求"真"的精神首先对译者的责任感提出要求，译者应倾尽全力去理解原作，以"负责精神"与"谦虚"的态度"把心送到原作每一深奥的角落"①，去解决原作中所有的问题。李健吾正是这样一位译者。他以研究者的严谨与负责精神去实现对原作的认知，可以因习得原文中某一字词的要义而"欢跃了一整下午"②。解决原作的问题之后，译者也须对读者负责，"有责任要他们和我们一样懂"③。李健吾的这种读者观可以指导他在"书写"译文时竭力将自己在原作中捕捉的所有信息，在尊重原文的前提下，以读者可能并乐于接受的方式加以表达，进而使译作成为译入语环境中优秀的"文学作品"。所以，李健吾也将文学翻译视作一种艺术，需要"美"。"美"是指"把一本翻译雕琢得在不失真之中成为一件艺术品"④。至于如何做到这一点，李健吾认为，与他同时期几位作家的译文之所以流畅，是因为他们中文的造诣极高。这就等于提出，译者的译入语文学书写能力至关重要。而从李健吾的文学评论与《福楼拜评传》可以看出，李健吾本人亦拥有与福楼拜不相上下的文字掌控与表达能力。但这种能力并不生而有之，既需要不断培养训练，也需要译者在翻

---

① 李健吾：《翻译笔谈》，罗新璋、陈应年编：《翻译论集》，北京：商务印书馆，2009年，第618页。
② 韩石山：《李健吾传》，第216页。
③ 同①，第621页。
④ 李健吾：《中国近十年文艺界的翻译》，《李健吾文集》第6卷，太原：北岳文艺出版社，2016年，第472页。

译选词择句的过程中，不惧辛苦，致力于寻得最恰当的表达，因为"最完美的表现只有一个"①。这种关于"美"的理念与福楼拜不谋而合。

在李健吾对翻译的理解中，"真"与"美"贯穿于理解原作、书写译文与读者接受等文学翻译的每一个主要过程，这既是译者责任意识的反映，也是译者与作者意向性一致的体现。

4. 译者意向性与作者意向性高度一致下的翻译结果分析

第二部分中，我们看到译者意向性在翻译过程中发挥着关键作用，它影响甚至决定着译者对原作的理解与译文的表达；第三部分中，我们了解到李健吾深刻领悟并赞同福楼拜的文学艺术理念与表现手法等，他的译者意向性与福楼拜的作者意向性高度重合。李健吾的译者意向性会在翻译的过程中"指导"他"客观""艺术"地翻译福楼拜作品，以更为贴近原作且更加"精致"的译文再现原作，《包法利夫人》因而在李健吾笔下得到经典的传译。

4.1 "客观"地展呈原文

福楼拜将小说视作客观的艺术，不允许作者在作品中表露自己。李健吾也在翻译中秉持同样的理念，尽量避免在译文中加入个人的理解甚或情感，力争"客观""不失真"地将《包法利夫人》呈现给译文的读者。

例（1）：Il l'appelait ma femme, la tutoyait.②

此处描写的是包法利夫人婚礼上的情景，il（他）指包法利先生。动词 tutoyait 表示"用'你'称呼对方"。在法语中，以"你"称呼对方，表示两个人之间的关系很亲近。但是如果将上述原文直接翻译为"他用'你'称呼爱玛"，会因译入语中缺少相应的语言背景，使译文变得突兀，给译作读者带来理解上的障碍。李健吾译文"他喊她"我的太太"，称呼亲热……"③。李健吾将 la tutoyait 翻译为"称呼亲热"，既传达出原文的感情色彩又能为中国读者所接受，是语言缺项背景下一种较为客观的选择。周克希与许渊冲的译文分别是："他管她叫

---

① 李健吾：《翻译笔谈》，罗新璋、陈应年编：《翻译论集》，第621页。
② Flaubert G., *Madame Bovary*, Paris: Édition Jean-Claude Lattès, 1988, p.61.
③ [法]福楼拜：《包法利夫人》，李健吾译，第27页。

'我太太',亲昵地称她宝贝儿……"①,"他亲亲热热地叫她'娘子'……"②。细看原文,其中并未出现类似"宝贝儿"甚或"娘子"的称呼,上述两种译文都加入了译者自身的理解,后者"归化"处理的痕迹更是浓重,有失福楼拜式的客观。翻译活动中,两种语言、文化等方面的差异在给译者造成障碍的同时也给译者留下阐释的空间,在这种情况下,译者意向性对译者翻译转换的指导作用极为关键。李健吾客观、求"真"的翻译观念使他没有对原文做出进一步阐释,而是以尽量贴合原文的方式进行意义的传递,译文虽与原文不尽一致,但与后两种译文比较而言,却更为"客观"。

例(2):Il lui semblait que certains lieux sur la terre devaient produire du bonheur, comme une plante particulière au sol et qui pousse mal tout autrepart.③

包法利夫人婚后平淡的日常令她感觉愈发无趣,她认为自己所处的环境无法让她幸福,幸福一定"生长"在别的什么地方。作者于此进行了大量的心理描写,其中一句如上。句中作者的用词较为普通、简洁。李健吾译文:"她觉得某些地点应当出产幸福,就像一棵因地而异的植物一样,换了地方,便长不好。"④ 李健吾以同原文颇为一致的句式与用词实现了恰到好处的传译,实现了译文对原文"客观"的展呈。周克希与许渊冲分别将此句译为"她觉得世上是该有地方专门出产幸福的,幸福就像一株特别的植物,生长在那些沃土之上,移到别处就会枯萎"⑤,"在她看来,似乎地球上只有某些地方才会产生幸福,就像只有在特定的土壤上才能生长的树木一样,换了地方,就不会开花结果了"⑥。对照原文可以看出,两位译者均在原文的基础上有所发挥,"沃土""枯萎""开花结果"等表达是一种深化的翻译,因而与原文有些出入。

例(3):Emma maigrit, ses joues palirentsa figure sallongea. Avec ses bandeaux noirs ses grands yeux, son nez droit, sa démarche d'oiseau, et toujours

---

① [法] 福楼拜:《包法利夫人》,周克希译,上海:上海译文出版社,2011年,第26页。
② [法] 福楼拜:《包法利夫人》,许渊冲译,南京:译林出版社,2008年,第26页。
③ Flaubert G., *Madame Bovary*, Paris: Édition Jean-Claude Lattès, 1988, p.61.
④ [法] 福楼拜:《包法利夫人》,李健吾译,第35页。
⑤ 同①,第35页。
⑥ 同②,第52页。

silencieuse maintenant.①

爱玛与实习生赖昂相遇，心生爱恋却无法表露，所以心情抑郁，日渐消瘦。上述原文是作者对此时的包法利夫人的外貌描写，其句式简洁、语言凝练，寥寥几笔便勾勒出女主人公憔悴的形容。李健吾译道"爱玛瘦了，面色苍白，脸也长了。大眼睛，直鼻子，一绺一绺的黑头发，走路像飞鸟一样轻，而且现在永远静默……"②。译者以同原文极为相近的结构、用词、句式以及语言风格对原文做出了恰当的传译，同原文一样没有丝毫的拖沓和繁冗。周克希与许渊冲的译文如下"爱玛变得消瘦下来，脸色苍白，脸颊也拉长了。瞧着她分梳两边的黑发，大大的眼睛，挺直的鼻子，还有那如今变得悄没声儿的轻盈步态……"③，"艾玛瘦了，脸色变得苍白，面孔也拉长了。她的黑头发从中间分开，紧紧贴住两鬓。她的眼睛大，鼻子直，走起路来像只小鸟，现在老是沉默寡言……"④。对比可见，后两种译文也较好地实现了对原文意义的传递，但也都对原文做出不同程度的"改写"，且行文不如原文简洁，在表现原文之"真"方面稍有欠缺。

4.2 "艺术"地书写译文

福楼拜以"艺术"为宗教，将"怎么写"视作成就艺术的关键，他对作品的雕琢精致到每一处字词，每一个句子。李健吾也同福楼拜一样，从细微处着手，使译作在译入语中同原作在源语中一样，不啻为一件艺术品。

例（1）：Son voyage à la Vaubyessard avait fait un trou dans sa vie, à la manière de ces grandes crevasses qu'un orageen une seule nuit, creuse quelquefois dans les montagnes.⑤

《包法利夫人》中，福楼拜以较大篇幅来描写女主人公爱玛的心理，借而展现其性格特征并推动故事情节的发展。上文中描写的便是贵族舞会对她产生的巨大冲击，有如狂风暴雨后山体上的巨大裂缝，割裂从前与现在，不可修复。李健吾将之译为"渥毕萨尔之行，在她的生活上，凿了一个洞眼，如同山上那些大裂

---

① Flaubert G., *Madame Bovary*, p.156.
② ［法］福楼拜：《包法利夫人》，李健吾译，第105页。
③ ［法］福楼拜：《包法利夫人》，周克希译，第93页。
④ ［法］福楼拜：《包法利夫人》，许渊冲译，第95页。
⑤ Flaubert G., *Madame Bovary*, p.82.

缝，一阵狂风暴雨，只一夜功夫，就成了这般模样"①。李健吾以"凿"对应原文中的动词 faire 与 trou（"洞"）搭配得恰到好处。至于整段译文，紧贴原文的顺序、意义和表现，做到了近乎完美的"复制"。周克希与许渊冲分别将此句译为"沃比萨尔之行，在她的生活中留下了一个窟窿，又如暴风雨一夜之间在崇山峻岭劈出了长长的罅隙"②，"沃比萨之行，在她的生活中留下了一个大洞，就像一夜的狂风暴雨，有时会造成山崩地裂一样"③。比较可见"留下一个窟窿"和"留下一个大洞"较为口语化，用词普通。动词"留下"与"窟窿"和"大洞"虽也可以搭配，却因缺少动感而有欠生动。此外"崇山峻岭""山崩地裂"又是译文对原文用词的深化，有失"客观"，因此造成对原文的些许偏离。

例（2）：Comme les matelots en détresse, elle promenait sur la solitude de sa vie des yeux désespérés, cherchant au loin quelque voile blanche dans les brumes de l'horizon.④

舞会之后，爱玛常日无聊、静默守望，无边的绝望中却夹杂着点点希望，福楼拜再次以比喻描摹爱玛的心理状态，他将爱玛比作遇难的水手，绝望地审视自己的生活，环顾四周，希冀在迷茫与绝望之中寻找一丝希望，比喻贴切、文笔精妙；从句子结构上看，句中虽有标点间隔，但整句话属于一个长句，与汉语的表现手法不同，给传译带来困难。李健吾的译文"她睁大一双绝望的眼睛，观看她生活的寂寞，好像沉了船的水手一样，在雾蒙蒙的天边，遥遥寻找白帆的踪影"⑤。对比周克希与许渊冲的译文："就像遇难的水手，在孤苦无告之际，睁大绝望的眼睛四下张望，看雾蒙蒙的远处会不会出现一点白帆"⑥，"就像沉了船的水手，遥望着天边的朦胧雾色，希望看到一张白帆，她睁大了绝望的眼睛，在她生活的寂寞中到处搜寻"⑦。对照原文，李译在结构上做出稍许调整，但可以表达出原文的信息与表现手法，既没有信息上的折损，又是汉语中唯美的文学语言，

---

① ［法］福楼拜：《包法利夫人》，李健吾译，第 49 页。
② ［法］福楼拜：《包法利夫人》，周克希译，第 48 页。
③ ［法］福楼拜：《包法利夫人》，许渊冲译，第 49 页。
④ Flaubert G., *Madame Bovary*, p.91.
⑤ 同①，第 55 页。
⑥ 同②，第 54 页。
⑦ ［法］福楼拜：《包法利夫人》，许渊冲译，第 54 页。

描写的顺序符合逻辑，读起来通顺流畅，形象地描绘出包法利夫人彼时的心境。周译和许译也较为完整地传递出原文的意义，但两种译文读起来不如李译流畅，因而在情感的传递方面稍显不足。李健吾深刻体会到作者描写的因由与特点，他的译文也同福楼拜的原文一样，在细腻的心理描写中遇见艺术的魅力。

例（3）：Son regard, plus tranchant que ses bistourisvous <u>desendait</u> droit dans l'ame et <u>désarticulait</u> tout mensonge à travers les allégations et les prudeurs.①

以上原文描写的是外科医生拉里维耶尔博士。此人的威严，高超的医术以及对医学的热情声名远播，包法利医生与药剂师郝麦等人更是对之敬仰已久。他们眼中的医学博士目光犀利，直逼人心。李健吾译道："他的目光比他的手术刀还要锋利，一致<u>射</u>到你的灵魂深处，不管是托词也好，害羞也好，藏在低下的话统统<u>分解</u>出来"②。周克希与许渊冲的译文则为："他的目光，比手上的柳叶刀更犀利，能一<u>直扎</u>到你的心里，巧辩、遮羞都不管用，但凡谎言没有不<u>戳穿</u>的。"③ "他的目光比手术刀还更犀利，<u>直深入</u>到你的灵魂深处，穿透一切托词借口、不便启齿的言语，<u>揭露</u>出藏在下面的谎言假话来。"④ 通过译文与原文的对照可见，李健吾的译文紧贴原文形式，完整地传递出原文的意义，语言流畅、精美，尤其以一个"射"字译 desendait，选词灵活，与"目光"呼应，写出了人物眼神的犀利；以"分解"译 désarticulait，不仅与前文的"手术刀"搭配，更进一步突出了这位医学博士的精干、明敏与公正。李健吾的译文无论从个别词语的选择还是整句话的书写上，都很好地体现出仰慕者眼中伟大医生的形象，而后两种译文在词语的呼应与搭配方面就显得稍逊一筹。

前文中，一方面我们将李健吾译文与原文进行对比，另一方面也将李译与周克希、许渊冲的译文进行比较。周克希与许渊冲均为当代著名的法国文学翻译家，他们的译作完成于 20 世纪 90 年代，是《包法利夫人》诸多译本中的佼佼者，也都得到读者的好评。将他们的译本与初版于 20 世纪 40 年代的李译对照，更可以证明李健吾译本的经典性质。经过比较可见，李健吾的译文既做到了福楼

---

① Flaubert G., *Madame Bovary*, p.450-451.
② ［法］福楼拜：《包法利夫人》，李健吾译，第 239 页。
③ ［法］福楼拜：《包法利夫人》，周克希译，第 292 页。
④ ［法］福楼拜：《包法利夫人》，许渊冲译，第 289 页。

拜式的"客观",又"艺术"地体现出原作的魅力。在译者意向性与作者意向性高度重合的前提下,李健吾所译《包法利夫人》成为历经时光考验的经典译作。

5. 结语

"李健吾像福楼拜一样是一个艺术的'崇拜者'。"① 李健吾与福楼拜都追求艺术的"真"与"美",也都认为创作(翻译)的主体需要有客观、科学的态度,等等。李健吾是研究者与艺术家型的译者,更与福楼拜有着共同的艺术理念与追求。李健吾的译者意向性与福楼拜的作者意向性高度一致、深度相通,具备了建构翻译文学经典的主体因素。当然,这一案例也并非个别现象,翻译家傅雷就将选择原作比作交朋友,强调译者与作者"一见如故"的重要性②。傅雷与罗曼·罗兰正是"一见如故"的朋友,有着"心灵深处的共鸣"③,所以他译出了翻译文学经典作品《约翰·克利斯朵夫》,等等。译者意向性与作者意向性的高度重合是翻译文学经典建构的译者基础,也是最关键的文本内因素。借此,我们对译者主体作用的认识也在意向性分析中进一步深化。值得一提的是,译者的意向性并非与生俱来、一成不变,其中译者应具备的一些意识,比如求"真"求"美"的意识与为之付出的努力等,即是在译者踏实进取与严谨负责的精神感召下培养形成。

---

① 张新赞:《在艺术化与现实化之间——李健吾的文学批评》,第46页。
② 傅雷:《翻译经验点滴》,罗新璋、陈应年编:《翻译论集》,北京:商务印书馆,2009年,第693页。
③ 宋学智:《翻译文学经典的影响与接受》,上海:上海译文出版社,2006年,第243页。

从手稿档案看李健吾译《爱与死的搏斗》之始末[①]

张 梦

内容摘要：通过李健吾先生《忆〈爱与死的搏斗〉在"孤岛"时期的演出》一文手稿，追溯健吾先生译《爱与死的搏斗》的缘由、处境以及该剧演出最终取得的效果和影响。虽然该剧在翻译、演出、受众等方面存在一定的局限性，但却不能否认它所带来的重大影响：一方面使上海剧艺社借此剧打开局面，成为"孤岛时期"中共地下党重要的宣传阵地。另一方面，调动了人民的抗战热情，尤其是激发出知识分子在抗战和革命中的激情和斗志。

关键词：手稿档案　李健吾　《爱与死的搏斗》

《忆〈爱与死的搏斗〉在"孤岛"时期的正式演出》，当李健吾先生之女李维音将这份保存了近40年的珍贵手稿交给我的时候，作为一名文学档案征集人，我很欣喜，但也有些好奇。李健吾先生作为著名作家、戏剧家、翻译家、法国文学研究专家，一生创作、翻译、改译的剧作无数，演出场次不计其数，为何单单对这样一部反映法国大革命的剧作翻译的始末如此在意？

这份规格为14×15方格，页底印有"文艺报"（繁体）三个字的普通稿纸，一共16页，字迹工整，局部有修改痕迹，这应该是李健吾先生对于他翻译以及排演《爱与死的搏斗》这部戏剧所有细节的回忆。《爱与死的搏斗》是法国文豪罗曼·罗兰创作的一部反映法国大革命时代主题的戏剧，这部剧的诞生酝酿了将近25年，从1900年起，罗曼·罗兰就想把《爱与死的搏斗》写出来，但直到

[①] 原载《档案》2019年第11期。

1924年8月才最终完成。

这部让罗曼·罗兰历经25年才修成正果的戏剧著作，一经问世，就在法国当地引起了强烈的反响，除法国本国外，"在法国以外有五十七个剧场立刻着手上演这个剧本"①。由此可见，这部戏剧是备受观众欢迎的。而李健吾先生为何在距这部著作问世14年之后，还要翻译这部剧？仅仅是因为这部反映法国大革命的戏剧本身之精彩？还是因为李先生曾留学法国，有法文基础？事实上，不论哪种猜测，答案都是否定的，因为李健吾在他的手稿中是这样写的：

> 演罗曼·罗兰这出戏，也是在成立会上的决定。为了迷惑法国租界当道者的眼睛，在座的戏剧界同志心照不宣地选用了这出已经有了两个译本的戏。好像因为译得有点儿不上口，大家就推我翻译，我只好当仁不让，把活儿接了过来。选这个剧本，于伶同志和我都是心照不宣的，因为这是一位法国现代作家，又是进步作家，法租界不好意思不让演出的。

从手稿原文可以看出，李健吾先生翻译《爱与死的搏斗》是一种必然，也是一种偶然。当时的上海，处在"孤岛时期"（1937.11—1941.12），除租界以外，四面都是日军侵占的沦陷区，整个上海仅存的一席安生之处就是英法控制的租界。因为日军对英法等国的忌惮，不敢进军租界，才使得上海的租界在短暂的一段时期内没有受到日军的破坏和残害，幸而成为上海文化和知识分子的避难所。"孤岛"时期的上海在政治环境方面显得另类，也因为政治上和文化上权力的相对"真空"，而产生了一种繁荣而独特的文化景观②。一大批留守在"孤岛"的知识分子，在中国救亡图存的紧要关头，坚持文艺创作，带来了文化上的繁荣景象，用自己的方式激励人民与日军抗争的斗志。而戏剧作为一种舞台艺术，既易于让普通大众接受，又能以最直接、最有效的方式鼓舞和调动人的情感，所以在"孤岛"时期，上海涌现了大量的剧社，戏剧活动异常频繁。

李健吾所在的"上海剧艺社"，就是孤岛时期艺术水准最高、社会影响力最大、演出剧目最多的一个剧社。可是，上海剧艺社在最初组建时，并没有获得租界当局的批准。为了能有一个合法的身份在"孤岛"开展戏剧活动，剧社发起人

---

① 李健吾：《漫话卢那察尔斯基论〈爱与死的搏斗〉》，《读书》1981年第5期，第59页。
② 黄静：《"孤岛"奋战：抗战时期中共文艺团体在上海的坚守——以"上海剧艺社"为例》，《南京政治学院学报》2017年第2期，第92页。

只能另辟蹊径，给剧社挂一块洋牌子，最后在中法联谊会戏剧组的名义下，正式成立上海剧艺社。上海剧艺社的诞生，本就带着"法国血统"，虽然这即便是挂羊头卖狗肉的买卖，但剧艺社演出的第一场戏，必须得蒙混过关。所以，这就是剧艺社包括李健吾先生在内的成员选择翻译法国戏剧作为开场的初衷，"为了迷惑法国租借当道者的眼睛"。由此可见，健吾先生译法剧《爱与死的搏斗》是一种必然。但为何是这部，而不是其他？况且这出戏原本已有译本，名字叫《爱与死的角逐》，由夏莱蒂和徐培仁合译，1928年上海创造社出版发行。"大约在两个多月前，任用梁先生向我谈起这出戏，希望能够有机会公演一下"，

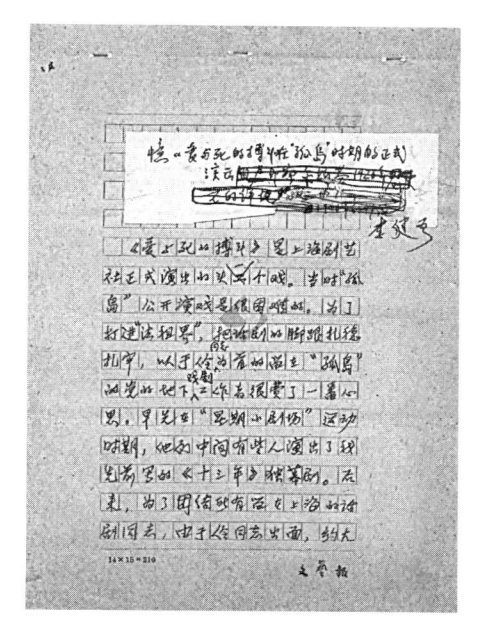

（李健吾手稿《忆〈爱与死的搏斗〉在"孤岛"时期的正式演出》）

"读完罗曼·罗兰先生的原作，热情向一阵平地的狂飙，忽然把我吹到一种崇高的境地"[①]，健吾先生接触到这本书是一次朋友推介，也算是一次偶然，因为这次偶然的机会，李健吾先生成功地把罗曼·罗兰的这部伟大作品搬上了中国的舞台，并让上海剧艺社在"孤岛"的演出打响了第一枪。

《爱与死的搏斗》描述的是法国大革命时期社会动乱不安，资产阶级政党之间互相倾轧、自相残杀的现状。主人公之一国民议会议员顾尔茹瓦希耶，其政治立场原本保持中立的态度，后因看清罗伯斯·比尔的暴力专政转向反对派，拒绝投票赞同其处决山岳派领袖丹东。顾尔茹瓦希耶夫人索菲的情人法莱因党派纷争遭到通缉，可又想与索菲重温旧情，逃回巴黎，窝藏在顾家。因巴姚的出卖，顾尔茹瓦希耶家遭到搜索，在知悉法莱是自己的情敌的情况下，顾并未出卖他，反而帮助他和自己的妻子离开巴黎，独自承受当局的迫害。妻子深为丈夫的正义行

---

① 李健吾：《李健吾文集·散文卷》，太原：北岳文艺出版社，2016年，第101页。

为所感动，最后决定留下与他一起殉难。这部戏剧的时代背景是法国大革命，反映的是资产阶级革命，因为它的革命主导者是法国小资产阶级，阶级的属性注定了这场革命缺乏无产阶级革命的进步性。革命的结果既没有激励像法莱这样的进步人士继续革命，反而因为贪生怕死走上了逃亡之路，也没有启发曾经中立，现在转向反对罗伯斯·比尔暴力专政的顾尔茹瓦希耶之流该何去何从，最后只能坐以待毙。此剧更大的意义在于揭露大革命背景下所暴露的人性，为了自保而出卖朋友的巴姚；为了革命抛弃爱情，而后又因革命失败遭到通缉，重新寻找爱人索菲，最后因贪生怕死继续逃亡的法莱；以及走狗克辣巴……我们痛恨这些人性的恶，但我们最终还是被这部剧感动了，因为顾尔茹瓦希耶的成全，也因为索菲最后的忠诚和不离不弃，以及喀尔鲁恶人形象下隐藏的最后一丝善良。这部剧将丑恶和善良、贪生与献身、忠贞与背叛各种人性演绎得淋漓尽致，不得不让观众为之动情。它虽然反映的是资产阶级革命，但对当时的"孤岛"上海和全国抗战气氛有很大的鼓舞作用，从侧面反映出抗战局面的复杂性和严峻性。贪生，还是不怕死？引起了观众的强烈共鸣和反思。

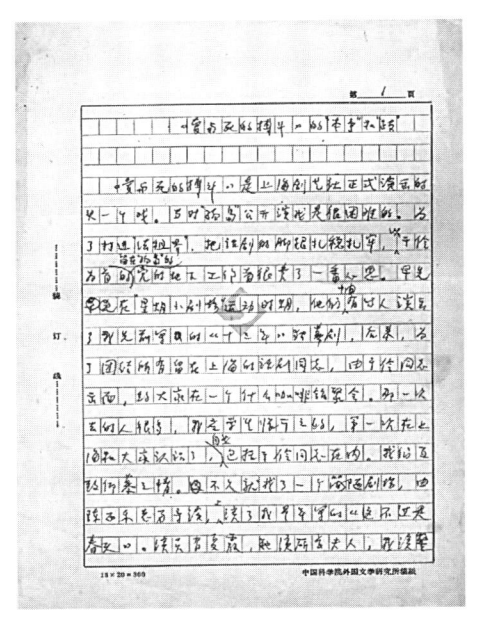

（李健吾手稿《〈爱与死的搏斗〉的"本事"和"跋"》）

在当时的上海，上海剧艺社选择这出戏来打响演出的第一炮，是明智的，剧艺社一边是拿中法联谊会当幌子，另一边又带有地下党的性质，所以这样的剧目，既能掩人耳目，不明目张胆地张扬革命信念，但又试图从深层次激发人的情感，鼓励革命者的革命。

当然，李健吾重译《爱与死的搏斗》虽然印证了剧本选择的正确性，但是也引发了一场矛盾。在该剧上演前，剧社成员冯执中为了宣传此剧，写了一篇题为《李译〈爱与死的搏斗〉》的文章，至于具体内容，笔者没有找到原文，大概是冯执中将李健吾译版与夏莱蒂、徐培仁译《爱与死之角逐》作比较，对后者进行了贬损，后李健吾先生写了题为《我为什么要重译〈爱与死的搏斗〉》一文①，从戏剧演出的角度出发，提到"夏徐刚军显然没有顾到我的要求"。

这两篇文章，引起了该剧本的首译者徐培仁先生的恼怒，为此徐培仁先生写了一篇文章对此予以回应："此类吹毛求疵，挑拨离间，有意中伤的末技，在资本主义制度下的社会本已司空见惯，何况商业发达的上海?"②为此，李健吾又专门写了一篇《致徐培仁先生》，来解释其中缘由。

剧本翻译和纯粹的翻译应该是有较大区别的，翻译可以直译也可以意译，只要意思表达清楚即可。而剧本翻译，它最终的目的是要搬上舞台，通过人的表演来传达所有的剧情和情感，它要求语言更凝练、更富有冲击性，所以李健吾先生才会提到，"夏徐刚军显然没有顾到我的要求"，而应该不是对前译版本的优劣评价。戏剧翻译作为一种跨文化的改编，既不能脱离剧本原有的文化背景，又要满足中国的情景和语境，实现异域情境的"中国化"，想要译出高水平的作品，看似简单、实则很难。在现代跨文化戏剧改编领域，李健吾的贡献不容忽视。他是完成此类剧作数量较多的剧作家之一③。而李健吾翻译的《爱与死的搏斗》，语言上精炼、通俗、易懂，有中国特色，但又不失外国文学的韵味，确实是把握住了跨文化戏剧改编的精髓。

剧本的翻译成功，为演出的成功奠定了基础。李健吾在手稿中这样写道：

《爱与死的搏斗》的演出打响了。演这出戏的日期是1938年10月27日到30日，后来却不过观众的欢迎，又加演了两场。我记得我请王统照来看这出戏，他热情激昂地写了一首诗④。

《爱与死的搏斗》作为上海剧艺社的第一场演出，在当时确实是引起了轰动，也受到了观众的欢迎，"一位观众把大革命比作炼狱，然后道：'孤岛炼狱，我们需要像《爱与死的搏斗》那样的火焰'"，尤其是剧艺社还收到了法租界当局200

---

① 李健吾：《我为什么要重译〈爱与死的搏斗〉》，《申报·自由谈》1938年10月27日。
② 徐培仁：《择机开张的广告》，《文汇报》1938年1月7日。
③ 胡斌：《李健吾跨文化戏剧改编的民族特色》，《南通大学学报》（社会科学版）2015年第6期，第60页。
④ 王统照：《生与死的搏斗》，《新文学史料》1997年第1期，第43页。

元的奖励。《爱与死的搏斗》布局紧凑、情节集中、戏剧性强，在罗曼·罗兰的剧作里，是艺术水平叫好的一个，也是上演次数较多的一个[1]。但是，"该剧的演出可谓叫好而不叫座，由于纯艺术气息浓厚并富哲理意蕴，文化界评价较高而普通观众并不买账"[2]。李健吾先生自己也这样说道，"我们承认观众当时大部分都是小资产阶级小知识分子"，所以，这部剧虽然观众反响突出、文艺界的同仁也给予极高的评价，但是这种震撼更多的是局限在知识分子阶层，剧意的深奥、远离现实环境的资产阶级革命剧情，在普通人民看来，确实有点不接地气，尤其是处在水深火热中的上海普通百姓，应该是无暇迎接。

1940年1月，于伶也在《花溅泪》的前言《再给SY》[3]中这样写道：

> 这场搏斗（《爱与死的搏斗》的演出）幸而是成功了，可是在搏斗中所有的力是难于为外人所想象得到的。事半功倍，在目前的演剧景况中已成了神话，从事倍功半，竟然到了努力十分才有一二分效果的境地。

于伶的话也更进一步证明，《爱与死的搏斗》的翻译和演出确实是带来了惊喜和震撼，能够在政治环境紧张、演出极度困难的孤岛时期顺利演出，并且收到了良好的效果，充分证明演出的成功。但这种成功相对于剧艺社的预期和付出，并没有达到预期的效果和影响，就如同于伶先生所说，"努力十分才有一二分效果的境地"，其中的原因大概就是普通大众对于该剧深层含义的领悟和接纳，并没有像知识分子那样顺畅，所以在鼓舞底层大众抗战士气上没有达到最佳的效果。

虽然这部剧的翻译和上演，对于上海剧艺社以及为此剧演出付出辛劳的同志来说，确实留下了一点遗憾，但这并不能否认此剧的历史意义。一方面，因为这部剧的问世，作为"孤岛"时期中共地下党重要的宣传阵地——上海剧艺社，借此在上海打开了局面，站稳了脚跟，并像一根导火索一样，引爆了戏剧在上海的发展，点燃了救亡文学在孤岛的燃烧火苗；另一方面，该剧的演出，在很大程度上调动了人民的抗战热情，尤其是激发出知识分子在抗战和革命中的激情和斗

---

[1] 刘子凌：《上海艺术剧院的成立与公演考证》，《山东师范大学学报》（人文社会科学版）2015年第3期，第148页。
[2] 穆海亮：《李健吾与上海剧艺社》，《粤海风》2012年第4期，第25页。
[3] 于伶：《花溅泪》，上海：现代戏剧出版社，1940年，第3页。

志，为中国的全面抗战奠定了基础。所以说，李健吾译《爱与死的搏斗》这部法国戏剧，是时代的选择，当然也是他个人的重大成就，尤其是在"孤岛"时期的上海戏剧界，这部戏剧的翻译和演出都有着划时代的历史意义和影响。

李健吾《忆〈爱与死的搏斗〉在"孤岛"时期的正式演出》，这篇文章写于1981年5月31日，后又对该文进行了补记，最终发表在《山西师院学报（社会科学版）》1981年第4期。2019年4月，李健吾之女李维音女士将该手稿无偿捐赠给中国现代文学馆，为维音老师的义举致敬！

李健吾与法国文学

钱林森

内容摘要：没有法国文学的浸淫和体验，就没有李健吾先生的审美观念和批评华章，但具体细致、洞烛幽微地探讨李与法国文学的关系的工作一直少有人做。本文正是从李健吾对 19 世纪法国现实主义文学精神的阐释与探求出发，从批评观念和批评方式两方面考察了李与 19 世纪法国现实主义文学精神的渊源关系，指出正是以现实人生为根据的批评观念决定了李健吾"心灵探险"的批评方式，使其鉴赏文字和批评实践重视大气磅礴、力度热情及审美趣味方面。正是这种背景，使李健吾评论巴金、沈从文和茅盾的视角高屋建瓴，成为比较文学和比较诗学领域的重大收获。

关键词：法国文学　李健吾　现实主义

在中国现代作家中，李健吾是个具有多方面才能的作家。早年，他曾经在诗歌、散文、小说等领域广泛耕耘，鲁迅先生所编《中国新文学大系·小说二集》中，就收有他的小说。三四十年代，他更以独树一帜的剧作和他专攻的法国文学——福楼拜、司汤达、巴尔扎克等现实主义巨匠的译介与研究而蜚声中国文坛。当文研会"人生派"主将茅盾从 19 世纪这些法国文学巨匠那里吸取滋养、创造《子夜》等一系列杰作，从而奠定中国的现实主义小说流派时，作为文学研究会一员[②]的李健吾，则以他出众的才华提取了法国现实主义小说文学精髓，营造他那张

---

① 原载《文艺研究》1997 年第 4 期。
② 李健吾也是"两栖"的成员，既是作家又是翻译家，参见舒乙：《文学研究会和它的成员》一文。

扬个性、揭橥人生的批评王国，成为中国新文学现实主义小说流派风格独具的批评家，以及19世纪法国现实主义文学精神的卓越的阐释者与探求者。他对法国现实主义文学精神的阐释与探求不仅促进了"为人生"的现实主义文学的生长与发展，成为这一文学流派建构的独特部分，也无疑为中法文学交融增添了新的魅力。

（一）

"批评的根据也是人生"：李健吾观照法国现实主义文学的基点　李健吾在清华读书期间，曾师从温德教授学习了四年法文①，对法国小说、戏剧、诗歌（尤其是象征诗人波德莱尔和魏尔伦）广泛涉猎，培养了阅读和欣赏法国文学的能力。1931年他赴法留学，选择了福楼拜作为主要研究对象，认为"中国需要现实主义"②，因而确立了法国现实主义文学为主攻方向。1933年李健吾由法国回国，在他清华的两位老师朱自清和杨振声先生的支持下，得到胡适主持的中华教育基金董事会编辑委员会的资助，开始对福楼拜进行系统的译介与研究。他在这个时期写的福楼拜研究文章多发表在沈从文主编的《大公报》文艺副刊，巴金主编的《文学季刊》及文研会作家郑振铎主编的《文艺复兴》和傅东华主编的《文学》上，与此同时他以刘西渭的笔名写了许多有关中国新文学作者的脍炙人口的批评文章。1935年他写的《福楼拜评传》出版，第二年《咀华集》出版，奠定了他作为著名的法国文学研究家和文学评论家的地位。随后不久，福楼拜主要作品如《圣安东的诱惑》（1937）、《情感教育》（1948）、《包法利夫人》（1948）、《福楼拜短篇小说集》（1936）等均由他译成中文在中国出版，中国人真正认识福楼拜这位现实主义巨匠多半由于李健吾的这些研究和译著。在30年代，他还翻译出版了《司汤达小说集》（1936）并于1950年出版了《司汤达研究》。40年代他开始翻译莫里哀喜剧③。新中国成立后他潜心于另一位现实主义大师巴尔扎克的研究，成为中国独一无二的巴尔扎克专家，法国现实主义文学最权威的阐释者。

作为文研会"人生派"的作家兼批评家，李健吾从事批评的一个根本出发点

---

① 参见徐士瑚：《李健吾的一生》，《新文学史料》1983年第3期。
② 见李健吾：《自传》。
③ 李健吾是莫里哀杰出的翻译家和研究者，另节论述。

便是致力于人生奥秘的探求,这是他早期赖以构建自己批评体系的一个支撑点,也是他观照法国文学的基点。他认为,创作的依据在人生,"批评的依据也是人生"[1],批评作为一种独立的艺术,"不在自己具有术语水准一类的零碎,而在具有一个富丽的人性的存在"[2],"批评有它自己的宇宙,有它自己深厚的人性做根据"[3],批评家有他自己整个的存在做根据,"他是他自己"。李健吾这种"为人生"的批评,显然与文学研究会作家"为人生而艺术"的现实主义主张相一致。

作品既是人生的反映,也是作者人性的呈现,那末,作为批评对象的作品将因作家个性的差异,对人生体悟和看法的不同而千差万别,这就给批评带来困难。在李健吾看来,批评的困难在于,它要透过丰富绮丽的人生,"重新经验作者的经验",完成批评家与作者的人生体验的相合与迭印。这就要求批评者对作者揭示的社会人生要有"深刻的体味",充分尊重和理解作者的个性存在,决不能以一己标尺来衡量作家丰富的个性与人性。他说若用同一尺度去观察废名先生和巴金先生,"我必须牺牲其中之一,因为废名先生单自成为一个境界,犹如巴金先生单自成为一种力量。人世当有废名先生那样的隐士,更应当有巴金先生那样的战士。一个把哲理给我们,一个把青春给我们。二者全在人性之中,一方是物极必反的冷,一方是物极必反的热,然而同样合于人性"[4]。批评的任务正在于,"追寻其中人性的昭示","寻求平坦的人生的故国"[5],这便是李健吾建立自己批评体系的最根本的出发点。

李健吾折服于福楼拜说过的一句名言:"杰作的秘密在作者的性情与主旨一致"[6],他在其评论中曾不止一次地加以征引,并做出自己的注脚:"一部作品和性情的谐和往往是完美的标志。"[7] 他认为,作家得天独厚的气质性情是"文学不朽的地基",是决定于作品自立的一个基本起点。一部文学作品之不同于另一部,不在故事,而在故事的运用;不在情节,而在情节的支配;不在辞藻而在作者对

---

[1] 李健吾:《李健吾文学评论选》,银川:宁夏人民出版社,1983年,"序一",第3页。
[2] 同上书,第10页。
[3] 同上书,第40页。
[4] 同上书,第12页。
[5] 同上书,第154页。
[6] 同上书,第178页。
[7] 同上书,第60页。

人生看法的不同,"在作者与作品一致",即作者的性情与作品主旨的一致。如果说,批评有自己的宇宙,有自己的存在,即批评家的自我,那么,创作更有丰厚复杂的人生作依据,有其不可替代的存在,即作家的禀赋个性。李健吾说:"一件真正的创作,不能因为批评者的另一个存在,勾销自己的存在。"而批评者不得挺身挡住另一个存在,另一个人性,而是"一个人性钻进另一个人性"①,去探索、阐释、鉴赏,这就是李健吾确立自己批评格局的基本原则。

李健吾致力于人生的探秘和对作家禀性气质的强调,创立了自己独特的批评境界。他在研究和评论中、法作家作品时,特别注重于作家性情气质差异而导致作家风格差异的探讨。

同是19世纪现实主义先驱的司汤达、巴尔扎克和福楼拜,因为他们各自的个性气质不同而导致对生活的观察方法、描写角度和感受方式的不同,呈现不同的风格,李健吾认为,如果说巴尔扎克是"人的小说家",那么,福楼拜是"艺术家的小说家"②,他说,巴尔扎克给了我们一个世界,这个世界,"和我们的世界一样,形形色色,有的是美,有的是粗粝,有的是华严,有的是痛苦,有的是喜悦,有的是平淡无奇,有的是惊心动魄,传奇犹如命运,神奇犹如人生,广大犹如自然,然而自然就是巴尔扎克,无所不有,无微不至,登泰山而小天地,泛一叶而浮大海,你觉得你不复存在,存在的是不完美的宇宙,或者犹如作者自己所谓,这19世纪的《人曲》"③。福楼拜表现出的是"科学、观察的精神,成熟"④,注重的是艺术,他把艺术奉为宗教,"把作品削成无比完美,不见一丝斧凿的痕迹,不透一点私人的气息"⑤,创作出了一个"脱离法国自来小说传统的一脉自成一个天地,一个小于巴尔扎克,然而真于巴尔扎克的天地"。⑥ 作为"为艺术而艺术"的小说家,福楼拜征服的是字句,而作为"一个文学的野心家",巴尔扎克"目的在征服社会,不在征服字句"。⑦ 巴尔扎克在他的小说里,一再出

---

① 李健吾:《李健吾文学评论选》,第10页。
② 同上书,第51页。
③ 李健吾:《巴尔扎克的欧贞尼·葛郎代》,《文学杂志》1937年第三期。
④ 李健吾:《〈包法利夫人〉的时代意义》,《文艺复兴》1947年第一期。
⑤ 李健吾:《书简与日记》,《文学》1935年第一号。
⑥ 同上注。
⑦ 同③。

面，强调景物、建筑、摆设与居民的精神联系，他重视环境描写，一起头，总是采用自外而内的方法，以无比的功力，刻画出人物的环境：街道、房屋、风俗、物产、居民，然后用包抄的笔墨，一直把你引来观看主要的人物和动作。"他的动作是纡徐的，他的力量是单纯的，而他的效果是深厚的"，起初我们对于巴尔扎克臃肿的印象，临了我们就明白这不全是要不得的赘冗，而是作者对于他要披露的人生的一个土性肥厚的埋植。① 方法的运用也许笨重，因为其"气质原本笨重"。福楼拜忌讳作家在字里行间露面，他也重视环境的描写。细节更真实，布置更匀称，福氏所要观察，要综合，要叙述的宇宙的流动的现象，其实重现出来，已然变做他的观察，他的综合，他的叙述，非复宇宙本来面目。他从作品删去的是作者印象，不是作者的性情，他自己说得好，性情是著作的底子。"我不能另来一个我的气质以外的气质，或者另来一套不是我的气质所底定的美学。"② 巴尔扎克和福楼拜，两位伟大的现实主义小说家，"他们的性格全然不同，而一切完成这性格的也各各不同"③。同样，由于性情、气质的差异，特别是人生体验不同，生活的看法不同："一个永久怀疑，直到否认自己的存在，抹杀人世的幸福；一个永久乐观，用他毕生的智能，研求幸福的获有。一个用客观的态度观察宇宙，而自我只是一粒微屑，一个用客观的态度观察宇宙，而自我是无上的主宰，一个要美，一个要丑，一个要平常，一个要英雄，对于司氏，英雄象征人生可贵的努力，也唯有英雄的事迹值得一写，因为要美，所以福氏注重文章，因为要力，所以司氏把文章看作雕虫小技，司氏要的是简洁、深刻，一个观念论者的思想，福氏要的是颜色、音乐、正确，一个艺术家的理想"④，其文笔差异是显而易见的。李健吾就这样从作家人性气质差异入手，契入作家风格的探究，这种探究不仅充分地提示作家个性等主观方面诸因素，在作品中的折射及其形成的个别境界，而且往往使他的批评趋向一种心理探析，美学鉴赏，呈现出某种诗意的格调，从而显示批评家的自我。

　　李健吾致力于作家个性风格揭示时，十分注重于批评客体的人性开发，主张

---

① 李健吾：《巴尔扎克的欧贞尼·葛郎代》。
② 李健吾：《李健吾文学评论选》，第178页。
③ 同上书，第51页。
④ 李健吾：《书简与日记》。

批评家，面对自己的批评对象，"不是挺身挡住另一个人性"，而是钻进去，探究它，理解它。他认为，批评就是理解，对作家的性情、个性乃至短处和失着要采取友谊的理解态度，要成为作家的知音，这样才能更准确地把握作家的风格。这种批评态度的确立，首先有待于批评家对作家创作甘苦的理解，李健吾幽默地说，"正因为每一个创作家具有经验，甘苦，见解，所以遇到一个批评家过分吹毛求疵的时候，就如巴尔扎克恨不能拿笔插进圣佩夫的身子"①。针对法国19世纪一些批评家对巴尔扎克的杰作说三道四的现象，李健吾指出："一部杰作是一座山。作者如若流汗，读者更要流汗。这里的气力不会白白费掉，上到山头是一目无余，下到山谷是宝藏无数。"② 确实，对巴尔扎克所创造的《人间喜剧》这座巍峨的大山不花力气攀登，对这位大师不下功夫探究，是无法窥见其宝藏和奥秘的。其次，批评家在批评客体面前，要能打开自己情感的屏障，接受作家情感的存在，尊重作家的艺术个性。李健吾在评析司汤达、福楼拜、巴尔扎克及许多中外作家时都充分注意到了这点。他认为对一个合格的批评家来说，应当知道个性是文学的独特所在，应当尊重个性。在他看来，19世纪法国一些批评家非议巴尔扎克作风复杂，其实是抹杀这位巨人的个性的说法。复杂不是巴尔扎克的毛病，"是他对于人生有机的组织的一种反映，巴尔扎克的社会的机构是复杂的，他捧呈的方法是简单的，甚至是'极其笨重'"；"他是那类凌空的巨灵，一目摄来人生的形象，但是他的魁梧妨害他的灵巧，或者不如说，他就不理会什么叫做灵巧。别人一分钟转十个圈子，他十分钟转一个圈子。他转得慢、转得稳，同时他看的机会也就十倍地多，十倍地细。这不是复杂，伟大的灵魂向来不复杂，复杂是反映在他们眼睛里面的色相"③。而这又是与他的个性气质一致的。其三，批评家要排除个人的主观好恶和狭隘的功利观，而力求对批评客体作出公允真切的评判，也就是说，要突破批评主体的"限制"④，重视批评者内心的自由和科学品

---

① 李健吾：《李健吾文学评论选》，第3页。
② 李健吾：《巴尔扎克的欧贞尼·葛郎代》。
③ 同上注。
④ 李健吾所说的批评者的"限制"主要指：一是批评者的主观好恶、情感判断和审美趣味，时而出面左右批评；二是狭隘的功利观使批评容易变成一种政治武器，或者等而下之，一种争权夺利或揭发隐私的工具。

格的建构。在李健吾看来，排除个人主观好恶，就是要"和自己作战"，承认作品的绝对存在，强调批评主体的宽容意识，还作家作品以本来面目，这就是公道，"批评最大的挣扎就是公平的追求"①；而排除狭隘功利观，就是要保持一种"超然的心灵"，求得内心的自由，即以尊重人的自由为自由，不诽谤，不攻讦，不应征，属于社会，然而独立的尊重个性的自由。李健吾以此来审视、批评中、法作家作品，既保留了批评主体的个性独立，又准确地揭示了批评客体的风格，表现了批评家对作家最真实的理解。如他评路翎，说路翎使人感到，"有一股冲劲儿，长江大河，旋着白浪，可也带着泥沙，好像那位自然主义大师左拉，吸引人的是他的热情，不是他的理论"，路翎"有一股拙劲儿"，但是"拙不妨害'冲'，有时候这两股力量合成一个，形成一种高大气势，在我们的心头盘桓"②。评叶圣陶，李健吾独具慧眼，从作家自诩的"平庸"中发掘出叶圣陶"为人生"的现实主义风格："他从没有向他的性格和他的读者撒谎，另给自己换上一个什么亮晶晶的东西惹人注目，好像一切废料仰仗镀金镀银来抬高身份。他不勉强，他不向自己要自己没有的东西，也从来不想向别人要别人没有的东西。"③ 在他的生命和文字里，既无浮夸的辞藻，又无虚浮的情感，更无投机的智慧，一切是那样实在敦厚，温暖亲切。评巴尔扎克，李健吾抓住他的"文学野心"进行发挥和评论，说："精致是一种品德，然而伟大的灵魂（正牌，不是冒牌），往往在无意之间，忽略这种品德，跳到一种更大的效果：一种宇宙一样有缺陷的完美。这种完美，见于他的作品，同时也正好和他全人的存在一致。"④ 而吹毛求疵的圣佩夫，"看到别人的丘陵往往被自己的情绪所扩大，大到遮住别人所有的幅员"，所以，他在巴尔扎克那里注意到的是"字句"，而不是"全体"⑤。李健吾就这样以朋友的态度，既不无原则地吹捧，又不以个人好恶取舍，亲切平易又不乏科学精神和批评良知，使他对法国现实主义作家的批评充满个性的独特发现和理解。

---

① 李健吾：《李健吾文学评论选》，第 2 页。
② 同上书，第 179 页。
③ 同上书，第 263 页。
④ 李健吾：《巴尔扎克的欧贞尼·葛郎代》。
⑤ 同上注。

（二）

"努力来接近对方——一个陌生人的灵魂和它的结晶"——李健吾阐释法国现实主义文学的方式 　　与茅盾从社会进化和历史发展角度阐释法国现实主义文学的方式不同，李健吾注重的是心灵探险的印象式的美学批评。如果说，茅盾以他对法国现实主义的社会历史的宏观把握，深刻精湛的科学分析及由此而透溢出来的厚实凝重的理性力量，使之成为"人生派"二三十年代法国文学的权威理论家，那么，李健吾则以他对法国现实主义文学个性的心灵绵密的探究，丝丝入扣的考察，敏锐真切的感悟及由此而作出的具有说服力的审美和情感的赏鉴和批评，使他成为"人生派"诠释法国文学的独具慧眼的批评家。读他这方面的评论文字，我们犹如跟随一个洞幽烛微的智者在一种相似而实异的心灵世界旅行，跟他一起去观察、体会、探寻、品味，每当我们向这个世界多走进一步，我们的心灵便多经一次洗练，我们的智慧便多受一层启迪，当我们走完他所指呈给我们的法国19世纪那一代作家心灵旅程时，我们的生命也就在不知不觉中多添一份丰富。他三四十年代评巴尔扎克、福楼拜、司汤达等众多法国作家的文章，确实都是心灵探险的美文，在这些文章中他以行云流水的文笔，过人的才情与真情，探幽发微，将19世纪这群作家的灵魂剖析给我们，让我们在美的感受中认识这一代巨子的真实生命和真实面目，显示了他作为风格独具的批评家敏锐的艺术触角和灵感能力及他不同于"人生派"其他作家阐释、接受法国文学的角度与方式。

　　早期李健吾的这种阐释方式，显然受到了印象主义的影响。印象主义批评主要形成、盛行于19世纪下半叶的法国，导源于印象画家。印象主义批评是一种拒绝对作品进行理性的科学的批评，它强调批评家的审美过程，认为批评的使命不在判断、铺叙，而在了解、感觉、体悟，让批评家主体的心灵进入作家作品的心灵世界。其代表人物便是法朗士和勒麦特（Lemaitre），李健吾曾将法朗士下面这段话奉为自己批评的圭臬：

　　犹如哲学和历史，批评是明敏和好奇的才智之士使用的一种小说，而所有的小说，往正确看是一部自传。好批评家是这样一个人：叙述他的灵魂在杰作之间的奇遇。①

李健吾在理论上接受了印象主义批评家法朗士关于批评是灵魂在杰作间的奇遇的观点,因而认为,批评就意味着一个灵魂与另一个灵魂的碰撞和交汇。作家把自己的心灵写进了杰作,批评家则"必须抓住灵魂的若干境界,把这些境界变成自己的"②。然而,李健吾并未全盘接受印象批评的理论和方法,他对印象主义是批判吸收的。他剔除了印象派的神秘论、怀疑论和印象主义批评拒绝对作品进行理性、科学分析的弊端,他说过:"一个批评家,与其是法定的审判,不如说是一个科学的分析者。"③他以人生态度和审美眼光审视作品,用科学谨严对待作家,如果说"创作者直从人世提取经验,加以配合,做为理想生存的方案",那末"批评者拾起这些复制的经验,探幽发微,把一颗活动的灵魂赤裸裸推呈出来"④。而一个好批评家,不会满足于自己的经验、印象和解释,"他永久在搜集材料,永久在证明或者修正自己的解释","他不仅仅是印象的,因为他解释的根据,是用自我的存在印证别人一个更大的存在,所谓灵魂的冒险者是,他不仅仅在经验,而且要综合自己所有的观察和体会,来鉴定一部作品和隐秘的关系"⑤,这便是李健吾所确立的"心灵探险"的批评方式。可见,他从印象派那里着重提取的是文学批评的个别性、创造性和审美特性。他认为"批评是表现"⑥,既是批评主体的"自我"表现,又是批评客体的人生态度审美个性的发掘,他肯定了文学批评的主客统一原则,肯定了从作家的人生追求、个性等因素来探求作品的潜在模式,用丰富的情感进行心灵探寻,从而创造了自己独到的批评方式和观照方式。

李健吾对法国19世纪现实主义代表作家如福楼拜的观照,就是采用这种心灵探寻的方式进行的,他在三四十年代发表的有关福楼拜的批评文章,如《福楼拜的书简》《福楼拜的短篇小说集》《福楼拜的内容形体一致观》《包法利夫人的

---

① 李健吾:《李健吾文学评论选》,第214页。
② 同上注。
③ 同上书,第50页。
④ 同上书,第154页。
⑤ 同上书,第50页。
⑥ 同上书,第216页。

时代意义》等①，是他"降心以从，努力接近对方——一个陌生人——的灵魂和它的结晶"②的卓越成果；读李健吾这方面的文章，确实使人感到他在用"全份的力量来看一个人潜在的活动，和聚在这深处的蚌珠"③。那部"不缺乏心"的《包法利夫人》何以成为"小说和人生合二为一"的划时代的巨著；那寄放了作者"全体灵魂"的《情感教育》如何从一台纯粹的个人悲剧变成人类活动历史片段；那象征"他全幅的生命"的《圣安东的诱惑》如何表现了福氏对污浊的现实的影射和嘲讽；而那颗"没有力量，没有智慧，然而道德，生来良善"的"简单的心"又怎样"成为一种璞玉浑金的美丽"（《一颗简单的心》）；还有那文如其人的《书简》何以是福楼拜的"一部灵魂冒险血肉的记录"。李健吾的心灵探究，使我们看到了福楼拜这样一座丹炉炼出他的文章④，炼就了自己的风格。福楼拜这位从歌颂"自我"的浪漫主义阵营中最先"醒悟"过来的现实主义先驱，"他要人在书里感到他的存在，然而昧于他的存在"。对这种崇尚"无我"钟情文笔⑤的艺术追求，李健吾作如是解释："艺术的最高成就便在追求小我以外的永在而普遍的真实，作者自己也许包含在里面。一件艺术品形成以后，作者便退出创造者的地位，消融在万头攒动的人生里面。"而一部艺术精品犹如一座山，"在这样的作品后面，是作者深厚的性格。他决不许里面有自己，这是说，他不愿意在他所创造的一群人里面，忽然冒出一个不相干的人来，来和读者寒暄，刺人眼目。然而这不是说，作者能够和作品全然析离。一件作品之所以充实，就看作者有没有呕心沥血，于无形之中，将自己化进去"。李健吾在这儿所指出的这种"化我"与"无我"的融合，正是福楼拜所追求的艺术和谐与完美的最高境界，也是福氏创作个性的展露。这样，着力于福楼拜独异个性的发掘而作灵魂的拷问，剖示作者的内在用心而做客观的展呈，便构成了李健吾阐释福楼拜的一种内在模式⑥，在这种批评模式中，同时又不时地显露出批评者自己的个性。这样

---

① 这些文章经过充实结集，就是著名的《福楼拜评传》。
② 李健吾：《李健吾文学评论选》，第1页。
③ 同上注。
④ 李健吾：《福楼拜的书简》。
⑤ 福楼拜曾公开宣称："艺术的道德就全在它的美丽里面，同时我们重视的，第一是文笔，其次才是真实。"
⑥ 三四十年代李健吾评论法国作家和中国作家大体上都采用这种模式。

的文学批评,正如有些研究者所指出的:"'自我'与'心灵探险'携手并进融为一体,显出了与政治批评、社会历史批评迥然不同的艺术本色和美学眼光。"①

批评家面对自己的批评对象作如此的"心灵探险",必须倾全灵魂以赴之,用整个的心灵去拥抱作家和他的艺术世界,这就势必要求批评者主观介入,将全部热情灌注到艺术生命中去,与作家作品同经验共生存,从而获致情感的熏陶浸染和对流交融,由此去发现和揭示作家艺术世界的奥秘。所谓"灵魂在杰作里面的探险",实质上是批评家寻求作品人生经验的证据,"他重新经验作者的经验,和作者的经验相合无间,他便快乐;和作者的经验有所参差,他便痛苦。快乐,他分析自己的感受,更因自己的感受体会到书的成就,于是他不由自己的赞美起来。痛苦,他分析自己的感受,更因自己的感受体会到书的窳败,于是他不得不加以褒贬"。② 这样的文学批评自然带有强烈的主观抒情倾向而较少思辨色彩,自然更多地使用的是充满情感的、诗化的语言,而较少冰冷的纯理性语言。李健吾对福楼拜的批评往往充盈着一种浓烈、深沉的情绪氛围,表现出一种情绪化、诗化即艺术的特色。他对《包法利夫人》的评价就体现了这种诗化的特色。

应当指出,李健吾对福楼拜及其他现实主义作家的心灵观照,并没有排除其科学的分析。相反,他是以表现人生的方法为契入点,用一个科学的分析者的眼光来审视作家作品的,这与印象批评大相径庭。唯其如此,他才能把握现实主义作家的主脉,而成为"人生派"继茅盾之后,阐释法国现实主义文学精神的卓越的"科学分析者"、阐释者。李健吾称:"科学的,我是说公正的。分析者,我是说要独具只眼,一直剔爬到作者作品的灵魂的深处。"③ 公正客观,洞见真髓,这便是李健吾作心灵观照的科学品格的体现,如果说,三四十年代李健吾对法国文学"心灵探险"的美学批评,大多未能由局部的微观的批评进入文学现象和普遍规律宏观透视和深入的理性扫描,因而使人感到"哲学思辨、历史把握不够"④,

---

① 丁亚平:《论李健吾文学批评的审美个性》,《中国现代文学研究丛刊》1987年第2期。
② 李健吾:《李健吾文学评论选》,第40页。
③ 同上书,第50页。
④ 丁亚平:《论李健吾文学批评的审美个性》。

那么，新中国成立后，当他掌握马克思主义后，他对法国文学的观照则往往以深邃的理性思考和缜密的科学分析，微观探究与宏观透视互补，心灵体悟与理性分析并存，日见深度和厚重，标志他的批评趋向成熟，但其批评个性仍一以贯之。① 如《科学对法兰西十九世纪现实主义小说艺术影响——纪念〈包法利夫人〉成书百年（1857—1957）》（1957，《文学研究》）一文里，李健吾以《包法利夫人》这部开创性的现实主义巨作的产生为主要例证，具体地考察了19世纪科学的发展对福楼拜和他同时代作家所产生的深刻影响，细致地分析了这一代巨匠的现实主义创作的基本特色，全面地阐明了19世纪科学之光怎样照亮了法国现实主义小说艺术，既有个别的微观的剖析，又有普遍规律的揭示；既有心灵的透视，又有科学的论述，是一篇颇具功力的论著。而在《〈人间喜剧〉的远景》（1978，《文史哲》）、《〈人间喜剧〉的革命辩证法》（1978，《文史哲》）、《〈人间喜剧〉的革命辩证法》（1978，《文艺论丛》）和《激情与巴尔扎克的创作方法》等文中，李健吾就巴尔扎克《人间喜剧》的创作特色、现实主义精神及其哲学历史价值作了独到的思考和阐释，颇见历史的深度。

我们还应当注意到，李健吾对法国现实主义文学作这种心灵探究的阐释，即"用自我的存在印证别人一个更深更大的存在"时，是建立在他对法国作家作品历史的、综合的观察、体验和分析的基础上的。他曾强调指出过，批评家"不应当尽用他自己来解释"，因为自己不是最可靠的尺度，"最可靠的尺度，在比照人类以往所有的杰作，用作者来解释他的出产"②，因此，李健吾对法国文学进行阐释时，常常运用比较的方法以使他的心灵探险的批评获得一种整体的对比的效果，从而加强读者对作家个性风格的认识和对法国现实主义文学精神的理解，显示了他异常开阔的文化视野。李健吾这方面的文学观照，常以潇洒的风姿，漫笔纵论，涉笔成趣，凡有助于揭示风格个性的，古今中外的作家都形诸笔端，收入他的比较视野内。有时是不同风格的作品之间进行比较，有时是不同个性之间作家比较，更多的是中外（中法）作家作品风格同中有异的比较。如同属"人生派"的巴金、沈从文和茅盾，他们的创作都直接或间接地受到法国19世纪现实

---

① 卞之琳说，李健吾"晚年为文，以稳重来加以平衡，却更显出他当年才华横溢，行文自有戏剧性波澜起伏的特色"，"稳重"是厚重的表现，由细密的理性思考所至。
② 《马克思恩格斯全集》第一卷，第523—524页。

主义文学的浸染与影响。中国新文学这三位著名的小说家在李健吾的比较视角下，条分缕析，各显风采：巴金"缺乏左拉客观的方法"，但比左拉热情，单就热情主观这一点，巴金和乔治·桑更为相似："乔治·桑把她女性的泛爱放进她的心。"巴金呢？他"同样把自己放进他的小说：他的情绪、他的爱憎、他的理想、他的全部的精神生活"①，热情做成了巴金"叙述的流畅"，形成了他的文风"自然而然的气势"，"热情就是他的风格"②。沈从文也是"一个认真的热情人"，既不同于巴金、乔治·桑，也不同于司汤达："沈从文先生是热情的，然而他不说教，是抒情的，然而更是诗的。……《边城》是一首诗，是二佬唱给翠翠的情歌。《八骏图》是一首绝句，犹如那女教员留在河滩上神秘的绝句。"③ 如果说，沈从文的淳朴感动了我们，巴金的热情吸引了我们，那么，茅盾则以他的力度震撼了我们。李健吾认为，茅盾作品的力"并不来自艺术的提炼，而是由于凡俗的浩瀚的接识"，"他的效果往往不在修辞润句，而在材料的本质"。他指出："小说家需要凡俗，凡俗即力。缺乏这种凡俗的质料，沈从文先生是一位美妙的故事家，巴金先生是一位伟大的自白者"④，而茅盾，"没有一位中国作家比他更能够令人想起巴尔扎克"。⑤ 真是"一语中的"，把三位作家及其作品的主要的审美个性和美学风格，在比较中揭示得淋漓透辟。李健吾进而指明，左拉对茅盾"有重大影响"⑥，茅盾在气质上"切近左拉"⑦，他们对于时代全有尖锐的感觉，明快的反应。"一个有自己的科学观，一个有自己的经济论""一个是诗人的，热情在字句中泛滥，一个是法官的，谴责不断在似冷似热的语言之下流露"。李健吾认为，茅盾所见于文学的表现的精神，虽说没有凭据来做佐助，作品本身的透示正和左拉提供的理论，即科学的精神不谋而合。

在李健吾看来，正是这样，茅盾才具备巴尔扎克那样的"锐眼"观察社会，"他看见的不止于平面，不止于隔离，而是一个意境，不像矿石一样死，湖水一

---

① 李健吾：《李健吾文学评论选》，第15页。
② 同上书，第17页。
③ 同上书，第52页。
④ 同上书，第161页。
⑤ 同上注。
⑥ 同上书，第15页。
⑦ 李健吾：《咀华集·咀华二集》，上海：复旦大学出版社，2005年，第162页。

样平,而是一个有机的生命的构成",然而"他是质直的",生活原来是什么模样,还它一个什么模样,"从来不往作品里面安排虚境,用颜色吸引,用字句渲染。他要的是本色。也就是这种勇敢、然而明敏的观察,让他脚地稳定,让他吸取世故相,让他道人之所不敢道"①,创造出《子夜》《蚀》,还有《春蚕》这样一株号称中国新文学的"绚烂的野花"②,而成为中国文学领一代风骚的现实主义小说巨匠,李健吾便是这一代作家的现实主义精神的最深刻的阐释者和批评家。

---

① 李健吾:《咀华集·咀华二集》,第161页。
② 李健吾说,自《春蚕》问世,"我们的文学开了一阵绚烂的野花,结了一阵奇异的山果。在这些花果中,不算戏剧在内,鲜妍有萧红女士的《生死场》",工力有吴组缃先生的《一千八百担》,稍早便有《丰收》的作者叶紫。(《叶紫的小说》第161—162页)这实际上是批评界第一次把茅盾视为新文学小说流派——社会剖析派的执牛耳者。

《福楼拜评传》①

常 风

讲到传记，我们不得不贬抑我们的自尊与骄傲来倾倒于西方文学中的精纯作品。我们的诗歌、戏曲以及小说与西方的置在一起，有它们的特有的光辉。我们的传记部分是有点寒伧。在《史记》里我们有过极优美的传记文字，但它不会随着时代迈进，演化成完美的、独立的艺术体裁。在西方的文学中传记也如在我们文学中一样极早就占着重要的位置，但它一天一天地生长发扬，各时代皆产生了若干不朽的佳构。"传记"（Biographia）这名字最初见于六世纪时希腊人连玛西阿斯（Damascius）的著作中。犹太文学中也极富传记作品。《旧约》中就有许多与犹太宗教及种族有关的族长、国王、预言者、伟大的妇女的传记。但是有意识地叙述一个人的生平的最早的作品我们还须在希腊文学中找寻。在希腊罗马文学中传记通常不过是一张履历书；作者仅严守着年代的先后一宗一宗地叙述一位名人的重要事绩。他抱着一个道德的目的作传，他所传的人不是足为后人楷模的即是堪以垂戒世人的。他的题材极似墓志铭式的褒扬文字，每种高贵的行为必受到非常的颂扬。色诺芬（Xenyphon）的《苏格拉底回忆录》（*Memorabilia of Soorates*）是希腊人遗留给我们的最早的传记作品，但最使我们感兴味的却是蒲拉塔克（Plutarch）的《希腊罗马名人传》（*Darallel Lives*）。蒲拉塔克是古代最伟大的传记作家。他的选取题材与排比材料的才能绝不是一般普通的近代作者能企及的。他还能理会得那些引起人兴味的事物。从蒲拉塔克以后许多传记家似乎都又走上旧日的路子，传记仅被当作一篇颂扬文字。在整个中世纪以至十六世纪传记中的主人公大都是帝王与圣者。英国的培根（Francis Bancon）在一六二二

---

① 原载《国闻周报》1936年第13卷第16期。

年著了《亨利第七传》(History of Henry VII)，瓦顿（Isaae Walton）于一六四〇年开始刊行《名人传》(Lives)。他两人于传记的艺术有极大的贡献，到了一七九一年包斯威尔（James Boswell）的《约翰生博士传》(Life of Dr. Johnson) 出版了，传记文学这样达到它的极峰。包斯威尔可以说是近代新派传记的创始人，他的敏锐的理解力与精微的心理学，即在今日犹值得我们称赞。他处理材料的艺术手腕更值得取法。我们在前面说过，传记中主人公历来都是与国家和教会有关系的人。至于文学家的影响与重要至少在十七世纪前还不曾普遍地被人认为有立传的资格。瓦顿的《名人传》也不完全是传文人。所以追溯起来有几个人应该注意。一个是德蓝萝德（Drummond of Hawthornden），他在他的《本琼生谈话记略》(Notes on Converastions with Ben Jonson，一六一九年）中显示给我们这位文人的品格，同时还证明一个人的品格在琐细事情中也能像在重大事情中一样表现得出，或竟表现得更亲切。自德蓝萝德以后，传记的范围扩大了，文人雅士都有了被传的资格；而在传记作法方面也有了新的贡献。另一个人是乌德（An Hony a wood，十七世纪时人），他选了一群牛津的才子作他的 Athenae Oxonienses（牛津人协会）的题材。与他同时的一位文人约翰兴伯瑞（John Aubrey）在《传记琐录》(Minutes of Lives) 中很明快地描写了他的几位前辈与他同代的人。又有一位汤姆斯富勒（Thomas Faller）写得极详尽，又喜欢谈琐碎的情节，在他的《英格兰俊杰传》(Worthies of England，一六六一年刊）里淋漓尽致地描写了每部的著名人物。这几位传记作者可以说都是包斯威尔的马前卒，有了他们的贡献，包斯威尔的工作才能进行得容易点，包斯威尔才能接续着成功了完美精纯的传记题材，给近代传记奠定了基础。

以《约翰生博士传》为始祖的近代传记并不仅以一个完美的精纯的传记题材为满足。也和包斯威尔一样，近代作家具有一个信念：即在传记中诚实地、赤裸无遮掩地表现主人公的整个真实的人格。被传记的人要表现得有生命，有声有色，宛如现实的人一般；同时被传的人还要能够感动人，这传记也要成功为一部引人入兴味、耐人深思的书。在以前传记是被当作历史，或介于历史与文学中间的一种著作体裁。在近代传记是被当作文学的一个部门，与诗歌小说戏剧一样的独立的艺术体裁。传记在今日也像它的姐妹艺术一样反映人生，它还是表现的工具。但是传记作者并不能因此就轻视历史。近代的传记作者较之前人或竟更注意真实的历史。所以今日的传记作者的工作较之前人的工作要繁难得多。他须同时是艺术家与科学家。他的职责是在传记中融合艺术的美与科学的真。传记的主人者既是活着的或死去的人,那么,作者就需根据他的真实的历史写,材料的辨别尤需谨慎。一个有生命的人,既想将他活跃地表现在书里,重现在世人的面前,则必须借重艺术。以前的人或是过分重视历史的真实,所以产生了许多长篇巨制,在凌乱地堆积的"事实"下,我们很难辨别那位主人公,他的人格我们更无从体认。所谓传记的艺术成分几乎被完全忽略了。但是却又有一些人过分重视艺术的美,结果艺术仅成为了空壳,其作品也失掉传记所以为传记的价值。近代传记上唯一的问题即传记是科学,还是艺术,这二者是否可以并存不悖。西德尼李爵(Sir Sidney Lee)、尼考生(Herald Ii holson)、莫洛怀(Andre Maurois)及前几年去世的近代英国最伟大的传记家斯特拉奇(Lytton Strachy)对于这问题都有过讨论。近代几位重要的传记家——如莫洛怀、斯特拉奇、鲁德维基(Emile Ludwig)诸人的作品即可以答复这问题,而且证明传记是科学,同时又是艺术作品,这二者是可以调和为一的。

　　从上面的叙述,我们可以知道近代传记自包斯威尔的《约翰生博士传》以后有意识地走向一条什么样的路子。传记是叙述事实的,但不是干燥乏味的事实的铺列;它须叙述得娓娓动人。传记作者须是科学家又是艺术家。但是传记中的一体的"评传"则又有一种困难。一部"评传"自然是有通常传记不可少的"科学的"与"艺术的"成分,但这还不够,它还需"批评的"成分。一个评传的作者必须同时是科学家与艺术家之外还是批评家。他阐明了那所传的人,但还要阐明这人的全部作品的意义与创作历程。这类著作在现代英国文学中颇多杰作。举几个眼前的例子来说,如当代著名批评家莫雷(J. M. Muiry)的《陀思妥耶夫斯基评传》(*A Critical Study of Fyodor Dostoevsky*)、雅毛林斯基(Abraham Yarmolinsky)的《屠格涅夫》与《陀思妥耶夫斯基》,此外如莫洛怀的《屠格涅夫》与名小说家纪德(Andre Gide)的《陀思妥耶夫斯基》都是极精湛的著作,评传需要识见,尤需要真正的学识。我们十几年来也曾有人作过作家评传与研究的书,但都不过抄袭一点现成的著述;讲述外国作家的更是抄袭得凌乱非常。所谓"评传"、所谓"研究"不过是一些作品的节略,而这节略又是贫乏的可怜,仅叙述一些作品的梗概,却不会更深一层探索这作品的意义。评传原不是任何人可以率尔操觚，作评传所需的识见与学识也不是可以急就的。所以在我们的出版界已有了若干作家评传与作家研究的现在，我们对于这本新刊的《福楼拜评传》仍不能不推它为一部开山的书。

李健吾先生是有名的创作家，同时又是国内有名的福楼拜研究者。他作《福楼拜评传》当然是胜任愉快的。这书的编制与前面讲过的莫雷的《陀思妥耶夫斯基评传》极相似，第一章概叙福楼拜的生平，以下各章依写作时间的前后分论他的作品。最后一章论福楼拜的宗教。全书共八章：第二章：包法利夫人，第三章：萨郎宝，第四章：情感教育，第五章：圣安东的诱惑，第六章：短篇小说集，第七章：布法与白居谢，第八章：即为最后的一章。附录里有四篇文字：（一）《福楼拜的故乡》是作者旅法时的游记，（二）十九世纪法国现实主义文学运动，（三）《圣安东的诱惑》初稿（共四篇），（四）参考书目。此外有插图八幅。

福楼拜是十九世纪一位最自觉，最尊视艺术的作家。他又最关心艺术的"完美"，这个恐怕只有屠格涅夫可以与他比拟。他将艺术当作他的整个生命看待，所以一个字他都不轻易放过，他要再三琢磨，唯恐它伤害整个作品的和谐。他在探索每一个观念的唯一正确表现。所以在福楼拜，观念与风格是不能分开的。花费功夫在风格的锤炼上，正是要将观念表现得更正确，达到最完美的程度。他的作品对于一个虔诚的学习写文章的人应该永远是范作。在这部《评传》里，作者极详瞻地旁征博引许多直接的叙述，来阐明每部作品创作的历程，以及贯彻福楼拜全部作品中的一个观念。作者立论的根据，几乎完全用的是福楼拜自己。这当然是最稳妥的，而且最能达到正确解释与赏鉴的方法。

像这样一部结构完美的书，我们无法拣选一句话来发挥或任意加以论列。它是首尾一致的有机组织，它全书是一个完整的生命，不容许我们割裂它。这书所启示我们的不是一个福楼拜和他的《包法利夫人》《萨郎宝》……它启示给我们的乃是人类的精神的活力与潜力。作者是一个惊人的精神探险者，他的理智的光辉澈照全书，用美丽与简畅的文字将他探险的经历呈现给我们。这就是这部《福楼拜评传》。

注：这书印着是二十四年十二月初，实际二十五年二月才出版。

读《福楼拜评传》
——为怀念我敬爱的老师李健吾先生而作[①]

郭宏安

对于读过李健吾先生的《福楼拜评传》的人来说:"才华横溢",是一句断乎不可少的评语。其实,这部洋洋三十万言的大作所包含的丰富内容,远不是"才华横溢"四个字所能概括的。古人云:"史有三长,才,学,识。"《福楼拜评传》是当得起这三个字的。

这是一本四十多年以前写成的旧作,但是今天我们读起来,仍然是那么新鲜、有味,并无陈旧之感,这本书出自一位二十八九岁的青年之手,除了那热情洋溢的笔调还散发着青春的气息之外,行文的果断,立论的斩截,征引的繁富,却分明透着批评大家的气魄。

可以毫不夸张地说,这是一本对任何有阅读能力的人都有吸引力的书。一个普通读者,他可以对法国文学毫无所知,但当他打开这本书时,他不能不为作者的热情所感染,不能不为文章的气势所裹挟,仿佛登上一叶扁舟,趁着微风,在作者的引导和指点之下,穿峡越谷。纵览福楼拜的平凡而又平淡的一生,神游他所创造的想象世界。他看到福楼拜的一生如何成为追求美的一场殊死的搏斗;那个大家咬定是"下流女子"的包法利夫人何以竟"和希腊女神一样庄严"。在一场"最丑恶的神人不道的战争"中,萨朗宝如何成为一个可与希腊神话中的狄多比美的悲剧女性;《情感教育》如何"从一出纯粹的个人悲剧变成人类活动的历史的片段;《圣安东的诱惑》如何表现了福楼拜对污浊的现实的影射和嘲讽;《布法与白居谢》如何流露出他对资产阶级文明的悲观与失望;还有那颗"简单的

[①] 原载《读书》1983 年第 2 期。

心"怎样成为"可怜的亲爱的伟大的女子"。读者会这样地顺利通过急流险滩，走完一位伟大作家的心灵旅程。当他合上书本，他也许会说："一本评论的书也可以写得这样兴味盎然，妙趣横生啊！"一个专治法国文学的人，他可以对福楼拜有不同的评价，但他不能不惊奇地看到，诗人的激情和学者的冷静是如此紧密地结合在《评传》作者的身上。作者是爱福楼拜的，他的叙述和分析往往充满着激情，但他的感情从来也不是盲目的，在关键的时候，他会毫无犹豫地批判道："说到末了，他是地主。地主阶级对资产阶级的不满，他以种种不同的思想形式表现出来。"因此，文采斐然、才气逼人，只是这本书的外部特征，实质上，它是一位学者深思熟虑的产品。一个法国文学研究者很可能会有一种交织着惊喜与悲哀的读后感。惊喜，是因为四十多年前我们已经有了这样成熟的专著；悲哀，是因为时间过了将近半个世纪，这样的著作依然是屈指可数。一个搞创作的人，不管他是坚持现实主义的传统，还是倾心于所谓现代派，他都可以从福楼拜的创作道路中得到富有成果的启发。福楼拜如何从浪漫主义走向现实主义，他如何把自己化进作品中，"看不见，然而万能"，他如何为了字句的完美、音调的和谐而呕心沥血，他如何"用自己文学的作品，给现代小说打下深厚的基础"，对资本主义的厌恶如何造成了他的"为艺术而艺术"的观念，等等，都在评传作者的细腻的笔触之下被层层剥示出来。一个搞创作的人或许会对他所理解的福楼拜的"好好地写"表示不以为然，但是，如果他在奋笔疾书之际想到了福楼拜，也许会"竭力将可有可无的字句删去"。

李健吾先生的《福楼拜评传》不仅是一本有吸引力的书，还是一部有科学性的学术著作。它的科学性首先表现在不尚空谈，言必有据。举凡福楼拜的思想性格，具体作品的创作意图以及在社会上所激起的反响，作品的意义和人物的性格，他都利用最有说服力的直接材料来支持自己的论断。他利用的材料有函札，同时代人及后人的评论，有关人士的回忆录，其中征引最为繁富的是福楼拜本人的书信。对法国文学史稍有了解的人都知道，福楼拜的书信本身就是法国文学史上的杰作，用它作为立论的根据，无疑具有相当的权威性。李健吾先生在书中明白写道："我们立论的根据，几乎完全用的是他自己：'即以其人之道，还治其人之身'。这如果是取巧的办法，却也是最稳妥、最坚定的方法。"最稳妥，最坚定，信矣，取巧却未必。与其说是"巧"，毋宁说是"笨"。大量、全面地引证，这其实是一种很见功力的论证方法，非博览群书、烂熟于心、融会贯通不办。例如，福楼拜在创作上标榜"无我"，但是李健吾先生说："和一座山一样，在这样作品的后面，是作者深厚的性格。他决不许书面有自己，这是说，他不愿在他所创造的一群人里面，忽然露出一个不相干的人来，和读者寒暄，刺人耳目。然而这不是说，作者能够和作品全然析离。一件作品之所以充实，就看作者有没有呕尽心血，于无形之中，将自己化进去。"这论断不能不精当，然则何以证之？李健吾先生接连引了福楼拜给高莱女士、泰纳、卡耶斗的四封信中有关的段落，还有福氏的那句脍炙人口的名言："包法利夫人，就是我！"令人信服地证实了："对于福氏，和他失明的女神一样，艺术家应该一秉大公，不存成见。每一个人物都含有他的存在，然而不全是他，犹如不全是任何私人，然而任何私人都包含在里面。"从大量的函札中披沙拣金，针对不同的问题加以分类，然后恰当地运用，这种方法何巧之有？然而这正是进行科学研究所不可少的功夫，这是个笨方法，然而是老实的方法，科学的方法。其次，《福楼拜评传》的科学性还表现为思路开阔，多方比较。有比较，不唯有鉴别，还有助于认识的深化。李健吾先生论到福楼拜的人生观，认为他对人生的痛苦有一种清醒的自觉，断言"艺术家避免痛苦只是一种损失"。他指出，福楼拜的痛苦观不同于佛教的痛苦观，后者认为痛苦可以避免，而前者恰恰相反，认为"天才或许只是痛苦的一种炼制"；但是，他同时指出："福氏并不像东方人那样无可无不可的达观，然而在他的愤怒的情绪之下，讽刺的语调之中，他会同样大彻大悟。"他论到福楼拜的怀疑，会突然甩出"葛天氏之民"和"不知更有魏晋'之人"这样的字眼，这不过是用中国人可以想见的形象代替了蒙田或卢梭的野蛮人的形象，然而，这种巧妙得近乎无心的代替，不是让他的读者更深切地体会到了福楼拜的"知识阶层特有的苦恼"吗？李健吾先生进行的比较并不止此一端，他在评传中引用的法国和法国以外的作家和作品很多，诸如巴尔扎克、斯丹达、维尼、缪塞、波德莱尔、乔治·桑、司各特、哈代，甚至我们中国的《红楼梦》和《西游记》都曾在他的笔的驱遣之下发挥过作用。

李健吾先生的《福楼拜评传》不仅是一部有科学性的学术著作，还是一部有判断力的批评著作。李健吾先生从不强加于人，从不摆出一副冷冰冰的批评家的面孔，既不酷评，也不溢美，好便说好，坏便说坏。他有的是理解心、同情心，他洞悉作者的意图，了解作者的苦衷，也明白文字的正常和反常的魔力。他写道："只有真正的艺术家能够真正地了解艺术家，也只有艺术家能够了解他自己的工作：他是过来人。"整部《福楼拜评传》就建筑在这种艺术家对艺术家的了解之上。他并不以批评家自居，以为可以随意指责前人的作品，以不符合时下的潮流为最严重的缺欠，他可以毫不掩饰自己在杰作面前所有的那种钦敬向往的感情，请看他是如何评价《包法利夫人》的："就是这样一个性格（指包法利夫人。——笔者），主宰全书的进行，同时全书的枝叶，也围着这样一棵主干，前前后后，呈出一种谐和的茂郁。没有一枝未经作者检查，没有一叶未经作者审视，没有一点微屑曾经作者忽略，没有一丝参差让你觉得遗憾。细节的真实和妥帖使你惊奇。你可以指出小小的语病，但是真实，和自然一样，排比在你的眼前，使你唯有惊异、拜纳、心服。这里是整个地浑然，看一句你觉得不错，看一页你以为好，但是看了全书你才知道它的美丽；或者正相反，看一句你觉得刺目，看一页你以为露骨，但是看了全书你才知道它的道理。没有一个节目是孤零零的，没有一块颜色是单突突的。你晓得这里有一点新东西，有一点前人没有见到的东西。"这样细腻的品评，这样诚挚的赞美，怕是只能出自一个"过来人"的笔下的。然而，他又不是一个只知道在大师面前顶礼膜拜的年轻人，战战兢兢地唱起赞美诗，不，他敢于指出杰作中的"小小的语病"，他敢于指出福楼拜是站在地主的立场上批判资产阶级，责备他对于人民群众的厌恶和恐惧。他并非没有自己的看法，他并非不下断语，只是他的评断总是让人觉得适得其所，恰如其分。他也说："我们往往替她（指包法利夫人——笔者）冤屈，因为我们明明觉得她是环境的牺牲品。决定她的行径的，不是她佃农的性格，而是种种后得的习性和环境。"这本不错，然而仅仅指出这一点来，毕竟是不够的，李健吾先生更着重指出的是："爱玛不是一个弱者。她的悲剧和全书的美丽就在她反抗的意识。这种反抗的意识，因为福氏只从艺术家的见地看来，最初仅止于个性的自觉。这里的问题是：如果比起四周的人们，我应该享受一种较优的命运，为什么我不应该享受，为什么我非特不能享受，而且永生和他们拘留在一起呢？但是爱玛不再追究下去；对于她，这是情感；超过情感以外，她便失掉了头绪。到了伊卜生，这种意识渐渐鲜明、发展，成为社会问题。"这里面既有积极的评价，又暗指（也许不是有意识地）某种历史的局限。李健吾先生对小说形式美的敏感也是他的判断力的一种表现。《评传》专辟有一章，名曰《福楼拜的"宗教"》，谈的是福楼拜的美学理想。福楼拜一向标榜"美是艺术的目的""艺术是一种表现""人不算什么，作品是一切"，但是，李健吾先生判道："他和巴尔扎克一样，对平等有戒心，对社会主义有戒心。我们并不那样悲观。因为了解福楼拜的'宗教'——艺术，悲观是其中一个主要活动的势力。悲观是对资产阶级、对他本人的一种有力的反应。他的理论只能说明他对资本主义的厌恶，他对社会主义的畏惧。这是一种时代病。"因此，他理解福楼拜的"为艺术而艺术"，能够欣赏他对小说形式美的追求。

李健吾先生的《福楼拜评传》不仅是一部有判断力的批评著作，还是一部有艺术性的文学批评著作。《评传》是富有文采的，不是那种浓得化不开的艳得化不开的艳丽，而是清新，是淡雅，像一道澄澈的溪水，直流到读者的心里。有时它也能激出一团团水花，让读者感到心灵的震顿，那是因为作者稍稍打开了感情的闸门。然而，文采并不是这本书的艺术性的唯一表现。一部批评著作要写成文学作品，必须有作者的感情和个性贯注在字里行间。这种感情和个性，《福楼拜评传》有，那就是作者的诗人气质。我们看他是怀着怎样热烈的感情谈到《包法利夫人》："怎样一本小说！没有一个人物不是逼真逼肖，哪怕是极其渺微的人物，便是三行两行的形容，也是栩栩如生！而且每一个人物的背景是怎样地充实！性格、环境、事故、心理的变迁，全糅合在一起，打成一片，不多不少，不轻不重，在一种最完美的比例之中，相为因果，推陈在我们的眼前；我们以为这是一部描写乡间的通常的生活（的小说），和巴尔扎克的小说一样沉重，一样真实，一样动人，然而翻开第一页，我们便认出我们的错误，而且认出这是《人间喜剧》应该收入的一部小说杰作，是巴尔扎克做梦也在想着的艺术形式；描写、形容、分析、对话、性情、动作，都同时生灵活现地，仿佛真正的人生，印入我们的眼睑。是小说，然而是艺术。是艺术，然而是生活：啊！怎样的一种谐和！"是的，这是溪流泛起的一朵浪花。然而，这条溪流不止时时泛起朵朵浪花，它还映照出沿途的诸般景物，蔚为壮观。富于形象的描述，又是《评传》的艺术性的一种表现。我们来看作者是如何描述福楼拜从浪漫主义转向现实主义的："在这一群浪漫主义者之中，有一位生性浪漫，而且加甚的青年，却是福氏自己。他和他们一样热狂，一样沉醉，一样写了许多过分感伤地自叙的作品；他感到他们的痛苦，他们的欢悦；他陪他们呻吟，陪他们流泪，陪他们狂笑。这是一个心志未定的青年，在滚滚而下的时代的潮流中，随浪起伏，他漂浮着，然而他感觉着、体验着、摸索着，最后在一块屹然不动的岩石上站住，晓得再这样流转下去，他会毁灭，会化成水花一样的东西，归于消蚀。他开始回忆、思索、无微不入；他悟出一个道理来，这道理是：从文章里把自我删出，无论在意境上，无论在措辞上，如果他不能连根拔起他的天性，至少他可以剪去有害的稠枝密叶，裸露出主干来，多加接近阳光，多加饱经风霜。"多么丰富的形象，多么生动的比喻啊！这种精彩的描述，不唯深刻，而且有着诗一样的美。此外，文章的结构，行文的变化，分析的角度，也都各具匠心。

《福楼拜评传》是李健吾先生早年的一部作品，自然会有一些时代的个人思想上的局限，好在主要的缺憾，他已在《写在新版之前》谈到了。这里只指出一点，即个别的论断失之偏颇。例如，谈到《包法利夫人》的成因时，李健吾先生写道："我们晓得福氏写《包法利夫人》由于布耶点出德马尔的故事。没有布耶，我们今日不会看见这本杰作，同时十九世纪的后半叶，小说也一定另是一番进展，趋势或许相同，但是底定的成效绝没有这样显著、这样迅速、这样基本。"这里是把布耶的作用绝对化了。《评传》引用过福楼拜一八五七年三月写给尚比特女士的一封信，其中写道："不过最初我倒想把她写成一位圣女，在乡间居住，辛苦到老，终于进了神秘主义的境界、梦想的热情的境界。"这里的"最初"，指的是福楼拜一八五〇年十一月写给布耶的一封信中所谈到的一种设想，即关于一位弗兰德少女的故事。李健吾先生在书中也引入了这封信，并指出："这里供给我们一个解释《包法利夫人》……的钥匙。"而布耶的建议是在次年四月至七月间作出的（《评传》将其误置于一八四九年九月）。这样，就不应该把布耶的作用说得那么绝对了。当然，一株大树是不免有些枯枝败叶的，这也减损不了它的旺盛的生命力。

一九八二年十二月九日，北京

论"福楼拜问题"[①]

王钦峰

在欧洲古典作家中,福楼拜大概是最特别的一位了。从福楼拜成名一直到今天的近一个半世纪里,他几乎是持续不断地激发着人们的兴趣,并且受到大量的研究。李健吾先生在其《福楼拜评传》中提供的书目(而且是不完全统计)表明,仅是1935年以前,就已有近百位著作家(120余种著作)对其进行过研究,这些著作家既包括波德莱尔、法朗士、莫泊桑、普鲁斯特、纪德、莫里亚克、左拉这样的大作家,又有诸如圣-勃夫、朗松、丹纳、亨利·詹姆斯、阿尔贝·迪博岱(Albert Thibaudet)、珀西·卢伯克(Percy Lubbock)、安东尼·阿尔巴拉特(Antoine Albalat)、保尔·布尔热(Paul Bourget)等渊博的学者—批评家,甚至哲人尼采也研究过福楼拜。李健吾先生在1980年对这个书目又作了说明,提到了萨特研究福楼拜的专著《家庭的白痴》。可见福楼拜是怎样一位受人重视的作家了。

但是,一个奇怪的问题出现了,人们愈研究福楼拜,关于他作品的困惑也就愈多。我们在此必须对李健吾先生提供的那个书目作一些重要的补充。在20世纪的福楼拜研究中,瓦莱里、让·普雷沃(Jean Prévost)、马尔罗、热拉尔·热奈特、罗朗·巴特、乔纳森·卡勒、格雷厄姆·福尔考纳(Graham Falconer)等著名理论家、批评家都有极重要的著述,他们的批评方法与圣-勃夫、朗松等人的传统批评方法相比,特点极为明显:瓦莱里的批评观点实际上契合了结构主义的视界,而让·普雷沃和马尔罗尽管没有采用结构主义的方法,但在某种程度上却露出了新批评的端倪。热奈特、巴特、乔纳森·卡勒、格雷厄姆·福尔考纳等

[①] 原载《外国文学评论》1994年第4期。

人的研究，从方法上看尽管都是结构主义的，但同时他们的批评又或多或少地吸收了普鲁斯特、阿尔巴拉特、迪博岱、萨特等人的某些看法。总的来看，结构主义者和符号学家在对福楼拜作品的探究中遇到了前所未有的磨难，经历了愤怒、惊奇、困惑、喜悦，而原因竟在于他们发现了几乎同样的问题。加拿大学者格雷厄姆·福尔考纳在一篇论述福楼拜和詹姆斯的"非确定性"的文章中指出了这个问题，他名之为"福楼拜问题"（Flaubert problem），其内涵为："整部作品意义的缺失或暂时缺失。"① 事实上"福楼拜问题"已成为文学史、文学批评史及福楼拜研究中一个重要的名词了，它几乎和"哈姆莱特之谜"一样不可忽视。那么"福楼拜问题"是怎样逐渐暴露出来的呢？本文打算首先将这个问题的暴露过程作一清理，然后再试着为这个困惑着世人的问题提供一把钥匙，提供某种答案。

一

文学符号学创立以前，人们尚未明确地提出"福楼拜问题"，或者说没有明确地提出福楼拜作品的"无意义"问题，而只是对福楼拜的风格有所注意、有所论述。起初，被人们称为圣-勃夫以后法国最重要的批评家的阿尔贝·迪博岱在1919年11月份的《新法兰西评论》上发表了一篇题为《关于福楼拜风格的一场文学争论》的文章，专门探讨了福楼拜的风格，这篇文章使马塞尔·普鲁斯特"惊讶地看到，一个不具备写作天赋的人居然把简单过去时、不定式过去时、现在分词、某些代词和某些介词当作全新的和个性化的手法加以运用，他几乎更新了我们对事物的看法，正如康德用他的范畴学更新了关于外部世界的认识论和真实论"②。普鲁斯特为此写了一篇题为《论福楼拜的"风格"》的文章，刊登在1920年1月的《新法兰西评论》上。此文对福楼拜的未完成过去时和连词的用法等语法上的独到之处进行了重新评论，指出"语法上的独到之处实际上反映了一种新的视觉，这种视觉不必经过实践的固定就能从无意识过渡到有意识，最后插

---

① Graham Falconer, "Flaubert, James and the Problem of Undecidability", *Comparative Literature*, Vol.39, No.1, 1987.
② ［法］普鲁斯特：《论福楼拜的"风格"》，《普鲁斯特随笔集》，张小鲁译，深圳：海天出版社，1993年，第221—238页。

入文字的各个部分"①。普鲁斯特以他独有的艺术敏感,发现了福楼拜作品中除句型以外的更为重要的东西,即作品里那些没有转折痕迹的"空白",指出了福楼拜第一个使"时代变化摆脱了对历史上的趣闻轶事和渣滓糟粕的依附。他第一个为它们谱上了乐曲"②。这样的评论超越了迪博岱,同时启发了符号学家,是进入作品意义问题讨论的一道门槛。另外,在风格问题上,还有很多的论说。让·普雷沃说在福楼拜的作品中看到了"我们文学中最奇妙的石化喷泉"③;马尔罗说福楼拜写出了一种"美丽的瘫痪小说"(fine paralyzed novels)④;而萨特的描述最妙,他在1947年写的著作《什么是文学》中描述道:福楼拜的句子"围住客体,抓住它,使它动弹不得,然后砸断它的脊背,然后句子封闭合拢。在变成石头的同时把被关在里面的客体也化成石头。福楼拜的句子既聋又瞎,没有血脉。没有一丝生气;一片深沉的寂静把它与下一句隔开;它掉进虚空,永劫不返,带着它的猎物一起下坠,任何现实一经描写,便从清单上勾销;人们转向下一项"。⑤萨特向来不热衷于文本研究,但这些描述若被认为属于一种前符号学的理解,似乎也无不当之处。瓦莱里对于福楼拜的理解又几乎超出了风格层次,跨进了对于福楼拜作品进行符号学思维的领域。他认为,福楼拜在其作品中"在增加附件方面失控",以至于牺牲了作品的"关键点"⑥,具体地说,就是福楼拜的大量的微小的细节描写危及了作品的结构、行动、性格等关键的方面,这一观点在热奈特的福楼拜研究中被直接地援用了。

福楼拜作品的"无意义"问题是在关于福楼拜作品的结构主义符号学研究中被发现的。1965年,结构主义叙事学和文学符号学的代表人物之一热拉尔·热奈特撰写了《福楼拜的沉寂》一文,此文收入于次年出版的专著《辞格Ⅰ》中,

---

① [法]普鲁斯特:《论福楼拜的"风格"》,《普鲁斯特随笔集》,第221—238页。
② 同上注。
③④ Gerard Genette, "Flaubert's Silences", *Ut Figura Poiesis: The Work of Gerard Genette*, Columbia University Press, 1982, pp.183 - 202.
⑤ [法]萨特《什么是文学》,《萨特文论选》,施康强译,北京:人民文学出版社,1991年,第183页。
⑥ Gerard Genette, "Flaubert's Silences", *Ut Figura Poiesis: The Work of Gerard Genette*, pp.183 - 202.

热奈特以探讨福楼拜描写中的细节问题为中心，发现了福楼拜作品的下述特点：1. 从人物的梦幻到人物回到现实中来的过渡环节没有经过叙述指示上的变化，即是说，由于话语方面的不足，导致了梦幻与现实之间的分界不清。2. 人物的幻想、想象、回忆并不比他们的真实生活更多或更少主观性。从效果上看，出现在爱玛想象中的吊床或扁舟，与她身边毕毕剥剥的油灯、包法利的鼾声出现在同样真实的层面上，"在某种意义上，吊床、扁舟、油灯、油钵、爱玛·包法利自己，以同样的方式和水平，仅仅是印刷在纸上的词语而已"。3. 福楼拜"动用了对于物质在场的所有感知模式（尤其是触觉）"。4. 福楼拜要求我们不要把弗雷德里克的回忆当作真实的回忆来接受，因为，这些表面上看像是回忆的内容的东西其实是"真实的，对于读者来说，它们是现在时的客体"。5. 这种介于主观和客观之间的东西，这种假想的客观秩序从功能上看"没有别的目的，也许，这时它不过打断并且拖延了叙述的进程而已"。6. 福楼拜早期作品及晚期作品的初稿本中显示出作者对于狂喜的凝视冥想（ecstatic con templation）的契机的沉迷。7. 大量的描写投合了他对于"凝视冥想"的喜爱，但与情节的戏剧性的要求相悖。8. 更多的时候，描写具有自律性（即"为了自身的缘故才存在"），它以牺牲行动为代价，从不试图解释什么。"甚至于它的目的就是悬而不决或间隔"。在《萨朗波》中，不断增殖的背景描述压碎了叙述。9. 叙述因之落入了谜一般的沉寂中，导致各种各样的角色，如女主角、淫棍、纯情少年、庸人、空谈家等种种人物的谈话的阻滞。10. 大量琐碎的具有自律性的描写被视为"附件"（the element of incidental），它们的专断的插入毁灭了叙述以及叙述话语，最终导致"意义的逃亡"①。以上这10条是笔者为了概括热奈特的意思而自行拟就的。

热奈特牢牢抓住了福楼拜作品中那些自身没有目的但专门破坏叙述、行动和结构的东西，那些"无缘无故的和无意义的细节"。福楼拜增添了大量的细节，自然不能说全都没有意义，事实上热奈特也辩证地作了区分，他认为有些细节是有意义的，而有些则无。热奈特举例说，"《包法利夫人》第二部分对于永镇的描写，被那种给予行为和人物情感——一种解释性的框架的需要所证明：人们必须

---

① Gerard Genette, "Flaubert's Silences", *Ut Figura Poiesis: The Work of Gerard Genette*, pp. 183-202.

知道永镇这个背景，以便理解爱玛生活在里面将会变成什么样子"，这样的描写有意义。同时热奈特又强调，"但更多的时候，描写是为自身的缘故而被精心制造出来的"，这样的描写由于无目的因而没有意义。《包法利夫人》不断地为那些极妙的无缘无故地描写所打断"。在《希罗底亚斯》中，圣·约翰整个的自杀的故事与那种穿不透的副词、一个有力但却无意义的短语发生了碰撞，结果，这种副词和短语竟然冻结了叙述的全部意义。① 这就是热奈特所理解到的"福楼拜问题"的实质。

收入热奈特于1969年出版的《辞格Ⅱ》中的《叙述的界限》一文，可与《福楼拜的沉寂》作对照理解。《叙述的界限》对描写的历史变化作了追溯，认为早期的描写具有装饰功能，是叙事中的消遣，而自巴尔扎克始，描写则具有了解释功能和象征功能，但仍是叙事的附庸，缺乏自主性，也就是说，描写在巴尔扎克以后的现实主义文学中、在叙事结构里找到了自己的位置，其目的在于为叙事服务，它带有透露并解释人物心理状态的倾向，与人物的性格诸因素存在因果关系。② 这样，巴尔扎克的描写就不能说是无意义的。据此，当我们再回头审视福楼拜作品中那些大量的已经失去功能、沦为能指符号的细微末节时，就会发现，它们好像的确没有什么意义。文学史上出现这样的问题对于19世纪来说是严重的，热奈特曾援引巴特评论罗伯-格里耶的段落来说明这种意义毁灭的结果："罗朗·巴特注意到，仅需要几个无动于衷的描写就能抹去像罗伯-格里耶的《橡皮》这种小说的全部意义：'每一部小说都是一种无限感觉的可理解的有机体：哪怕是最小的晦涩部位，哪怕是对于维持和使任何阅读变得生机勃勃的欲望的最小的（无声的）抵抗，都能构成侵袭整部作品的使人惊讶的东西，因而罗伯-格里耶的客体自身卷入了轶事，而被这类轶事堆积起来的性格则也落入一种意义的沉寂之中去了。'"③ 依热奈特看，福楼拜的精确到数量、方位的琐碎细节都是与此类似

---

① Gerard Genette, "Flaubert's Silences", *Ut Figura Poiesis: The Work of Gerard Genette*, pp. 183 – 202.
② Gerard Genette, "Frontiers of Narrative", *Ut Figura Poiesis: The Work of Gerard Genette*, pp. 133 – 137. 或参见《叙述的界限》中文译文，见张寅德编选：《叙述学研究》，北京：中国社会科学出版社，1989年，第284—288页。
③ 同①。

的令人不可思议的和令人费解的晦涩部位，它与《橡皮》中的描写具有同等功能，但不是提供意义的功能。

罗朗·巴特在 1968 年围绕福楼拜发表了两篇文章，一是《福楼拜与句子》，专门研究福楼拜的修改，另一篇是《真实的效果》，主要研究福楼拜的细节。在《福楼拜与句子》中，巴特提出了他所谓"修改语言学"的东西，认为"作家们在其手稿上所作的修改可以根据他们所用纸张的两根轴线轻易地被加以分类。在垂直轴线上是对词的调换（这些是'涂改的杠杠'或者'犹豫不决的地方'）；在水平轴线上，则是句段方面的删减或增添（这些是'改写'的地方）。然而稿纸上的两条轴线不是别的，正是言语活动的轴线"[①]。其实，从任何事物中发现并寻找出这个一般性的结构主义十字架并不显得如何的重要。巴特进行这样研究的目的还在于指出另一种更为耐人寻味的现象。他对水平轴线上的修改又分为增和删两种可能性。这样作家就拥有三种主要的修改方式：替换性的、删减性的和增添性的。那么福楼拜的修改到底有什么特点呢？这一点关系到福楼拜作品中那命运攸关的描写问题。巴特把福楼拜与传统修辞学所规定的修改作了比较，"按照风格的传统理想，作家应该不断地调换词语、不断地使句子简练，以符合关于'精确'和'简洁'的神话，这两者都是明晰的保证；同时人们却使作家放弃了一切扩充工作"[②]。而福楼拜在水平轴上的修改却突破了古典修辞学的要求，"福楼拜重新发现了聚合段修改的问题：好的聚合段是紧缩与膨胀的两种极端力量之间的一种平衡；然而省略通常却受到句子单位本身结构的限制，福楼拜重新将一种无限的自由引入其中：一旦达到了省略，他又反过来将省略引向一次新的扩展，即不断地将过于紧凑的地方'拆松'。于是，在第二个阶段中，省略又重新变成了令人眩晕的扩展"[③]。巴特的这一发现是极其重要的，因为只有弄清了福楼拜修改的本质，我们才能理解一般所说的福楼拜的作品缺乏意义这一现象的来由。巴特在《真实的效果》中，把"福楼拜问题"较为完整地表达出来了。

我们几乎都知道福楼拜风格"简练"，但鲜有知其"扩展"者。关于这个"扩展"，热奈特是用另一个例句表达的，即"他对这些物质性的背景着了迷：一

---

① [法]罗朗·巴特：《福楼拜与句子》，《外国文学报道》1988 年第 5 期。
② 同上注。
③ 同上注。

扇门，在她身后，又是一阵猛敲，又是颤动，没完没了。而这种插入于符号网络和意义世界之间的颤动却毁灭了语言并落入了沉寂"①。据我们的理解，这些被扩展的部分，在叙事结构中没有功能，只起偏离中心结构的破坏作用。在《真实的效果》开篇，巴特提到福楼拜《纯朴的心》中的一个细节描写："全福的女主人奥班太太的房间里，晴雨表下方的一架老钢琴上，有一个用盒子和纸板堆积而成的金字塔"，又举历史学家米舍莱的一个句子，"一个半小时后，有人轻轻地敲击她身后的小门"。②巴特说福楼拜和米舍莱一样，所展示给我们的是一些标记（notations），一种数据记录或琐屑的细节描写。巴特实质上并不赞成用解释巴尔扎克的方式来解释福楼拜，因为巴尔扎克的细节描写具有说明人物性格的功能，但福楼拜的细节就不同了，"尽管将钢琴的细节当作它的主人的资产阶级地位的一个符号，以及将盒子当作混乱和某种程度上地位的倒转或败落的一个符号（它恰如其分地让人想到奥班家庭），这种看法有可能正确，但好像在解释关于晴雨表（它既不是不合理也不是有意义的对象）的描写时，人们却不会抱着此一目的了"。③但巴特并非有意贬低福楼拜的那些无用的细节，正相反，他与热奈特一样是把这一点当作福楼拜的革新来看的。关于意义问题，巴特写道："叙述作品中的独特描写（或'无用的细节'），它的独立性，给叙事结构分析带来了一个头等重要的问题。这个问题是：叙述中的一切都是有意义有内涵的吗？如果不是，如果存在一种无意义的部分，那么什么是（姑且这么说吧）这种无意义的终极意义呢？"④他依据福楼拜的描写认为，并非所有的细节都能经得起功能的分析，有些细节必将落在功能分析之外，"功能分析之后所剩下的冗余细节有一个共同点，即它们所指示的对象都可被称作'具体的真实'（偶然的瞬间，昙花一现的态度，无意义的对象，多余的词句），对于'真实'的质朴的'再现'，对于'是什么'（或过去是什么）的赤裸裸的陈述，因此看起来就像是对于意义的抗拒，这种抗拒进一步巩固了真实生活与可理解的事物之间那一神话般的巨大对立。它足以让我们想到，就我们时代的意识形态来说，对于'具体物'的迷恋一直在朝意义挥

---

① Gerard Genette, "Flaubert's Silences", *Ut Figura Poiesis: The Work of Gerard Genette*, pp. 183 – 202.
②③④ Roland Barthes, "The Reality Effect", *French Literary Theory*, ed. by Tzvetan Todorov, Cambridge University Press, 1982, pp. 11 – 16.

舞着凶器，好像是存在着一种不容违拗的法律，即真正的活物，不允许意指，反之亦然"①。那么，对于一系列无功能的细节的描写必将会破坏意指作用（signification），即破坏能指与所指之间的会面、结合，这种破坏，也就是巴特所谓的"无意义的终极意义"了。他后来总结说"福楼拜的晴雨表，米舍莱的小门，最后可以这样分析，它们不过在说，我们是真实的东西"，这里面当然是不包括所指的，于是也就不包含意义，而"正是所指的不在场（这对所指物有利），也只有所指的不在场，才能与现实主义的真正能指相称"。由于福楼拜的无意义细节"改变了符号的三重组合（即能指＋所指＋所指物——引者）的意向"，具备了一种与传统逼真法则相冲突的"真实的效果"（effet de réel），②破坏了叙述与结构，倒获取某种终极意义了。尽管这样看问题未必不可，但我们仍然要说，福楼拜的那些无用的细节的意义仍然是成问题的。

罗朗·巴特对于福楼拜的评论直接影响了美国的结构主义学者乔纳森·卡勒。卡勒在其1974年出版的专著《福楼拜：非确定性的使用》中论述道：

福楼拜已经掌握了巴特称之为间接性的文学语言这种东西，它只提供能指，但不填入所指……这种写作模式试图向那种控制着世界的概念系统提出诘问，它假装发挥语言的指涉功能，以抗拒复原（指所指的归位——引者）。它的描写取决于某种客观性的欲望（最好用方位词来表示其客观性：左、右、在……之前，等）。写下一些平淡的句子，它们挣扎着，越过一系列停顿，绕过旁涉的介词短语。这个创造出的世界仿佛是真实的，但是将不会有任何东西与之相关，这些句子在小说中的出现将意味着：它们可以像占有所指物一样，也可以占有或被赋予一种意义，但是这种意义却是空的。既然这类世界和这种文本均不会使人发生兴趣，那么，你就可以时时改变你的策略，以便命名一种意义，来填补空缺了的所指的位置。但是在这样做时，必须把这些新命名的意义与那些对象充分地区分开来，因为它们之间的任意联系是很明显的。可以把这些对象看成一种幻觉的材料，展示那些不幸的人物试图靠它生存的意义之不足。这样做时，就使意义变得成问题了：要么难以发现，要么意义提供得过于自由了，而且又过于无缘无故。

---

①② Roland Barthes, "The Reality Effect", *French Literary Theory*, ed. by Tzvetan Todorov, pp.11 – 16.

换句话说，创造出随意的以及目的不明确的符号所导致的结果是，读者和人物或许都不能感受到有机综合或者"自然"意义的安慰……那些试图给予符号以目的性，以及从文本中获取自然意义的读者将会发现，他们已经被愚弄了，或许，那些更为焦虑的读者将会被符号的空虚以及意义的随意性弄得意气消沉起来——除非他们遇到机会评论它们，才能获得一点安慰。①

卡勒的这段文字更清楚、更集中地描述了"福楼拜问题"的基本情形，卡勒所遇到的和热奈特、巴特所遇到的同样的问题就是：福楼拜作品中的意义的匮乏。由于人们可以随意地命名一种意义，所以，格雷厄姆·福尔考纳又把这个问题表述为"整部作品意义的缺失或暂时缺失"，这意思都是一样的。

二

以上我们指出了符号学家在福楼拜研究中普遍遭遇的"福楼拜问题"。我们指出它的目的在于为理解这个问题找到一把钥匙，从而使这个困惑世人的问题以某种方式获得解决。人们可能会问，为何符号学家在福楼拜的作品中会面临这种意义失缺的困惑呢？我以为原因就在于符号学家关闭了自己的眼界，从而导致了对于福楼拜的意义的盲视，或对于"福楼拜问题"的洞察之不足。纯粹的文本研究是不能解决文学作品中的一切问题的，尤其对于福楼拜这样的作家，纯粹的文本研究是行不通的。福楼拜的创作不是语言的自动行为，因为他简直把自己的生命都放进作品中去了。为了能够提供出一个有说服力的答案，我们不妨把作品研究（不是文本研究）与作家研究结合起来，以尝试解决"福楼拜问题"。符号学家一般并不采用我们所谓的两种研究相结合的办法，因为作家研究涉及阐释学批评甚至传统批评方法问题，而这和符号学家的研究是冲突的。应该指出，他们的文本研究是专断的和排他的。例如，热奈特在《结构主义和文学批评》一文中所以推崇瓦莱里，原因就在于，"瓦莱里梦想过一种'不能用作家及其经历的历史或其作品的历史，以及创作文学的心灵的历史来理解的文学史，而这种文学史甚

---

① Jonathan Culler, Flaubert: *The Uses of Uncertainry*, Cornell University Press, 1974, pp. 108 - 109.

至可以不提某某作家的姓名'"①。如果像这样来看待作品和文学史的话,我想"福楼拜问题"将永远不会得到解决。当然,即使对于我们的研究方法来说,"福楼拜问题"也依然是个难题。它要求我们想方设法、迂回试探、小心求证,而容不得丝毫的侥幸心理。

我们对于整个"福楼拜问题"的思考和认识,是从推断福楼拜的疾病开始的,从此点出发,我们来考虑福楼拜的病需要什么,最后再回到他的作品上来。

福楼拜青年时得过一种病,严格地说来,福楼拜始终都没有彻底摆脱这种病,尽管后期发作的次数比早期少。这是一种什么病呢?李健吾先生在《福楼拜评传》中写道:"这神秘而奇怪的病症,直到现在,经过若干学者的推究,依然得不到一个明确的答案,根据杜买尼(Dumesnil)的推论,这是一种近似歇斯底里的脑系病,绝非杜冈所指的羊痫,但是属于何种性质的脑系病,因为证据阙如,直到如今,不能断定。"② 李健吾先生还写道:"正是这样一个荒诞不经的病症,降临在一个二十三岁的青年身上。"③ 这些记述与别的书籍上的某些记载有些出入。1985年版的《新大不列颠百科全书》第4卷载:"1841年福楼拜入巴黎法学院,22岁那年,他被认为患有一种神经疾病,一般认为是癫痫(epilepsy),尽管这种病的基本症状尚未在他身上表现出来。"④ 在得病时间上,李健吾先生认为是23岁,《大不列颠百科全书》记作22岁,而福楼拜本人在1857年3月30日给尚特比女士信中说"二十一岁的时候……我得了一种脑系病……这场病延迟了两年"⑤。总的看来,出入也不算太大,只是病症种类难以定夺,现在一般的书上依从杜冈(Du Camp)的说法,是"羊痫",亦即癫痫,和陀思妥耶夫斯基得的是同一种病,陀思妥耶夫斯基发病时往往突然昏倒、四肢抽搐、面色苍白、口吐涎沫、声似羊鸣,病情非常严重,而福楼拜则轻得多,杜冈曾目睹福楼拜的发病,他记录道:

---

① Gerard Genette, "Structuralism and Literary Criticism", *Ut Figura Poiesis: The Work of Gerard Genette*, p.18.
② 转引自李健吾:《福楼拜评传》,长沙:湖南人民出版社,1980年,第一章。
③ 同上注。
④ *The New Encyclopaedia Britannica*, Vol.4, Encyclopaedia Britanica Inc., 1985, p.822.
⑤ 同②。

忽然之间……居斯塔夫举起头，变得极其苍白；他感到癫痫的症兆（aura）出现了，一种神秘的嘘息，仿佛神灵的飞扬，扫过面孔，他的目光充满了焦急；带着一种碎心的失望的情态，他举起肩膀，说道："我左眼里冒火，"随即，几分钟之后，"我右眼里冒火；我觉得全成了金色。"这种奇怪的情景有时延长好几分钟……随即他的脸更惨白起来，具有一种绝望的表情；他赶快走动。跑到床边，躺在上面，阴郁郁的，恶兆似的，好像他活活地躺在一具棺木里；随即他喊："我有了指南；这儿是货车，我听见铃铛。啊！我看见店里的灯光。"于是他发出一种呻吟，那像要撕碎人的音调，如今还在我耳朵里面颤着，同时他抽搐起来。在这全生命震撼的瘫痪之后，接着总是一阵疲倦和熟睡，一来就要好几天。[1]

如果杜冈的这段记录属实的话，那么将这种症状归之于癫痫似无不确，这种症状比癫痫病的剧烈发作时的临床症状，如"神志丧失""全身抽动""面带青紫、口吐白沫""舌唇咬破"等情形要轻，但又比有的癫痫病人的轻度发作，如突然神志丧失数秒钟而身体并不抽搐的症状略重。在持续时间方面，较重的癫痫每次发作历时数分钟，发作后要昏睡数十分钟，而福楼拜的发作通常也是几分钟，但昏睡的时间却长达好几天。其实这种病是非常难以诊断的。若根据器质性疾病的症状判定，这种病应属癫痫，但如果根据他出现的幻觉（幻听和幻视）、呓语来判定，它又有可能不属于癫痫的范围，更像是一种功能性的精神障碍。器质性疾病方面表现出的这些症状属于神经病的领域，而功能性方面的障碍和幻觉的出现则属于精神病的范围，在这里，笔者倾向于认为福楼拜所患的是一种"综合征"，若采用精神分析学的术语，它是一种"精神神经病"，它认定在神经症的背后有一种精神方面的因素充当原因。如果说陀思妥耶夫斯基和福楼拜这样的人患有某种器质性病变，比如说纯粹神经方面的障碍，好像不是非常合理的，我们认为在其癫痫病的背后，存在着某种精神的（包括意识方面）的原因。福楼拜称自己的所谓"脑系病"为"小规模的中风"[2]，可能因为当时医学科学尚未产生与他的病症相符合的医学术语，还可能因为他有时也不想把自己的病说得那么严重，所以往往使人们忽略了其病症后面的精神原因。

---

[1] 转引自李健吾：《福楼拜评传》，第一章。
[2] 同上注。

精神方面引发的疾病在福楼拜所处的时代要想得到治疗几乎是不可能和不可思议的。福楼拜的父亲克莱奥法司（Achille Cleophas）是法国北部地区最有名的外科医生，但对福楼拜奇怪的病症竟一筹莫展，无计可施。福楼拜得病于19世纪40年代，那时法国关于精神疾病方面的治疗与研究还没有起步，直到19世纪七八十年代，精神病学在法国才获得相当的进展，出现了为弗洛伊德所推崇的夏科（Jean-Martin Charcot）和法国南锡学派的领头人利埃博（A. A. Liebault）、伯恩海姆（H. Bernheim）等精神病学大师，但此时福楼拜已步入晚年了。在福楼拜得病的年代，癔病（歇斯底里，希腊语中意为子宫）一般被认为是妇女的性疾病，还没有人能想到福楼拜竟也患此种病（直到80年代，夏科与弗洛伊德才确认"男性身上也常常会产生癔病"）。福楼拜没有处在精神病学繁荣的时期，在这种情况下，他就面临两种选择：一是根据当时的医学条件，作一临时性的治疗，另一种办法就是自救。所谓自救，即在于自己主动认识自己得病的原理（"认识"这一点是极重要的，许多病人之所以不能得到解脱，即因为他们害怕自我认识，正如弗洛伊德所指出的那样），然后再为自身寻求一种办法。其实，这种"自救"才是福楼拜人生智慧的最高顶点，只不过很少有人发现这一点罢了。在福楼拜书信中，我们往往看到他进行自我认识的过程，同时他对当时法国对此病的治疗方法也表示不满，甚至不屑一顾。福楼拜在信中谈论自己的病，说明这是自我认识的结果。1857年3月30日他在给尚特比女士的信中说：

> 然后二十一岁的时候，睡不着，脾气坏，加以一连串的忧患和烦躁，我得了一种脑系病，几乎死掉。这场病延迟了两年，然而我铜人一样地好了起来，同时生命里一大堆的事物，从前我连碰都没有碰过，立即富有经验。①

从中我们看到，所谓的"脑系病"并非单纯为器质性病变，而是有原因的。至于他怎样好转，对生命里一大堆未知的事物，又如何立即富有经验，这都没有什么交代，我们读者自然不得而知。关于"自救"，李健吾先生有说法云：

> 真正的医生，仍然属于自己，因为也唯有自己，具有这种内在的变动，唯有自己，经验这种非常的情态。为了明白其中所以然，福氏阅尽他父亲的藏书，希望寻找一个对症的答案。他没有寻到答案，但是他发现了若干荒谬的、抽象的理

---

① 转引自李健吾：《福楼拜评传》，第一章。

论，所以事后他追忆道："我非常怀疑医学……。"①

这种病是周期性的，遇有生活不顺，它就要发作。福楼拜在1875年给翟乃蒂夫人信中说：

> 我，我越来越不好。怎么回事，我不知道，也没有人知道，脑系病这个名词，同时表现一种复杂的现象的综合，同时表现大夫先生们的愚昧。他们劝我休息，然而休息有什么用？娱乐、避免寂寞，等等，一堆不实用的东西。②

福楼拜已经认识到他的病是一种"综合"征，同时他表示了对于当时医学科学的怀疑，指出那些医生是"愚昧"的。"愚昧"这一点非常重要，福楼拜正是由此出发，在其作品中、也在文学史上开掘了"愚昧"这一主题，这一点只有米兰·昆德拉看到了。关于这个问题，我们暂且不表。还是来看福楼拜的自我认识问题。1871年10月6日，在给翟乃蒂夫人的信中，他写道："然而我自己，因为脑系病，却得到不少的经验。一切的疗治，不过加深病况而已。在这些事情上，我还没有遇见一个有才智的医生。不！一个也没有；聊足自慰！一个人必须科学地观察自我，进而实验什么是相宜的。"③这些话都表明他有一种自我诊断、自我疗救的意图，他想通过自我认识、自我分析，来找到一个适宜于自己病症的解决办法。1857年3月18日，福楼拜在给尚特比女士的信中谈到了他的这种办法：

> 你问我怎样医好我旧日的神经性的幻觉？两种方法：一、科学地研究幻觉，想法让我了解，同时二、意志力。我不时觉得我要疯狂。在我可怜的脑内，这是种种观念的漩涡，好像我的自觉，我的我，在暴风雨之下，船似地沉下去。然而我攀住了我的理智。无论受到怎样的包围和攻打，它主有一切。有时凭借想象，我想法虚兜出来这可怕的痛苦。我和疯狂游戏，犹如米屯达蒂和毒药游戏。一种绝高的骄傲维系住我。于是搂紧病，我终于克服了它。④

我们可以看到，福楼拜的自我克服有一个非常艰难的历程。这里提到的第一个办法，所谓的"科学地研究"，即自我认识和自我分析。那么"意志力"又包括什么东西呢？我想，它包括"忍耐"和决心这些东西。福楼拜不止一次地谈到

---

① 转引自李健吾：《福楼拜评传》，第一章。
② 同上注。
③ 同上注。
④ 同上注。

"忍耐",不止一次地谈到"理智",多次地谈到过"意志",还多次地谈到过"物质",这些词项实际上在福楼拜的自我克服中发挥了均等的作用。他说到《包法利夫人》"是属于坚韧的意志的一本著作",还说此书没有别的什么优点,"至少忍耐是一个"①,这引发我们作出思考:他的著作就是他克服自己疾病的办法,他的著作就是他的所有那些包括忍耐、意志、理智、物质的办法的具体体现。像下面这些句子是颇费思索的:

  以前我极其无聊!我梦想自杀!我吞咽一切可能的忧郁。我的脑系病很帮了我的忙,将这一切转驱于物质的成分,给我留下一个更冷静的头脑。②

  我的意志是划子,在疯狂与物质的海里,我早已航行了一周,测探了一个详尽。③

  我可以一连工作十年……持久如一的事业,全变成一种近似物质的作用,一种拢有全份个体的生存的方式。④

  我爱人间两种东西:第一,物,物的本身,肉;其次,高而希有的热情。⑤

我觉得,福楼拜自救的秘密,便在于"物质"二字。它是"疯狂"、高度主观性或"高而希有的热情"的反面,是人类禀有的另一个极端。"物质"这个词能够涵盖物本身和肉体(它是各种现实感觉的基础)这两种稳定因素、惰性因素,而如果某种生存方式能够稳定主观性的活跃,或者遏制"疯狂",那么它便发挥着近似物质的作用。这里福楼拜提到了事业,具体地说,就是他的写作,或对于语言的操作、做一个文学匠人这件事情。物质能够遏制疯狂,我认为这是一条颠扑不破的真理。但是,在这里,"物质"一词绝对不能作日常实用的庸俗理解,而应当指对于物质或真实界的重新发现、领悟、体味等全新的方面,其实福楼拜也正是在这个意义上来使用"物质"一词的。福楼拜依靠物质得救了,而同时他亦重新发现了物质。(按:有人认为福楼拜倾向于唯物主义、科学主义,这是误解,我将在后文论及。)福楼拜能够把他的浪漫主义的疯狂的狂热情绪稳定下来、控

---

① 转引自李健吾:《福楼拜评传》,第一章。
② 同上注。
③ 同上注。
④ 同上注。
⑤ 同上注。

制住，全在于他与物质构成了稳固的新型联系，曾经一度占有过福楼拜的"虚无"也因之附着于实物上面，因此可以说福楼拜借物质控制了疯狂。这里我们用弗洛伊德在《精神分析引论》中的一段话加以印证：

> 神经病人既没有享乐的能力，也没有成事的能力——前者是因为他的里比多本来就不附着于实物，后者则因为他所可支配的能力既用来维持里比多于压抑作用之下，便没有余力，来表现自己了。假使他的里比多和他的自我不再有矛盾，他的自我又能控制里比多，他就不再有病了。所以治疗的工作便在解放里比多，使摆脱其先前的迷恋物（这些迷恋物是自我所接触不到的），而重复服务于自我。①

弗洛伊德认为，神经病人之所以是神经病人，便在于他的里比多本不是附着于实物的，而且没有余力表现自己，自我的力量过于弱小，是故既不能享乐，也不能成事（或升华）。我们不想专门用弗洛伊德解释福楼拜，只想说明，福楼拜对于物质的重视和弗洛伊德的说法有相通之处，他们均致力于让作为病人的自己和精神病人看到实相。明乎此，我们就可以研究福楼拜的作品了。

三

福楼拜和疯狂游戏，结果他搂紧了疯狂，采用了"物质"的手段克服了疯狂。上文我们说过，他对物质采取了新的态度，从而使主观性落实于物质之中，并最终达到自救。而否认现实、不敢正视现实的疯人，一般说来是找不到回归现实或真实的途径的，这就是福楼拜与那些无法自救的疯人的区别。福楼拜的自我拯救实际上已经达到佛禅观照事物、物质的第三个阶段了。若按佛禅之理，观物之第一个阶段为见山是山见水是水的阶段；第二个阶段为见山不是山见水不是水的阶段。在这个阶段中，主观性张扬到了最高点，而正是在这种观物经验中，福楼拜失去了真实，这是福楼拜本人的浪漫主义阶段或疯狂阶段；而第三个阶段则为见山又是山，见水又是水的阶段，这一阶段与第一阶段相比，对物的认识已发生了质的飞跃。在这个阶段中，福楼拜重新发现了物质。有一次福楼拜说过：

---

① [奥]弗洛伊德：《精神分析引论》，高觉敷译，北京：商务印书馆，1988年，第367页。

"任何专心观察事物的人都会重新揭示比他所见更多的东西"①，即言此第三阶段。这时福楼拜正在获救或者说已经获救了。下面我们打算用热奈特在《福楼拜的沉寂》中提供给我们的例子来看福楼拜是如何重新发现现实的。不过这里要明确的是，热奈特引用这些例子是为了说明"语言的消失或沉寂"，我们用它则是为了解释福楼拜的自救方法，看一看福楼拜是如何重新确立与现实或真实或物质的联系的。下面是福楼拜的剧作《圣安东的诱惑》第一稿（不是定稿）中魔鬼与圣安东的对话：

魔鬼

常常，仅仅为了一件微不足道的事物，一滴水，一个贝壳，一丝头发，你驻足于路畔，一丝不动，你双目凝视，心灵为之敞开。

你所凝视之物仿佛在蚕食你，当你俯身向它时，一种联系被锻制而成。你们拥挤在一起，相互碰撞，仿佛你们之间存在一种不可计算的、微妙的亲和力……你们相互间看透了对方。一股神秘之潜流透过你流进了物质的内部，同时，生命的元素漫漫浸入你，就像正在勃兴的元气（sap），你达到了新的高度，于是你变成了自然，自然也变成了你。

安东尼

是这样，我常常感到某种要大于我的存在的东西；慢慢地，我进入了所见并从我身边滑过的青草和河流之中；于是我不再知我的灵魂在哪里，它这样被扩散着，周流无际！②

福楼拜发现了主体与客体重新联络的办法，尽管它们已经互为异体。在这里，主体归向客体的具体办2法是观照或凝视冥想（contemplation），通过凝视与冥想，主体自虚无状态朝下坠落，从而获得生机或新的生命（这种事情只有在东方的"入定"的经验里才是常见的）。这种新联系使福楼拜很兴奋，他说这为自己提供了一种"奇特的感觉能力"，而他自己则经验着"几乎是凝视与冥想于无的丰饶的感觉，但这是怎样的凝视与冥想啊"③。他对路易丝·高莱介绍了这种有深度的视觉与观照，称之为客观性的浸入、穿透，"外在的真实必将进入我们，几乎到

---

①②③ Gerard Genette, "Flaubert's Silences", *Ut Figura Poiesis: The work of Gerard Genette*, pp. 183 – 202.

达使我们惊呼的程度"①。他给高莱夫人的信中还有些类似于上述魔鬼所说的话："有时凝视与冥想一块石子，一个走兽，一幅画，我感到自己进入到它们之中。人与人之间的交流并不比这更亲密。"② 福楼拜早期作品提供了很多这方面的例子，且多与拯救和随之而来的狂喜有关。在1840年的《科西嘉之旅》中福氏写道：

> 你身内的一切高兴得发抖，因这种元素而振翅欲飞，你拥抱着它，依靠它呼吸，生机勃勃的自然本质仿佛在微妙的婚姻中变成了你。③

在《穿过田野，穿过沙滩》中他写道：

> 我们的心灵沉迷于丰溢的光彩之中，我们的眼睛享受他们，我们的鼻子辨别它们，我们的耳朵倾听它们……穿透它们，进入它们的底里，于是我们变成了自然，扩散到了她之中，她重新把我们带走，我们感到她拥抱着我们，无边的喜悦席卷了我们；我们乐于在她身中迷失自己。被她带走或者在我们内部获得她。④

在《斯马赫》中他写道：

> 一切那些会唱歌的、飞的、颤动的、发光发热的事物，林中的小鸟，风中抖动的树叶，流经光滑草坪的小河，荒芜的岩石，暴风雪，龙卷风，泡沫飞溅的波涛，散发香气的沙土，秋天飘落的树叶，白雪覆盖的坟墓，日光，月光，所有的歌声，各种各样的声音，各种香味，那些构成巨大的和谐的各种事物，那种和谐，人们称之为自然、诗、上帝，在他心中回响着……⑤

在这些早期作品里，我们看到福楼拜在观照中动用了各种感觉模式，以求得对于纯主观的解脱，热奈特也曾论及这一点。人们可能会问，在生活中人人都无时无刻不在感觉，有什么必要把它强调出来呢？实际上，这样的感觉对于福楼拜和对常人来说有着完全不同的意义，它对于福楼拜的意义是重大的，正因为他在疯狂中失去了感觉和真实，所以为他所最必需的也就是重新找回感觉或真实，以看到实相。其中，我们还应注意到，主观方面的心灵这种东西不是消灭了，而是落实了，安定了，它扩散、渗透到了物的那一极。这种主客体浑然为一的境界才

---

①②③④⑤ Gerard Genette, "Flaubert's Silences", *Ut Figura Poiesis: The work of Gerard Genette*, pp. 183-202.

真正叫作消灭异化。我们可以把上面的引言及对它的解释称作"福楼拜的感觉学"。

笔者总是相信，以上那些"契机"对于福楼拜性命攸关的拯救来说至关重要，但是奇怪的事情在于，既然福楼拜的早期作品有着诸如此类的大量的契机，那么后来的作品，包括一些著名的作品中，这些契机却何以减少了呢？热奈特告诉我们，马克西姆·杜冈曾谈到路易·布鲁耶（Louis Brouilhet）是怎样删改福楼拜的作品的，这个信息对于我们的分析很重要。杜冈说布鲁耶应对1849年《圣安东的诱惑》文稿的埋葬负责，后者曾建议作者把它扔到"火里"，说它"不食人间烟火"，应当写一部"落实在大地上的作品"[①]，而且正是布鲁耶对《包法利夫人》中的不少篇幅作了删削。这些被大面积地删掉的部分有时竟连续长达"上十页"，它们被布鲁耶说成是"很多寄生的句子"。热奈特说，被删掉的部分中包含有大量的上面提到的那类"契机"，"若列出那些所有的狂喜的契机将是非常冗长的（它有着凝视冥想的喜悦和叙述运动的悬置这两重的意义），在最后的版本中，这些契机都删去了，草稿的出版虽然已经恢复，但至少我们应当注意到，福楼拜自己——这一点对于他是与众不同的——首先在其中表达了自己的满足感。对他来说，这并不是不值得的"[②]。这里热奈特注意到了这些契机，领悟到了这些契机对福楼拜的重要作用，但热奈特没有沿着这条线走下去。我们仍感不满的地方在于，他说的"满足感"到底是一种什么样的"满足感"？对此热奈特语焉不详，也从没想到应当把那些契机看成是对于病情的治疗，或把它与福楼拜本人的病情和拯救联系起来。尽管有的早期作品写于福楼拜发病以前，但是，我们认为，福楼拜在青年时期一直处于青春期的躁动状态，乃至于病态之中，只不过这个时候症状不明显，而1842年以后症状较重而已。在早期症状不明显的时候，疯狂其实是内在的，而这种内在的疯狂同样是需要克服的。福楼拜哪一年开始接触斯宾诺莎我们不得而知，我们只是发现，福氏在不到20岁时写下的作品里就已经存在人与自然（人与物）进行神秘交流的证据。这些契机表明作者需要从大自然中汲取力量。但这些契机从结构的观点看总是破坏叙述进程的，一方面

---

① *The New Encyclopedia Britannica*, Vol. 4, p. 822.
② Gerard Genette, "Flaubert's Silences", *Ut Figura Poiesis: The work of Gerard Genette*, pp. 183 - 202.

人物在这种契机里获得了力量和喜悦,另一方面它又导致了"叙述运动的悬置"。符号学家所谓的"聚焦"与上述的契机在形式方面相距不远,但前者只突出"视"而后者却突出"见"。如果不理解这种契机中包含着的东方式的智慧,包含着的对生命的领悟,那么它的意义就难以为人所见,乃至于被看成无意义了。

由于这些契机屡遭冷遇,也由于福楼拜的主观状态迅速恶化,他便采取了另外的方式取代了契机,以对付自己的病症。我们可以在作品里发现与这些契机一样能够对福氏的病发挥治愈作用的证据。在福楼拜的病产生骇人的"症状"以后,这种症状需要什东西来给予"注销"呢?精神分析学的临床实践表明,应当通过某种方式来"打扫烟囱",把病人脑子里的东西打扫干净,不留尘埃,以获解脱。但是福楼拜本人并不了解精神分析学的方式(谈疗),这样福楼拜草创了自己的与精神分析学殊途同归的方式,即:清扫脑子里面的污秽,重新抓住现实或真实。这样福楼拜前后采用的方式就有出入,前期他主要采用人与物进行神秘交流的方式;但后来,他的症状出现了,并产生了幻视、幻听等幻觉问题,这表明他的病比以前要严重,这样他就扬弃了那种神秘交流的方式并采用了另外一种同样能保证他回归现实世界的方式,我们把它命名为"福楼拜的统计学"。它虽取代了"福楼拜的感觉学",但也可以说是"福楼拜的感觉学"的某种发展或变形,它的任务仍然是寻到感觉、回到生命。罗朗·巴特在福楼拜作品中所发现的"标记"(notations)就是这种"统计学"的踪迹。

巴特所谓的"标记"(数据记录或细节描写)是不能当作"符号"来看的。正如上文已经交代过的,巴特说将钢琴当作资产阶级地位的一个符号来看尽管有可能正确,但那个"晴雨表"就没有办法作如是观了。而那些数据记录均令巴特们百思不得其解,直至将之解释为无意义,或者将之解释为具有破坏符号的终极意义了事,其实这样做仍旧是把数据记录当成无意义来打发了。我们认为,这些数据记录一旦与福楼拜的病发生关联,它们的意义就出现了,它们是有目的有功能的,因而也是有意义的。这些数据和另外那些没完没了的细节均出于福楼拜的牢牢控制住真实界的企图,以达到从体内祛除虚无的目的。这种说法必须拿作品来验证。我们清楚地看到,福楼拜的人物非常喜欢数数目,莱昂在教堂里等包法利夫人时:

在一张椅子上坐下,眼睛瞧着一块蓝色的玻璃,上面画着一个渔夫提着篮子;他盯着看了好久,数着鱼鳞和紧身衣上的扣眼,心则飞到外面找爱玛去了。①最初人们可能怀疑,莱昂数那些鱼鳞和扣眼到底会有什么意义或用处,甚至认为这些都是无意义的行为。还有爱玛·包法利夫人,她自然也不例外,当她拖欠债务陷入绝望时,"她在床上一动不动地躺着,眼睛直愣愣的;她像白痴一样死盯着一些东西,但却只得到一个模糊的印象。她瞧着墙上斑驳的墙皮,两根柴禾冒着烟,一只长蜘蛛在她头顶上沿着横梁上的裂缝爬行着"。依我看,数数目是一种强迫性行为,它可以抑制人的内心冲突和精神活动,可以遏制各种疯狂。数扣眼对于莱昂"中止思"显然具有一定的作用,至于说他的心又飞到了外面,这只能表明这一行为的作用的局限性,但它的意义、作用对于人物而言是不可低估和抹杀的。由此推广开来,数数目、罗列细节、准确地标出事物的方位、简单地命名事物(说出这是什么那是什么)等等,都有摒除杂念、净化大脑的作用(它与先激起恐惧再注销恐惧的"卡塔西斯"根本不一样),它对于福楼拜来说作用的确不可低估。福楼拜从中获得了极大的乐趣,——如热奈特在讲到那些凝视冥想的契机时所言,他"获得了满足感"。下面我们继续探讨福楼拜热衷于他的统计学的真相问题。

在精确度方面,福楼拜比任何一个现实主义作家走得都远,而且被人们认为目的不明。普鲁斯特曾经注意过福楼拜的历史小说《萨朗波》中的一个令人费解的,甚至是无用的细节:"在多雨的天空下,凯尔特人在满是小岛的海湾的尽头(遗失了)三块粗糙的石头。"② 巴特注意到数据记录,乔纳森·卡勒等人注意到方位词等,这些都表明描写的精确度之高。卡勒引用过《布瓦尔和贝居榭》中的一个例子,布瓦尔和贝居榭得到了一幢乡间别墅,第二天清晨他们一起床就凝望窗外:

正前方是一片田野,右首有一间谷草棚,还有一座教堂的尖顶,左首则是一片白杨树。

纵横交错的两条小径,形成一个十字,把菜园划分为四块,菜畦里整整齐齐栽种着各色蔬菜,但这儿那儿却又冒出几株矮小的柏树或经过整枝的果树。菜园

---

① [法] 福楼拜:《包法利夫人》,张道真译,上海:外国文学出版社,1989年。
② Gerard Genette, "Flaubert's Silences", *Ut Figura Poiesis: The work of Gerard Genette*, pp. 183-202.

的一侧有一条藤蔓覆顶的走道，通向一座凉亭；另一侧，又有一堵墙，支撑着一棚瓜果；菜园的后部是一道竹篱，一扇门通向庭院。院墙外有一片果园；凉亭后面是个灌木丛；竹篱外有一条羊肠小径。

卡勒发表意见说，福楼拜的"刻画细节的癖好的结果却是一个空虚的主题"，"福楼拜笔下的描述似乎完全出于一种表现纯客观的愿望，这就使读者以为他所架构的世界是真实的，然而它的意义却很难把握"。[1] 我并不这么认为。福楼拜的主题总是与他本人或他的人物有关，这些描写并非完全出于一种表现纯客观的欲望，而是出于作者或人物控制现实的欲望。在过去的某个时间里，他丢掉了这现实世界，迷失于狂想状态，使精神世界笼盖一切，从而使整个的真我存在落入了虚妄。而现在，他竟然看到了实相，抵御了狂想世界的入侵，这不能不说是一种疗救。实际上，我们东方民族的最高智慧便在于寻找到业已丢失的真我，看到实相，这一点也是佛家智慧的根本。

因而我们认为，关于福楼拜"完全出于一种表现纯客观的愿望"的说法是皮相的和片面的见解，它仅仅局限于描写本身，并没有发现这些描写的缘由所在。在福楼拜的作品中，高精确度的描写是相当多的，几乎达于连篇累牍的地步。如《包法利夫人》中对查理·包法利头上的那顶帽子的描述，堪称精确描写的典范。福氏无论描写什么，好像都非要把它计算个清楚不可，如长度、宽度、高度、日期、金额、年龄、前、后、左、右、上、下和层次的数目等，几乎样样都非常精确，它甚至让人怀疑，福楼拜在描写对象时是否真的沉醉于其中而不能自拔，以至于把所要叙述的故事忘掉了。福楼拜谈到《包法利夫人》时说："我已经写了260 页，但它们仅仅是行动的铺垫，仅仅是一些多少由人物性格、风景和地点伪装起来的叙述。"[2] 他是厌恶叙述的，即使有所叙述也是出于无奈，"我需要进行一次叙述，然而叙事对于我是一桩枯燥乏味的事情，我得将我的女主人公安排到一次舞会上去"[3]，一到舞会上他就又可以展开描写。这样的事情似乎令人感到吃惊，而一旦了解了福楼拜的最深层意图后，就不难理解了。说福楼拜的描写

---

[1] ［美］乔纳森·卡勒：《结构主义诗学》，盛宁译，北京：中国社会科学出版社，1991 年，第291 页。
[2] ［法］罗朗·巴特：《福楼拜与句子》，《外国文学报道》1988 年第 5 期。
[3] 同上注。

"是真实的",这固然不错,但它的基础和原因却是出于作者,这一点才是重要的。《萨朗波》中有这样一段高精确度的描写:

> 阿米尔卡的眼睛却一直盯着一座高塔,这塔有三层,构成三个巨大的圆柱体:第一层是石头垒的,第二层是砖砌的,第三层全部由雪松木筑成;顶上一个铜的圆屋顶由二十四根刺柏柱子支撑,一些交织着的青铜小链条,从屋顶上垂下来,像花环一样。

有人根据福楼拜的这种精确描写得出了福楼拜具有科学主义倾向的结论,我打算在文章后面的某个地方来加以辨析。

这里还必须涉及如何理解福楼拜作品中某些错误的统计数字的问题。李健吾先生发表过一篇题为《〈包法利夫人〉作者的疏忽》一文[1],指出小说中的几类错误,主要是数字方面的错误。如小说中卷第一章,描写永镇寺村公所"好似一座希腊神庙,贴连药房犄角,底层有三根爱奥尼亚圆柱",但到第八章,三根圆柱竟变成了四根圆柱。上卷第三章第一段有一个错误:"有一天早晨,卢欧老爹来了,给查理带来医腿的诊费:七十五法郎,用的是四十苏一个钱的辅币,另外还有一只田火鸡。"20 个苏是一个法郎,40 个苏为两个法郎,而诊费中却含有奇数,是 75 个法郎,"有的学者认为大部分是值二法郎的辅币。这是一个有意的笔误,因为草稿明明写着诊费 100 法郎,但是作者的定稿却改成了 75 法郎"。至于这是笔误,还是作者有意错成的,为何要这样错,没有人知道其中的原因。李健吾还指出福楼拜在叙述郝麦犯法的原因方面有错误。中卷第八章里有个错误,鲁道尔夫"到旁边搬了三张凳子",事实上只有他与爱玛两人坐,更奇怪的是,几页以后又说包法利夫人"坐在椅子上,身子往后一仰",凳子竟变成了椅子。在这类错误中数字方面的错误最多、最引人注目。有人指出了《包法利夫人》中一处致命的错误,在下卷第五章爱玛去鲁昂那段有名的文字里,若根据小说上下文提供的燕子车的速度和从永镇到鲁昂的距离来算的话,爱玛到达鲁昂和回到永镇的时间实际上与小说中提供的时间有较大出入。事实上,福楼拜记录的时间有时看上去非常客观、精确,简直不容置疑,但经有的学者一推算,不少时间标志站不住脚。我们认为,尽管福楼拜拿出的精确数字有时出现了错误,我们也不宜认

---

[1] 李健吾:《〈包法利夫人〉作者的疏忽》,《社会科学战线》1983 年第 1 期。

为这是福楼拜在方法论上或在原则上出现的错误;这种用错了的数字同样表明了或者更加表明了福楼拜在原则上有一种数数的冲动,他几乎把数字当作自己思考与把握现实的方式了,至于数字是否有误,这对于福楼拜问题的本质构不成什么损害。正如上述所举的莱昂数鱼鳞和扣眼那个例子一样,重要之处不在于莱昂数出的数目是对还是错,而在于数数这种行为本身,只有这行为才是重要的,或者说,这种数数的冲动是重要的,它能够导致福楼拜和他的人物做出一些控制真实界的实际努力。还有福楼拜笔下的郝麦这个人物,他几乎一说话就是满口的数字,一经考察才知,这些数字往往都站不住脚,可见郝麦这个人物也有一种数数冲动。这数字似乎是一种能够提供生命的源泉和养分的食粮,因此数数的冲动是一种控制现实并借以展示自己的意志力的标记。

这样一来,福楼拜的描写就变成了一种结结实实的东西。数字、方位、类别等,仿佛是一根根坚韧的绳索,牢牢地把客体捆绑起来。正如萨特所说,福楼拜的句子朝着客体扑过去,围住客体,抓住它,使它动弹不得,然后砸断它的脊背,然后句子封闭合拢,与客体一道化成石头。福楼拜在叙述上可以说失败了,他的叙述都被描写压垮了,但他的描写却如此坚韧,竟取代了叙述,成了一种力量的象征。然而历来的研究者却只抓住"客观性"本身不放,他们竟想不到"客观性"是有深厚意味的,对于福楼拜来说是有用的,他们忘记了福楼拜说过的那句话——"客观性是力量的标记。"[1] "客观性"是福楼拜进行自我征服自我拯救的手段,它显示了福楼拜本人的力量。按照萨特的说法,福楼拜在作品中"胜利"了,"顿悟"了。萨特说:"如果我研究他的生平,我只能找到被战败的福楼拜;如果我研究《包法利夫人》,我必须发现作为战胜者的福楼拜。换句话说,研究到了某一时刻就要考虑文本了:这是胜利的时刻。"[2] 萨特没有像研究福氏本人那样研究福氏的作品,但他对福楼拜的这一体悟和把握是正确的。有人可能会想,既然福楼拜控制住了真实,"胜利"了,那么为何他在晚年某些时候重又陷入了精神的病态之中?萨特还有一句话可以回答这个问题:"福楼拜……谈到自己在获得顿悟之后又陷入黑暗,再也找不到通向光明的途径。一方面他在事先

---

[1] 转引自冯汉津:《福楼拜是现代小说的接生婆》,《社会科学战线》1985年第2期。
[2] [法]萨特:《关于〈家庭的白痴〉》,《萨特文论选》,第331—351页。

和事后都处于黑暗中,但是另一方面有一时刻他曾看到或理解了关于自己的某个东西。"① 这种说法是有道理的。在自我拯救方面,福楼拜的上述方法的确很独到,但他获救的程度,根据笔者理解,好像比歌德要小,歌德一生中乃是通过"断念"(类同于福楼拜的思之中止,但福楼拜显得太吃力了)来达到自我解救的。歌德要健康得多,而且高寿,这可能因为歌德另外还具有更温和的性格,他喜欢东方哲学,爱拿希腊人作榜样,而福楼拜则是一个异常孤傲的遁世者,这导致他有时重新陷入黑暗之中。起码可以这么说,他的目标是高尚的,他的努力弥足珍贵。他不甘屈辱,不甘于身处痛苦的水深火热之中。他能够积极地朝自由王国跨进一步,这实际上与马克思所设想的目标是一致的,他与全人类一样需要摆脱黑暗王国的奴役。可惜,福楼拜的方式是通过作品来单打独斗,而且还是自己与自己进行激烈的内心搏斗,这一点无论如何也不能引起多少人的注意,福楼拜的这些努力在他死后很快就被遗忘了。

但有的时候,人们阅读《圣安东的诱惑》并不能感觉到作者在进行自我拯救。我觉得,《诱惑》代表了福楼拜创作的另一个倾向。打开《诱惑》,我们会发现福楼拜是在无限制地放纵自己的情感和情欲。如果说福楼拜的几部长篇小说是"忍耐"或者理智、意志的产物,是重新把握真实界的努力所取得的胜利的话,那么,剧作《诱惑》却完全打开了任何对精神方面施行控制的闸门,并一任情欲和意念四处流淌(圣安东可以当作意志的化身来看,但他显得弱小,整部作品几乎都为邪恶淫念所覆盖)。将这两种倾向的作品联系起来看,好像福楼拜在一种作品中掌握了自身,而又在另一种作品中将自己放逐了,这恰恰说明福楼拜在自我控制方面是很吃力的,有时候甚至还表露出他的自我拯救的相对无效。这种现象应验了福楼拜所说的那句话,即他"爱人间两种东西:第一,物,物的本身,肉;其次,高而希有的热情",看来福楼拜最终还是没有放弃作为物的反面出现的那种致他于疯狂的东西(使人发烧的热情),而福楼拜的两种倾向的作品我以为就对应于福氏所喜爱的那两种对立的东西。《诱惑》是"高而希有的热情"的产物,同时也是疯狂的一次转喻。所以对于福楼拜来说,那另一类作品,即能够表明他与物进行有效联系的作品又显得多么的重要。他的作品大致上是"二元对

---

① [法]萨特:《关于〈家庭的白痴〉》,《萨特文论选》,第331—351页。

立"的,这可能是福楼拜在个人解救方面不如歌德来得成功的重要表现。

福楼拜偏偏喜爱用物的方式来进行自我解救,这的确引人深思。通过传记和作品我们看到,他厌恶任何其他的解脱方式,在这方面他显得一点儿不油滑,简直是冷冰冰的,严肃到了极点。有时他对头脑简单的人物还表示羡慕,如李健吾在《福楼拜评传》中写道:福氏非常羡慕他的厨娘,因为她不知道法国换了朝代,从路易·菲力普变成共和国,"这一切不关她的事",然后福氏又自我反省道:"然而我还自命是个聪明人!其实我只是一个三倍的糊涂虫。能做到像这女人,才是正经。"① 头脑简单的肉疙瘩往往成为超智慧的人所羡慕的对象,例如中国式的大智若愚便是伟人化简自己的结果。托尔斯泰羡慕农民,陀思妥耶夫斯基羡慕虫豸,海德格尔想变成发呆的农民,福克纳在作品中也表达了对于木头一般的人物和对白痴的推崇。在近两百年以来,这样的文化现象在欧洲兴盛起来。但福楼拜在表示过他的羡慕之后马上又把这种意念给否定了,他多次表示自己是"高傲"的,这种态度重又把他与庸人作了区分。福楼拜最终隐居起来了。福氏在《包法利夫人》中用了很多篇幅以嘲讽的口吻描写了庸人的满足和幸福。例如:(1)"为了不闷得慌,他在家找些体力活做,他甚至试着用油漆匠剩下的漆,把阁楼油漆一番";(2)"修剪指甲是这位见习生的重要消遣,为此他写字台里还放了一把特别的小刀";(3)"'你知道你媳妇需要的是什么吗?'他母亲对他说,'是劳动!应当逼她做事,假若她像许多人一样,得自己挣钱糊口,她的情绪就不会这样不稳定,这都是整天闲着无事干脑子里尽胡思乱想造成的'";(4)"由于成年累月和牲畜在一起,她似乎也感染了牲畜的那种沉静和安详",等等,这一切都表明福氏领悟力极高,他发现虚无侵入了人们,而且知道一般惯常使用的驱遣虚无的方式,那就是海德格尔所说的"沉沦",这对生存来说至关重要,而福氏却表示了对这种方式的拒绝态度。他一写到查理和布尔尼贤,很快就会写到他们的瞌睡、呼噜和滴得老长的涎水。他描写查理时写道:"为了吃得痛快,他把大衣脱下……他对自己非常得意,把剩下的洋葱煮牛肉一下吃光,干酪一块块地吃,大口大口地把一个苹果吃掉,把水晶瓶里的水都喝完,然后就上床睡觉,仰身躺着,马上打起呼来。"有些地方还写查理老爱舔牙齿,喝汤时发出咕噜声。

---

① 李健吾:《福楼拜评传》,第1章。

福楼拜的另一个人物比内的行为也是引人注目的。他为了消除因心里的空白引起的恐慌，专门买了一台旋床旋饭巾圈作消遣，旋床的声音是轰鸣的，人们听到这种声音，马上就领悟到，那是比内在排遣无聊。比内还怂恿莱昂也买一台，后者没有买，却与包法利夫人偷情去了。由于福楼拜是高傲的，他拒绝了庸人"沉沦"的方式，从这里我们看出福楼拜与 19 至 20 世纪之交很多伟人的趋同与分野，他和托尔斯泰一样领悟到了平庸者和下层人的"充实"，领悟到了自己的恐慌，但他拒绝采用庸人的方式来进行自我拯救。最后他采取独善其身、通过"描写"来进行自我拯救的方式，而托尔斯泰则选择了兼济天下的方式进行自我救赎，他们各自的"宗教"信仰由此便见出了差异。用佛家的词汇来说，福楼拜只能算得上是"自了汉"，而没有托尔斯泰那样的博爱情怀。当然这并不妨碍我们把福楼拜的方式发掘出来。

综上所述，我们为福楼拜作品中一切被符号学家指认为"无意义"的描写找到了原因、功能和意义。萨特曾说过："福楼拜的风格要求神经官能症。"① 这暗合了笔者的上述推论，点出了福楼拜式描写的原因，同时亦须指出，这种描写还具备了对于它的作者来说的疗救的功能和意义。如果不作如是观，我们就只能像文本分析专家那样踯躅不前了。

四

接下来我们想附带地解释一下其他某些相关的问题，以期对福楼拜作出比较完整的阐述。这些问题包括：（1）福楼拜的"客观主义"这一说法能否成立。（2）福楼拜的"科学主义"这种说法能否成立。（3）如何看待斯宾诺莎对福氏的影响。（4）如何理解福氏与现代主义和后现代主义小说的关系。

第一个问题我们在上文中多少已有涉及。福楼拜的"客观主义"这种说法是不能成立的。原因在于，福楼拜并非把"客观性"本身当成目的来追求，而只把客观性对象或客体当作一种"力量的标志"或一种自我拯救的方式来把握的，福楼拜有一种将自己变成客体或与客体作深层次交流并以此来遏止意念膨胀的需要

---

① ［法］萨特：《关于〈家庭的白痴〉》，《萨特文论选》，第 331—351 页。

与意向,所以在他与客体之间(或者说在主体与客体之间)业已形成了一种新型的联系。这种新型联系表明他既不是唯物主义的也不是唯心主义的,表明他与法国土生土长的现象学家迈纳·德·比朗(Francois Pierre Maine de Biran)的观点——"他凭其对于身体经验(身体—主体,'我的身体'),具体的或'生命'领域和'反判断'的描写,预见了当代现象学"[①]——保持了一致,这种新型联系是对传统观物认知方式的一次革命,到20世纪初,这一新的观物认知方式便成为现象学和精神分析学的最重要的主题,福楼拜的这个顿悟因而是绝对不能被忽略的。胡塞尔坚决反对客观主义学说,海德格尔强调我们绝不能再一次站在事物的对面来客观地观察它、研究它;马丁·布伯,这位早期的现象学家对于"我与你"关系的探讨则是对于新型的主客体关系的巨大发现;20世纪的精神分析学主张把精神分析学家与患者的经典的分析与被分析关系颠倒过来,这一切都和福楼拜的发现处在同一个维度上。福楼拜的精神的疯狂因此而被那些人与物之间的交流化解了,被那些数字和方位给固定了,他自己变成了数字和方位,主体和客体融合为一了,并与之一道"石化"。他与对象之间的关系我们可以借用弗洛姆的一段话来进行概括,弗洛姆在《在幻想锁链的彼岸》(这个书名是有意味的,福楼拜就想通过自己的方式来到达幻想锁链的彼岸,幻想是一种锁链,是黑暗王国)中说:"我——观察者——与我的'对象'对立,目的是为了观察、描述、衡量和估价这个对象。然而,如果它始终是一个'对象'的话,我便不可能把它理解为一个有生命的对象。"[②] 其实,福楼拜的对象是与人的生命、与自我拯救密切相关的,他事先就强调自然与物充满生命,而自己则已生命枯竭,于是他希望建立新的联系来使枯竭的"我"获得元气。所以,福楼拜的对象自然不是死物,而是被意识投射照亮了的活的对象;福楼拜热爱生活、热爱生命,不然他早就自杀了,但要生存下来就必须有某物对其生命加以看守,有鉴于此,他的"物"在他的生命中担当了那唯一重要的牧羊人的职责。他的生命是不能靠玩弄一点儿"客观主义"的雕虫小技就能维持和拯救的。弗洛姆说:"任何一个新的发现都是

[①] Ian W. Alexander, "Maine de Biran and Phenomenology", *French Literature and the Philosophy of Consciousness*, St. Martin's Press, 1985, p.117.

[②] [美] 埃里希·弗洛姆:《在幻想锁链的彼岸》,张燕译,长沙:湖南人民出版社,1986年,第156页。

一种冒险。"① 福楼拜的发现就是一种很少有人看出的大冒险,然而却有很多人看到福楼拜在"临摹"现实,这倒是把福楼拜大大地简单化了。福楼拜深深地处于精神痛苦之中,这就需要智慧、需要全面发展自己来将它克服,"只有通过这种途径,即不断地前进,从而全面地发展人的理性和爱情,使人成为全面发展的人,并找到人和自然的一种新和谐,感觉到生活在这个世界上犹如生活在自己的家里一样,人才能解决自己的问题"②。福楼拜主动解决了自己的问题,建立了他与自然之间的新型关系,因而我们说,"客观主义"对福楼拜来说是一个已经死去的神话。这样,我们就不难理解福楼拜总是坚决拒绝别人将他称为浪漫主义的或现实主义或自然主义的作家的原因了,他不属于任何一个流派。在所有的作家里面,福楼拜的顿悟、智慧是异常突出的,但这一点却又几乎鲜为人知。

第二个问题,福楼拜的"科学主义"说能否成立?我们认为,它和客观主义说一样,是不能成立的,科学主义是以客观主义为基础的,没有了客观主义也就谈不上科学主义(指迷信观察、分析、分类的科学主义,它被现象学斥之为伪科学主义)。福楼拜本人相当怀疑当时在全欧流行的科学和科学主义倾向,他的病症没有从科学中受益,导致他怀疑科学的科学性。我们上文已提及,福氏阅尽了父亲的藏书,希望找到一个对症的答案。他没有找到答案,却发现了若干荒谬的、抽象的理论,所以他事后追忆道:"我非常怀疑医学。"大夫先生们的愚昧、科学的无力促使他亲自来解决自己的问题。这就决定了他全部作品中的另一个主题的形成,即"愚昧"。尽管福楼拜在作品中表现了一种自己偶尔也心向往之的农夫般的愚昧,但他同时也专门揭露了打着科学旗号的另一类愚昧:在《包法利夫人》和《布瓦尔和贝居榭》中,福楼拜对这种"科学的愚昧"进行了近乎残忍的讽刺。米兰·昆德拉说:"19世纪发明了蒸汽机,黑格尔也坚信他已经掌握了宇宙历史的绝对精神。但是福楼拜却发现了愚昧。我敢说,在一个如此推崇科学思想的世纪中,这是最伟大的发现。……对未来世界来说,福楼拜的发现要比马克思或弗洛伊德的最惊世骇俗的思想还要重要。"③ "愚昧"是《包法利夫人》《圣

---

① [美]埃里希-弗洛姆:《在幻想锁链的彼岸》,第162页。
② 同上书,第166页。
③ [捷]米兰·昆德拉:《小说的艺术》,唐晓渡译,北京:作家出版社,1992年,第163—164页。

安东的诱惑》和《布瓦尔和贝居榭》的共同主题。记得有人对《包法利夫人》中爱玛服毒后那一二十页篇幅感到惊奇，因为它好像和一个偷情故事关系不大。其实，这一二十页篇幅也许完全出于福氏的这样一种意图：用爱玛的服毒给那些著名的医生们出一纸难题，这里面写了四位医生，有本镇的也有名扬四海的医生，他们皆对爱玛无能为力，这和科学对福楼拜本人的病无能为力是一样的，福楼拜用爱玛的服毒表达了自己的某种情结。《圣安东的诱惑》中的科学是用希拉瑞昂的名字来代表的，但圣安东拒不接受他的诱惑。《布瓦尔和贝居榭》通篇写了科学研究及其实践的虚妄，是一篇科学主义失败的故事；《新大不列颠百科全书》中写道："实际上它是福楼拜对于自己所责难的'科学主义'的否定。"[①] 总体上看，我们无法认为福楼拜在接受一种传统意义上的启蒙思想和科学主义的指导，或者说，即使福楼拜在推行一种启蒙思想和科学主义，那也不是从欧洲传统意义上来说的，它与一般所说的客观主义和科学主义是两回事。所以，所谓福楼拜具有科学主义精神或具有科学态度云云，皆是对福楼拜的误解。

第三个问题，如何看待斯宾诺莎对于福楼拜的影响。斯宾诺莎对福楼拜的确有很大影响。斯宾诺莎的哲学目的在于引导人类走向幸福境地，从而使人类摆脱自我奴役的黑暗王国，他的确是伟大的。黑格尔认为斯宾诺莎主义不是无神论，而恰恰是有神论，只不过他不需要树立一个偶像而已。人的得救是通向神的。福楼拜受他影响，也有一种通向神的富有宗教激情的自我拯救意图，在这里，福楼拜表现出了自己的创造性，而与斯宾诺莎不尽相同。我们认为，斯宾诺莎只是提供了一个抽象的图式，而福楼拜则创造性地在更高也更具体的意义上从实践的方面把斯宾诺莎主义给成全了。我们很难看到斯宾诺莎主义的真正实践者，更难以看到创造性地实践了斯宾诺莎意图的人，但福楼拜却是一个。斯宾诺莎与福楼拜面临的不是同样大小的难题，前者的学说对于一般人的精神升华来说具有关键意义，但斯宾诺莎没有患过神经官能症，他的哲学也不是写给精神病患者读的，而福楼拜却患有神经官能症，是故，把斯宾诺莎主义用之于福楼拜就无异于完成一个惊险行为。福楼拜把自己跟物捆绑起来，克服了疾患，这就等于把斯宾诺莎主义作了延伸，给成全了，扩展了。

[①] *The New Encyclopedia Britannica*, Vol.4, p.822.

第四个问题，如何理解福楼拜与现代主义和后现代主义小说的关系。法兰克福学派的阿多诺和文学家纳博科夫持同一说法："没有普鲁斯特就没有乔伊斯，没有福楼拜就没有普鲁斯特。"① 热奈特谈到，"文学，仅仅以语言的死亡为代价，因为它必须舍弃自己的意义，以便加入作品的沉寂。自然福楼拜是第一个从事这种转折的人，话语退回到它的沉寂的低层，对于当代和我们来说，这便是文学的本质"②。格雷厄姆·福尔考纳在文章中将福楼拜说成是"后现代主义文学的主力先锋"。③《新大不列颠百科全书》称"《包法利夫人》以它持续不懈的客观性……标志着一个文学新时代的开始"。④ 福楼拜总被认为与新的文学有关，甚至与后现代主义小说有关。人们把福楼拜当成现代主义乃至后现代主义的鼻祖肯定是有原因的，但里面也存在不少误解。有时候，你甚至只有误解了福楼拜，才能找到他与新文学的联系。福楼拜对于现代主义文学的影响的确是真实的，像普鲁斯特、卡夫卡，读了福氏的作品即为其震撼，受其影响。但福楼拜与后现代主义小说的联系完全是人们误解的结果。法国人对于福楼拜的误解与文本理论有关，也与论者的领悟程度有关。罗伯-格里耶作为后现代主义小说的一位重要作者，他的主张完全是客观主义的，其实这和福楼拜的意图根本不是一回事，只不过从外表上看，福楼拜的描写好像与罗伯-格里耶提倡的客观主义趋同了。罗伯-格里耶说："今天的确存在着一种新因素，这一次它要使我们跟巴尔扎克、纪德或拉法耶特夫人彻底决裂，这就是抛弃所谓'深度'的古老神话。"⑤ 但是，我倾向于认为福楼拜是追求深度的，他在寻求着自己的新神话，所以，应当把他与罗伯-格里耶以及后现代主义小说家在根本意义上区分开来。罗伯-格里耶的另一段话像是对抗着福楼拜的深层意图，也在对抗着我们全文所作的分析，他说："作家的传统任务就是挖掘本质，深化本质，以便达到越来越内在的深层，最后把一

---

① T. W. Adorno, *Aesthetic Theory* Routledgy Kegan Paul, 1984, p.399；纳博科夫：《文学讲稿》，申慧辉等译，北京：生活·读书·新知三联书店，1991年，第208页。
② Gerard Genette, "Flaubert's Silences", *Ut Figura Poiesis: The work of Gerard Genette*, pp.183 - 202.
③ Graham Falconer, "Flaubert, James and the Problem of Undecidability", *Comparative Literature*, Vol.39, No.1, 1987.
④ *The New Encyclopedia Britannica*, Vol.4, p.822.
⑤ [法]罗伯·格里耶：《未来小说之路》，《当代外国文学》1983年第1期。

种令人目眩的秘密的碎片公诸于世。他一直走到人类情感的深渊中去，向表面上宁静的世界（表面世界）发回胜利的信息，说他已经用手指触摸到了种种神秘。"① 格里耶反对这些心灵深度的探索者。但我们上文曾说，福楼拜就是一位灵魂的探险者，而且也是一位"胜利者"。同时，作为研究福楼拜的人，我们在某种意义上也是探险者，是"洞穴学的勇士"，我们都变成了罗伯-格里耶的批判对象。我倾向于认为，福楼拜不是任何一个文学流派的成员，但他是一个追求深度传统、怀有某种独特人道主义激情的人物。这里请允许我用斯宾诺莎的话来概括全文的核心思想，并对福楼拜的信仰作出总结：

贤达者，只要他被认为是贤达者，其灵魂绝少扰动，他却按照某种永恒的必然性知自身、知神、知物，决不停止存在，而永远保持灵魂的真正恬然自足。我所指出的达成这种结果的道路，即使看起来万分艰难，然而总是可以发现的道路。既然这条道路很少为人找到，它确实艰难无疑。假若拯救之事近在手边，不费许多劳力可以求得，如何会几乎被所有人等闲忽略？不过一切高贵的事都是既稀有同样也是艰难的。®

1992.7—1994.5

注释：

® 罗素：《西方哲学史》（下卷），马元德译，北京：商务印书馆，1988年，第102页。或参阅［荷］斯宾诺莎：《伦理学》，贺麟译，北京：商务印书馆，1983年，第267页。

---

① ［法］罗伯·格里耶：《未来小说之路》。

李健吾的莫里哀喜剧研究初探①

宫宝荣

内容摘要：李健吾既是莫里哀喜剧的翻译家，也是一位研究者。其研究成果按照年代可分成三个阶段。在新中国成立之前，他更多从人性的角度解读莫里哀喜剧，翻译出版了其8部剧作，认为尊崇"自然"和"现实"、重视人性以及敢于斗争为其主要特征。进入20世纪50年代，他接受了马克思主义，在主流意识形态影响下，突出了莫里哀喜剧的人民性，《莫里哀喜剧六种》的选译反映了这一时代精神，代表性论文《莫里哀的喜剧》则运用阶级分析方法对莫氏作品进行了深入的分析。改革开放之后，他翻译的《莫里哀喜剧全集》出版，同时发表了《译者序》。与50年代相比，作者的基本观点和分析方法变化不大，但分析更为细致与深入，对其戏剧的战斗性和现实性等现实主义特征也更为强调，并指出莫氏是位集表导演于一体的戏剧艺术全才。

关键词：李健吾　莫里哀喜剧研究　人性　人民性　阶级性

今年是法国喜剧家莫里哀诞辰400周年，恰巧也是中国文学家、戏剧家、法国文学翻译家和批评家李健吾先生逝世40周年，中国第一个真正翻译出版了《莫里哀喜剧全集》的不是别人，正是健吾先生。其实，他在法国文学方面所做的贡献远不止于将莫里哀的作品系统地翻译和介绍给了国人，在小说翻译和评论方面同样功勋卓著，尤其是在19世纪大文豪福楼拜的译介上所取得的成就至今

---

① 原载《戏剧艺术》2023年第1期。

无人逾越。可惜的是，无论是对于李健吾的法国戏剧译介还是文学译介，中国学界给予的关注都与其本身的成就难以匹配。两者相较，其莫里哀研究的关注度似乎更低。为了改变这一状况，本文拟就其相关成果做一粗浅分析。

为方便起见，我们将李健吾的莫里哀研究大致分为三个阶段，即新中国成立之前、20 世纪 50 年代中期和 1963 年到 20 世纪 80 年代。对于前两个阶段的划分人们比较容易理解，而将 1963 年归到第三阶段的原因在于，其同一成果在 1978 年重新发表时改动很小，表明作者依然认可。那么，李健吾在不同阶段对莫里哀喜剧采用了哪些研究方法，又有哪些认识？哪些为其所扬弃，哪些又为其固守和光大？本文将通过细读其不同时期的代表作予以阐述。

一

李健吾最早关于莫里哀的文章为《吝啬鬼》（1937）。此时他来上海任教只有两年多光景，但凭才气已经站稳了脚跟。四年前留法回国之后，他首先致力于福楼拜的翻译与研究，很快出版了至今无人能出其右的《福楼拜评传》。创作方面，则发表了《这不过是春天》《新学究》《以身作则》等剧本。尽管他把精力集中于写剧和福楼拜译介，但莫里哀如影随形也是不争的事实[①]，其剧作中的莫氏痕迹十分明显，《新学究》甚至还被认为是中国版的《可笑的女才子》[②]。显然，唯有不忘莫里哀，才会有这样的信手拈来之作。

这篇以《吝啬鬼》为题的文章并不长，也算不上严格意义上的论文，只是讨论了剧中一个场面，不过已经显出作者对莫氏喜剧的基本认识以及自身行文特点。文中其实很少讨论莫里哀剧作，先是从元杂剧《看钱奴买冤家债主》第三折表现贾仁临死前关照儿子如何处理后事的场面入手，认为这是一部在众多无价值的传统戏曲中难得的具有"若干成分的真实的杰作"，评价似乎还算正面，谁知转眼就将大多数戏曲作品予以否定，因为"剧作家注重故事的离合，不用人物主

---

① 参见韩石山：《李健吾传》，太原：山西出版社，2006 年，第 176 页。
② 参见徐欢颜：《莫里哀喜剧与 20 世纪中国话剧》，北京：北京大学出版社，2014 年，第 85 页。

宰进行，多用情节，或者更坏的是，多用道德的教训决定发展"①，呼应了"五四"以来的否定戏曲的潮流。如此铺垫之后，李健吾便断定莫里哀"深刻、伟大"，并以第四幕第七场为例，认为其中既有"潜伏的心理的反应"，更有"真切的情感"，但却转而讨论起普劳图斯的《一坛金子》来②，又将主人公丢失金子之后失魂落魄的呼号与某法国剧作家仿作的相同场面中的台词进行了比较，之后才终于回到《吝啬鬼》。令人讶异的是，他只是简单做了一个总结，认为"莫里哀不唯更加生动，而且深入原来所有可能的发挥，——剔爬出来，塑成一个有理性的前后语句的关系。原是模仿，然而由于作者创造的天才，这凝成人间最可珍贵的心理的收获，成为一场最有戏剧性的人性的揭露"③。竟就此戛然而止！由此可见，李健吾仗其中西戏剧知识渊博任意挥洒，并不拘泥于对象本身，更多是感悟式的评论。

这篇短文反映出李健吾对人物性格和心理的重视，无疑与其此时一直重视"人性"密切相关。有评论家指出："人性观既是他艺术观的出发点，也是他的创作依据。"④ 他在评价普劳图斯的人物时写道："这不是一个纸扎人，而是一个有热情的活人，在台子上叫、号、哭、诉，透示深沉的心理的生存，好比一级一级的梯子，只为最后达到这段疯狂的独语。这不复是一出胡闹的喜剧，进而形成一出啼笑皆非的悲剧。戏到了这里，算是到了顶点。"⑤ 虽然着墨不多，但是重视人性、注重人物心理与性格的特点相当突出，也将成为其之后的研究重点所在。

另一个特点颇为与众不同，即作者十分注重从戏剧学而不只是文学的角度来论莫里哀。中国学界虽然已有王国维、宋春舫这样得时代之风气者，但大多数戏剧学者还是从文学出发，同时具备李健吾这种意识且拥有相应能力者实属凤毛麟角。针对16世纪法国剧作中吝啬鬼的那段台词，他没有停留在纸面上，而是把读者带进剧场；比较的也不是文字，而是演出效果。他写道："两两相较，仅就演剧而论，欧克里翁的独语，限制自己于发现遗失之后，成为一个完整的动作，

---

① 李健吾：《李健吾戏剧评论选》，北京：中国戏剧出版社，1982年，第11页。
② 原文的名称分别为浦劳塔斯和《瓦罐》，现改为通译名。
③ 李健吾：《李健吾戏剧评论选》，第14页。
④ 姜洪伟：《李健吾戏剧艺术论》，北京：光明日报出版社，2008年，第4页。
⑤ 同③，第12页。

已经是一个显然的优点。"① 也因此，在每一篇分析的最后他都会提一笔莫里哀所扮演的角色，可惜他并没能坚持到底。

1949年6月，李健吾一下子推出八部莫里哀译作，标志了这一时期翻译方面的重大成果，但同时也是研究方面的难得成就，因为他为每部译作都写了序。在第一部《可笑的女才子》②中，除了附有《莫里哀剧作年表》之外，他还写了《总序》，但只是诉述了翻译的缘由以及喜剧翻译之难，更为具体的研究则包含在各个剧本的序言之中。

不妨粗略分析一下李健吾这八则序言。应该说，李健吾对莫里哀的评价极高但未免有失客观："……伟大的莫里哀，法兰西的国宝，人类在喜剧方面的最高造诣。"③ 但充分体现了他受日内瓦学派影响所持有的尊重评论对象、"学者与艺术家的化合"在一起的观点。④ 如果不是对莫里哀钦佩之至，很难想象恃才傲物的李健吾会如此表述。然而，这样的表述并非没有问题，因为就世界影响而言，即使将自己的语言都冠上了莫里哀之名的法国人至今在评价这位喜剧家时措辞也十分谨慎，如最新一版法国戏剧教科书的作者、著名学者克·比耶只是这样写道："伟大世纪的文学圣殿里庇护着三位一流作家：高乃依、拉辛和莫里哀。"⑤ 并没有更多的溢美之词。而精通英法两种文字且熟悉莎剧的李健吾不会不了解莎士比亚的贡献，但作为莫氏的译者显然难以抑制心中的崇敬之情。

从八篇序言中，大致可以总结出李健吾对莫里哀喜剧的认识。在戏剧观上，他认为莫氏遵循的宗旨是观众至上，其喜剧的首要任务是愉悦观众，但绝不是无谓的傻笑。对此他予以反复强调，在《女才子》序中，李健吾写道："他懂得什么是喜剧，它的第一个效果是让观众笑得开心……"⑥ 在分析《屈打成医》时，他表示莫氏重视闹剧的原因是"要他的观众开怀大笑"⑦；在《乔治·党丹》序中

---

① 李健吾：《李健吾戏剧评论选》，第13页。
② 以下简称《女才子》。
③ 李维永编：《李健吾文集文论卷③》，太原：北岳文艺出版社，2016年，第135页。
④ 参见李维永编：《李健吾文集文论卷①》，太原：北岳文艺出版社，2016年，第1页。
⑤ Christian Biet, *Le Théâtre français du XVIIe siècle*, Paris: Editions de L'avant-scène théâtre, 2009, 397.
⑥ 同③，第136页。
⑦ 同③，第143页。

表示:"我们愿意在这里指出,看戏和读戏不是一件事,莫里哀的戏很少是纯粹为了读的,所以看他的演出,人人捧着肚子狂笑。"① 但李健吾又认为莫里哀在继承的同时为自己确定了新的使命,即与闹剧、假面喜剧等相比,莫氏喜剧的笑不是肤浅的,他强调"要笑得有意义"、要让观众能够明辨是非。换言之,他的创作目的首先是笑,但旨在教育观众,即使像受到卢梭非议的《吝啬鬼》在他眼里也不乏道德意义。李健吾坚定地为其辩护,认为剧本符合"人性"这一"最高的道德","正确的指示属于他在喜剧里面所给的启发,因为他爱的不是空洞的教条,而是广大芸芸众生,把生趣分给每一个人……"②《吝啬鬼》都如此,其他作品更不在话下。

关于莫里哀的创作方法,李健吾强调他尊崇的是"自然"和"现实","一切依据人生",并因此超越了时代。如《女才子》的题材就是莫氏"拿实在生活和风俗作为他的描绘的范本"③,即使像《屈打成医》这样一部闹剧色彩鲜明的作品,尽管是根据中世纪作品改编而成,"然而莫里哀高人一等,因为就是胡闹,也不全靠外在动作,一切顺序发展,依据人生,从来不肯走了样子"④。而被认为是剧作家的两部最杰出的作品,李健吾更是坚定地认为:"《达都夫》和《愤世嫉俗》⑤ 完全根据现实,莫里哀的拿手好戏是拿活生生的材料,就他所体验意想到的,在一种独往独来的境界,揉成他的颖特的造诣。"⑥ 值得指出的是,此时李健吾尚未自觉接受马克思主义,并没有像在 20 世纪 50 年代那样频繁使用"现实主义"字眼,但这些文字表明他离这一步并不遥远。

至于莫里哀的艺术手法,李健吾针对不同剧本侧重点有所不同,涉及语言、剧情、结构、人物、效果等。由于莫氏创作时期相对较集中,所以各剧特点汇总起来无疑适合于整体。他认为《屈打成医》的"语言是无比地巧妙、新鲜、有

---

① 李维永编:《李健吾文集文论卷③》,第 144 页。
② 同上书,第 146 页。
③ 同上书,第 137 页。
④ 同上书,第 143 页。
⑤ 在新中国成立之后,李健吾将这两部剧名新译为《达尔杜弗或骗子》和《愤世嫉俗》。
⑥ 同①,第 140 页。

力,许多话被后人看作成典、口头禅一样引用"①。认为《乔治·党丹》②无论是与莫氏之前的《受气丈夫》相比还是与所参考的旧剧相比,剧情不再简单机械,"布局单纯而多致,人物简单而明凸,同时,尤其难得的是,处处巧合而又异常自然,不着丝毫痕迹"③。他对《女才子》的剧情和结构的评价则是"新鲜活泼,集中深厚"。可见李健吾关注的内容相当全面,但他显然对人物更为重视,超过了其他,如认为《党·璜》④结构虽然无法与两部杰作相比,但因为其人物的刻画而照样也能流芳百世:"党·璜不再是布道的例证,从今以后,有了灵魂,有了哲学,故事贬作一架工具。"⑤而究其原因,则是莫里哀将自己完全投射于其中,"他不苟且,不吝惜生命的赠与","他把自己全部灵魂放了进去,凡他能够为力的地方,经他轻轻一点,立刻有了深度,而且立刻有了现实的积极的意义"⑥。正由于莫里哀赋予了这个旧人物以"新的性格",才使得他有了现实意义并成为后世的楷模,性格的重要可见一斑。

值得注意的是,此时李健吾十分重视莫里哀的"性格"塑造并予以高度评价,并将之视为成功的准则,如《吝啬鬼》作为"性格喜剧"乃是莫里哀的"独特成就",超过了古希腊罗马人。而性格之所以重要,是因为更能揭示人物的社会意义:"唯其全部精力注意在一个性格的解剖,把它和社会的关联一个一个集中而又隔离地加强给我们看,我们明白剧作者的目的决不止于逗我们一笑而已。他要我们看清楚这种性格和它的习惯动作所含的祸害,有时候远在本身以外,具有社会性的害群的意义。"⑦李健吾还注意到,剧作家为了塑造具有社会意义的性格,甚至不惜牺牲情节,因为"莫里哀在情节上往往歪扭现实,但是在风俗上,在行动上,在心理上,特别是在性格上,永远忠实"⑧。同样,《德·浦叟雅克先生》之所以难能可贵,是因为主人公也是胜在性格:"他的性格有厚度,不

---

① 李健吾:《李健吾戏剧评论选》,第143页。
② 现译为《乔治·唐丹》。
③ 李维永编:《李健吾文集文论卷③》,第144页。
④ 现译为《唐·璜》。
⑤ 同③,第1404页。
⑥ 同③,第1424页。
⑦ 同③,第1474页。
⑧ 同③,第1484页。

是一个纸扎人，虽说由人拨弄，始终稳如泰山。"①

此时李健吾的莫里哀研究依然呈现出其知识渊博且善于旁征博引的特点，如在《女才子》序中，他一上来就将之定性为"一出笑剧（farce）"②，接着从世界戏剧史和法国文学史的高度认定其翻开了新的一页。随后，他便追根寻源，指出了意大利假面喜剧、情节喜剧，尤其是莫里哀的外省经历对其创作的影响等，而后进一步引出塞万提斯和福楼拜，以这两位巨匠在西方文学史中的功绩来类比莫里哀在世界文学史上所取得的"辉煌战果"和"打击文坛恶劣风气的成就"，并以女才子现象展开了法国文学史上文人与法国文学衍变的关系之探讨，甚至联系到了中国的南北朝和杜甫！然而他马上笔锋转回到17世纪的法国，对沙龙文学的来龙去脉进行细致介绍，但全文却以19世纪两位大评论家朗松和圣佩甫对该剧评价结束。其丰富的中西文学和戏剧知识以及汪洋恣肆的文笔，让读者由衷地赞叹李健吾的学识和文笔。

上述几点之外，此时李健吾的研究比较显著的特征还包括：一、突出莫里哀的战斗精神。在《女才子》序里他便点明："一次他跳入人海，终其身和风险搏斗。"③强调莫里哀与恶劣的环境作战贯穿了一生。为了突出莫氏敢于与封建势力斗争的精神，他甚至从一开始就坚持不译其迎合路易十四王权的《凡尔赛即兴》等七部剧作④。二、注重对剧本创作的社会背景与社会意义研究。他几乎在每篇序里都有社会方面的细致描写，如《向贵人看齐》⑤中对贵族命运作了深入介绍，认为莫里哀开启了一个揭露贵族没落和"被统治阶级翻身的历史"，进而指出其创作的社会意义。三、强调莫里哀喜剧中独特的悲剧性，认为是其"大喜剧"的一个重要特征。他在《吝啬鬼》序里写道："莫里哀的最大的喜剧，都有力量振动我们的灵魂，叫我们在狂笑之后沉下心来思维，有时候甚至于不等笑声收煞，一种悲感就在我们的心头涌起。"⑥不过对莫氏喜剧审美效果的这种独特

---

① 李维永编：《李健吾文集文论卷③》，第1494页。
② 自20世纪50年代开始，改称为"闹剧"。
③ 同①，第137页。
④ 参见徐欢颜：《莫里哀喜剧与20世纪中国话剧》，第39页。
⑤ 现译为《贵人迷》。
⑥ 同③，第1474页。

性，李健吾在之后是有所反复的。

总之，在这八篇译作序言中，李健吾从方方面面挖掘出了莫里哀作品的优点和特征，虽然偶有贬抑，但更多是赞美，或许因此才让他得出莫里哀喜剧为世界之最的结论。而在之后的研究中，他坚持了其中多数的观点，但有的则被弱化甚至被否定。

二

20世纪50年代初期，李健吾将工作中心置于上海戏剧学院的教学及创作等活动，顺应当时"一边倒"的国情和教学需要翻译了苏俄文学家高尔基、屠格涅夫等人的剧作，而在莫里哀译介方面基本停滞。1954年7月他举家北迁，开始了人生新阶段。在由郑振铎领导的北京大学文学研究所里，他和众人一样参加各种政治运动、接受社会主义教育，业务上则先以研究莫氏喜剧为主，后翻译并出版《莫里哀喜剧六种》。"文革"期间，他基本辍笔，《莫里哀喜剧全集》则完成于改革开放后的80年代，距其离开人世已经不远。天若假以时年，他在莫里哀研究方面无疑也会取得堪与《福楼拜研究》相媲美的成就。

新中国成立后，李健吾第一场与莫里哀相关的活动发生在1954年，即在上戏为文化部全国导演进修班作《关于莫里哀的三个喜剧作品》的学术报告，"讲演过程始终热情洋溢、活灵活现，就好像他自己置身莫里哀的演出现场"①。1955年，他利用养病的机会，对自己在上戏和中戏的相关讲稿进行梳理，完成了近4万字的论文《莫里哀的喜剧》。韩石山认为，此举奠定了李健吾的学者地位："此文发表，显示了李健吾在莫里哀喜剧方面独步的造诣，不光是莫里哀喜剧的翻译家，也是莫里哀喜剧艺术的研究专家。"②

全文由七节组成，不再是单个剧目的剖析，而是按照马克思主义的阶级观点整整花了五节来分析莫氏喜剧的时代背景并对人物予以分类，"……就阶级关系，简括说明莫里哀主要作品和主要人物的社会根源和社会意义"③，第六节讨论了

---

① 李维音：《李健吾年谱》，太原：北岳文艺出版社，2017年，第165页。
② 韩石山：《李健吾传》，第292页。
③ 李维永编：《李健吾文集文论卷③》，第247页。

古典主义规则，只是最后一节才涉及其"喜剧艺术"。从这段话和这样的章节安排中可以看出，社会和阶级分析法已经成为李健吾的主导工具。也因此，他才会开门见山地将莫里哀这位喜剧天才的诞生归因于时代，指出是"戏剧事业随着资产阶级的兴起，有了彰明较著的发展"①的结果，而这种观念与方法在此前绝无仅有。

新的思想观念和批评手法贯穿了全文。七节中有四节分别介绍了17世纪法国社会中的三个等级，即教会、贵族、资产阶级（第三等级），不再单独分析剧本，均以主要人物的阶级属性安排在相应的节。如将《达尔杜弗》放在第二节，因为主人公是一位宗教信士，第三节则结合多部剧本重点批判了《愤世嫉俗》中阿耳赛斯特和赛莉麦娜所代表的没落贵族。李健吾洋洋洒洒地介绍了法国贵族逐渐为时代所淘汰的过程，指出他们"离开金碧辉煌的宫廷，一般男女贵人，除去夸耀祖先和头衔之外，也就掏不出什么东西让人看重"②，其没落实在是历史的必然。不仅如此，他还告诫人们要从"现实主义的艺术观点"来认识莫氏喜剧，以避免"模糊戏中主要人物的阶级性格"或犯下"从社会把人物抽出，单独来看他们的存在"的错误。③ 在第四节，莫里哀被作者明确定性为"上层资产阶级"，但同时指出也是他"最熟悉的这个阶级"的恶习的揭露者。为了批判资产阶级，还引用了《共产党宣言》里的著名论断："它使人和人之间除了赤裸裸的利害关系，除了冷酷无情的'现金交易'，就再也没有任何别的联系了。"④ 此时，李健吾几乎到了言必称马列的程度，在分析阿尔巴贡放债时又引用了《资本论》中有关高利贷的论述。⑤ 三个等级之外，第五节专门分析了下层百姓如仆人、农民等，认为剧作家充满同情的眼光并以正面的手法来予以表现，指出在19世纪以前像他这样描写社会现实并从中透露出"新生的消息"的作家相当罕见，且需要百倍的勇气。他总结道，莫里哀"通过具体演出，直接和观众发生联系，题材一般是当代的，精神永远是批判的，又对现实生活样式以外的表现手法一概不取，态度

---

① 李维永编：《李健吾文集文论卷③》，第212页。
② 同上书，第234页。
③ 同上书，第230页。
④ 同上书，第235页。
⑤ 同上书，第237页。

负责认真,自然远非同代作家所能企及的了"①。其对莫里哀的推崇和热爱溢于言表,也是其日后的"人民性"表述之铺垫。

最后两节才是李健吾对莫里哀喜剧艺术的评价,其有关宫廷与古典主义规则的关系的论述再次展现了他对法国历史与文化烂熟于心的了解程度以及大开大合的论证能力,不是一本正经地论述,而是别开生面地结合正史、掌故和作品娓娓道来,给读者留下深刻印象。丰富的内容令人全面了解莫里哀创作的根源,所受到的影响,与资产阶级、贵族、宫廷以及古典主义规则的关系等。最后,他水到渠成地总结出其喜剧艺术的特点:"第一是主题任务,第二是喜剧效果。不逗笑,不合乎喜剧本身的要求。不说明问题,就失去戏剧的教育意义。"② 第三也是最大的原则是:"发挥主题,逗观众笑,同时说明性格。"③ 从中他最强调的是教育意义,甚至认为闹剧都具有"强烈的道德气息",却不再从语言、情节和结构方面去论述,显然是为了其时主流意识形态对艺术的要求。

从《莫里哀的喜剧》中,大致可以总结出此时李健吾对莫里哀喜剧的若干观点,其中有的是其一贯坚持的,有的则是新社会带来的改变。在主流意识形态影响下,他不仅观点有了明显变化,所用词汇也不尽相同。除了上述以阶级观点来分析莫氏喜剧人物、突出剧本的社会意义之外,我们还可以总结出以下几点:

首先,坚持认为莫里哀创作的目的在于娱乐观众并"纠正人的恶习",强调其"最大的法则"为"叫人喜欢"④,"为了完成这种教育使命,他先拿他的喜剧形式放在一种容易为人接受的生活样式。场面要集中,进行要自然,素朴而有力,活泼而深入,喜剧的说服力,靠欢笑也靠真实"⑤。但与以前相比,作者指出莫里哀与众不同的手法在于塑造了众多有着恶习的"滑稽人",如阿尔诺夫、阿尔巴贡等,因为有了他们其"喜剧世界是完整的。笑在这里丰盈多彩"⑥。但要做到这一点并不简单,也因此认为喜剧比悲剧更难写,莫里哀胜过莎士比亚。观点

---

① 李维永编:《李健吾文集文论卷③》,第247页。
② 同上书,第258页。
③ 同上书,第259页。
④ 同上书,第256页。
⑤ 同上书,第257页。
⑥ 同上书,第266页。

虽然没有变化，但是论述更为具体，词汇也有所不同。其次，他更加强调莫里哀的喜剧源自生活，正式将之定性为"现实主义剧作家"，遵循的是"一个现实主义者的创作原则"①。虽然他以前就已指出其创作原则为尊崇"自然"和"现实"，但并没有将其上升到"主义"的高度。而现在，"人生"或"自然"用得明显少了，"生活"则多了许多，并认为莫里哀至少有三分之二的作品表现的是其"周围的人物和生活"②。此外，与新中国成立前相比，李健吾认为莫里哀顺从"常识、理性和自然"，有着独立见解，从不墨守成规，虽然尽可能地遵守三一律，但在必要的时候也"决不勉强自己"，"为了自然，他宁可破坏法则"③，因为生活给他提供了"一条宽而又深的河床，供给他的喜剧'轻松愉快地'流向它的目的地"④。正因为莫里哀突破了古典主义的狭隘性，才使他成为一个超过了同行、超越了时代的喜剧家。其三，极其重视人物性格，"人性"却少有提及。李健吾反复表示，莫里哀借鉴生活的目的在于"创造性格"，一切为性格服务："他为他的人物挑选最合适各自性格的语言"，如阿尔巴贡的"不要嫁妆"，奥尔贡的"可怜的人"等；有的时候完全靠表演，如《贵人迷》中"丫环的狂笑"等⑤。在分析阿尔巴贡时，他指出放债也好、恋爱也好，"处处都在为主要人物的性格服务"，包括最后的高潮即他在丢了钱匣子之后选择了金钱也是，"莫里哀利用一切来完成性格的完整：吝啬"⑥。为了以性格打动观众，他甚至在《达尔杜弗》一剧中花了"整整两幕准备他（我）的恶棍上场"⑦。这种对性格的强调在某种程度上延续了他以往的"人性论"观点，并由此延续了以往认为莫里哀的一些喜剧人物性格如阿尔赛斯特、阿尔巴贡等人同时又具有高度悲剧意义的观点，为此他两次引用了当时仍为主流社会认可的歌德的表述。"人性"这一他曾经颇为热衷的概念，取而代之以"性格"。他只是在总结时写道：莫里哀"以现实主义的喜剧艺术和

---

① 李维永编：《李健吾文集文论卷③》，第264页。
② 同上书，第241页。
③ 同上书，第255页。
④ 同上书，第266页。
⑤ 同上书，第263页。
⑥ 同上书，第239页。
⑦ 同上书，第260页。

人道主义的崇高精神"① 竭尽全力地为人类进步事业服务。某种程度上,"人道主义"无疑可以视为其对"人性"的一种另类表达。由此可见,此时的李健吾基本上抛弃了他从前的信条,时代的烙印不可谓不深重!其四,反复强调莫里哀的战斗精神。这种战斗精神除了表现在反对教会和贵族势力之外,还表现在年轻人反对封建家长专制、追求婚姻自主之中,如《太太学堂》中的阿涅丝反抗阿尔诺弗、达米斯反抗奥尔贡企图把妹妹嫁给伪君子等,几乎所有封建家长都遭到了儿女的反对,而结果也几乎都是年轻人获胜,"他的喜剧也由于这种面向幸福和未来的战斗精神,充满了青春和欢乐气息"②。但这并不能改变他们的阶级属性,所以一切都还得靠仆人帮忙,而后者则"眼明手快""见义勇为""拔刀相助","对于他们,现实的意义就是不断斗争",由此斗争又被上升到了阶级的高度。

总之,与1949年的八篇序言相比,《莫里哀的喜剧》研究更为全面系统,论述更为集中深入。在经受了历次教育和改造运动之后,李健吾的精神面貌发生了巨大变化,开始自觉地将马克思主义文艺理论运用于莫里哀研究之中。他一以贯之地旁征博引,显示出对史料掌握之全面、分析之细致、观点之犀利等特点,但与新中国成立之前相比明显具有新的时代特征。最为明显的便是,重视莫氏喜剧的社会意义远胜过对艺术特征的分析。

三

1963年,《莫里哀喜剧六种》(上海文艺出版社)正式问世,其序可以说是他在莫里哀喜剧研究方面的集大成者,到达了一个新的里程碑。该书于1978年由上海译文出版社重版,但两版序言基本相同,新版只是"做了少量压缩"③,因此也可以视之为译者新时期的研究成果。旧版序的写作距《莫里哀的喜剧》大约有四年左右,其间他的精神状态总体上是愉快的,积极参加文学研究所的工作以及北京的戏剧评论活动,直到1958年被"拔白旗"和到房山"接受社会主义再

---

① 李维永编:《李健吾文集文论卷③》,第267页。
② 同上书,第242页。
③ 同上书,第291页。

教育"，所幸时间并不太长，因而他依然是"悠闲和满面春风的神态"①。在将书稿交给出版社之前，他还发表了《法国大喜剧家莫里哀》和《关于莫里哀的三个喜剧作品》。而新时期以来，除了 1981 年在《外国戏剧研究》上发表了《莫里哀的喜剧艺术》之外，李健吾很少再有其他相关成果问世，因此其为《莫里哀喜剧全集》（1981）撰写的序言可以视为其最后一篇有关莫里哀的重要论述。无论是从篇幅上还是从学术价值上看，前后几篇文章基本上都没能超越 1981 年版《莫里哀喜剧全集》的序言。

那么，与《莫里哀的喜剧》相比，《莫里哀喜剧六种·译本序》② 究竟又有哪些异同呢？首先，写作手法有了较大的变化，前者从阶级观点出发，以莫氏喜剧人物阶级属性区分章节，侧重于分析其社会意义与道德意义。剧本分析虽然也颇细致，但旨在诠释莫里哀如何揭露王权的张狂、贵族的堕落、宗教的伪善、资产阶级的贪婪与虚荣等。作者往往是在阶级分析之后辅以一两部代表作为例，同时引申到其他剧作，开合较大；而《译本序》则以所选剧本分析为主，针对性更强，分析更集中。打开序言，鲜明的时代色彩立刻扑入眼帘，马克思主义红线贯穿始终，开篇便指出 17 世纪法国社会因生产力的提高和生产关系的改变而出现变革，以及人民重新审视与统治阶级的封建关系等，甚至还引用了恩格斯的论述为证。《莫里哀的喜剧》虽然以阶级分析为纲，但并没有置于如此高度，表明作者进一步在向主流意识形态靠拢。如此定调之后，李健吾才引出莫里哀。同样，他将莎士比亚和维迦与之对比，也是要强调莫氏喜剧把娱乐性与战斗性"带到了一种宽阔、丰盈而又尖锐的地步"。其笔下的莫氏喜剧的特点则是："他的现实主义的喜剧手法、人物的鲜明的形象、口语的灵活运用以及世态的生动描绘，不仅构成他的喜剧艺术的独特魅力，并由于深入当时的社会矛盾，能使后人从他的作品获得大量的历史知识。"③ 寥寥数语再次突出莫氏喜剧的战斗性和现实性，而"现实主义"的定性则无疑延续了先前的观点。

在其后的莫里哀生平介绍中，无论是其家庭出身还是其所处时代，阶级分析

---

① 李维音：《李健吾年谱》，第 180 页。
② 以下简称《译本序》。
③ 李维永编：《李健吾文集文论卷③》，第 292 页。

依然占据上风,强调他从事戏剧乃是"脱离本生阶级的行为",其戏剧的主要对象为城市观众,并在创作中努力与其思想感情相适应。沿着这一思路,李健吾在分析中点出了莫里哀喜剧的"人民性"之来源,同时指出其创作中的矛盾,即一方面勇敢地揭露和批判资产阶级,但同时又对它抱有幻想,因而以"开导"为主并设置了"说话人"[①]。作者一如既往地介绍了法国社会的阶级力量对比与斗争,并认为其剧作之所以高于传统喜剧,就在于其"从现实生活出发"并"从现实生活中得到了光辉"[②]。在长长的引言中,李健吾以现实主义开始,又以号召人们"学习他的现实主义精神和手法"结束,足见他对这一观点的坚持。不同的是,他首次提出了"人民性"的观点,无疑与其时强调文艺为人民服务的主流意识形态相关。

引言之后,李健吾对六种剧本进行了逐一分析,各节侧重点根据其内容与形式有所变化。如在分析《太太学堂》时,重点在于揭示17世纪法国戏剧女性的教育和地位问题,以及莫里哀如何通过诗体和五幕等形式提升了喜剧的地位。文中,他突出强调它既是一部性格喜剧,又是一部社会问题剧。在分析阿尔诺弗的封建男权和夫权思想的同时,认为"这不是一个简单的性格"。可见此时阶级分析方法已经深入其心,但由于他以往一直注重人性,因而对性格格外重视,认为性格是这部作品产生"戏剧效果的根源"[③]。但两相比较,李健吾已经更为重视作品的思想性与社会性,甚至认为"《玩偶之家》的娜拉的声音,我们远在莫里哀这里就听见了"[④]。他虽然在《莫里哀的喜剧》一文中曾提及过这一观点,但在此文中予以了强化,显示出其思想认识进一步向主流意识形态靠拢。

针对《达尔杜弗》一剧,李健吾先从教会在封建社会的作用说起,详细介绍了"圣体会"如何阻挠该剧上演的过程,认为莫里哀之所以勇敢,是因为他正面地揭露和攻击伪信士以及上层资产阶级。即使遭禁之后,他又坚持抗争了五年,以不屈不挠的精神将原本一出滑稽小戏变成了一部流芳百世的五幕大戏。作者赞叹道:"《达尔杜弗》不仅表现了剧作者的'高度勇气',像普希金所说的,而且

---

① 李维永编:《李健吾文集文论卷③》,第294页。
② 同上书,第296页。
③ 同上书,第299页。
④ 同上书,第300页。

是思想性和艺术性都达到绝高造诣的喜剧杰作。"① 值得注意的是，他在分析伪君子形象塑造时，罕见地运用了"典型人物"这一术语。换言之，李健吾此时的马克思主义文艺观明显有了提高。在分析《达尔杜弗》时，他自然十分强调性格，认为莫里哀动用了一切手段，每一场戏都"生动有致""兴会淋漓"，"对话从性格出发，又进一步揭露性格，自然而又有韵味"。② 包括结构也是在为性格服务。这一点固然不错，然而当他认为剧中"个个人物性格鲜明"，连白尔奈耳太太也是一个"典型人物"③ 时，就未免言过其实了。从"人性"到"人道主义"和性格，再到典型人物，李健吾的变化着实不小。而他在 50 年代多次引用歌德强调莫里哀喜剧人物具有"悲剧感觉"的观点，在此文中几乎消失，既没有了悲剧性，也不再有歌德。最有意思的是，一如其将《太太学堂》视为现代社会问题剧的滥觞一样，他同样也将此剧看作是第一部表现"一个完整的近代资产阶级家庭"的戏剧，开创了一个传统，早了狄德罗将近一个世纪！如此强调，虽然不乏他越来越崇拜莫里哀的原因，但是更与其时的社会生态有关。

  改革开放之后，党提倡"实践是检验真理的唯一标准"，号召"解放思想、实事求是"，李健吾焕发了青春，重新着手莫里哀喜剧全集的翻译工作。1981 年问世的第一集的《译者序》无疑可以视为其莫里哀研究的一个总结。与上述两篇代表作相比，《译者序》不再机械地以马克思主义观点开场，更没有动辄引用革命导师语录；不再详细介绍剧作家生平，也不再具体分析代表性剧作，更多的是对莫里哀喜剧艺术进行评价，并就其艺术特征的来源进行了提纲挈领的概括。最具有时代变迁指标意义的是，李健吾虽然还在运用阶级分析法，但是与 1950 年的文章相比已经弱化许多，如给莫里哀的定性为"有产者"，文中也不再那么强调其人物的阶级属性，而这当然与新时期初期放弃以阶级斗争为纲、重新强调"文学是人学"以及对过去批判和否定"人性论"的现象进行反思有关。不过，他对莫里哀喜剧的现实主义精神和战斗性却依然十分坚持并强烈地予以突出，并开宗明义地提出："莫里哀是法国现实主义喜剧的伟大创始人。他的喜剧向后人

---

① 李维永编：《李健吾文集文论卷③》，第 303 页。
② 同上书，第 306 页。
③ 同上书，第 305 页。

提供了当时的风俗人情，向同代人提出了各种严肃的社会问题。这里说'现实主义'，因为这最能说明他的战斗精神。"① 在结束全文之前，他还重申其所译的 27 部剧作"都是他现实主义的辉煌收获"。同样，他还强调莫氏喜剧的唯物主义特性，以及以教育观众为己任的创作目的。与 50 年代相比，他更加强调了"莫里哀是一个唯物主义者"，指出他听过伽桑狄的课，翻译过卢克莱修的《物性论》，因此才会对古典主义保留自己的看法，并在创作中没有完全遵守。此外，他还一如既往地强调了莫里哀"到人民中间扎了根"，其作品内容来自生活、形式上广泛吸取"人民喜爱的闹剧"、意大利假面喜剧等，使得作品"剧情轻快，风格清新"并成为一种崭新的喜剧。当然，他也不忘强调莫氏喜剧的战斗性，指出其一生"道路并不平坦"，从《太太学堂》至《达尔杜弗》《唐·璜》，一直受到贵族、宗教甚至王权的攻击、捣乱和阻挠，但莫里哀从不畏惧，始终以饱满的战斗精神抗争到底。

在《译者序》中，李健吾对莫里哀喜剧的特点归纳出以下七点："首先，他敢于把生活写透。第二，他敢于把矛盾写透。第三，自然而然，是他敢于把性格写透。第四，他善于把戏写透……第五，他特别重视自然面貌……第六，他亲近他的观众……最后，他之所以能把性格写透，……是戏里每一个人物，……都说合乎各自地位的话，他的主要人物都有阶级性格做底子。"人们很快发现最后一点与第三点都涉及性格，文中也几乎把莫氏每一部优秀剧作都称之为"性格喜剧"，可见他有多么重视性格，应该说与其根深蒂固的"人性"说不无暗合。此外，歌德及其关于莫氏喜剧的悲剧意义的引文再次出现，但却没有任何论述，其中透出的信息令人猜详。在总结了莫里哀喜剧艺术特点之后，李健吾再次强调了这位"爱观察"的"静观人"更是一位勇士，甚至 18 世纪的资产阶级大革命的火已经被他点燃。也正因为如此，他才会被法国人誉为"无法模仿的莫里哀"②。此外，如同在 1949 年，李健吾重新回归戏剧家的角色，强调了莫里哀同时还是"一位出众的导演"，"一位成就极高的优秀演员，他还培养了一代群星灿烂的表演艺术家"③，总之是一位戏剧艺术的全才，不仅推动了法国戏剧的发展，而且为

---

① 李维永编：《李健吾文集文论卷③》，第 404 页。
② 同上书，第 411 页。
③ 同上书，第 412 页。

欧洲戏剧的繁荣也同样做出卓越的贡献。李健吾的封笔之作依然对莫里哀予以极其崇高的评价，可见"学者与艺术家"的化合之深。

结语

总体而言，李健吾的莫里哀喜剧研究具有以下特点：一、随着经验的积累，他的观点从最初的随想式发展到越来越具有学术性，而至20世纪60年代则达到顶峰；二、他的研究成果建立在他对莫里哀喜剧及其时代的深刻了解之上，这种了解甚至还超越了法国学者；三、他的观点具有强烈的时代特征并随着时代的变化有所变化，其20世纪50年代的观点尤其如此；四、他的观点虽然在不同时段有所变化，但从本质上来说其实还是坚持多于变化，且与时代大潮密切相关。

在肯定李健吾的莫里哀喜剧研究的同时，还得指出他的成果并非无可指摘。作为一位集创作、评论与翻译于一身的多面手，他并没有也不可能将精力都集中在研究之上，因而其成果呈现出分散性和不均衡性，新中国成立前集中于1949年，新中国成立后则集中于20世纪50年代下半期和70年代末。其观点也明显在不同时期有不同的特点，新中国成立前的感悟性多于科学性，强调人性多于现实性，新中国成立后则明显地转向了主流意识形态，更强调其现实主义原则以及社会性、阶级性和道德性，至晚年才勉强回到人性。由于过于紧贴时代，所以李健吾研究成果的局限性一目了然，如过分强调莫里哀喜剧的阶级性和性格塑造，又如过于突出莫氏在社会问题剧方面的贡献等。不过，这些都是时代的问题，我们不应过于苛刻前人。相比之下，其成果所带来的有益启示更为珍贵。

评李健吾对莫里哀喜剧的研究①

王德禄

作为中国最负盛名的莫里哀喜剧研究者，李健吾不仅为我们留下了对莫里哀喜剧博大精深的研究成果，而且为我们展示了属于他自身的独特的研究个性。他的研究工作证实了这样一个命题："创作家根据生活和他的存在，提炼出他的艺术；批评家根据前者的艺术和自我的存在，不仅说出见解，进而企图完成批评的使命，因此它本身也正是一种艺术。"②

一

莫里哀并不是专门的戏剧理论家，但他在丰富的创作经验基础上，突破了传统戏剧理论的藩篱，表现出了他对喜剧理论的若干新知灼见。李健吾在对莫里哀喜剧的研究中，首先把注意力投向莫里哀的这些闪耀着时代精神和作家个人智慧的开创性的理论突破，揭示出它们的富于革命意义的理论内核。

李健吾揭示出莫里哀对传统喜剧理论的重大突破是他对喜剧的特质、任务和地位的精辟认识和科学确定。李健吾认为喜剧之所以称为喜剧，并不因为它有笑料，能产生引人发笑的效果，而是因为它具有深刻的喜剧性，"喜剧性是根据性格发展而出现的隽永境界。意料不到和不伦不类让我们觉得好笑。噱头俏皮话引人发笑，但是不见得就能构成戏剧的力量。"③ 他指出莫里哀对喜剧特质的认识就是建立在这种深邃理解的基础上的，从而确认喜剧性能够"透示深沉的心理的

---

① 原载《晋阳学刊》1991年第5期。
② 《咀华集·序一》。
③ 《陈州粜米——喜剧性》。

生存",掀起"深厚的人性的波澜",成为"最有戏剧性的揭露"①。李健吾把莫里哀的这种突破放到欧洲喜剧史的发展中考察,肯定了他对喜剧特质的新的阐发,提高了喜剧的品位,赋予喜剧严肃的人生意义和真正的艺术生命。莫里哀所处的时代,正是人们已不满足于悲剧,而喜剧却陷入浅薄的"闹剧"被人鄙视一蹶不振之际。莫里哀首先纠正了这种偏颇,他一方面主张把闹剧手法纳入喜剧艺术之中,但又要求闹剧手法"把根扎在生活的基础上或者性格发展上"②;另一方面他又提出要防止"廉价的戏剧性倾向过分畸重"。李健吾通过对莫里哀戏剧主张的分析,提炼出理解喜剧性的一个关键,那就是正确处理喜剧性和讽刺性以及笑的关系。他从莫里哀喜剧的分析中指出喜剧离不开讽刺性,喜剧应当具有巨大的讽刺力量;但喜剧性并不等于讽刺性,因为"讽刺作品不一定就笑","喜剧的可笑性应当远比讽刺性更是基本的"③。但是,他同时又指出"不能把上演喜剧的目的看成逗笑……逗笑是一种手段,不是目的",逗人发笑的"滑稽作品不一定就是讽刺"④。他指出莫里哀对自己的喜剧就提出了这样严格的要求:"他要他的喜剧从生活出发,人物要真实,还要起逗笑的作用","真实和诙谐在他的喜剧里应当统一起来",并由此揭示出莫里哀喜剧的高明之处就在于这"二者巧妙地融合在一起"⑤。在这里,李健吾通过对莫里哀喜剧中的喜剧性、可笑性和讽刺性相互联系和区别的深刻分析,揭示了喜剧特质构成因素之间的辩证关系。

与喜剧特质紧密联系的是喜剧任务问题。李健吾通过对阿里斯托芬到莫里哀的喜剧创作的总结,指出"喜剧在民间成长,从批评出发,用欢笑来完成任务,配合实际生活,比悲剧更其密切"⑥。对于喜剧的任务,莫里哀有非常明确的表达,"喜剧只是精美的诗,通过意味隽永的教训,指摘人的过失"⑦;他给自己的喜剧规定的社会使命是"攻击我的世纪的恶习"⑧。李健吾在莫里哀的这些表述

---

① 《吝啬鬼》。
② 李健吾:《试谈导演莫里哀的喜剧》,《李健吾戏剧评论选》,北京:中国戏剧出版社,1982年,第239页。
③ 同上书,第237页。
④ 同上书,第242—243页。
⑤ 同上书,第237页。
⑥ 李健吾:《莫里哀的喜剧》,《李健吾戏剧评论选》,第81页。
⑦ 《达尔杜弗·序》。
⑧ 《第二陈情表》。

里发现和肯定了他的喜剧观念的现实主义战斗精神。为什么喜剧能完成这样的社会批评的任务？李健吾认为这是与莫里哀对喜剧特质的深刻理解分不开的，他援引莫里哀自己的话说明了这一点："一本正经的教训，即使最尖锐，也往往不及讽刺有力量，规劝大多数的，没有比描写他们的过失更有效的了。恶习变成人人的笑柄，对恶习就是致命打击。责备两句，人容易受下去的，可是人受不了揶揄。人宁可作恶人，也不要做滑稽人。"而要完成这种教育使命，莫里哀喜剧倚仗的是艺术征服力，这种艺术征服力"靠欢笑也靠真实"[①]，即喜剧性、可笑性与真实性的统一。

喜剧被莫里哀赋予如此崇高的社会使命，但是和喜剧当时所处的历史地位极不相称。欧洲自古希腊戏剧以来，一向认为悲剧比喜剧更高贵。亚里士多德在《诗学》中认为"喜剧总是模仿比我们今天的人坏的人，悲剧总是模仿比我们今天的人好的人"，罗马批评家贺拉斯在《诗艺》中同样轻视喜剧，并给戏剧创作制定了偏于守旧的规则，他们对喜剧的偏见一直延续统治了整个文艺复兴时期。十七世纪法国古典主义承袭古代传统，法兰西学院领袖夏普兰强调戏剧创作必须遵守"三一律"，认为悲剧和史诗是"高级体裁"，喜剧则是"低级体裁"。莫里哀虽属古典主义作家，但他却突破了对喜剧的陈旧的偏见。他在《〈太太学堂〉的批评》中，借剧中人陀朗德之口表达了自己的主张："能博得人的喜爱是个伟大的艺术"，并认为喜剧比悲剧更难写："在那些严肃的戏剧里，只要写的东西是合乎情理并且写得很美，就不至于挨批评；在喜剧里，这一点就显得不够，而应该加上诙谐，不过把正人君子逗得发笑，并不是件轻而易举的事情。"把与下层人民及实际生活更为贴近的喜剧提高到前所未有的崇高地位，正如李健吾所指出的，这是莫里哀对传统戏剧观念的富于革命性的突破。

二

理论的突破要求以对传统的怀疑精神、批判精神和创新精神为前提，李健吾揭示出莫里哀对传统喜剧的另一个重大突破是他对传统艺术法则的充满了革命反

---

① 李健吾：《莫里哀的喜剧》，《李健吾戏剧评论选》，第139页。

叛意识的辩证理解。李健吾指出莫里哀并不笼统地反对一切"艺术法则",但同时又指出莫里哀对"艺术法则"的不拘旧格的精辟理解:"法则是一种'观察心得',应当和有机制创造活在一起,绝不可以成为它的压力。"① 他独具慧眼地发现了莫里哀喜剧艺术生命的活力就在于他"反对食古不化,墨守成规"②。在十七世纪的法兰西,亚里士多德成为至高无上的权威,对于古典主义者来说,摹写生活与模仿古人属于同一意义,在戏剧方面,古典三一律成为判定作品优劣的首要标准。李健吾指出莫里哀是尽可能遵守三一律的,但他遵守三一律所下的功力,不在遵守本身,而在遵守的时候还要气势自然;当两者发生冲突的时候,为了自然,他宁可破坏法则。李健吾引用了莫里哀自己的话来说明以上这种着眼于艺术创造的反叛革新精神:"为了表现正确,必须牺牲规格;艺术应当教我们从艺术法则解放出来。"③ 莫里哀的《太太学堂》发表后引起了争议,某些人批评这个剧本违背了传统的艺术法则。为此,莫里哀又写了《〈太太学堂〉的批评》来回答。他借剧中人物陀朗德来表达自己的主张。针对那些"口口声声法则,天天折磨外行"的"妙人",陀朗德说:"艺术法则不过是一些得来并不费力的心得罢了",并揭破了艺术法则的奥秘:"人读这类诗发生快感,于是常识就根据可能打消这些快感的东西,做出这些心得来。""在所有的法则之中,最大的法则难道不是叫人喜欢?"李健吾指出陀朗德所说的"叫人喜欢"并不是单纯逗人一笑,而是对喜剧最大社会效果的强调,因此,莫里哀认为"决定法则使用的,不是法则本身,而是使艺术之所以为艺术的另外一些东西",这"另外一些东西",就是"莫里哀所看重的,第一是主题任务,第二是喜剧效果"④。

李健吾指出正是从这样的认识出发,莫里哀还对传统的叙述和动作的法则进行了勇敢的挑战。正如《〈太太学堂〉的批评》中的学究诗人李希大斯那样,当时戏剧界也有某些人指责《太太学堂》违背法则,缺少动作。李希大斯引经据典,死板注解"戏剧就是动作",说什么"戏剧诗的名字是从一个希腊字来的,意思是'动',表示这种诗的性质含在动作里头,可是这出喜剧没有动作,一切

---

① 李健吾:《莫里哀的喜剧》,《李健吾戏剧评论选》,第 139 页。
② 同上书,第 137 页。
③ 路易·拉辛:《札记》。
④ 同①,第 140 页。

含在阿涅或者郝拉斯的叙述里头"。（第六场）根据他们的学究式看法，《太太学堂》就不配算作戏。这种形而上学、墨守成规的看法一直延续到十八世纪，伏尔泰还以不同的词句重复这一迂腐的见解："虽然全部是叙述，但是通过巧妙安排，一切像是动作。"① 而莫里哀早在《〈太太学堂〉的批评》中通过陀朗德阐述了自己对传统的叙述与动作的法则的突破性见解："动作有许多，全在戏台上发生，而且根据主题的性质，就连叙述本身也是动作；尤其是这些叙述，都是天真烂漫、讲给当事者听的。他回回听，回回窘，观众先就看了开心。再说他一得到消息，就尽他的力量，想出种种办法，打消他怕遇到的祸事。"李健吾指出，莫里哀作为"一个高度自觉的伟大喜剧作家"，对叙述与动作有着独特的理解。诚然，在古典主义戏剧中，叙述多于动作，并且一般来说，过多的叙述是戏剧所忌讳的。但是所谓动作，应当理解为包括身心两方面的动作，莫里哀在《太太学堂》中的叙述，是充满内心活动、包含内在动作的叙述，它"根据主题的性质"，推动剧情发展，产生戏剧效果，因此在这里，"叙述就是动作"。对于这一点，莱辛是深深理解了的，他曾以诙谐的口吻，把伏尔泰对莫里哀的错误批评掉转过来，肯定了莫里哀的这种突破："关于《太太学堂》，我们为自己可以说得更加正确些，就是：全部是动作，虽然这里一切像是叙述。"② 李健吾也深刻地看到了这一点，而且对莱辛的观点加以阐述发挥："叙述在这里不是为了叙述而叙述，对于我们，叙述往往只是叙述，但是莫里哀在这里看出了'戏'……因为每一次叙述，必然会通过真情暴露，把'戏'带上一步，而更重要的是，像莫里哀说的，它的结果加强性格的反映。"③ 李健吾指出围绕《太太学堂》展开的喜剧史上的这场论战，有力地说明了莫里哀所追求和服从的是"使艺术成为艺术"，而这正是他敢于冲破陈旧艺术法则，辩证地认识艺术法则的内在驱动力。

三

莫里哀对传统喜剧观念和喜剧理论的突破必然带来他对传统喜剧技巧的突

---

① 引自他的关于莫里哀的喜剧的《概略》。
② 莱辛：《戏剧作法》。
③ 李健吾：《莫里哀的喜剧》，《李健吾戏剧评论选》，第142页。

破。李健吾揭示出莫里哀对传统喜剧技巧的突破表现在他对喜剧与悲剧融合的肯定、对人物性格化描写的追求以及喜剧艺术中闹剧手法的引进上。

十七世纪是古典主义在法国形成、发展并一统文坛的时代。对于古典主义的全面评析不是本文的任务，但应当指出的是，在古典主义的理论规范中，以下诸点是被反复强调的：其一是文学作品的体裁要有严格的界限，例如悲剧与喜剧不可混同；其二是在典型问题上，直接继承和严格遵循贺拉斯的类型说和定型说，完全忽视个性化描写而只主张描写同类人物的共性，但共性并不反映普遍规律与本质，人物往往成为固定不变的抽象概念的化身；其三是对闹剧手法的贬斥与排除，布瓦洛在《诗艺》中强调即使喜剧也必须是"高尚地调侃诙谐"，需要"谦和的文笔"，而闹剧手法则是"乱开玩笑，损害着常情常理"，"运用下流的词句博得众庶的欢呼"。

莫里哀一般被认为是古典主义戏剧的代表作家之一，但是一个真正把握到了艺术真谛和不懈追求艺术生命力的作家，是不会被狭隘的违反艺术发展规律的所谓"规范"所约束的。李健吾指出莫里哀的喜剧创作在某些方面实际上已突破了古典主义的规范而表现出忠于生活和艺术的严格的现实主义精神。

对于悲剧与喜剧的区分，在古典主义戏剧理论家如高乃依看来是不能混淆，应当类型分明的。他认为"在（悲剧与喜剧）二者所描写的事件中，应当使观众深切地感觉到参与事件的人的感情，使他们离开剧场时神态清明，不存一点疑问"①，另一位理论家布瓦洛则更为明确地肯定："喜剧性在本质上与哀叹不能相容，它的诗里绝不能写悲剧性的苦痛。"② 而李健吾指出悲剧材料在莫里哀处理之下，含有意想不到的喜剧妙趣，但在哄堂大笑之后又能引起一种悲剧感觉。即以莫里哀最著名的作品《达尔杜弗》（《伪君子》）来说，究其实质是一出悲剧，悲就悲在家长迷信所谓"良心导师"之类的伪君子，把家产和政治秘密全都交给了骗子，几乎弄得家破人亡。但莫里哀对这个悲剧题材却以喜剧手法出之，使观众在欢笑之余陷入深思。悲剧与喜剧的交融——李健吾认为这是《达尔杜弗》之所以坐上莫里哀喜剧"第一把金交椅"的原因之一。

---

① 高乃依：《论戏剧的功用及其组成部分》。
② 布瓦洛：《诗艺》。

针对古典主义忽视人物个性化、只注意类型化的局限，李健吾指出莫里哀的喜剧把塑造个性鲜明的人物形象作为自己创作的中心任务。他认为莫里哀的代表作《太太学堂》（1662）之所以能"把法国喜剧送上一个新顶点"，"有划时代的意义"，不仅仅是（或主要不是）符合古典主义者关于"大喜剧"的规定，"而是由于他深入人物的内心活动，使它成为性格喜剧"，这种"严肃的意图"就必然"提高喜剧的性质"①，使他的喜剧格调品位高于一般古典主义喜剧，而成为世态喜剧和性格喜剧。

关于闹剧和闹剧手法，在古典主义的理论家看来，是低级庸俗的，但李健吾指出莫里哀对喜剧的一个重要贡献就是把闹剧提高到喜剧的品位，把闹剧手法纳入喜剧手法。莫里哀把他的剧作统统叫作喜剧，连许多闹剧也叫作喜剧，原因很简单，因为当时闹剧身份低，受到贵族阶级的排斥；可是莫里哀在民间待了十多年，深深体会到闹剧作为制造笑料的手段增强喜剧性的重要意义，因此他始终偏爱闹剧手法。他曾这样为闹剧手法正名并提高其地位："我们平日所鄙夷的闹剧手法还有集中一击的高明的一面。它说明事件和性格的本质，往往会和发展的顶点结合。"② 但李健吾指出莫里哀同时又强调不应用闹剧手法破坏喜剧意味，他通过对莫里哀喜剧中闹剧手法的具体分析，说明莫里哀使用闹剧手法是特别注意适度的分寸感的，"一觉得主题的严肃意图受伤，就要赶紧停止闹剧手法的继续使用"③，从而真正达到"真实而又逗笑"的喜剧效果。

四

从以上对李健吾莫里哀喜剧研究极其粗疏的扫描中，我们既看到了他对莫里哀喜剧艺术精华的精辟阐发，又可以看到研究者自身鲜明独特的研究个性。那么，从研究角度、方法、文体诸方面，李健吾表现出一种什么样的研究个性呢？

首先，我们看到李健吾的莫里哀喜剧研究注意从历史发展的角度，从作家创作总特色中去发现作家艺术的独创性，着重揭示其对文学发展的突破性贡献。

---

① 李健吾：《莫里哀〈喜剧六种〉译本序》，《李健吾戏剧评论选》，第253页。
② 李健吾：《试谈导演莫里哀的喜剧》，《李健吾戏剧评论选》，第243页。
③ 同上书，第240页。

在李健吾看来，莫里哀的喜剧创作既是一种文学现象，又是一种历史现象，因此要对莫里哀喜剧创作的真正价值有所把握，就应当把它放到世界戏剧史和法国戏剧史的发展过程中，揭示它提供了一些什么别人所没有提供的东西。这样的研究要求研究者把对史的宏观的把握和对具体对象的独特价值的发现结合起来，李健吾所进行的就是这样一种充满探索精神和自觉意识的富于活力的研究。在他的主要研究成果（如《莫里哀的喜剧》《试谈导演莫里哀的喜剧》《莫里哀〈喜剧六种〉译本序》等）中，他总是把莫里哀的创作放到世界戏剧潮流和一统法国剧坛的古典主义思潮中，一方面指出其创作与时代潮流的联系，另一方面又着重揭示其创作对当时潮流的突破，而正是这些突破，显示出莫里哀应有的历史位置。

其次，我们可以看到李健吾的研究方法具有自己的独特个性。自然，一个真正的研究者其研究方法往往是多元的综合的，但以下几种研究方法在李健吾研究中被突出地强调着和自觉地运用着：其一是分析和体验相结合的方法。李健吾认为一个真正的研究者，应当同时具有深刻的科学分析力和独到的艺术体验力，换言之，即同时具有清醒严密的理性思维能力和敏感强烈的形象感受能力。对于前者于科学研究的重要性是一目了然的，而对于后者于科学研究的关系就常常被人们所忽略，但这恰恰是李健吾所强调的。他认为"一个批评者需要广大的胸襟，但是不怕没有广大的胸襟，更怕缺乏深刻的体味"，他把这种深刻的体味称为"心灵：与心灵的接触"[①]，是研究批评的出发点。所谓体验，一是体验作者的人生态度，一是体验作者的艺术个性。这种深刻的体验使研究者获得对研究对象独特的审美感受，而这种独特审美感受又引导研究者深入到艺术品的核心，把握其审美价值。他在分析研究莫里哀的喜剧作品时，就不是如同一般研究者那样仅仅站在作品之外作冷静的审视，同时他还深入到作者所创造的艺术世界中去，揣摩体验作者的人生态度、创作心态和形象意蕴。因此，李健吾的莫里哀喜剧研究就不仅是由外向内的分析力的穿透，同时还是对艺术形象由具体体验而升华的理性感悟。其二是比较方法。李健吾认为"批评最大的挣扎是公平的追求"[②]，而公平的取得，仅仅依靠分析和体验还是不够的，因为即使分析深刻精辟，体验真实独

[①]《咀华集·序一》。
[②] 同上注。

特，却还是停留在单一的封闭性的研究上，而任何艺术品真正价值的确定，只有在比较中才能获得。因此，他主张"比照"，他把"比照"看作研究批评的"最可靠的尺度"① 之一。李健吾在莫里哀喜剧研究中的"比照"（比较）是广泛的，既有纵向的比较，又有横向的比较，既把莫里哀的喜剧放到世界戏剧潮流中，与古希腊喜剧进行比较研究，又把他的艺术实践同当时所盛行的法国喜剧进行比较研究，在比较中突显研究对象的独特性。其三是当代性与历史感的结合。所谓当代性就是指研究者以当代先进的科学的世界观艺术观为研究基点，显示出研究观念和方法在当代的最新发展，所谓历史感就是指研究者以历史的眼光研究作品，在历史发展中确定作品的价值和位置。李健吾对莫里哀喜剧的研究，主要是在他的思想有了巨大飞跃的新中国成立之后进行的，与他新中国成立前以"刘西渭"笔名进行的研究批评相比，最根本的变化是对马克思主义文艺观和方法论的自觉掌握和运用。在具体分析中，李健吾注意分析作者和作品中的形象在当时所处的阶级地位、所反映的阶级欲望和所代表的历史趋向，注意分析文学潮流蕴含的阶级斗争的意义，同时又遵循知人论世的方法，对作品所处的时代环境进行具体的历史的分析，这就使他的研究结论总能给读者一种当代的开阔感和历史的深沉感。

最后，值得我们注意的是李健吾研究文字的具有独特韵味的文体。文体，是成于中而形于外的作家的个性、格调、气派、风韵在作品中的凝聚，它以风格为其内涵，以语言为其外衣，它是一种笔调、风致，同时又是一种高于个性特色的思维和描述方法，是研究者成熟的标志。那么，李健吾在莫里哀喜剧研究文学中创立的是一种怎样的文体呢？和一般理论研究文字的严肃但未免拘谨的条分缕析、逻辑推导不同，他的研究文体生动活泼、不拘一格，文字灵动鲜活、文采飞扬，即使在理论分析中，也往往同时用抒情性语言描述出自己对作品的审美感受，把自己对作品的鞭辟入里的见解糅合在对作品艺术审美的传达中，用一种从容不迫、亲切动人的语调和质朴无华、富于活力的语言表达出来，在给读者以理性顿悟的同时，又辅以形象的感染和感情的冲击。可以说，他把理论研究文字提高到了一种"美文"的境界，这是他超越了莫里哀喜剧研究而对"文体学"的独特贡献。

---

① 《边城》。

古典与现实：李健吾对莫里哀喜剧的研究与阐发①

徐欢颜

李健吾在《莫里哀喜剧》序言的开篇这样定位莫里哀："莫里哀是法国现实主义喜剧的伟大创始人。"② 但在法国的各种文学史著作中，都承认莫里哀是法国古典主义喜剧的代表作家。③ 李健吾作为中国的莫里哀研究专家，为何坚持将莫里哀与现实主义挂钩？在李健吾的莫里哀喜剧研究中，他是如何界定并使用"古典"与"现实"这两个概念的呢？他既是翻译家和研究者，同时又是著名的作家和文学评论家，他对于莫里哀喜剧的理解和阐释对于中国接受莫里哀喜剧有何影响？本文试图从"古典"与"现实"这两种观念入手，来探讨李健吾对莫里哀喜剧的阐释以及对于 20 世纪下半期中国莫里哀研究的影响。

一、李健吾的戏剧批评观念

（一）李健吾的"古典"观

"古典"和"古典主义"在 20 世纪的中国文学批评界众说纷纭，在李健吾那里，对于"古典"的言说也随历史的发展而有所变化。

在"五四"前后的文艺批评界，古典主义不仅仅是一个特定的文艺思潮的概

---

① 原载《文艺理论与批评》2014 年第 2 期。
② 李健吾：《〈莫里哀喜剧 第一集〉译本序》，莫里哀：《莫里哀喜剧 第一集》，李健吾译，长沙：湖南人民出版社，1982 年，第 1 页。
③ Gustave Lanson, Histoire de la littérature francaise Paris : Hachette & Cie, 1912；AGazier, Petite histoire de la littérature francaise, Librairie Armand Colin 1917；Roger Zuber et Micheline Cuénin Histoire de la littérature francaise: Le Classicisme Paris: Flammarion, 1998.

念,它还被中国新文化知识分子借用过来描述中国当时的文学现状,在"反传统"的文化背景中因其"古"而备受诟病。被胡适称为第一个将法国文学上的各种主义介绍到中国来的陈独秀,曾把法国文学艺术的变化分为三个时期:从古典主义到理想主义(即浪漫主义)、从浪漫主义到写实主义、从写实主义到自然主义。① 此处的古典主义显然是一个特定的文艺思潮的概念。文学史上的思潮流派本无优劣之分,但是,中国近代以来带有进化论色彩的文学史观,导致了中国新文学叙述模式中"古典/浪漫""古典/写实"的二元对立。"五四"一代的文学批评者认为无论是介绍西洋文学以供中国新文学借鉴,还是从事文学研究,都应该提倡近代以来的写实主义;而从创作现实来看,"五四"一代的作家们更倾心于浪漫主义。"古典"和"古典主义"在中国新文学那里,陷入尴尬的境地。

20 世纪 30 年代,李健吾在《吝啬鬼》一文中,对于中西"古典"的看法迥然有异:对于中国古典戏曲传统,他认为缺乏戏剧性,基本持贬斥态度;对于西方吝啬鬼主题的喜剧作品,他赞扬古罗马作家和莫里哀高超的喜剧技巧,认为他们用人物推动情节发展,有真切的情感依据。② 这种评价尺度隐隐折射出新文化运动以来对待中西戏剧的态度:中国戏曲是旧剧,必须进行改革,而"建设"中国新剧必须学习西方戏剧。但他对于西方古典主义戏剧,并不持反对意见,反而是赞誉的态度。

1949 年,李健吾在《向贵人看齐》的序言中,甚至没有使用"古典主义"这一名称,而是用了比较拗口、很少有人使用的"经典主义"的译名。他认为《向贵人看齐》"时间不间断,地点只是汝尔丹先生的客厅,我们真可以把这出喜剧说做经典主义的制作,完全吻合'三一律'"。③ 由此可知在这一时期,李健吾和众多中外研究者一样,将"三一律"作为判断古典主义剧作的标志。他将 Classicisme 译作"经典主义",在中文语境中"经典"是一个褒义词语,故而"经典主义"的提法比"古典主义"更能突出正面意义。

从以上可以看出,在 20 世纪 50 年代之前,李健吾对于古典主义和"古典"

---

① 陈独秀:《现代欧洲文艺史谭》,《青年杂志》第 1 卷第 3 期。
② 李健吾:《吝啬鬼》,《李健吾戏剧评论选》,北京:中国戏剧出版社,1982 年,第 10 页。
③ 李健吾:《〈向贵人看齐〉译本序》,莫里哀:《向贵人看齐》,李健吾译,上海:开明书店,1949 年,第 5 页。

的认识，与当时的理论批评界保持有一定的距离，他更强调"古典"中积极的一面。但从 20 世纪 50 年代开始，"古典"在李健吾的评论文章中意义逐渐趋向负面，这一变化受到了当时苏联学术批评观点的影响。

在 1955 年写就的《莫里哀的喜剧》一文中，李健吾对待古典主义的态度是基本否定的。虽然他也承认古典主义在法兰西文化形成上起过重要作用，但他认为站在古典主义理论后面的只是一个君主政体。他在行文和注释中为"古典主义"释名，认为"进入十九世纪，浪漫主义兴起，古典主义成了和它对立的名称。但是就法兰西十七世纪文学本身，倒是皆立屋斯（Aulus Gellius，公元二世纪罗马作家）的说法对它相宜。他研究希腊文学，在他的《雅典夜读录》（*Noctes Atticoe*）里面，分成'属于上等社会的作家'（Scriptor Classicus）和'属于下等社会的作家'（Scriptor Proletarius）。法兰西古典主义文学，实际在'古'与'经典'意义之外，本质上是'属于上等社会的'。"① 在当时的批评语境中"上等社会"的文学就意味着反动、落后、脱离人民大众，而"下等人"、劳动人民的文学才是值得赞扬的对象。故而在文章末尾，李健吾痛惜莫里哀"受到的损害是多方面的，例如古典主义的法则，宫廷节日的应付"。但李健吾又认为，莫里哀喜剧属于低一级的种类，模仿下等、最多也就是中等人的行动，而且作者敢于突破古典主义的法则，讽刺教士、贵族和资产者，而对仆人这些下等人的智慧大加赞美，这样一来莫里哀喜剧就与"上等社会"的文学拉开了一定的距离，莫里哀也被定位成贴近"下等社会"的作家。

此外，李健吾还从形式和内容两个方面委婉曲折地将莫里哀的作品与有害的"古典主义"进行切割："他一方面批评说把戏剧分类看呆板了，就难免要陷到欧洲伪古典主义的形式纯洁论里去了"②，另一方面又认为莫里哀将他的喜剧形式放在一种容易为人接受的生活样式里，用喜剧反映当时法兰西社会的现实，达到纠正人的恶习的实际目的。这样一来，时人对于莫里哀喜剧的批评，就不能因为古典主义的形式而否定其内在的现实主义精神。这样，在 20 世纪 50 至 60 年代的批评文化语境中，李健吾就为古典主义形式与现实主义精神的结合打开了一个

---

① 李健吾：《莫里哀的喜剧》，《李健吾戏剧评论选》，第 131—133 页。
② 李健吾：《试谈导演莫里哀的喜剧》，《戏剧学习》1960 年第 8 期。

阐释的对接口。

到了20世纪80年代，李健吾开始从学理上为古典主义正名。1982年在《〈法兰西十七世纪古典主义文艺理论〉前言与各家小议》一文中，他对于古典主义和"三一律"都进行了详细的阐释和辨析。他认为，"古典主义在法国十七世纪作为'运动'，并不存在。没有一个人把自己看成一位古典主义者"。[1] 他追溯了古典主义名称的由来，提出"在十九世纪以前，法国是没有什么古典主义的。十八世纪后半期，学校开始用法国文学做教材，不得不对本国作家有所选择，这才有了'auteur Clas-sique'的特殊意义，一是教材，和'教室'（Classe）有关；一是被选用的教材都是典范作家，于是，离开教材，又成为完美作家。这些作家大都生死在路易十四时代，只有莫里哀是演小丑的戏子，没有被选入法兰西学院。此外，几乎都是学院院士。于是为了尊敬起见，就有了古典主义这个名称，而反对者如雨果，为了贬低起见，也用了这个名称"。[2] 同时，李健吾对"三一律"也有所考辨，认为在18世纪，伏尔泰开始对17世纪作家做出评价，他把"三一律"说成法国戏剧的独特产物。在此之后"三一律"成为19世纪浪漫主义反对古典主义的罪名。他的这些论述对于古典主义不再简单否定，而是给予重新认识，某种程度上延续了他在20世纪上半期的评论思路。

综上所述，李健吾对于"古典"的认识经历了一个迂回渐变的过程。李健吾从20世纪50年代末开始一直不辍翻译《法兰西十七世纪古典主义文艺理论》，相关文章陆续在20世纪70年代后期至80年代中期发表，这些文章有助于古典主义在学术上的准确定位和阐释，扭转了我国文艺界长期以来对于古典主义的误解和偏见。

（二）李健吾的"现实"观

在20世纪的中国文学界，现实主义一直都是被提倡的。但是关于"现实""现实主义"的界定，众说纷纭，并无定论。1931—1933年，李健吾赴法留学，主要研究法国小说家福楼拜，他在20世纪80年代宣称的理由是"我认为对中国

---

[1] 李健吾：《〈法兰西十七世纪古典主义文艺理论〉前言与各家小议》，《外国文学研究集刊 第4辑》，北京：中国社会科学出版社，1982年，第34页。
[2] 同上书，第36页。

有实际教益的,还是现实主义,而不是其他什么主义"①,那么,在李健吾的文学批评中,"现实""现实主义"的内涵是否始终如一呢?

关于"现实",李健吾有其独特的认知。在他20世纪40年代的批评文章中,他区分了"现时"和"现实"两个不同概念:认为"现时"属于现象,属于时间,属于历史;而"现实",含有理想,孕育真理,把幻觉提到真实的境界。他说:"现实即是真实。只要现实——那最高的现实存在,一部艺术作品便不愁缺乏时代的精神。西欧中古世纪的教徒把观念看作真实的存在,首先造出现实主义这个名词,意思是说,观念的实现,今日我们引申而用,倒转来把现实看作真实。现实是现时最高的真实,因为这里的形象颠扑不破,并非随波逐流的苇荻。"②李健吾的现实观可谓别开生面,在他看来,"现实似乎具有两种,一类是集中式,一类是自然式的,因为对于现实解释不同,成为两种不同的手法。浪漫主义者群的集中往往只是过火;自然主义者群的自然往往流于琐碎,另一种过火"③。李健吾推崇雨果的说法"自然的现实和艺术的现实并不完全相同"。作为一位拥护福楼拜的批评家,他对所谓的现实主义实际上是持怀疑态度的,他更青睐于"艺术的现实",主张戏剧所反映的现实应该是一种经过提炼的真实。

在1949年出版的《吝啬鬼》译本的序言里,李健吾对于莫里哀喜剧有以下几点论述,从中可以反映他独特的现实观念。

《吝啬鬼》不仅是一出普通的风俗喜剧,而且正如巴尔扎克在小说里面所描绘,成为一出社会剧。④

他的技巧往往露出马脚,例如在《吝啬鬼》里面,第五幕的传奇式的团圆伤害现实的真实,然而在这上头怪他,我们不如索性指摘喜剧本身。⑤

莫里哀在情节上往往歪扭现实,但是在风俗上,在行动上,在心理上,特别

---

① 李健吾:《我走过的翻译道路》,王寿兰编:《当代文学翻译百家谈》,北京:北京大学出版社,1989年,第290页。
② 李健吾:《关于现实》,《咀华二集·附录》,上海:上海文化生活出版社,1942年。
③ 李健吾:《上海屋檐下》,《李健吾戏剧评论选》,北京:中国戏剧出版社,1982年,第24页。
④ 李健吾:《〈吝啬鬼〉译本序》,莫里哀:《吝啬鬼》,李健吾译,上海:开明书局,1949年,第578页。
⑤ 同上注。

是在性格上,永远忠实。①

在这里,李健吾强调莫里哀喜剧"在情节上歪扭现实",这说明莫里哀喜剧反映的现实并不局限于路易十四时代,而是在风俗、行动、心理和性格忠实上达到了艺术真实。

1949年之后,李健吾频繁使用"现实主义"这一词语来阐释莫里哀喜剧。他对于莫里哀喜剧的阐释和定位,一方面受到了当时苏联的莫里哀阐释话语的影响,另一方面也对他同时代以及新时期的莫里哀研究者产生了影响。

二、李健吾对莫里哀古典主义喜剧的现实化阐释

20世纪50年代末至60年代初,李健吾对于莫里哀喜剧艺术的评述集中在《莫里哀的喜剧》《莫里哀〈喜剧六种〉序》这两篇论文中。他的主要论点可以归结为以下几个方面:在创作原则上"莫里哀的创作原则是一个现实主义者的创作原则。他热爱生活。这表现在他的思想上,表现在他对青年的关怀上,对'下等人'的品德的表扬上,表现在他对语言的选择上,同样也表现在他对人物性格的认识上"②;刻画人物方面,"他以现实主义精神,写出了资产阶级人物的弱点和恶习"③;在对后世的影响方面,"他不仅在法国,而且在全欧洲,建立现实主义喜剧的写作和演出的传统"④;莫里哀喜剧艺术的特色之一,就是"尖锐的现实主义精神"⑤。

李健吾在这一阶段的莫里哀喜剧研究中不断使用"现实主义"来分析阐释莫里哀喜剧,他以上的这些论断在苏联学者莫库里斯基的《莫里哀》和《论莫里哀的喜剧》两本书中都有类似的表述。而且他的批评风格也发生了相当大的变化:20世纪三四十年代,他的批评风格是"印象派式"的从文本出发,注重阅读者

---

① 李健吾:《〈吝啬鬼〉译本序》,莫里哀:《吝啬鬼》,李健吾译,上海:开明书局,1949年,第578页。
② 李健吾:《莫里哀的喜剧》,《李健吾戏剧评论选》,第147页。
③ 同上书,第119页。
④ 同上书,第284页。
⑤ 同上书,第266页。

的个人体验；而 20 世纪五六十年代的莫里哀喜剧评论文章中，常常用相当长的篇幅来说明莫里哀主要作品和主要人物的社会根源和社会意义，更加注重文本背后的社会历史学分析。

李健吾对于莫里哀古典主义喜剧的现实化阐释，从 20 世纪 50 年代持续至 80 年代。1959 年前后，李健吾参与了中国社会科学院文学研究所西方文学研究组"西方古典作家论现实主义和浪漫主义"资料编选的工作，在这本书里，他这样定位莫里哀："他虽为古典主义作家，但其喜剧创作对古典主义的陈规旧套多所突破，发扬了现实主义精神，对法国乃至欧洲戏剧向现实主义发展产生了很大影响。"① 1981 年 6 月，李健吾为自己翻译的四卷本《莫里哀喜剧》作序，序言的首句就宣称莫里哀是现实主义喜剧的伟大创始人，然后进一步解释说："他的喜剧向后人提供了当时的风俗人情，向同代人提出了各种严肃的社会问题。这里说'现实主义'，因为这最能说明他的战斗精神。它又是法国唯物主义喜剧的第一人，他以滑稽突梯的形式揭露封建、宗教与一切虚假事物的反动面目。"② 李健吾将"现实主义"的命名归因于"战斗精神"，仍然延续了 20 世纪 50 年代以来他对于莫里哀喜剧的解读方式。从李健吾对"古典"和"现实"的理解出发，结合李健吾对莫里哀喜剧的解读，我们可以发现，李健吾与莫里哀喜剧结缘的近半个世纪里，他将莫里哀喜剧浸润在"无边的现实主义"之中，思想内容、人物性格、艺术特色都可以归结为"现实主义"。

李健吾的莫里哀喜剧研究表现出古典主义文学现实化阐释的鲜明特色。李健吾对于莫里哀的研究和阐释也深刻影响了他同时代以及后来的研究者。他的学生胡承伟所著的《论莫里哀的创作思想》，是新时期第一篇研究莫里哀的学位论文，这篇论文将莫里哀作为"现实主义大师"和"唯物主义者"来认识，思想观点多受李健吾的影响。罗大冈在为朱延生翻译的《莫里哀传》写作序言的时候，也认为"莫里哀在法国文学史上的重要意义远远不止是天才的喜剧家，杰出的剧作家和杰出的舞台艺术家。他是法国文学史上为期最早，成就极大，影响深远的现实主义作家、艺术家。他在戏剧领域内的现实主义辉煌成就，只有小说领域内的巴

---

① 中国社会科学院外国文学研究所外国文学研究资料丛刊编辑委员会编：《欧美古典作家论现实主义和浪漫主义（下）》，北京：中国社会科学出版社，1981 年，第 11 页。
② 李健吾：《〈莫里哀喜剧 第一集〉译本序》，莫里哀：《莫里哀喜剧 第一集》，第 1 页。

尔扎克能与之相比"。① 自 20 世纪 80 年代以来，在各种外国文学史或者法国文学史的教材中，对于莫里哀的阐释也多是从现实主义角度着眼的。

李健吾将一生的大量精力都倾注在他所偏爱的莫里哀喜剧的翻译和研究上，是因为他意识到："中国在吸收各国的戏剧成就，演出了许多古典的经典的东西，这些东西一定会带来好的影响。尤其是莫里哀的战斗精神，诙谐的手法，描写阶级矛盾题材的创作实践，都是值得我们中国现代人很好学习的。"② 李健吾对莫里哀的古典主义喜剧进行现实主义的阐释，使得莫里哀喜剧被中国学界广泛接受，进而使法国古典主义文学在中国文学现实中发挥作用。

（本文系教育部人文社会科学青年项目［0YJC751098］河南理工大学博士基金［SKB2013-18］的阶段性研究成果）

---

① 罗大冈：《现实主义戏剧家莫里哀》，《外国文学研究》1985 年第 3 期。
② ［法］莫里哀：《译者简介》，《莫里哀喜剧 第四集》，长沙：湖南人民出版社，1984 年，第 495 页。

李健吾对巴尔扎克的接受与传播[1]

蒋 芳

内容摘要：国内对巴尔扎克的接受与传播中，李健吾属成绩卓著者。他对巴尔扎克的观照较早、关注时间持续最长。他在诠释巴尔扎克上显示出来的个性，不仅昭示其对巴尔扎克理解的透彻，也反映了国内接受巴尔扎克的流变历程。他不是以一个普通接受者的身份来对待巴尔扎克，而是用一个文学创作者的热情和责任来传播巴尔扎克。

关键词：李健吾 巴尔扎克 传播 接受

李健吾，作为我国"文学研究会"一员，他不仅是读者喜爱的小说家、散文家、剧作家和文学评论家，更是著名的外国文学翻译家，尤其在巴尔扎克传播史上贡献卓越。他对巴尔扎克观照较早、关注时间持续最长，是我国少见的巴尔扎克接受者和传播者。

一、巴尔扎克传播的开拓

自1914年始，林纾、周瘦鹃、穆木天、高名凯、傅雷、程代熙等人为我国的巴尔扎克传播作过种种开创性工作。李健吾的开拓性与他们不同，他的重点不在翻译巴尔扎克的小说及其"序跋"上，而在翻译巴尔扎克的论文上。他所译介的《司汤达研究》（上海新文艺出版社1950年）、《评雨果的戏剧和诗》（包括

---

[1] 原载《衡阳师范学院学报》2008年第1期。

《〈欧那尼〉或者卡斯提的荣誉》《光与影》,载《文艺理论译丛》第 2 期,人民文学出版社 1957 年)、杂论四篇、书评三则(含《风雅生活论》第一章、《关于工人》《关于劳动的信》《社会解答》以及《泼皮》《论历史小说兼及〈弗拉戈莱塔〉》《安狄阿娜》等,载《文学研究集刊》第 5 册,人民文学出版社 1957 年)等(以上全收入《巴尔扎克论文选》,新文艺出版社 1958 年)开启了我国译介巴尔扎克的新领域,为受众进一步读懂作者、理解作者提供了更好的辅助。

新中国成立前,国内已有各类译者、评介者近 50 人;刊发的各类评介文章(含译介而来)40 余篇,各类译作 80 余篇(部),整个巴氏传播已初显端倪[①]。然而,与巴氏作品的翻译相比较,国人对巴尔扎克的研究难尽人意,大多文章靠移植国外成果而来,自己的声音颇为少见。恰在此时,李健吾《巴尔扎克的欧贞尼·葛郎代》一文的刊发,为我国的巴学研究注入了新鲜空气。该文发表于 1937 年,在穆木天译作《欧贞尼·葛郎代》(即《欧也妮·葛朗台》)出版之后,是研究者读到穆译本之后的"喜悦"使然。它作为李健吾对巴尔扎克的最早诠释,非但让读者明晓了巴尔扎克创作上的博大精深,也显示出研究者对作品探求的深透与具体。题目虽为针对《欧贞尼·葛郎代》,但通篇更多的是传达出对巴尔扎克创作的总体认识与理解。文章主要探讨了《欧贞尼·葛郎代》的人物塑造、《人间喜剧》的创作方法以及巴尔扎克的文学丰富性和影响力等问题。

《欧贞尼·葛郎代》是《人间喜剧》"最出色的画幅之一"。穆木天精心、严谨地将它作为巴氏长篇在中国的首译凸现了该作品的文学地位和意义。然而,李健吾对它的主旨和人物性格不感兴趣,他以为,小说表现"一个少女的爱情的梦"及"梦的幻灭"的主题是"烂糟糟的"。人物性格毫无亮点:欧贞尼"普通",葛郎代太太只是"贤妻良母的榜样",葛郎代也不过一个"近代的守财奴"的代表。作品的真正出色之处在于塑造人物性格的独特上:同为"吝啬鬼",中国元剧《看钱奴买冤家债主》的看钱奴"只是一种恶意的嘲讽,粗鄙的滑稽",莫里哀《悭吝人》中的哈巴公(L'Avare)、莎士比亚《威尼斯商人》中的谢劳克(Shylock)则是"若干原则的化身",葛郎代却不一样,他"超乎其类,拔乎其

[①] 蒋芳:《新中国成立前巴尔扎克传播史述论》,《衡阳师范学院学报》2003 年第 5 期,第 91—95 页。

萃","是一个活人,一个具有现代知识的财迷"。在他身上,"吝啬从一种习惯,一种需要,一种倾向,变成一种本能,一种自然,等于一切人生的意义"。他和哈巴公一样又不一样:一样的是"他用不着宗教,人情,天性,用得着的时候,是他们有钱给他的时候";不一样的是"他精于经商投资,买卖公债,一切近代的经济学问;他是生而知之,神而明之,久而习之"。由于作者能"寻出一个完整的人性的破绽的地方,在有意无意之中,轻轻送到我们的眼边",因而他作品中的人物在性格上虽与他者同属一类,却个性鲜明。李健吾说:"如若巴尔扎克缺乏莎士比亚的诗和美丽,莫里哀的诗和机智,至少在性格的推敲上,他是可以和他们比肩而有余。"在这里,研究者用犀利的眼光观察到了巴尔扎克笔下人物的特性,用比较文学平行研究的方法渲染了作者表现人物性格的鲜活,明晰了巴氏塑造人物之相异的诀窍。

对于巴尔扎克的创作方法,李健吾有着独自的感受。他从作品中发现了作者的独具匠心。他告诉我们:作者"创造了两千多人物,聚在一起扮演他的'人曲'。他有的是想象,一个在咖啡当中过活的紧张的心灵,他也许夸大,也许粗糙,然而他的想象没有蒙住他的眼睛,他的世界和现实一样真实"。表面看来,作者捧呈的方法简单"有时千篇一律,而且极其笨重"。可"笨重"不等于肤浅,它同样深刻,同样能"一目摄来人生的形象"。在人物描摹中,巴尔扎克即便缺乏他人的灵巧,"别人一分钟转一个圈子,他十分钟转一个圈子",可"他转得慢,转得稳","他看的机会也就十倍地多,十倍地细"①。作者在小说中一再出面强调景物、建筑、摆设与居民的精神联系,在小说的开头总是以无比的功力,刻画出人物的环境,街道、房屋风俗、物产、居民等,采用"一种自外而内的步骤,渐渐通到故事的中心"②,是因为他希图在"单纯"的力量中、"纡徐"的进行中追求"深厚"的效果。如此一来,"我们起初对于巴尔扎克臃肿的印象,临了我们就明白不全是要不得的赘疣,而是作者对于他所要披露的人生的一个土性肥厚的埋植"③。我们爬越巴氏的文学大山,就会产生一种"上到山头是一目无

---

① 李健吾:《巴尔扎克的欧贞尼·葛郎代》,《文学杂志》1937 年第 3 期,第 158—176 页。
② 同上注。
③ 同上注。

余,下到山谷是宝藏无数"①的独特感觉。李健吾对"简单""纡徐"和"赘疣"等特点的重新诠释,改变了以往将其当成巴氏作品之不足的单一说法,使巴氏创作的独特性、精巧性和深刻性得到了进一步凸现,启发了读者认知上的辩证思维。

李健吾在研读《欧贞尼·葛郎代》时,没有局限于作品本身,他能以小见大,发掘出作者创作的风格,洞察到巴尔扎克作品的浩繁与丰厚,思考到巴氏创作的辐射与渗透:

> 介绍巴尔扎克是一桩难事,翻译巴尔扎克简直是一种苦工。小说方面的巴尔扎克,犹如戏剧方面的莎士比亚,我们不弄便罢,弄起来就和那压在巴尔扎克背上十二万佛郎的债一样,或者凝在巴尔扎克心头十七年爱情的梦一样,住手的那一天,怕就是和世人告别的那一天。他给了我们一个世界。和我们的世界一样,形形色色,有的是美,有的是丑,有的是粗瓠,有的是华严,有的是痛苦,有的是喜悦,有的是平淡无奇,有的是惊心动魄,传奇犹如命运,神秘犹如人生,广大犹如自然,而自然就是巴尔扎克,无所不有无微不至,登泰山而小天地,泛一叶而浮大海,你觉得你不复存在,存在的是完美的宇宙,或者犹如作者自己所谓,这十九世纪的"人曲"。②

李健吾将巴氏小说的伟大、富有、深厚与世界文学大师莎士比亚的戏剧相并列,将巴氏文学世界的无所不包难以开掘与作者背负的债、幻想的爱情相比拟,彰显了巴尔扎克的庞杂、繁富、深透,说明了传播与诠释巴尔扎克的艰难与困苦,张扬了作者"属于他的时代,跳出他的时代"③的伟大意义。

由此,李健吾进一步指出,《人间喜剧》这部杰作"不是一个私人的,不是一个部落的,不是一个国家的,而是人人的,全社会的,所有的国家的";"如今不到一百年,桑乔治的小说已经薄薄蒙了一层灰尘。巴尔扎克,不唯不过时,反而超越国界,政治的主张,利害的冲突,成为泰尼(Taine)所谓的'关于人性,我们具有的最大的材料库'"④。李健吾的述说,揭示了巴尔扎克反映现实、表现

---

① 李健吾:《巴尔扎克的欧贞尼·葛郎代》。
② 同上注。
③ 同上注。
④ 同上注。

现实、揭露现实的创作真谛，盛赞了现实主义表现手法的强大生命力，从文本的阅读价值图解了文学的本质特征，夸赞了巴尔扎克的深远影响。

在李健吾之前，国内并非缺乏阐释巴尔扎克的文字，可它们始终未曾脱离以下内容：第一，巴尔扎克所属流派问题。由于在理解作品创作的"理想化"和"追求现实"上有差异，他们或谓之为"一个 Romantist"①，或谓之为"写实主义派的巨擘"②，或谓之为"浪漫"与"写实"并存，或谓之为"一个革命的作家"，等等。第二，巴氏作品对现实的反映。学者认为巴尔扎克的长处在于"将他所经验的时代社会的本质暴露出来"，他那部"包括了十九世纪底一切思想和文化"③的《人间喜剧》"用拿破仑帝国末日、王政复兴和七月政府时代的法国社会做背景"④，"把一切的环境（沙龙的生活，中产阶级的，平民的和农民的风俗）和一切的职业（医生、律师、僧侣、记者、商人银行家、办事的职员、仆人等）都淋漓尽致地描写在那里面"⑤。由于作者"所注重的是人类状态而不是人物自己"⑥，在描摹人物时，作品选择了那些最为普遍的现象加以刻画，"凡父母、兄弟、夫妇、朋友之关系以及当日之社会政治状况，无不包含殆尽"⑦，"恋爱"在书里也"占了很多的地位"，对于金钱的注意更是"以前的小说家所难信的"⑧，作者将"金钱的状况及其关系，彼恒尽情尽致描写之"⑨。因此，在人物烘托和风俗的描写上，巴尔扎克是"小说家少有的人物"⑩。第三，作者创作中的不足。这是依据各自的理解得出的。或曰其"缺乏批评的见识，幻想与真实之观念堆其脑中，不暇选择，妍媸良窳纷然杂陈"⑪；或曰其是"物质主义"者，作品中缺乏

---

① 宏徒：《巴尔扎克的想象力》，《小说月报》1927 年第 8 期，第 58 页。
② 李万居：《写实健将巴尔扎克传略》，《现代学生》1933 年第 5 期，第 1—5 页。
③ 杜微：《论巴尔扎克》，《春光》1934 年第 3 期，第 400—406 页。
④ 同②。
⑤ 同上注。
⑥ 佩葂：《巴尔扎克底作风》，《小说月报》1924 年第 15 卷号外，第 1—4 页。
⑦ 杨袁昌英：《法兰西文学》，北京：商务印书馆，1933 年，第 51 页。
⑧ 徐霞村：《法国文学史》，上海：北新书局，1930 年，第 179—183 页。
⑨ 同⑦。
⑩ 同⑧。
⑪ 同⑦。

"细腻"①,或曰其"注意力完全集中在一切罪恶和奸诈上面",对人生的解释"不平衡",哲学"有时有些江湖气",描写"沉重而且干燥",文笔"生涩,冗赘,而且夸张"②,等等,这些内容少有自己的独创,基本上是沿袭国外的观点,准确地说是对"巴尔扎克——我认为他比较过去的,现在的将来的一切左拉都要伟大的多,他是伟大的现实主义的艺术家,他的'人的滑稽戏'那部大著作里面给了我们一部最好的法国'社会'的现实主义的历史"③等论述的另一种言说和阐发。

从这里我们可以体会到,在20世纪30年代,李健吾的开拓性毋庸置疑。他的整个阐释没有照抄他人的话语而是凭着自己对巴尔扎克的精心思考,将解读的视点集中在对巴尔扎克创作的广博与深邃上,集中在巴尔扎克文学天地的宽广、文学思想的富实与深湛以及对世界文学发展的牵引上;他对巴尔扎克作品价值的认识,已由他人所言的"反映法国社会"上升到了"反映整个世界"这一高度上;他不但不去责怪巴尔扎克创作中的不足,相反还对巴尔扎克塑造人物的"笨重"与"沉稳"以及绘写人物的精细与独到、刻画环境的浓彩重墨等进行夸赞。这样的学术思维和学术眼光无疑对当时国内的巴尔扎克传播产生了积极影响,尤其是这种由点到线、由线到面、由面到体的分解方式,不仅有益于受众精微、系统地把握作家作品,更展现出了李健吾阐释巴尔扎克的最先魅力。

二、对巴尔扎克创作的解析

巴尔扎克的思想是深邃的,他的创作内涵丰厚且广博,全面了解他非一朝一夕之工夫能达到。自1937年到1982年,李健吾用了近半个世纪的时间来阅读他,思考他,研究他,为我国的巴氏传播书写了精彩一笔。其间,他发表的文章有15篇之多,除早期撰写的《巴尔扎克的欧贞尼·葛郎代》,另外还有《欧也妮·葛朗台——精确性》《欧也妮·葛朗台——社会存在》《巴尔扎克是一个什么样的正统派?》《巴尔扎克在他的〈农民〉里,是像他说的那样公正吗?》《〈人间

---

① 佩蘅:《巴尔扎克底作风》。
② 徐霞村:《法国文学史》,第179—183页。
③ 恩格斯:《巴尔扎克论——给哈克纳斯女士的信》,《现实文学》1936年第2期,第233—235页。

喜剧〉的远景》《巴尔扎克的世界观问题》《〈人间喜剧〉的革命辩证法》《巴尔扎克与空想主义者》《激情与巴尔扎克的创作方法》《神秘主义与巴尔扎克》《人间喜剧"提供了一部法国'社会'特别是巴黎'上流社会'的卓越的现实主义历史"》《〈人间喜剧〉作者的〈中国与中国人〉》《〈司汤达研究〉前记》和《〈欧也妮·葛朗台〉译本序》等，这些文章既有对单篇作品的探讨，也有对《人间喜剧》的总体观照；既有对巴尔扎克创作方法的细说，又有对作者思想的详论。其内容主要述及了以下问题：

（一）现实主义成就的突出性

尽人皆知，巴尔扎克作为世界文学史上的一个伟大作家，作为现实主义文学的一名杰出代表，其作品在反映时代、表现社会上树起了一座丰碑。李健吾认同这一点。他指出，巴尔扎克"在浪漫主义流派的虚夸手法风行一时的年月（1833年），他独辟蹊径，为小说艺术放下一块坚牢的现实主义基石"[①]，"《人间喜剧》让我们看到一个洋洋大观的、纵横交错的资本主义社会，巴尔扎克以它的'秘书'的名义向他的两千多个不同阶层和不同阶级的人物颁发了记录他们各自特征、以便识别的'身份证'。摆在历史这个铁面无情的公证人面前的这些栩栩如生的大、小人物和他们形形色色的社会活动由于线条清晰明朗，就有其心如揭的雕塑性，不光反映他们自己创造的时代面貌，还通过他们，一直反射到资本主义社会在第二帝国的恶性发展"[②]。李健吾强调，"无论如何，把人看成'社会关系的总和'，从阶级分析入手，从经济角度观察他生活于其中的金融资本统治的法国社会，《人间喜剧》对于欧洲小说，确实是一个怵目惊心的历史转折点"[③]。他进一步说明，在《人间喜剧》中，巴尔扎克"注意的重点不在新兴的工人阶级方面"，其关心的是资产阶级"在各方面扮演的悲剧，包括过去在革命政权下受益的小农的问题，自然更有在夹缝中讨生活的封建贵族阶级余孽的问题在内"[④]；

---

① 李健吾：《欧也妮·葛朗台——精确性》，《人民日报》1961年7月22日，第8版。
② 李健吾：《〈人间喜剧〉作者的〈中国与中国人〉》，《西北师范学院学报》1982年第2期，第69—72页。
③ 李健吾：《〈人间喜剧〉的革命辩证法》，《文艺论丛》1978年第4期，第238—260页。
④ 李健吾：《〈人间喜剧〉的远景》，《文史哲》1978年第2期，第31—38页。

"一切很丑，一切变成贪吝"是资产阶级登基后的一种"明目张胆的社会存在"①。在诸多论述中，李健吾对于"经济"在巴氏作品中的重要意义尤为关注。他说，"构成《人间喜剧》的绝大部分小说的最大特点，就是人与人之间的社会关系是以经济为纽带的"，作者"在每一部小说里都交代清楚父亲一代自法国资产阶级革命以来投机取巧的致富之道，人与人之间的社会关系，归根到底，逃不脱经济关系"②。由于巴尔扎克能"把经济关系当作资本主义社会的一切上层建筑的基础来强调、来说明人与人之间、集团与集团之间、阶层与阶层之间、阶级与阶级之间的无奇不有的错综复杂的社会活动与交往关系"，因此，他的小说世界里，"时而狰狞，时而柔媚，时而怒目相对，时而笑脸相迎，似有情，若无情，真正的主角是在明里暗里操纵着人心的经济关系"③。李健吾如此繁复地将巴氏作品的"经济"因子解剖出来，其关键在于他把握到了"经济"在社会中的杠杆和调节作用，了解到了"经济"对社会发展的主宰价值，它让我们懂得，巴尔扎克的作品之所以能够掘挖到生活的根部，揭示出社会的实质，是因为他抓住了"经济"这根命脉。

李健吾对巴尔扎克现实主义成就细分缕析，高度赞扬了马克思恩格斯的经典论述——《人间喜剧》"给我们提供了一部法国'社会'特别是巴黎'上流社会'的卓越的现实主义历史，他用编年史的方式几乎逐年地把上升的资产阶级在1816年至1848年这一时期对贵族社会日甚一日的冲击描写出来"④。尤其点出了作品在反映社会上的广阔性、深刻性和开启性，他的把握，是对巴尔扎克"甚至于比一切职业的历史家，经济学家，统计学家在这时期里的著作合拢起来的材料还要多些"⑤ 的精炼概括的具体理解，他的述说为马克思恩格斯的有关理论作了详细注脚。

---

① 李健吾：《欧也妮·葛朗台——社会存在》，《人民日报》1961年7月31日，第8版。
② 李健吾：《〈人间喜剧〉的革命辩证法》。
③ 李健吾：《〈人间喜剧〉作者的〈中国与中国人〉》，《西北师范学院学报》1982年第2期，第69—72页。
④ 恩格斯：《恩格斯致玛格丽特·哈克奈斯》，《马克思恩格斯全集：第37卷》，中共中央马克思恩格斯列宁斯大林著作编译局编译，北京：人民出版社，1971年，第41—42页。
⑤ 恩格斯：《巴尔扎克论——给哈克纳斯女士的信》，《现实文学》1936年第2期，第233—235页。

(二)《人间喜剧》创作的独特性

对于一部有着两千多个人物的《人间喜剧》，李健吾窥察到了作者创作方法的独特性，受"塑造典型环境中的典型人物"观点的支使。他围绕作者在表现人物、环境、数字等方面的"精确性"[①]以及人物塑造的现实性等做文章，他寻找了作品中的人物原型。欧也妮由"马利亚"移来，"维道克"是"伏脱冷的原型"，拉斯蒂涅取自于"侏儒怪物"梯也尔[②]，明确了"准确的观察，细节的选择，生活环境的缔造，戏剧性的开展，形象与激情的统一与集中，使巴尔扎克得以成功地建立起他的社会的现实主义方法"[③]的成功因素，总结了巴尔扎克"之所以能创造那么多的发人深思的典型人物，'真实地再现'在这里具有第一等意义"的重要命题，挖掘了"细节像传送带，一级一级提高激情，而激情又通过细节一层一层显示它的威力，看上去作者似无用心而笔触所及，闲闲道来，却正恰中要害"[④]的关键所在。李健吾对巴尔扎克创作方法的提炼和归纳，是对巴氏创作的鲜明个性及其文学效应的阐说，是对巴尔扎克"在《人间喜剧》中创造出来那么多的富有不同品性的动人形象，功力和莫里哀并驾齐驱，可以和莎士比亚的富丽世界比美"[⑤]的真正缘由的解释。

(三) 巴尔扎克思想的复杂性与深邃性

通过对巴氏作品的细心品读以及对作者的深入考察，李健吾发掘到了巴尔扎克的不简单，不浮浅，如前所述，《巴尔扎克的欧贞尼·葛郎代》一文详析了巴尔扎克的丰富和深远。之外，他的其他著述向读者解析了巴尔扎克思想的实质。在《〈人间喜剧〉前言》中，虽然巴尔扎克透露过某些思想，可它并未传达出全部真实内涵。李健吾在反复阅读作品之后，考量了作者的思想特质："在巴尔扎克的思想深处，第一，他指责资本主义社会的个人主义，因为它缩小了个性价值；第二，他认为天主教是法国社会的柱石，然而只有在它是法国自己的，而不再属

---

① 李健吾：《欧也妮·葛朗台——精确性》。
② 李健吾：《〈欧也妮·葛朗台〉译本序》，巴尔扎克：《欧也妮·葛朗台》，北京：人民文学出版社，1980年，第1—15页。
③ 同上注。
④ 李健吾：《激情与巴尔扎克的创作方法》，《浙江学刊》1980年第1期，第86—90页。
⑤ 同上注。

于罗马教皇之后;第三,他所信仰于天主教的,只是它笼络人心的手段,而不是教会本身,所以他写生活于农民之中的堂长,而不写脱离人民的教会上层机构。"① 李健吾以为,"无论从政治见解来看,无论从对宗教(封建统治阶级的灵魂)的看法来看,巴尔扎克都不是一个纯正的正统派"②,在他的头脑中既有"神秘主义"③ 的思想,也有"空想社会主义"④ 的意识。李健吾对巴尔扎克思想复杂性和深邃性的明确,矫正了"十七年"里国内受众根据《〈人间喜剧〉前言》中所说的在"宗教和君主政体""照耀之下写作"而得出"作者的世界观是反动的"的错误认识,使巴尔扎克创作的真实意图得到客观的评价。

通览李健吾撰写的论文,仔细考究其阐释的发展历程,我们发现,李健吾作为"中国独一无二的巴尔扎克专家,法国现实主义文学最权威的阐释者"⑤,他在解析巴尔扎克上有着鲜明的时代特点。新中国成立前,他对巴尔扎克的评说"既不无原则的吹捧,又不以个人好恶取舍,亲切平易又不乏科学精神和批评良知"⑥,有着独特的个性发现和理解;新中国成立后,由于对马克思主义的掌握,他在研究上虽然思考独到且有历史深度,表现出"深邃的理性思考和缜密的科学分析,微观探究和宏观透视互补,心灵体悟与理性分析并存"⑦ 等特征,可终因受马克思主义影响太深,诸多论述还是带有明显的政治色彩,有的著述只是充当了马恩经典论述的注脚。从审美批评的角度来看,李健吾撰写的《巴尔扎克的欧贞尼·葛郎代》不仅在刊发之初有着开拓性意义,即使在其整个巴尔扎克研究生涯里也最具亮色。另外,李健吾在阐释巴尔扎克创作时采用比较文学平行研究的方法将葛朗台这一形象置于不同作者笔下的吝啬鬼之中,使葛朗台的独特性得到了放大,运用比较文学形象学来解读巴尔扎克笔下的中国和中国人,为读者准确而又多角度地理解巴尔扎克做了铺垫,开阔了国内巴尔扎克研究的视野。

---

① 李健吾:《巴尔扎克是一个什么样的正统派?》,《文学评论》1961 第 4 期,第 26—36 页。
② 同上注。
③ 李健吾:《神秘主义与巴尔扎克》,《山西师范学院学报》1982 第 3 期,第 1—7 页。
④ 李健吾:《巴尔扎克与空想社会主义者》,《文学评论》1979 年第 4 期,第 88—96 页。
⑤ 钱林森:《李健吾与法国文学》,《文艺研究》1997 第 4 期,第 96—103 页。
⑥ 同上注。
⑦ 同上注。

三、对巴尔扎克文学思想的接纳

在翻译巴氏散论、移植国外巴学研究成果中,李健吾感受到了巴尔扎克作为一个伟大作家的深远意义;在阅读巴氏作品、阐释巴氏创作上,李健吾领悟到了巴尔扎克的文学魅力。他为巴尔扎克创作精神所打动,为《人间喜剧》的深层意蕴所吸引。他将"巴尔扎克"融进了文学思考和文学创作之中,让"巴尔扎克"在译介中普及,在研究中深入,在影响中推进。

作为一个文学评论家,李健吾将"巴尔扎克"深深地烙进了自己的脑海。在言说国内的作家作品时,他常常以巴尔扎克作为参照来解释自己的主张。谈到巴金的《家》,他想到了《人间喜剧》通过家庭体现社会结构,表现"不可逃避的命",以此解释"大家庭——一种中国特有的根深蒂固的组合——并不可爱"[①];言及洋琴剧《小二黑结婚》的改编,他以"巴尔扎克长篇小说的前两章,往往在制造环境、埋伏条件、布置可能性,本身还不就是正文或者戏剧"等,指出二诸葛和三仙姑的"不易栽种"和"米烂了"的故事只能作为环境而不能作为重心,主题重点应是小二黑和小芹这两个新人的斗争,否则引起误会[②];述说《八月的乡村》的作者萧军,李健吾又将其与《浪子之王》的"浪子"作对比:虽然萧军不属于"颓唐的唯我主义者",可"和巴尔扎克的浪子一样,他会穷到没有钱来吃药,而且还要残忍,穷得不敢让他女人做母亲",其基本差别在于他"不为自己活着"[③];分析茅盾的《清明前后》,李健吾还用巴尔扎克"拿学者的观察来替代诗人的想象"来述论茅盾不把观察和想象"截然分开"的科学性[④]……"巴尔扎克"就是这样占据着李健吾的心,牵引着他的文学思维,启迪着他理解文学思潮、文学现象以及文学作品,影响着他的戏剧创作。

---

① 李健吾:《小说与剧本——关于〈家〉》,《李健吾戏剧评论选》,北京:中国戏剧出版社,1982年,第19—20页。
② 李健吾:《洋琴剧〈小二黑结婚〉》,《李健吾戏剧评论选》,第61页。
③ 李健吾:《〈八月的乡村〉——萧军先生作》,《李健吾创作评论选集》,北京:人民文学出版社,1984年,第496—497页。
④ 李健吾:《〈清明前后〉——茅盾先生作》,《李健吾创作评论选集》,第538页。

显在的影响让我们看到的是李健吾接受巴氏文学思想的断点,他在戏剧创作中着力于人性的表现详解了他对巴氏创作的深层接纳。巴尔扎克曾被泰纳称之为"跟莎士比亚和圣西门三人形成了我们所知道的关于人性的最丰富的文献馆"①,他在《人间喜剧》这部塑造了 2400 多个人物的鸿篇巨制中,"不仅写出了人的千姿百态,而且把人性刻画得淋漓尽致"②。他的塑写既注重了人性个案以及普遍性的描写,更注重善恶人性的多角度多层面多态势的阐释,作为一个戏剧创作家,李健吾视表现人性为主要。他强调"故事不是一切,人生是。……故事是一个死东西,随人揉造,人生,不!人生是血肉"③。在他看来,人性既指人的自然属性,也包括社会属性。所以,他的剧作通过"在人性与现实力量、文化观念的抵牾中构筑各种人性形态","在特定的社会情势下深入描绘人物心灵的受难与反抗,冲突与挣扎,从中寄寓着自己对各种人性形态及其赖以存在的社会和历史文化环境的审美认识与审美评价"④ 等来表现人类的心理、情感、欲求,在李健吾的剧作中,"在文学为人生的旗帜下,着力表现人性中的善与恶、美与丑之间的激烈交锋"⑤ 是它的显著特点,根据这一特点,李健吾"抓住能够揭示人性正反两面和人类心理矛盾的社会现象,诸如男女情感、亲子血缘、金钱名利等,以相互依托的矛盾对立凸现人类最合理的愿望和最鄙俗的情欲","挖掘人性深处最丑陋和最有光彩的两面,揭示包裹在高雅伪装内的淫邪要求和放荡外表下的善良愿望"⑥。李健吾这种借助情感、金钱等描摹人、刻画人、解析人而叙写人性的作为,与《人间喜剧》通过详写人的激情、人与人之间的金钱关系而表现人性的构想如出一辙。如此足见巴尔扎克对李健吾创作的感染力和渗透力。

我们知道,作为一名读者,能主动地选择巴氏作品作为阅读对象,表明他对巴尔扎克的关注和兴趣;如果他还能认真地去翻译它、研究它,则证明他对巴尔

---

① 泰纳:《巴尔扎克论》,《文艺理论译丛》1957 年第 2 期,第 103 页。
② 蒋芳:《人性:巴尔扎克小说的又一主题》,《衡阳师范学院学报》2004 年第 2 期,第 76—80 页。
③ 李健吾:《李健吾批评文集》,珠海:珠海出版社,1998 年,第 152 页。
④ 吴品云:《李健吾剧作中的人性形态及其内涵》,《福建师范大学学报》1997 年第 3 期,第 68—73 页。
⑤ 孔焕周:《论李健吾成熟期话剧创作》,《洛阳师范学院学报》2000 年第 3 期,第 46—50 页。
⑥ 黄振林:《李健吾喜剧奥秘新探》,《艺术百家》1998 年第 4 期,第 1—5 页。

扎克的喜爱和热情。李健吾不止做到了这些，他还在文学评论中多次援引巴氏创作的个案作为例证，在文学创作上紧随其后地详叙人生、重写人性。由此可见，他接受巴尔扎克已非一般意义上的热爱、重视，他已将其完全融入到自己的文学生命里，将其作为阐明文学主张的依据、从事文学创作的源泉。"巴尔扎克"与李健吾的文学生涯已融为一体。

综上所述，在巴尔扎克传入中国的近百年里，李健吾的贡献是巨大的，也是首屈一指的。新中国成立前，当巴尔扎克研究还停留在对国外成果的移植时，他已有了自己的见解和分析，明察到了巴氏创作的富实和深广；新中国成立初，当巴氏作品翻译还在小说上驻足时，他已把目光投入到了巴氏的文学论文上；新文学时期，当巴尔扎克传播逐步迈向繁荣时，他仍在积极地完善已有成果，深化自己的思想和认识，孜孜以求地开展巴学研究。四十五年的注目，跨越三个历史阶段的执着，贯穿于整个文学接受始终的钟情，谁能堪比？迄今为止，在我国接受与传播巴尔扎克的重要学者中，能够从文学阅读、文学翻译、文学研究、文学评论、文学创作诸方面倾注足够热情的，李健吾是唯一的一个，也是难忘的一个。

在学术论文的大生产运动中想起李健吾[①]

刘 纳

李健吾的文学评论工作开始于 20 世纪 20 年代后期,止于 50 年代初,二十多年里只有以笔名刘西渭出版的《咀华集》(1936)和《咀华二集》(1942)。这两本评论集都不厚,与如今的研究者相比,作为评论家的李健吾从"量"的角度说实在不足道。

李健吾不羡慕多产者。他深知文字经营的艰难,他作为参照的是:"福楼拜轻易不放他的作品出手,而往日中国文人,只有薄薄的一本交给子弟行世。"(《答〈鱼目集〉作者》)

据说现在的职称制度、评奖制度以及其他什么制度下,论文集比不上"专著",而李健吾当年的《咀华集》《咀华二集》甚至连论文集也算不上,收入其中的文章不合当今论文的规范。李健吾的评论文章属"轻性的论文",没有长篇大论,没有搭起完整的框架,也没有罗列注释与参考书目。

"轻性的论文"是鲁迅使用的说法。将某类论文名之为"轻性",因其篇幅、内容、写法区别于那种旁征博引、面面俱到的更正规、更合规范的论文。鲁迅做论文,从"重性"开始,如《人之历史》《科学史教篇》等,他写于 19 世纪 20 年代的《中国小说史略》《汉文学史纲要》等,当然更属"重性"。鲁迅也擅写"轻性"论文,如《〈一个人的受难〉序》(《南腔北调集》)、《〈草鞋脚〉小引》(《且介亭杂文》)、《陀思妥耶夫斯基的事》(《且介亭杂文二集》)等。鲁迅深知论文写作"重""轻"之间的甘苦,他曾感慨:"轻性的论文实在比做引经据典的

[①] 原载《首都师范大学学报》(社会科学版)2005 年第 3 期。

论文难。"①

"轻性"论文之难在于因其"轻"而排拒空洞和空泛,因其"轻"而舍弃包罗万象的内容和环环相扣的论证。同时,也因其"轻"而向作者要求敏锐和机智,要求文字的灵动和见解的精警——如果缺少了这些看似过高的要求,"轻性"论文便当真"轻"下去,类似于中学生写的读后感了。

李健吾的《咀华集》《咀华二集》提供了"轻性"论文的出色文本。

李健吾为文学评论和评论者悬出了极高的标准。他说:"一个批评家是学者和艺术家的化合,有颗创造的心灵运用死的知识。"(《〈咀华集〉跋》)他说"批评同样是才分和人力的结晶""一个伟大的批评家抵得住一个伟大的艺术家"。(《答巴金先生的自白》)他说:"于是我们有了批评,一种独立的,自为完成的,犹如其他文学的部门,尊严的存在。"(《假如我是》)悬标极高的李健吾,其评论论文则出之以"轻性"。

对于李健吾,阅读和评论的过程成为生命体验的过程:"有一本书在他面前打开了。他重新经验作者的经验。和作者的经验相合无间,他便快乐;和作者的经验有所参差,他便痛苦。快乐,他分析自己的感受,更因自己的感受,体会到书的成就,于是他不由自主地赞美起来。痛苦,他分析自己的感受,更因自己的感受体会到自由便是在限制之中求得精神最高的活动。"(《答巴金先生的自白》)

李健吾描述了阅读与评论过程中"快乐"和"痛苦"的两极情绪,两极之间的丰富层次则难以详说。评论者身兼理解者和表达者双重身份。作为理解者,他有自己的"理解境况",他需要在参与化与间距化之间实现"视界融合"——"理解境况""视界融合"是伽达默尔使用的概念,李健吾当年拈来的词语则是"经验""龃龉"和"参差",他说:"作者的经验和书(表现)已然形成了一种龃龉,而批评者的经验和体会又自成一种龃龉,二者相间,进而做成一种不可挽救的参差。"(《答巴金先生的自白》)作为表达者,评论者有"他自己的存在","他有他不可动摇的立论的观点,他有他一以贯之的精神"。(《答巴金先生的自白》)

---

① 鲁迅1932年11月12日致杜衡信。引自孔另境编:《现代作家书简》,广州:花城出版社,1982年,第176页。

李健吾去理解了，去表达了。他像他所佩服的波德莱尔那样"真正在鉴赏"（《〈爱情的三部曲〉——巴金先生作》）。鉴赏与欣赏的区别在于是否保持着挑剔的眼光和并不为作品感染力所左右的评判态度。在契合、认同的"快乐"与多层次的"龃龉""参差"间，李健吾以独特的文字风格营造出富有感性体验的评论氛围，同时，通过他本人体验与作品的相遇和碰撞，产生创造性的审美经验，激发出敏锐的见解。

李健吾精神、感情和兴趣的投入态度渗透在文字中，而其间卓见迭出。例如，评论林徽因的《九十九度中》时，他指出："一件作品的现代性，不仅仅在材料（我们最好避免形式内容的字样），而大半在观察，选择和技巧。"例如，评论萧军的《八月的乡村》时，他做出警策性的判断："影响不是抄袭，而是一种吸引"，"《八月的乡村》不是一部杰作，它失败了，不是由于影响，而是由于作品本身。"并且由这一篇作品谈开去，发抒为对当时文坛的犀利批评："因为年龄，修养，以及种种错综的关系，我们今日的作家呈出一种通病：心理的粗疏。""我们的人物大部分在承受（作者和社会的要求），而不在自发地推动他们的行为。谄媚或者教训，是我们小说家两个最大的目标，是我们文化和道德两种相反而又相成的趋止。"例如，他一语道出了萧军和萧红文学才华的差距："你不要想在《八月的乡村》寻到十句有生命的词句，但是你会在《生死场》发现一片清丽的生涩的然而富有想象力的文字。"（《咀华记余——无题》）例如，他通过对卞之琳《鱼目集》的评论，对新文学中的诗歌和散文做了与众不同的比较："通常以为新文学运动，诗的成效不如散文，但是就'现代'一名词而观，散文怕要落后多了。"……李健吾当年由评论一篇篇作品引发出的精警见识，承受住了岁月的冲击，至今给人以启迪。

自进入被命名为"新时期"的二十多年来，西方出版物的汉译本筑成了中国的学术语境，理论的发达使文学研究向精密学科的方向发展。如苏珊·朗格所说："文学之所以成为标准的学术研究对象，原因正在于人们有时不把它当作艺术。"[①] 我们见过了"新理论""新观念""新方法""新课题"一潮一潮地热起来，

---

① ［美］苏珊·朗格：《情感与形式》，刘大基等译，北京：中国社会科学出版社，1986年，第237页。

也见过了一个个研究框架的倒塌。而像李健吾那样能深入潜进艺术场景，又饱含着生命自悟的印象式批评，反而更显出其价值，并且依然魅力四射。

李健吾曾不断地、反复地谈论"限制"："才分有所限制，学历有所限制，尤其重要的是，批评本身有所限制，正如一切艺术有所限制。"（《答巴金先生的自白》）"我们抛离不掉先天后天的双重关联，存在本身便是一种限制。"（《叶紫的小说》）所有人都有各自的限制，李健吾当然也有。而正如他谈论废名的诗论时所说："他有偏见，即使是偏见，他也经过一番思考。"（《〈鱼目集〉——卞之琳先生作》）也正如他谈论鲁迅的翻译时所说："他也许窄，然而我们爱他如此，因为他有深厚的性格做根据。"（《关于鲁迅》）李健吾在20世纪30年代写过一篇题为《假如我是》的文章，他写道：

假如有一天我是一个批评家，我会告诉自己：

第一，我要学着生活和读书；

第二，我要学着在不懂之中领会；

第三，我要学着在限制之中自由。

70年过去了。今天的文学研究者仍能从李健吾的"学着……"中得到启示。每个时代的人受到的限制来自不同的方面，受限制的程度也有所不同，而任何时代的人都只能在各种限制的夹缝中争取自由。

当年，将评论家身份看得极尊贵的李健吾曾骂一些评论家"只是一些寄生虫，有的只是一种应声虫。有的更坏，只是一些空口白嚼的木头虫"（《答巴金先生的自白》）。在当今学术工业大生产运动的背景下，文学研究者做"寄生虫""应声虫""木头虫"的机会是很多的。今天的研究者未必要把李健吾的评论文章视作写作的榜样，但他的《咀华集》《咀华二集》仍然提供了不能绕过的参照。这两本书告诉我们：文学研究论文理应与其他学科的论文有所不同，"批评之所以成为一种独立的艺术，不在自己具有术语水准一类的零碎，而在具有一个富丽的人性的存在"（《〈爱情的三部曲〉——巴金先生作》）。

李健吾戏剧教育实践初探

——以"上戏"时期为中心①

顾振辉

内容摘要：作为上海戏剧学院建校的发起者与召集人之一，1945年至1954年，李健吾均在该校任职、任教。据史料可知，李健吾在学校各发展阶段先后担任剧场主任、研究班主任、理论编剧组主任、校工会主席、戏剧文学科/系主任等职，主要教授编剧写作与剧本欣赏两类课程，内容涵盖古希腊戏剧、西欧戏剧等。得益于早年的演剧和求学经历，表演式教学与双语教学成为此期李健吾戏剧教育的主要特点。

关键词：李健吾　戏剧教育　上戏时期　表演式教学　双语教学

李健吾（1906—1982），笔名刘西渭，山西运城人，我国著名剧作家、翻译家，从小爱好戏剧与文学，小学时就有登台演剧经历，后进入清华大学求学，担任清华剧社社长，清华大学毕业后留法三年，积累了深厚的戏剧与文学学养。李健吾的剧作和剧评在中国现代戏剧史上独树一帜，占据重要地位。此外，他还是现在的上海戏剧学院的前身——上海市立实验戏剧学校的发起者与创办者之一，1945—1954年间均在该校任职、任教。可以说，上戏②是李健吾戏剧教育的主阵地。总体来看，对李健吾在上戏的戏剧教育实践，目前学界尚无系统研究。基于

---

① 原载《四川戏剧》2023年第6期。
② 1945年11月—1953年7月，李健吾在该校经历了三个阶段：上海市立实验戏剧学校（1945年11月—1949年6月）、上海市（立）戏剧专科学校（1949年6月—1952年11月）、中央戏剧学院华东分院（1952年11月—1956年12月），本文均简称"上戏"。

此，本文拟梳理李健吾自 1945 年 10 月发起动议建校至 1954 年 7 月离沪赴京任职期间在上戏的戏剧教育经历，并从教学内容和教学方式两个角度分析其戏剧教育的主要特点。

一、李健吾在上戏的行略概貌

李健吾系上海市立实验戏剧学校最早的建校动议发起者之一，他利用"孤岛剧运"与早年间积攒的声望与人脉，同黄佐临一起向上海市教育局倡议设立上海私立戏剧专科学校。该倡议获得了时任教育局长的顾毓琇的支持，进而将学校定为公立。① 作为学校最早的发起者之一，同时又是教育局指定的校筹备委员会召集人②，李健吾与大家一同推举富于经验和资望的顾仲彝先生担任校长，自己则为专任教员兼剧场主任③，主要从事教学工作。1947 年底，首任校长顾仲彝被迫离沪赴港后，李健吾接任编导研究班主任④一职。在此期间，他先后教授的课程有剧本分析、综合研究、名剧研究、编剧实习。⑤ 上海解放后，原编导研究班先后改组为理论编剧组/科、戏剧文学科，仍由李健吾任主任。⑥ 李健吾在此期间教授的课程包括现代中国剧本选读、各国剧本选读⑦以及戏剧文学科的主课——写作实习。⑧ 同时，身为校工会主席⑨，李健吾亦参与部分行政管理工作。1953 年

---

① 李健吾：《实验剧校的诞生》，《上海戏剧学院三十年》，1982 年，第 11—13 页。
② 《上海市教育局派令第 93 号》，上海戏剧学院档案，1945—19.0006，第 1 页。
③ 顾仲彝：《一年来的上海市立剧校》，《学生日报》1946 年 11 月 29 日，第 2 版；《上海市立实验戏剧学院三十五年度第一学期教职员工名册》，上海戏剧学院档案，1945—50.00004，第 1 页。
④ 《三六年度第二学期教职员名册》，上海戏剧学院档案，1945—50.0008，第 0021 页。
⑤ 同上注。
⑥ 《年轮》编写组编著：《年轮——上海戏剧学院大事记（1945—2015）》，上海：上海社会科学院出版社，2015 年，第 54—56 页。
⑦ 《上海市戏剧专科学校 1951 年度第一学期教职员工名册》，上海戏剧学院档案，1951—18.0004，第 000588 页。
⑧ 范华群：《难忘恩师李健吾》，《横浜桥》2022 年总第 51 期。笔者发现在同年同月的《戏剧报》上刊载了李健吾发表的《契诃夫——歌颂劳动与生命的剧作家》，此文应基本记录了此次讲座的内容。
⑨ 同⑥，第 56 页。

3月，院系调整后的学院计划停办戏剧文学系。① 次年 7 月，李健吾奉调离沪，至社科院文学研究所工作。此后，李健吾多次应邀回上戏讲授莫里哀戏剧艺术。"文革"后，李健吾虽未能回上戏授课，但他依旧心系学校，去世前一年还应约为纪念上海戏剧学院建院三十周年写下《实验剧校的诞生》，② 为我国现代戏剧教育史留下了珍贵回忆。

二、李健吾在上戏的戏剧教育实践探析

（一）教学内容

李健吾在上戏期间主要教授编剧写作类、剧本欣赏和分析类课程，得益于早年在清华大学与留法期间的学养积累，他对西方戏剧史有系统认知。因此，在李健吾的课堂上，从古希腊戏剧到莎士比亚、莫里哀、易卜生、契诃夫等剧作家的剧作均有引介，并不局限于法国戏剧与文学领域。

从民国时期的讲课记录来看，其时李健吾的教学主要围绕戏剧理论的某一主题展开，如戏剧语言③、略谈戏剧④、悲剧问题⑤、实事戏剧⑥等。他以梳理西方戏剧史为切入点，授课内容涉及古希腊戏剧及其相关理论，莎士比亚及同时期的英国戏剧，拉辛、莫里哀及同时期的法国戏剧和文学，西班牙戏剧，易卜生剧作以及契诃夫的小说与剧作等，同时还将编剧方法和技巧融入其中。据 1946 年 6 月发表的讲课记录《论戏剧中的语言问题》可知，李健吾坚持大众民间的立场，从中国的《诗经》及同时代的古希腊戏剧讲到莎士比亚、莫里哀、易卜生剧作中的语言特点，指出古往今来的戏剧语言是如何从诗化转向散文化的。同时，他还详细介绍了悲剧与喜剧两种不同类型的戏剧语言的用法在句式上的不同。⑦ 相似的内容也出现在同年发表的讲课记录《略谈戏剧》中："戏剧的本质是新闻帮助

---

① 《呈报关于停办戏文系》，上海戏剧学院档案，1958—4.0001，第 00005 页。
② 李健吾：《实验剧校的诞生》，《上海戏剧学院三十年》，第 11—13 页。
③ 李健吾先生讲，周惜吾笔录：《论戏剧中的语言问题》，《大公报》1946 年 6 月 9 日，第 7 版。
④ 李健吾：《略谈戏剧》，《中华时报》1947 年 4 月 1—2 日，第 3 版。
⑤ 李健吾讲，祝公健记：《谈悲剧及其他》，《前线日报》1947 年 6 月 24—26 日，第 8 版。
⑥ 李健吾先生讲，何练吾记：《实事戏剧的产生》，《中国新专校刊》1947 年第 5 期。
⑦ 同③。

而成功的,以实事剧作我们研究的对象,这一类戏剧的产生,跟着戏剧史的演进,是有着绝对的关系,戏剧在最初的产生是没有实事剧的。"① 该记录详细阐述了古希腊悲喜剧的概念及其代表作,分析二者不同,随之转向文艺复兴后的时代,指出随着资本主义的发展,逐步产生了取材时事新闻带有现实色彩的实事戏剧。在发表于1947年的讲课记录《实事戏剧的产生》中,为介绍剧作家以时事新闻为素材进行创作的方式,李健吾系统阐述了戏剧史的演变历程,包括古希腊悲喜剧、西班牙戏剧的演剧模式、莎士比亚时代的戏剧、法国大革命时期的戏剧、易卜生剧作、上海文明戏以及京剧的部分剧目等。他通过梳理西方戏剧史阐明了实事戏剧在不同历史阶段的发展流变,进而帮助学生在西方戏剧史的维度中理解并掌握如何从时事新闻中进行创作的规律。② 同年,在另一份讲课记录《谈悲剧及其他》中,李健吾从古希腊亚里士多德和法国戏剧家布伦退尔的理论出发,以古希腊悲剧《俄狄浦斯王》、易卜生的《培尔·金特》、莎士比亚的《哈姆雷特》、信尔纳的《马亭》③ 以及中国传统戏曲《伐子都》《洪羊洞》为例展开论述,将悲剧的叙事形式归纳为莎士比亚与易卜生两种,由此向学生讲解编剧方法和步骤,要求学生多站在观众的角度进行思考,并提出了"戏剧必须有情节,更要有人物"④ 的观点。对李健吾的剧本分析课,1947级学生袁化甘曾记述:"第一学期里分析了两个剧本:莎士比亚的《柔密欧与朱丽叶》和契诃夫的《樱桃园》,第二学期分析过莫里哀的《伪君子》。"⑤ 此外,有学生记得李健吾曾讲解过易卜生的《海达·高布乐》。⑥ 1949年5月,李健吾赴"台尔蒙"即今上海戏剧学院华山路校区内的"新空间",为驻守那里保卫校产的学生们做了一堂关于

---

① 李健吾:《略谈戏剧》。
② 李健吾先生讲,何练吾记:《实事戏剧的产生》。
③ 据国立剧专学生殷振家回忆,曹禺先生在国立剧专执教时也曾为学生分析该剧,可见其在当时有一定的影响力。参见曹树钧:《曹禺晚年的艺术世界》,合肥:安徽大学出版社,2022年,第36—37页。
④ 李健吾讲,祝公健记:《谈悲剧及其他》。
⑤ 袁化甘:《上海市立实验戏剧学校概貌》,阎折梧编:《中国现代话剧教育史稿》,赵铭彝校,上海:华东师范大学出版社,1986年,第326页。
⑥ 陈恭敏口述,顾振辉采访整理:《1948级校友陈恭敏口述历史》,2015年4月11日下午,上海松江陈恭敏老师家中。

《哈姆雷特》的讲座。① 1949 年后，李健吾在校担任戏剧文学科主任，开设写作实习、中外剧本选读等课程。20 世纪 50 年代初，随着译介的转向，李健吾的授课内容进一步向俄苏戏剧延伸。为满足教学需要，他先后转译出版了高尔基与托尔斯泰的剧作集，共计十个剧本。② 1954 年 7 月离沪赴京前夕，为纪念契诃夫逝世五十周年，李健吾为全校师生进行了一场精彩的学术讲座，生动详细地介绍了契诃夫小说与剧作的成就，激发了学生学习的强烈欲望。③ 随后，李健吾到新成立的社科院文学研究所任研究员，不久又被抽调参加京沪两地师资进修班的教学工作，专讲莫里哀。④ 离沪赴京后至 60 年代初，李健吾多次应邀回到上戏向学生讲授莫里哀戏剧艺术，这些讲稿被整理为《关于莫里哀的三个喜剧作品》《莫里哀的喜剧》《试谈导演莫里哀的喜剧》等文，收入相关文集，从中可见李健吾是如何系统全面地向世人介绍莫里哀戏剧艺术。另外，李健吾还将法国文学带入课堂中："讲课时常常会提到法国文学，特别是他精心研究的福楼拜、他翻译的《包法利夫人》……健吾先生竭力推崇福楼拜的为艺术而献身的精神。"⑤

（二）教学方式

1. 表演式教学。这种教学方式是指施教者在课堂教学中为帮助受教者理解内容，运用自身学养与戏剧实践经验，将自己对剧作的理解通过戏剧表演的方式进行呈现。1921 年，15 岁的李健吾就读北师大附小六年级时，受熊佛西的邀请在话剧《这是谁之罪》中反串女角。⑥ 此后，他便积极参与当时进步的学生演剧活动。可以说，早年丰富的舞台演出经验再加上深厚的戏剧学养，使李健吾能准确理解经典剧作，并在课堂上生动表演。在剧本赏析类课程中，李健吾依据讲稿介绍名家名作时常常会代入角色，进入剧作的规定情境进行表演。这种教学方式使剧作不再是难懂的案头文本，而是鲜活且富于魅力的艺术呈现，不仅使学生在课堂上深刻感受经典剧作的魅力，而且还能激发他们在课后学习原典的热情。

---

① 苗戈：《李健吾老师在台尔蒙的讲座》，《横浜桥》1999 年总第 32 期。
② 李维音：《李健吾年谱》，太原：北岳文艺出版社，2017 年，第 32 页。
③ 范华群：《难忘恩师李健吾》。
④ 韩石山：《李健吾传》，北京：人民文学出版社，2017 年，第 333 页。
⑤ 陈明正：《健吾先生印象》，2022 年 5 月 11 日亲笔手稿。
⑥ 同②，第 26—29 页。

1946级学生陈默就曾说:"李先生既是剧作家,批评家,还是演员,所以既善于说理,又善于表演。"① "他一不用课本,二不用讲稿,却异常娴熟地引经据典,高谈阔论,系统规范,逻辑严密;他兴奋激越,表情生动,手舞足蹈,口若悬河;甚至沉醉意境,纵声大笑,唾沫横飞。"② 1948级研究班学生陈恭敏也对李健吾的教学印象深刻:"他上课很生动,经常在课堂里走来走去,边走边讲,绘声绘色的,他的声音也很洪亮,给我留下了深刻的印象。"③ 同级的浦连青和郭皎也有类似记忆:"他讲课是像演戏一样的,有时还会结合讲解的剧情拿出手绢来表演,绘声绘色的。"④ "李健吾先生讲莫里哀,那绘声绘色我是很要听的。李健吾先生早年好像学过花旦,有些动作也带到他的日常生活中去了。但是他讲课之投入,我想无人出其右。他讲莫里哀的剧本时,沉浸在剧情中还进行表演。"⑤ 曾担任过课代表的1949级学生严翔生动回忆:"他上课绘声绘色,每个角色都带到……李健吾先生上课很投入,陶醉在自己的世界里,经常哈哈大笑,有时同学们也并不觉得好笑。"⑥ 1951级学生范华群回忆:"我们听他这门课时,他与别的老师不一样……简直像个演员一样,似在台上演戏一般,喜怒哀乐的表情全部流露出来,下面听的人这时也仿佛进入了剧情,受到了强烈的感染,听完以后,给大家留下很深的印象……李先生传授给我们的不仅是无数生动的戏剧知识,不只是笔记本上的符号,而是无限魅力的艺术真谛。"⑦ 1954级学生张马力回忆:"李健吾老师在给我们念剧本时,好像在看,其实并没在看。他完全是背出来的,整个讲解过程就好像在演一场戏一样。他对莫里哀实在是太熟悉了……我们都感觉

---

① 陈默:《市立剧校教授群像》,《大光明》1946年第13期。
② 陈默:《首次文章风波》,《横浜桥》2007年总第67期。
③ 陈恭敏口述,顾振辉采访整理:《1948级校友陈恭敏口述历史》。
④ 浦连青口述,顾振辉采访整理:《1949级校友浦连青口述历史》,2014年7月30日下午,上海浦连青家中。
⑤ 郭皎口述,顾振辉采访整理:《1948级校友郭皎口述历史》,2015年7月21日,上海戏剧学院世界戏剧之窗二楼。
⑥ 严翔口述,顾振辉采访整理:《1949级校友严翔口述历史》,2015年6月7日上午,上海浦东严翔老师小女儿家中。
⑦ 范华群:《难忘恩师李健吾》。

李健吾老师就是莫里哀。"① 同级学生王昆也记忆犹新："李老师讲课非常生动，在讲解过程中，他常常抑、扬、顿、挫十分鲜明，甚至是十分夸张地念着莫里哀戏剧人物的台词，表达着人物的思想感情，同时又不忘随时插进短评，以阐明他作为讲解人对剧情、人物的独到见解与分析。这种'沉浸式'的讲学风格，把我们——尤其是表演系的学生，毫无障碍、自然而然地带入了……那个十七八世纪的法国宫廷情境和莫里哀的世界。"② 李健吾的表演式教学是基于讲稿的即兴发挥，但偶尔也离题过远，导致学生不明所以："李先生是一个善于放野马的健将，由一个问题牵连到另一个问题，于是愈扯愈远，愈说愈妙，愈讲愈有劲，同学们也都骑着他的野马奔放到老远老远的地方去了。"③ "他给我们讲一段剧情、台词时，讲着讲着就会'咯咯咯……'地笑起来……我们同学在下面虽然有些不明所以，可还是会被他的笑声所感染，而一起笑起来。"④

2. 双语教学。李健吾的双语教学主要指其在讲课过程中穿插性地使用英语或法语。李健吾在求学时期打下外语基础，考入清华大学前，就读于北师大外文系的朱厚锟曾为其英语家教。此后，学有所成的李健吾陆续发表了不少译作。⑤ 后来，他从清华大学中文系转入西洋文学系，选法语为第二外语，四年里逐步学习了法语语法、短篇小说、戏剧以及诗歌。⑥ 留法初期，李健吾在不到半年的时间里就以优异成绩通过了巴黎语言专科学院现代法语高级版的考试。可见，1932年8月回国的李健吾已熟练掌握英语和法语两门外语。据其时的讲课记录可知，李健吾在讲课中会对某些重点名词或人名用英语进行标识性说明。如在《谈悲剧及其他》中，李健吾就用英语标识构成悲剧性的特征与心理因素，如恐怖Fear、怜悯Pity、危险/危机Crisis、冲突Conflict等。此外，这份记录中的某

---

① 张马力口述，张瞅、陈莹、顾振辉采访，顾振辉整理：《张马力、金长烈口述访谈记录》，2022年2月22日上午，上海金长烈、张马力夫妇家中。
② 王昆：《零散的记忆真挚的怀念》，上海戏剧学院编：《戏文名师》，上海：上海人民出版社，2022年，第324页。
③ 陈默：《市立剧校教授群像》。
④ 蔡学渊口述，顾振辉访谈整理：《1948级校友蔡学渊口述历史》，2022年2月21日、4月25日、7月31日、8月15日，上海蔡学渊家中。
⑤ 李维音：《李健吾年谱》，第49页。
⑥ 李维音：《李健吾年谱》，第151—152页。

些外国人名也用罗马字母拼写而成，如法国戏剧理论家布伦退尔被标示为 Brunetiere，易卜生的剧作《培尔·金特》被直接写为 Peer Gynt。① 在其他讲课记录中，古希腊剧作家阿里斯托芬被记录为 Aristophanes。② 根据这些记录，笔者推测李健吾讲课时应是用外文直呼其名。对戏剧理论的某些关键名词，李健吾使用中文的同时又附上原典中的原词进行补充说明，一方面让学生熟悉专业名词，另一方面也让有基础的学生在不同语言的语义差异中深入理解其涵义，进而理解这些戏剧理论。此外，李健吾在课堂上还会"直接朗读原版著作中的英语台词"。③ 1949 年 5 月，在为上戏学生介绍莎翁名剧《哈姆雷特》的讲座中，李健吾用地道的"牛津腔"朗诵了剧中的经典台词。当时在讲台下的学生徐伟雄对此记忆深刻："记得当时老师是用莎翁的原文，以地道的'牛津腔'，感情充沛地朗读的，语音是那么深沉忧伤，似乎是发自哈姆莱特郁积多日的肺腑深处，使听的人忧悒而压抑，我不由联想起奥立弗在电影中的这段独白，劳伦斯他扮演的哈姆莱特的身影立即浮现在眼前，渐渐便和老师的身影叠合了起来，幻化成一个高大的、活生生的、有血有肉的哈姆莱特……"④ 解放初期，戏剧文学科的主课写作实习由李健吾教授，据该专业 1951 级学生范华群回忆，该课程需每周交一篇文艺习作，李健吾以专业作家的标准进行评判，"语句不通，词不达意、不流畅、不够华丽，哪些标点有错误"⑤，他均会严格批注指正。同时，李健吾也非常善于发现学生的进步并予以鼓励。范华群曾在课余时间研读巴尔扎克的文学作品，后在习作中以巴尔扎克的笔法描写了一位熟悉的人物，李健吾对此大为赞赏，在课堂上当众高声朗读，这使范华群受到极大鼓舞，深感李健吾的教育成了他此后受用不尽的宝贵财富。⑥

---

① 李健吾讲，祝公健记：《谈悲剧及其他》。
② 范华群：《难忘恩师李健吾》。
③ 陈恭敏口述，顾振辉采访整理：《1948 级校友陈恭敏口述历史》。
④ 苗戈：《李健吾老师在台尔蒙的讲座》。
⑤ 同②。
⑥ 范华群：《难忘恩师李健吾》。

结语

综上，1945年10月至1954年7月间，李健吾在上戏积极投入以教学为主的各项工作中，可以说，上戏是李健吾戏剧教育的主阵地。在此期间，他以深厚的戏剧与文学学养，辅以表演式和双语教学方式，在课堂上生动讲授广博的戏剧知识，令学生至今记忆深刻。通过梳理李健吾此期在上戏的戏剧教育经历，并从教学内容和教授方式两个角度分析其戏剧教育的主要特点，以期深化人们对李健吾戏剧教育实践的认识。

［本文为2022年度国家社科基金重大项目"中国近现代话剧文献补遗与集成研究"（项目编号：22&ZD270）与2023年上海戏剧学院创新团队启航计划——以校史研究为中心的话剧史论研究创新团队（项目编号：QH202304）的阶段性研究成果。］

附录一：李健吾研究综述

王利娜　陈　军

李健吾先生（1906—1982）是中国文艺界的一个全才，身兼作家、戏剧家、翻译家、文艺评论家、法国文学专家等多重身份，用毕生心血为中国文艺贡献了35部小说，40余部剧本，53部、六百多万字译作，戏剧评论、文学评论、研究论文等数十篇，在中国现代文学史和话剧史上占有重要地位。

李健吾的研究文章在上世纪三四十年代已初现于部分报纸，1982年其逝世后，研究成果逐渐涌现。当前在中国知网以"李健吾"为主题进行检索，共出现669篇文章，以李健吾作为主要研究对象、相关度较高的文章共约470余篇，其中期刊文章390篇，报纸文章2篇，硕博论文80余篇。研究涵盖了李健吾个人生平、文学批评、文学创作、翻译、研究、戏剧创作、戏剧评论等多个方面。并大致呈现以下趋势：

从1980年至今，每年都有一定数量的文章发表，早期研究数量较少，研究多以回忆文章、生平行述为主，但至1990年，已零星出现了对其文学批评、喜剧和悲剧创作、小说创作的研究，初步奠定了李健吾研究的框架范围。随着时间的推进，研究开始聚焦于其文学批评、戏剧创作等领域，研究由零散、宽泛逐渐转向丰富、集中。2003年至2014年，为研究的爆发期，文章数量较前一阶段大幅上涨。2014年以后至今，研究成果较前一时期下滑，但是相较第一期仍有可观的数量产出。

就整体的研究内容来看，在相关度较高的近450篇研究文章中，对其文学批评的研究文章占据了研究总数的近52%，是李健吾研究当之无愧的热点，李健吾作为文学批评家的影响力可见一斑。在涉及学科中，文学研究的产出较戏剧研究的产出多出近一倍，对其翻译的研究则比戏剧更是少了许多。这与李健吾本身的创作情况形成一种龃龉。除以上研究主题外，研究者还将目光投注于李健吾的生平传记、学术研究等方面。本文将这些研究成果进行分类归纳，从生平行状、文学和戏剧创作与批评、翻译及学术研究等方面，分别梳理和论述已有的研究成果及概况。

一、李健吾的生平行状研究

在李健吾的研究中，有近七十篇的期刊文章围绕李健吾的生平行状展开研究。部分集中在对其撰文立传、年谱和书信等整理上，部分则将焦点放置在对李健吾生平事迹、文艺实践活动及社会关系等的考察上，还有部分为李健吾逝世后的纪念、回忆文章，这些文章一起还原了李健吾完整的人生历程和历史贡献。

（一）李健吾的传记、年谱、书信

传记类研究将李健吾作为主要叙述对象，借助各种书面的、口述的回忆、调查等相关材料，记述李健吾的生平事迹。韩石山的《李健吾传》是传记研究中绕不开的成果，这也是目前唯一一本李健吾的传记著作。韩先生多方搜寻史料，以李健吾重要的人生阶段划分章节，用十三个篇章对李健吾从少年至晚年进行了详细的线性梳理，并对各时期的重点剧本、主要人物形象进行了简要独到的评析。该书依托丰富翔实的史料，完整呈现了李健吾的人生历程和创作活动，是李健吾传记研究的一部力作。值得一提的是，本书作者韩石山先生高度评价了李健吾的才华和贡献，曾多次期待学术界可以出现一个"李健吾热"。

除以评传的形式对李健吾的生平进行研究外，李健吾自己也曾写有两篇自传。在1981年发表在《山西师范学报》的《李健吾自传》中，作者结合自己的个人经历和时代环境，主要概述了戏剧领域的创作成果和活动轨迹，文章部分内容较为细致地涉及到了作者的创作动因以及所持态度，作为第一手的回忆资料，具有很高的参考价值。

此外，徐士瑚《李健吾的一生》、王雪樵《文坛巨子艺苑风流——记著名文艺家李健吾》、田菊《李健吾——从山西走出的文坛骄子》、任文芳《近代著名作家、戏剧家、翻译家李健吾》等期刊类文章也围绕不同重点为李健吾撰文立传。徐士瑚作为李健吾的同乡、同学和近六十年的挚友，在李健吾去世四个月后，根据和李健吾多年交往的闻见、李健吾妻子尤淑芬的口述以及向尤女士借阅的第一手材料,将李健吾的家世、教育、译著、戏剧等方面的重要事实,翔实地加以叙述,记述和回忆了李健吾的一生经历和成就。这是除李健吾自传外,较早为李健吾立传的文章,为后续李健吾传记研究奠定了坚实的基础。王雪樵除在前文的基础上还原李健吾人生历程外,还补充了李健吾生前最后几年的生活状态以及李健吾逝世后社会各界的缅怀情形。田文着重叙述了李健吾各时期在文学、戏剧、翻译等领域的成就和影响。任文芳在《李健吾自传》的基础上着重补充了李健吾在文学翻译和研究方面的贡献和成果,也通过部分回忆史料,从生活细节出发,展现了李健吾为人真诚、炽热、大气,对后辈呵护的黄金般的赤子之心。

2017年李健吾的大女儿李维音编写出版了《李健吾年谱》,年谱多采用第一手资料,广泛参考了现有的研究成果,将知其年月的著作和事件,按照时间顺序入谱,并在附录中完整地列明了李健吾的作品和译作,可为李健吾研究提供清晰、完整的参考材料。

李健吾生前来往友人众多,书信作为交流沟通的主要媒介承载了大量信息。李维音于2017年公开出版了《李健吾书信集》,书中收录了李健吾书信共三百一十四封,除少数为上世纪三十至五十年代之外,其余多数皆是一九七三年之后在身体极度虚弱的状态下完成的。书信往来对象涉及王元化、钱钟书、师陀、柯灵等五十三位友人,是目前李健吾书信研究中最为全面的合集。此外,张向东《民国作家的别材与别趣》书中《李健吾文学论战书简及其他》一章、朱银宇《巴金与李健吾往来书信时间辨正》、任明耀《李健吾的二十四封信》、钦鸿《李健吾致华铃书信九通》等文章亦将李健吾生前部分书信进行整理公开,可作为《李健吾书信集》的补充。李健吾信中所谈,涉及面颇宽,不仅能够反映了作者的文学观点,而且也展示了作者在不同历史时期的生活经历和心灵轨迹,具有非常好的史料价值。

(二)生平考察及文艺实践活动

此类文章为研究者结合具体的史料,就李健吾的笔名、某一时期的事迹和活动、李健吾生前的人际交往关系等进行的查证研究。

1. 笔名

关于李健吾的笔名,"刘西渭"多为学界所熟知,然而李健吾在不同时期或者领域都有使用不同的笔名。1992年《社会科学辑刊》分四次连载了刘玉凯《李健吾笔名考》的考证文章。文章对李健吾笔名的使用历程、使用场景，甚至对笔名所蕴含的缘由和意义进行了详细梳理，让我们知道了除"刘西渭"以外，李健吾还存在"健""健吾""仲刚""川针""李川针""醉于川针""可爱的川针""法眼""郝四山""时习之""丁一万""子木""沈仪""立世"等笔名，为李健吾的基础性研究提供了坚实的支撑，为李健吾文学作品、各类文章、翻译及相关史料的全面发掘和搜集增加了可能。2014年，穆海亮《李健吾研究亟待推进——兼谈李健吾不为人知的笔名"运平"》一文，在刘文的基础上，考证出《关于现实》与《现时与现实》属于李健吾的异题同文，李健吾的另外一个笔名为"运平"，并疾呼学界亟须推进李健吾的深入研究。

2. 李健吾的人生片段

除对李健吾整体的人生经历进行传记性评述外，部分研究者还对李健吾某一时期的人生经历或状态进行了更细致的考察。李维音《灰色上海时期我的父亲李健吾》回忆了"孤岛"时期李健吾先生是怎样以内心的道德力量，抵抗时代重压，为我们展现了李健吾直面日本宪兵队"有良心的小民"形象。郭汾阳《蹇先艾、李健吾在北京师大附中》详细叙述了蹇先艾和李健吾在师大附中期间，受新文学运动影响，开始尝试进行创作并组织文学社团，对其后来以文学为事业的影响。文章多处引用了学校在二人毕业时所编《纪念册》中，老师同学的评语，能很好地展现青年时期李健吾的风貌。韩石山《李健吾在西安》则记述了李健吾少年时曾在西安的东木头市度过的半年时光。苗得雨《华东文艺访问调查团与李健吾的〈山东好〉》《李健吾写〈山东好〉那段时光》皆是对1951年1月31日至3月8日华东文艺访问调查团在山东访问调查这一活动的梳理，并对李健吾先生当时创作的《山东好》的内容进行了详细介绍。这些对李健吾人生片段式的研究弥补了整体生平研究中存在的不够细致和聚焦的问题，让我们可以回归李健吾某一个人生的横断面，更深入地了解其人其事。

3. 李健吾的人际交往

李健吾真诚大气、助人为乐的性格使其生前结交了大量文坛好友。部分研究者将视点放在其与巴金、林徽因、汪曾祺、阎逢春、郑振铎、蹇先艾、华铃等人的人际交往关系上。从交往史的考察中，发掘李健吾的创作历程、文艺思想、性格特征、时代处境等。

李健吾与巴金的友谊是文坛的一段佳话,很多文章皆有涉及。韩石山《李健吾与巴金》一文详细记述了李健吾和巴金交往的始末,从二人最初相识记录到李健吾去世第二年李维音去探望巴金,文章充满了丰富的细节和鲜活的文学色彩,让读者为之动容的同时,也为研究者深入了解二人关系提供了完整翔实的信息参照。张爱平《有一颗金子般的心——巴金谈李健吾》一文还原了1951年初全国镇压反革命运动如火如荼,国内气氛紧张时,有人质疑李健吾所谓的历史问题这一情境,将当时巴金为李健吾澄清写下的一封证明材料进行了完整抄录,内容很好地展现了李健吾和巴金浓厚的友谊,以及巴金和李健吾伟大的人格。这份证明材料在巴金和李健吾二人后面的人生中都没被提及,只是静静躺在档案库中,作者将其打捞摘录,为巴金和李健吾的研究提供了无比珍贵的第一手材料。谢小萌《和而不同:巴金何以误解李健吾》从1935年初冬时节李健吾的那篇《〈雾〉〈雨〉与〈电〉——巴金的〈爱情的三部曲〉》开始谈起,描述了巴金和李健吾那场有名的辩论,并从文风、内容与形式、文艺的功能及其如何实现等多方面深入分析了二人深层思想。作者没有简单停留于性格和品行层面,而是从文艺观念的角度去解析二人和而不同的原因,具有一定的学术价值。

关于李健吾与林徽因的关系,研究者较少。任荣娟《论李健吾与林徽因的交往史》一文,提出李健吾从1934年1月至1935年8月作为"太太的客厅"这一文化和社会空间的常客,在与林徽因的密切交往过程中,完成了对"刘西渭"的转变。其中李健吾对林徽因小说《九十九度中》的评介,使得此作品的"现代性"被更多人接受,也使"刘西渭"的批评理念更加独特丰富。关于李健吾与阎逢春、郑振铎、塞先艾等人的关系文章皆出自韩石山先生之手。文章详细描写了李健吾生前与这些挚友一起从事的文艺活动以及交往的经过,资料丰富,满含着时代和生活的细节。

值得一提的是,在众多研究李健吾的人际交往关系的文章中,研究的另一对象多为文学界人士,而李健吾与戏剧界人士的来往则较为模糊。2021年方继孝发表的《一封书信珍藏60年,两位文人挚友情》一文,通过李健吾写给焦菊隐的一封回信,展现了二人对待戏剧一丝不苟的态度和深厚情谊。这封信是李健吾接到焦菊隐向其请教的信之后,就焦菊隐翻译并寄给他的契诃夫剧作《三姊妹》

译稿和译稿中个别字的翻译交换意见的回复。在复信中，他谈了自己的见解，并以法文和俄文的译法对剧中台词进行了对照。方文将这封珍藏60年的书信直观呈现，为戏剧研究者提供了有力的史料支持。

4. 文艺实践活动

李健吾将一生中的大部分时光都贡献给文艺事业。在文学、戏剧创作的同时，也积极从事文艺实践活动。早在1922年，作为中学生的李健吾便同蹇先艾、朱大枬联络同学组织了曦社，并于1923年初创办刊物《爝火》，发行两期后停刊，此后李健吾又陆陆续续创办和参与了多个刊物。据统计，其一生共参与编辑的期刊有数十种，其中《文艺复兴》最费心思，最显功力。也因《文艺复兴》的特殊影响力，研究者们对李健吾文学实践活动的研究基本集中于此。

关于李健吾对《文艺复兴》所做的实践，以往较多散落在对《文艺复兴》这一杂志的单独研究中，不将两者之间的关系作为主要研究对象。魏文文《李健吾与〈文艺复兴〉》则以此为题进行论述。文章从独特的编辑理念、成功的"副文本"设计、编辑理念的转变三个方面梳理了李健吾对《文艺复兴》的编辑历程及贡献。较为系统的成果是陈会萍硕士论文《1946—1949 "文艺复兴"的构想与实践》，文章将研究视点从通常的郑振铎与《文艺复兴》转到李健吾与《文艺复兴》上来，提出李健吾作为《文艺复兴》编辑的具体负责人，一方面通过副文本、正文本具体实践"文艺复兴"的编辑理念，另一方面则从自身创作与评论方面推动了"文艺复兴"理想的实践。文章将李健吾与《文艺复兴》结合起来考察，并且以"文艺复兴"为中心观点。从李健吾编辑与创作两方面来具体呈现1946—1949 "文艺复兴"理想的构想与实践。文章借用大量原始资料对李健吾与《文艺复兴》的关系进行了较为全面的梳理，对李健吾"文艺复兴"的文学理想进行了较为公允的历史评价。

李子淇、王晶瑶《李健吾早期的文学活动》一文对李健吾北师大附中期间的文学活动进行了研究。文章着重介绍了李健吾与蹇先艾、朱大枬等八位同学发起成立"曦社"以及创办刊物《爝火》的前后，作者提出曦社的文学活动，不仅活跃了北京的文学创作，也引起国内新文坛的关注，而李健吾在主持社团事务的同时积极为《爝火》撰稿，以创作实绩在北京新文坛崭露头角。文章还对早期李健吾戏剧创作和演出、小说和诗歌创作进行了介绍。较为粗略地勾勒出李健吾早期文学活动的线索。

总体来说，对李健吾文学活动的研究目前还很不充分。除上文提及的为数不多的文章聚焦在其于《文艺复兴》的实践外，其早期创办和参与编辑的其他文学杂志目前尚无人研究，除编辑文学杂志外，文学社团活动以及其他实践活动也尚需进一步挖掘和补充。

在戏剧领域，对李健吾戏剧实践活动的单独研究则较文学更少。李健吾部分戏剧实践活动多散落在对生平考察和传记性研究的文章中，学术性不够。知网上，以李健吾戏剧实践活动作为研究对象的，只有一篇文章。

穆海亮《李健吾与上海剧艺社》一文详细介绍了李健吾在上海剧艺社的始末，考察了李健吾在上海剧艺社担任导演和编剧作品的实际演出情况不佳，指出李健吾离开上海剧艺社除不想介入权力争斗外，也有壮志难酬的感慨。作者还考察了上海沦陷后，李健吾在上海艺术剧团、华艺剧团、联艺剧团、苦干剧团的卓著成绩，对两个时期李健吾截然相反的演出成绩进行了原因探析。认为孤岛时期李健吾的艺术观念在孤岛的文化语境中存在明显的不合时宜。李健吾的艺术追求与"上剧"的价值理念不太一致。李健吾的身份、经历与"上剧"的特定组织背景之间存在错位导致其艺术才华在上剧难以得到发挥。而沦陷区特殊的政治环境宣告舞台上直接进行政治宣传已不可能，剧人只能心无旁骛地用世俗化和商业化的演出在激烈的市场中争奇斗艳，李健吾得以放开手脚。文章通过收集大量的史料，对李健吾于孤岛时期和沦陷时期从事的戏剧工作，剧目的演出情况进行了详细的考察，具有非常珍贵的史料价值。作者也对存在其中的现象进行了学术性探讨，没有停留于事实的罗列，而是由表及里进行了深入的分析，并由李健吾扩展到了当时其他同样有此遭遇的知识分子，从中找寻对当下的启示，可作为对李健吾戏剧实践活动进一步研究的学习参照。

（三）纪念文章

李健吾逝世后，李健吾的家属及生前好友撰写了较多的回忆文章，如李健吾附中时期的好友蹇先艾、"九叶派"诗人唐湜、李健吾的学生任明耀等。他们或结合史料，记录某一时期的李健吾，或以自己的朋友身份，怀念和李健吾相处的点滴经历，都从侧面还原了李健吾的性格和为人处世的态度。

和李健吾有六十年友谊的蹇先艾在《我的老友和畏友——悼念李健吾同志》

一文中，首先列举了李健吾的成就，而后以自己的视角回忆李健吾的一生历程。作者述说式的口吻为研究者们提供了许多可供参考和研究的细节。

作为李健吾四十八年的好友，曾与李健吾同在上海戏剧学院共事的魏照风在李健吾逝世六天后写下了《怀念李健吾同志》这篇文章。文章除对李健吾剧作成就进行介绍外，着重回忆了与李健吾一起在上海戏剧学院任教时的过往。"健吾上课非常有吸引力，举例精辟，议论风生，尤其对中外文坛掌故非常熟悉，俯拾即是，增加了讲课的魅力，并能引导同学对某些文学戏剧问题，进行研究探讨，甚至系外同学也来旁听，有时窗台上都坐满了人。"① 作者真切细致的回忆展现了李健吾作为教师的形象和风采。

唐湜在李健吾逝世多年后，撰写了《忆李健吾先生》一文，文章回忆了与李健吾的交往过程，着重写了李健吾的文艺批评对其的影响，以及作者对李健吾的怀念和崇敬。曾为上海暨南大学外文系学生的任明耀在《怀念良师李健吾先生》一文中，谈到其在求读的时候对老师李健吾的印象："精力充沛，学识渊博，年富力强，他戴着一副浅色茶色眼镜，给我们上课时，谈笑风生，语多精辟，经常发出爽朗的笑声，我们听他的课特别有味，不但没有精神压力，而且常常感到是一种艺术享受。"②

此外，卞之琳《追忆李健吾的"快马"》、夏衍《忆健吾》、常风《追怀李健吾学长》、吴泰昌《文坛杂忆》、范华群《卓越的戏剧家李健吾——纪念李健吾逝世二十周年》、马斌《他有一颗黄金般的心——现代作家李健吾其人其事》等文章也都从不同方面回忆了李健吾的生平过往，表达了对李健吾的崇敬和追思，为研究者提供了丰富的视角和史料，让李健吾在后人心中的形象更加立体、可靠，对研究者进一步理解李健吾的文艺创作和观念提供了有益支持。

纵观李健吾的生平行状研究，将近数十篇的期刊文章，四本专著，让我们看到了李健吾较为完整的人生历程，特定时期李健吾的成就和经历，诚挚爽朗、热情大气、有一颗黄金般的心的性格形象，为人友为人师的相处细节，以及其对中

---

① 魏照风：《怀念李健吾同志》，《上海戏剧》1983年第2期，第45—46页。
② 任明耀：《怀念良师李健吾先生》，《群言》1996年第6期，第20—21页。

国文艺事业的影响和贡献。研究成果多出自家人、朋友及其他与其接触过的亲历者，文章充满了真切的情感、丰富的生活细节以及翔实的史料依据，为后辈研究者提供了大量的参照材料和可供挖掘的多元视角。但是研究也存在一些不足。首先，史料挖掘不够，部分文章出现基于同一份材料相互照搬的现象，内容较为同质，论述新意不够。其次，对李健吾的生平行状研究基本停留在表层，已有的研究成果和观点亦较为零散，多数文章都是通过史料去述说一段经历或往事，没能将李健吾放置在更广阔的时代或文化背景下，探讨李健吾的思想观念以及背后的深层动因，不够学术化和系统化。最后，对李健吾文学活动和实践关注较多，对其戏剧活动、经历、戏剧界的社会关系、贡献等考察较为贫乏，这也一定程度上遮蔽了李健吾在戏剧领域的贡献和影响力。

二、李健吾的文学/戏剧批评研究

（一）文学批评

在李健吾的研究中，对其文学批评的研究占据了一半，中国知网收录期刊文章约 200 篇，硕博论文 36 篇，可谓硕果累累。

上世纪三四十年代已有学者对李健吾的文学批评展开论述。如欧阳文辅，他在 1937 年 5 月 11 日《光明》半月刊发表评论文章《略评刘西渭先生〈咀华集〉——印象主义的文艺批评》，认为李健吾鉴赏式的印象主义批评是腐败的理论，刘西渭是旧社会的支持者，腐败理论的宣教师。作者利用庸俗社会学批评对李健吾的文学批评进行了无情的宣判。五十到七十年代，对李健吾文学批评的研究成果近无。直至七十年代后期，香港学者司马长风在他的专著《中国新文学史》中再次谈起李健吾的文学批评，他认为"30 年代的中国，有五大文艺批评家，他们是周作人、朱光潜、朱自清、李长之、刘西渭，其中以刘西渭的成就最高。他有周作人的渊博，但更为明通；他有朱自清的温柔敦厚，但更圆融无碍；他有朱光潜的融会中西，但更圆熟；他有李长之的洒脱豁朗，但更有深度"。[①] 这样的盛赞将李健吾的文学批评重新拉回研究者们的视野。加之李健吾的逝世，国

---

① 司马长风：《中国新文学史》（中卷），香港：昭明出版社 1978 年版，第 248 页。

内学者开始重新考察李健吾文学批评的独特性、批评观、在文学史上的地位及其他问题。1983年刘锋杰发表文章《李健吾文学批评初论》，这是八十年代以来最早以李健吾文学批评作为对象进行的学术性研究。刘文认为李健吾是中国现代文学批评中最有个性和风格的一位，他让艺术的批评成为了批评的艺术。对李健吾直觉式的欣赏批评、批评风格的变化以及李健吾的批评观进行了详细的论证，此外还对李健吾长期被冷落的原因，李健吾对文学和现实关系的看法进行了探讨。文章探讨问题之丰富一定程度上给予后续李健吾文学批评研究以方向指引，为李健吾文学批评研究打下牢固的基础。在此之后，相关研究成果陆续出现，中国知网共收录八十年代研究文章近十篇。九十年代以来，杨苗燕、张爱剑、季桂起、刘锋杰、温儒敏、吴戈、周海波等学者对此继续展开研究，成果较八十年代翻了一番，知网共收录文章近20篇。综合来看，八九十年代多是立足整体去谈论李健吾的文学批评，学者们严谨治学的态度使得最开始对李健吾的研究就呈现极高的学术性和研究深度。新世纪以来，对李健吾文学批评的研究数量开始大幅上涨，研究的视角更加多元，除依旧对李健吾文学批评进行整体性立论外，更多文章在前一阶段研究的基础上进行了细化，选取一个聚焦点展开深入论述。整体来看，研究方向大致集中在以下几方面：

1. 李健吾文学批评观研究

"批评观"是指批评家在批评时所持的观点和态度，包含了批评家对创作上的理想和追求。当前对李健吾批评观的研究数量较多，学界观点主要集中在以下几方面：

第一，"人性"观。此种观点认为李健吾以"人性"作为自己文学批评的终极追求，他注重从"人性"角度来分析作品，是"一个人性钻进另一个人性"，是对当时主流文学的重要补充。如杨婧《论李健吾文艺批评的人性观》一文，从限制中求自由、自我经验与人性的双重标准、寻美与公正的艺术追求三方面论证了李健吾文艺批评的人性观，以及当代的意义。宋喆《以"人性"为文学批评的内在尺度——论李健吾文学批评的特点》认为"人性"是李健吾文学批评的内在尺度，无论是对作家本人的认识、对作品价值的判断，还是对批评独立性的坚持，都是基于"人性"的。其他如王衡《李健吾文学批评中人性论的文化阐释——人的精神文化品格》，程业《论李健吾的文学批评观》第二章第一节，范水平、黄卫星《论李健吾文学批评中"人"的意识》，郭君宇《以人性为支点的诗意洞察——浅谈李健吾文学批评的人性观》等都围绕李健吾具体的评论文章对其中展现的人性观进行了论述。

第二，"自我"的批评观。刘锋杰《李健吾的"自我批评"论》提出李健吾凭借印象主义构建了他的自我批评观，对于批评，自我就是最高原则，但是李健吾不是自我唯一论者，李健吾的"自我观"是一种开放的自我观。文章也指出了这种批评观的缺憾。温儒敏《"灵魂奇遇"与整体审美——论李健吾的文学批评》认为李健吾批评本质或功能涉及多方面，但核心是"自我发现"，他正是从这一点向印象主义靠拢，强调批评中"创造的心灵"，强调通过批评"扩大人格"，强调"鉴赏"与"体味"。除了批评家的自我，李健吾还注意到了作者的自我主体性表现。周子钰《论李健吾的文学批评向度》第一章即论述李健吾自我的批评向度，提出李健吾不仅注重批评家的自我，还注重创作者的自我主体表现，特别注重创作者表现之"真"。从实质上看，李健吾所强调的自我是相对的自我，其背后则是普遍的人性。文学武《论李健吾文学批评的关键词》提出"自我"一词堪称李健吾文学批评的灵魂，它是李健吾文学批评的出发点和终极目标。李健吾的"自我"批评术语是建立在批评家自由、独立的人格理念和追求上的。李健吾自我的批评观念决定了他的批评在世俗世界中傲然屹立，与那种党同伐异的批评保持足够的距离。

第三，追求批评的公平公正。黄键在《京派文学批评研究》一书中系统论述了李健吾的批评观，并且指出其观念中存在着悖论：一方面以自我个性为依据，一方面却又在个性之外寻求公正，这一观念导致李健吾的批评处在限制与自由之间相克相长。陈悦《自我公正人生——论李健吾文学批评的三个支点》认为"自我"是李健吾批评的最终依靠，公平是批评道义上的追求。大公无私是人类追求的至高道德，尽管无法真正实现，但是可以对自我进行一定程度上的规范和制约。在自我和公平之间游走，体现了李健吾批评理论的和谐气息。陈美霖《公正与独立——探析李健吾文学批评的精神品格》观点与陈文类似，认为公正与独立是李健吾内在的精神品格，不仅使得李健吾文学批评成为了典范，更是影响了现当代印象式批评的发展。文章比较多地结合一些当时的论争和评论文章，进行了较为细致的阐述。

第四，批评的现代意识。部分研究者还着重从李健吾文艺思想所具备的现代性角度进行了研究。成果如王翠硕士论文《李健吾文学批评的现代意识研究》，围绕李健吾文学批评现代意识的成因、表现、走向现代的过程中遭遇的矛盾和困惑、李健吾文学批评现代意识的意义和局限性展开了系统论述。管兴平、张海英《李健吾文学批评的现代观》提出李健吾的批评具有现代意识和现代情感体验，李健吾在批评中强调了现代的繁复性。文章试图厘清现代、现时、现实和历史等概念，进而指出其现代观具有启蒙的作用。文学武《审美现代性视野下的文学批评——以李健吾的文学批评为中心》提出李健吾在批评中流露出现代性的审美意识，其不仅在他的批评中阐释了诸如纯诗等现代批评概念，而且也在批评的方法以及对现代主义文学倾向的批评实践中努力体现这种特征，这使得他的批评在审美现代性的视野中获得了一种前所未有的生命。①

整体来看，对李健吾文学批评观的研究数量较多，但偏于零散。除上文提及的单独研究文章外，大部分是作为一个章节出现在对李健吾进行的整体性研究中，还有的散落在对其文艺思想的论述中，以李健吾文学批评观为题的共有两篇硕士论文，还有继续进行深入研究的空间。

2. 李健吾文学批评理论渊源研究

对李健吾文学批评理论渊源的探讨，自三十年代李健吾批评文章发表便已开始。时人大多将其归诸印象主义，认为其文学批评受以法朗士和勒梅特为代表的印象主义批评的影响，强调批评主体个人的、特殊的和瞬间的审美直觉，如上文提及的欧阳文辅。这一观点直至上世纪八九十年代依旧为学界所公认。但在印象主义之外，开始出现其他的观点补充，如认为李健吾的文学批评具备中国的古典文论的品格，受到中国传统批评观念的影响。总的来看，研究观点主要分为受西方理论影响、受中国古典文化资源影响、两者皆而有之三大类。

在认为李健吾文学批评是从西方理论汲取艺术资源的观点中，李健吾的借鉴对象除印象主义之外，还有自由主义批评意识、人本主义、实证主义、唯美主义、自然主义等。如季桂起《论李健吾的文学批评》（1992）一文提出从批评观

---

① 文学武：《审美现代性视野下的文学批评——以李健吾的文学批评为中心》，《社会科学战线》，2014年第8期，第134—139页。

念的渊源关系来看,李健吾对文学批评的理解主要来自两个方面的影响。一是西方十八世纪启蒙主义思潮之后那种从古典主义原则中解放出来的自由主义批评意识的影响,二是西方近代人本主义哲学的影响。自由主义批评意识并未指向某一流派或主义,而是指狄德罗、阿诺德、史勒格尔、圣·佩韦、王尔德、伏尔泰、法朗士等批评家呈现出的一种美学归属和共同的历史趋势,即批评主体意识的强化和批评多元化的追求。而人本主义的哲学立场,使李健吾在批评实践中格外重视自己的审美感受,重视从这种审美感受去透视作家的艺术个性和人格个性,从而形成一种"以文论人"的批评模式。文章比较早地对长期以来将李健吾的理论渊源归结为单一的印象主义观点进行了补充。持实证主义观点的研究者如陈政,其在《李健吾文学批评新论》(2001)中提出印象主义只是李健吾文学批评的表层风貌。就理论渊源而论,李健吾不仅接受了印象主义尊崇直觉印象的主张,同时更汲取了实证主义的科学求实精神。就特质而论李健吾的文学批评不仅饱含着富有灵性的艺术感悟,同时也表现出准确精当的理性分析。[①] 自然主义之说的持有者主要为范水平,其从 2010 年至 2021 年共发五篇文章,就李健吾文学批评中的自然主义倾向进行研究。他认为李健吾无论对作家的批评还是对作品中人物形象的批评,常取病理学、生物学、种族学的角度;在考察环境对人的影响时,坚持自然地理环境对人具有极其重要的影响,李健吾客观呈现的文学批评观以及对批评家和作家自身限制的认识和尊重具有鲜明的自然主义倾向。相较于印象主义的观点被普遍认同,其余观点更多是小部分学者的个人论述,影响力和认可度较为局限。

认为李健吾的文学批评渊源更多来自中国传统文化资源的研究比较早地出现在世纪之初,王志勤《李健吾对中国古典文学批评的因袭传承》一文认为李健吾选择的批评方式较多因袭了中国传统文学批评的批评范式,主要体现在以下四个方面:中国传统文学批评的顿悟直观式思维方式;中国传统文学批评独有的评点式批评原则。较强唯美色彩的文体审美特征;转喻性修辞特征。同年,周黎燕《在限制中自由——论李健吾对古代文论的承传与转化》一文中提出李健吾作者

---

① 陈政:《李健吾文学批评新论》,《首都师范大学学报(社会科学版)》2001 年第 3 期,第 44—50 页。

中心论的批评观导源于中国古代文论中"诗言志"的文学观，自我潜入的批评策略则秉承于孟子的"以意逆志"的批评传统，论述了李健吾与中国古代批评话语的精神联系。郝江波《从人本的审美价值观看李健吾咀华批评的古典品格》认为李健吾人本审美价值观与批评原则，在现实主义人文关怀的层面之上，对"人"与人性进行形而上意味的哲学探究和美学超越，与部分儒家和道家哲学观念趋同。此外，丁燕燕《"托物取象"与诗性言说——论古典文论对李健吾文学批评的影响》，贾倩《古典文论传统对李健吾文学批评的影响》皆是从李健吾文学批评中找寻中国古典文论的影响痕迹。

更多研究者认为李健吾的文学批评受到中国和西方的双重影响，并将这些理论资源进行融会贯通，形成自己的批评体系。如黄键在《中国现代文学批评与传统批评思维》中提到："所谓实力并不体现为传统的直觉印象式批评的简单复归，甚至也不是体现为对西方印象派批评方式的圆熟运用。《咀华集》的重要意义在于，它通过对中国传统以直觉感悟为优势与主导的印象式批评思维与西方以理论逻辑的推演为主导优势的批评思维的融汇，将直觉感悟式批评思维提升达到了一个新的高度与境界。"[①] 张新赞在《在艺术化与现实化之间——李健吾的文学批评》第一章中分两节论述了李健吾与西方文艺思想以及中国传统思想之间的关系。其他如付乐《中西自然观的碰撞与融合——李健吾文学批评探析》，赵凌河、孙佳《李健吾文学批评理论资源的多元整合》，李辉《李健吾文学批评的理论来源》等文章也都从中西方两个方面论述李健吾的思想渊源。

虽然承认中西方的双重影响说，但在影响的比重上，西方理论的主导作用似乎更为大多数研究者们认同。温儒敏1993年发表的《"灵魂奇遇"与整体审美——论李健吾的文学批评》一文提出李健吾虽然承继了中国传统文学批评的某些思维方法，但主要是在研究和探索西方印象主义批评的基础上，建构其批评系统，并就其如何消化和吸收外来理论进行了细致分析。持同一观点的还有赵凌河，其在《一个中国式的现代文论典型范式——论李健吾的印象主义文学批评》中提出就批评理论的本质来讲，西方印象主义批评构成了李健吾文学思想的主要

---

① 黄键：《中国现代文学批评与传统批评思维》，《青岛科技大学学报》（社会科学版）2003年第3期，第69—74页。

理论支柱。[①] 再如，文学武《徘徊在现代与传统之间——李健吾与中国现代文学批评理论的建构》一文，认为因为李健吾印象主义的批评而将其认为主要依赖的是中国传统批评范式和语言，这是一种对李健吾的误读。尽管李健吾与中国传统文学批评的渊源较深，在李健吾的文论中经常使用西方现代批评的"比较"以及"综合"的方法，具有了一定的现代属性，但两者之间存在较大的区别。

综上所述，研究者们很早就注意到李健吾独特的文学批评背后所倚赖的中西方文化资源宝库，在不断地探寻和多元的思考中，对这一课题的研究逐渐深入，成果显著。通过这些研究，可以帮助我们更深刻地理解李健吾文学批评的精神内核、批评观念和批评实践，也更能理解李健吾在沟通西方文学批评与中国传统批评的交汇、融通中做出的重要贡献。但稍显遗憾的是，对李健吾文学批评与中国传统文化渊源的挖掘还不够明晰和深入。此外，已有文章多从宏观方向出发，在西方和中国文化理论中找寻李健吾受其影响或者与之相通的要素，并未更细致和深入地比较李健吾文学批评与这两者之间有何种不同，李健吾在此基础上做了何种转化、融合或超越，可做更进一步的研究。

3. 李健吾文学批评文体研究

在现代文学批评史中，多数批评家的评论文章都采用严肃的论说文体，注重分析归纳、逻辑推断，文体大都趋向谨严。而李健吾随笔式的批评文体便显得极具特色，得到研究者们的关注。

李健吾文学批评文体的研究在上世纪八九十年代已有成果。季桂起《论李健吾的文学批评》一文论及李健吾的文学批评文章似乎都可以看作是同朋友讨论文学、讨论创作、讨论人生的书信。这种随笔式的文体和亲切委婉的文风与他"灵魂企图与灵魂接触"的批评态度和方法有密不可分的关系。温儒敏《批评作为渡河之筏捕鱼之筌——论李健吾的随笔性批评文体》一文则单独对李健吾随笔式批评的文体展开分析。围绕这一文体的结构、语言的特点、适合范围、三四十年代未能充分发展的原因、这一文体值得反思的地方以及它的追随者们容易步入的误区展开了论述。这是较早的对李健吾文学批评文体进行专门研究的文章，论述全

[①] 赵凌河：《一个中国式的现代文论典型范式——论李健吾的印象主义文学批评》，《社会科学辑刊》2003年第4期，第118—122页。

面、谨严，是许多后辈研究者在研究这一论题时参考学习的典范。其后，周海波发表《论李健吾的随笔体批评》一文，认为李健吾的批评是一种人生随笔，这种随笔体式主要受蒙田的影响，并在此基础上形成了自己的风格特征：一是"絮语"特征。散漫自如，闲适平和，语言富有形象感和色彩感。二是"简单化"的体式。构造简短、简明、简练、简静。论述较为充分。

新世纪以后，共有四篇期刊文章，一篇硕士论文单独对李健吾批评文体展开研究。董希文《健吾文学批评文体探析》分析李健吾随笔式批评文体产生原因，文体的结构特点、语言特点，随笔式文体的选用及其局限，同时对八十年代兴起的"李健吾批评文体热"的原因进行了简要分析。部分观点在承袭前人研究的基础上做了补充。冒建宏、刘姝《独特的批评视角——论李健吾的随笔体批评》则是从这一文体形成的原因进行探析，认为李健吾受到法郎士等人印象主义的影响的同时，也受到了传统文学和批评的熏染，由此形成了"中国式"的印象批评。苏州大学张帆的硕士论文《试论李健吾的文学批评文体》认为从文体上看，李健吾的文学批评可以分为前后两期，前期的随笔体以及后期的理性评判体。分别对两种文体的特征、形成原因、美学意义和局限进行了分析和评价。这是唯一一篇以李健吾批评文体作为研究对象的硕士论文，作者以动态发展的视角考察李健吾文体的发展转变，弥补了之前对李健吾随笔式文体的单一论述。具有一定的参考价值。

八九十年代对李健吾文学批评文体研究的成果，无疑为后辈研究者提供了良好的基础，但也一定程度上限制了进一步研究的思路。虽然目前研究成果不多，但许多观点却较为同质，部分论述亦未能真正抵达前辈研究者的深度和广度。今人在研究李健吾文学批评的文体时，可以尝试打开视角，从比较研究、影响和接受研究等角度填补当前空白，做出更多发现。

纵观对李健吾文学批评的研究，历时不短，数量庞杂，硕果累累。除上文着重展开的理论渊源、批评文体、批评观等较为集中的研究主题外，还有许多的研究文章，涉及李健吾文学批评的方方面面。如从语言、思维等角度来研究李健吾文学批评的特征，文章有王衡《心灵化的表述风格——论李健吾审美批评的语言特征》、王衡《李健吾审美批评的语言特征之一：主体地位的确立与私人话语的形成》、郝江波《论李健吾批评的直觉思维特征》、古远清《李健吾鉴赏式的批评特色》等;还有以动态的视角来看待李健吾文学批评的发展演变,如文学武《从人性审美到政治审美——李健吾文学批评历程及其反思》,赵蕾、郝江波《李健吾文学批评风格变迁漫谈》,周景雷、肖珍珍《"自我"在历史变迁中的浮沉——谈20世纪30至50年代李健吾批评风格的转变》;还有对李健吾某一时期的文学批评进行具体化研究的,如麻治金《新中国成立后李健吾的文学批评》。研究整体呈现多元化的趋向,但在系统性方面稍显弱势,据不完全统计,当前对李健吾的文学批评进行单独研究的论著有两本,分别是王衡、李科平《李健吾及其审美批评研究》以及张新赞《在艺术化与现实化之间——李健吾的文学批评》,两本专著并不能将李健吾文学批评的研究充分涵盖,有待今人继续弥补。

(二) 戏剧批评

与文学批评截然相反,李健吾戏剧批评研究成果寥寥。据知网不完全统计,以戏剧批评作为主要研究对象的文章只有五篇期刊论文和四篇学位论文。已有的期刊文章中,姜蓉艳《评李健吾的〈《雷雨》——曹禺先生作〉》一文单独对李健吾这篇知名度最高的戏剧评论进行了细致分析,并据此总结出李健吾随和独语式的独特批评风格,文章较为简单,论证不够充分有力。同样论及《〈雷雨〉——曹禺先生作》的还有张潜、龚元,他们于2015年在《戏剧艺术》发表的《"剧评"的兴起——现代话剧史"剧评"问题研究》一文,提出李健吾对《雷雨》的评点体现了新剧人士对"话剧"从文体形式到内涵的全面掌握,将"剧评"在中国真正成型的标志定为李健吾评论《雷雨》文章的发表(文章名为:《〈雷雨〉——曹禺先生作》),作者从批评家主体塑造与社会文化机制两个方面,论述了作为文体的"剧评"之所以在李健吾的笔下堪称"成型"的原因,指出"文体"背后有"制度",作为"文体"的剧评与作为"机制"的剧评是互为表里的关系:前者是批评家的"个人制作",后者是批评家的"运作场域"。唯有两者结合,才能使剧评产生效果。[①] 虽然此文并非对李健吾戏剧批评进行单独研究,但文章将李健吾这篇戏剧评论所具有的历史意义及意义生成的原因进行了鞭辟入

[①] 张潜,龚元:《"剧评"的兴起——现代话剧史"剧评"问题研究》,《戏剧艺术》2015年第1期,第21—31页。

里的分析，论述深刻，观点新颖。

较早对李健吾的戏剧批评进行单独研究的是包燕，其在1998年发表的《人性的光辉：在功利和唯美之间——李健吾戏剧批评观之批评》一文中从"人性是戏剧的灵魂"、"人性批评"以现实性为其支点、戏剧性是人性展示的手段三个方面对李健吾戏剧批评观的内涵展开分析。最终得出李健吾的戏剧批评观"在功利和唯美之间"求得了某种平衡这一结论，对李健吾戏剧批评研究具有开拓意义。其后宋宝珍《残缺的戏剧翅膀：中国现代戏剧理论批评史稿》单独成章介绍李健吾的戏剧批评，作者也注意到了"人性"在李健吾戏剧批评中的重要性，认为人性是李健吾进行戏剧批评的基点，并通过分析李健吾对《雷雨》的解读加以佐证。此外，作者还将李健吾纳入以曹禺为代表的诗化现实主义戏剧观念的范畴之中，并称之为"体验性现实主义戏剧批评"，给予了李健吾较高的评价。弓卫红《李健吾戏剧评论的意识与格调探讨》、刘晶《李健吾执着的人性精神实践——评析李健吾剧本和剧评》两篇文章亦从人性的角度来看待李健吾的戏剧评论，文章相对流于表面，观点亦无太大新意。

综上所述，对李健吾戏剧批评的研究成果极为匮乏，视角单一，观点同质。究其原因，我认为一方面因学界长于关注李健吾在三四十年代极具特色的印象式批评，对李健吾后期转变后批评关注较少。而在前期批评的研究中，资料来源基本依赖《咀华集》和《咀华二集》，但两本书收录的戏剧批评极少，很难真正展开研究。另一方面，数量上比较多的戏剧评论创作于后期，从《李健吾戏剧评论选》以及《戏剧新天》来看，李健吾的批评风格发生了转变，批评的标准渐趋政治化，格调和质量也大不如前，研究的价值似乎有所折扣。还有一部分原因在于，李健吾戏剧批评多为戏剧文学的批评，而长期以来戏剧文学多被纳入文学体系中学习，所以对文学批评的研究一定程度上也涵盖了对戏剧批评的研究。

三、李健吾的文学/戏剧创作研究

（一）文学创作

相较于李健吾文学批评家的身份，其作为小说家和散文家的身份似乎有些喑哑，当前学界对李健吾文学创作的研究数量整体较少与此不无关联。在中国知网检索，以李健吾的文学创作作为主要对象进行研究的只有不到 30 篇文章，而已有成果主要集中在小说创作、散文创作两个方面，对其诗歌的研究近无。

1. 小说创作

李健吾最早是以小说创作者的身份出现在文坛，一生共创作 35 篇小说。其中 1924 年在《文学旬刊》上发表的《终条山的传说》因被鲁迅收入《中国新文学大系·小说二集》而在众多作品中得到研究者们更多关注。白旭《〈终条山的传说〉的形式与环境描写分析》一文认为小说在叙事结构上呈现出内部递进的线性发展与整体的环形结构的特点。在故事情节的叙述之外，小说也具有自然环境的人化与神化特性。这也体现出李健吾在创作上对语言与形式及个人风格的强调，文章就小说的形式与环境描写进行了细致地分析。① 陈铖《简析李健吾先生小说的艺术魅力——以〈一个兵和他的老婆〉为例》对中篇小说《一个兵和他的老婆》的故事、典型人物的塑造、叙事人称机制的转换进行了细致分析。梁光焰《作为意义的"坛子"——李健吾短篇小说〈坛子〉的意义生成》一文认为《坛子》的价值不在于"故事"，而在于"坛子"这一意义符号。文章以"坛子"为对象，分析了小说中的几种关系进而论述了"坛子"在这篇小说中的具体意义。张大明《死角淘金——读李健吾的小说》对《一个兵和他的老婆》《私情》《关家的末裔》《心病》《红被》《田园上》《影》几部作品进行简要点评，以论证李健吾小说创作和西方现代派思潮的关系，认为李健吾吸收了多种现代派表现手法的长处，融进民族传统，以个性化的方式出之，恰到好处。以上文章都从单部或者几部作品出发进行解读和赏析，可据此初步领略李健吾小说创作的特色和魅力。

除对单篇或多篇小说进行赏析式研究外，也有研究者对李健吾的小说创作进行了整体性研究。一部分研究者从李健吾小说整体的创作特征和倾向进行分析。如郝思聪《论李健吾"略在新文学之外"的小说创作》，作者认为李健吾的小说虽是新文学作品，也的确在很大程度上符合了新文学的时代诉求，但其中的内涵和创作特点超出了新文学主流之外，令他的作品呈现出了与众不同的面貌。作者将这种特点概括为"略在新文学之外"，主要体现在小说中对女性性吸引力的呈

---

① 白旭：《〈终条山的传说〉的形式与环境描写分析》，《参花（上）》2021 年第 12 期，第 29—30 页。

现，不执着于意义的情节，而注重奇异氛围的营造。该特征的形成一方面得益于李健吾对戏剧元素的吸收，另一方面也来自于爱伦·坡的影响。文章逻辑清晰、观点新颖。许楠硕士论文《李健吾小说的戏剧化特征研究》从小说结构的戏剧化、小说意象的道具化、小说语言的意象化三大方面，探究了李健吾不同形态的小说背后蕴含的主体特征，阐述李健吾接受戏剧艺术要素滋养，将其融入小说创作，并进行小说技巧实验的具体表现，进而揭示了这种戏剧化表征背后的意义与局限。[1] 论文打通了李健吾作为小说家和戏剧家的内在关联，论述了两种文体在李健吾笔下的互动和得失，为李健吾研究提供了新的观察视角和研究路径。段修娜的硕士论文《向人性深广处探寻：李健吾小说创作的现代性》将现代性作为评判的价值尺度来考量李健吾小说的主题意蕴和艺术创新，并提出李健吾的小说在二十世纪二十年代中后期有其特殊的承上启下的价值，在对中国小说的现代化的推动方面具有现代性的意义。

还有一部分研究者将李健吾的小说放置在世界文学和中国文学长河中，探究其创作的来源、吸取的艺术资源和营养。胡少山《论李健吾小说的艺术资源》一文谈到李健吾在创作过程中继承和化用了我国古典小说的优秀传统，主要表现在对古典小说的现实主义传统和战斗精神继承和发扬以及对中国古典小说形式艺术的吸纳两方面，并认为李健吾对古典小说优秀传统的继承和创造性化用不能算是十分成功的，虽有过分倚重古典小说套路之嫌，但他的艺术努力对现代文学的发展大有裨益。罗婷、李爱云《伍尔夫在中国文坛的接受与影响》一文以李健吾长篇小说《心病》举例论述伍尔夫对李健吾小说创作的影响。作者认为《心病》"大体上的逻辑连贯"和局部的意识流手法的成功运用正是李健吾对伍尔夫的意识流手法的创造性接受，从而达到了将外来形式消化、融合以便更好地展示现实生活的目的。[2] 因文章并非以李健吾作为主要研究对象，所以论述较为简略和单薄，有待研究者对这一课题进一步深入。

从目前的研究情况来看，首先，已有成果涉及的小说篇目较少，且研究较为零散，无法完整呈现李健吾小说的整体面貌。其次，研究缺少理论深度。为数不

---

[1] 许楠：《李健吾小说的戏剧化特征研究》，硕士学位论文，武汉：华中师范大学，2021年。
[2] 罗婷，李爱云：《伍尔夫在中国文坛的接受与影响》，《湘潭大学社会科学学报》2002年第5期，第89—93页。

多的研究中,将近一半的文章是就个别小说做浅层的文本解读,研究较为简单化。最后,缺乏系统性研究。当前尚无一本专著或者博士论文就李健吾的小说创作进行综合性系统性研究。其中缘由除了李健吾小说缺乏关注度以外,还与李健吾小说本身有很大关系。小说存在晦涩化和碎片化的特征,作品之间的风格差异较大,缺乏统一的风格,这大概是因为李健吾把每一次小说创作都当成是一种艺术的尝试。这就导致研究者在研究过程中很难把握其艺术创作的规律和特点,研究具备一定的难度,有待研究者进一步挖掘。

2. 散文创作

作为散文家的李健吾,先后出版过《意大利游简》(1936)、《希伯先生》(1942)、《切梦刀》(1946),这些散文集再加上新中国成立后散见于全国各大报刊而未收入集子中的散文作品,共计三十万言之多。[①] 作品不可谓不多,但除了《雨中登泰山》一篇,因被选入中学语文课本而得到更多关注和评析外,其他作品鲜有人问津。

目前对李健吾散文的研究数量极少,中国知网共收录了八篇文章。其中五篇是对《雨中登泰山》一文进行赏析。如:韩玉英《探赏〈雨中登泰山〉的"独得之乐"》、李小萍《〈雨中登泰山〉的综合性学习》、刘志民《〈雨中登泰山〉的生命美学观》、徐翔《风雨人生——〈雨中登泰山〉的一种读法》,从体验和感悟层面对文章进行艺术品评。陈孝英、解西津《平静轻快的抑郁似情似理的幻觉——李健吾〈拿波里漫游短札〉赏析》则是从内容、情感、结构和语言特点等对李健吾另一名篇进行了鉴赏。文章多侧重语文教学性质的研究,较为简单,学术性不够。

胡少山《鲁迅、朱自清与李健吾的散文创作》一文对李健吾的散文创作进行了整体性研究。作者认为李健吾的散文写作受到了来自鲁迅和朱自清的影响,并结合作品,从其散文创作的态度、文体特征和风格方面来分析李健吾与两位前辈的承继关系。论述较为详细,但在比较研究中,文章更侧重对李健吾作品进行单向分析,作为对比项的鲁迅和朱自清的散文特点和风格等没有充分展开。《李健

---

① 胡少山:《鲁迅、朱自清与李健吾的散文创作》,《北方文学(下半月)》2011年第7期,第70—71页。

吾散文选集》的汇编人寇显曾在1993年发表《李健吾当代散文的风格特征》，文章对李健吾的散文创作情况进行了详细介绍，对李健吾散见于书简、书评和序跋类文章中的散文理论进行归纳整理，并将李健吾当代散文进行题材划分，详细论证了各类题材具备的或清明通脱或凝重超逸或自然质朴、亲切委婉的风格特征，作者还试图结合李健吾的人生经历、性格气质、审美旨趣分析风格形成的原因。文章涉及作品丰富，分析细致得当，引据扎实，足见作者对李健吾散文的了解，是当前对李健吾散文进行整体性研究的一部力作。

整体来看，对李健吾散文创作的研究还处于起步阶段，无论对单篇作品的研究还是整体创作特点和观念研究都尚不充分。对李健吾散文作品的成就、贡献及其作为散文家在现当代文学史上的地位、影响等研究都尚不明朗。

（二）戏剧创作研究

据不完全统计，李健吾一生共创作多幕剧十二种，独幕剧十一种，改编多幕剧十三种，独幕剧一种，加上大量的翻译剧本，总计约在八九十种之间。[①] 这是一个非常可观的量。然而在上世纪八十年代前，因为种种原因很少有人对李健吾的戏剧创作展开研究。直至七十年代末，美籍华人学者司马长风在《中国新文学史》第二章"收获贫弱的戏剧"中设立专节探讨李健吾的话剧，拿李健吾与同时代曹禺的戏剧进行比较，认为曹禺的戏剧"有如茅台，酒质纵然不够醇，但是芳浓香烈，一口下肚，便回肠荡气，因此演出效果之佳，独一无二"。而李健吾的戏剧"则像上品的花雕或桂花陈酒，乍饮平淡无奇，可是回味余香，直透肺腑，且久久不散"。司马长风不受大陆意识形态干扰，对李健吾的戏剧做出了极高的评价，被时人所关注。1981年，柯灵在病中为《李健吾剧作选》作序，写下《论李健吾的剧作》一文，文章线性地梳理了李健吾从三十年代至四十年代的剧本创作情况，并对其中重点作品进行了较为详细的介绍和解读。柯文还在最后一部分对李健吾政治热情、文艺创作如何配合政治等问题进行了简要论述，文末对李健吾的性格和剧本特质总结道："童心！我觉得这是一把开启健吾作品和心灵的钥匙"，被后人广泛引用。柯文被认为是最早对李健吾剧作进行全面论述的权威文章。此后，对李健吾戏剧的研究陆续出现。1989年，作为新中国成立后的第一

[①] 柯灵：《论李健吾的剧作》，《文艺报》1981年第22期。

部中国现代戏剧史专著,《中国现代戏剧史稿》正式出版,该书特设李健吾专节,对其创作历程进行了梳理,重点介绍了李健吾三十年代的剧作,并对李健吾的戏剧结构、戏剧语言、戏剧抒情方式的特点进行了总结。内容全面、完整、细致,让人们能够对李健吾的戏剧创作有一个总体的认识,为更多研究者们关注到李健吾,并对新世纪以来对其深入研究打下很好的基础。

当前中国知网共收录李健吾研究文章(包含期刊文章和学位论文)近 140 篇,研究角度从最开始的综合、单一,逐渐走向具体和多元。针对李健吾戏剧创作研究,学界主要集中在以下几个方面:

1. 喜剧研究

八九十年代李健吾戏剧研究初期,约一半以上的文章都在探讨李健吾戏剧类型,研究者们或研究其所属类型,尝试为其剧作进行定位,或研究其悲剧和喜剧的剧作特征,涌现大量的研究成果,其中对李健吾喜剧的研究数量尤为突出,围绕李健吾喜剧的定位、特征、渊源、贡献等,学者们展开了不同的论述。庄浩然于 1985 年发表《试论李健吾的性格喜剧》一文,将李健吾喜剧定位为性格喜剧。文章提出李健吾首先开辟了现代性格喜剧的源头,铺下性格刻画和心理分析的坚固基石,为建立、发展现代性格喜剧做出不可磨灭的贡献。庄文通过对李健吾作品中的喜剧性格、喜剧效果及对社会生活的审美反映展现了李健吾在同时代喜剧作家中呈现出独特的风格,还提出其性格喜剧受莫里哀、哥尔多尼、莎士比亚的影响。这是知网收录的八十年代最早就李健吾喜剧进行学术研究的文章,具备一定的开拓性。

九十年代,张健《试论李健吾在中国现代风俗喜剧中的地位》一文将李健吾战前喜剧定位为风俗喜剧,从风俗化角度对其喜剧创作在中国现代风俗喜剧形成过程中的美学意义进行了研究。张文认为李健吾对于精神世界的"传统的特征"的自觉追寻使得李健吾的风俗喜剧具有了某种历史的厚度和深重的蕴藉。又因为李健吾的风俗喜剧扎根于世态和性格的深处,因而"具有浓郁的生活情趣,丰富的幽默感,才气盎然的机智,温和的讽刺,淡淡的忧郁和深刻的哲理"。中国现代风俗喜剧文学,在李健吾战前的喜剧创作中取得了长足的进步,并初步形成了独特的美学风致。这是中国现代喜剧文学在多种类型喜剧互相融合和促进基础上所取得的重要成果,对我国民族新喜剧的发展也产生了深远的影响。文章角度新颖，将李健吾喜剧放置在中国现代喜剧的坐标系中考察，具备很好的学术价值。

2000 年出版的胡德才专著《中国现代喜剧文学史》用单独一章介绍李健吾，将李健吾的喜剧定位为世态喜剧，论述了李健吾转向喜剧创作的原因，喜剧的特点，并从三个方面分析了李健吾对莫里哀喜剧创作的借鉴和模仿，认为其喜剧是中西戏剧文化相交汇的产物，代表着中国现代世态喜剧发展的新阶段。

除了对李健吾喜剧进行整体立论外，新世纪以来，研究者开始对李健吾喜剧的语言艺术、深层意象、场面营造艺术等进行单独的分析。如过娜平《从平淡中着眼，取胜于意外之变——简谈李健吾的喜剧语言》将李健吾喜剧语言特征概括为性格化、精练美、含蓄美。姜洪伟《简谈李健吾喜剧语言的修辞艺术》认为李健吾通过利用机械语言、畸形语言以及夸张、反语、比喻、拟人、引用、飞白、拟物、谐音、跳脱、双关、移就等多种修辞格营造出令人入胜的喜剧效果，在句式的构造、用语的选择、语气的把握等方面都独具匠心，涉笔成趣，形成幽默诙谐、俏皮机智又个性化的语言风格，研究角度新奇有趣。张健 2000 年于《文学评论》发表《试论李健吾喜剧的深层意象》，认为李健吾全部喜剧作品都贯穿和沉潜着一种"浪子回乡"的整体意象。这与作家的早期经历、成年后的心路历程有关。在具体作品当中，往往是以回溯性的方式表现的，这种回溯式的精神追求为李健吾的喜剧带来了独特魅力和人性深度，但同时也限定了他的喜剧视界，并且最终造成了作家后来在喜剧创作上的枯窘。视角新颖开阔。刘文辉《论李健吾喜剧的场面营造艺术》结合文本将李健吾的戏剧的场面营造方式归纳为三种：隐秘公开式、自然奇袭式、悲喜交融式，角度新颖，别开生面。还有研究者将李健吾的喜剧与丁西林、杨绛的喜剧做比较分析，文章较少，论述相对浅显。

2. 悲剧研究

相较于李健吾的喜剧研究，悲剧研究的成果寥寥。且多集中在八九十年代，新世纪以后几乎没有研究者对这一论题进行研究。

王卫国、祁忠 1984 年发表《试论李健吾三十年代的悲剧创作》一文，是知网收录的八十年代第一篇对李健吾戏剧进行研究的学术性文章，主要结合李健吾三十年代的五部悲剧《梁允达》《村长之家》《这不过是春天》《黄花》《十三年》进行思想内容和戏剧特征解析。文章认为李健吾的悲剧，不仅诅咒了旧制度的不合理，而且包含了更深的思想内容，即预示旧阶级和旧制度的灭亡，表现这种灭亡的必然性。王文虽然带有一定的时代痕迹，但对李健吾戏剧研究的开拓意义不容抹杀。

宁殿弼于1985和1987年分别发表《李健吾的悲剧创作初论》《李健吾悲剧创作的艺术特色》两篇文章，前者将李健吾的悲剧创作分为早、中、晚三个时期。与国家和民族深陷灾难的时期进行对应。并围绕李健吾多写穷人戏、注重剧作中的人性描写两个方面对悲剧特征展开分析。后者从悲剧人物形象、悲剧结构、情节特征和艺术资源等角度展开论述。作者认为李健吾的悲剧中人物形象主要有命运悲剧和性格悲剧两种类型。提出李的悲剧通常布局严谨，结构完整，一般遵循三一律，善于利用突然的意外的巧合事件，激起情节回溯洄澜。还认为李健吾的悲剧创作受到了西方约翰·沁孤，以及中国传统戏曲的双重影响。两篇文章较为全面完整地对李健吾悲剧进行了研究。

汪修荣《试论李健吾的悲剧艺术》将李健吾剧中的主人公分为普通的下层人民和有缺点、过失甚至罪恶的灰色人物两类，认为其三十年代前主要描写下层穷苦人的悲，三十年代归国后更多地描写灰色人物的悲剧。作者还提出表现人性、追求人性是李健吾悲剧的一贯主题，而人性的沦丧和复归成了他三十年代悲剧的一种模式。此外，李健吾悲剧往往还富于抒情性，使李健吾的悲剧具有一种诗的内核。而悲喜剧交融的特点，使喜剧性和悲剧性产生鲜明对比，加强了悲剧的严肃气氛。研究敏锐地抓住了李健吾悲剧创作的特点和风格，论述也较为全面，但未进一步探讨其中缘由，稍显遗憾。王宜文于1993年发表的《李健吾悲剧创作的独特类型》一文通过大量的文本分析论述了李健吾戏剧冲突构制、悲剧创作主题的特征，认为李健吾为中国话剧提供了一种独特的戏剧类型。文章多在剧本分析和人物分析，理论论述不足。

对李健吾悲剧创作的研究成果极为匮乏，使得这一问题的研究相对滞后，基本停留在对其创作特点、创作历程的总结上面，缺乏深入的探讨，亟待弥补。

3. 改编剧研究

自2004年始，李健吾的改编剧开始作为单独的论题出现在研究者们的学术论文中。2010年以后，对于改编剧的关注逐渐增加。研究大多就某几部作品分析其与原作的关系，李健吾改编的策略及启示等，探讨比较多的作品是《王德明》《阿史那》《金小玉》，《说谎集》《强盗》《好事近》等也有少数研究者涉及。

姜洪伟 2004 年《试论改编剧〈阿史那〉与原作〈奥瑟罗〉的关系》一文将《阿史那》与《奥赛罗》进行细致的对比，提出李健吾通过完全中国化了的人物形象重塑、部分场景与细节的重新设计、用汉语重现原作的诗意和美感，实现了将"莎剧"中国化、本土化，使其与中国观众的审美心理有某种程度上的吻合，进而达到与中国观众进行交流的可能性和有效性。文章充分肯定了李健吾改编的价值和意义，也展现了作者扎实的文本分析能力。这是知网收录的二十一世纪以来，第一篇以李健吾改编剧作为研究对象的文章，后续作者也将此扩展为一个章节在其博士论文《李健吾剧作论》中进行了论述。十年后，李伟民《〈阿史那〉：莎士比亚悲剧的互文性中国化书写》一文认为《阿史那》文本的改编体现出互文性特点。《阿史那》在重写了《奥赛罗》内容，重置了情节的基础上，将中国故事置于该剧的悲剧精神之中，其中既有对中国历史、文化、人性的叩问，又有对权力、阴谋、野心的影射、担忧与批判。《阿史那》对《奥赛罗》中的人物形象在中国化基础上的改写，是具有鲜明特点的互文性中国化式的莎氏悲剧。[①] 作者利用互文性的理论提高了李健吾改编剧研究的深度，为后续研究开拓了新的方法和思路。

李伟民以同样的互文性角度研究了《王德明》改编。此外，陈楠《谈〈王德明〉对〈麦克白〉本土化的成功改编》、曾文娟《李健吾的改译策略及其成因探究——以〈王德明〉为例》都从该剧改编的策略和意义中探寻成功之道。前文重在结合作品研究李健吾本土化了的因子。后文在分析改译策略后，对历史语境下李健吾采取上述改译策略的原因展开论述。分析流于浅表，没有深入作品去研究这一部作品成功的独特性。

对《金小玉》改编的研究除和上文类似的改编策略的研究外，近几年出现了新的视角。如朱佳宁《李健吾对〈托斯卡〉的差别化改译——兼谈抗战文学的流动性问题》一文，通过对比分析李健吾在抗战期间一作（《托斯卡》）、两译（《金小玉》《不夜天》）的两部作品，分析沦陷区改译剧《金小玉》中作为隐性因素处理的救亡话语，如何在大后方剧本《不夜天》中得到强化和彰显。并进一

[①] 李伟民：《〈阿史那〉：莎士比亚悲剧的互文性中国化书写》，《海南大学学报》（人文社会科学版）2014 年第 4 期，第 83—89 页。

步指出抗战时期不同文化区域背后对于"家国情怀"的呼唤、对于"民族化"的坚持的一致性,抗战文学在"流动"中获得了开放性和统一性。[①] 文章借用翔实的史料还原了历史语境,对之前学界所忽略的《不夜天》与《金小玉》之间存在的差异做了很好的补充。马晓冬的《商业化面孔下的政治呼唤——从〈托斯卡〉到〈金小玉〉》探讨了在沦陷区特殊环境下作者如何对原作进行去政治化的处理、该剧的商业化追求以及剧作内在的政治寓意,并由此考察沦陷区话剧政治和商业之间复杂的铰接关系。文章除对比分析了《托斯卡》与《金小玉》外,还对比了其他的改编本,史料扎实,论证充分、有趣。

朱璞于2021年发表《李健吾〈好事近〉的改编机制与启示》《论李健吾对席勒戏剧〈强盗〉的跨文化改编》两篇文章,对之前学界没有关注到的两部改编作品进行了细致的分析和补充,注意到了李健吾改编过程中喜剧效果的运用。

除上文对某部作品展开的个案研究外,胡斌《李健吾跨文化戏剧改编的民族特色》从李健吾改编剧整体出发,分析其呈现出来的浓郁的民族特色。胡文认为李健吾不止于在人、空、景层面将异域故事"中国化",还在文化风俗、宗教信仰层面与中国现实相融合;浸润儒家思想,借用古典诗词、戏曲,渗透着厚重的传统文化;在完好再现原剧意蕴的同时,积极彰显本民族语言的魅力。分析较为细致、全面。是当前为数不多的对李健吾改编剧进行综合性研究的文章。

综上所述,对李健吾改编剧的研究以个案研究为主,缺乏对李健吾改编剧进行系统性研究的成果。个案研究多集中在当时具有影响力的几部作品中,如《阿史那》《王德明》《金小玉》,其他改编剧研究不够充分。此外,研究的思路和角度较为局限,视角不够多元,基本围绕改编作品与原作的比较来分析改编的策略,呈现出一种模式化的倾向,没有真正深入到作品的内部,去发掘其成功或者失败的特殊性,最终观点就会较为同质。

4. 李健吾戏剧的整体解读

除对喜剧、悲剧、改编剧进行的较为集中的研究外,李健吾戏剧的研究还分散在李健吾戏剧美学特征的研究、李健吾对中西方艺术资源的借鉴等方面,研究

---

① 朱佳宁:《李健吾对〈托斯卡〉的差别化改译——兼谈抗战文学的流动性问题》,《浙江学刊》2020年第2期,第62—69页。

数量相对较少。

　　李健吾戏剧美学特征的研究中，观点比较集中在李健吾的"人性观"上面。如朱怡霏《论李健吾戏剧创作中的人性观》、侯苗苗《李健吾、沈从文、汪曾祺对"人性"的不同言说》、姜洪伟《论李健吾戏剧美学的内涵与价值》、孔焕周《审视灵魂剖析人生——李健吾话剧创作风格论之一》、王翠雁《心理视镜中的人性挣扎——李健吾剧作意蕴解读》、吴品云《李健吾剧作中的人性形态及其内涵》都从不同的侧面解读了李健吾以人性观作为其戏剧美学的核心，在剧作中呈现的对人心灵的开掘，对"人性"的关注、赞颂和追求。并肯定了这一审美视角对现代戏剧美学的重要贡献。

　　在李健吾戏剧创作对中西方艺术资源的借鉴方面，观点主要集中在其受法国文学和莫里哀戏剧的影响，共有3篇学位论文、8篇期刊文章以此为论题。如胡德才《论李健吾与莫里哀喜剧的精神联系》一文，认为李健吾受莫里哀喜剧的影响主要表现在，大体遵守"三一律"的创作原则、喜剧中蕴含着深刻的悲剧性因素、注重人物性格刻画和世态描写，是李健吾喜剧与莫里哀喜剧精神联系的三个主要方面。张志青《李健吾戏剧与法国文学》、王华青《李健吾戏剧创作与法国文学》、张国丽《借鉴与改译——论李健吾戏剧理论与创作的西方资源》都通过学位论文进行了系统性研究。此外，还有极少数研究者提出李健吾受到约翰·沁孤以及格里格李夫人的影响，代表性文章有丁文霞《沟通中西的戏剧艺术——李健吾戏剧浅论》。在对中国文化资源的借鉴方面，研究者亦较少，胡少山《中国古典戏曲艺术的择取——浅论李健吾戏剧创作的艺术资源》一文主要从"南戏"和"肯定性喜剧人物"两个方面来阐述李健吾如何受到中国古典戏剧的影响。

　　纵观对李健吾戏剧创作的研究，虽然已有不少的研究成果涌现，但整体还有很大的提升空间。首先，研究范围比较狭窄，视野还不够广阔，对李健吾戏剧创作的挖掘还远远不够。其次，对李健吾戏剧的基础性研究不够，当前已有史料极少，甚至对其剧本创作的年表都还未完整梳理，三四十年代人们对李健吾戏剧创作的接受更是面貌模糊，还有许多可供今天研究者们继续精进的领地。

四、李健吾的翻译及学术研究之研究

（一）翻译研究

李健吾是翻译大家，译有莫里哀、屠格涅夫、福楼拜、司汤达、巴尔扎克、托尔斯泰、高尔基、契诃夫等多位名家的作品和论著。其对法国文学翻译的贡献最为瞩目。他所翻译的福楼拜《包法利夫人》《情感教育》，莫里哀的喜剧全集等，成为法国文学翻译的典范之作。

当前对李健吾翻译的研究基本集中于《包法利夫人》，研究者们通过对作品的分析，试图把握李健吾的翻译思想和美学。在不完全统计的17篇文章中（包含学位论文4篇），围绕《包法利夫人》进行分析的就有10篇，基本都出现在2010年以后。部分文章集中在对李健吾所翻译的《包法利夫人》成为经典的原因探讨上。如于辉、宋学智《译作经典的生成：以李健吾译〈包法利夫人〉为例》以福楼拜小说中人物视角下外部客观世界与人物内心世界的逼真再现的两大特点切入，通过对《包法利夫人》三个不同译本（李健吾译本、周克希译本、许渊冲译本）的比较，展示李健吾对福楼拜的成功再现及其译作的经典之处，进而指出译者与作者艺术理念与审美追求的契合在翻译文学经典生成过程中的重要作用。部分文章则从译作和李健吾为数不多的翻译阐述中发掘李健吾翻译思想或者其翻译观。如马晓冬《李健吾的翻译观及其伦理内涵》、田菊《论李健吾翻译思想的美学特征——以对〈包法利夫人〉翻译为例》，前文将李健吾的翻译思想总结为"存真""传神""良心"，后文从"传神""忠实""润色""知识"来概括李健吾翻译思想特征。

除《包法利夫人》外，还有极少数研究者对李健吾的巴尔扎克翻译和俄苏戏剧翻译展开研究。蒋芳《李健吾对巴尔扎克的接受与传播》认为李健吾对巴尔扎克传播的开拓性不在翻译巴尔扎克的小说及其"序跋"上，而在翻译巴尔扎克的论文上。他所译介的《司汤达研究》（上海新文艺出版社1950年）、《评雨果的戏剧和诗》、杂论四篇、书评三则等（以上全收入《巴尔扎克论文选》上海新文艺出版社1958年）开启了我国译介巴尔扎克的新领域，为受众进一步读懂作者、理解作者提供了更好的辅助。孟松《一位法国文学专家的俄国情缘——谈李健吾的俄苏戏剧翻译》从李健吾俄苏戏剧翻译实践、翻译缘由、翻译评价展开论述。认为虽然李健吾的俄苏戏剧译作质量不高、影响不大,难与他的法国文学翻译匹敌,但作为特定时期、特定原因下李健吾翻译实践的产物,仍具有一定价值。

陈娴《从〈伪君子〉的两个中文译本看戏剧翻译再创造》是极少的对李健吾翻译的莫里哀剧作进行研究的硕士论文。文章将李健吾的《伪君子》译本和戏剧演出译本(中央戏剧学院学生演出剧本)进行比较,分析两个译本中的再创造的实例,从戏剧翻译的特点、标准以及翻译中再创造行为的必要性、局限性等方面探讨了再创造行为对戏剧翻译的影响,从而论证译者在此过程中的作用和角色。

总的来看,对李健吾翻译研究成果不多,对其翻译思想研究还不够充分。这与基础性研究相对弱势有很大关系,当前除研究者提及较多的《翻译笔谈》和《我走过的翻译道路》两篇,学界并未对李健吾这些涉及翻译的论说进行系统整理和讨论。① 这导致现有资料缺乏,难以更全面和深入地把握李健吾的翻译思想和观念,更多依靠对译作的解读和对比,得出的结论较为主观和局限。

(二)学术研究之研究

李健吾是法国文学研究专家,著有研究论著《福楼拜评传》《司汤达研究》,研究论文数篇。《福楼拜评传》1934年由商务印书馆首次出版,"在那时算是印刷的精良有气派的了,一看就是作为一部有分量的学术文化精品出版的"②。1980年以来又屡次再版。正如这本书的序言所说,"五四"以来中国翻译和介绍了许多国外的文学家、文学作品,但对外国文化更多停留在译介、引进的层面,很少进入系统思考和学术研究领域,而李健吾《福楼拜评传》几乎可说是中国三四十年代西学领域中唯一一部国人有独创性的学术力作。③ 李健吾饱读了国外有关的文学史和文学评论论著写就此书。其论述之灵动,资料印证之丰富,不仅为后人研究福楼拜奠定坚实的基础,也为研究者做研究之研究提供了必要性。

当前关于《福楼拜评传》的论文共有四篇,数量较少,且多为"书评式"研究。最早的文章为1936年该书刚出版后,吴达元在《清华大学学报》上所发表。

---

① 马晓冬:《李健吾的翻译观及其伦理内涵》,《中国社会科学院研究生院学报》2020年第1期,第111—120页。
② 柳鸣九:《柳鸣九文集卷9:法兰西文学大师十论·拾遗集》,深圳:海天出版社,2015年。
③ 同上注。

吴文结合自己对福楼拜的了解，对《福楼拜评传》分章节进行了详细介绍，并指出李健吾所做的努力以及处理的用意和高明之处。李健吾去世后不久，其学生郭宏安发表《读〈福楼拜评传〉为怀念我敬爱的老师李健吾先生而作》，文章高度评价了《福楼拜评传》，认为其是一部有吸引力、科学性、判断性、艺术性的著作，并毫不避讳地在结尾处指出这本书的一个缺憾，即个别的论断失之偏颇。蒋勤国《科学性·判断力·艺术性——论李健吾的〈福楼拜评传〉》一文观点与郭文相似。周文波《"性情"的限制：〈福楼拜评传〉方法论》是知网收录的二十一世纪以来唯一一篇对于《福楼拜评传》的研究论文，文章从四部分介绍了《福楼拜评传》方法论以及其问题，旁征博引，文采飞扬，但读起来稍显晦涩。

李健吾作为莫里哀专家，是中国最负盛名的莫里哀研究者。其对莫里哀喜剧的研究文章得到了一部分研究者的关注。最早就此撰文的是王德禄，作者于1991年发表的《评李健吾对莫里哀喜剧的研究》一文提炼和论证了李健吾对莫里哀喜剧研究的观点和成果，如李健吾揭示出莫里哀对传统喜剧理论的重大突破是他对喜剧的特质、任务和地位的精辟认识和科学确定；揭示出莫里哀对传统艺术法则的充满了革命反叛意识的辩证理解、他对喜剧与悲剧融合的肯定、对人物性格化描写的追求以及喜剧艺术中闹剧手法的引进。文章还从研究角度、方法、文体方面对李健吾展现出来的自身独特的研究个性进行了论述。逻辑清晰，资料丰富，论证扎实，为我们认识李健吾对莫里哀喜剧研究的思路和成果提供了很好的借鉴。徐欢颜《古典与现实：李健吾对莫里哀喜剧的研究和阐发》一文就李健吾将莫里哀定位为"法国现实主义喜剧的伟大创始人"而非通常认为的"古典主义"，这一问题展开探析。从"古典"与"现实"这两种观念入手，探讨了李健吾对莫里哀喜剧的阐释以及对于20世纪下半期中国莫里哀研究的影响，观点新颖、深刻。

纵观对李健吾学术研究之研究，成果寥寥无几。除对《福楼拜评传》以及莫里哀研究有少许关注外，《司汤达研究》以及其他学术论文几乎未进入研究者的视线范围。这纵然与李健吾作为外国文学研究专家这一身份几近被掩盖有密不可分的关系，更是因为当前学界对于研究之研究的方法和路径尚且不够明朗和成熟，有待研究者们继续耕耘。

结语

综上所述，因为李健吾多重的身份，以及其在各个领域皆做出的不俗成就，使得当前对李健吾研究的数量和规模呈现可观，涉及的学科、领域亦较广泛。但李健吾某一身份过于瞩目的成就和影响力，一定程度上使其其他方面的贡献和成果被遮蔽或忽略，导致研究成果的分布极不均衡，还有许多尚未得到充分挖掘的领地。而在李健吾研究的主阵地上，成果也并非尽善尽美，主要表现在研究范围较为局限，出现就某一问题的扎堆研究、重复研究的现象，但因视角的单一使得观点呈现较为同质。其次，研究不够系统化，整体研究有待加强。无论对李健吾的文学研究，抑或戏剧研究，研究专著只有零星几本，缺少系统化的成果。研究还比较碎片化，在目前"各自为阵""画地为牢"研究基础上缺少跨学科的整合研究，综合的整体的研究不力。最后，基础性研究不够扎实，李健吾原始资料的收集尚且不够完整和全面，影响研究的严谨性和可能性。例如《李健吾全集》要整合力量编撰出版、《中国文学史资料全编》缺少李健吾的研究资料，再如李健吾戏剧的演出资料、传播和接受资料也有待收集和补充，从史料出发带来研究格局的突破。此外，李健吾研究在理论视野、研究角度、研究方法（如比较研究）等方面也需要突破。

正如李健吾对批评作为一门独立艺术的坚持一般，我们在对李健吾进行批评和研究时，亦应当学习这种独立的品格和独特的研究个性，以进行更深远的探索。

附录二：李健吾研究资料目录

论著类

［1］ 李健吾．西山之云［M］．上海：北新书局，1929．

［2］ 李卓吾，李健吾．无名的牺牲［M］．南京：歧山书店，1930．

［3］ 王文显．委曲求全　三幕喜剧［M］．李健吾，译．北平：人文书店，1932．

［4］ 李健吾．心病［M］．上海：美成印刷公司，1933．

［5］ 李健吾．福楼拜评传［M］．北京：商务印书馆，1935．

［6］ 中华教育文化基金董事会编译委员会编辑．福楼拜短篇小说集［M］．李健吾，译．上海：商务印书馆，1936．

［7］ 李健吾．以身作则［M］．上海：文化生活出版社，1936．

［8］ 李健吾．以身作则　三幕喜剧［M］．上海：文化生活出版社，1936．

［9］ 李健吾．这不过是春天［M］．上海：商务印书馆，1937．

［10］ 李健吾．新学究［M］．上海：文化生活出版社，1937．

［11］ 李健吾．包法利夫人　外省风俗［M］．上海：文化生活出版社，1938．

［12］ 李健吾．希伯先生［M］．上海：文化生活出版社，1939．

［13］ 李健吾．撒谎世家［M］．上海：文化生活出版社，1939．

［14］ 李健吾．十三年　第2版［M］．上海：文化生活出版社，1940．

［15］ 李健吾．使命［M］．上海：文化生活出版社，1940．

［16］ 罗曼·罗兰．爱与死的搏斗［M］．李健吾，译．上海：文化生活出版社，1943．

［17］ 李健吾．心病　上［M］．上海：文化生活出版社，1945．

［18］ 李健吾．这不过是春天［M］．上海：文化生活出版社，1946．

［19］ 李健吾．秋［M］．上海：文化生活出版社，1946．

［20］ 李健吾．李健吾戏剧集　秋［M］．上海：文化生活出版社，1946．

［21］ 李健吾．云彩霞［M］．上海：寰星图书杂志社，1947．

［22］ 李健吾. 好事近［M］. 上海：怀正文化社，1947.

［23］ 李健吾. 青春　李健吾戏剧集　五幕喜剧集［M］. 上海：文化生活出版社，1948.

［24］ 李健吾. 新学究　三幕喜剧［M］. 上海：文化生活出版社，1948.

［25］ 福楼拜. 情感教育　福楼拜全集［M］. 李健吾，译. 上海：文化生活出版社，1948.

［26］ 李健吾. 切梦刀［M］. 上海：文化生活出版社，1948.

［27］ 李健吾. 青春［M］. 上海：文化生活出版社，1948.

［28］ 李健吾. 这不过是春天　李健吾戏剧集［M］. 上海：文化生活出版社，1948.

［29］ 李健吾. 瓦莎谢列日诺娃［M］. 上海：上海出版公司，1949.

［30］ 李健吾. 契诃夫独幕剧集　第2版［M］. 上海：文化生活出版社，1949.

［31］ 李健吾. 叶高尔·布雷乔夫和他们［M］. 上海：上海出版公司，1949.

［32］ 高尔基. 日考夫一家人［M］. 李健吾，译. 上海：上海出版公司，1949.

［33］ 福楼拜. 三故事［M］. 李健吾，译. 上海：文化生活出版社，1949.

［34］ 高尔基. 底层［M］. 李健吾，译. 上海：上海出版公司，1949.

［35］ 高尔基. 野蛮人［M］. 李健吾，译. 上海：上海出版公司，1949.

［36］ 高尔基. 怪人［M］. 李健吾，译. 上海：上海出版公司，1949.

［37］ 高尔基. 高尔基戏剧集　4　怪人［M］. 李健吾，译. 上海：上海出版公司，1949.

［38］ 高尔基. 仇敌［M］. 李健吾，译. 上海：上海出版公司，1949.

［39］ 李健吾. 高尔基戏剧集　7　叶高尔·布雷乔夫和他们　第2版［M］. 上海：上海出版公司，1951.

［40］ 克鲁奇科夫斯基. 罗森堡夫妇——朱理叶斯与伊斯尔［M］. 李健吾，译. 上海：新文艺出版社，1954.

［41］ 巴尔扎克. 巴尔扎克论文选［M］. 李健吾，译. 上海：新文艺出版社，1958.

［42］ 莫里哀. 莫里哀喜剧六种［M］. 李健吾，译. 上海：上海译文出版社，1963.

［43］ 莫里哀. 喜剧六种［M］. 李建吾，译. 上海：上海译文出版社，1978.

［44］ 李健吾. 福楼拜评传［M］. 长沙：湖南人民出版社，1980.

［45］ 李健吾. 戏剧新天［M］. 上海：上海文艺出版社，1980.

［46］ 李健吾. 贩马记　辛亥传奇剧［M］. 银川：宁夏人民出版社，1981.

［47］ 李健吾. 李健吾独幕剧集　1924—1980［M］. 银川：宁夏人民出版社，1981.

［48］ 李健吾. 1924—1980年李健吾独幕剧集［M］. 银川：宁夏人民出版社，1981.

[49]　李健吾. 李健吾剧作选［M］. 北京：中国戏剧出版社，1982.

[50]　莫里哀. 莫里哀喜剧　第2集［M］. 李健吾，译. 长沙：湖南人民出版社，1982.

[51]　莫里哀. 莫里哀喜剧全集　第1卷［M］. 李健吾，译. 长沙：湖南文艺出版社，1982.

[52]　司汤达. 意大利遗事［M］. 李健吾，译. 上海：上海译文出版社，1982.

[53]　李健吾. 李健吾戏剧评论选［M］. 北京：中国戏剧出版社，1982.

[54]　李健吾. 李健吾文学评论选［M］. 银川：宁夏人民出版社，1983.

[55]　王文显. 王文显剧作选［M］. 李健吾，译. 北京：人民文学出版社，1983.

[56]　张大明. 李健吾创作评论选集［M］. 北京：人民文学出版社，1984.

[57]　莫里哀. 莫里哀喜剧　第3集［M］. 李健吾，译. 长沙：湖南人民出版社，1984.

[58]　莫里哀. 莫里哀喜剧　第4集［M］. 李健吾，译. 长沙：湖南人民出版社，1984.

[59]　福楼拜. 情感教育［M］. 李健吾，译. 上海：文化生活出版社，1984.

[60]　福楼拜. 情感教育［M］. 李健吾，译. 上海：上海译文出版社，1984.

[61]　李健吾. 李健吾散文集［M］. 银川：宁夏人民出版社，1986.

[62]　中国人民政治协商会议运城市委员会文史资料研究委员会编. 运城文史资料　第8辑［M］. 1989.

[63]　李健吾. 一个兵和他的老婆［M］. 上海：上海书店出版社，1990.

[64]　李健吾. 意大利游简［M］. 石家庄：河北教育出版社，1995.

[65]　司汤达. 意大利遗事［M］. 李健吾，译. 南京：译林出版社，1997.

[66]　郭宏安. 李健吾批评文集［M］. 珠海：珠海出版社，1998.

[67]　韩石山. 李健吾［M］. 北京：中国华侨出版社，1999.

[68]　福楼拜. 包法利夫人［M］. 李健吾，译. 北京：大众文艺出版社，1999.

[69]　李亦飞. 李健吾文集［M］. 北京：华夏出版社，2000.

[70]　刘西渭（李健吾）. 咀华集［M］. 北京：人民文学出版社，2001.

[71]　李健吾. 雨中登泰山［M］. 长春：吉林摄影出版社，2003.

[72]　寇显，徐柏容，郑法清. 当代散文丛书　李健吾散文选集［M］. 天津：百花文艺出版社，2004.

[73]　寇显. 李健吾散文选集　第2版［M］. 天津：百花文艺出版社，2004.

[74]　李健吾. 咀华集·咀华二集［M］. 上海：复旦大学出版社，2005.

[75]　李健吾. 咀华与杂忆　李健吾散文随笔选集［M］. 北京：中央编译出版社，2005.

[76] 韩石山. 李健吾传 [M]. 太原：山西人民出版社，2006.
[77] 莫里哀. 伪君子 吝啬鬼 彩色插图本 [M]. 李健吾，译. 北京：国际文化出版公司；北京：中国书籍出版社，2006.
[78] 李健吾. 福楼拜评传 [M]. 桂林：广西师范大学出版社，2007.
[79] 姜洪伟. 李健吾戏剧艺术论 [M]. 北京：光明日报出版社，2008.
[80] 莫里哀. 莫里哀喜剧六种 [M]. 李健吾，译. 上海：上海译文出版社，2008.
[81] 寇显. 李健吾散文选集 [M]. 天津：百花文艺出版社，2009.
[82] 中国现代文学馆编. 李亦飞编选. 这不过是春天 [M]. 北京：华夏出版社，2010.
[83] 李健吾. 咀华与杂忆 李健吾散文随笔选集 [M]. 北京：中央编译出版社，2010.
[84] 王衡，李科平. 李健吾及其审美批评研究 [M]. 西安：陕西人民教育出版社，2010.
[85] 乔林晓. 文坛健将李健吾 [M]. 太原：三晋出版社，2012.
[86] 李丹. 论李健吾的戏剧美学 [M]. 徐州：中国矿业大学出版社，2012.
[87] 福楼拜. 圣安东的诱惑 [M]. 李健吾，译. 生活书店，2012.
[88] 张新赞. 在艺术化与现实化之间 李健吾的文学批评 [M]. 北京：知识产权出版社，2014.
[89] 李健吾. 笔迹 [M]. 兰州：甘肃文化出版社，2014.
[90] 福楼拜. 一颗简单的心 福楼拜中短篇小说选 [M]. 李健吾，胡宗泰，郎维忠，译. 上海：上海三联书店，2014.
[91] 福楼拜. 包法利夫人 [M]. 李健吾翻译；冯元魁改编；秦龙，长敏，陈明绘画. 北京：连环画出版社，2014.
[92] 李健吾. 李健吾文集 全11卷 [M]. 太原：北岳文艺出版社，2016.
[93] 福楼拜. 福楼拜中短篇小说选 一颗简单的心 [M]. 李健吾，胡宗泰，郎维忠，译. 南昌：江西教育出版社，2016.
[94] 福楼拜. 包法利夫人 [M]. 李健吾，译. 南昌：江西教育出版社，2016.
[95] 司汤达. 世界名著名译文库 意大利遗事 全译本 [M]. 李健吾，译. 南昌：江西教育出版社，2016.
[96] 于辉. 翻译文学经典的经典化与经典性 李健吾译《包法利夫人》研究 [M]. 沈阳：辽宁大学出版社，2017.
[97] 韩石山. 民国名人传记插图本 李健吾传 [M]. 北京：人民文学出版社，2017.

[98] 李维音. 李健吾书信集［M］. 太原：北岳文艺出版社，2017.

[99] 李维音. 李健吾年谱［M］. 太原：北岳文艺出版社，2017.

[100] 福楼拜. 中国翻译家译丛 李健吾译包法利夫人［M］. 北京：人民文学出版社，2017.

[101] 李健吾. 李健吾译文集 全14卷［M］. 上海：上海译文出版社有限公司，2019.

[102] 李维音. 李健吾画传 1906—1982［M］. 太原：北岳文艺出版社，2019.

[103] 段崇轩. 终条山的传说：李健吾作品选编［M］. 太原：北岳文艺出版社，2020.

期刊、学报类

[1] 纪泽. 一对师友［J］. 新文学史料，1978（01）：67.

[2] 李健吾. 李健吾自传［J］. 山西师院学报（社会科学版），1981（04）：26—29.

[3] 柯灵. 论李健吾的剧作［J］. 文艺报，1981（22）.

[4] 白景实.《雨中登泰山》的结构特色［J］. 承德师专学报，1982（04）：64—65.

[5] 郭宏安. 读《福楼拜评传》为怀念我敬爱的老师李健吾先生而作［J］. 读书，1983（02）：65—71.

[6] 魏照风. 怀念李健吾同志［J］. 上海戏剧，1983（02）：45—46.

[7] 鱼讯. 怀念李健吾同志［J］. 陕西戏剧，1983（03）：59—60.

[8] 蹇先艾. 我的老友和畏友——悼念李健吾同志［J］. 新文学史料，1983（02）：148—151.

[9] 张大明. 批评本身是一种艺术：读《李健吾文学评论选》［J］. 读书，1983（10）：32—38.

[10] 徐士瑚. 李健吾的一生［J］. 新文学史料，1983（03）：87—100.

[11] 魏照风.《委曲求全》的演出［J］. 新文学史料，1983（04）：229—230.

[12] 唐湜. 含咀英华——读《李健吾文学评论选》［J］. 读书，1984（03）：48—55.

[13] 王卫国，祁忠. 试论李健吾三十年代的悲剧创作［J］. 中国现代文学研究丛刊，1984（01）：48—62.

[14] 凤子. 上海演出《委曲求全》的点滴回忆［J］. 新文学史料，1984（02）：168.

[15] 刘锋杰. 李健吾文学批评初论［J］. 安徽师大学报（哲学社会科学版），1985（02）：48—55.

[16] 庄浩然. 试论李健吾的性格喜剧[J]. 福建师范大学学报（哲学社会科学版），1985（03）：81—87.

[17] 宁殿弼. 李健吾的悲剧创作初论[J]. 社会科学辑刊，1985（05）：101—107.

[18] 刘锋杰. 李健吾文学批评初论（摘要）[J]. 中国现代文学研究丛刊，1986（02）：291.

[19] 宁殿弼. 李健吾喜剧艺术初论[J]. 辽宁师范大学学报，1986（05）：31—35+41.

[20] 焦海燕. 李健吾的喜剧风格[J]. 山东师大学报（社会科学版），1986（06）：67—71.

[21] 罗宗义. 茅盾和李健吾在新文学批评史上的地位——兼评司马长风的《中国新文学史》对茅盾和李健吾的论述[J]. 昭乌达蒙族师专学报（社会科学版），1987（01）：40—49.

[22] 王泽龙. 再论李健吾文艺批评思想[J]. 荆州师专学报，1987（02）：7—12.

[23] 尹琪，焦海燕. 李健吾的喜剧创作[J]. 江汉论坛，1987（08）：58—62.

[24] 李俊国. 三十年代"京派"文学批评观[J]. 中国现代文学研究丛刊，1987（02）：73—86.

[25] 丁亚平. 论李健吾文学批评的审美个性[J]. 中国现代文学研究丛刊，1987（02）：87—100.

[26] 孙玉石. 重建中国现代解诗学——中国新诗批评史札记之一[J]. 中国现代文学研究丛刊，1987（02）：101—117.

[27] 宁殿弼. 李健吾悲剧创作的艺术特色[J]. 河南大学学报（哲学社会科学版），1987（05）：48—52.

[28] 张静河. 党领导的抗战时期上海话剧运动评述[J]. 安徽省委党校学报，1988（03）：82—88.

[29] 胡战英，杜荣根. 试论现代中国印象批评[J]. 社会科学，1988（11）：70—76.

[30] 张大明. 死角淘金——读李健吾的小说[J]. 求索，1988（06）：82—85.

[31] 陈孝英，解西津. 平静轻快的抑郁　似情似理的幻觉——李健吾《拿波里漫游短札》赏析[J]. 名作欣赏，1988（06）：62—66.

[32] 杨苗燕. 李健吾的批评观念[J]. 文学评论，1988（06）：162—163.

[33] 汪修荣. 试论李健吾的悲剧艺术[J]. 山西大学学报（哲学社会科学版），1988（04）：12—17.

[34] 宁殿弼. 论李健吾喜剧的艺术特色［J］. 学习与探索，1990（01）：115—120.

[35] 杨苗燕. 略论李健吾的批评系统［J］. 中国现代文学研究丛刊，1990（01）：225—230.

[36] 解. 李健吾论鉴赏［J］. 名作欣赏，1990（03）：25.

[37] 邵桂兰，王建高. 论"世态图卷戏"［J］. 齐鲁艺苑，1990（02）：30—34.

[38] 刘锋杰. 李健吾的"自我批评"论［J］. 安徽师大学报（哲学社会科学版），1990（04）：378—386.

[39] 张大明. 含英咀华　独树一帜——漫议李健吾的文学批评［J］. 天津师大学报（社会科学版），1990（06）：60—65.

[40] 蒋勤国. 科学性·判断力·艺术性——论李健吾的《福楼拜评传》［J］. 晋阳学刊，1991（02）：70—75.

[41] 王泽龙. 文艺批评：一门独立的艺术——李健吾文艺批评思想初探［J］. 湖北民族学院学报（社会科学版），1991（Z1）：104—109.

[42] 蒋勤国. 初临的收获季节——李健吾30年代在北京的文学活动与创作评述［J］. 运城高专学报，1991（02）：8—12.

[43] 萧乾. 我当过文学保姆——七年报纸文艺副刊编辑的甘与苦［J］. 新文学史料，1991（03）：22—45.

[44] 王雪樵. 文坛巨子　艺苑风流——记著名文艺家李健吾［J］. 运城高专学报，1991（03）：66—72.

[45] 王德禄. 评李健吾对莫里哀喜剧的研究［J］. 晋阳学刊，1991（05）：26—31.

[46] 张健. 论成形期的中国现代风俗喜剧［J］. 中国现代文学研究丛刊，1992（01）：292—293.

[47] 刘玉凯. 李健吾笔名考（一）［J］. 社会科学辑刊，1992（02）：153.

[48] 张爱剑. 论李健吾的文学批评［J］. 湖北师范学院学报（哲学社会科学版），1992（02）：115—120＋114.

[49] 刘玉凯. 李健吾笔名考（二）［J］. 社会科学辑刊，1992（03）：101.

[50] 季桂起. 论李健吾的文学批评［J］. 文学评论，1992（03）：30—42.

[51] 刘玉凯. 李健吾笔名考（三）［J］. 社会科学辑刊，1992（04）：149.

[52] 任明耀. 李健吾的婚恋［J］. 民主，1992（10）：32—33.

[53] 刘玉凯. 李健吾笔名考（四）［J］. 社会科学辑刊，1992（06）：90.

[54] 张健. 试论李健吾在中国现代风俗喜剧中的地位［J］. 中国现代文学研究丛刊，1992（04）：43—55.

[55] 丹晨. 巴金批评叙略［J］. 文学评论，1993（01）：103—112+127.

[56] 王宜文. 李健吾悲剧创作的独特类型［J］. 锦州师院学报（哲学社会科学版），1993（01）：59—63.

[57] 寇显. 李健吾当代散文的风格特征［J］. 锦州师院学报（哲学社会科学版），1993（02）：51—56.

[58] 温儒敏. "灵魂奇遇"与整体审美——论李健吾的文学批评［J］. 中国现代文学研究丛刊，1993（02）：53—69.

[59] 郭宏安. 走向自由的批评［J］. 文艺理论研究，1994（01）：15—21.

[60] 杨学民. 李健吾诗化小说美学思想探论［J］. 昌潍师专学报，1994（02）：24—27+31.

[61] 徐敏. 李健吾与创作主体中心论的理论问题［J］. 华中师范大学学报（哲学社会科学版），1994（03）：48—52.

[62] 刘峰杰. 论京派批评观［J］. 文学评论，1994（04）：5—15.

[63] 温儒敏. 批评作为渡河之筏捕鱼之筌——论李健吾的随笔性批评文体［J］. 天津社会科学，1994（04）：77—80.

[64] 王钦峰. 论"福楼拜问题"［J］. 外国文学评论，1994（04）：5—14.

[65] 韩石山. 李健吾与郑振铎［J］. 晋阳学刊，1995（01）：88—93.

[66] 王钦峰. 论"福楼拜问题"（续完）［J］. 外国文学评论，1995（01）：99—109.

[67] 李俊国. 新鲜·犀利·灵动——谈李健吾的文学批评个性［J］. 湖北大学学报（哲学社会科学版），1995（02）：58—62.

[68] 吴戈. 试谈李健吾的现代派诗论［J］. 中国文学研究，1995（02）：89—92.

[69] 朱伟华. 试析沦陷区改编剧的盛行［J］. 中国现代文学研究丛刊，1996（01）：36—48.

[70] 任明耀. 怀念良师李健吾先生［J］. 群言，1996（06）：20—21.

[71] 韩石山. 李健吾与阎逢春［J］. 中国戏剧，1996（07）：57—58.

[72] 惠转宁. 李健吾之批评观［J］. 青海师范大学学报（哲学社会科学版），1996（03）：88—90.

[73] 韩石山. 彼此的挚与畏——李健吾与塞先艾［J］. 新文学史料，1996（03）：

10—19.

[74] 蹇人毅. 我的父亲蹇先艾——和父亲度过的最后一个生日 [J]. 新文学史料，1996 (03)：54—55.

[75] 张爱平. 有一颗金子般的心——巴金谈李健吾 [J]. 档案与史学，1996（04）：67—69.

[76] 韩石山. 孤岛上的煎熬——《李健吾传》之一章 [J]. 新文学史料，1996（04）：184—199.

[77] 吴小如. 《李健吾文学评论选》序言 [J]. 博览群书，1996（12）：28—29.

[78] 王延龄. 李健吾译书 [J]. 书城，1997（01）：23.

[79] 宋剑华. 二十世纪功利主义批评的两种基本模式——致刘锋杰谈《中国现代六大批评家》[J]. 海南师院学报，1997（02）：125—127.

[80] 吴品云. 李健吾剧作中的人性形态及其内涵 [J]. 福建师范大学学报（哲学社会科学版），1997（03）：71—76.

[81] 钱林森. 李健吾与法国文学 [J]. 文艺研究，1997（04）：95—102.

[82] 古远清. 李健吾鉴赏式的批评特色 [J]. 管理教育学刊，1997（04）：47—50.

[83] 周海波. 论李健吾的随笔体批评 [J]. 三峡学刊，1997（04）：9—14.

[84] 任鸿仪，泉圣. 高山安可仰　徒此揖清芬——李健吾先生事略 [J]. 沧桑，1998（01）：16—20.

[85] 何春耕. 论李健吾戏剧的审美艺术特征 [J]. 广西师范大学学报（哲学社会科学版），1998（01）：67—73.

[86] 赖力行. 论中国现代文学批评的三种形态 [J]. 华中师范大学学报（人文社会科学版），1998（06）：96—103+143.

[87] 黄振林. 李健吾喜剧奥秘新探 [J]. 艺术百家，1998（04）：7—11.

[88] 包燕. 人性的光辉：在功利和唯美之间——李健吾戏剧批评观之批评 [J]. 艺术百家，1998（04）：12—17+89.

[89] 李雪枫. 大巧无工　至情无文——由《李健吾传》引发的关于传记文学的思考 [J]. 山西大学学报（哲学社会科学版），1999（01）：61—62.

[90] 黄书泉. 批评的学理化——评《中国现代六大批评家》[J]. 当代文坛，1999（01）：59—60.

[91] 许霆. 李健吾诗学批评的现代意义 [J]. 常熟高专学报，1999（01）：80—86.

［92］ 张健. 论中国三十年代的悲剧创作［J］. 新疆石油教育学院学报，1999（01）：59—65+57.

［93］ 张健. 30年代中国现代幽默喜剧论略［J］. 辽宁师范大学学报，1999（03）：57—60.

［94］ 张健. 论李健吾的喜剧观［J］. 北方论丛，1999（03）：141—146.

［95］ 朱伟华. 上海剧坛的繁荣景象——《戏剧卷》导言（摘录）［J］. 南方文坛，1999（05）：30—31.

［96］ 张健. 试论李健吾喜剧的人学基础及其在创作中的体现［J］. 北京师范大学学报（人文社会科学版），2000（02）：64—72.

［97］ 王翠雁. 心理视镜中的人性挣扎——李健吾剧作意蕴解读［J］. 运城高专学报，2000（02）：12—15.

［98］ 张健. 试论李健吾喜剧的深层意象［J］. 文学评论，2000（03）：113—122.

［99］ 孔焕周. 论李健吾成熟期话剧创作［J］. 洛阳师范学院学报，2000（03）：46—50.

［100］ 孔焕周. 审视灵魂　剖析人生——李健吾话剧创作风格论之一［J］. 开封大学学报，2001（01）：16—22.

［101］ 何春耕，戴绘林. 论李健吾戏剧理论的建构特征［J］. 广西师范大学学报（哲学社会科学版），2001（01）：25—28.

［102］ 陈政. 李健吾文学批评新论［J］. 首都师范大学学报（社会科学版），2001（03）：44—50.

［103］ 郭汾阳. 蹇先艾、李健吾在北京师大附中［J］. 贵州文史丛刊，2001（04）：79—80.

［104］ 胡德才. 论李健吾的喜剧创作［J］. 三峡大学学报（人文社会科学版），2001（06）：13—18.

［105］ 钟林巧. 一个自由灵魂的奇遇——论李健吾的批评观念［J］. 浙江师大学报，2001（06）：11—14.

［106］ 张健. 李健吾喜剧论（上）［J］. 戏剧（中央戏剧学院学报），2002（01）：5—19.

［107］ 唐湜. 忆李健吾先生［J］. 文史月刊，2002（02）：23—26.

［108］ 张健. 李健吾喜剧论（下）［J］. 戏剧（中央戏剧学院学报），2002（02）：51—63.

［109］ 黄献文. 论李健吾话剧创作的心路历程［J］. 江汉大学学报（人文社会科学版），2002（02）：56—61.

［110］ 黄献文. 论李健吾话剧创作的心路历程［J］. 戏剧艺术，2002（03）：84—90.

［111］ 黄献文. 李健吾话剧研究述评［J］. 太原师范学院学报（社会科学版），2002（04）：69—73.

［112］ 董希文. 李健吾文学批评文体探析［J］. 东方论坛（青岛大学学报），2002（06）：49—54.

［113］ 范华群. 卓越的戏剧家李健吾——纪念李健吾逝世二十周年［J］. 上海戏剧，2002（12）：32—33.

［114］ 张宜昂. 人性的剖析　中和的诗美——试论《这不过是春天》［J］. 贵州社会科学，2003（01）：78—80＋38.

［115］ 徐雁. 李健吾的文学书评观［J］. 中国编辑，2003（01）：53—55.

［116］ 李前平. 酒神精神与日神梦幻——李健吾戏剧精神探魅［J］. 黔东南民族师范高等专科学校学报，2003（01）：49—51.

［117］ 范永康. 论李健吾文学批评的两种诠释倾向［J］. 克山师专学报，2003（01）：24—26.

［118］ 董希文. 灵魂在杰作中的冒险——论李健吾的文学批评观［J］. 烟台师范学院学报（哲学社会科学版），2003（01）：82—88.

［119］ 勇慧. 自由的心态与纯正的趣味——论李健吾的文学批评［J］. 培训与研究（湖北教育学院学报），2003（03）：14—17.

［120］ 常丽洁. 李健吾文学评论的特点［J］. 河北理工学院学报（社会科学版），2003（02）：139—141＋152.

［121］ 叶君. 自由的心态与纯正的趣味——论李健吾的文学批评［J］. 晋东南师范专科学校学报，2003（03）：34—37.

［122］ 赵凌河. 一个中国式的现代文论典型范式——论李健吾的印象主义文学批评［J］. 社会科学辑刊，2003（04）：118—122.

［123］ 黄键. 中国现代文学批评与传统批评思维［J］. 青岛科技大学学报（社会科学版），2003（03）：69—74.

［124］ 杨剑龙. "实际上评论既具有创造性也具有独立性"——论感悟式的中国现代作家作品批评［J］. 江西师范大学学报，2003（05）：25—32.

［125］ 徐雁. 李健吾书评的文坛历险［J］. 中国图书评论，2003（09）：9—12.

［126］ 张殷. 对李健吾中期创作剧目界定及文本的探究［J］. 戏剧（中央戏剧学院学报），2003（04）：105—116.

［127］ 李健吾. 李健吾说林徽因小说《九十九度中》［J］. 名作欣赏，2004（01）：1—2.

［128］ 杜伟. 略论现代文学批评史上批评家主体意识的自觉［J］. 洛阳师范学院学报，2004（01）：81—84.

［129］ 姜洪伟. 试论改编剧《阿史那》与原作《奥瑟罗》的关系［J］. 洛阳师范学院学报，2004（01）：85—87.

［130］ 黄献文. 李健吾话剧研究述评［J］. 中南民族大学学报（人文社会科学版），2004（01）：148—151.

［131］ 姜洪伟. 简谈李健吾喜剧语言的修辞艺术［J］. 修辞学习，2004（03）：70—71.

［132］ 伍欣. 试论李健吾早期文学批评的两种向度［J］. 康定民族师范高等专科学校学报，2004（02）：41—45.

［133］ 詹冬华. 以文论人：李健吾文学批评的理论模式［J］. 山西师大学报（社会科学版），2004（03）：67—73.

［134］ 伍杰. 李健吾与书评［J］. 中国图书评论，2004（07）：8—10.

［135］ 吴泰昌. 听李健吾谈《围城》［J］. 出版史料，2004（03）：56—58.

［136］ 任明耀. 李健吾的二十四封信［J］. 新文学史料，2004（03）：129—140.

［137］ 乔春萍. 人性 情境 戏剧冲突——浅析李健吾的剧作《梁允达》［J］. 吉林广播电视大学学报，2004（04）：30—31.

［138］ 田慧霞. 创新思维的体现——李健吾无标准的批评标准［J］. 华北水利水电学院学报（社科版），2004（04）：42—44.

［139］ 王志勤. 李健吾对中国古典文学批评的因袭传承［J］. 周口师范学院学报，2005（01）：41—43.

［140］ 丁燕燕. 灵魂在杰作间的奇遇——论李健吾的文学批评［J］. 和田师范专科学校学报，2005（01）：97—98.

［141］ 李志孝，陶维国. "人性"标尺下的不同言说——李健吾梁实秋文艺思想比较［J］. 延安大学学报（社会科学版），2005（02）：106—110.

［142］ 吴泰昌. 文坛杂忆［J］. 江淮文史，2005（02）：50—65＋1.

［143］ 李奇志. 印象背后的缤纷英华——李健吾印象主义批评论［J］. 江汉论坛，2005

（05）：111—113.

［144］ 刘纳. 在学术论文的大生产运动中想起李健吾［J］. 首都师范大学学报（社会科学版），2005（03）：86—88.

［145］ 孙倩. 李健吾与他的随笔体文学批评［J］. 盐城师范学院学报（人文社会科学版），2005（02）：90—94.

［146］ 孙玉石. "对话"：互动形态的阐释与解诗［J］. 文艺研究，2005（08）：30—42+158.

［147］ 吴涛. 女性主义视角下的《吕雉》［J］. 哈尔滨学院学报，2005（09）：52—55.

［148］ 汪成法. 李健吾《咀华二集》出版时间质疑［J］. 博览群书，2005（10）：50—53.

［149］ 周黎燕. 在限制中自由——论李健吾对古代文论的承传与转化［J］. 贵州大学学报（社会科学版），2005（05）：89—93.

［150］ 李奇志. "灵魂探险"中的印象之华——李健吾文学批评论［J］. 湖北师范学院学报（哲学社会科学版），2005（06）：36—40.

［151］ 丁文霞. 沟通中西的戏剧艺术——李健吾戏剧浅论［J］. 戏剧文学，2005（12）：39—42.

［152］ 刘纳. 在学术论文的大生产运动中想起李健吾［J］. 现代中国文化与文学，2005（02）：17—20.

［153］ 吕薇. 批评是一种理解——李健吾的文学批评观［J］. 和田师范专科学校学报，2005（06）：124—125.

［154］ 姜洪伟. 传奇剧《贩马记》：南戏与话剧融合的果实——试论李健吾的话剧民族化改革［J］. 阴山学刊，2005（06）：22—25+42.

［155］ 韩益睿. 二十年来中国莫里哀研究现状初探［J］. 社科纵横，2006（01）：152+45.

［156］ 徐蕊. 富丽的人性，自由的灵魂——浅谈李健吾的文学批评观［J］. 襄樊职业技术学院学报，2006（01）：102—104.

［157］ 刘文辉. 论李健吾喜剧的场面营造艺术［J］. 戏剧文学，2006（03）：73—77.

［158］ 孙晶. 李健吾与《咀华集》《咀华二集》［J］. 小说评论，2006（02）：57—59.

［159］ 郭宏安. 文学批评断想［J］. 同济大学学报（社会科学版），2006（02）：61—70.

［160］ 苗得雨. 华东文艺访问调查团与李健吾的《山东好》［J］. 春秋，2006（03）：

13—14.

[161] 杨婧. 论李健吾文艺批评的人性观［J］. 柳州师专学报，2006（02）：24—27.

[162] 刘俐俐，汪怡涵. 李健吾评价《九十九度中》"最富有现代性"的原因探析［J］. 内蒙古大学学报（人文社会科学版），2006（04）：86—91.

[163] 杨婧. 论李健吾文艺批评的人性观［J］. 运城学院学报，2006（04）：43—46.

[164] 李岫. 李健吾：中国式印象主义文艺批评的奠基人［J］. 西南大学学报（人文社会科学版），2006（05）：177—179.

[165] 姜洪伟. 论李健吾戏剧美学的内涵与价值［J］. 新疆大学学报（哲学社会科学版），2006（06）：116—119.

[166] 刘丽娟. 转型的《青春》——论李健吾向中国传统喜剧的回归［J］. 安徽文学（下半月），2006（11）：11—13.

[167] 曹养元. 《青春》和《罗密欧与朱丽叶》比较研究［J］. 安徽文学（下半月），2006（11）：23—24.

[168] 任明耀. 大家共同的事业——从李健吾的字迹难辨认想到的［J］. 民主，2006（12）：37—38.

[169] 韩石山. 你能够活着已是不易［J］. 文学自由谈，2007（01）：138—141.

[170] 王雪芹. 生命悖论——李健吾及其三十年代戏剧创作［J］. 戏剧文学，2007（04）：51—53.

[171] 张娜. 论李健吾先生的文学批评［J］. 河北职业技术学院学报，2007（02）：74—75.

[172] 管兴平，张海英. 李健吾文学批评的现代观［J］. 中国文学研究，2007（02）：82—85.

[173] 于阿丽. "大众化"浪潮中的"纯诗"——李健吾在1938—1948年间的诗歌批评［J］. 北京工业大学学报（社会科学版），2007（03）：76—80.

[174] 孙红震. 古韵流芳：中国现代批评理论的本土化批评述略——以意境论批评、感悟式批评为例［J］. 河北经贸大学学报（综合版），2007（02）：46—49.

[175] 樊慧. 浅谈李健吾喜剧的中心意象［J］. 河南商业高等专科学校学报，2007（04）：114—116.

[176] 雷艳. 李健吾文学批评的特点［J］. 安徽文学（下半月），2007（07）：53—54.

[177] 过娜平. 李健吾丁西林喜剧之比较［J］. 承德民族师专学报，2007（03）：

30—31.

［178］于阿丽. "只是诗"的诗——李健吾的纯诗批评探析［J］. 西安石油大学学报（社会科学版），2007（03）：89—93.

［179］黄晖. 李健吾小说批评审美风格论［J］. 江海学刊，2007（05）：201—207+239.

［180］王若安. 李健吾早中期独幕剧的艺术特征［J］. 戏剧文学，2007（10）：18—20.

［181］向敬之. 阳光底下的福楼拜性情——评李健吾《福楼拜评传》［J］. 全国新书目，2007（20）：5.

［182］田媛媛. "京派"批评的"两翼"——试论沈从文与李健吾的文学批评观［J］. 绍兴文理学院学报（哲学社会科学版），2007（05）：66—70.

［183］李琴. 奇遇·表现·相对——李健吾及其文学批评［J］. 宜宾学院学报，2007（11）：17—19.

［184］梁光焰. 作为意义的"坛子"——李健吾短篇小说《坛子》的意义生成［J］. 理论界，2008（01）：137—138.

［185］李建中. 古典批评文体的现代复活——以三位京派批评家为例［J］. 中山大学学报（社会科学版），2008（01）：32—38+203.

［186］蒋芳. 李健吾对巴尔扎克的接受与传播［J］. 衡阳师范学院学报，2008（01）：88—92.

［187］任湘云. 文学感受与批评之"根"——兼论李健吾的文学批评［J］. 海南大学学报（人文社会科学版），2008（01）：88—93.

［188］刘亚琼. "人性"旗帜下的不同言说——李健吾和沈从文文学批评比较［J］. 吕梁高等专科学校学报，2008（01）：23—26.

［189］董慧芳. 李健吾：将中国传统文学批评现代化的批评家［J］. 太原大学教育学院学报，2008（01）：54—56.

［190］欧阳文风. 一种准现代感悟诗学——论李健吾的印象主义批评［J］. 文学评论，2008（03）：164—168.

［191］詹冬华. 寻美与求疵：李健吾文学批评的精神品格［J］. 廊坊师范学院学报（社会科学版），2008（03）：7—11.

［192］柳鸣九. 辞别伯乐而未归——回忆并思考蔡仪［J］. 新文学史料，2008（03）：4—23.

［193］程敬业，江守义. 李健吾的文学批评观［J］. 合肥师范学院学报，2008（05）：

70—73.

［194］ 陈楠. 谈《王德明》对《麦克白》本土化的成功改编［J］. 衡水学院学报，2008（05）：44—47.

［195］ 魏东. 被遗忘的《咀华二集》初版本［J］. 中国现代文学研究丛刊，2008（06）：168—174.

［196］ 范水平. 近30年来中国文学研究的现代进程——以李健吾文学批评的研究状况为例［J］. 宁夏社会科学，2008（06）：199—202.

［197］ 王华青. 精神分析学与意识流的共融——试论李健吾的戏剧［J］. 安徽文学（下半月），2008（12）：111—112.

［198］ 王衡. 李健吾文学批评中人性论的文化阐释——人的精神文化品格［J］. 船山学刊，2009（02）：176—178.

［199］ 韩伟，杨晓燕. 重识异彩：李健吾批评论［J］. 南方文坛，2009（03）：30—35.

［200］ 钱少武. 试析李广田散文朴素美的传统根源［J］. 韶关学院学报，2009，30（05）：43—47.

［201］ 王衡. 艺术隐喻在审美批评中的价值与作用——以李健吾的文学批评为例［J］. 福建师范大学学报（哲学社会科学版），2009（04）：75—79.

［202］ 何艳华. 对李健吾印象式文学批评的思考［J］. 重庆科技学院学报（社会科学版），2009（08）：116—117.

［203］ 文广会. 李健吾印象主义文学批评的特征分析［J］. 理论导刊，2009（09）：127—128.

［204］ 张超显. 批评的自觉——论李健吾文学批评［J］. 长春工业大学学报（社会科学版），2009，21（06）：74—76.

［205］ 苗得雨. 李健吾写《山东好》那段时光［J］. 名作欣赏，2009（28）：73—76.

［206］ 杨婧. 浅析李健吾文学批评的双重性原则［J］. 中共郑州市委党校学报，2009（06）：143—145.

［207］ 徐欢颜. 中国译者塑造的莫里哀形象［J］. 东疆学刊，2010，27（01）：83—88.

［208］ 胡少山. "启蒙文学"的继承与新变——论李健吾的小说创作［J］. 名作欣赏，2010（06）：122—123.

［209］ 李辉. 试析李健吾的批评文体［J］. 时代文学（下半月），2010（03）：182—183.

［210］ 范水平，黄卫星. 论李健吾对话自然主义的"人性"观［J］. 青海社会科学，

2010（02）：102—105.

［211］安凌. 论李健吾莎士比亚戏剧改译本的民族化特质——从文学翻译的互文性看改译者的创造［J］. 外语与外语教学，2010（02）：86—89.

［212］轩袁祺. 论李健吾的印象鉴赏式文学批评［J］. 北方文学（下半月），2010（02）：6—7.

［213］过娜平. 从平淡中着眼，取胜于意外之变——简谈李健吾的喜剧语言［J］. 思茅师范高等专科学校学报，2010，26（02）：71—73.

［214］王衡. 心灵化的表述风格——论李健吾审美批评的语言特征［J］. 长春工业大学学报（社会科学版），2010，22（03）：88—89.

［215］叶明思. 李健吾文学批评观念中"矛盾"的自我调和［J］. 大众文艺，2010（10）：158—159.

［216］张旭. 浅析李健吾文学批评与西方文学的关系——以《咀华集》为例［J］. 太原大学教育学院学报，2010，28（S1）：60—62.

［217］杨婧，杨春冉. 知识、性灵与教养——浅谈李健吾文学批评对文学教育的启示［J］. 黄河科技大学学报，2010，12（04）：108—109+121.

［218］赵国忠. 李健吾拟印未果的《力余集》［J］. 博览群书，2010（08）：26—29.

［219］黄擎. 李健吾感悟式批评的理论特质［J］. 江西社会科学，2010（08）：118—121.

［220］卫洪平. 潺湲不改旧时流——读韩石山新著《张颔传》［J］. 名作欣赏，2010（25）：104—105.

［221］赵国忠. 不该忘记王文显和《委曲求全》［J］. 博览群书，2010（10）：42—46.

［222］裴吉荣. 心性的交流，灵魂的冒险——浅论李健吾的文学批评［J］. 学理论，2010（29）：190—191.

［223］文学武. 梁宗岱、李健吾文学批评比较论［J］. 中山大学学报（社会科学版），2011，51（01）：56—62.

［224］赵凌河，孙佳. 李健吾文学批评理论资源的多元整合［J］. 石家庄学院学报，2011，13（01）：42—46.

［225］郭君宇. 以人性为支点的诗意洞察——浅谈李健吾文学批评的人性观［J］. 安阳工学院学报，2011，10（01）：85—86+105.

［226］白杰. 得筌忘鱼还是得鱼忘筌——李健吾之于中国现代文学教学的启示［J］. 南

方职业教育学刊，2011，1（01）：81—86.

［227］ 李琳. 人性美的守护者——论李健吾关注人性的文学批评［J］. 美与时代（下），2011（01）：115—116.

［228］ 周珑. 审美化生存——论李健吾文学批评审美维度的建构与坚守［J］. 安徽文学（下半月），2011（02）：59—60.

［229］ 解志熙. 惟其是脆嫩　何必是讥嘲——也谈所谓"冰心—林徽因之争"［J］. 汉语言文学研究，2011，2（01）：4—10.

［230］ 胡少山. 论李健吾小说的艺术资源［J］. 新闻爱好者，2011（08）：130—131.

［231］ 白杰. 李健吾之于中国现代文学教学的启示［J］. 青海民族大学学报（教育科学版），2011，31（03）：65—69.

［232］ 欧婧. 中国现代诗化批评的转折与尴尬——论李健吾印象主义批评［J］. 时代文学（下半月），2011（05）：212—214.

［233］ 李辉. 李健吾文学批评的理论来源［J］. 兰州教育学院学报，2011，27（03）：39—41.

［234］ 范水平. 李健吾文学批评的自然主义倾向［J］. 求索，2011（06）：201—204.

［235］ 胡少山. 鲁迅、朱自清与李健吾的散文创作［J］. 北方文学（下半月），2011（07）：70—71.

［236］ 范水平. 李健吾文学批评的"互文性"思想研究［J］. 青海社会科学，2011（04）：119—121.

［237］ 尹变英. 李健吾论新文学的建设［J］. 衡阳师范学院学报，2011，32（04）：91—94.

［238］ 胡少山. 灵魂与杰作的奇遇——论李健吾的文学批评理论［J］. 安康学院学报，2011，23（04）：66—68.

［239］ 解志熙. 相濡以沫在战时——现代文学互动行为及其意义例释［J］. 新文学史料，2011（03）：80—94.

［240］ 范水平. 李健吾的文学形式决定论思想研究［J］. 贵州社会科学，2011（09）：99—102.

［241］ 李爱云. 从互文性看伍尔夫对中国现代作家的影响［J］. 长江大学学报（社会科学版），2011，34（09）：29—31+5.

［242］ 王小环. 《文艺复兴》封面里的互文性［J］. 编辑之友，2011（09）：105—108.

［243］谢泳.《围城》的五个索隐问题［J］.当代文坛，2011（06）：11—15.

［244］刘晶.李健吾执着的人性精神实践——评析李健吾剧本和剧评［J］.电影评介，2011（22）：107—110.

［245］陈铖.主观维度的批评言说——简论李健吾的《咀华集.咀华二集》［J］.文学界（理论版），2011（11）：5—8.

［246］卢亚明."文学公共领域"建构中批评家的素养和职能［J］.青岛大学师范学院学报，2011，28（04）：103—107.

［247］胡静.革命题材下的两性悖论——李健吾戏剧《这不过是春天》的深层结构［J］.名作欣赏，2012（02）：136—138.

［248］孙郁.汪曾祺与李健吾［J］.语文建设，2012（03）：50—53.

［249］李春亭.文学批评的成熟与20世纪30年代中国小说的繁荣［J］.沙洋师范高等专科学校学报，2012，13（01）：92—93+97.

［250］孟松.一位法国文学专家的俄国情缘——谈李健吾的俄苏戏剧翻译［J］.绵阳师范学院学报，2012，31（03）：129—131+135.

［251］李科平.印象主义批评为何能够影响李健吾的文学批评浅论——试析解放区文学创作中的新闻化倾向［J］.陕西教育（高教版），2012（03）：18—19.

［252］聂兰，熊辉.论抗战时期外国戏剧的中国化改编——以李健吾对莎士比亚两部悲剧的改编为例［J］.廊坊师范学院学报（社会科学版），2012，28（02）：44—47.

［253］吴潇.《这不过是春天》文本细读［J］.大众文艺，2012（08）：119—120.

［254］许江.京派文学对西方"意识流"的接受与运用［J］.辽宁师范大学学报（社会科学版），2012，35（03）：362—367.

［255］张香筠.试论戏剧翻译的特色［J］.中国翻译，2012，33（03）：94—97.

［256］郝江波.从人本的审美价值观看李健吾咀华批评的古典品格［J］.保定学院学报，2012，25（03）：97—101.

［257］李勇强，宁辰."晋商"文艺的现代范式——李健吾《贩马记》阐释［J］.吕梁学院学报，2012，2（03）：13—16.

［258］文学武.貌似而神离——李健吾、沈从文文学批评比较论［J］.上海交通大学学报（哲学社会科学版），2012，20（03）：86—93+102.

［259］穆海亮.李健吾与上海剧艺社［J］.粤海风，2012（04）：23—27.

［260］徐欢颜.莫里哀与李健吾的现代喜剧创作［J］.海南师范大学学报（社会科学

版），2012，25（05）：62—66.

［261］ 耿宝强. 是辩驳　更是唱和——李健吾、卞之琳关于《鱼目集》的论争评述［J］. 书屋，2012（08）：53—57.

［262］ 李伟民.《王德明》：莎士比亚悲剧的互文性中国化书写［J］. 华南师范大学学报（社会科学版），2012（04）：51—55+158.

［263］ 冒建宏，刘姝. 独特的批评视角——论李健吾的随笔体批评［J］. 文学界（理论版），2012（09）：14—15+17.

［264］ 李春雨. 从李健吾看京派文学的超地域性［J］. 中国现代文学研究丛刊，2012（11）：39—47.

［265］ 李维音. 灰色上海时期我的父亲李健吾［J］. 南风窗，2013（02）：93—94.

［266］ 文学武. 论中国现代印象主义文学批评［J］. 文学评论，2013（02）：162—171.

［267］ 王丽媛. 从《包法利夫人》不同中文译本看译者对翻译的影响［J］. 滨州学院学报，2013，29（02）：85—88.

［268］ 杨婷. 从"水木清华"看"世态人生"——以李健吾、杨绛为例浅析中国世态喜剧的发展［J］. 赤峰学院学报（汉文哲学社会科学版），2013，34（04）：123—124.

［269］ 佚名. 李健吾［J］. 戏剧艺术，2013（03）：1.

［270］ 胡德才. 论李健吾与莫里哀喜剧的精神联系［J］. 中国比较文学，2013（03）：20—27.

［271］ 文学武. 接受和疏离——李健吾与西方印象主义文学批评［J］. 中国比较文学，2013（03）：28—35.

［272］ 白晓萍. 论李健吾文学批评观中的传统因素——"以意逆志"与"知人论世"的体现［J］. 鸡西大学学报，2013，13（07）：90—91.

［273］ 邵宁宁. 生命诗学的变调——李健吾40年代后期的诗论及其文化选择［J］. 甘肃社会科学，2013（04）：103—107.

［274］ 李春林. 以美文代论说——帕乌斯托夫斯基与李健吾［J］. 文化学刊，2013（05）：50—58.

［275］ 关峰. 李健吾三十年代戏剧论［J］. 九江学院学报（社会科学版），2013，32（03）：95—98.

［276］ 文学武. 徘徊在现代与传统之间——李健吾与中国现代文学批评理论的建构

［J］．社会科学辑刊，2013（05）：181—186．

［277］丁燕燕．自发的批评——论李健吾的文学批评［J］．佳木斯大学社会科学学报，2013，31（05）：99—101．

［278］胡斌，胡淑英．改译 改编 模仿——现代跨文化戏剧写作的三种形态［J］．写作，2013（21）：25—29．

［279］范水平．论李健吾的文学"观察"思想［J］．青海社会科学，2013（06）：164—167．

［280］文学武．论李健吾文学批评的当下意义［J］．南方文坛，2014（01）：18—23．

［281］丁燕燕．"托物取象"与诗性言说——论古典文论对李健吾文学批评的影响［J］．安徽理工大学学报（社会科学版），2014，16（01）：87—90．

［282］汤天勇．李健吾诗性批评的特质与价值［J］．北京工业大学学报（社会科学版），2014，14（01）：65—69．

［283］文学武．从人性审美到政治审美——李健吾文学批评历程及其反思［J］．社会科学，2014（02）：186—192．

［284］宋喆．以"人性"为文学批评的内在尺度——论李健吾文学批评的特点［J］．长春理工大学学报（社会科学版），2014，27（02）：139—141．

［285］关峰．李健吾戏剧人物性格论［J］．武陵学刊，2014，39（02）：84—87．

［286］刘迪．采撷中西 含英咀华——论李健吾文学批评特色［J］．鸡西大学学报，2014，14（03）：118—119+125．

［287］徐欢颜．古典与现实：李健吾对莫里哀喜剧的研究和阐发［J］．文艺理论与批评，2014（02）：79—82．

［288］郭建玲．1940年代后期左翼文学进程中的《文艺复兴》［J］．中国现代文学研究丛刊，2014（05）：147—155．

［289］金鑫．李健吾与理想文学批评的建构［J］．华文文学，2014（03）：67—71．

［290］牛静，王有亮．近十年来李健吾文学批评研究综述［J］．运城学院学报，2014，32（03）：47—51．

［291］姚一鸣．《文艺复兴》的两本终刊号［J］．书屋，2014（07）：83—86．

［292］李伟民．《阿史那》：莎士比亚悲剧的互文性中国化书写［J］．海南大学学报（人文社会科学版），2014，32（04）：83—89．

［293］高嘉敏．福楼拜传记与《包法利夫人》［J］．前沿，2014（Z8）：213—215．

［294］ 文学武. 审美现代性视野下的文学批评——以李健吾的文学批评为中心［J］. 社会科学战线，2014（08）：134—139.

［295］ 文学武. 李健吾文学批评视野中的左翼文学［J］. 鲁迅研究月刊，2014（08）：82—88.

［296］ 安凌. 扭捏作态的都市爱情——论李健吾戏剧改译本《说谎集》［J］. 新疆大学学报（哲学·人文社会科学版），2014，42（05）：110—113.

［297］ 于辉，宋学智. 译作经典的生成：以李健吾译《包法利夫人》为例［J］. 学海，2014（05）：75—80.

［298］ 尤里. 大师的柔情 以爱之名——谈李健吾之作《这不过是春天》［J］. 戏剧之家，2014（13）：25.

［299］ 穆海亮. 李健吾研究亟待推进——兼谈李健吾不为人知的笔名"运平"［J］. 粤海风，2014（06）：120—122.

［300］ 田菊. 李健吾——从山西走出的文坛骄子［J］. 山西档案，2014（06）：39—42.

［301］ 张潜，龚元. "剧评"的兴起——现代话剧史"剧评"问题研究［J］. 戏剧艺术，2015（01）：21—31.

［302］ 魏文文. 李健吾"谐和"思想探究［J］. 重庆电子工程职业学院学报，2015，24（04）：56—58.

［303］ 徐越. 论李健吾笔下"漂泊者"的内在价值——以《这不过是春天》和《青春》为例［J］. 安徽文学（下半月），2015（07）：61—62.

［304］ 曾诣. 试论李健吾与莫里哀的喜剧创作——以《新学究》和《太太学堂》为例［J］. 肇庆学院学报，2015，36（04）：27—33.

［305］ 曾文娟. 李健吾的改译策略及其成因探究——以《王德明》为例［J］. 兰州文理学院学报（社会科学版），2015，31（05）：116—119.

［306］ 弓卫红. 李健吾戏剧评论的意识与格调探讨［J］. 戏剧之家，2015（19）：35+37.

［307］ 赵蕾，郝江波. 从李健吾的文化品格谈中国电影现状［J］. 电影文学，2015（21）：10—12.

［308］ 丁恩全. 李健吾评韩愈《画记》［J］. 周口师范学院学报，2015，32（06）：1—4.

［309］ 胡斌. 李健吾跨文化戏剧改编的民族特色［J］. 南通大学学报（社会科学版），2015，31（06）：60—65.

［310］ 魏文文. 李健吾与《文艺复兴》［J］. 运城学院学报，2015，33（05）：59—63.

［311］ 张欣. 浅论李健吾文学批评风格的形成原因——以《咀华集》《咀华二集》为例［J］. 大众文艺，2017（13）：24.

［312］ 马麟. 批评的艺术——李健吾的《咀华集》《咀华二集》［J］. 名作欣赏，2017（24）：147—148.

［313］ 佚名. 韩石山《李健吾传》（插图修订本）［J］. 新文学史料，2017（03）：27.

［314］ 宫立. "他有的是生命力"——《李健吾文集》补遗略说［J］. 现代中文学刊，2017（03）：102—108.

［315］ 汪海涛. 再读经典《包法利夫人》——和大师李健吾一起再评艾玛·包法利的人生悲剧［J］. 青年文学家，2017（26）：124.

［316］ 范水平. 李健吾自然主义文学批评思想研究的困境与突破［J］. 青海社会科学，2017（06）：205—208.

［317］ 赵建新. 话剧《青春》如何变成了评剧《小女婿》——兼谈1950年代初期戏曲现代戏中的婚恋题材［J］. 戏剧艺术，2017（06）：71—79.

［318］ 孙慧，吕伟伟. 异质类的悖论——论李健吾悖论式文学批评的张力特质［J］. 南昌大学学报（人文社会科学版），2017，48（06）：111—118.

［319］ 刘金英. 试论李健吾印象批评的咀华之咀［J］. 青年文学家，2017（36）：38.

［320］ 刘涵之，宋洁. 典型环境下的非典型人物——李健吾"非典型性"文艺创作观［J］. 湘潭大学学报（哲学社会科学版），2018，42（01）：159—161.

［321］ 张国丽. 借鉴与改译——论李健吾戏剧理论与创作的西方资源［D］. 西安：西北大学，2018.

［322］ 晏亮，陈炽. 战后诗评范式重建的努力——论《文艺复兴》的新诗批评［J］. 江汉论坛，2018（03）：92—97.

［323］ 马晓冬. 革命与爱情：萨尔都戏剧在中国（1907—1946）［J］. 新文学史料，2018（02）：91—99.

［324］ 马兵. "批评者不是硬生生的堤，活活拦住水的去向"——李健吾文学批评观的启示［J］. 南方文坛，2018（04）：1—2.

［325］ 陈若谷. 洞穴内外的阐释——马兵的批评路径［J］. 南方文坛，2018（04）：51—55.

［326］ 麻治金. 李健吾文学批评与其小说创作的关系［J］. 宜春学院学报，2018，40

（07）：103—107.

［327］ 杨经建，王蕾. 感悟诗学：京派文学批评对母语思维智慧的现代建构［J］. 社会科学，2018（08）：160—166.

［328］ 陈卓. 论苏雪林的印象主义文学批评［J］. 合肥师范学院学报，2018，36（05）：91—94.

［329］ 张琦. 我读李健吾［J］. 人民司法（天平），2018（27）：107—108.

［330］ 宋洁. 李健吾对现代文学教学的启示——评《福楼拜评传》［J］. 高教探索，2018（10）：137.

［331］ 唐均. 李健吾与《红楼梦》［J］. 曹雪芹研究，2018（04）：139—144.

［332］ 朱怡霏. 论李健吾戏剧创作中的人性观［J］. 中国戏剧，2018（11）：49—51.

［333］ 吕彦霖. 试论1940年代后期"中间"知识分子的审美取向与心态转换——以《文艺复兴》杂志为中心［J］. 中国现代文学研究丛刊，2018（12）：207—227.

［334］ 李子淇，王晶瑶. 李健吾早期的文学活动［J］. 文化创新比较研究，2019，3（02）：57—58.

［335］ 李星辰. 李健吾剧作序跋释读——兼论其戏剧创作转向［J］. 汉语言文学研究，2019，10（01）：134—141.

［336］ 郭晓东. 李健吾早期五部话剧创作特色分析［J］. 名作欣赏，2019（15）：159—161.

［337］ 姜蓉艳. 评李健吾的《〈雷雨〉——曹禺先生作》［J］. 牡丹，2019（14）：88—89.

［338］ 李星辰. 论李健吾剧作中的华北乡村空间——以《村长之家》《梁允达》《青春》三剧为例［J］. 中国现代文学研究丛刊，2019（05）：174—187.

［339］ 佚名. 《围城》中的徐志摩、郭沫若与曹禺［N］. 文汇报，2019-05-27（W08）.

［340］ 于辉. 翻译与研究并举：李健吾的法国文学译介［J］. 东方翻译，2019（03）：20—24.

［341］ 付乐. 中西自然观的碰撞与融合——李健吾文学批评探析［J］. 青年文学家，2019（17）：16—17.

［342］ 宋生贵. 文艺评论家的姿态、心态及语态：以李健吾《咀华集》为例［J］. 中国文艺评论，2019（06）：13—20.

[343] 徐兆正. 福楼拜,圣福楼拜[J]. 艺术广角,2019(04):75—79.

[344] 任荣娟. 论李健吾与林徽因的交往史[J]. 湖北文理学院学报,2019,40(07):60—64.

[345] 杨光祖. 应声虫与批评的独立精神[J]. 文学自由谈,2019(04):79—82.

[346] 文学武. 论京派知识分子学院派批评的视野和风范[J]. 贵州社会科学,2019(10):29—34.

[347] 张梦. 从手稿档案看李健吾译《爱与死的搏斗》之始末[J]. 档案,2019(11):44—47.

[348] 宾恩海. 论文学研究者与其文学创作因素的精神联结——中国现代文学研究的名家论名作阅读札记[J]. 学术评论,2019(06):56—62.

[349] 韩石山. 传主的选择与材料的挖掘——在南京财经大学传记工作坊的演讲[J]. 现代传记研究,2019(02):235—242.

[350] 周景雷,肖珍珍."自我"在历史变迁中的浮沉——谈20世纪30至50年代李健吾批评风格的转变[J]. 沈阳师范大学学报(社会科学版),2020,44(01):48—53.

[351] 宁康. 浅论李健吾文学批评思想[J]. 大众文艺,2020(01):30—31.

[352] 麻治金. 新中国成立后李健吾的文学批评[J]. 中国现代文学研究丛刊,2020(01):211—219.

[353] 马晓冬. 李健吾的翻译观及其伦理内涵[J]. 中国社会科学院研究生院学报,2020(01):111—120.

[354] 刘思捷."咀嚼生命"——李健吾以生命意识为核心的文学批评理论[J]. 青年文学家,2020(02):46—47.

[355] 刘秀娟. 文学批评:面对生活和人性发言——关于"文学批评有效性"的思考[J]. 长江丛刊,2020(03):1—3.

[356] 朱佳宁. 李健吾对《托斯卡》的差别化改译——兼谈抗战文学的流动性问题[J]. 浙江学刊,2020(02):62—69.

[357] 朱璞. 李健吾改编剧研究述评[J]. 名作欣赏,2020(08):177—181.

[358] 麻治金. 李健吾谈鲁迅:京派文艺观念阐释下的鲁迅及其文学[J]. 鲁迅研究月刊,2020(02):43—48.

[359] 朱银宇. 巴金与李健吾往来书信时间辨正[J]. 汕头大学学报(人文社会科学

版），2020，36（03）：14—24+94.

［360］ 关莹. 探灵魂之林　书印象之华——李健吾文学批评的独特性［J］. 濮阳职业技术学院学报，2020，33（02）：94—98.

［361］ 于辉. 翻译文学经典建构中的译者意向性研究——以李健吾译《包法利夫人》为例［J］. 外语与外语教学，2020（02）：94—103+149.

［362］ 言叶. 《李健吾译文集》由上海译文出版社出版［J］. 世界文学，2020（03）：319.

［363］ 林佳锋. 美的谐和——浅析李健吾的文学批评观［J］. 广州城市职业学院学报，2020，14（02）：83—87.

［364］ 潘兴. 李健吾文学评论风格的归因探析［J］. 重庆电子工程职业学院学报，2020，29（03）：107—110.

［365］ 周文波. "性情"的限制：《福楼拜评传》方法论［J］. 上海文化，2020（07）：106—118.

［366］ 杨一梦. 时代一隅——论李健吾早期独幕剧创作［J］. 湖北经济学院学报（人文社会科学版），2020，17（07）：96—98.

［367］ 郝思聪. 论李健吾"略在新文学之外"的小说创作［J］. 肇庆学院学报，2020，41（06）：36—40.

［368］ 张华. 秩序消解中的性灵之光——抗战时期曹禺、李健吾剧作的人性书写［J］. 中国现代文学论丛，2020，15（02）：156—161.

［369］ 王鹏程. 中国现代文学对话性批评精神的形成［J］. 中国文学批评，2021（01）：36—42+157—158.

［370］ 朱璞. 论李健吾对席勒戏剧《强盗》的跨文化改编［J］. 四川戏剧，2021（01）：36—41.

［371］ 陈美霖. 公正与独立——探析李健吾文学批评的精神品格［J］. 运城学院学报，2021，39（01）：36—40.

［372］ 牛晓帆. 福楼拜在中国的百年译介［J］. 翻译界，2021（01）：92—104.

［373］ 文学武. 论李健吾文学批评的关键词［J］. 贵州社会科学，2021（03）：35—41.

［374］ 谢小萌. 和而不同：巴金何以误解李健吾［J］. 贵州社会科学，2021（03）：42—48.

［375］ 方继孝. 一封书信珍藏60年，两位文人挚友情［J］. 北京纪事，2021（04）：89—90.

［376］ 周岩壁. 郑振铎和钱锺书的海上交谊［J］. 博览群书，2021（04）：101—103.

［377］ 王慧莹. 李健吾印象批评中的审美理想探微［J］. 中北大学学报（社会科学版），2021，37（05）：45—51.

［378］ 朱璞. 李健吾《好事近》的改编机制与启示［J］. 四川戏剧，2021（04）：159—163.

［379］ 杨占平. 韩石山：从小说创作到研究学问与撰写随笔［J］. 火花，2021（05）：4—6.

［380］ 文学武，周雅哲. 现代文学批评的寻美之旅——论唐湜的文学批评［J］. 文艺争鸣，2021（05）：21—27.

［381］ 韩富贵. "闻喜则过"说《围城》［J］. 文学自由谈，2021（03）：111—120.

［382］ 徐珍珍. 以文学翻译批评标准浅析《包法利夫人》中译本——以周克希译本和李健吾译本为例［J］. 散文百家（理论），2021（06）：123—124.

［383］ 徐小雅，文学武. 1930年代主流文学论争外的审美选择——以李健吾的三次文学论争为中心［J］. 南方文坛，2021（04）：53—58.

［384］ 张艳洁. 自由的灵魂冒险者——李健吾印象主义批评论［J］. 青年文学家，2021（21）：82—83.

［385］ 韩石山. 就传记文学写作答王思雨同学十问［J］. 山西文学，2021（08）：87—94.

［386］ 陈子善. 读中国现代文学史札记五则［J］. 苏州教育学院学报，2021，38（04）：97—102.

［387］ 郭玉斌. "美人痣"式的批评［J］. 文学自由谈，2021（05）：58—63.

［388］ 得一. 为字句，为文体，为象征主义……［J］. 名作欣赏，2021（28）：144.

［389］ 范水平. 论自然主义影响下李健吾客观呈现的文学批评观［J］. 青海社会科学，2021（05）：177—182.

［390］ 白旭. 《终条山的传说》的形式与环境描写分析［J］. 参花（上），2021（12）：29—30.

［391］ 文学武，周雅哲. 论京派文学批评中的法兰西文学元素［J］. 上海交通大学学报（哲学社会科学版），2022，30（01）：123—130.

［392］ 李星辰. 现代知识分子情感症候的喜剧形态：重读《新学究》——兼与《吴宓日记》对读［J］. 中国现代文学研究丛刊，2022（04）：66—86.

［393］ 任文芳．近代著名作家、戏剧家、翻译家李健吾［J］．文史月刊，2022（04）：4—9．

［394］ 李晶．李健吾的批评精神与批评实践论析［J］．中国文艺评论，2022（12）：72—81．

［395］ 张怡鹤．一个批评家的自我"养成"——从《咀华二集》的两个版本说起［J］．汉语言文学研究，2022，13（04）：136—144．

［396］ 麻治金．40年代李健吾"国民责任"意识下的文学批评［J］．宜春学院学报，2022，44（11）：66—70．

［397］ 王心怡．论李健吾文学批评观［J］．作家天地，2022（31）：70—72．

［398］ 武斌斌．"应贲"是否李健吾笔名考——对《李健吾文集》收录两篇"应贲"文的质疑［J］．现代中文学刊，2022（05）：66—70．

［399］ 武斌斌．新见李健吾集外作品五则［J］．常州大学学报（社会科学版），2022，23（05）：85—99．

［400］ 任贵菊．"只有《蜕变》是一个例外"——由李健吾《曹禺的〈蜕变〉》一文谈《蜕变》的评价问题［J］．戏剧文学，2022（09）：81—87．

［401］ 武斌斌．有关李健吾的笔名"川针"——兼与韩石山先生商榷［J］．名作欣赏，2022（25）：122—125．

［402］ 戚慧．李健吾集外佚文考述［J］．名作欣赏，2022（25）：126—133．

［403］ 武斌斌．新发现李健吾集外作品四篇［J］．东华理工大学学报（社会科学版），2022，41（04）：348—354．

［404］ 段崇轩．为中国现代小说"培根育魂"——论李健吾的小说创作［J］．小说评论，2022（04）：137—145．

［405］ 于辉．关于李健吾莫里哀喜剧翻译的译者行为研究［J］．北京第二外国语学院学报，2022，44（03）：38—50．

［406］ 李安祺．求真的李健吾——以文学批评为例［J］．青年文学家，2022（17）：92—94．

［407］ 武斌斌．《李健吾文集》补遗四篇［J］．中国政法大学学报，2023（01）：292—304．

［408］ 宫宝荣．李健吾的莫里哀喜剧研究初探［J］．戏剧艺术，2023（01）：12—24．

［409］ 陈莹．民族化的深化与写意戏剧的初探——论李健吾、黄佐临《王德明》对莎剧《麦克白》的改编与演绎［J］．戏剧艺术，2023（01）：25—35+46．

［410］邓慧茹.朱光潜和李健吾文学批评之比较［J］.黑龙江工业学院学报（综合版），2023，23（02）：130—134.

［411］周俊杰.李健吾与黄佐临的戏剧表达——从改编剧《王德明》谈起［J］.东方艺术，2023（01）：71—76.

［412］李维音.汪曾祺致李健吾的两封信［J］.新文学史料，2023（02）：57—58.

［413］麻治金.1940年代后期京派"新写作"与李健吾的文学批评观［J］.宜春学院学报，2023，45（05）：75—79.

［414］麻治金."凡俗即力"的美学精神与"新现实主义"——李健吾《咀华二集》研究［J］.新余学院学报，2023，28（03）：89—94.

［415］周文波."心不在焉"的"性格"说重评李健吾的喜剧风格及其生命关怀［J］.上海文化，2023（07）：24—34.

［416］顾振辉.李健吾戏剧教育实践初探——以"上戏"时期为中心［J］.四川戏剧，2023（06）：67—70.

硕士、博士学位论文

［1］詹冬华.李健吾文学批评研究［D］.南昌：江西师范大学，2003.

［2］姜洪伟.李健吾剧作论［D］.上海：复旦大学，2004.

［3］郝江波.秀出京派　延承传统［D］.保定：河北大学，2004.

［4］张巧玲.现代中国知识分子的困惑与矛盾［D］.济南：山东大学，2005.

［5］魏东."咀华"之旅［D］.上海：华东师范大学，2005.

［6］李婉玲.《文艺复兴》研究［D］.上海：华东师范大学，2006.

［7］周婷.李健吾文学批评论［D］.曲阜：曲阜师范大学，2006.

［8］李岩丽.李健吾成熟期戏剧创作的精神分析［D］.福州：福建师范大学，2006.

［9］周敏.中西兼容　神韵独具［D］.上海：华东师范大学，2006.

［10］谢昌健.李健吾的印象主义批评与中学语文阅读教学策略［D］.武汉：华中师范大学，2006.

［11］刘丽娟.论李健吾成熟期的戏剧创作［D］.厦门：厦门大学，2007.

［12］江丽.论李健吾的戏剧创作［D］.苏州：苏州大学，2007.

［13］王婷.李健吾文学批评的独特性［D］.重庆：重庆师范大学，2007.

［14］ 杨婧. 自由、人性的寻美之旅［D］. 重庆：西南大学，2007.

［15］ 李辉. 灵魂在杰作间的奇遇［D］. 厦门：厦门大学，2007.

［16］ 雷艳. 李健吾文学批评的独特性［D］. 武汉：华中师范大学，2008.

［17］ 刘晓洁. 寂寞之旅［D］. 上海：华东师范大学，2008.

［18］ 赵广全. 试论福楼拜小说的创新性［D］. 上海：上海师范大学，2008.

［19］ 过娜平. 在寂寞之中过掉的喜剧［D］. 西安：陕西师范大学，2008.

［20］ 王林丽. 论李健吾的文学批评［D］. 开封：河南大学，2008.

［21］ 张帆. 试论李健吾的文学批评文体［D］. 苏州：苏州大学，2008.

［22］ 周步霞. 论李健吾的文学批评观［D］. 苏州：苏州大学，2008.

［23］ 王颖. 李健吾印象批评探析［D］. 福州：福建师范大学，2009.

［24］ 欧阳振兴. 李健吾文学批评研究［D］. 汕头：汕头大学，2009.

［25］ 王华青. 李健吾戏剧创作与法国文学［D］. 长沙：湖南师范大学，2009.

［26］ 赵卓. 李健吾戏剧评论的问题意识和理论风格［D］. 桂林：广西师范大学，2010.

［27］ 张志青. 李健吾戏剧与法国文学［D］. 石家庄：河北师范大学，2010.

［28］ 谭庆. 《文艺复兴》研究［D］. 长春：东北师范大学，2010.

［29］ 陈娴. 从《伪君子》的两个中文译本看戏剧翻译再创造［D］. 上海：上海外国语大学，2010.

［30］ 孙佳. 李健吾文学批评的审美现代性［D］. 沈阳：辽宁大学，2010.

［31］ 王亚明. 批评之美：《咀华集　咀华二集》的批评文体探析［D］. 福州：福建师范大学，2010.

［32］ 王东. 论李健吾文学批评意识［D］. 济南：山东师范大学，2010.

［33］ 刘娜. 论李健吾"咀华式"文学批评风格［D］. 开封：河南大学，2011.

［34］ 叶明思. 论李健吾的诗化批评［D］. 牡丹江：牡丹江师范学院，2011.

［35］ 张君峰. 论李健吾的话剧创作［D］. 长沙：湖南大学，2012.

［36］ 王颖. 论李健吾的戏剧批评观［D］. 牡丹江：牡丹江师范学院，2012.

［37］ 曹彦. 独立的批评世界：论李健吾文学批评的三元体系［D］. 南京：南京师范大学，2013.

［38］ 程琳琳. 李健吾戏剧批评研究［D］. 银川：宁夏大学，2013.

［39］ 程业. 论李健吾的文学批评观［D］. 合肥：安徽大学，2013.

［40］ 田浠. 以翻译美学为指导比较《包法利夫人》李健吾译本和许渊冲译本中四字格的

应用［D］．北京：北京外国语大学，2014．

［41］于辉．翻译文学经典研究［D］．南京：南京师范大学，2015．

［42］段修娜．向人性深广处探寻：李健吾小说创作的现代性［D］．曲阜：曲阜师范大学，2015．

［43］何慧．李健吾戏剧创作论［D］．南昌：南昌大学，2015．

［44］王慧莹．李健吾印象批评理想机制研究［D］．桂林：广西师范大学，2016．

［45］李逊唯．评论的边界［D］．西安：陕西师范大学，2016．

［46］周赫．从认知角度分析概念隐喻翻译策略［D］．北京：北京外国语大学，2016．

［47］魏文文．李健吾诗歌批评研究［D］．芜湖：安徽师范大学，2016．

［48］崔筱婧．李健吾戏剧观研究［D］．重庆：重庆师范大学，2016．

［49］伊茂凡．中国现代文学史中的三个"人学"断面及李健吾的剧作实践［D］．济南：山东大学，2016．

［50］李亚楠．过客之花——李健吾剧作论［D］．天津：天津师范大学，2017．

［51］王翠．李健吾文学批评的现代意识研究［D］．沈阳：辽宁大学，2017．

［52］侯苗苗．论李健吾对新文学建设的思考与构想［D］．太原：山西大学，2017．

［53］吕伟伟．李健吾文学批评张力研究［D］．徐州：中国矿业大学，2017．

［54］张国丽．借鉴与改译——论李健吾戏剧理论与创作的西方资源［D］．西安：西北大学，2018．

［55］韩晓敏．李健吾"咀华"式批评论［D］．兰州：西北师范大学，2018．

［56］曹宇珠．李健吾文艺批评思想研究［D］．无锡：江南大学，2018．

［57］张译之．李健吾话剧的民族化探索与实践［D］．济南：山东大学，2018．

［58］周子钰．论李健吾的文学批评向度［D］．济南：山东师范大学，2018．

［59］陈会萍．1946—1949"文艺复兴"的构想与实践［D］．成都：四川师范大学，2019．

［60］牛宝杰．李健吾文学批评研究［D］．沈阳：沈阳师范大学，2021．

［61］赵玉．李健吾剧作版本研究［D］．保定：河北大学，2021．

［62］许楠．李健吾小说的戏剧化特征研究［D］．武汉：华中师范大学，2021．

［63］宁康．李健吾文学批评与其文学创作的互动研究［D］．贵阳：贵州大学，2021．

［64］宋洁．李健吾与法国文学［D］．长沙：湖南大学，2021．

［65］张文静．论李健吾中国式印象批评［D］．沈阳：辽宁大学，2022．

附录三：学术研讨活动

李健吾研讨会在京召开[①]

赵丹霞

2016年7月12日，纪念李健吾先生诞辰110周年暨《李健吾文集》出版研讨会在中国社会科学院外国文学所召开，会议由社科院外文所和山西出版传媒集团北岳文艺出版社主办。外文所所长陈众议和所内研究人员、北岳文艺出版社相关人士、李健吾先生的后人以及多家媒体的记者应邀出席。

李健吾先生是作家、戏剧家、文艺评论家、翻译家、法国文学研究专家，生前是中国社会科学院外文所研究员。陈众议所长深情地提到李健吾先生在抗战期间被捕和受折磨的往事，指出李健吾先生为文为人都是外文所的骄傲，是外文所后学的楷模。北岳文艺出版社续小强社长和《文集》的责任编辑席香妮女士介绍了11卷本的《李健吾文集》历时35年的编纂过程。艰难困苦，玉汝以成。作品的厚重广博和出版人的坚守由此可见一斑。李健吾先生的女儿李维音和李维永女士讲述了李健吾先生作为学者勤奋、严谨等品格，他对中国地方戏的感情，《文集》资料收集工作的周折以及各方人士对她们工作的支持。外文所研究员、社科院学部委员郭宏安先生是李健吾先生的关门弟子。他指出李健吾的独特的批评风格或与日内瓦批评学派不无关联，因为日内瓦学派的重要作品《从波德莱尔到超现实主义》于1931年出版，恰逢李先生留法时期。日内瓦学派认可法国文学评论家蒂博代的分类，认为好的批评是在"职业批评和作家批评间的往复"，而李先生的批评风格兼有了学者批评的严谨和作家批评的鲜活。这种批评方法的难

[①] 原载《世界文学》2016年第5期。

度,使得当代人对李先生文学批评的成就是"仰慕者众,追随者寡"。李健吾先生的乡贤、著名作家韩石山说,李先生作品同"鲁郭茅,巴老曹"六大家的作品对社会问题的解决方式不同。六大家作品通过"仇恨"和"反抗"来解决矛盾,而李健吾的作品更偏向于用"博爱"来解决矛盾。韩石山说随着时代的发展,这种思考方式会得到更多的理解和接受。《世界文学》前主编、90岁的高莽先生特地委托钟志清研究员朗读了一篇他回忆李健吾先生的文章。李先生生前挚友、文学翻译家汝龙先生的儿子汝企和也专程赶来,朗读了一封巴金先生写给汝龙的信,提起了李先生在"文革"期间,曾冒着被批斗的危险资助好友渡过难关的义举。外文所的退休研究员林洪亮也动情地讲述了"文革"期间与李健吾先生在五七干校共同劳动的往事。先生的人品文品在各种讲述中逐渐生动起来,正如巴金老在信中的感怀:"他文章的光彩,是因了他人格的光彩。"

2016年是李先生诞辰110周年,北岳文艺出版社隆重推出的这套《李健吾文集》和上海译文出版社将要出版的《李健吾译文集》是对先生最好的纪念,也是热爱李健吾作品的读者的福音。

"李健吾与中国现代戏剧"学术研讨会成功举办[①]

齐才华

2022年恰逢上戏创校名师李健吾先生逝世四十周年（同时也是他倾力翻译的著名喜剧大师莫里哀诞辰400周年），为缅怀和纪念李健吾先生，上海戏剧学院中国话剧研究中心、上海戏剧学院外国戏剧研究中心联合国际戏剧评论家协会中国分会、中国话剧协会和中国话剧理论与历史研究会，于12月18日成功举办"李健吾与中国现代戏剧"学术研讨会（另一场"莫里哀戏剧学术研讨会"同时举行）。受疫情影响，本次会议采取线上会议方式，上午举行开幕式并组织专家进行主题发言，下午分A、B两组分专题进行学术研讨并举行闭幕式。与会专家、学者围绕李健吾先生在戏剧/文学评论、戏剧创作、戏剧翻译与改编、戏剧教育以及外国戏剧研究方面的特色、成就和影响展开讨论，收获颇丰。

李健吾（1906—1982），笔名刘西渭，中国著名戏剧家、文艺评论家、翻译家和法国文学专家。在文学创作、文艺评论、外国文学翻译及研究诸多方面取得令人瞩目的成就和贡献。他也是上海戏剧学院创始人之一，曾任上海戏剧学院戏剧文学系首任主任，对上戏的创建和发展有奠基作用。"李健吾与中国现代戏剧"学术研讨会不仅旨在缅怀和纪念李健吾先生，也致力于推动李健吾包括莫里哀戏剧研究的深入。

会议开幕式由上海戏剧学院副院长杨扬教授主持，首先播放李健吾先生之女李维音女士的视频贺词，接着上海戏剧学院院长黄昌勇教授，中国话剧协会主席蔺永钧先生，中国话剧理论与历史研究会会长、浙江大学胡志毅教授，国际戏剧评论家协会中国分会会长、中央戏剧学院彭涛教授先后致辞。

[①] 原载上海戏剧学院官方网站，2022年12月22日。

李维音女士感谢上海戏剧学院为她的父亲举办这样高规格的会议，认为她的父亲如果活到现在也会为上戏今天的发展成就而高兴自豪。她在视频贺词中还分享了一些李健吾先生在世时的生活、工作片段，讲述了她整理李健吾先生文集与译文集的经历，并表达了对会议成功举办的美好祝愿。

黄昌勇院长回顾了上海戏剧学院五位创始人的功绩，强调了李健吾先生对上海戏剧学院创建的贡献，对戏剧文学系《戏文名师》的出版和此次会议的举办给予了高度肯定，指出上戏要坚守赓续文脉、守正创新的办学宗旨，期望本次会议为推动李健吾研究的深入提供助力。

蔺永钧主席高度肯定了李健吾在中国话剧史上的重要地位，认为其成就是多元的，特别指出李健吾文如其人，具有高尚的人格魅力，并代表中国话剧协会预祝会议圆满成功。

胡志毅会长讲述他曾在杭州大学就读时聆听李健吾先生讲座的经历，以及在参与编写《中国现代比较戏剧史》过程中逐步对李健吾与莎剧改编有了深入认知，认为此次会议必将推进李健吾研究的深化，他代表中国话剧理论与历史研究会预祝会议圆满成功。

彭涛教授指出，此次会议的召开不仅是对上海戏剧学院优秀学术传统的传承，也是对中国现代文学优秀传统的传承，是对中国话剧优秀学术传统的传承，并代表国际戏剧评论家协会中国分会预祝会议圆满成功。

专家主题发言阶段由上海戏剧学院戏剧文学系主任陈军教授主持，十位专家学者从不同角度提供了自己的研究心得，中国戏曲学院赵建新教授和中央戏剧学院胡薇教授分别做精彩的点评。

上海戏剧学院副院长杨扬教授的发言题目为《李健吾与二十世纪中国戏剧批评》，他指出李健吾的戏剧批评受到早期清华博雅教育和法国批评的影响，以评论《雷雨》为开端，李健吾推崇人物性格剧，强调人物性格的重要性。他在戏剧评论中，注重戏剧经验的理论提炼。其后期的剧评则对中国传统戏曲和地方戏经验比较关注。在全面梳理的基础上，他指出李健吾的戏剧批评是20世纪中国戏剧批评理论的一座高峰。

上海戏剧学院宫宝荣教授在《浅析李健吾的莫里哀批评》发言中，将李健吾有关莫里哀的批评分为新中国成立之前、1950年代中期和1963年以后三个阶段，并精准分析了李健吾的莫里哀批评在不同历史阶段的主要特征。

天津师范大学高恒文教授的发言《李健吾的京派文学批评》,在1930年代中国现代文学的文学史语境下,通过《〈九十九度中〉——林徽因女士作》《〈边城〉——沈从文先生作》《〈鱼目集〉——卞之琳先生作》重论李健吾京派文学批评的立场、观点,指出他的批评家的声誉和成绩,主要是建立在他对京派作品的评论上。

巴金故居常务副馆长、巴金研究会常务副会长周立民先生在《〈爱与死的搏斗〉中译本及其他》发言中,围绕着李健吾于1938年翻译的罗曼·罗兰的剧本《爱与死的搏斗》展开论述,特别指出巴金所藏《爱与死的搏斗》公演特刊中李健吾为《爱与死的搏斗》写的《剧词诠释》具有重要史料意义,希望学界重视李健吾戏剧翻译研究,尤其是他为独幕剧在中国的引进所付出的努力。

浙江大学胡志毅教授的发言《论李健吾的〈王德明〉与莎士比亚的〈麦克白〉之比较》,主要从人物、场景、异象等几个方面对李健吾的《王德明》和莎士比亚的《麦克白》进行了比较,为中国话剧的发生、发展和成熟中受改编、改译剧滋养的经验提供了鲜活案例。

四川外国语大学李伟民教授的发言《〈阿史那〉:莎士比亚悲剧的互文性中国化书写——论李健吾改编的〈奥赛罗〉》,围绕"互文性"这一关键词,从李健吾《阿史那》对莎士比亚悲剧《奥赛罗》"翻译加改编"的本土化出发,揭示了《阿史那》对《奥赛罗》在中国化基础上的改写,是莎氏悲剧的互文性中国化。

中南财经政法大学胡德才教授的发言《论李健吾喜剧的美学特征》,全面总结了李健吾喜剧的美学特征,认为其首先表现为以刻画性格为中心、以揭示人性为旨归;其次,以精巧的结构为基石,以娱乐观众为目的;其三,以幽默机智为基调,兼具讽刺以至闹剧色彩。

厦门大学苏琼教授的发言《李健吾文论中的审美戏剧观》,探讨的侧重点是李健吾论说新中国戏剧三十年的文论集《戏剧新天》中所展现出的以现实主义为焦点的审美戏剧观,即基于审美维度的社会主义现实主义戏剧观念,弥补了此前对李健吾新中国戏剧批评研究的不足。

中央戏剧学院彭涛教授在《李健吾与契诃夫戏剧》发言中,从翻译层面、评论层面、创作层面三个方面探究李健吾与契诃夫戏剧之间的内在联系,认为李健吾的翻译不仅相当准确地传达出了契诃夫的喜剧色彩,他的评论又对契诃夫戏剧的美学特征有着较为准确的把握。

上海视觉艺术学院宁春艳教授的发言《莫里哀喜剧的中国改编——以〈唐璜〉〈可笑的女才子〉演出为例》,以她本人对莫里哀喜剧《唐璜》《可笑的女才子》的中国化改编实践为例,详细地讲述了戏剧排演过程中的改编观念与舞台呈现的具体手段,并展示了两部剧作中国化改编后的影像视频。

下午的学术论坛分 A、B 两组同时进行。

A 组学术论坛又分两场,第一场由厦门大学苏琼教授主持,天津师范大学高恒文教授、中南财经政法大学胡德才教授评议;第二场由江西师范大学范水平教授主持,上海戏剧学院计敏教授、中国艺术研究院毛夫国副研究员评议。

第一场发言主要聚焦李健吾的文学与戏剧批评。江西师范大学范水平教授、集美大学郑丽霞讲师着重探讨李健吾的批评理念与批评风格,湖州师范学院任贵菊讲师、新疆大学何菲菲讲师从个案切入,解读李健吾的戏剧批评及其影响,首都师范大学硕士研究生张怡鹤梳理李健吾/刘西渭批判意识的生成与变迁,透过"刘西渭"作为批评家的养成史,既能看到文学性和市场性因素对一个批评家风格的影响,也能看到一条李健吾个人思想变迁与自我调适的轨迹。此外,云南大学何建委副研究员考察李健吾和田汉关于改良平剧与地方戏推出新歌剧的讨论,长江师范学院李侠副教授阐述阅读《李健吾传》后对中小学基础教育如何加强戏剧教育的思考,复旦大学本科生汪芦川从《青春》的戏剧空间、戏剧人物解读其中体现的中国性与乡土性,发掘李健吾对生命能量与"人性"之"力"的呼唤。

第二场发言关注李健吾的戏剧创作。上海戏剧学院秦宏副教授、上海师范大学李星辰博士后分析了外国剧作家及剧作对李健吾戏剧创作的影响,指出李健吾的悲剧呈现转型时期中国现代悲剧的独特风貌和美学品格,其喜剧则存在对西方另类喜剧传统的再发现与文体移植。南京艺术学院学报编辑部侯抗编辑、上海戏剧学院博士研究生齐才华以新颖的视角对李健吾剧作与相关剧作进行了比较研究,淮阴师范学院周文波讲师、上海戏剧学院博士研究生陈建昊、中国传媒大学博士研究生余宗霖对李健吾不同时期、不同类型的戏剧创作中呈现的意象、特点与风格进行了深度剖析。厦门大学许昳婷助理教授在梳理中国现代喜剧批评史的基础上,解读柏格森思想对李健吾喜剧批评的影响。

B组学术论坛同样分两场进行,第一场由中国戏曲学院赵建新教授主持,四川外国语大学李伟民教授、北京外国语大学马晓冬教授评议;第二场由上海戏剧学院翟月琴副教授主持,中央戏剧学院彭涛教授、浙江师范大学俞敏华教授评议。

第一场发言主要围绕李健吾的改译、改编剧展开,中央戏剧学院胡薇教授、中国艺术研究院毛夫国副研究员、浙江师范大学俞敏华教授、上海戏剧学院石俊副教授、上海体育学院刘欣副教授、上海戏剧学院博士研究生朱一田,着重讨论李健吾在上海时期改编、改译剧的理论与观念、态度与原则、策略与技法、成就与贡献,他们十分注意把李健吾的改编剧放在上海沦陷区特殊背景下考察,从一系列个案解剖入手(如《云彩霞》等),分析勾勒了李健吾改译、改编剧中体现出的商业化、艺术化与本土化政治表达的复杂关系,以及改编/改译剧中呈现的鲜明的民族特色,如故事的本土化、传统戏曲元素的运用等。此外,上海戏剧学院顾振辉讲师从生平行略、戏剧教育的实践、剧作演出史三个维度,系统考察李健吾在上海戏剧学院前身工作期间的经历。上海戏剧学院陈思助理研究员关注李健吾的戏剧教育实践,以布尔迪厄的实践逻辑为视角,从场域转变、惯习养成以及资本呈现三方面展开讨论。

第二场发言中,上半场发言主题仍聚焦李健吾的改译、改编剧,中国戏曲学院赵建新教授探讨了李健吾进行莎剧改译、改编的观念、方法与内涵,指出从一定程度上说,李健吾的改编剧已具有独立的艺术生命,产生了和原著对话的空间和可能。北京外国语大学马晓冬教授则辨析了《和平颂》的改编剧原本,探讨围绕该剧的改编、上演和后续论争中呈现的问题,厘清学界关于改编剧原本的一些错漏。上海戏剧学院陈莹讲师则把目光延伸到舞台演出,认为黄佐临尝试用戏曲的"写意"手段来进行舞台呈现可以被视作一次戏剧民族化的有益探索。上海戏剧学院博士研究生李志娟则聚焦李健吾改编的伦理选择,指出李健吾以语言搭建了中国化的伦理框架,彰显中国的传统伦理价值观念。下半场发言注重史料的发现与考辨,上海戏剧学院博士研究生颜倩梳理了李健吾在话剧史著中局部清晰而整体模糊的形象;广西师范大学博士研究生宋扬通过对史料的考辨,考察了李健吾与夏衍两人之间"以文神交"与"患难之交"的友情;西南交通大学高强讲师新发现的李健吾两则集外佚文对了解文化任务的时代转型提供了重要的史料支撑。

会议闭幕式由上海戏剧学院戏剧文学系主任陈军教授主持，上海戏剧学院丁罗男教授、浙江大学胡志毅教授分别对 A、B 两组学术论坛进行学术总结，上海戏剧学院副院长杨扬教授致闭幕词。

丁罗男教授指出，以往话剧史对李健吾的评说与其实际贡献是不相称的，本次会议展示的丰硕成果为我们重新认识李健吾在中国现代戏剧史中的地位提供了重要帮助。本次会议发言不仅有学者对李健吾知识分子身份进行讨论，解读他的国际视野与对传统文化的传承，发掘他的独立精神与独特个性，也有学者关注到李健吾在艺术上的坚守，指出他的创作不是写一般的社会问题，或者反封建，而是对人性和生命的深挖。总之，李健吾研究仍有广阔的学术空间，值得我们继续发力。

胡志毅教授从作品与史料、选题与观点、理论与方法三个方面对 B 组学术论坛的发言进行总结。本次会议发言不仅对李健吾相关史料深入挖掘，也对李健吾作品进行细致研读，从改译、改编、戏剧教育到比较文学视域下的跨文化阐释，选题丰富多元。专家发言重视理论的运用，做到理论解读和文本分析相结合，提出了一些非常有价值的观点。

上海戏剧学院副院长杨扬教授向与会的专家致以谢意，并指出本次研讨会触及李健吾文艺实践的诸多方面，是一次富有成效的高水平学术交流，也体现了上海戏剧学院严谨治学的品格与风范，认为上海戏剧学院应该秉承李健吾先生的学术精神，在困难中依旧保持住学术探索的良好面貌，稳步前行。